Née en 1964, María Dueñas est docteure en philologie anglaise et professeure à l'université de Murcie. Traduit en plus de vingt-cing langues, son premier roman *L'Espionne de Tanger*, s'est vendu à plus de deux millions d'exemplaires dans le monde. Elle est également l'auteur de *Demain à Santa Cecilia* et de *Soledad*.

DU MÊME AUTEUR

Demain à Santa Cecilia
Robert Laffont, 2014
et « Points Grands romans », n° P4094

Soledad
Robert Laffont, 2017
et « Points Grands romans », n° P4805

Les Trois Filles du Capitán
Robert Laffont, 2020
et « Points Grands romans », n° P5239

Sira, le retour à Tanger
Robert Laffont, 2022

María Dueñas

L'ESPIONNE DE TANGER

ROMAN

Traduit de l'espagnol par Eduardo Jiménez

Robert Laffont

TEXTE INTÉGRAL

ÉDITEUR ORIGINAL
Ediciones Temas de Hoy, S.A. (T.H.), 2009

ISBN 978-2-7578-9682-2

À ma mère, Ana Vinuesa.

Aux familles Vinuesa et Álvarez Moreno,
à cause des années Tétouan
et de la nostalgie qui a toujours marqué leur souvenir.

À tous les anciens résidents
du Protectorat espagnol au Maroc
et aux Marocains qui ont partagé leur vie.

Première partie

1

Une machine à écrire a bouleversé mon destin : une Hispano-Olivetti, et j'en fus séparée pendant des semaines par la vitrine d'une devanture. Avec le recul, du haut des années écoulées, j'ai du mal à croire qu'un simple objet mécanique ait pu briser le cours de ma vie et dynamiter en quatre jours tous les plans que j'avais forgés pour la mener à bien. Pourtant, ce fut le cas, et je fus incapable de l'empêcher.

En réalité, je ne nourrissais pas alors de grands projets. Il s'agissait seulement d'aspirations modestes, presque domestiques, correspondant à l'endroit et à l'époque qu'il m'avait été donné de vivre ; un avenir à portée de main pour peu que j'étire légèrement le bout de mes doigts. En ce temps-là, mon monde tournait lentement autour de quelques présences que je croyais fermes et impérissables, dont celle de ma mère constituait la plus solide. Elle était couturière et exerçait en qualité de première main dans un atelier fréquenté par la bonne société. Dotée d'expérience et de goût, elle s'était toujours cantonnée à un emploi salarié ; une travailleuse parmi tant d'autres, qui, dix heures durant, s'usait les ongles et les pupilles à couper et à coudre, à essayer et rectifier des vêtements destinés à des corps qui n'étaient pas le sien et à des regards qui daigneraient rarement se poser sur elle. De mon père, j'ignorais tout. Presque tout. Il n'avait jamais été près de moi ; son absence ne m'avait pas affectée. Je n'avais éprouvé aucune curiosité à son égard jusqu'à ce que ma mère, à mes neuf ou dix ans, se risque à me fournir quelques miettes d'information : il possédait une autre famille, il lui était impossible de s'installer avec nous. J'engloutis ces données avec les mêmes hâte et absence d'appétit qui me firent achever les dernières cuillerées du potage de carême placé devant moi : l'existence de cet individu étranger m'intéressait beaucoup moins que d'aller jouer sur la place.

J'étais née au cours de l'été 1911, l'année où Pastora Imperio [1] avait épousé El Gallo [2], où Jorge Negrete [3] avait vu le jour au Mexique et où, en Europe, déclinait l'étoile d'un temps que l'on avait appelé la *Belle Époque*. On entendait résonner au loin les premiers roulements de tambour de ce qui serait la première grande guerre, dans les cafés de Madrid on lisait *El Debate* et *El Heraldo*, tandis que sur scène la Chelito enfiévrait les hommes en se déhanchant au rythme du *cuplé*. Entre deux amantes, le roi Alphonse XIII avait fait en sorte d'engendrer son cinquième enfant légitime, une fille. Le libéral Canalejas se trouvait à la tête de son gouvernement, bien loin d'imaginer qu'à peine un an plus tard un excentrique anarchiste allait mettre fin à sa vie en lui tirant deux balles dans la nuque tandis qu'il observait les nouveautés de la librairie San Martín.

J'avais grandi dans un environnement modérément heureux, où l'excès ne le disputait jamais à la gêne, mais sans grandes carences ni frustrations. J'habitais une rue étroite d'un quartier typique de Madrid, près de la place de la Paja. À deux pas du palais royal, à un jet de pierre de l'agitation effrénée du cœur de la ville, dans une atmosphère de linge étendu, d'odeur de lessive, de vociférations féminines et de chats paressant au soleil.

1. Danseuse de flamenco.
2. Célèbre matador.
3. Chanteur et acteur mexicain très populaire en Espagne.

Je fréquentais une école rudimentaire située dans un entresol voisin : sur ses bancs, prévus pour deux élèves, les gamins s'installaient à quatre, dans le désordre et en se poussant, pour y réciter à tue-tête *La Canción del pirata,* du romantique José de Espronceda, et les tables de multiplication. Ce fut là que j'appris à lire et à écrire, à manier les quatre règles de calcul et à mémoriser le nom des fleuves tracés sur la carte jaunie accrochée au mur. J'achevai ma formation à douze ans et entrai en qualité d'apprentie dans l'atelier où travaillait ma mère. Mon sort naturel.

Du commerce de doña Manuela Godina, sa propriétaire, sortaient, depuis des décennies, des vêtements ravissants, excellemment coupés et cousus, réputés dans tout Madrid. Des ensembles pour tous les jours, des robes de cocktail, des manteaux et des capes qui seraient ensuite arborés par des dames distinguées au cours de leurs promenades le long de la Castellana, à l'hippodrome et au polo de Puerta de Hierro, quand elles prenaient le thé chez Sakuska ou se rendaient dans les églises les plus chics. Il s'écoula un certain temps, néanmoins, avant que je ne commence à pénétrer les arcanes de la couture. Je fus d'abord la bonne à tout faire de l'atelier : celle qui remuait les cendres du brasero et balayait les découpes de tissu tombées par terre, celle qui réchauffait les fers à repasser sur le feu et se précipitait hors d'haleine à la place de Pontejos pour y acheter des fils et des boutons. Celle qu'on chargeait d'aller livrer dans les résidences de la haute les modèles tout juste terminés, enveloppés dans de grands sacs en toile brune : ma tâche favorite, l'occupation la plus amusante de ma carrière naissante. Je fis ainsi la connaissance des concierges et des chauffeurs des meilleures demeures, des bonnes, des gouvernantes et des majordomes des familles les plus riches. Je contemplai, presque à leur insu, les dames les plus raffinées, leurs filles et leurs maris. Spectatrice muette, je pénétrai à l'intérieur des maisons bourgeoises, dans les hôtels particuliers aristocratiques et les appartements somptueux des édifices chargés d'histoire. Parfois, je ne parvenais pas à franchir les zones réservées au service et l'un des membres du personnel de maison se chargeait de recevoir ma livraison; mais d'autres fois j'étais invitée à aller jusqu'aux dressings. Je parcourais alors les couloirs et observais les salons, je dévorais des yeux les tapis, les lustres, les rideaux en velours et les pianos à queue où tantôt quelqu'un jouait, tantôt non, m'imaginant à quel point ma vie serait bizarre dans un univers tel que celui-ci.

Mes journées s'écoulaient sans aucune tension entre ces deux mondes, et j'étais presque étrangère à l'abîme qui les séparait. Avec le même naturel, je parcourais ces vastes voies, empruntées par les carrosses et flanquées de grands portails, et le dédale enfiévré des rues tortueuses de mon quartier, toujours jonchées de flaques d'eau, de détritus, résonnant des vociférations des vendeurs ambulants et des aboiements stridents de chiens affamés. Ces rues où les corps se déplaçaient toujours à la hâte et où il valait mieux se mettre à l'abri quand on entendait: «Attention à l'eau!» pour éviter de recevoir des éclaboussures de pot de chambre. Des artisans, des petits commerçants, des employés et des ouvriers journaliers nouveaux venus à la capitale remplissaient les pensions, donnant à mon quartier l'âme d'un village. Beaucoup d'entre eux n'en franchissaient les limites qu'en cas de force majeure; ma mère et moi, en revanche, nous partions tôt le matin, afin de gagner la rue Zurbano et de nous atteler sans retard à notre tâche quotidienne dans l'atelier de doña Manuela.

Deux années après mon arrivée, elles décidèrent ensemble, ma mère et doña Manuela, que le moment était venu pour moi d'apprendre la couture. J'avais quatorze ans et je commençai par le plus simple: coudre des ganses, surfiler, faufiler. Puis ce furent les boutonnières, les points arrière et les doublures. Nous travaillions assises sur de petites chaises de paille, le dos courbé sur des planches en bois placées sur nos genoux ; notre ouvrage reposait sur ces planches. Doña Manuela accueillait les clientes, coupait, essayait et rectifiait. Ma mère prenait les mesures et se chargeait du reste : les coutures les plus délicates et la distribution des autres tâches ; elle supervisait leur exécution et imposait le rythme et la discipline à un petit bataillon formé d'une demi-douzaine de couturières d'âge mûr, de quatre ou cinq jeunes femmes et de quelques apprenties bavardes, toujours plus enclines à rire et à cancaner qu'à se consacrer pleinement à leur travail. Certaines se révélèrent bonnes couturières, d'autres en furent incapables et se retrouvèrent définitivement vouées aux fonctions les moins agréables. Quand l'une s'en allait, elle était remplacée par une autre dans cette salle encombrée et en désordre qui tranchait avec la sereine opulence de la façade et la sobriété du salon lumineux réservé aux clientes. Elles, c'est-à-dire doña Manuela et ma mère, étaient les seules à profiter de ses murs recouverts d'un tissu couleur safran ; les seules à s'approcher de ses meubles en acajou et à fouler le parquet en chêne que les plus jeunes devaient faire briller à l'aide de chiffons en coton. Elles seules recevaient de temps à autre les rayons de soleil pénétrant à travers les quatre hauts balcons donnant sur la rue. Le reste de la troupe se tenait toujours à l'arrière-garde : dans ce gynécée glacé en hiver et infernal en été qu'était notre atelier, cet espace confiné percé de deux lucarnes ouvertes sur un patio intérieur, où les heures s'écoulaient, comme des souffles d'air, au milieu du chantonnement des couplets et du bruit des ciseaux.

J'appris très vite. Je possédais des doigts agiles qui s'étaient rapidement adaptés au contour des aiguilles, au toucher des tissus, aux mesures, aux pièces et aux volumes. Taille devant, tour de poitrine et longueur de jambe. Échancrure, ouverture de manche, biais. À seize ans, j'étais capable de distinguer les étoffes, à dix-sept d'apprécier leur qualité et d'évaluer leurs possibilités. Crêpe de Chine, mousseline de soie, crêpe Georgette, chantilly. Les mois passaient dans un tourbillon: les automnes, à fabriquer des manteaux dans de bonnes étoffes et des ensembles de demi-saison, les printemps à coudre des robes légères destinées aux vacances cantabriques, longues et lointaines, sur les plages de la Concha et du Sardinero. Je fêtai mes dix-huit ans, mes dix-neuf. Je m'initiais peu à peu à l'art de la coupe et de la confection des parties les plus délicates. Je montais des cols et des revers, je pouvais prévoir les chutes et anticiper les finitions. J'aimais mon travail, j'y prenais plaisir. Doña Manuela et ma mère me demandaient parfois mon avis, elles commençaient à me faire confiance. «La petite a une bonne main et des yeux, Dolores, disait doña Manuela. Elle est très bien, et elle sera encore meilleure si elle file droit. Meilleure que toi, si tu n'y prends pas garde.» Ma mère restait plongée dans son travail, comme si elle ne l'entendait pas. Moi non plus, je ne levais pas la tête de ma planche, je faisais semblant de ne pas avoir écouté. Mais je la regardais du coin de l'œil et je voyais poindre un très léger sourire sur sa bouche remplie d'épingles.

Les années s'écoulaient, la vie aussi. La mode changeait et les tâches de l'atelier s'accommodaient à son diktat. Après la guerre européenne étaient arrivées les lignes droites, les corsets disparurent et l'on commença à montrer ses jambes sans une once de pudeur. Pourtant, à la fin des heureuses années 1920, les tailles des robes rejoignirent leur place naturelle, les jupes s'allongèrent et la réserve s'imposa de nouveau pour les manches, les décolletés et le comportement. Nous sautâmes alors dans une nouvelle décennie, et ce furent encore des changements. Tous en même temps, imprévus, presque en bloc. Il y eut mes vingt ans, l'avènement de la République, et je fis la connaissance d'Ignacio. Un dimanche de septembre, à la Bombilla, dans un bal tumultueux plein à craquer d'ouvrières, d'étudiants dissipés et de soldats en permission. Il m'invita à danser, il me fit rire. Deux semaines plus tard, nous commençâmes à tirer des plans sur notre prochain mariage.

Qui était Ignacio, que représentait-il pour moi? L'homme de ma vie, avais-je pensé alors. Le garçon rassurant chez qui je devinais un bon père pour mes enfants. J'avais déjà atteint l'âge où, pour les jeunes filles telles que moi, presque sans ressources, il n'existait guère de choix en dehors du mariage. L'exemple de ma mère, qui m'avait élevée seule en travaillant de l'aube au crépuscule, ne m'avait jamais semblé enviable. En Ignacio j'avais trouvé le candidat idéal pour ne pas suivre ses pas: un individu avec lequel je passerais toute ma vie sans me réveiller, chaque matin, avec dans la bouche le goût amer de la solitude. Je n'éprouvais pas les turbulences de la passion, mais une affection intense et la certitude qu'à ses côtés mes journées s'écouleraient sans douleurs ni débordements, avec la douce mollesse d'un oreiller.

Ignacio Montes serait le bras auquel je m'accrocherais au cours d'innombrables promenades, la présence qui me fournirait à jamais sécurité et refuge. Deux ans de plus que moi, mince, affable, aussi facile à vivre que tendre. Possédant une bonne stature, des manières policées et un cœur où la capacité de m'aimer paraissait croître au fil des heures. Fils d'une mère castillane aux économies bien cachées sous le matelas; locataire intermittent de modestes pensions; rêvant d'un emploi de bureau et éternel candidat à tout ministère susceptible de lui garantir un salaire à vie. La Guerre, l'Intérieur, les Finances. La chimère de trois mille pesetas par an, deux cent quarante et une par mois: un salaire fixe à tout jamais et consacrer, en échange, le restant de ses jours au monde paisible des bureaux et des antichambres, des buvards, du papier non rogné, des timbres et des encriers.

Nous avions planifié notre avenir là-dessus : nous étions tributaires du calme plat d'une administration qui, un concours après l'autre, s'obstinait dans son refus d'enrôler mon Ignacio. Lui insistait sans se décourager. En février il essayait le ministère de la Justice, en juin celui de l'Agriculture, et ainsi de suite.

Pendant ce temps, incapable de me payer des distractions coûteuses mais prêt à me rendre heureuse jusqu'à la mort, Ignacio me gratifiait des humbles cadeaux que lui offraient ses poches indigentes : une boîte en carton remplie de vers à soie et de feuilles de mûrier, des cornets de marrons chauds et, quand nous étions étendus sur l'herbe sous le viaduc, des promesses d'amour éternel. Nous écoutions la fanfare du kiosque du parc de l'Oeste et nous canotions sur l'étang du Retiro, le dimanche matin, quand il y avait du soleil. Nous ne rations pas une seule fête foraine avec balançoires et orgue de Barbarie, pas le moindre *chotis* qui ne fût dansé avec la précision d'une montre. Combien d'après-midi passés dans le jardin des Vistillas, combien de films vus dans les cinémas de quartier à deux sous ! Un sirop d'orgeat représentait à nos yeux un luxe, et un taxi, un mirage. La tendresse d'Ignacio ne me pesait pas, malgré son caractère excessif. J'étais son ciel et ses étoiles, la plus belle, la meilleure. Mes cheveux, mon visage, mes yeux. Mes mains, ma bouche, ma voix. Tout en moi confinait pour lui à la perfection, à l'unique source de son bonheur. Je l'écoutais, je lui disais : « Tu es bête », je me laissais aimer.

La vie à l'atelier, à cette époque-là, marquait cependant un rythme différent. Elle devenait difficile, incertaine. La Seconde République avait fait souffler un vent d'agitation sur la confortable prospérité de l'entourage de nos clientes. Madrid était convulsée et frénétique, la tension politique régnait à tous les coins de rue. Les bonnes familles prolongeaient à l'infini leurs vacances au nord, souhaitant rester à l'écart de la capitale inquiète et rebelle, dont les places résonnaient des cris des vendeurs du *Mundo Obrero*, le quotidien du parti communiste, tandis que les prolétaires débraillés des faubourgs n'hésitaient pas à se risquer au cœur même de la Puerta del Sol. Les grandes automobiles privées commençaient à se faire rares dans les rues, on donnait de moins en moins de fêtes opulentes. Les vieilles dames endeuillées priaient des neuvaines pour que le gouvernement Azaña tombe le plus vite possible, et le sifflement des balles devenait quotidien à l'heure où l'on allumait les becs de gaz. Les anarchistes incendiaient des églises, les phalangistes dégainaient leur revolver, l'air bravache. De plus en plus souvent, les aristocrates et les grands bourgeois recouvraient leurs meubles de draps, congédiaient leur personnel, verrouillaient les volets et s'enfuyaient en toute hâte à l'étranger, mettant à l'abri bijoux, peurs et billets de banque par-delà les frontières, regrettant le roi parti en exil et une Espagne docile qui se ferait encore attendre.

Il entrait de moins en moins de dames dans l'atelier de doña Manuela, les commandes s'amenuisaient, ainsi que le travail. En un douloureux goutte-à-goutte, les apprenties furent d'abord licenciées, puis le reste des couturières, pour laisser seulement la propriétaire, ma mère et moi. Et quand nous eûmes terminé la dernière robe de la marquise de Entrelagos, passé les six journées suivantes à écouter la radio, les mains immobiles, sans qu'âme qui vive ait sonné à la porte, doña Manuela nous annonça, entre deux soupirs, qu'elle se trouvait dans l'obligation de fermer son commerce.

Au milieu des convulsions de cette époque, où les querelles politiques faisaient trembler les parterres dans les théâtres et où les gouvernements duraient le temps de réciter trois Notre-Père, nous eûmes à peine le loisir de pleurer ce que nous avions perdu. Trois semaines après le début de notre inactivité forcée, Ignacio apparut avec un bouquet de violettes et la nouvelle qu'il avait enfin réussi son concours. Le projet de notre petit mariage balaya nos incertitudes, et nous organisâmes l'événement assis sur un lit de camp. Malgré la mode des mariages civils apportée par les vents nouveaux que faisait souffler la République, ma mère, dont l'âme conciliait, sans la moindre gêne, sa condition de mère célibataire, de fermes convictions catholiques et une loyauté nostalgique à la monarchie renversée, nous encouragea à célébrer un mariage religieux dans l'église voisine de San Andrés. Nous acceptâmes, Ignacio et moi. Il ne pouvait en être autrement sans bouleverser cette hiérarchie de volontés où il accomplissait tous mes désirs et où moi j'obéissais sans discuter aux ordres de ma mère. Je n'avais d'ailleurs aucune raison de poids pour refuser: la perspective de ce mariage suscitait en moi un enthousiasme modéré; un autel avec prêtre et soutane ou une salle de mairie surmontée du drapeau tricolore, violet, jaune et rouge, de la République espagnole, c'était pour moi du pareil au même.

Nous nous préparâmes à fixer la date avec le curé qui, vingt-quatre années auparavant, un 8 juin et conformément au calendrier des saints, m'avait imposé le prénom de Sira. Sabiniana, Victorina, Gaudencia, Heraclia et Fortunata avaient représenté d'autres choix possibles, en accord avec les saintes du jour. «Sira, mon père, appelez-la donc Sira, au moins, c'est court.» Telle fut la décision de ma mère dans sa solitaire maternité. Je fus donc prénommée Sira.

Les noces auraient lieu en présence de la famille et de quelques amis. Y assisteraient mon grand-père, sans jambes ni lumières, mutilé de corps et d'âme au cours de la guerre des Philippines, présence muette et permanente dans son fauteuil à bascule près du balcon de la salle à manger; la mère et les sœurs d'Ignacio, qui viendraient de leur village; nos voisins d'en face, Engracia et Norberto, accompagnés de leurs trois enfants. Socialistes et amis intimes, ils comptaient tant dans notre affection qu'un même sang paraissait couler de part et d'autre du palier. Viendrait également doña Manuela, qui se remettrait à coudre pour m'offrir sa dernière œuvre sous forme de robe de mariée. Nous régalerions nos invités de gâteaux à la meringue, de vin de Málaga et de vermouth, peut-être même pourrions-nous engager un musicien du coin pour qu'il vienne nous jouer un paso doble, et quelque photographe des rues tirerait une plaque qui ornerait notre futur foyer, qui, pour l'instant, serait le domicile de ma mère.

Ce fut alors, au milieu de ce méli-mélo de projets et de formalités, qu'Ignacio conçut l'idée de me faire préparer un concours pour devenir fonctionnaire, comme lui. Son poste flambant neuf dans un bureau lui avait ouvert les yeux sur un monde inédit: l'administration de la République, un environnement où pour les femmes se profilaient un certain nombre d'opportunités professionnelles, au-delà des fourneaux, du lavoir et des tâches domestiques; où la gent féminine pourrait se frayer une voie, au coude à coude avec les hommes, sur un pied d'égalité et en visant les mêmes objectifs. Les premières femmes s'étaient déjà assises, comme députées, sur les sièges du Congrès, l'égalité des sexes avait été proclamée dans la vie publique, nous avions été reconnues capables d'un point de vue juridique, nous avions droit au travail et au suffrage universel. Même ainsi, j'aurais mille fois préféré reprendre la couture, mais Ignacio n'eut pas besoin de plus de trois jours pour me convaincre. Le vieux monde des tissus et des points arrière s'était écroulé, un nouvel univers entrouvrait ses portes devant nous: il faudrait nous y adapter. Ignacio s'occuperait personnellement de ma préparation; il disposait de tous les programmes et il n'avait que trop d'expérience dans l'art de se présenter aux concours et de les rater sans jamais succomber au désespoir. De mon côté, j'apporterais à un tel projet la ferme conviction que j'allais pouvoir donner un coup de collier afin de faire prospérer le petit peloton que nous allions former, à partir de notre mariage, nous deux, ma mère, mon grand-père et la progéniture à venir. J'acceptai donc. Il ne manquait plus qu'un élément, une fois la décision prise : une machine à écrire, sur laquelle j'apprendrais à taper afin de préparer l'inévitable examen de dactylographie. Ignacio avait passé des années à s'exercer sur des machines étrangères, empruntant un chemin de croix de tristes académies avec des relents concentrés de graisse, d'encre et de sueur : il se refusa à me laisser endurer des moments aussi désagréables, d'où son obstination pour que nous possédions notre propre équipement. Nous nous lançâmes à sa recherche au cours des semaines suivantes, comme s'il s'agissait du grand investissement de notre existence.

Nous étudiâmes toutes les options et nous fîmes des calculs interminables. Je ne m'y connaissais pas du tout en matière de fonctionnalité, mais il me semblait qu'un modèle de petite taille et léger nous conviendrait parfaitement. Ignacio, lui, se fichait du format, mais il s'arrêtait avec une minutie extrême sur les prix, les délais de livraison et les mécanismes. Nous localisâmes tous les points de vente à Madrid, nous passions des heures entières devant les vitrines et apprenions à prononcer des noms étrangers évoquant de lointaines géographies et des acteurs de cinéma : Remington, Royal, Underwood. Nous aurions aussi bien pu nous décider pour une marque que pour une autre, acheter une marque américaine ou allemande, mais le choix se porta finalement sur une boutique italienne, l'Hispano-Olivetti de la rue Pi y Margall. Comment imaginer qu'un acte aussi simple – avancer de quelques pas et franchir un seuil – signifierait l'arrêt de mort de notre union future et infléchirait irrémédiablement la direction qu'allait prendre l'avenir ?

2

– Maman, je ne vais pas me marier avec Ignacio.

Elle était en train d'enfiler une aiguille et mes mots la laissèrent immobile, le fil suspendu entre deux doigts.

– Qu'est-ce que tu dis, petite ? murmura-t-elle.

Sa voix paraissait sortir brisée de sa gorge, remplie de désarroi et d'incrédulité.

– Je le quitte, maman. Je suis tombée amoureuse d'un autre homme.

Elle me réprimanda avec les mots les plus durs qui lui vinrent à l'esprit, elle appela à la rescousse tous les saints du paradis, elle essaya de me faire revenir sur ma décision avec des dizaines d'arguments. Quand elle eut constaté que tous ses efforts se révélaient inutiles, elle s'assit dans le fauteuil à bascule assorti à celui de mon grand-père, se cacha le visage et se mit à pleurer.

J'assumai la situation avec une fausse fermeté ; ma nervosité pointait sous mon ton résolu. Je redoutais la réaction de ma mère : Ignacio était finalement devenu pour elle ce fils qu'elle n'avait jamais eu, la présence qui avait comblé le vide masculin de notre petite famille. Ils bavardaient ensemble, sympathisaient, se comprenaient. Ma mère lui cuisinait ses petits plats favoris, lui cirait ses chaussures et retournait ses vestes quand elles commençaient à pâtir de l'usure du temps. Lui, en échange, lui lançait des compliments quand il la voyait se pomponner pour la messe du dimanche, lui apportait des friandises et, mi-badin, mi-sérieux, lui déclarait qu'elle était plus belle que moi.

J'étais consciente que ma hardiesse allait anéantir toute cette confortable connivence, je savais qu'elle ferait s'écrouler les échafaudages d'autres vies que la mienne, mais je fus impuissante à l'éviter. Ma décision était irrévocable : il n'y aurait ni mariage ni concours, je n'apprendrais pas à taper à la machine assise sur la banquette et je ne partagerais jamais avec Ignacio enfants, lit et joies de l'existence. J'allais le quitter et aucune force au monde n'était capable de s'opposer à ma résolution.

La maison Hispano-Olivetti possédait deux grandes vitrines qui offraient ses produits aux yeux des passants avec une fierté éclatante. Entre les deux, il y avait une porte en verre, traversée en diagonale par une barre en bronze poli. Le tintement d'une clochette annonça notre arrivée, pourtant personne ne vint au-devant de nous. L'attente se prolongea quelques minutes ; intimidés, nous regardions avec révérence le matériel exhibé, sans même oser frôler les meubles en bois ciré sur lesquels reposaient ces merveilles de la dactylographie parmi lesquelles nous choisirions la mieux adaptée à nos projets. Au fond de la vaste pièce d'exposition, on devinait un bureau dont provenaient des voix d'homme.

L'attente ne fut pas très longue ; les voix savaient qu'il y avait des clients, et l'une d'entre elles vint vers nous, émanant d'un corps ventru en costume foncé. Le vendeur, affable, nous salua et s'enquit de nos souhaits. Ignacio prit la parole, décrivit ce qu'il voulait, demanda renseignements et suggestions. L'employé déploya tout son professionnalisme, égrenant chacune des caractéristiques des machines exposées. Avec force détails, de la rigueur et de la technicité ; avec une telle précision et tant de monotonie que je faillis m'endormir d'ennui au bout de vingt minutes. Ignacio, lui, absorbait l'information avec ses cinq sens, étranger à ma réaction et à tout ce qui aurait pu le distraire de son choix. Je décidai donc de m'écarter d'eux. Ça ne m'intéressait pas du tout : je faisais entièrement confiance à Ignacio ; peu m'importaient la frappe, le levier de retour chariot ou la sonnerie de fin de ligne.

Je parcourus d'autres tronçons de l'exposition pour tromper mon ennui. Je contemplai les grandes affiches publicitaires accrochées aux murs, annonçant les produits de la maison à l'aide de dessins colorés et dans des langues que je ne connaissais pas, puis je m'approchai des vitrines et j'observai les passants qui marchaient dans la rue d'un pas pressé. Au bout d'un moment, je regagnai à contrecœur le fond du magasin.

Une grande armoire aux portes ornées de glaces couvrait en partie l'un des murs. J'y regardai mon reflet, je notai qu'une ou deux mèches s'étaient échappées de mon chignon, je les remis en place; j'en profitai pour me pincer les joues et redonner à mon visage bougon un peu de couleur. J'examinai ensuite ma tenue, sans me hâter: je m'étais efforcée de revêtir mon meilleur ensemble, l'achat de la machine représentant pour nous quelque chose de spécial. Je tirai sur mes bas en les remontant depuis les chevilles; j'ajustai la jupe à mes hanches, la taille à mon tronc, les revers à mon cou. Je retouchai à nouveau mes cheveux, m'admirai de face et de profil, scrutant la copie de moi-même que renvoyait le miroir. J'essayai des poses, esquissai deux ou trois pas de danse et éclatai de rire. Lorsque j'en eus assez de ma propre vision, je continuai à déambuler à travers la salle, tuant le temps tandis que je déplaçais lentement ma main sur les surfaces et ondulais, nonchalante, entre les meubles. Je m'intéressais à peine à ce qui nous avait en réalité amenés ici: pour moi, toutes ces machines ne différaient que par leur taille. Certaines étaient grandes et robustes, d'autres plus petites; certaines paraissaient légères, d'autres lourdes, mais à mes yeux ce n'était qu'une masse d'engins encombrants dépourvus de la moindre séduction. Je m'arrêtai sans enthousiasme devant l'une d'entre elles, approchai mon index du clavier et fis semblant de tapoter les lettres les plus proches de moi. Le *s*, le *i*, le *r*, le *a*. «Si-ra», répétai-je dans un murmure.

– Très joli prénom.

La voix masculine résonna fort dans mon dos, si voisine que je sentis presque le souffle de son propriétaire sur ma peau. Un frisson parcourut ma colonne vertébrale et je me retournai en sursaut.

– Ramiro Arribas, dit-il en tendant la main.

Je mis du temps à réagir : je n'étais sans doute pas habituée à un salut aussi formel ; ou je n'avais pas encore réussi à surmonter le choc causé par cette présence inattendue.

Qui était cet homme, d'où était-il sorti ? Il le précisa lui-même, ses pupilles toujours clouées aux miennes.

– Je suis le gérant de cette maison. Excusez-moi de ne pas vous avoir accueillis auparavant, j'essayais de passer un coup de téléphone.

Et de vous contempler derrière le store qui séparait le bureau de la salle d'exposition, aurait-il dû ajouter. Il n'en fit rien, mais il le laissa supposer. Je le devinai dans la profondeur de son regard, dans sa voix sonore ; dans le fait, aussi, qu'il se soit d'abord adressé à moi plutôt qu'à Ignacio. Et dans le long moment durant lequel il conserva ma main dans la sienne. Je compris qu'il avait suivi du regard mes vagabondages à travers son établissement. Il m'avait vue m'arranger devant l'armoire à glace, ajuster mes bas en glissant mes mains le long de mes jambes. Retranché dans son bureau, il avait absorbé les déhanchements de mon corps et la cadence lente de chacun de mes mouvements. Il m'avait évaluée, il avait jaugé les formes de ma silhouette et les traits de mon visage. Il m'avait étudiée avec l'œil avisé de qui sait exactement ce qui lui plaît et est habitué à atteindre aussitôt les objectifs fixés par son désir. Et il décida de me le prouver. Je n'avais jamais perçu quelque chose de ce genre chez aucun homme, je ne m'étais jamais crue capable d'éveiller chez quiconque une attirance aussi charnelle. Mais de la même façon que les animaux flairent la nourriture ou le danger, mes entrailles sentirent avec cet instinct primaire que Ramiro Arribas, tel un loup, était à mes trousses.

– C'est votre mari ? demanda-t-il en montrant Ignacio.

– Mon fiancé, parvins-je à articuler.

Ce n'était peut-être que mon imagination, mais il me sembla voir pointer un sourire de satisfaction à la commissure de ses lèvres.

– Parfait. Venez avec moi, je vous prie.

Il me céda le passage, et le creux de sa main se posa sur ma taille comme s'il avait attendu cet instant depuis toujours. Il salua Ignacio d'un ton enjoué, renvoya l'employé dans son bureau et reprit l'affaire avec l'aisance de celui qui tape des mains en l'air et fait voler les colombes ; comme un prestidigitateur aux cheveux gominés, avec un visage aux traits anguleux, un large sourire, le cou musclé et une allure si puissante, si virile et résolue que mon pauvre Ignacio, à ses côtés, paraissait avoir besoin de cent années supplémentaires pour devenir un véritable homme.

Il sut que la machine que nous voulions acheter m'était destinée, afin que j'apprenne la dactylographie, et il salua cette idée comme s'il s'agissait d'un trait de génie. Pour Ignacio, son interlocuteur se révélait être un professionnel compétent qui lui décrivait force détails techniques et lui proposait d'avantageuses conditions de paiement. Pour moi, il fut beaucoup plus : une secousse, un aimant, une certitude.

Il nous fallut encore un moment pour achever les tractations, pendant lequel les signaux émis par Ramiro ne cessèrent pas une seconde. Un frôlement inattendu, une plaisanterie, un sourire ; des paroles à double sens et des regards qui plongeaient telles des lances au plus profond de mon être. Ignacio, absorbé par ses propres pensées et aveugle à tout ce qui se déroulait sous ses yeux, se décida finalement pour la Lettera 35 portable, une machine aux touches blanches et rondes sur lesquelles s'inséraient les lettres de l'alphabet avec une telle élégance qu'elles paraissaient gravées au ciseau.

– Excellente décision, conclut le gérant en félicitant Ignacio pour sa sagesse.

Comme si ce dernier avait été le maître de sa volonté et que lui-même ne l'eût pas manipulé avec des ruses de vendeur émérite pour lui faire choisir ce modèle.

– Le meilleur choix pour des doigts stylés comme ceux de votre promise. Permettez-moi de les voir, mademoiselle.

Je tendis une main timide. Auparavant, je cherchai rapidement les yeux d'Ignacio pour lui demander son consentement, en vain : il concentrait de nouveau son attention sur le mécanisme de la machine. Ramiro Arribas me caressa avec lenteur et insolence face à la naïve passivité de mon fiancé, un doigt après l'autre, témoignant d'une sensualité qui me donna la chair de poule et fit trembler mes jambes telles des feuilles bercées par un vent estival. Il ne me lâcha que quand Ignacio détourna son regard de la Lettera 35 et l'interrogea sur les suites de la vente. Ils tombèrent d'accord sur une somme équivalant à la moitié du prix qui serait déposée ce soir-là, le solde étant versé le lendemain.

– Quand pourrons-nous l'emporter ? demanda alors Ignacio.

Ramiro Arribas consulta sa montre.

– Notre coursier est occupé et il ne repassera pas ce soir. Je crains qu'il ne soit impossible de livrer une autre machine avant demain.

– Et celle-ci ? On ne peut pas prendre cette machine-là ? insista Ignacio, pressé de conclure l'affaire.

Une fois le modèle choisi, tout le reste se réduisait pour lui à des formalités assommantes qu'il convenait de liquider au plus vite.

– Pas question, je vous en prie. Je ne peux accepter que Mlle Sira utilise une machine déjà manipulée par d'autres clients. Demain matin, à la première heure, j'en aurai une toute neuve, avec sa housse et son emballage. Si vous me donnez votre adresse, dit-il en s'adressant à moi, je ferai en sorte, personnellement, qu'elle soit chez vous avant midi.

– Nous viendrons la chercher nous-mêmes, l'interrompis-je.

Cet homme me paraissait capable de tout, et je fus saisie de panique en l'imaginant devant ma mère et demandant à me voir.

– Je suis pris jusqu'au soir, je dois travailler, intervint Ignacio.

À mesure qu'il parlait, une corde invisible semblait se nouer autour de mon cou, sur le point de m'étouffer. Ramiro n'eut qu'à tirer un peu plus sur le bout.

– Et vous, mademoiselle?

– Je ne travaille pas, dis-je en évitant son regard.

– Occupez-vous du paiement, alors, suggéra-t-il sur un ton détaché.

Les mots me manquèrent pour refuser, et Ignacio ne pressentit pas les conséquences d'une proposition apparemment aussi innocente. Ramiro Arribas nous raccompagna jusqu'à la porte et prit chaleureusement congé de nous, comme si nous étions les meilleurs clients que son établissement ait jamais connus. De la main gauche, il tapa vigoureusement sur le dos de mon fiancé, de la droite, il serra de nouveau la mienne. Et il nous déclara à tous les deux:

– Vous avez effectué un choix magnifique en venant chez Hispano-Olivetti, croyez-moi, Ignacio. Je vous assure que vous n'oublierez pas de sitôt cette journée. Et vous, Sira, passez vers onze heures, s'il vous plaît, je vous attendrai.

Je ne fermai pas l'œil de la nuit. C'était une folie et il était encore temps d'y échapper. Il suffisait de ne pas retourner à la boutique. Je resterais à la maison avec ma mère, je l'aiderais à secouer les matelas et à briquer le sol avec de l'huile de lin, je bavarderais avec les voisines sur la place, j'irais ensuite au marché de la Cebada acheter un quart de pois chiches ou un morceau de morue. J'attendrais qu'Ignacio revienne du ministère et je justifierais l'inaccomplissement de ma mission sous n'importe quel prétexte : j'avais mal à la tête ou cru qu'il allait pleuvoir. Je pouvais m'étendre un moment après le repas, feindre pendant des heures un malaise diffus. Ignacio se débrouillerait sans moi, il paierait le gérant, récupérerait la machine, et on n'en parlerait plus. Nous n'aurions plus aucune nouvelle de Ramiro Arribas, il ne croiserait plus jamais notre route. Son nom tomberait peu à peu dans l'oubli et nous, nous poursuivrions notre petite vie de tous les jours. Comme s'il ne m'avait jamais caressé les doigts avec le désir à fleur de peau ; comme s'il ne m'avait jamais dévorée des yeux derrière un store. Ce n'était pas plus difficile que ça, tout simple. Et je le savais.

Je le savais, certes, mais je feignis de ne pas le savoir. Le lendemain, j'attendis le départ de ma mère pour le marché, je voulais me préparer en cachette : elle aurait soupçonné quelque chose de bizarre en me voyant si élégante de bon matin. Dès que j'entendis la porte se refermer, je me dépêchai. Je remplis une bassine d'eau pour me laver, m'aspergeai d'eau de lavande, chauffai sur le fourneau les fers à friser, repassai mon unique chemisier en soie et décrochai mes bas du fil de fer où ils avaient passé la nuit à sécher à la fraîcheur nocturne. C'étaient les mêmes que ceux de la veille, ma seule paire. Je m'obligeai à reprendre mon calme et les mis soigneusement, de peur de les filer. Chacun de ces mouvements mécaniques, mille fois répétés auparavant, eut, ce jour-là, pour la première fois, un destinataire défini, un objectif et une fin : Ramiro Arribas. Pour lui, je m'habillai et me parfumai, pour qu'il me contemple, pour qu'il me sente, pour qu'il me frôle encore et qu'il se noie de nouveau dans mes yeux. Pour lui, je décidai de laisser pendre dans le dos ma chevelure soyeuse. Pour lui, j'affinai ma taille en resserrant ma ceinture sur ma jupe au point de ne presque plus pouvoir respirer. Pour lui : tout, rien que pour lui.

Je parcourus les rues d'un pas décidé, esquivant regards de convoitise et compliments scabreux. Je m'efforçai de ne penser à rien : j'évitai d'envisager la portée de mes actes et de me demander si ce trajet me conduisait à la porte du paradis ou tout droit à l'abattoir. Je longeai la Costanilla de San Andrés, traversai la place des Carros et rejoignis la Plaza Mayor en passant par la Cava Baja. Vingt minutes plus tard, j'étais à la Puerta del Sol ; en moins d'une demi-heure, j'avais atteint mon but.

Ramiro m'attendait. À peine eut-il vu pointer ma silhouette à la porte qu'il interrompit sa conversation avec un employé et se dirigea vers la sortie, attrapant au vol son chapeau et sa gabardine. Quand il fut à côté de moi, j'essayai de lui dire que j'avais l'argent dans mon sac, qu'Ignacio lui transmettait ses salutations, que je commencerais peut-être à apprendre à taper à la machine le soir même. Il ne me laissa pas parler. Il ne me salua même pas. Il se contenta de sourire sans ôter la cigarette qu'il avait à la bouche, frôla l'extrémité de mon dos et déclara : « Allons. » Et je le suivis.

Le lieu choisi ne pouvait être plus innocent : il m'emmena au café Suizo. En constatant que j'étais dans un environnement sûr, je crus que je pouvais encore me sauver. Je songeai même, tandis qu'il cherchait une table et m'invitait à m'asseoir, que la duplicité de ce rendez-vous n'était sans doute qu'une simple marque d'attention à l'égard d'une cliente. Je soupçonnai que je m'étais fait beaucoup trop d'illusions en imaginant je ne sais quel flirt effronté. Mais je me trompais. Malgré le caractère inoffensif de l'ambiance, notre seconde rencontre me poussa de nouveau au bord de l'abîme.

– Je n'ai pas arrêté de penser une seule minute à toi depuis hier, me souffla-t-il à l'oreille dès que nous fûmes installés.

Je me sentis incapable de répondre. Les paroles ne parvenaient pas à ma bouche : tel le sucre dans l'eau, elles se diluaient quelque part dans mon cerveau. Il s'empara de l'une de mes mains et la caressa comme la veille, sans cesser de l'observer.

– Tu as des cals, dis-moi, qu'ont fait ces doigts avant d'arriver ici ?

Sa voix résonnait, proche et sensuelle, étrangère aux bruits environnants : aux chocs du cristal et de la faïence contre le marbre des tables, à la rumeur des conversations matinales et aux voix des garçons passant leurs commandes au bar.

– Ils ont cousu, murmurai-je, les yeux baissés sur mon giron.

– Ainsi, tu es couturière.

– Je l'étais. Plus maintenant.

Je levai enfin les yeux.

– Il n'y a plus beaucoup de travail, ajoutai-je.

– Voilà pourquoi tu veux apprendre à taper à la machine.

Le ton était complice, proche, comme s'il me connaissait : comme si son âme et la mienne s'attendaient depuis le commencement des temps.

– C'est une idée de mon fiancé : il pense que je devrais passer des concours pour devenir fonctionnaire comme lui, avouai-je avec une pointe de honte.

L'arrivée des consommations freina notre conversation. Pour moi, une tasse de chocolat. Pour Ramiro, un café noir comme la nuit. Je profitai de la pause pour le contempler tandis qu'il échangeait quelques phrases avec le garçon. Il portait un costume différent de celui de la veille, unc autre chemise impeccable. Ses manières étaient élégantes, pourtant, dans ce raffinement si éloigné des hommes de mon entourage, sa personne exsudait la virilité par tous les pores : quand il fumait, ajustait le nœud de sa cravate, sortait son portefeuille de sa poche ou portait la tasse à sa bouche.

– Pourquoi une femme telle que toi désire-t-elle passer sa vie dans un ministère, si je ne suis pas indiscret ? demanda-t-il après avoir avalé une première gorgée de café.

Je haussai les épaules.

– Pour vivre mieux, j'imagine.

Il se glissa lentement vers moi, insinua de nouveau sa voix chaude dans mon oreille.

– Tu veux vraiment vivre mieux, Sira ?

Je bus un peu de chocolat pour ne pas répondre.

– Tu as une tache, laisse-moi la nettoyer, dit-il.

Il approcha alors la main de mon visage et l'étendit, ouverte, sur le contour de ma mâchoire, l'ajustant à mes os comme si c'était cette forme, et non une autre, qui m'avait un jour modelée. Ensuite il posa son pouce sur l'endroit où la tache était supposée se trouver, près de la commissure des lèvres. Il me caressa doucement, sans hâte. Je le laissai faire : un mélange de plaisir et d'épouvante m'empêcha d'effectuer le moindre mouvement.

– Tu t'es aussi salie ici, chuchota-t-il d'une voix rauque en changeant le doigt de position.

La destination fut une extrémité de ma lèvre inférieure. Il répéta la caresse, plus lentement, plus tendrement. Un frémissement me parcourut le dos, je clouai mes doigts sur le velours de mon siège.

– Et ici aussi, répéta-t-il.

Il me caressa alors toute la bouche, millimètre par millimètre, d'un coin à l'autre, en cadence, doucement, toujours plus doucement. Je faillis sombrer dans un gouffre de volupté inconnu jusqu'alors. Peu m'importait que tout ne soit que mensonge et qu'il n'y ait pas le moindre soupçon de chocolat sur mes lèvres. Je m'en fichais d'apercevoir, à la table voisine, le regard excité des trois vénérables vieillards qui avaient interrompu leur discussion, regrettant furieusement leurs trente années de trop.

Un groupe bruyant d'étudiants entra alors en troupeau dans le café et, avec son vacarme et ses éclats de rire, détruisit la magie de l'instant, à la façon dont on fait éclater une bulle de savon. Soudain, comme si je venais de m'éveiller d'un rêve, je remarquai plusieurs choses à la fois: le sol n'avait pas fondu et il était encore ferme sous mes pieds, le doigt d'un inconnu était sur le point de pénétrer à l'intérieur de ma bouche, une main avide se glissait le long de ma cuisse gauche et j'étais au bord d'un abîme où j'allais me lancer la tête la première. Ma lucidité recouvrée me poussa à me lever d'un saut et, en saisissant mon sac d'un geste brusque, je renversai le verre d'eau que le garçon avait apporté avec le chocolat.

– Voici l'argent de la machine. Mon fiancé viendra la chercher ce soir, juste avant la fermeture, dis-je en laissant la liasse de billets sur le marbre.

Il m'agrippa par le poignet.

– Ne pars pas, Sira, ne sois pas fâchée contre moi.

Je me dégageai d'une secousse. Sans un regard ni un adieu, je gagnai la porte avec une dignité forcée. Je constatai alors seulement que j'avais renversé l'eau sur moi et que mon pied gauche était trempé.

Il ne me suivit pas, il devina sans doute que cela ne servirait à rien. Il se tint assis et, alors que je commençais à m'éloigner, il me décocha dans le dos sa dernière flèche.

– Repasse un autre jour. Tu sais où me trouver.

Je fis semblant de ne pas l'entendre, pressai le pas au milieu de la foule des étudiants et me diluai dans le vacarme de la rue.

Huit soirs durant, je me couchai dans l'espoir que le lendemain serait différent, et les huit matins suivants je me réveillai avec la même obsession dans la tête: Ramiro Arribas. Son souvenir me harcelait à chaque instant de la journée, et pas une seule seconde je ne parvins à l'éloigner de mes pensées: en faisant le lit, en me mouchant, tandis que je pelais une orange ou quand je descendais les marches une à une, son image gravée sur ma rétine.

Pendant ce temps, Ignacio et ma mère étaient occupés par les préparatifs du mariage, mais ils étaient incapables de me faire partager leur enthousiasme. Rien ne me convenait, rien ne suscitait en moi le moindre intérêt. Sans doute les nerfs, pensaient-ils. J'essayais de me sortir Ramiro de la tête, d'oublier sa voix dans mon oreille, son doigt caressant ma bouche, sa main parcourant ma cuisse et ces dernières paroles qu'il m'avait clouées dans les tympans quand je lui avais tourné le dos, dans le café, convaincue que ma fuite mettrait fin à cette folie. Repasse un autre jour, Sira. Reviens.

Je luttai de toutes mes forces pour résister. Je luttai en vain. Je ne pus rien faire pour imposer un minimum de rationalité dans l'attirance insensée que j'éprouvais pour cet homme. J'eus beau chercher autour de moi, je n'y trouvai aucun appui auquel me raccrocher pour éviter d'être emportée. Ni le futur mari avec lequel j'avais prévu de me marier dans moins d'un mois, ni la mère honorable qui avait accompli tant d'efforts pour faire de moi une femme honnête et responsable. Je n'étais même pas freinée par mon ignorance presque totale de cet étranger et du destin qui m'attendait à ses côtés.

Neuf jours après ma première visite à la boutique d'Hispano-Olivetti, j'étais de retour. Comme les fois précédentes, je fus à nouveau saluée par le tintement de la sonnette de la porte. Aucun vendeur ventripotent ne vint au-devant de moi, aucun garçon de courses, aucun autre employé. Je ne fus reçue que par Ramiro.

Je m'approchai en essayant de marcher d'un pas ferme, j'avais préparé mes mots. Je ne pus les prononcer. Il ne m'en laissa pas le temps. Dès que je fus à sa portée, il entoura ma nuque de sa main et planta sur ma bouche un baiser tellement intense, tellement charnel et prolongé que mon corps en fut saisi, sur le point de fondre et de se transformer en une flaque de mélasse.

Ramiro Arribas avait trente-quatre ans, un passé agité et une capacité de séduction si puissante qu'aucun mur de béton n'aurait pu la contenir. Attirance, doute et angoisse, d'abord. Abîme et passion, ensuite. Je buvais l'air qu'il respirait et à ses côtés je volais au-dessus des pavés. Si Ramiro était à mes côtés, les fleuves pouvaient déborder, les bâtiments s'effondrer et les rues s'effacer des cartes; le ciel pouvait se mélanger à la terre et l'univers entier s'écrouler à mes pieds que je le supporterais.

Ignacio et ma mère commençaient à soupçonner qu'il se passait quelque chose d'anormal, au-delà de la simple tension provoquée par l'imminence du mariage. Ils furent cependant incapables de deviner les raisons de mon excitation, et ils ne trouvèrent aucune cause susceptible de justifier le mystère entourant en permanence mes actes, mes sorties désordonnées, les rires hystériques que parfois je ne parvenais pas à contrôler. Je réussis à conserver l'équilibre de cette double vie durant à peine quelques jours, juste le temps nécessaire pour vérifier que les plateaux de la balance penchaient de plus en plus d'un côté, que celui d'Ignacio baissait tandis que celui de Ramiro grimpait. En moins d'une semaine je sus que je devais rompre avec tout et me lancer dans le vide. Le moment était venu de détruire mon passé. De faire table rase.

Ignacio rentra à la maison en fin d'après-midi.

– Attends-moi sur la place, murmurai-je en entrouvrant la porte de quelques centimètres à peine.

J'avais mis ma mère au courant à l'heure du déjeuner; il fallait que je l'informe lui aussi. Je descendis cinq minutes plus tard, les lèvres fardées, mon sac neuf dans une main et la Lettera 35 dans l'autre. Il m'attendait sur notre banc habituel, sur ce morceau de pierre froide sur lequel nous avions passé tant d'heures à imaginer un avenir commun qui n'aurait jamais d'existence.

– Tu vas t'en aller avec un autre, n'est-ce pas? demanda-t-il quand je m'assis à côté de lui.

Il ne me regarda pas. Ses yeux restaient fixés sur le sol, sur la terre poussiéreuse qu'il remuait de la pointe de son soulier.

J'acquiesçai d'un mouvement de la tête. Un oui catégorique et muet. Qui est-ce ? Je le lui dis. Autour de nous, on entendait les bruits de toujours : les enfants, les chiens et les sonnettes des vélos ; les cloches de San Andrés appelant à la dernière messe, les roues des charrettes tournant sur les pavés, le pas fatigué des mulets en fin de journée. Ignacio mit longtemps avant de reparler. Il devina sans doute dans ma décision une telle détermination, une telle assurance, qu'il ne laissa même pas entrevoir son désarroi. Il ne dramatisa pas, n'exigea aucune explication. Il ne me reprocha rien ni ne me demanda de reconsidérer mes sentiments. Il ne prononça qu'une seule autre phrase, lentement, comme si elle coulait de lui :

– Il ne t'aimera jamais autant que moi.

Puis il se leva, attrapa la machine à écrire et partit avec elle, vers le vide. Je le vis s'éloigner de dos, marchant sous la lumière trouble des réverbères, réprimant peut-être la tentation de l'écraser contre le sol.

Mes yeux restèrent fixés sur lui. Je le vis sortir de la place, jusqu'à ce que son corps s'estompe dans le lointain, jusqu'à ce qu'il devienne invisible dans la nuit précoce d'automne. J'aurais aimé pleurer son absence, déplorer des adieux si brefs et si tristes, me reprocher d'avoir mis un terme à nos projets d'avenir remplis d'espoir. Mais ce fut impossible. Je ne versai pas une larme, ne me sentis nullement coupable. Une minute à peine après qu'il eut disparu de ma vue, je me levai moi aussi et m'en allai. J'abandonnai à jamais mon quartier, ma famille, mon petit monde. Tout mon passé resta à cet endroit tandis que j'entamais une nouvelle étape de ma vie ; une vie que je pressentais lumineuse et pour laquelle je ne concevais qu'un seul bonheur immédiat : me blottir dans les bras de Ramiro.

3

Avec lui, je connus une existence différente. J'appris à être une personne indépendante de ma mère, à cohabiter avec un homme et à avoir une bonne. À essayer de lui plaire à tout moment et à n'avoir d'autre objectif que celui de le rendre heureux. Je connus aussi un autre Madrid : celui des établissements sophistiqués et des lieux à la mode ; celui des spectacles, des restaurants et de la vie nocturne. Les cocktails au Negresco, à la Granja del Henar, au Bakanik. Les films en exclusivité au Real Cinema, avec accompagnement à l'orgue, Mary Pickford sur l'écran et Ramiro m'enfournant des chocolats dans la bouche tandis que je frôlais de mes lèvres la pointe de ses doigts, sur le point de fondre d'amour. Carmen Amaya au théâtre Fontalba, Raquel Meller au Maravillas. Flamenco à la Villa Rosa, le cabaret du Palacio del Hielo. Un Madrid bouillonnant et turbulent, que nous parcourions, Ramiro et moi, comme s'il n'existait ni hier ni demain. Comme si nous devions consommer le monde entier à chaque instant, au cas où l'avenir ne viendrait jamais.

Qu'avait Ramiro, que me donna-t-il pour mettre ma vie sens dessus dessous en deux semaines à peine ? Aujourd'hui encore, alors que tant d'années ont passé, je peux reconstituer, les yeux fermés, un catalogue de tout ce qui m'avait séduit en lui, et je suis convaincue que si j'étais née cent fois, cent fois je serais retombée amoureuse de lui comme cela m'était alors arrivé. Ramiro Arribas, irrésistible, mondain, beau à en crever. Avec ses cheveux châtains peignés en arrière, son allure renversante à force de virilité, rayonnant d'optimisme et de confiance en soi vingt-quatre heures par jour, sept jours sur sept. Spirituel et sensuel, indifférent à l'âpreté politique de l'époque, comme si son royaume n'était pas de ce monde. Ami des uns et des autres sans jamais prendre quiconque au sérieux, imaginant des projets grandioses, toujours avec le mot juste, le geste exact. Dynamique, généreux, hostile aux convenances. Aujourd'hui gérant d'une société italienne de machines à écrire, hier représentant en automobiles allemandes, avant-hier, on s'en fichait, et le mois prochain, qui savait?

Qu'avait découvert Ramiro en moi? Pourquoi s'était-il entiché d'une humble couturière sur le point d'épouser un fonctionnaire dépourvu d'ambition? Le véritable amour, pour la première fois dans sa vie, me jura-t-il mille fois. Bien sûr, il y avait eu d'autres femmes avant. Combien? demandai-je. Quelques-unes, mais aucune comme toi. Alors il m'embrassait et je me sentais défaillir. L'alliage explosif d'une ingénuité puérile et d'un port de déesse, un diamant brut, répétait-il en parlant de moi. Parfois, il me traitait comme une gamine et les dix années qui nous séparaient paraissaient alors des siècles. Il allait au-devant de mes caprices, comblait ma soif de surprise avec les idées les plus inattendues. Il m'achetait des bas aux soieries Lyon, des crèmes et des parfums, des glaces cubaines, à l'anone, à la mangue et au coco. Il m'instruisait: il m'apprenait à me servir des couverts, à conduire sa Morris, à déchiffrer les menus des restaurants et à avaler la fumée des cigarettes. Il me parlait de connaissances du passé et d'artistes qu'il avait fréquentés; il se remémorait de vieux amis et prévoyait les magnifiques possibilités qui nous attendaient dans un coin éloigné du globe. Il dessinait des cartes du monde et il me faisait grandir. D'autres fois, cependant, la fillette disparaissait et la femme se dressait dans toute sa force; mon manque de connaissances et d'expérience n'avait alors plus d'importance: il me désirait, m'adorait telle que j'étais et m'agrippait comme si mon corps était son unique amarre dans le va-et-vient tumultueux de son existence.

Dès le début, je m'installai chez lui, dans son pied-à-terre masculin tout près de la place des Salesas. Je n'apportai presque rien, j'entamais une nouvelle vie, j'étais devenue une autre, je renaissais. Mon cœur qu'il avait arraché et deux ou trois vêtements furent les seuls biens que je transportai à son domicile. Je rendais de temps à autre visite à ma mère ; à cette époque, elle exécutait chez elle des travaux de couture sur commande, une activité très réduite qui lui procurait à peine de quoi survivre. Elle n'appréciait pas Ramiro, désapprouvait sa façon d'agir avec moi. Elle l'accusait de m'avoir entraînée de façon impulsive, de profiter de son âge et de sa position pour m'enjôler, de m'obliger à rompre toutes mes attaches. Elle n'aimait pas me voir vivre avec lui sans me marier, que j'aie renoncé à Ignacio et que je ne sois plus la même. Malgré tous mes efforts, je ne parvins pas à la convaincre de son innocence : ce n'était pas lui qui me forçait à agir de la sorte, c'était l'amour incontrôlable que j'éprouvais pour lui. Nos disputes étaient de plus en plus violentes : nous échangions des reproches horribles et nous nous déchirions mutuellement les entrailles. À chacune de ses provocations je répondais par une effronterie, à chaque réprimande par un mépris de plus en plus féroce. Pas une rencontre qui ne s'achevât par des larmes, des hurlements et des portes qui claquent. Finalement, les visites s'espacèrent et s'écourtèrent. Nous devînmes des étrangères l'une pour l'autre.

Jusqu'au jour où elle esquissa un rapprochement. Il est vrai qu'elle ne le provoqua qu'en qualité d'intermédiaire, mais ce geste de sa part – ainsi que nous aurions pu le prévoir – marqua un nouveau tournant dans le cours de nos vies. Elle se présenta un jour chez Ramiro, au milieu de la matinée. Lui n'était pas là, et moi je dormais. Nous étions sortis la veille au soir, nous avions vu Margarita Xirgú au théâtre de la Comedia, puis nous étions allés au Cock. Il devait être presque quatre heures du matin quand nous nous étions couchés et j'étais épuisée, au point de ne pas avoir la force de me démaquiller. Entre deux rêves, j'entendis Ramiro partir, sur le coup de dix heures arriva Prudencia, la petite bonne qui était chargée de ranger notre capharnaüm domestique, elle ressortit pour aller acheter le lait et le pain, et peu après on frappa à la porte. Doucement, d'abord, puis fort. Je crus que Prudencia avait encore oublié sa clef, ce n'était pas la première fois. Je me levai dans un état second, de mauvaise humeur, et me dirigeai vers la porte en criant « J'arrive ! » Je n'avais même pas pris la peine de me mettre quelque chose sur le dos : cette gourde de Prudencia n'en méritait pas l'effort. J'ouvris à moitié endormie et me trouvai nez à nez non pas avec la bonne, mais avec ma mère. Je demeurai sans voix. Elle aussi, au début. Elle se contenta de me contempler de bas en haut, observant successivement mes cheveux en bataille, les traces noires de mascara sous mes yeux, les restes de rouge à lèvres autour de ma bouche et la chemise de nuit provocante qui dévoilait plus de chair que ne pouvait l'admettre sa conception de la pudeur. Je fus incapable de soutenir son regard, de lui faire face. Peut-être parce que j'étais encore trop perturbée par ma nuit blanche. Peut-être parce que la sereine sévérité de son attitude me laissa désarmée.

– Entre, ne reste pas à la porte, dis-je en essayant de cacher le trouble causé par son arrivée intempestive.

– Non, je ne veux pas, je suis pressée. Je venais juste t'apporter un message.

La situation était tellement tendue et extravagante qu'elle me parut irréelle. Ma mère et moi, qui avions partagé tant de choses, qui étions identiques sous tant d'aspects, ressemblions alors à deux étrangères, se méfiant l'une de l'autre à la façon de deux chiennes des rues apeurées et agressives.

Elle resta sur le seuil, sérieuse, bien droite, les cheveux ramassés en un chignon où l'on commençait à entrevoir les premiers fils gris. Grande et digne, ses sourcils anguleux encadrant la réprobation de son regard. Élégante, d'une certaine façon, malgré la simplicité de sa tenue. Quand elle eut enfin terminé de m'examiner en détail, elle prit la parole. Malgré mes craintes, ce ne fut pas pour me réprimander.

– J'ai quelque chose à te transmettre. Une demande qui n'est pas de moi. Tu peux accepter ou non, tu verras. Pourtant, je crois que tu devrais dire oui. Réfléchis-y; mieux vaut tard que jamais.

Elle ne franchit pas le seuil et la visite dura à peine une minute de plus: le temps qu'il lui fallut pour me donner une adresse, une heure de ce même après-midi, et pour me tourner le dos sans prendre la peine de me saluer. Je fus surprise qu'elle s'en tienne là, mais je ne dus pas attendre bien longtemps, juste le temps nécessaire pour qu'elle ait descendu quelques marches.

– Débarbouille-moi ce visage, peigne-toi et enfile un vêtement, tu as l'air d'une grue.

Je partageai ma stupeur avec Ramiro à l'heure du repas. Qu'est-ce qui pouvait se cacher derrière un message aussi inattendu? J'étais méfiante. Je le suppliai de m'accompagner. Où? Pour faire la connaissance de mon père. Pourquoi? Parce que c'était lui qui l'avait demandé. Dans quel but? J'aurais eu beau cogiter pendant dix années, je n'aurais pas pu envisager la moindre explication.

Nous étions convenues avec ma mère de nous retrouver au tout début de l'après-midi à l'adresse fixée: 19, rue Hermosilla. Excellente rue, très bel immeuble; l'un de ces endroits où je m'étais rendue, en d'autres temps, pour livrer des vêtements. Pour l'occasion, je fis très attention à ma tenue: je choisis une robe en laine bleue, un manteau assorti et un petit chapeau orné de trois plumes incliné coquettement sur l'oreille gauche. Bien entendu, Ramiro avait tout payé: il s'agissait des premiers vêtements que je portais qui n'avaient pas été cousus par ma mère ou par moi. J'avais des chaussures à talons hauts et mes cheveux étaient lâchés dans mon dos ; j'avais un maquillage discret, je ne voulais pas encourir de reproches cet après-midi-là. Je me regardai dans un miroir avant de sortir. De la tête aux pieds. L'image de Ramiro se reflétait derrière moi, souriant, admiratif, et les mains dans les poches.

– Tu es superbe. Tu vas l'impressionner.

J'essayai de sourire, reconnaissante de ce commentaire, mais je n'y parvins pas. J'étais belle, certes ; belle et différente, étrangère à mon image précédente. Belle, différente et effrayée comme une souris, morte de peur, regrettant d'avoir accepté cette requête insolite. Au regard que me jeta ma mère en me voyant apparaître avec Ramiro à mon côté, je compris que cette présence ne lui était pas du tout agréable. Quand elle devina notre intention d'entrer ensemble, elle l'arrêta sans ménagement.

– C'est une affaire de famille ; je vous prie de ne pas bouger d'ici.

Et, sans attendre une réponse, elle se retourna et franchit l'imposant portail vitré en fer forgé noir. Moi, j'aurais bien voulu qu'il m'accompagne, j'avais besoin de son soutien et de sa force, mais je n'osai pas la contrarier. Je me contentai de murmurer à Ramiro qu'il valait mieux qu'il s'en aille, et je la suivis.

– Nous avons rendez-vous avec M. Alvarado. Il nous attend, indiqua-t-elle au concierge.

Ce dernier acquiesça et fit mine de nous conduire jusqu'à l'ascenseur sans dire un mot.

– Ne vous donnez pas cette peine, merci.

Nous parcourûmes le vaste porche et commençâmes à grimper l'escalier. Ma mère devant, marchant d'un pas ferme, frôlant à peine le bois poli de la rampe, engoncée dans un tailleur que je ne lui connaissais pas. Moi derrière, effrayée, m'accrochant à la balustrade comme à une bouée de sauvetage par une nuit de tempête. Toutes deux muettes comme des tombes. Mes pensées se bousculaient dans ma tête à mesure que nous gravissions les marches une à une. Premier palier. Pourquoi ma mère se déplaçait-elle avec autant d'aisance dans cet endroit inconnu? Entresol. À quoi pouvait bien ressembler cet homme que nous allions découvrir? Pourquoi cette soudaine envie de me connaître après tant d'années? Étage principal. Mes pensées restèrent bloquées à la périphérie de mon cerveau: nous étions arrivées. Grande porte à droite, le doigt de ma mère appuyant sur la sonnette, avec assurance, sans le moindre signe d'intimidation. Porte aussitôt ouverte, vieille domestique recroquevillée dans un uniforme noir et coiffe immaculée.

– Bonsoir, Servanda. Nous venons voir Monsieur. Je suppose qu'il est à la bibliothèque.

Servanda était bouche bée, incapable d'articuler un mot, comme si elle accueillait deux spectres. Lorsqu'elle parvint à réagir et fut sur le point de parler, une voix sans visage se superposa à la sienne. Une voix d'homme, rauque, forte, provenant du fond de l'appartement.

– Qu'elles entrent.

La bonne s'écarta, encore en proie à un profond désarroi. Elle n'eut pas besoin de nous indiquer le chemin: ma mère paraissait le connaître parfaitement. Nous longeâmes un large couloir, laissant de côté des salons aux murs tendus d'étoffe, ornés de tapisseries et de portraits de famille. En atteignant une double porte, dont le battant gauche était ouvert, ma mère bifurqua vers elle. Nous aperçûmes alors la silhouette d'un homme de grande taille qui nous attendait au milieu de la pièce, et de nouveau la voix puissante:

– Entrez!

Grand bureau pour un homme grand. Grande table couverte de papiers, grande bibliothèque remplie de livres, homme grand me regardant, droit dans les yeux d'abord, puis de haut en bas, et une autre fois de bas en haut. Me découvrant. Il avala sa salive, j'avalai ma salive. Il fit quelques pas en avant, posa la main sur mon bras et me serra sans forcer, comme s'il voulait s'assurer de mon existence réelle. Il esquissa un léger sourire du coin de la bouche, il paraissait plongé dans une profonde mélancolie.

– Tu es pareille à ta mère il y a vingt-cinq ans.

Il me fixa droit dans les yeux tandis qu'il serrait une seconde, puis deux, trois, dix. Ensuite, sans me lâcher, il se tourna vers ma mère. Le même léger sourire amer se dessina sur son visage.

– Ça fait longtemps, Dolores.

Elle ne répondit pas, mais n'évita pas non plus son regard. Il décolla alors la main de mon bras et la tendit dans sa direction; il ne semblait pas souhaiter un salut, seulement un contact, un frôlement, comme s'il espérait que les doigts de ma mère viendraient à sa rencontre. Mais celle-ci resta immobile, insensible à cet appel, jusqu'à ce qu'il paraisse se réveiller d'un enchantement, se racle la gorge et nous invite à nous asseoir, sur un ton prévenant mais exagérément neutre.

Au lieu de se diriger vers la grande table de travail où s'accumulaient les feuilles de papier, il nous indiqua un autre coin de la bibliothèque. Ma mère s'installa dans un fauteuil et lui en face. Moi, j'étais seule sur un canapé, entre les deux. Tendus, mal à l'aise tous les trois. Il alluma un havane. Elle se tenait droite, les genoux serrés et le dos rigide. Pendant ce temps, je grattais du bout de l'index la tapisserie en damas couleur lie-de-vin du sofa, concentrée sur ma tâche, comme si je voulais faire un trou dans la trame du tissu et m'échapper par là, tel un lézard. L'atmosphère fut envahie par la fumée et on entendit à nouveau un raclement de gorge, prélude éventuel à une prise de parole. Ma mère ne lui en laissa pas le loisir. Elle s'adressait à moi, mais sans le quitter des yeux. Sa voix m'obligea à les regarder enfin tous les deux.

– Sira, voici ton père, tu finis par le rencontrer. Il s'appelle Gonzalo Alvarado, il est ingénieur, propriétaire d'une fonderie, et il a toujours habité cette maison. Avant, c'était l'héritier, maintenant, c'est le maître, ainsi va la vie. Il y a très longtemps, je venais coudre ici, pour sa mère. Nous nous sommes connus et trois ans plus tard tu es née. N'imagine pas un feuilleton où le fils à papa sans scrupule dupe la malheureuse petite couturière, ni aucune histoire dans le même genre. Au début, j'avais vingt-deux ans et lui vingt-quatre. Nous savions parfaitement qui nous étions, où nous situer et les difficultés auxquelles nous nous heurterions. Il n'y a pas eu de tromperie de sa part, ni d'illusions excessives de la mienne. Notre relation s'est achevée car elle conduisait à une impasse; parce qu'elle n'aurait jamais dû commencer. C'est moi qui ai décidé d'y mettre fin, ton père ne nous a pas abandonnées, ni toi ni moi. Et c'est encore moi qui ai toujours évité le moindre contact entre lui et toi. Ton père a essayé de ne pas nous perdre, d'abord avec insistance, puis il s'est résigné peu à peu à la situation. Il s'est marié et il a eu d'autres enfants, deux garçons. Je n'avais plus aucune nouvelle de lui depuis très longtemps, jusqu'à ce message reçu avant-hier. J'ignore pourquoi il veut faire ta connaissance à présent, mais nous le saurons bientôt.

Tandis qu'elle parlait, il la contemplait attentivement, l'air sérieux et approbateur. Elle se tut, il attendit quelques secondes pour prendre le relais. Il paraissait réfléchir, peser ses mots pour s'assurer de leur exactitude. J'en profitai pour l'observer, et la première idée qui me vint à l'esprit fut la surprise d'avoir un père tel que lui. J'étais brune, ma mère était brune, et les rares fois où, dans ma vie, j'avais évoqué l'image de mon géniteur, je me l'étais toujours figuré semblable à nous, quelqu'un dans notre genre, la peau mate, les cheveux foncés et le corps mince. J'avais aussi associé le personnage d'un père aux hommes de mon entourage: notre voisin, Norberto, les pères de mes amies, les hommes qui remplissaient les bars et les rues de mon quartier. Des pères normaux de personnes normales : postiers, commerçants, employés, garçons de café ou tout au plus propriétaires d'un bureau de tabac, d'une mercerie ou d'un étal de fruits et légumes au marché de la Cebada. Les messieurs chics que je croisais dans mes allées et venues à travers les rues prospères de Madrid, pour livrer les commandes de l'atelier de doña Manuela, me paraissaient appartenir à un autre monde, être d'une espèce étrangère qui en aucun cas ne correspondait à ma conception d'une présence paternelle. Un de ces exemplaires se tenait cependant devant moi. Un homme encore élégant malgré sa corpulence un peu excessive, aux cheveux désormais grisonnants mais qui, en leur temps, avaient dû être clairs et aux yeux couleur miel un peu rougis ; vêtu de gris foncé, disposant d'un vaste domicile et d'une famille absente. Un père différent des autres pères qui se mit enfin à parler, s'adressant à tour de rôle à ma mère et à moi, parfois aux deux en même temps, parfois à personne.

– Ce n'est pas facile, dit-il en guise d'introduction.

Profonde inhalation, bouffée de cigare, volutes de fumée. Son regard fixé sur mes yeux. Puis sur ceux de ma mère. De nouveau sur les miens. Il retrouva enfin ses mots, et il parla alors, presque sans interruption, durant un moment si long et si intense que, lorsque je repris mes esprits, l'obscurité avait envahi la pièce et nos corps s'étaient transformés en ombres, tout juste éclairés par la lueur diffuse d'une lampe tulipe verte posée sur le bureau.

– Je vous ai cherchées car je crains d'être assassiné un jour ou l'autre. Ou bien je finirai par tuer quelqu'un et on me jettera en prison, ce qui revient au même. La situation politique est sur le point d'exploser, et quand cela se produira, Dieu seul sait ce qui nous arrivera.

Je regardai ma mère du coin de l'œil, guettant une réaction, mais son visage ne trahissait pas la moindre inquiétude : comme si, au lieu d'une mort imminente, on lui avait annoncé l'heure ou la météo. Lui poursuivait en déversant des flots d'amertume.

– Comme je sais que mes jours sont comptés, j'ai commencé à dresser l'inventaire de ma vie, et qu'ai-je trouvé à mon actif? De l'argent, oui. Des propriétés, également. Une entreprise comptant deux cents travailleurs, pour laquelle j'ai sué sang et eau pendant trois décennies, et le jour où ces gens-là ne se mettent pas en grève, ils me traînent plus bas que terre et me crachent à la figure. Une épouse qui, quand elle les a vus brûler deux églises, s'est enfuie avec sa mère et ses sœurs pour aller égrener des chapelets à Saint-Jean-de-Luz. Deux fils que je ne comprends pas, deux fainéants devenus des fanatiques qui passent leurs journées à tirer des coups de fusil depuis les toits et à adorer cet illuminé de José Antonio Primo de Rivera, qui tourne la tête de tous les fils à papa de Madrid avec ses imbécillités romantiques de réaffirmation de l'esprit nationaliste. Moi, je te les emmènerais tous travailler douze heures par jour à la fonderie, pour voir si leur esprit nationaliste se reconstitue à coups d'enclume et de marteau.

»Le monde a beaucoup changé, Dolores, tu t'en es rendu compte? Les ouvriers ne se contentent plus d'aller à la fête de San Cayetano et à la corrida de Carabanchel, comme le chante la zarzuela. Ils ont remplacé leur âne par un vélo, ils adhèrent à un syndicat et, dès qu'ils ont un peu de bouteille, ils menacent le patron de lui coller une balle entre les deux yeux. Ils ont sans doute de bonnes raisons: mener une vie de misère et travailler du lever au coucher du soleil à peine sorti de l'enfance, ça ne peut plaire à personne. Mais ici, il ne suffit pas de lever le poing, de haïr son supérieur et de chanter *L'Internationale* pour arranger la situation; on ne transforme pas un pays à la cadence des hymnes. Ils n'ont que trop de motifs de se révolter, c'est vrai, dans ce pays on a faim depuis des siècles, et il règne beaucoup d'injustice, pourtant la solution ne consiste pas à mordre la main qui te nourrit. Pour moderniser le pays, on a besoin d'entrepreneurs courageux et de travailleurs qualifiés, d'un système éducatif en ordre de marche, et de gouvernements sérieux qui resteront en place le temps nécessaire. Mais ici tout est catastrophique, chacun s'occupe de ses propres intérêts et personne n'agit pour en finir avec cette folie. Les politiciens, quel que soit leur camp, passent leurs journées à s'invectiver ou à faire de beaux discours au Parlement. Le roi est content d'être là où il est; il aurait dû partir depuis longtemps. Les socialistes, les anarchistes et les communistes se battent pour les leurs, comme de bien entendu, mais il leur faudrait agir avec sagesse et ordre, sans rancune ni excès. Les gens de la haute et les monarchistes s'enfuient à l'étranger, effrayés, les uns après les autres. Un de ces jours, on aura droit à un soulèvement militaire, à l'installation d'un gouvernement fasciste, et on s'en mordra réellement les doigts. Ou bien on plongera dans la guerre civile, on se tirera dessus et on finira par s'entretuer entre frères.

Il parlait d'un ton catégorique, sans pause. Soudain, il parut revenir à la réalité et se rappeler notre présence: malgré notre flegme apparent, nous étions, ma mère et moi, interloquées, sans bien comprendre le but d'un discours aussi décourageant ni ce que nous avions à voir avec ce défoulement verbal.

– Pardonnez-moi de parler de tout cela d'une façon si impulsive, mais j'y réfléchis depuis longtemps et je crois que le moment est venu de réagir. Ce pays est en train de s'effondrer. C'est une folie, un tissu d'absurdités et, pour ce qui me concerne, je risque d'être tué à tout moment. Le monde change, et on a du mal à s'adapter à ces vents nouveaux. J'ai passé plus de trente années à travailler comme une brute, à me ronger les sangs pour mon affaire et à m'efforcer d'accomplir mon devoir. Mais, ou bien l'époque ne me réussit pas, ou bien j'ai vraiment commis une grosse erreur, car au bout du compte tout se retourne contre moi et la vie paraît me cracher sa vengeance. Mes fils m'ont filé entre les doigts, ma femme m'a abandonné et la vie quotidienne, dans mon entreprise, est devenue un enfer. Je me retrouve seul, je ne rencontre aucun soutien, chez personne, et je suis convaincu que cette situation ne peut qu'empirer. Voilà pourquoi je me prépare, je mets mes affaires, mes papiers et mes comptes en ordre. Je mets au point mes dernières volontés et j'essaie de tout régler au cas où je disparaîtrais. En même temps que mes affaires, j'ordonne également mes souvenirs et mes sentiments, car il m'en reste quelques-uns, bien qu'ils soient peu nombreux. Plus je vois le présent en noir, plus je creuse dans mon passé et me remémore les bons moments. Maintenant que mes jours sont comptés, j'ai compris que l'une des rares choses qui aient vraiment valu la peine, tu sais ce que c'est, Dolores? Toi. Toi et cette fille, la nôtre, qui est ton vivant portrait quand nous vivions ensemble. C'est pour ça que j'ai voulu vous revoir.

Gonzalo Alvarado, ce père qui possédait enfin un visage et un nom, parlait désormais plus calmement. Apparaissait peu à peu l'homme qu'il devait être habituellement: sûr de lui, les gestes fermes et la parole convaincante, habitué à commander et à avoir raison. Le démarrage avait été laborieux; il n'était sans doute pas facile d'affronter un amour perdu et une fille inconnue après un quart de siècle. Mais à cet instant de nos retrouvailles, il avait récupéré tout son aplomb. Seigneur et maître de la situation. Ferme dans son discours, sincère et dépouillé comme seul peut l'être celui qui n'a plus rien à perdre.

– Tu sais, Sira? J'ai vraiment aimé ta mère; je l'ai aimée beaucoup, énormément, et j'aurais souhaité que tout soit différent pour la garder toujours à mes côtés. Mais ça n'a pas été le cas, malheureusement.

Son regard se détourna de moi pour fixer les grands yeux noisette las de coudre de ma mère. Sa beauté mûre, sans fard ni parure.

– Je me suis battu pour toi, n'est-ce pas, Dolores ? J'ai été incapable de m'opposer aux miens et je n'ai pas été à la hauteur avec toi. Après, tu connais la suite : je me suis habitué à l'existence qu'on me destinait, je me suis habitué à une autre femme et à une autre famille.

Ma mère écoutait en silence, apparemment impassible. Je n'aurais pas su dire si elle cachait ses émotions ou si ces paroles la laissaient indifférente. Elle restait figée ; ses pensées étaient indéchiffrables. Elle se tenait droite dans ce tailleur d'excellente facture que je ne lui avais jamais vu porter, probablement confectionné à l'aide des chutes de tissu laissées par une autre femme ayant plus de moyens et de chance qu'elle. Lui, loin de se laisser freiner par sa passivité, continua de parler :

– J'ignore si vous allez me croire, mais la vérité, c'est qu'à présent où j'arrive à la fin, je regrette de tout mon cœur de vous avoir négligées durant tant d'années et de ne pas t'avoir connue, Sira. J'aurais dû insister davantage, ne pas renoncer à mon désir de nous voir rester proches. Mais les choses étaient ce qu'elles étaient, et toi, Dolores, tu étais trop digne : tu n'allais pas te contenter de quelques miettes de ma vie. Ce serait tout ou rien. Ta mère est très dure, petite, très dure et très ferme. Moi, j'ai été un faible et un imbécile, mais il n'est plus temps de se lamenter.

Il se tut quelques secondes, songeur, le regard ailleurs. Puis il respira avec force et changea de position : il décolla son dos du fauteuil et projeta son corps en avant, comme s'il voulait être plus direct, comme s'il allait enfin aborder franchement ce qu'il avait à nous dire. Il paraissait maintenant prêt à se libérer de l'amère nostalgie qui l'avait attaché à son passé, à répondre aux exigences terre à terre du présent.

– Je ne veux plus vous ennuyer avec ma mélancolie, excusez-moi. Revenons à l'essentiel. Je vous ai appelées pour vous transmettre mes dernières volontés. Je vous demande à l'une et l'autre de bien me comprendre et de ne pas l'interpréter de façon erronée. Mon intention n'est pas de compenser les années que je ne vous ai pas consacrées, ni de vous prouver par des prébendes mon repentir, encore moins d'essayer d'acheter votre estime. Je souhaite une seule chose : ne rien laisser en suspens, régler tout ce qui doit l'être pour quand viendra mon heure.

Pour la première fois depuis que nous nous étions installés, il se leva et se dirigea vers le bureau. Je le suivis du regard : je contemplai son dos large, la bonne coupe de sa veste, sa démarche alerte malgré sa corpulence. Je remarquai ensuite le portrait accroché au mur du fond ; il était d'une telle taille qu'il était impossible de ne pas le voir. Une dame élégante, vêtue à la mode du début du siècle, ni belle ni laide, avec un diadème sur ses cheveux courts et ondulés, l'allure austère – une peinture à l'huile entourée d'un cadre doré. En se retournant, il la désigna d'un mouvement du menton.

– Ma mère, la grande doña Carlota, ta grand-mère. Tu t'en souviens, Dolores ? Elle est morte il y a sept ans. Si elle avait disparu il y a vingt-cinq ans, tu serais certainement née dans cette maison, Sira. Enfin, que les morts reposent en paix.

Occupé à diverses tâches autour de la table, il parlait sans nous regarder. Il ouvrit des tiroirs, sortit des objets, remua des papiers et revint vers nous les mains pleines. Il ne quittait pas ma mère des yeux en marchant.

– Tu es toujours belle, Dolores, observa-t-il tandis qu'il s'asseyait.

Il n'était plus tendu, sa gêne initiale était à peine un souvenir.

– Pardonnez-moi, je ne vous ai rien offert. Voulez-vous prendre quelque chose ? Je vais appeler Servanda...

Il esquissa le geste de se lever, mais ma mère l'interrompit.

– Nous ne voulons rien, Gonzalo, merci. Finissons-en avec tout ceci.

– Tu te rappelles Servanda, Dolores ? Comme elle nous épiait, nous suivait pour ensuite aller nous dénoncer à ma mère ? – Il lâcha soudain un éclat de rire rauque, bref, amer. – Et la fois où elle nous a pincés enfermés dans la salle du repassage ? Tu vois, quelle ironie au bout de toutes ces années ! Ma mère en train de pourrir au cimetière, et moi ici avec Servanda, la seule qui s'occupe de moi. Quel destin pathétique ! J'aurais dû la mettre à la porte quand ma mère est morte, mais où aurait-elle pu aller, la pauvre femme, vieille, sourde et sans famille ? En outre, elle n'avait sans doute pas le choix, elle était obligée d'obéir à ma mère : pas question de perdre un travail tel que celui-ci, malgré le caractère exécrable de doña Carlota et sa façon de traiter le personnel. Enfin, si vous ne souhaitez rien prendre, moi non plus. Poursuivons donc.

Il restait assis au bord du fauteuil, sans se pencher, ses deux grandes mains posées sur le tas d'objets qu'il avait rapportés de la table. Des papiers, des paquets, des étuis. De la poche intérieure de sa veste, il tira alors une paire de lunettes à monture métallique qu'il ajusta devant ses yeux.

– Passons aux choses pratiques.

Il prit d'abord un paquet composé en réalité de deux grandes enveloppes volumineuses réunies par une bande élastique.

– C'est pour toi, Sira, pour que tu te frayes un chemin dans la vie. Ce n'est pas le tiers de ma fortune, comme tu devrais recevoir en bonne justice puisque tu es un de mes trois descendants, mais c'est tout ce que je peux te donner en ce moment en liquide. Je n'ai presque rien réussi à vendre, l'époque n'est pas aux transactions. Je ne suis pas non plus en mesure de te léguer des propriétés : je ne t'ai pas légalement reconnue comme étant ma fille et ton héritage serait dévoré par les impôts, outre d'interminables procès avec mes autres enfants. Mais enfin, voici près de cent cinquante mille pesetas. Tu sembles aussi intelligente que ta mère; je suis sûr que tu sauras effectuer de bons investissements. Avec cet argent, je veux aussi que tu t'occupes d'elle, qu'elle ne manque de rien et que tu subviennes si nécessaire à ses besoins. En réalité, j'aurais préféré partager cet argent en deux, une part pour chacune, mais comme je sais que Dolores n'aurait jamais accepté, je te charge de tout.

Il me tendit le paquet; avant de le saisir, je regardai ma mère, déconcertée, sans savoir que faire. D'un geste affirmatif, bref et concis, elle me donna son consentement. Ce fut seulement alors que j'avançai la main.

– Merci beaucoup, bredouillai-je à mon père.

Un sourire sévère précéda sa réponse.

– Il n'y a pas de quoi, ma fille, il n'y a pas de quoi. Bien, continuons.

Il prit ensuite un étui recouvert de velours bleu et l'ouvrit. Puis un deuxième, couleur grenat, plus petit. Puis un autre, et ainsi de suite, jusqu'à cinq. Il les déposa sur la table. Les bijoux à l'intérieur ne brillaient pas, il y avait peu de lumière, mais on devinait néanmoins leur valeur.

– Ils appartenaient à ma mère. Il y en a davantage, mais María Luisa, mon épouse, les a emportés dans son pieux exil. Elle a pourtant laissé les plus précieux, car c'étaient sans doute les moins discrets. Ils sont pour toi, Sira; il est plus que probable que tu ne pourras jamais les porter: comme tu le vois, ils sont quelque peu ostentatoires. Mais tu pourras les vendre ou les mettre en gage, le cas échéant, et en obtenir une somme plus que respectable.

Je ne sus que répondre, au contraire de ma mère.

– Pas question, Gonzalo. Tout cela est à ta femme.

– Je ne suis pas d'accord, l'interrompit-il. Tout cela, ma chère Dolores, n'est pas la propriété de mon épouse. Tout cela est à moi, et ma volonté est que, de moi, cela passe à ma fille.

– C'est impossible, Gonzalo.

– Si, c'est possible.
– Non.
– Si.

Ce fut là que prit fin la discussion. Silence de la part de Dolores, bataille perdue. Il referma les boîtes l'une après l'autre. Ensuite il les empila en une pyramide, la plus grande en bas et la plus petite en haut. Il fit glisser l'ensemble vers moi sur la surface cirée de la table et, quand le tas fut en face de moi, il fixa de nouveau son attention sur des papiers. Il les déplia et me les montra.

– Ce sont les certificats des bijoux, avec leur description, leur estimation et ce genre de choses. Il y a également un acte notarié attestant qu'ils m'appartiennent et que je te les cède de mon propre chef. Ces papiers te seront utiles si tu devais un jour prouver que ces bijoux sont à toi. J'espère que cela ne t'arrivera jamais, mais au cas où.

Il replia les documents, les introduisit dans une chemise, noua habilement un ruban rouge autour et la plaça aussi devant moi. Il prit alors une enveloppe et en tira deux feuillets en parchemin, ornés de timbres, de signatures et autres formalités.

– À présent une autre chose, presque la dernière. Voyons, comment vais-je te l'expliquer?

Pause, inspiration, expiration, reprise:

– Ce document, nous l'avons rédigé, mon avocat et moi, et un notaire a fait foi de son contenu. En résumé, il stipule que je suis ton père et que tu es ma fille. À quoi cela peut-il te servir? Sans doute à rien, puisque si tu t'avisais un jour de réclamer mon patrimoine, tu constaterais que je l'ai légué, de mon vivant, à tes demi-frères, ce qui fait que tu ne pourras jamais obtenir de cette famille d'autres revenus que ceux que tu emporteras quand tu quitteras cette maison. Pour moi, en revanche, il a de la valeur: il signifie reconnaître publiquement un acte que j'aurais dû effectuer depuis longtemps. Ici figure ce qui nous unit, toi et moi. Désormais, tu peux en disposer à ta guise: le montrer au monde entier ou le déchirer en mille morceaux et le brûler dans la cheminée; cela ne dépendra que de toi.

Il plia le papier, le rangea dans l'enveloppe et me tendit celle-ci; puis il prit une autre enveloppe sur la table, la dernière. La précédente était grande, d'un bon papier, avec une calligraphie élégante et l'en-tête d'un notaire. La seconde était petite, brunâtre, ordinaire, l'air d'avoir été manipulée par un million de mains avant de parvenir entre les nôtres.

– C'est la dernière chose, dit-il sans lever la tête.

Il ouvrit l'enveloppe, en sortit le contenu et le compulsa brièvement. Ensuite, sans un mot, il le donna à ma mère. Il se leva, alors, et se dirigea vers l'un des balcons. Il se tint là en silence, nous tournant le dos, les mains dans les poches de son pantalon, contemplant l'après-midi ou le néant, je l'ignore. C'était un petit paquet de photographies qu'il avait remis à ma mère. Vieilles, sépia et de mauvaise qualité, prises il y a plus de vingt ans et pour trois sous par un portraitiste à la sauvette à l'occasion d'une matinée printanière. Deux jeunes gens, élégants, souriants. Complices et rapprochés, attrapés dans les filets fragiles d'un amour aussi grand que malvenu, ignorant qu'au bout de longues années de séparation, quand ils seraient de nouveau confrontés, ensemble, à ce témoignage du passé, lui se retournerait vers un balcon pour ne pas la regarder en face, et elle serrerait les dents de peur de pleurer devant lui.

Dolores examina les photographies l'une après l'autre, sans hâte. Puis elle me les tendit sans me regarder. Je les contemplai lentement avant de les ranger dans leur enveloppe. Mon père revint s'asseoir près de nous et reprit la parole.

– Nous en avons donc fini avec les questions matérielles. Les conseils, à présent. Ma fille, je n'ai pas la prétention de te laisser un legs moral; je ne suis pas à même d'inspirer confiance ou de prêcher par l'exemple, mais après tant d'années, tu peux m'accorder quelques minutes supplémentaires, n'est-ce pas?

J'acquiesçai d'un hochement de la tête.

– Mon conseil est le suivant: partez d'ici sans attendre. Toutes les deux, loin, le plus loin possible de Madrid. Pourquoi pas en dehors de l'Espagne? Mais pas en Europe, la situation n'y est pas non plus fameuse. En Amérique, ou si vous trouvez que c'est trop loin, au Maroc; le Protectorat est très agréable à vivre. Un endroit paisible où, depuis la fin de la guerre contre les Maures, il ne se passe jamais rien. Commencez une nouvelle vie à l'écart de ce pays devenu fou, car un de ces jours il va y éclater quelque chose de terrible, dont personne ne réchappera.

Je ne pus me contenir.

– Pourquoi vous ne partez pas, vous?

Il esquissa une fois de plus un sourire amer. Il tendit alors sa grande main en direction de la mienne et l'agrippa avec force. Elle était chaude. Il parla sans la lâcher.

– Parce que je n'ai plus besoin d'avenir, ma fille; j'ai déjà brûlé tous mes vaisseaux. Et arrête de me vouvoyer, s'il te plaît. J'ai dorénavant accompli mon cycle, peut-être un peu tôt, certes, mais je n'ai plus ni l'envie ni la vigueur suffisantes pour lutter pour une vie nouvelle. Quand on entame ce genre de chemin, on a besoin de rêves et d'espoirs, d'illusions. Sinon, cela revient à prendre la fuite, et je n'ai pas l'intention de m'enfuir; je préfère rester ici et affronter ce qui m'attend. Mais toi, Sira, tu es jeune, tu devras fonder une famille, l'élever. L'Espagne est en train de devenir un endroit dangereux. Voici donc ma recommandation de père et d'ami: va-t'en. Emmène ta mère avec toi, qu'elle voie pousser ses petits-enfants. Et veille sur elle comme je n'ai pas été capable de le faire. Promets-le-moi.

Ses yeux fixèrent les miens dans l'attente d'un mouvement affirmatif. J'ignorais ce qu'il attendait de moi quand il parlait de m'occuper de ma mère, mais je me sentis obligée d'accepter.

– Eh bien, cette fois-ci, je pense que nous avons terminé, déclara-t-il.

Il se leva et nous l'imitâmes.

– Ramasse tes affaires, dit-il.

J'obéis. Tout tenait dans mon sac, à l'exception de l'étui le plus grand et des enveloppes avec l'argent.

– Et maintenant, laisse-moi t'embrasser pour la première et probablement la dernière fois. Je doute fortement que nous ayons l'occasion de nous revoir.

Il enveloppa mon corps mince dans sa corpulence et m'étreignit avec force; puis il prit mon visage entre ses mains puissantes et me donna un baiser sur le front.

– Tu es aussi ravissante que ta mère. Bonne chance dans la vie, ma chère fille. Que Dieu te bénisse!

Je voulus répondre, mais j'en fus incapable. Les sons se bloquèrent dans une accumulation de salive et de mots coincés au fond de la gorge; les larmes me montèrent aux yeux, et je pus seulement me retourner et me précipiter dans le couloir en quête de la sortie, trébuchant, le regard voilé et un pincement de désespoir au creux de l'estomac.

J'attendis ma mère sur le palier. La porte de la rue était entrouverte et je la vis sortir, surveillée à distance par le visage sinistre de Servanda. Elle avait les joues en feu et les yeux vitreux, son visage exprimait enfin une émotion. Je n'assistai pas au dernier moment passé ensemble par mes parents, j'ignore les mots qu'ils échangèrent pendant ces courtes cinq minutes, mais j'ai toujours imaginé qu'ils s'embrassèrent et qu'ils se dirent adieu pour toujours.

Nous descendîmes l'escalier comme nous l'avions grimpé: ma mère devant et moi derrière. En silence. Avec les bijoux, les documents et les photographies dans le sac à main, les cent cinquante mille pesetas serrées bien fort sous le bras et le bruit des talons martelant le marbre des marches. En atteignant l'entresol, je fus incapable de me dominer : je l'agrippai par le bras, l'obligeai à s'arrêter et à se retourner. Mon visage se retrouva en face du sien, ma voix fut à peine un murmure terrifié.

– Ils vont vraiment le tuer, maman ?

– Qu'en sais-je, ma fille, qu'en sais-je...

4

Nous sortîmes dans la rue et reprîmes le chemin du retour sans échanger un mot. Ma mère pressa le pas et je m'efforçai de rester à sa hauteur, malgré mes chaussures neuves, peu pratiques et trop hautes, qui m'empêchaient parfois de suivre le rythme de ses enjambées. Au bout de quelques minutes, je me risquai à chuchoter, encore atterrée :

– Qu'est-ce que je fais de tout ça, à présent, maman ?

Elle se contenta de rétorquer :

– Tu le ranges en lieu sûr.

– Tout ? Et toi, tu ne prends rien ?

– Non, tout est à toi ; tu es l'héritière. En outre, tu es adulte, désormais, je ne peux plus intervenir dans tes décisions concernant les biens que ton père a décidé de te laisser.

– Vraiment, maman ?

– Vraiment, ma fille. Donne-moi, tout au plus, une photographie ; n'importe laquelle, je ne veux qu'un souvenir. Le reste t'appartient, mais je te le demande au nom du Seigneur, Sira, au nom du Seigneur et de la Très Sainte Vierge, écoute-moi bien.

Elle s'immobilisa enfin et me regarda dans les yeux sous la lumière tremblotante d'un réverbère. Autour de nous, les passants défilaient, étrangers au désarroi que cette rencontre avait provoqué chez nous deux.

– Fais attention, Sira. Fais attention et sois responsable, dit-elle à voix basse, prononçant ces phrases avec rapidité. Ne commets aucune folie, ce que tu possèdes maintenant représente une grosse somme, infiniment plus que ce tu aurais pu rêver d'avoir durant toute ta vie. Par conséquent, ma fille, je t'en conjure, sois prudente. Sois prudente et raisonnable.

Nous continuâmes de marcher en silence, puis chacune partit de son côté. Ma mère retourna au vide de son appartement sans moi, à la présence muette de mon grand-père, lui qui n'avait jamais connu le géniteur de sa petite-fille, car Dolores, têtue et fière, avait toujours refusé de livrer son nom. Moi, je rentrai chez Ramiro. Il écoutait la radio et m'attendait en fumant dans la demi-obscurité du salon, anxieux de savoir comment s'était passée la rencontre et prêt à sortir pour dîner.

Je lui racontai la visite avec force détails: ce que j'avais vu, les paroles de mon père, mes impressions et ses conseils. Je lui montrai aussi ce que j'avais rapporté de cette maison où je ne remettrais sans doute jamais les pieds.

– Ça représente beaucoup d'argent, petite, murmura-t-il en découvrant les bijoux.

– Et ce n'est pas tout, ajoutai-je en lui tendant les enveloppes remplies de billets.

Il se contenta d'un sifflement en guise de réponse.

– Qu'est-ce qu'on va faire de tout ça, Ramiro? demandai-je, la gorge serrée.

– Tu veux sans doute dire qu'est-ce que tu vas en faire, toi, mon amour. Tout cela n'appartient qu'à toi. Mais je peux, si tu le souhaites, me charger d'étudier la meilleure façon de le conserver. Ce serait peut-être une bonne idée de tout déposer dans le coffre-fort de mon bureau.

– Pourquoi pas dans une banque?

– Je ne pense pas que ce soit la meilleure solution par les temps qui courent.

La chute de la Bourse de New York quelques années auparavant, l'instabilité politique et une foule de choses qui ne m'intéressaient pas le moins du monde furent les explications avec lesquelles il étaya sa proposition. Je l'écoutai à peine : n'importe laquelle de ses décisions me paraissait judicieuse, je voulais juste qu'il trouve au plus vite une cachette pour cette fortune qui commençait à me brûler les doigts.

Au retour du travail, le lendemain, il croulait sous les documents et les carnets.

– Je ne cesse de penser à ton affaire, et il me semble que j'ai découvert le bon moyen. Il faut que tu crées une société commerciale, annonça-t-il en entrant.

Je n'avais pas bougé depuis que je m'étais levée. J'avais passé toute la matinée tendue et nerveuse, me rappelant l'après-midi précédent, encore sous le coup de l'émotion d'avoir appris que j'avais un père avec un prénom, un nom de famille, une fortune et des sentiments. Cette proposition inattendue contribua à accroître mon désarroi.

– Une entreprise, moi ? Pour quoi faire ? demandai-je, inquiète.

– Ainsi, ton argent sera plus en sécurité. Et pour une raison supplémentaire.

Il me parla alors de problèmes au sein de sa compagnie, de tensions avec ses patrons italiens et de l'incertitude des entreprises étrangères dans les convulsions de l'Espagne contemporaine. Et d'idées. Il déploya devant moi un catalogue de projets dont il ne m'avait jamais fait part jusqu'alors. Tous innovants, brillants, destinés à moderniser le pays à l'aide de technologies venues de l'extérieur et à se frayer ainsi un chemin vers la modernité. Importation de moissonneuses-lieuses britanniques pour les champs de Castille, aspirateurs américains qui promettaient de laisser les domiciles urbains propres comme des sous neufs, et un cabaret à la manière berlinoise pour lequel il possédait déjà un local rue Valverde.

Parmi tous ceux-là, il y avait néanmoins un projet qui se dégageait nettement des autres : les cours Pitman.

– J'y réfléchis depuis plusieurs mois, depuis que nous avons reçu une brochure dans l'entreprise par le biais d'anciens clients, mais je n'avais pas jugé opportun de m'adresser personnellement à eux en ma qualité de gérant. Si nous constituons une société à ton nom, ce sera beaucoup plus simple, précisa-t-il. Les cours Pitman fonctionnent à plein régime en Argentine : ils possèdent plus de vingt succursales, des milliers d'élèves qu'ils préparent pour occuper des postes dans les entreprises, dans la banque ou dans l'administration. Ils leur enseignent la dactylographie, le secrétariat et la comptabilité avec des méthodes révolutionnaires, et au bout de onze mois les clients sortent avec un diplôme sous le bras, prêts à avaler le monde. La société ne cesse de grandir, d'ouvrir de nouveaux centres, d'embaucher du personnel et de générer des revenus. Nous, nous pourrions faire de même, monter les cours Pitman de ce côté-ci de la mer. Si nous soumettons cette idée aux Argentins en leur disant que nous avons une entreprise légalement constituée et soutenue par un capital suffisant, il est probable que nos chances soient bien plus élevées que si nous nous adressions à eux en simples particuliers.

J'ignorais si ce projet était raisonnable ou extravagant, mais Ramiro s'exprimait avec une telle assurance, une telle maîtrise et compétence que je ne doutai pas un instant de son caractère génial. Il poursuivit avec force détails, et je buvais chacune de ses paroles :

– Je pense, en outre, que nous devrions prendre en compte la suggestion de ton père de quitter l'Espagne. Il a raison : ici, la situation est trop tendue, ça peut exploser n'importe quand et le moment est mal choisi pour lancer une nouvelle affaire. Il faut donc suivre son conseil et partir en Afrique. Si tout va bien, une fois que le calme sera revenu, nous pourrons rejoindre la Péninsule et nous étendre à travers tout le pays. Laisse-moi le temps de contacter en ton nom les propriétaires de Pitman à Buenos Aires et de les convaincre de notre projet d'ouvrir une grande succursale au Maroc, à Tanger ou dans le Protectorat, nous déciderons plus tard. On aura la réponse dans un mois, au maximum. Et alors, *arrivederci* Hispano-Olivetti : on s'en va et on commence à fonctionner.

– Mais pourquoi les Arabes voudraient-ils apprendre à taper à la machine ?

Un éclat de rire sonore fut la première réaction de Ramiro. Puis il éclaira mon ignorance.

– Tu dis de ces bêtises, mon amour ! Notre académie sera destinée à la population étrangère qui vit au Maroc : Tanger est une ville internationale, un port franc avec des habitants en provenance de toute l'Europe. Il y a beaucoup d'entreprises étrangères, des légations diplomatiques, des banques et des sociétés financières ; les possibilités de travailler sont immenses et on a partout besoin d'un personnel qualifié avec des connaissances en secrétariat et en comptabilité. À Tétouan, c'est un peu différent mais aussi prometteur : la population est moins internationale, puisque la ville est la capitale du Protectorat espagnol, pourtant il y a beaucoup de fonctionnaires ou de gens qui aspirent à le devenir et, tu le sais, ma chérie, la préparation que peut leur fournir un cours Pitman leur est indispensable à tous.

– Et si les Argentins refusent ?

– J'en doute fortement. J'ai des amis à Buenos Aires avec d'excellents contacts. Nous y arriverons, tu verras. Ils nous vendront leur méthode et leurs connaissances, et ils nous enverront des représentants pour former nos employés.

– Et toi, qu'est-ce que tu feras ?

– Moi seul ? Rien. Nous, beaucoup. Nous dirigerons l'entreprise, toi et moi, ensemble.

Je laissai échapper un éclat de rire nerveux. L'image offerte par Ramiro ne pouvait pas être plus invraisemblable : la pauvre petite couturière au chômage, qui voulait apprendre à taper à la machine quelques mois auparavant parce qu'elle se trouvait dans une misère noire, était sur le point de se transformer, par un coup de baguette magique, en patronne d'une affaire ouvrant de fascinantes perspectives d'avenir.

– Tu souhaites que, moi, je dirige une entreprise ? Je n'y connais rien du tout, Ramiro.

– Comment dois-je te prouver ta valeur ? Le seul problème, c'est que tu n'as jamais eu l'occasion de la démontrer : tu as gaspillé ta jeunesse enfermée dans un taudis, cousant des chiffons pour d'autres et sans la moindre chance de te consacrer à quelque chose de mieux. Ton heure, ton heure de gloire, reste encore à venir.

– Et les gens d'Hispano-Olivetti, quand ils apprendront ton départ ?

Il eut un sourire goguenard et me donna un baiser sur le bout du nez.

– Hispano-Olivetti, mon amour, qu'ils aillent au diable !

Les cours Pitman ou un château flottant dans les airs, je m'en moquais si l'idée sortait de la bouche de Ramiro, s'il égrenait ses projets avec un enthousiasme fébrile tandis qu'il saisissait mes mains et que ses yeux plongeaient au fond des miens, s'il me répétait à quel point j'avais du talent et que tout irait bien à condition de parier ensemble sur l'avenir. Grâce aux cours Pitman ou aux chaudrons de l'enfer ? Pour moi, tout ce qu'il disait était parole d'Évangile.

Le lendemain, il rapporta chez nous la brochure d'information qui avait enflammé son imagination. Des paragraphes entiers décrivaient l'histoire de l'entreprise : fondée en 1919 par trois associés, Allúa, Schmiegelon et Jan. Basée sur le système de sténographie inventé par un Anglais, Isaac Pitman. Une méthode infaillible, des professeurs rigoureux, une responsabilité absolue, un traitement personnalisé, un avenir glorieux après l'obtention du diplôme. Les photographies de jeunes gens souriants, qui avaient presque l'air de savourer leurs brillantes perspectives professionnelles, garantissaient la véracité de ces promesses. Une atmosphère de triomphalisme se dégageait du document, capable de forcer l'adhésion du plus sceptique: «Long et escarpé est le chemin de la vie. Tous n'atteignent pas le but qu'ils se sont fixé, là où les attendent le succès et la fortune. Beaucoup restent sur le bas-côté: les inconstants, les faibles de caractère, les négligents, les ignorants, ceux qui comptent uniquement sur la chance, oubliant que les triomphes les plus éclatants et exemplaires ont été forgés à coups d'études, de persévérance et de volonté. Chaque homme est maître de son destin. Décidez-le vous-même!»

J'allai voir ma mère cet après-midi-là. Elle me prépara un café filtre et, pendant que nous le buvions, avec la présence aveugle et muette de mon grand-père, je lui exposai notre projet et lui suggérai de nous rejoindre une fois que nous serions installés en Afrique. Comme je l'avais supposé, l'idée ne lui plut pas du tout et elle refusa de nous accompagner.

– Tu n'es pas obligée d'obéir à ton père ni de croire tout ce qu'il nous a raconté. Le fait qu'il rencontre lui-même des problèmes dans son affaire ne signifie pas qu'il doive nous arriver quelque chose à nous. Plus j'y réfléchis, plus je pense qu'il a exagéré.

– Mais il avait l'air si effrayé, maman, il y a sans doute une bonne raison, il ne peut pas l'inventer...

– Il a peur parce qu'il est habitué à commander sans que personne proteste, et à présent il est désemparé car les travailleurs, pour la première fois, osent élever la voix et réclamer leurs droits. À vrai dire, je me demande si on n'a pas commis une folie en acceptant cette grosse somme d'argent, les bijoux, surtout.

Folie ou pas, l'argent, les bijoux et les projets s'accommodèrent en toute simplicité à notre quotidien, sans dissonances, mais toujours présents dans nos pensées et nos conversations. Comme prévu, Ramiro se chargea des formalités pour créer l'entreprise, et je me contentai de signer les papiers qu'il plaça devant moi. Dès lors, notre vie suivit son cours : agitée, amusante, amoureuse et débordant d'une ingénuité délirante.

Le rendez-vous avec Gonzalo Alvarado nous permit, à ma mère et à moi, de limer un peu les aspérités de notre relation, mais nos routes empruntèrent des directions irrémédiablement opposées. Dolores utilisait jusqu'au bout les derniers coupons de tissu rapportés de chez doña Manuela, cousant de temps à autre pour une voisine et le plus souvent inactive. Mon monde, en revanche, était désormais différent : un univers où il n'y avait plus de place pour les étoffes ou les modèles ; où il ne restait presque plus rien de la petite couturière que j'avais été un jour.

Le déménagement au Maroc fut retardé de plusieurs mois. Cette période fut occupée, par Ramiro et moi, à sortir et à rentrer, à rire, à fumer, à faire follement l'amour et à danser la carioca jusqu'à l'aube. Autour de nous, le climat politique était explosif et les grèves, les conflits du travail et les violences urbaines constituaient le décor habituel. En février, la coalition de gauche du Front populaire gagna les élections ; en réaction, la Phalange se fit plus agressive. Les pistolets et les poings [1] remplacèrent les mots au cours des débats politiques, la tension atteignit son paroxysme. Mais nous nous fichions de tout cela, puisque nous étions sur le point d'entamer une nouvelle étape.

1. Allusion à une phrase célèbre, prononcée par José Antonio Primo de Rivera, le créateur de la Phalange, le parti fasciste espagnol, en 1934.

5

Nous quittâmes Madrid fin mars 1936. Un matin, je sortis acheter des bas et, en revenant, je découvris la maison sens dessus dessous et Ramiro entouré de valises et de malles.

– Nous partons. Cet après-midi.

– On a enfin des nouvelles des cours Pitman ? demandai-je, l'estomac noué.

Il répondit sans me regarder, en décrochant à toute vitesse des pantalons et des chemises de l'armoire.

– Pas directement, mais j'ai appris qu'ils sont en train d'étudier très sérieusement notre proposition. Je pense donc que c'est le moment de prendre notre envol.

– Et ton travail ?

– J'ai démissionné. Aujourd'hui même. J'en avais par-dessus la tête, ils savaient que mon départ n'était qu'une question de jours. Adieu, donc, à jamais, Hispano-Olivetti. Un autre monde nous attend, mon amour. La fortune sourit aux audacieux, alors commence à ramasser tes affaires, on s'en va.

Je restai muette et mon silence l'obligea à interrompre son activité frénétique. Il s'arrêta, me contempla et s'esclaffa en constatant mon ébahissement. Puis il s'approcha, m'attrapa par la taille et m'extirpa toutes mes peurs d'un seul baiser ; il m'avait transfusé une dose d'énergie capable de me projeter jusqu'au Maroc.

Nous étions si pressés que je ne disposais que de quelques minutes pour prendre congé de ma mère ; à peine un baiser rapide sur le pas de la porte et un ne t'inquiète pas, je t'écrirai. Je fus heureuse de ne pas avoir le temps de prolonger mes adieux : c'eût été trop douloureux. Je ne me retournai même pas tandis que je dévalais l'escalier : malgré sa force, je savais qu'elle était au bord des larmes et ce n'était pas le moment de faire du sentiment. Dans mon inconscience absolue, je supposais que notre séparation ne serait pas trop longue: comme si l'Afrique était à portée de main, qu'il suffisait de traverser deux rues et que notre absence n'allait pas durer plus de quelques semaines.

Nous débarquâmes à Tanger par une journée venteuse du début du printemps. Nous avions abandonné un Madrid grisâtre et sauvage, et nous nous installions dans une ville étrange, éblouissante, remplie de couleurs et de contrastes, où les visages bruns des Arabes avec leurs djellabas et leurs turbans se mêlaient aux Européens établis sur place ou à ceux fuyant leur passé, en route vers mille destinations, leurs valises à moitié faites remplies de rêves incertains. Tanger, sa mer, ses douze drapeaux internationaux et cette végétation luxuriante de palmiers et d'eucalyptus; ses ruelles maures et ses avenues modernes parcourues par de somptueuses automobiles aux plaques d'immatriculation portant les lettres CD: corps diplomatique. Tanger, où les minarets des mosquées et l'odeur des épices cohabitaient sans aucune tension avec les consulats, les banques, les étrangères frivoles dans leurs décapotables, les exhalaisons de tabac blond et les parfums parisiens détaxés. Les terrasses des hôtels balnéaires du port nous reçurent avec leurs vélums agités par le vent marin, le cap Malabata et les côtes espagnoles au loin. Les Européens, vêtus de tenues claires et légères, protégés par des lunettes de soleil et des chapeaux mous, prenaient des apéritifs en feuilletant la presse internationale, jambes croisées et dégaine nonchalante. Occupés, certains par leurs affaires, d'autres dans l'administration, la plupart d'entre eux à une vie oisive et faussement insouciante: le prélude à des temps mouvementés que même les plus perspicaces ne pouvaient pas prévoir.

Dans l'attente de nouvelles précises de la part des propriétaires des cours Pitman, nous logeâmes à l'hôtel Continental, sur le port et à la lisière de la médina. Ramiro envoya un câble à l'entreprise argentine pour leur signifier notre changement d'adresse, et je demandais tous les jours aux concierges de l'hôtel si cette lettre, qui devait marquer le point de départ de notre avenir, était arrivée. Nous attendions la réponse pour décider si nous resterions à Tanger ou si nous nous installerions dans le Protectorat. Pendant ce temps, tandis que le message s'attardait dans la traversée de l'Atlantique, nous commençâmes à mener, dans la ville, une vie d'expatriés semblables à tous les autres, nous nous mêlâmes à cette multitude d'êtres au passé trouble et au futur imprévisible, voués corps et âme à la tâche épuisante de bavarder, de boire, de danser, d'assister à des spectacles au théâtre Cervantes et de jouer leur chance aux cartes. Des êtres incapables de prévoir ce que la vie leur réservait: un avenir glorieux ou bien un destin misérable dans un trou perdu encore inconnu.

Nous étions devenus comme eux: il y avait de tout, dans nos activités, sauf de la tranquillité. Des heures d'amour dans notre chambre du Continental pendant que les rideaux ondoyaient sous la brise marine; une passion exacerbée rythmée par le bruit lancinant des ailes du ventilateur mêlé à nos respirations haletantes; de la sueur au goût de salpêtre ruisselant sur la peau et les draps froissés qui débordaient du lit et se répandaient sur le sol. Il y eut aussi des sorties incessantes, une vie dans la rue nuit et jour. Au début, nous étions seuls, nous ne connaissions personne. Parfois, quand le vent du levant ne soufflait pas trop fort, nous allions à la plage du Bosque Diplomático; l'après-midi, nous nous promenions le long du boulevard Pasteur, qu'on venait de construire, ou bien nous voyions des films américains au Florida Kursaal ou au Capitol, ou nous nous asseyions dans n'importe quel café du Zoco Chico, là où battait le cœur de la ville, où l'on observait une imbrication harmonieuse et commode des deux mondes: l'arabe et l'européen.

Notre isolement ne dura que quelques semaines: Tanger était petit, Ramiro sociable jusqu'à l'extrême, et tous les gens paraissaient alors en proie à un besoin irrépressible de nouer des relations avec les premiers venus. Nous avions bien vite commencé à saluer des visages, à connaître des noms, à nous joindre à des groupes de fêtards. Nous déjeunions et dînions au Bretagne, au Roma Park ou à la brasserie de la Plage, et le soir nous allions au Bar Russo, au Chatham, au Détroit, place de France, ou au Central, avec ses entraîneuses hongroises, ou voir les spectacles du music-hall Msalah, dans son grand pavillon vitré, plein à craquer de Français, d'Anglais et d'Espagnols, de Juifs de nationalités diverses, de Marocains, d'Allemands et de Russes qui dansaient, buvaient et débattaient de sujets politiques d'ici et d'ailleurs dans un brouhaha de langues et au son d'un orchestre assourdissant. Parfois nous finissions au Haffa, en bord de mer, sous des tentes jusqu'au petit matin. Avec des coussins par terre, des clients couchés fumant du kif et buvant du thé. Des Arabes riches, des Européens à la fortune douteuse qui l'avaient peut-être été jadis, ou peut-être pas. Nous étions rarement couchés avant l'aube, dans cette époque confuse, à cheval entre l'attente des nouvelles en provenance d'Argentine et l'oisiveté imposée par ce retard. Nous nous étions peu à peu habitués à déambuler dans les nouveaux quartiers européens et à travers les ruelles maures; à partager la vie des déracinés et des autochtones. Les dames au teint de cire, coiffées de capelines et ornées de perles, promenant leur caniche, et les barbiers noirâtres travaillant en plein air avec leurs instruments vétustes. Les vendeurs de pommades et d'onguents, les tenues impeccables des diplomates, les troupeaux de chèvres et les silhouettes rapides, fuyantes et presque sans visage, des femmes musulmanes dans leurs haïks et cafetans.

Nous recevions des nouvelles quotidiennes de Madrid. Dans les journaux locaux en espagnol, *Democracia*, *El Diario de África* ou le républicain *El Porvenir*, ou bien simplement par la bouche des vendeurs de journaux qui criaient des titres dans un salmigondis de langues : *La Vedetta di Tangeri*, en italien, *Le Journal de Tanger*, en français. De temps à autre me parvenaient des lettres de ma mère, brèves, sommaires, distanciées. Je sus ainsi que mon grand-père était mort, muet et paisible dans son fauteuil, et je devinais les difficultés de ma mère jour après jour, ne serait-ce que pour survivre.

Ce fut aussi l'époque des découvertes. J'appris quelques phrases en arabe, rares mais utiles. Mon oreille s'habitua à des sons étrangers – le français, l'anglais – et à d'autres accents de ma propre langue : le *haketía*, en particulier, ce dialecte des Juifs séfarades marocains à base de vieil espagnol et incorporant des mots arabes et hébreux. Je constatai qu'il existe des substances qui se fument, s'injectent ou s'inhalent par le nez et qui bouleversent les sens, que des individus sont capables de jouer leur mère à une table de baccara et que certaines passions charnelles inspirent, à l'homme et à la femme, des combinaisons beaucoup plus complexes qu'une simple position horizontale sur un matelas. Je découvris que divers événements se produisaient dans le monde et avaient jusque-là échappé à ma formation rudimentaire : par exemple la Grande Guerre qui s'était déroulée en Europe un certain nombre d'années auparavant, ou bien le pouvoir exercé en Allemagne par un dénommé Hitler, admiré des uns et redouté des autres, ou le fait d'être un jour à un endroit en croyant que l'on va y rester, et le lendemain être obligé de se volatiliser pour sauver sa peau, ou pour éviter de se retrouver dans un lieu pire que le plus abominable de ses cauchemars.

Je compris aussi, en proie à un chagrin immense, qu'à tout moment et sans cause apparente ce qu'on imagine acquis peut se dérégler, s'infléchir, dévier de sa route et commencer à changer. Contrairement aux informations que j'avais glanées sur les goûts des uns et des autres, sur la politique européenne et l'histoire des patries de nos amis de passage, j'eus l'occasion de m'en rendre compte par moi-même. Je ne me rappelle ni le moment ni les circonstances exactes, mais notre relation, entre Ramiro et moi, prit un tour différent.

Au début, il n'y eut qu'une simple modification dans la routine. Nous étions de plus en plus occupés par les autres et nous décidions désormais de fréquenter tel ou tel endroit; fini de vagabonder dans les rues, d'aller au gré du hasard comme les premiers jours. Je préférais l'étape précédente, quand nous étions seuls, lui et moi, dans un monde étranger, mais j'étais consciente de la personnalité irrésistible de Ramiro et de son pouvoir de séduction. Et ce qu'il faisait étant toujours bien pour moi, je supportai donc sans protester les heures interminables passées au milieu d'inconnus, sans comprendre leurs conversations, parfois parce qu'ils employaient d'autres langues que la mienne, parfois à cause des sujets, portant sur des lieux et des notions que j'ignorais: concessions, nazisme, Pologne, bolcheviks, visas, extraditions. Ramiro se débrouillait plus ou moins bien en français et en italien, il baragouinait un peu d'anglais et possédait quelques bribes d'allemand. Il avait travaillé pour des entreprises internationales et conservé des contacts avec des étrangers, et quand il n'arrivait pas à trouver les mots exacts, il utilisait des gestes, des périphrases et des sous-entendus. Communiquer ne lui posant aucun problème, en peu de temps il se transforma en un personnage populaire au sein des cercles d'expatriés. Nous avions le plus grand mal à entrer dans un restaurant sans avoir à saluer au moins deux ou trois tables, à nous installer au comptoir de l'hôtel El-Minzah ou à la terrasse du café Tingis sans être invités à participer aux discussions animées de quelque groupe. Ramiro en usait avec eux comme s'il les connaissait depuis toujours; je me laissais entraîner, telle son ombre, devenue une présence muette, heureuse de le sentir à côté de moi, d'être son appendice, un prolongement toujours complaisant de sa personne.

Il y eut une période, à peu près la durée du printemps, où nous combinions ces deux facettes et parvenions à un équilibre. Nous préservions des moments d'intimité, des heures exclusivement réservées l'un à l'autre. La flamme de Madrid restait vivace et, dans le même temps, nous nous ouvrions à de nouveaux amis et nous avancions dans les va-et-vient de la vie locale. Les plateaux de la balance commencèrent néanmoins à pencher d'un côté. Lentement, mais de façon irréversible. Les heures publiques s'infiltrèrent dans l'espace de nos instants privés. Les visages connus, cessant d'être des sujets de conversation et d'anecdotes, se transformèrent en des individus dotés d'un passé, de projets d'avenir et de capacité d'intervention. Leurs personnalités sortirent de l'anonymat, se dessinèrent nettement, devinrent intéressantes, attirantes. Je me souviens encore de quelques prénoms et noms; je conserve dans ma mémoire l'image de leurs visages, sans doute réduits à des crânes à présent, et de leurs origines lointaines, que j'étais alors incapable de situer sur une carte. Ivan, le Russe élégant et silencieux, stylé, le regard fuyant et un mouchoir sortant toujours de la poche de sa veste, telle une fleur en soie hors saison. Ce baron polonais dont le prénom m'échappe aujourd'hui, qui possédait seulement une canne à pommeau d'argent et deux chemises au col usé par le contact avec la peau au fil des ans. Isaac Springer, le Juif autrichien avec son étui à cigarettes en or. Le couple de Croates, les Jovovic, si beaux l'un et l'autre, si ressemblants et ambigus qu'ils passaient tantôt pour des amants, tantôt pour frère et sœur. L'Italien en sueur me dévorant de ses yeux troubles; il s'appelait Mario, ou Mauricio, je ne sais plus. Ramiro noua des relations de plus en plus intimes, s'impliqua dans leurs désirs et leurs soucis, participa activement à leurs projets. Je le voyais, jour après jour, se rapprocher d'eux, doucement, tout doucement, et s'éloigner de moi.

Les nouvelles des propriétaires des cours Pitman paraissaient s'être définitivement perdues et, à ma grande surprise, cela n'inquiétait pas le moins du monde Ramiro. Nous passions de moins en moins de temps seuls dans la chambre du Continental. Il me susurrait moins de compliments, moins d'allusions à ce qui l'avait séduit en moi. Ce qui avant le rendait fou et qu'il ne cessait de nommer l'inspirait moins: l'éclat de ma peau, mes hanches de déesse, ma chevelure soyeuse. Il saluait à peine la grâce de mon rire, la fraîcheur de ma jeunesse. Ma «bienheureuse innocence», selon ses propres termes, ne l'amusait presque plus, et je remarquai à quel point avaient diminué son intérêt pour moi, sa complicité, sa tendresse. Ce fut alors, au cours de ces tristes journées où le doute m'envahissait par à-coups, que je commençai à me sentir mal. Non seulement en esprit, mais aussi physiquement. Mal, très mal. Mon estomac ne réussissait peut-être pas à s'habituer à cette nouvelle nourriture, si différente des ragoûts maternels ou des plats simples des restaurants madrilènes. Sans doute cette chaleur tellement dense et humide du début de l'été expliquait-elle en partie ma faiblesse croissante. Je trouvais la lumière du jour trop violente, les odeurs de la rue me soulevaient le cœur. J'avais la plus grande difficulté à me lever, j'éprouvais des nausées aux moments les plus inattendus, j'avais tout le temps sommeil. Parfois, très rarement, Ramiro paraissait soucieux: il s'asseyait à côté de moi, posait la main sur mon front et me murmurait des mots doux. Le plus souvent, il était distrait, ailleurs. Il ne faisait pas attention à moi, il s'éloignait.

Je cessai de l'accompagner lors des sorties nocturnes : j'avais à peine la force et le courage de tenir debout. Je restais seule à l'hôtel, des heures longues, épaisses, asphyxiantes ; des heures d'une chaleur poisseuse, sans un souffle d'air, comme morte. J'imaginais qu'il se consacrait aux mêmes activités que ces derniers temps et avec les mêmes : boire un verre, jouer au billard, discuter encore et encore ; griffonner des chiffres et des cartes sur un bout de papier, sur le marbre blanc des tables de café. Je pensais qu'il faisait comme avec moi mais sans moi, et je fus incapable de deviner qu'il avait entamé une autre phase, qu'il y avait du nouveau ; qu'il avait désormais franchi les frontières de la simple vie sociale pour pénétrer à l'intérieur d'un territoire qui ne lui était pas complètement inconnu. Il y eut davantage de projets, certes. Et aussi des tripots, de féroces parties de poker, des fêtes jusqu'au petit matin. Paris, vantardises, transactions louches et plans tirés sur la comète. Des mensonges, des toasts portés au soleil et l'émergence d'un trait de sa personnalité qu'il m'avait caché durant des mois. Ramiro Arribas, l'homme aux mille visages, ne m'en avait montré qu'un seul jusque-là. J'allais bien vite découvrir les autres.

Il rentrait de plus en plus tard, la nuit, et dans un état lamentable. Un pan de la chemise dépassant de la veste, le nœud de cravate défait, surexcité, puant le tabac et le whisky, bégayant des excuses d'une voix pâteuse s'il me trouvait réveillée. Parfois il ne me frôlait même pas, il tombait sur le lit comme un poids mort et s'endormait sur-le-champ, avec une respiration si bruyante que je ne pouvais plus fermer l'œil pendant les quelques heures restantes avant que la matinée ne soit bien avancée. Ou bien il m'embrassait maladroitement, me bavait dans le cou, écartait les vêtements qui le gênaient et se déchargeait en moi. Je le laissais faire sans un reproche, sans comprendre ce qui nous arrivait, incapable de mettre un nom sur cette indifférence.

Certaines nuits, il ne rentrait pas. Ce furent les pires : les aubes insomniaques face aux lumières jaunâtres des quais se reflétant dans l'eau noire de la baie, les levers de soleil passés à écarter du revers de la main les larmes et l'amer soupçon que tout cela n'avait été qu'une erreur, une erreur immense, sans espoir de retour.

La fin ne se fit pas attendre longtemps. Décidée à déterminer une bonne fois pour toutes les causes de mon mal-être, mais sans vouloir inquiéter Ramiro, je me rendis tôt, un matin, au cabinet d'un médecin situé rue Estatuto. La plaque dorée, sur la porte, indiquait : Docteur Bevilacqua, médecine générale, troubles et maladies. Il m'écouta, m'examina, me posa des questions. Il n'eut besoin d'aucune analyse supplémentaire pour confirmer ce que je pressentais, et Ramiro également, je l'appris par la suite. Je revins à l'hôtel en proie à un mélange de sentiments confus. Espoir, anxiété, joie, épouvante. Je m'attendais à le trouver encore couché, à le réveiller en le dévorant de baisers pour lui annoncer la nouvelle. Mais ce fut impossible. Je n'eus jamais l'occasion de lui dire que nous allions avoir un enfant car, à mon arrivée, il n'était plus là. Outre son absence, je découvris une chambre sens dessus dessous, l'armoire ouverte à deux battants, les tiroirs renversés et les valises dispersées par terre.

On a été cambriolés, pensai-je d'abord.

J'en eus le souffle coupé et je dus m'asseoir sur le lit. Je fermai les yeux, respirai profondément, une, deux, trois fois. Quand je les rouvris, je parcourus la pièce du regard. Une seule interrogation me traversait l'esprit : Ramiro, Ramiro, où est Ramiro ? Alors, dans leur course affolée à travers la chambre, mes pupilles butèrent sur une enveloppe posée sur la table de nuit de mon côté du lit. Appuyée contre le pied de la lampe, avec mon nom écrit en lettres majuscules, d'une écriture vigoureuse que j'aurais été capable de reconnaître au bout du monde.

Sira, mon amour,

Avant de poursuivre ta lecture, je veux que tu saches que je t'adore et que ton souvenir vivra en moi jusqu'à la nuit des temps. Quand tu liras ces lignes, je ne serai plus près de toi, j'aurai déjà entrepris une nouvelle route et, bien que je le souhaite de tout mon cœur, je crains qu'il ne soit impossible que toi et cet enfant, que tu attends, je le pressens, y ayez, pour le moment, leur place.

Je veux m'excuser pour mon comportement à ton égard ces derniers temps, pour mon manque d'attention ; j'ose espérer ta compréhension ; en effet, l'incertitude provoquée par l'absence de nouvelles des cours Pitman m'a poussé à rechercher d'autres voies d'avenir. J'ai étudié diverses propositions et j'en ai choisi une seule : il s'agit d'une aventure aussi fascinante que prometteuse, mais elle exige de ma part que je m'y consacre corps et âme, c'est pourquoi je ne peux envisager, aujourd'hui, que tu y participes.

Je ne doute pas que ce projet débouche sur un succès complet, mais, en attendant, dans son étape initiale, il nécessite des investissements importants qui dépassent mes capacités financières ; j'ai donc pris la liberté d'emprunter l'argent et les bijoux de ton père afin de faire face aux premières dépenses. J'espère pouvoir te rendre un jour ce que j'acquiers à présent sous forme de prêt, de sorte que, quand les années auront passé, tu les cèdes à tes descendants, imitant ainsi ton père avec toi. Je suis également certain que le souvenir de ta mère, l'abnégation et la force dont elle a fait preuve pour t'élever, seront pour toi une source d'inspiration au cours des périodes successives de ta vie.

Adieu, mon amour. À toi pour toujours,

Ramiro

P.S. Je te conseille de quitter Tanger le plus vite possible ; ce n'est pas un bon endroit pour une femme seule, a fortiori *dans ton état. Je soupçonne qu'on pourrait avoir envie de me retrouver, et dans l'impossibilité d'y parvenir on te cherchera peut-être. Pars de l'hôtel discrètement et avec peu de bagages. J'ai vraiment l'intention de m'acquitter de ma dette par tous les moyens, mais mon départ a été si précipité que je n'ai pas eu la possibilité de payer la facture de ces derniers mois, et je ne me pardonnerais jamais si cela te causait des ennuis.*

J'ai oublié ma réaction. Dans ma mémoire, je conserve intacte l'image de la scène: la chambre en pagaille, l'armoire vide, la lumière aveuglante pénétrant par la fenêtre ouverte et ma présence sur le lit défait, le visage appuyé sur une main, l'autre posée sur mon ventre, sur ma grossesse tout juste confirmée, tandis que des gouttes de sueur coulaient sur mes tempes. Les pensées qui me traversèrent alors l'esprit, pourtant, n'existèrent jamais ou ne laissèrent aucune trace, puisque je ne pus jamais m'en souvenir. En revanche, je suis sûre que je me mis aussitôt en action, comme si on venait de brancher une machine, en toute hâte mais sans réfléchir ou éprouver un sentiment quelconque. Malgré le contenu de la lettre et même à distance Ramiro marquait encore le rythme de mes actes et je me contentai d'obéir. J'ouvris une valise, y jetai à pleines brassées les premières choses que je trouvai, sans m'interroger sur ce qu'il me convenait d'emporter ou de laisser. Quelques robes, une brosse à cheveux, des chemisiers, deux magazines périmés, une poignée de sous-vêtements, des chaussures dépareillées, deux vestes sans leurs jupes et trois jupes sans vestes, des papiers qui étaient restés sur la table, des flacons de la salle de bains, une serviette. Quand tout ce fouillis eut rempli à ras bord la valise, je la fermai et sortis en claquant la porte.

Dans l'agitation de la mi-journée, avec les allées et venues des clients dans la salle à manger et le bruit des garçons, le martèlement des pas et les cris dans des langues que je ne comprenais pas, nul ne parut remarquer mon départ. Hamid, le petit groom qui ressemblait à un enfant qu'il n'était plus, s'approcha, empressé, pour m'aider à porter mon bagage. Je le repoussai sans prononcer un mot et m'en allai. Je marchai mécaniquement, d'un pas ni ferme ni hésitant, sans but précis, indifférente à ma destination. Je me rappelle avoir grimpé la côte de la rue du Portugal, je conserve certaines images éparses du Zoco de Afuera : un grouillement d'étals, d'animaux, de vociférations et de djellabas. Je déambulai au hasard, et je dus plusieurs fois me coller contre un mur en entendant le Klaxon d'une automobile ou les cris de *Balak, balak !* de quelque Marocain transportant sa marchandise. Dans mon errance mouvementée, je passai par le cimetière anglais, l'église catholique et la rue Siagin, par la rue de la Marina et la Grande Mosquée. Je marchai une éternité, sans fatigue ni sensations, mue par une force étrangère qui bougeait mes jambes comme si elles appartenaient à un corps qui n'était pas le mien. J'aurais pu continuer beaucoup plus longtemps : des heures, des nuits, peut-être des semaines, des années, jusqu'à la fin des jours. Il n'en fut rien, car dans la côte de la plage, alors que je passais, tel un fantôme, devant les écoles espagnoles, un taxi s'arrêta à côté de moi.

– Vous avez besoin que je vous emmène quelque part, *mademoiselle* ? demanda le conducteur dans un mélange d'espagnol et de français.

Il me semble que j'acceptai d'un hochement de tête. Il avait sans doute déduit de ma valise mon intention de voyager.

– Au port, à la gare, ou vous allez prendre un autocar ?

– Oui.

– Oui quoi ?

– Oui.

– Oui à l'autocar ?

J'acquiesçai d'un geste: un autocar, un train, un bateau ou le fond d'un précipice, je m'en fichais éperdument. Ramiro m'avait abandonnée et je n'avais plus d'endroit où aller.

6

Une voix douce essaya de me réveiller et je parvins à entrouvrir les yeux dans un effort surhumain. Je décelai deux silhouettes près de moi: d'abord floues puis plus nettes. L'une d'entre elles appartenait à un homme aux cheveux gris dont le visage, encore confus, m'évoquait un souvenir lointain. La seconde était celle d'une nonne coiffée d'une cornette blanche immaculée. Où étais-je? Je ne perçus que de hauts plafonds, une odeur de médicaments et du soleil entrant à flots à travers des fenêtres. Je compris alors que je me trouvais dans un hôpital. Je me rappelle encore les premières paroles que je marmonnai:

– Je veux rentrer chez moi.

– Et où est ton chez-toi, petite?

– À Madrid.

J'eus l'impression que les deux personnages échangeaient un regard rapide. La nonne me prit la main et la pressa légèrement.

– Je crains que ce ne soit difficile pour le moment.

– Pourquoi? demandai-je.

Ce fut l'homme qui répondit:

– Le Détroit est fermé. L'état de guerre a été déclaré.

Je ne réussis pas à comprendre la signification de ces mots: en effet, à peine furent-ils entrés dans mes oreilles que je sombrai de nouveau dans un gouffre de faiblesse et de sommeil qui dura de nombreuses journées. Après mon réveil, je restai hospitalisée pendant un long moment. Ces semaines d'immobilisation à l'hôpital civil de Tétouan me permirent de remettre un semblant d'ordre dans mes sentiments et d'évaluer l'impact de ces derniers mois. Mais cela ne se produisit qu'à la fin, car au cours des premières journées, les matins et les après-midi, à l'aube, à l'heure des visites, où personne ne vint me voir, et quand on m'apportait un repas que j'étais incapable de goûter, je ne fis qu'une seule chose : pleurer. Je ne pensais pas, je ne réfléchissais pas, j'avais même tout oublié. Je me contentais de pleurer.

Au fil des jours, lorsque mes yeux furent secs parce que je n'avais plus de larmes en moi, les souvenirs commencèrent à défiler et à me harceler avec une précision millimétrique. Je pouvais presque les distinguer : ils pénétraient à la queue leu leu par la porte du fond du pavillon, cette nef vaste et remplie de lumière. Des souvenirs vivants, autonomes, petits et grands, s'approchaient à tour de rôle et se juchaient, d'un saut, sur le matelas. Ils me grimpaient sur le corps avant de s'insinuer dans mon cerveau, par une oreille, sous les ongles ou par les pores de la peau, et ils lui assenaient, sans une once de pitié, des images et des épisodes que ma volonté aurait souhaité ne plus jamais se remémorer. Par la suite, quand ce harcèlement se fit moins présent, je sentis m'envahir, tel un prurit glaçant et atroce, le besoin de tout analyser, de trouver une cause et une raison à tous les événements qui s'étaient succédé dans ma vie au cours des dix derniers mois. Cette phase fut la pire : la plus agressive, la plus tumultueuse. Celle qui me fit souffrir davantage. Et malgré mon incapacité à évaluer sa durée, je sais, à coup sûr, qu'elle fut interrompue par une visite inattendue.

Jusqu'à présent, les journées s'étaient écoulées au milieu des parturientes, des filles de la Charité et des lits métalliques peints en blanc. Parfois se présentaient la blouse d'un médecin et, à certaines heures, les familles des autres pensionnaires, parlant à voix basse, cajolant les nouveau-nés ou consolant, entre deux soupirs, celles qui, comme moi, étaient restées à mi-chemin. J'étais dans une ville où je ne connaissais pas âme qui vive: personne n'était venu me voir et je n'attendais personne. Je ne comprenais même pas très bien pourquoi j'étais dans cette cité étrangère: je me rappelais confusément les circonstances de mon arrivée. Un océan de pesante incertitude occupait, dans ma mémoire, la place où auraient dû se trouver les raisons logiques de mes actes. Tout au long de ces journées, j'eus pour seule compagnie mes souvenirs mêlés au trouble de mes sentiments, la présence discrète des bonnes sœurs et le désir – mi-ardent, mi-craintif – de retourner à Madrid au plus vite.

Ma solitude fut rompue soudainement un matin. Précédé de la silhouette blanche et rondelette de sœur Virtudes, réapparut alors ce visage masculin qui, plusieurs jours auparavant, avait prononcé quelques paroles vagues au sujet d'une guerre.

– Tu as une visite, ma petite, annonça la nonne.

Je crus deviner une pointe d'inquiétude dans sa voix chantante. Je compris pourquoi lorsque le nouvel arrivant se présenta.

– Commissaire Claudio Vázquez, madame, dit l'inconnu en guise de salut. Ou bien mademoiselle?

Il avait les cheveux presque blancs, une démarche souple, un costume d'été clair et un visage hâlé par le soleil où brillaient deux yeux obscurs et sagaces. Envahie par un accès de faiblesse, je ne pus distinguer s'il s'agissait d'un homme mûr à l'allure juvénile ou d'un homme jeune à la chevelure prématurément grisonnante. Cela n'avait guère d'importance, j'avais plutôt hâte de savoir ce qu'il me voulait. Sœur Virtudes lui désigna une chaise à côté du mur. Il la transporta à la droite de mon lit, déposa son chapeau à mes pieds et s'assit. Avec un sourire aussi aimable qu'autoritaire, il indiqua à la religieuse qu'il désirait qu'elle s'en aille.

Le pavillon était inondé de lumière. Derrière les fenêtres, le vent berçait doucement les palmiers et les eucalyptus du jardin, se découpant sur un ciel bleu éblouissant : une magnifique journée d'été, sauf pour quelqu'un prostré dans un lit d'hôpital avec un commissaire de police en guise de compagnie. De chaque côté de moi, les lits, recouverts de draps immaculés et bien tirés, étaient inoccupés. Quand la religieuse fut partie, cachant sa contrariété de ne pas pouvoir assister à notre conversation, nous nous retrouvâmes seuls, le policier et moi, à l'exception de deux ou trois présences, alitées et lointaines, et d'une jeune nonne qui lessivait silencieusement le sol à bonne distance. J'étais à demi assise, couverte jusqu'à la poitrine par le drap. N'émergeaient que mes bras nus de plus en plus décharnés, mes épaules osseuses et ma tête. J'avais les cheveux ramassés en une tresse brune sur un côté de mon visage amaigri, le teint cireux, et j'étais épuisée par mon abattement moral.

– La sœur m'a dit que vous vous sentez un peu mieux, le moment est donc venu d'avoir une petite conversation, n'est-ce pas ?

J'acquiesçai d'un hochement de la tête, incapable de deviner ce que cet homme attendait de moi : le désarroi et le désespoir constituaient-ils des infractions à la loi ? Le commissaire tira alors un petit carnet de la poche intérieure de sa veste et consulta quelques notes. Il avait dû les relire peu avant car il ne fut pas obligé de feuilleter les pages : il regarda simplement celle qui était sous ses yeux et qui contenait les informations dont il avait besoin.

– Bien, je vais commencer par quelques questions ; répondez par oui ou par non. Vous êtes Sira Quiroga Martín, née à Madrid le 25 juin 1911, exact ?

Il parlait sur un ton courtois, qui n'en était pas moins direct et inquisiteur. Un certain respect pour mon état de santé atténuait le caractère professionnel de l'entrevue, sans le masquer complètement. Je corroborai la véracité de mon état civil d'un geste affirmatif.

– Vous êtes arrivée à Tétouan le 15 juillet dernier, en provenance de Tanger.

Je confirmai une fois de plus.

– À Tanger, vous avez logé à partir du 23 mars à l'hôtel Continental.

Nouvelle approbation.

– En compagnie de... – il consulta son carnet – Ramiro Arribas Querol, originaire de Vitoria, né le 23 octobre 1901.

J'approuvai encore, cette fois en baissant la tête. C'était la première fois que j'entendais son nom depuis longtemps. Le commissaire Vázquez ne parut pas remarquer que je commençais à perdre de l'aplomb, ou bien il me le cacha ; en tout cas, il poursuivit son interrogatoire sans se soucier de ma réaction.

– À l'hôtel Continental vous avez laissé, l'un et l'autre, une facture impayée de trois mille sept cent quatre-vingt-neuf francs français.

Je ne répondis pas. Je tournai simplement la tête pour échapper à ses yeux.

– Regardez-moi, dit-il.

Je ne réagis pas.

– Regardez-moi.

Son ton restait neutre : il n'était pas devenu plus insistant la seconde fois, ni plus aimable ni plus exigeant. Juste le même. Il attendit patiemment que j'obéisse. Je le fixai, mais je n'ouvris pas la bouche. Il reformula sa question, placide :

– Êtes-vous consciente d'avoir laissé une facture impayée de trois mille sept cent quatre-vingt-neuf francs ?

– Je pense que oui, finis-je par articuler avec un filet de voix.

Je détournai de nouveau les yeux et me mis à pleurer.

– Regardez-moi, répéta-t-il encore.

Il patienta quelques instants, puis il comprit qu'en ces circonstances je n'avais pas l'intention, ou la force, ou le courage suffisant pour lui faire face. Je l'entendis se lever de sa chaise, passer devant mes pieds et s'approcher de l'autre côté. Il s'assit sur le lit voisin, là où était posé mon regard; il détruisit avec son corps la surface impeccable des draps et cloua ses yeux dans les miens.

– Je suis en train d'essayer de vous aider, madame. Ou mademoiselle, ça m'est égal, précisa-t-il d'un ton ferme. Vous vous êtes fourrée dans une sacrée histoire, même si je crois que ce n'est pas votre faute. Il me semble que je connais la vérité, mais j'ai besoin de votre collaboration. Si vous ne m'aidez pas, je ne pourrai pas vous aider, vous me comprenez?

Je répondis oui, avec beaucoup d'effort.

– Alors arrêtez de pleurer et allons-y.

Je séchai mes larmes avec le rabat du drap. Le commissaire m'accorda un bref instant. Dès qu'il eut constaté que mes pleurs avaient diminué, il reprit consciencieusement son interrogatoire.

– Prête?

– Prête, murmurai-je.

– Vous êtes accusée, par la direction de l'hôtel Continental, de ne pas avoir payé une note assez importante, mais ce n'est pas tout. Malheureusement, l'affaire est beaucoup plus complexe. Il y a aussi contre vous une plainte de la société Hispano-Olivetti pour une escroquerie de vingt-quatre mille huit cent quatre-vingt-dix pesetas.

– Mais je, mais...

Un geste de sa main m'empêcha de poursuivre plus avant dans mes excuses: il avait d'autres nouvelles à ajouter.

– Et il y a un mandat d'arrêt pour le vol de bijoux d'une valeur considérable chez un particulier à Madrid.

– Moi, non, mais...

Le choc causé par ce que j'entendais annulait en moi la capacité de penser, interdisait à mes mots de sortir en bon ordre. Le commissaire, conscient de ma stupéfaction, s'efforça de me rassurer.

– Je sais déjà, je sais déjà. Calmez-vous, ne vous agitez pas. J'ai lu tous les papiers que vous transportiez dans votre valise et j'ai pu reconstituer de façon approximative le déroulement de l'affaire. J'ai trouvé l'écrit laissé par votre mari, ou fiancé, ou amant, ou quoi que soit le dénommé Arribas, et un certificat attestant de la donation des bijoux en votre faveur, ainsi qu'un document qui stipule que le propriétaire antérieur de ces bijoux est en réalité votre père.

J'avais oublié avoir en ma possession ces papiers; j'ignorais ce qu'ils étaient devenus après les avoir donnés à Ramiro pour qu'il les range. Je les avais sans doute ramassés inconsciemment dans la chambre d'hôtel au moment de mon départ. J'eus un soupir de soulagement en songeant qu'ils seraient peut-être la clef de mon salut.

– Parlez-lui, je vous en prie, parlez à mon père, le suppliai-je. Il habite Madrid, il s'appelle Gonzalo Alvarado, il vit au 19 de la rue Hermosilla.

– Impossible de le localiser. Les communications sont très mauvaises avec Madrid. La capitale est sens dessus dessous, beaucoup de gens ne sont plus chez eux: ils sont arrêtés, en fuite ou réfugiés à l'étranger, cachés ou morts. En outre, la situation est compliquée, en ce qui vous concerne, car la plainte émane du fils d'Alvarado, Enrique, pour autant que je m'en souvienne. Votre demi-frère, n'est-ce pas? Enrique Alvarado, en effet, confirma-t-il après avoir consulté ses notes. Il semblerait que l'une des domestiques l'ait averti il y a quelques mois de votre présence chez votre père et que vous en étiez sortie bouleversée, avec des paquets: ils supposent que les bijoux s'y trouvaient, ils croient qu'Alvarado père a été victime d'un chantage ou soumis à une extorsion. Enfin, une affaire assez grave, bien que ces documents paraissent vous disculper.

Il tira alors de l'une des poches extérieures de sa veste les papiers que mon père m'avait remis à l'occasion de notre rencontre.

– Heureusement pour vous, Arribas ne les a pas emportés avec les bijoux et l'argent, peut-être parce qu'ils auraient pu être compromettants. Il aurait dû les détruire, pour sauvegarder ses arrières, mais dans sa hâte de disparaître, il ne l'a pas fait. Soyez-en reconnaissante, c'est ce qui va vous éviter la prison. Pour le moment, précisa-t-il, ironique.

Aussitôt il ferma les yeux, comme s'il essayait de ravaler ces derniers mots.

– Pardonnez-moi, je ne voulais pas vous blesser. J'imagine que, vu votre moral, vous n'avez pas envie de remercier un individu qui s'est conduit de cette façon avec vous.

Je ne répliquai rien à son excuse. D'une voix faible, je lui posai une autre question :

– Où est-il, maintenant ?

– Arribas ? Nous ne le savons pas à coup sûr. Au Brésil, à Buenos Aires ou à Montevideo. Il a embarqué à bord d'un transatlantique battant pavillon argentin, mais il peut avoir débarqué dans plusieurs ports. Il était accompagné, apparemment, de trois autres personnages : un Russe, un Polonais et un Italien.

– Et vous n'allez pas le rechercher ? Vous n'allez rien faire pour suivre sa trace et l'arrêter ?

– Je crains que non. Nous avons peu de chose contre lui : une facture impayée qu'il partage avec vous. Sauf si vous souhaitez porter plainte pour les bijoux et l'argent qu'il vous a volés, mais je ne pense pas, sincèrement, que ça en vaille la peine. Il est exact que cela vous appartenait, mais la provenance en est un tant soit peu trouble, et vous faites l'objet d'une autre plainte exactement pour le même motif. En somme, nous aurons bien du mal à découvrir où il se cache. Ces types sont des malins, ils ont beaucoup d'expérience et ils savent comment faire pour s'évaporer et se réinventer au bout de quatre jours en quelque point du globe, de la façon la plus inattendue.

– Mais nous étions sur le point d'entamer une nouvelle vie, d'ouvrir un commerce; nous attendions la confirmation, balbutiai-je.

– Vous voulez parler des machines à écrire? rétorqua-t-il en tirant une nouvelle enveloppe d'une poche. Impossible: vous n'aviez pas l'autorisation. Les propriétaires des académies, en Argentine, n'avaient aucun intérêt à développer leur affaire de l'autre côté de l'Atlantique, et c'est ce qu'ils lui ont notifié au mois d'avril.

Il perçut le désarroi sur mon visage.

– Arribas ne vous l'a jamais dit, n'est-ce pas?

Je me rappelai mes visites quotidiennes à la réception de l'hôtel, remplie d'espoir, désirant ardemment recevoir cette lettre dont je croyais qu'elle changerait nos vies etqui était déjà, depuis des mois, et à mon insu, entre les mains de Ramiro. Mes derniers arguments pour le défendre partaient en fumée. Je me raccrochai, avec le peu de force qui me restait, à mon ultime planche de salut.

– Mais il m'aimait...

Le commissaire esquissa un sourire amer mêlé d'une pointe de compassion.

– C'est ce que disent tous les individus de son acabit. Voyez-vous, mademoiselle, ne vous laissez pas abuser. Les types comme Arribas n'aiment qu'eux-mêmes. Ils peuvent être affectueux et avoir l'air généreux; ils sont souvent charmants, mais à l'heure de vérité ils ne s'intéressent qu'à leur propre peau et, à la première alerte, ils prennent la poudre d'escampette. Rien ne les arrête pour ne pas être pris la main dans le sac. Cette fois-ci, c'est vous qui avez été la victime; de la malchance, pour sûr. Je ne doute pas que vous lui ayez plu, mais un jour a surgi une meilleure occasion et vous êtes devenue une charge qu'il n'avait pas envie de traîner derrière lui. C'est pour ça qu'il vous a abandonnée, n'allez pas chercher plus loin. Vous n'êtes coupable de rien, mais nous n'y pouvons plus grand-chose.

Je ne souhaitais pas approfondir davantage mes réflexions sur la sincérité de l'amour de Ramiro ; c'était trop douloureux. Je préférai revenir à des aspects plus pratiques.

– Et à propos d'Hispano-Olivetti ? En quoi cela me concerne-t-il ?

Il inspira puis expira avec force, comme s'il se préparait à aborder un sujet désagréable.

– C'est une affaire encore plus embrouillée. Pour le moment, il n'existe en la matière aucune preuve qui vous exonère de vos responsabilités, bien que, personnellement, je soupçonne qu'il s'agit d'un autre mauvais tour que vous a joué votre mari, ou votre fiancé, ou quoi que soit le dénommé Arribas. La version officielle est que vous figurez en qualité de propriétaire d'un commerce ayant reçu une certaine quantité de machines à écrire qui n'ont jamais été payées.

– C'est lui qui a suggéré de fonder une entreprise à mon nom, mais je ne savais pas... j'ignorais... Je ne...

– J'en suis convaincu, vous n'aviez pas la moindre idée de tout ce qu'il a tramé en vous utilisant comme couverture. Je vais vous raconter mon interprétation personnelle de la réalité ; la version officielle, vous la connaissez déjà. Corrigez-moi si je me trompe : vous avez reçu de votre père une somme d'argent et des bijoux, exact ?

J'acquiesçai.

– Arribas a proposé d'enregistrer une entreprise à votre nom et de conserver tout l'argent et les bijoux dans le coffre-fort de la compagnie pour laquelle il travaillait, encore exact ?

J'acquiesçai de nouveau.

– Eh bien, il n'en a rien fait. Ou, plutôt, il l'a fait, mais non sous forme de simple dépôt à votre nom. Votre argent lui a servi à effectuer un achat à sa propre entreprise en simulant une commande de la société import-export qu'il vous avait mentionnée, machines à écrire

Quiroga, dans laquelle vous figuriez en tant que propriétaire. Il a réglé ponctuellement à l'aide de votre argent, et Hispano-Olivetti n'a rien soupçonné du tout : une commande banale, importante et bien gérée, point final. De son côté, Arribas a revendu ces machines, j'ignore à qui et comment. Jusqu'à présent, tout était parfait pour Hispano-Olivetti en termes comptables, et satisfaisant pour Arribas qui, sans avoir investi un centime de ses propres capitaux, avait réalisé une excellente affaire. Quelques semaines plus tard, il a effectué une nouvelle grosse commande à votre nom, laquelle a rapidement été livrée. Cette fois, le montant n'a pas été réglé sur-le-champ ; on a seulement payé une première échéance mais, comme vous paraissiez être un client fiable, personne ne s'est douté de rien : ils ont imaginé que la facture serait acquittée cette fois aussi en bonne et due forme dans les délais impartis. Le problème, c'est que ce paiement n'a jamais eu lieu : Arribas a revendu la marchandise, raflé les bénéfices, puis il a décampé, avec vous et avec tout votre capital pratiquement intact, outre la bonne part de butin obtenue en revendant des produits achetés mais jamais payés. Un bon coup, certes, mais il y a sans doute eu des soupçons, car il me semble que son départ de Madrid a été un peu précipité. Je me trompe ?

J'eus un flash : je me souvins de mon arrivée dans le nouvel appartement de la place des Salesas, ce matin de mars, la nervosité de Ramiro sortant les vêtements de l'armoire et remplissant frénétiquement des valises, la façon dont il me pressait pour faire de même, sans perdre une seconde. Avec ces images à l'esprit, je confirmai la version du commissaire. Celui-ci poursuivit.

– Au bout du compte, Arribas ne s'est pas contenté de garder votre argent, il l'a employé pour augmenter ses propres bénéfices. Quelqu'un de très futé, sans l'ombre d'un doute.

De nouvelles larmes perlèrent à mes yeux.

– Arrêtez. Ne pleurez pas, s'il vous plaît : ce qui est fait est fait. Voyez-vous, tout cela ne pouvait pas arriver à un pire moment.

Je ravalai ma salive, parvins à me contenir et à reprendre le fil de la conversation.

– À cause de cette guerre dont vous m'avez parlé l'autre jour ?

– On ne sait pas encore comment tout ça va se terminer mais, pour le moment, la situation est extrêmement complexe. Une moitié de l'Espagne est entre les mains des rebelles, l'autre moitié reste loyale au gouvernement. Il règne un chaos indescriptible, il y a de la désinformation et les nouvelles sont rares. Enfin, un désastre absolu.

– Et ici ? Comment ça va, ici ?

– En ce moment, c'est plutôt calme ; c'était beaucoup plus instable au cours des semaines précédentes. C'est ici que tout a commencé, vous l'ignoriez ? Le soulèvement a eu lieu ici ; c'est d'ici, au Maroc, qu'est parti le général Franco et ici qu'ont débuté les mouvements de troupes. Il y a d'abord eu des bombardements ; l'aviation de la République a attaqué le haut-commissariat en réponse au putsch, mais par malchance ils ont raté leur cible et l'un des Fokker a provoqué un certain nombre de blessés parmi la population civile, la mort de quelques enfants arabes et la destruction d'une mosquée. Les musulmans ont donc considéré qu'ils étaient visés, ils ont pris automatiquement fait et cause pour les rebelles. Il y a aussi eu de nombreuses arrestations et exécutions des défenseurs de la République : la prison européenne est pleine à craquer et on a construit une espèce de camp de concentration à El Mogote. Finalement, les derniers bastions du gouvernement dans le Protectorat se sont rendus avec la prise de l'aérodrome de Sania Ramel, tout près de cet hôpital. Toute l'Afrique du Nord est désormais contrôlée par les militaires soulevés et la situation est plus ou moins tranquille. Là où c'est grave, à présent, c'est dans la Péninsule.

Il se frotta alors les yeux avec le pouce et l'index de la main gauche; ensuite, il déplaça lentement sa paume vers le haut, le long des sourcils, du front et de la naissance des cheveux, sur le sommet du crâne et sur la nuque, jusqu'à atteindre le cou. Il parla à voix basse, comme s'il s'adressait à lui-même:

– Si toute cette merde finissait une bonne fois pour toutes...

Je le tirai de ses réflexions; j'avais besoin d'une réponse immédiate.

– Je vais pouvoir partir, oui ou non?

Ma question inopportune le ramena à la réalité. Il fut coupant.

– Non, en aucun cas. Vous n'irez nulle part, et encore moins à Madrid. Pour le moment, le gouvernement de la République est en place: le peuple le soutient et il se prépare à résister le temps qu'il faudra.

– Mais il faut que je rentre, insistai-je mollement. C'est là que se trouvent ma mère, ma maison...

Il me parla en essayant de s'armer de patience. Malgré mon insistance, de plus en plus insupportable, il s'efforçait de ne pas me contrarier, compte tenu de ma santé. En d'autres circonstances, il m'aurait sans doute traitée avec moins de ménagements.

– Écoutez, j'ignore de quel côté vous penchez, si vous êtes en faveur du gouvernement ou des putschistes.

Sa voix était de nouveau sereine. Il avait sans doute payé la facture momentanée de la fatigue et de la tension de ces journées agitées, et avait récupéré toute sa vigueur après ce bref instant d'abattement.

– À vrai dire, après tout ce que j'ai vu ces dernières semaines, je me fiche un peu de votre opinion. Qui plus est, je préfère ne pas savoir. Je me limite à poursuivre mon travail en tâchant d'éviter les questions politiques; malheureusement, trop de gens s'en occupent déjà. Pourtant, l'ironie de la situation, c'est que la chance vous sourit, pour une fois, même si vous avez du mal à le croire. Ici, à Tétouan, au cœur du soulèvement, vous serez en totale sécurité, car personne, à part moi, ne va s'inquiéter de vos problèmes avec la loi, qui sont plutôt compliqués, croyez-moi. Assez pour vous garder en prison pendant un bon bout de temps dans des circonstances normales.

J'essayai de protester, en proie à la panique. Il ne m'en laissa pas le loisir; il freina mes intentions en levant une main et continua.

– J'imagine qu'à Madrid la plupart des enquêtes policières se sont interrompues, ainsi que tous les procès qui ne sont pas politiques ou d'une importance majeure. Avec tout ce qui leur est tombé sur la tête, je ne crois pas que quiconque ait intérêt à pourchasser à travers le Maroc une femme suspectée d'avoir escroqué une société de machines à écrire et accusée par son frère d'avoir volé le patrimoine de son père. Il y a quelques semaines, ces affaires auraient été moyennement importantes mais, aujourd'hui, elles sont devenues insignifiantes, en comparaison de ce qui attend la capitale.

– Et alors? demandai-je, indécise.

– Alors vous, vous ne bougez pas. Pas question d'effectuer la moindre tentative de quitter Tétouan. Vous faites tout ce que vous pouvez pour ne me causer aucun problème. J'ai pour mission de veiller à la sécurité de la zone du Protectorat et je ne pense pas que vous représentiez une grande menace pour celui-ci. Mais au cas où, je ne veux pas vous perdre de vue. Vous allez donc rester ici un certain temps et vous tenir bien sagement. Il ne s'agit pas d'un conseil ou d'une suggestion, mais d'un ordre en bonne et due forme. Ce sera comme une espèce de détention: je ne vous fourre pas dans un cachot et vous n'êtes pas aux arrêts chez vous; vous jouirez donc d'une relative liberté de mouvement. Mais il vous est catégoriquement interdit de quitter la ville sans mon autorisation préalable, compris?

– Jusqu'à quand? demandai-je sans répondre.

L'idée d'habiter seule cette ville inconnue, pendant une période indéterminée, me paraissait le pire des choix.

– Jusqu'à ce que la situation se calme en Espagne et qu'on y voie plus clair dans votre affaire. Je déciderai à ce moment ce que je fais de vous ; pour l'instant, je n'ai ni le temps ni la possibilité de m'en occuper. Vous n'aurez qu'un seul problème à régler au plus vite : votre dette à l'égard de l'hôtel de Tanger.

– Mais je n'ai pas de quoi payer..., protestai-je, au bord des larmes.

– Je sais : j'ai inspecté tous vos bagages et, à part du linge en désordre et des papiers, j'ai vérifié que vous n'avez rien. Pourtant, vous êtes la seule responsable que nous ayons sous la main, et dans ce cas vous êtes aussi impliquée qu'Arribas. Donc, du fait de l'absence de ce dernier, c'est vous qui devrez répondre de cette plainte. Et je crains de ne pas pouvoir vous en libérer : à Tanger, ils savent que je vous ai localisée.

– Mais il a emporté tout mon argent..., insistai-je, la voix de nouveau brisée par les sanglots.

– Je le sais aussi, et arrêtez de pleurer une sacrée fois pour toutes, je vous en prie. Dans sa lettre, Arribas précise tout : il exprime ouvertement à quel point c'est une canaille et son intention de vous laisser sur le carreau, sans un sou, en emportant tous vos biens. Enceinte, en plus. Vous avez perdu le bébé en débarquant à Tétouan, à peine descendue de l'autocar.

Le désarroi qui se peignait sur mon visage, mêlé aux larmes, à la douleur et à la frustration, l'obligea à demander :

– Vous ne vous en souvenez pas ? C'est moi qui vous attendais là. Nous avions reçu un message de la gendarmerie de Tanger qui nous avertissait de votre arrivée. Paraît-il, un groom de l'hôtel avait prévenu le gérant de votre départ précipité ; vous n'aviez pas l'air dans votre assiette et ça lui avait mis la puce à l'oreille. Ils ont alors découvert que vous aviez abandonné la chambre avec l'intention de ne pas revenir. Comme vous deviez une somme considérable, ils ont alerté la police, retrouvé le chauffeur de taxi qui vous avait amenée à la Valenciana et constaté que vous veniez ici. Dans une situation normale, j'aurais envoyé un de mes hommes, mais il règne une telle pagaille en ce moment que je préfère tout superviser moi-même, pour éviter des surprises désagréables. J'ai ainsi décidé de vous cueillir à votre descente de l'autocar. Vous vous êtes évanouie dans mes bras, c'est moi qui vous ai conduite ici.

Certains souvenirs flous commencèrent à prendre forme dans ma mémoire. La chaleur asphyxiante du car que tout le monde appelait en effet la Valenciana. Les cris, les paniers avec des poulets vivants, la sueur et les odeurs qui se dégageaient des corps et des paquets que les passagers, arabes et espagnols, transportaient avec eux. La sensation d'une humidité visqueuse entre les cuisses. La fatigue extrême une fois arrivée à Tétouan, l'épouvante en observant qu'une substance chaude me coulait le long des jambes. La traînée noire et épaisse que je laissais à mon passage et, à peine après avoir posé le pied sur le bitume de cette nouvelle ville, une voix d'homme, provenant d'un visage à moitié caché par l'ombre du bord de son chapeau : « Sira Quiroga ? Police. Suivez-moi, je vous prie. » J'avais ressenti à cet instant une faiblesse infinie ; mon esprit se voilait et mes jambes ne me soutenaient plus. Je perdis conscience et maintenant, quelques semaines plus tard, j'avais devant moi ce visage dont j'ignorais encore s'il appartenait à mon bourreau ou à mon sauveur.

– Sœur Virtudes s'est chargée de m'informer de l'évolution de votre état de santé. Je veux vous parler depuis plusieurs jours, mais on m'en a empêché jusqu'à présent. On m'a affirmé que vous souffriez, entre autres choses, d'une anémie pernicieuse. Enfin, vous allez mieux, paraît-il, on m'a donc autorisé à vous voir aujourd'hui et vous pourrez bientôt sortir.

– Et où vais-je aller?

Mon angoisse était aussi immense que ma peur. Je me sentais incapable d'affronter seule une réalité inconnue. On m'avait toujours aidée, j'avais toujours eu quelqu'un pour m'indiquer la marche à suivre: ma mère, Ignacio, Ramiro. J'avais la sensation d'être inutile, inepte face à la vie et à ses coups. Il m'était impossible de survivre si je ne m'agrippais pas bien fort à une main, sans une tête qui décidait à ma place. Sans une présence ferme et secourable.

– Je m'en occupe. Je cherche un endroit, ne croyez pas que ce soit facile d'en trouver un dans la situation actuelle. En tout cas, j'aimerais élucider certains points de votre histoire qui m'échappent encore. Par conséquent, si vous vous en sentez la force, je reviendrai demain pour que vous me résumiez vous-même les faits. Il y a peut-être un détail qui pourrait nous aider à résoudre les problèmes dans lesquels vous a fourrée votre mari, ou fiancé...

– Ou quoi que soit ce fils de..., complétai-je avec une grimace ironique, aussi faible qu'amère.

– Vous étiez mariés?

Je fis non de la tête.

– Ça vaut mieux, conclut-il d'un ton coupant. – Il consulta alors sa montre. – Bien, je ne veux pas vous fatiguer davantage, je pense que ça suffit pour aujourd'hui. Je reviendrai demain, je ne sais pas à quelle heure; dès que j'aurai un creux: nous avons du travail à revendre.

Je le contemplai tandis qu'il se dirigeait vers la sortie du pavillon. Il marchait d'un pas rapide, la démarche élastique et déterminée de celui qui est habitué à ne pas perdre son temps. Tôt ou tard, quand j'irais mieux, il me faudrait vérifier si cet homme croyait vraiment à mon innocence ou s'il souhaitait simplement se libérer de la lourde charge, c'est-à-dire moi, qui lui était tombée sur le dos au moment le plus inopportun. Je ne pouvais pas y réfléchir à présent : j'étais épuisée et effrayée. Je n'avais qu'une envie : m'endormir d'un sommeil profond et tout oublier.

Le commissaire Vázquez revint le lendemain en fin d'après-midi, à sept heures, peut-être à huit, alors que la chaleur était moins intense et la lumière plus tamisée. Dès que je le vis franchir la porte à l'autre extrémité du pavillon, je m'appuyai sur les coudes et, au prix d'un effort immense, presque en me traînant, je parvins à me redresser. Lorsqu'il arriva près de moi, il s'assit sur la même chaise que la veille. Je ne le saluai pas. Je me raclai seulement la gorge, préparai ma voix et me disposai à lui raconter tout ce qu'il souhaitait entendre.

7

Cette seconde rencontre avec don Claudio eut lieu un vendredi de la fin août. Il passa me prendre le lundi au milieu de la matinée : il m'avait trouvé un logement et il se chargeait lui-même de m'accompagner à l'occasion de ce nouveau déménagement. En d'autres circonstances, j'aurais pu interpréter différemment un comportement aussi galant ; à ce moment-là, ni lui ni moi ne doutions du caractère purement professionnel de son intérêt pour moi ; j'étais une simple suspecte qu'il convenait de placer en lieu sûr pour éviter de plus grandes complications.

Il me trouva habillée quand il arriva. Avec des vêtements dépareillés et trop larges, coiffée d'un chignon maladroit, assise au bout du lit déjà fait. Ma valise remplie des misérables vestiges du naufrage à mes pieds et mes mains osseuses croisées sur mon ventre, m'efforçant vainement de rassembler mes forces. En l'apercevant, j'esquissai une tentative pour me lever ; d'un geste, il m'intima de rester assise. Il s'installa sur le coin du lit en face du mien et dit:

– Attendez. Nous avons à parler.

Il me dévisagea quelques secondes de ses yeux obscurs capables de percer un mur. J'avais découvert que ce n'était ni un jeune homme grisonnant ni un vieillard à l'aspect juvénile: c'était un homme entre quarante et cinquante ans, de bonne éducation, professionnel chevronné, avec de l'allure et l'âme endurcie à force de traiter avec des voyous de toutes les espèces. Un homme, pensai-je, que je ne devais surtout pas indisposer à mon égard.

– Il s'agit des procédures que nous suivons en général dans mon commissariat. Pour vous, étant donné les circonstances, je fais une exception, mais je veux que vous ayez une perception très claire de votre situation réelle. Bien que j'estime, personnellement, que vous n'êtes que la victime imprudente d'une canaille, c'est à un juge de statuer sur ces affaires, pas à moi. Pourtant, au vu des événements actuels, je crains qu'un jugement ne soit quelque chose d'impensable. Et nous ne gagnerions rien, non plus, à vous garder enfermée dans une cellule jusqu'à la saint-glinglin. Par conséquent, comme je vous l'ai indiqué l'autre jour, je vous laisse en liberté, mais, attention, je vous surveille et vos mouvements sont limités. Pour éviter des tentations, je confisque votre passeport. Vous restez libre sous condition: vous devez chercher un travail honnête dès que vous serez complètement rétablie, et épargner pour solder votre dette envers l'hôtel Continental. Je leur ai demandé, en votre nom, un délai d'un an pour rembourser votre dû, et ils ont accepté. Alors, au boulot, débrouillez-vous pour obtenir cet argent, en creusant sous les pierres, s'il le faut, mais proprement et sans anicroche, d'accord?

– Oui, monsieur, marmonnai-je.

– Je compte sur vous: pas d'entourloupes. Ne m'obligez pas à m'occuper sérieusement de vous, car si vous me cherchez des poux, je mets en route tout le bataclan, je vous embarque pour l'Espagne à la première occasion et vous prenez sept ans à la prison pour femmes de Quiñones avant de vous en être rendu compte. On se comprend ?

Face à une menace aussi funeste, je fus incapable d'articuler la moindre réponse cohérente ; je me contentai d'approuver. Il se leva alors ; je l'imitai, avec une ou deux secondes de retard. Son mouvement fut rapide et souple ; moi, je dus imposer à mon corps un effort immense pour le suivre.

– Eh bien, en route, conclut-il. Laissez, je prends votre valise, vous pouvez à peine vous traîner. Mon auto est juste devant la porte ; dites adieu aux nonnes, remerciez-les de la façon dont elles vous ont traitée, et partons.

Nous parcourûmes Tétouan à bord de son véhicule ; pour la première fois, je pus apprécier partiellement cette ville qui deviendrait la mienne pendant une période encore indéterminée. Nous y pénétrâmes peu à peu, puisque l'hôpital civil se trouvait à l'extérieur. La foule était de plus en plus nombreuse à mesure que nous avancions. Les rues étaient pleines à cette heure voisine de midi. Il y avait très peu d'automobiles et le commissaire était obligé de klaxonner sans arrêt pour se frayer un passage au milieu de ces corps se dirigeant sans hâte dans toutes les directions. Des hommes, vêtus de costumes clairs en lin et coiffés de panamas, des enfants en culottes courtes courant dans tous les sens et des femmes espagnoles avec leur panier à commissions rempli de légumes. Des musulmans enturbannés en djellabas rayées et des femmes arabes dont les voiles volumineux ne laissaient entrevoir que les yeux et les pieds. Des soldats en uniforme et des jeunes filles avec des robes d'été à fleurs, des gamins indigènes pieds nus jouant au milieu des poules. On entendait des cris, des phrases et des mots isolés en arabe et en espagnol, de multiples saluts au commissaire chaque fois que quelqu'un reconnaissait sa voiture. On avait du mal à croire que cette atmosphère avait donné naissance, il y avait quelques semaines à peine, à ce qui apparaissait d'ores et déjà comme une guerre civile.

Nous restâmes silencieux durant tout le trajet: le but de ce déplacement n'était pas d'effectuer une promenade agréable; c'était le pur et simple accomplissement d'une formalité, nécessitant mon transfert d'un endroit à un autre. Parfois, néanmoins, quand le commissaire devinait que je pourrais être surprise par l'une des visions qui s'offraient à nos regards, il la signalait d'un mouvement de mâchoire et, sans tourner la tête, il prononçait quelques brèves paroles. «Des Rifaines», dit-il, je m'en souviens, en montrant un groupe de femmes marocaines portant des jupes à rayures et de grands chapeaux de paille d'où pendaient des pompons multicolores.

Pendant les dix ou quinze minutes que dura le trajet, j'eus le temps d'absorber les formes, de découvrir les odeurs et d'apprendre les noms de certaines des présences avec lesquelles j'allais quotidiennement cohabiter dans cette nouvelle étape de ma vie. Le haut-commissariat, les figues de Barbarie, le palais du khalife, les porteurs d'eau sur leurs ânes, le quartier arabe, le djebel Dersa et le Gorgues, les *bakalitos* et la menthe.

Nous descendîmes de l'auto place d'Espagne; deux petits Arabes s'approchèrent en courant pour prendre mes bagages, et le commissaire les laissa faire. Nous empruntâmes alors la Luneta, près du quartier juif et de la médina. La Luneta, ma première rue à Tétouan: étroite, bruyante, tortueuse et festive, remplie de gens, de tavernes, de cafés et de bazars tumultueux où tout s'achetait et se vendait. Nous atteignîmes un portail, nous entrâmes et nous grimpâmes un escalier. Le commissaire sonna au premier étage.

– Bonjour, Candelaria. Voici la commande que vous attendiez.

Devant le regard de la robuste femme habillée en rouge qui venait d'ouvrir la porte, mon accompagnateur me désigna d'un bref mouvement de la tête.

– Vous parlez d'une commande, mon commissaire ! s'exclama-t-elle, les mains sur les hanches, en laissant échapper un puissant éclat de rire.

Séance tenante, elle s'écarta et nous fit entrer. Elle possédait une maison ensoleillée, rutilante dans sa modestie et d'une esthétique un tant soit peu douteuse. Elle avait aussi un culot naturel, sous lequel on devinait le profond malaise suscité par cette visite du commissaire.

– Une commande spéciale que je vous passe, précisa-t-il en déposant la valise dans le vestibule, au pied d'un calendrier avec l'image du Sacré-Cœur. Vous devez loger cette demoiselle pour un certain temps et, pour le moment, sans qu'elle vous paie. Vous ferez vos comptes plus tard, quand elle commencera à gagner sa vie.

– Mais ma maison est pleine à craquer, je vous le jure ! Je refuse au moins une demi-douzaine de clients par jour, j'ai plus de place !

Elle mentait, à l'évidence. La matrone brune mentait, et il le savait.

– Arrêtez de me raconter vos malheurs, Candelaria, je vous ai déjà dit de vous débrouiller.

– Mais depuis le soulèvement il en vient tous les jours, don Claudio ! J'ai même des matelas par terre !

– Trêve de balivernes, le passage du Détroit est fermé depuis des semaines, et ces jours-ci plus personne ne traverse, même pas les mouettes. Que ça vous plaise ou non, vous êtes obligée d'obéir ; mettez-le sur le compte de tout ce que vous me devez. En plus, vous ne devez pas seulement la loger : il faut l'aider. Elle ne connaît personne à Tétouan et elle se coltine une affaire assez grave, alors vous lui faites une place, comme vous pouvez, parce qu'elle va rester ici et s'installer à partir de maintenant, c'est clair ?

– Comme de l'eau de roche, mon cher monsieur ; clair comme de l'eau de roche.

– Je vous la confie donc. S'il y a un problème, vous savez où me trouver. Ça ne m'amuse pas du tout de la laisser ici ; elle a déjà subi de mauvaises influences et elle apprendra peu de bonnes choses avec vous, mais enfin...

La patronne l'interrompit avec une pointe de moquerie sous son innocence apparente.

– Vous me soupçonneriez, à présent, don Claudio ?

Le ton ironique de l'Andalouse n'échappa pas au commissaire.

– Je soupçonne tout le monde, Candelaria. On me paie pour ça.

– Si vous me croyez si mauvaise, en quel honneur vous m'apportez ce trésor, mon commissaire ?

– Comme je vous l'ai déjà dit, les choses étant ce qu'elles sont, je n'ai aucun autre endroit où l'amener. N'imaginez pas que ça me fasse plaisir. En tout cas, vous en êtes responsable, essayez de lui trouver une façon de se débrouiller toute seule : je ne pense pas qu'elle puisse rentrer en Espagne avant longtemps et elle a besoin de gagner de l'argent pour régler une affaire en suspens. Voyons si vous réussissez à la faire embaucher comme vendeuse chez un commerçant ou dans un salon de coiffure ; n'importe où, pourvu que ce soit un endroit convenable. Et cessez de m'appeler « mon commissaire », je vous l'ai déjà répété mille fois.

Elle m'observa alors, s'intéressant à moi pour la première fois. De haut en bas, vite et sans curiosité ; comme si elle se contentait d'évaluer le poids de la charge qui venait de lui tomber dessus. Elle se retourna alors vers mon accompagnateur et, avec une résignation narquoise, elle accepta sa mission.

– Soyez sans crainte, don Claudio, la Candelaria se charge de tout. Je vais voir où je la mets, mais soyez pas inquiet, vous savez qu'avec moi elle sera au paradis.

Les promesses célestes de la propriétaire de la pension ne semblèrent pas convaincre totalement le commissaire, puisque ce dernier eut besoin de serrer un peu plus la vis pour achever de négocier les conditions de mon séjour. En détachant les mots, l'index dressé à hauteur du nez, il formula un dernier avertissement qui n'admettait plus aucune plaisanterie en guise de réponse :

– Méfiez-vous, Candelaria, méfiez-vous et faites bien attention, car la situation est très embrouillée et j'ai assez de problèmes comme ça. Ne vous avisez pas de la mêler à une de vos histoires. Je ne vous fais pas la moindre confiance, ni à l'une ni à l'autre, je vais donc vous surveiller de près. À la première bizarrerie, je vous embarque au commissariat, et même le pape ne vous en sortira pas, compris ?

Nous marmonnâmes en chœur un sincère « Oui, monsieur ».

– Eh bien, ce qui est dit est dit. Reprenez des forces et commencez à travailler le plus vite possible !

Il me regarda droit dans les yeux pour me dire au revoir ; il parut hésiter à me tendre la main. Finalement, il décida de n'en rien faire et il mit fin à la rencontre avec une recommandation et un pronostic condensés dans quatre mots brefs : « Soignez-vous, on reparlera. » Il sortit alors du logement et dévala l'escalier d'un pas agile, tandis qu'il ajustait son chapeau en le tenant d'une main par le bord. Nous l'observions en silence depuis la porte, puis il disparut à notre vue, et nous étions sur le point de rentrer dans l'appartement quand nous entendîmes ses derniers pas et sa voix tonner dans la cage d'escalier :

– Je vous fourre toutes les deux au cachot, et même le Bon Dieu ne vous en tirera pas !

– Je t'emmerde, connard ! furent les premières paroles prononcées par Candelaria quand elle eut fermé la porte d'une poussée de son imposant postérieur.

Ensuite elle me regarda et sourit sans en avoir envie, essayant d'apaiser mon désarroi.

– Cet homme est un démon, il me rend folle. Je sais pas comment il fait, mais il en loupe pas une, et il est tous les jours derrière mon dos.

Elle soupira alors avec une telle force que son buste rebondi se gonfla et se dégonfla comme s'il y avait deux ballons comprimés par la robe en percale.

– Allez, entre, ma chérie, je vais te loger dans l'une des chambres du fond. Maudit soulèvement ! On est tous chamboulés, on se bagarre à tous les coins de rue et les casernes sont pleines de sang. Si tout ce fouillis pouvait s'arrêter et la situation redevenir normale ! Maintenant, je sors, j'ai quelques petites affaires à régler ; toi, tu restes ici, tu t'installes, et ensuite, quand je serai revenue, tu me racontes tout en détail.

Et, poussant des cris en arabe, elle exigea la présence d'une gamine d'une quinzaine d'années qui arriva de la cuisine en se séchant les mains dans un chiffon. Ensemble, elles se mirent à déplacer tout un attirail et à changer les draps dans le réduit, minuscule et sans ventilation, qui à partir de cette nuit deviendrait ma chambre à coucher. Je m'y casai donc, sans avoir la moindre idée de la durée de mon séjour ni des voies qu'emprunterait mon avenir.

Candelaria Ballesteros, plus connue à Tétouan sous l'appellation de Candelaria la Contrebandière, avait quarante-sept ans et, comme elle le notait elle-même, elle avait essuyé plus de coups de feu que la caserne de Regulares. Elle passait pour veuve, mais elle-même ne savait pas si son mari était vraiment mort à l'occasion de l'un de ses multiples voyages en Espagne ou si la lettre qu'elle avait reçue sept ans auparavant, en provenance de Málaga, annonçant son décès des suites d'une pneumonie, n'était que le bobard d'une canaille pour disparaître de la circulation et se faire oublier. Fuyant les misères des journaliers dans les oliveraies de la campagne andalouse, le couple s'était installé dans le Protectorat après la guerre du Rif, en 1926. Dès lors, il s'était consacré à des commerces des plus variés, tous sous le signe des crève-la-faim, dont les misérables revenus avaient été consciencieusement investis, par le mari, en bringues, fréquentation des bordels et tournées de Fundador. Ils n'avaient pas eu d'enfants, et quand son Francisco s'était évaporé et l'avait laissée seule, sans ses contacts avec l'Espagne pour trafiquer avec tout ce qui lui passait par les mains, Candelaria avait décidé de louer une maison et de la transformer en une modeste pension. Elle n'en avait pas moins continué à acheter, vendre, racheter, revendre, marchander et troquer n'importe quelle marchandise : monnaies, étuis à cigarettes, timbres, stylos, bas, montres, briquets... tous d'origine douteuse et tous d'une destination incertaine.

Dans son logement de la rue de la Luneta, entre la médina et le quartier espagnol, elle recevait, sans distinction, quiconque sonnait à sa porte en quête d'un lit, des gens souvent dotés de minces avoirs et d'encore moins d'espoir. Avec eux, et avec tous ceux qu'elle croisait, elle essayait de faire des affaires : je t'achète, je te vends, on s'arrange ; je te dois, tu me dois, règle-moi. Mais toujours prudemment, car Candelaria la Contrebandière, avec son port de maîtresse femme, ses traficotages et ce culot capable, en apparence, de tout renverser sur son passage, n'avait pas un poil d'idiote et savait qu'avec le commissaire Vázquez il fallait se tenir à carreau. Peut-être une petite plaisanterie par-ci ou une pointe d'ironie par-là, mais attention s'il la pinçait en train d'enfreindre la loi ! Non seulement il fouillerait tout chez elle de fond en comble, mais aussi, selon les propres termes de Candelaria, « s'il me chope la main dans le sac, il m'embarque au poste et il me file une trempe ».

La petite Arabe m'aida à m'installer. Nous déballâmes ensemble mes quelques vêtements et nous les accrochâmes à des cintres en fil de fer, dans un ersatz d'armoire qui n'était qu'une caisse en bois occultée par un bout de tissu en guise de rideau. Ce meuble, une ampoule nue et un vieux lit avec un matelas en bourre constituaient tout le mobilier de la pièce. Un calendrier périmé, avec une image de rossignols, cadeau du salon de coiffure *El Siglo*, était l'unique note de couleur sur les murs blanchis à la chaux et sillonnés par les vestiges d'innombrables fuites d'eau. Dans un coin, sur une malle, s'accumulaient quelques objets peu utilisés : une corbeille en osier, une bassine ébréchée, deux ou trois pots de chambre écaillés et deux cages en fer rouillées. Le confort frôlait la pénurie, mais la chambre était propre, et la gamine aux yeux noirs, tandis qu'elle m'aidait à ranger cet amas de vêtements fripés qui constituaient la totalité de mes biens, répétait d'une voix douce :

– *Siñorita*, pas s'inquiéter. Jamila laver, Jamila repasser le linge de siñorita.

Mes forces restaient réduites et le petit excès que j'avais commis en transportant la valise et en vidant son contenu suffit à m'obliger à chercher un appui pour éviter un nouveau vertige. Je m'assis au pied du lit, fermai les yeux et les cachai avec mes mains, en appuyant mes coudes sur mes genoux. Je retrouvai bientôt mon équilibre ; je rouvris les yeux et découvris que Jamila était à mon côté, m'observant d'un air inquiet. Je regardai autour de moi. La chambre obscure et pauvre comme un trou de souris, mes vêtements froissés suspendus aux cintres, la valise ouverte par terre. Malgré l'incertitude qui désormais s'ouvrait tel un gouffre, je pensai, avec un certain soulagement, que j'avais au moins un petit coin où me réfugier, même si les choses tournaient très mal.

Candelaria revint à peine une heure plus tard. Un peu avant et un peu après arrivèrent les quelques hôtes auxquels la maison fournissait le gîte et le couvert. La clientèle se composait d'un représentant en produits de coiffure, d'un fonctionnaire des Postes et Télégraphes, d'un instituteur retraité, de deux sœurs d'âge mûr desséchées comme des harengs saurs, et d'une veuve rondelette avec son fils qu'elle appelait Paquito, Petit Paco, malgré sa grosse voix et sa moustache touffue. Tous me saluèrent courtoisement quand la patronne me présenta, tous s'assirent ensuite en silence autour de la table, à la place assignée à chacun : Candelaria présidait, le reste était distribué sur les côtés, les femmes et Paquito à droite, les hommes en face. « Toi, à l'autre bout », m'ordonna-t-elle. Elle commença à servir le ragoût sans jamais cesser de parler du prix extravagant de la viande ou des melons qui, cette année, étaient très bons. Elle ne s'adressait à personne en particulier, mais semblait éprouver un intense besoin de débiter des banalités que les convives écoutaient d'une oreille distraite. Sans piper mot, chacun entama le déjeuner en portant, en cadence, les couverts de l'assiette à la bouche. On n'entendait aucun autre son que celui des cuillères heurtant la faïence et des gorges engloutissant la nourriture. Pourtant, une distraction de Candelaria me fit deviner le motif de son bavardage incessant : à la première occasion, quand elle s'interrompit pour requérir la présence de Jamila dans la salle à manger, l'une des sœurs s'empressa de semer la discorde. Je compris alors pourquoi Candelaria menait la conversation d'une main ferme de timonier.

– Il paraît que Badajoz est tombé.

Les paroles de la plus jeune des sœurs ne paraissaient pas non plus s'adresser à quelqu'un ; peut-être à la carafe, à la salière, à l'huile et au vinaigre, ou au tableau de la Cène accroché de guingois au mur. Le ton feignait aussi d'être indifférent, comme si elle avait commenté la température du jour ou le goût des petits pois. Je sus néanmoins, sur-le-champ, que cette intervention était aussi innocente qu'un couteau tout juste aiguisé.

– Quel dommage ! Tous ces braves gamins qui se sont sacrifiés pour défendre le gouvernement légitime de la République. Tant de vies jeunes et vigoureuses gâchées, avec tous les plaisirs qu'elles auraient pu donner à une femme aussi appétissante que vous, Sagrario.

Cette remarque acide, qui émanait du représentant, déclencha un éclat de rire général parmi la gent masculine. Quand doña Herminia remarqua que la saillie du vendeur de lotions avait également amusé son Paquito, elle lui décocha une calotte qui lui laissa une marque rouge sur la nuque. Le vieil instituteur intervint alors d'une voix raisonnable, sans doute pour encourager le garçon. Sans lever la tête de son assiette, il déclara:

– Ne ris pas, Paquito, on dit que rire détruit la jugeote.

Il n'avait pas plus tôt achevé sa phrase que la mère répliqua:

– C'est pour ça que l'armée a été obligée de se soulever, pour en finir avec tous ces rires, toutes ces amusettes et tout ce libertinage qui menaient l'Espagne à la ruine...

Il sembla alors qu'on venait de lever une interdiction. Les trois hommes sur un flanc, et les trois femmes sur l'autre, haussèrent la voix simultanément, dans un caquètement de basse-cour où personne n'écoutait personne et où tous vociféraient des insultes et des horreurs. Rouge vicieux, vieille grenouille de bénitier, fils de Satan, rombière, athée dégénéré et autres épithètes destinées à vilipender l'adversaire s'entrecroisèrent au-dessus de la table dans un concert de hurlements. Les seuls à se taire étaient Paquito et moi-même: moi, parce que j'étais nouvelle et que je n'avais ni connaissances ni opinion sur l'évolution du conflit; Paquito, sans doute par peur des claques de sa mère furibonde, qui, en ce moment même, accusait l'instituteur d'être un salaud de franc-maçon et un adorateur de Lucifer, la bouche pleine de pommes de terre à moitié mâchées et un filet huileux coulant sur le menton. À l'autre extrémité de la table, Candelaria subissait une transformation de tout son être: elle gonflait sous l'effet de la fureur et son faciès, aimable peu de temps auparavant, commença à rougir. Incapable de se contenir davantage, elle décocha sur la table un coup de poing si violent que le vin sauta hors des verres, les assiettes s'entrechoquèrent et la sauce du ragoût se répandit à flots sur la nappe. Tel un coup de tonnerre, sa voix s'éleva au-dessus des six autres :

– Si vous reparlez de cette putain de guerre dans cette maison, je vous jette tous dehors et je vous expédie les valises par le balcon !

À contrecœur et se lançant des regards assassins, chacun se replia sur ses positions et termina de manger le premier plat, en ravalant difficilement sa fureur. Les chinchards du second furent absorbés dans un quasi-silence ; la pastèque du dessert s'avérait dangereuse, en raison de sa couleur rouge, mais la tension n'explosa pas. Le déjeuner s'acheva sans incidents majeurs ; il suffit d'attendre le dîner pour qu'ils recommencent. Revinrent alors, en apéritif, les phrases ironiques ou à double sens, puis les traits venimeux et l'échange de blasphèmes et de signes de croix, enfin les insultes franches et le jet de quignons de pain visant l'œil de l'ennemi. Puis, cerise sur le gâteau, les cris de Candelaria annonçant l'expulsion imminente de tous les hôtes s'ils s'obstinaient à reproduire les deux camps sur la nappe. Je découvris alors qu'il s'agissait là du déroulement normal des trois repas de la pension, jour après jour. Pourtant, la patronne ne mit jamais ses menaces à exécution, malgré l'humeur toujours belliqueuse de ses locataires, leur langue de vipère et leur adresse pour attaquer sans pitié le flanc opposé. Les affaires tournant au ralenti, l'instant était mal choisi pour se débarrasser de l'un de ces pauvres diables sans logis ni attaches, et renoncer ainsi à la somme versée pour le gîte, le couvert et un bain hebdomadaire. Ainsi, malgré les avertissements, rares furent les journées où ne volèrent pas, de part et d'autre de la table, injures, noyaux d'olives, peaux de bananes, proclamations politiques et, dans les moments les plus chauds, un crachat par-ci par-là et plus d'une fourchette. La reproduction exacte de la vie, à l'échelle d'une bataille domestique.

8

Ce fut ainsi que s'écoulèrent mes premiers temps à la pension de la Luneta, au milieu de tous ces gens dont je n'appris guère davantage que leur prénom et – très vaguement – le motif de leur séjour. L'instituteur et le fonctionnaire, vieux garçons et âgés, résidaient là depuis longtemps ; les deux sœurs étaient venues de Soria à la mi-juillet pour enterrer un parent et le Détroit s'était retrouvé fermé au trafic maritime avant qu'elles aient eu le temps de rentrer chez elles ; le commercial en produits de coiffure, retenu lui aussi dans le Protectorat pour cause de soulèvement, avait connu la même péripétie. Les raisons de la mère et du fils étaient plus obscures, mais le bruit courait qu'ils étaient à la recherche d'un mari et père un tantinet fuyant, qui un beau matin était allé acheter des cigarettes place du Zocodover, à Tolède, et avait décidé de ne plus revenir chez lui. Je m'habituai à cette maison et à son petit univers, avec ses querelles quasi quotidiennes et l'impitoyable progression estivale de la guerre, dont l'évolution était scrutée au millimètre par cette société d'êtres furibonds et effrayés. Je nouai des relations de plus en plus étroites avec la patronne de cette affaire qui ne devait pas lui rapporter grand-chose, étant donné la nature de la clientèle.

Je sortis peu au cours de ces journées : je n'avais nulle part où aller ni personne à voir. Je restais seule, en général, ou avec Jamila ou Candelaria, quand elle traînait dans le coin, ce qui était rare. Parfois, quand elle n'était pas pressée ou occupée à ses trafics, Candelaria insistait pour que je l'accompagne afin de me trouver une activité, sinon ta figure va ressembler à du parchemin, petite, tu ne prends jamais un chouia de soleil, disait-elle. Quelquefois, me sentant encore trop fatiguée, je refusais sa proposition, mais il m'arrivait d'accepter, alors elle m'emmenait de-ci de-là, à travers le labyrinthe inextricable des ruelles du quartier arabe et par les voies quadrillées et modernes de la partie espagnole, avec ses belles maisons et ses habitants tirés à quatre épingles. Chaque fois qu'elle connaissait le propriétaire d'un établissement, elle demandait si on pouvait me placer, s'il avait entendu parler d'un emploi pour une jeune fille comme moi, appliquée et prête à travailler jour et nuit. Mais les temps étaient durs et, malgré l'éloignement des combats, tous semblaient accablés par leur déroulement incertain, soucieux du sort des leurs, de l'endroit où se trouvaient les uns et les autres, de l'avancée des troupes sur le front, des vivants et des morts, et de ce qui les attendait. Dans ce genre de circonstances, personne n'avait intérêt à développer son commerce et à embaucher du personnel. Ces sorties s'achevaient toujours par un verre de thé à la menthe et un plateau d'amuse-gueules pris dans quelque café de la place d'Espagne, mais chacune de ces vaines tentatives représentait pour moi une dose supplémentaire d'angoisse, et pour Candelaria, même si elle ne l'avouait pas, un nouveau pincement d'inquiétude.

Mon état de santé s'améliorait au même rythme que mon moral, c'est-à-dire à une allure d'escargot. Je n'avais que la peau sur les os et mon teint sans éclat contrastait avec les visages brunis par le soleil estival de mon entourage. Mon âme était lasse et mes sens engourdis ; j'éprouvais, presque comme au premier jour, le déchirement provoqué par l'abandon de Ramiro. Je regrettais encore cet enfant dont je n'avais connu l'existence prénatale que durant quelques heures, et j'étais rongée d'angoisse en pensant à l'avenir de ma mère dans Madrid assiégé. Les plaintes déposées contre moi continuaient à m'effrayer, de même que les avertissements de don Claudio ; j'étais terrifiée à l'idée de ne pas pouvoir faire face à ma dette et d'aller en prison. J'étais encore en proie à une panique permanente et mes blessures me cuisaient atrocement.

L'un des effets de l'amour fou, c'est qu'il rend imperméable à tout ce qui arrive autour de soi. Il annihile toute sensibilité, toute capacité à percevoir. Il oblige à concentrer toute son attention sur un être unique qui isole du reste de l'univers ; il vous emprisonne dans une cuirasse, en marge des autres réalités, aussi proches soient-elles. Quand tout éclata, je compris que ces huit mois passés avec Ramiro avaient été d'une telle intensité que j'avais à peine fait cas des autres. Je fus alors consciente de l'ampleur de ma solitude. À Tanger, je me fichais de nouer des relations avec quiconque ; personne ne m'intéressait en dehors de Ramiro et de notre vie commune. À Tétouan, en revanche, il n'était plus là, et avec lui s'étaient envolés mon soutien et mes références ; il me fallut donc apprendre à vivre seule, à penser par moi-même et à me battre, afin que le poids de son absence devienne de moins en moins lourd. Ainsi que l'affirmait la brochure des cours Pitman, long et escarpé est le chemin de la vie.

Le mois d'août s'acheva et arrivèrent septembre, ses journées moins longues et ses matins plus frais. Les jours s'écoulaient, lents et monotones, dans le train-train de la Luneta. Les gens entraient et sortaient des boutiques, des cafés et des bazars, traversaient la rue, s'arrêtaient devant les vitrines et bavardaient avec des connaissances. Tandis que je contemplais, du haut de la maison, les variations de la lumière et cette irrésistible agitation, j'étais pleinement consciente de la nécessité urgente de me mettre en action moi aussi, d'entamer une activité productive pour cesser d'abuser de la charité de Candelaria ; il me fallait également commencer à gagner de l'argent afin de rembourser ma dette. Malheureusement, je ne savais pas comment faire. Pour compenser mon oisiveté et ma contribution inexistante à l'économie de la maison, de peur d'être un poids aussi improductif qu'un meuble abandonné dans un coin, je m'efforçais de participer autant que possible aux tâches domestiques : je pelais les pommes de terre, mettais la table et étendais le linge sur la terrasse. J'aidais Jamila à enlever la poussière des carreaux, j'apprenais d'elle quelques mots en arabe et profitais de ses éternels sourires. J'arrosais les plantes, secouais les tapis et essayais d'anticiper les petites obligations qui incomberaient tôt ou tard à l'une d'entre nous. En harmonie avec les changements de température, la pension se prépara à l'arrivée de l'automne, et j'y contribuai. Nous refîmes les lits de toutes les chambres ; nous changeâmes les draps, retirâmes les couvre-lits d'été et descendîmes des greniers les couettes hivernales. Je me rendis alors compte qu'une grande partie du linge avait besoin d'un raccommodage urgent ; je plaçai donc un grand panier à côté du balcon et je m'assis pour réparer des accrocs, recoudre des ourlets et faire des points sur les bords de tissu effilochés.

À cet instant se produisit le miracle. Je n'aurais jamais pu imaginer que la sensation d'avoir une aiguille entre les doigts serait aussi gratifiante. Ces dessus-de-lit rugueux et ces draps d'une toile grossière n'avaient rien à voir avec les soies et les mousselines de l'atelier de doña Manuela, et leur ravaudage était à mille lieues des délicats travaux de couture que j'avais réalisés, en d'autres temps, pour les tenues des grandes dames de Madrid. L'humble salle à manger de Candelaria ne ressemblait pas non plus à l'atelier de doña Manuela, pas plus que la présence de la jeune Arabe ou le va-et-vient incessant du reste des hôtes belliqueux ne rappelaient mes anciennes camarades de travail ou le raffinement de notre clientèle. Mais le mouvement du poignet était le même, l'aiguille continuait à courir rapidement sous mes yeux et mes doigts s'employaient à coudre le point précis, comme ils l'avaient fait pendant des années, jour après jour, en un autre lieu et dans un autre but. Le plaisir de m'adonner de nouveau à la couture fut si intense que je revécus, en l'espace de deux heures, une époque plus heureuse et parvins à me débarrasser un instant du poids énorme de mes propres misères. J'avais l'impression d'être rentrée chez moi.

Le soir était tombé et il n'y avait presque plus de lumière quand Candelaria revint de l'une de ses innombrables sorties. Elle me surprit entourée de piles de linge tout juste raccommodé et avec l'avant-dernière serviette entre mes mains.

– Ça alors, ma petite ! Tu vas pas me faire croire que tu sais coudre !

En guise de réponse à une telle exclamation, j'esquissai, pour la première fois depuis longtemps, un sourire affirmatif, presque triomphal. La patronne, soulagée d'avoir enfin trouvé quelque utilité à ce poids mort qu'était en train de devenir ma présence, m'emmena dans sa chambre à coucher et répandit sur son lit le contenu entier de son armoire.

– Tu me rallonges un peu cette robe, ce manteau, tu lui retournes le col. Tu arranges les coutures de ce chemisier et tu relâches cette jupe de deux doigts aux hanches, j'ai pris quelques petits kilos, ces derniers temps, et je réussis plus à l'enfiler.

Et ainsi de suite, jusqu'à ce que j'aie un tas énorme de vieux vêtements entre les bras. Il me suffit d'une matinée pour réparer son vestiaire défraîchi. Satisfaite de mon efficacité et résolue à évaluer avec précision mon potentiel, Candelaria rapporta cet après-midi-là un coupon de cheviotte pour un trois-quarts.

– De la laine anglaise, de la meilleure. On l'importait de Gibraltar avant le début de tout ce chambard ; à présent, c'est de plus en plus dur d'en avoir. Tu te sens capable ?

– Trouvez-moi une bonne paire de ciseaux, deux mètres de doublure, une demi-douzaine de boutons en écaille et une bobine de fil marron. Je vous prends tout de suite les mesures et ce sera prêt demain matin.

À l'aide de ces modestes moyens et avec la table de la salle à manger comme base d'opérations, la commande était préparée pour un essayage à l'heure du souper. Tout était terminé avant le petit déjeuner. Dès qu'elle ouvrit un œil encore chassieux, les cheveux ramassés dans un filet, Candelaria ajusta le vêtement sur sa chemise de nuit et examina, incrédule, son effet devant le miroir. Les épaules tombaient impeccablement sur sa carrure et le col s'ouvrait de chaque côté dans une symétrie parfaite, cachant les excès de son volume pectoral. La taille était gracieusement marquée par une large ceinture, la coupe judicieuse du tombé masquait l'opulence de ses hanches de matrone. Les revers larges et élégants des manches parachevaient mon œuvre et ornaient l'extrémité de ses bras. Le résultat ne pouvait pas être plus satisfaisant. Elle se contempla de face et de profil, de dos et de trois quarts. Une fois, et une autre; vêtement ouvert, fermé, le col relevé, baissé. Se retenant de parler, s'attachant à évaluer avec précision le produit. Une autre fois de face, encore de côté. Et, finalement, le verdict:

– Putain! Mais pourquoi tu m'as pas prévenue plus tôt de ce coup de main que t'as, mon cœur?

Deux nouvelles jupes, trois chemisiers, une robe chemisier, deux tailleurs, un manteau et une robe de chambre se posèrent successivement sur les cintres de son armoire à mesure qu'elle se débrouillait pour rapporter de nouveaux coupons de tissu qu'elle payait le moins cher possible.

– De la soie chinoise, tâte un peu, tâte! L'Indien du bazar d'en bas m'a piqué deux briquets américains pour ça, le salaud. Heureusement qu'il m'en restait deux de l'année dernière, parce que maintenant cette espèce de connard n'accepte que du pognon local. On raconte qu'ils vont retirer l'argent de la République et le remplacer par des billets des nationalistes, j'en crois pas mes oreilles! me disait-elle en s'échauffant tandis qu'elle ouvrait un paquet et me mettait sous le nez deux mètres d'un tissu rouge feu.

Lors d'une nouvelle sortie, elle revint avec une demi-pièce de gabardine – de la bonne, petite, de la bonne. Le lendemain, ce fut le tour d'un coupon de satin nacré accompagné du récit correspondant des péripéties de son obtention, outre les références peu flatteuses à la mère du Juif qui le lui avait fourni. Un morceau de lainage couleur caramel, une chute d'alpaga, sept empans de satinette imprimée... Au bout du compte, entre trocs et brocantes, nous atteignîmes la quantité de près d'une douzaine d'étoffes que je coupai et cousis, et qu'elle essaya et louangea. Puis son ingéniosité pour se procurer de la marchandise s'épuisa, ou elle estima que sa nouvelle garde-robe était désormais bien pourvue, ou bien elle décida qu'il était temps, pour elle, de concentrer son attention sur d'autres tâches.

– Avec tout ce que t'as fait, t'as soldé ta dette envers moi jusqu'à aujourd'hui, déclara-t-elle et, sans même me laisser le loisir de savourer mon soulagement, elle poursuivit : On va parler de l'avenir, à présent. T'as beaucoup de talent, ma petite, et on peut pas le gâcher, encore moins maintenant que t'as besoin de pas mal de pognon pour te sortir du merdier dans lequel t'es fourrée. T'as déjà vu que c'est très dur de trouver une place, je pense donc que la meilleure chose que tu peux faire, c'est coudre pour les gens de la rue. Mais vu la situation, ça va être difficile qu'on t'ouvre tout grand les portes des maisons. Tu devras avoir ton endroit, monter ton propre atelier, et même comme ça t'auras du mal à trouver une clientèle. Faut bien y réfléchir.

Candelaria la Contrebandière connaissait la moindre bestiole vivante à Tétouan, mais pour analyser le marché de la couture, et envisager l'affaire sous son aspect complet, il lui fallut effectuer plusieurs sorties, nouer quelques contacts et réaliser une étude scrupuleuse de la situation à pied d'œuvre. Deux jours après la naissance de cette idée, nous avions déjà une image entièrement fiable du panorama. J'appris ainsi qu'il existait deux ou trois créatrices de longue tradition et de grand prestige, fréquentées par les filles et les épouses des chefs militaires, de quelques médecins renommés et des chefs d'entreprise fortunés. Un cran en dessous, on trouvait quatre ou cinq couturières acceptables, qui réalisaient les tenues de sortie et les manteaux dominicaux des mères de famille du personnel le plus aisé de l'administration. Enfin, il y avait plusieurs poignées de retoucheuses bas de gamme qui allaient de maison en maison et qui pouvaient aussi bien couper des blouses en percale que transformer des vêtements hérités, coudre des ourlets ou ravauder les chaussettes. La situation n'était pas idéale : la concurrence était considérable, mais il me faudrait, quoi qu'il arrive, découvrir un interstice par où me glisser. Même si, d'après ma patronne, aucune de ces professionnelles de la couture n'était prodigieuse, et qu'elles avaient, pour la plupart, un caractère domestique et presque familial, elles ne devaient pas être mésestimées : quand elles travaillent bien, les couturières sont capables de susciter des loyautés jusqu'à la mort.

L'idée de reprendre une activité engendrait en moi des sentiments contrastés. D'une part, cela parvint à allumer une lueur d'espoir que je n'avais pas entrevue depuis une éternité. Pouvoir gagner de l'argent pour subvenir à mes besoins et rembourser mes dettes, dans un domaine qui me plaisait et où je me savais douée, était la meilleure chose qui pouvait m'arriver. De l'autre, quand j'envisageais le côté pile de la pièce de monnaie, l'inquiétude et l'incertitude s'appesantissaient sur mon moral telle une nuit remplie de hurlements de loups. Pour créer ma propre affaire, aussi humble et modeste soit-elle, il me fallait un capital initial dont je ne disposais pas, des contacts qui me faisaient défaut, et beaucoup plus de chance que la vie ne m'en avait offert ces derniers temps. Ce ne serait pas facile de faire mon trou en me contentant d'être une simple couturière de plus : pour gagner des fidélités et capter une clientèle, je devrais témoigner d'une grande ingéniosité, sortir des sentiers battus, être capable de proposer quelque chose de différent.

Tandis que Candelaria et moi nous efforcions de trouver une voie dans laquelle je pourrais m'engager, plusieurs de ses amies et connaissances commencèrent à grimper à la pension pour me passer des commandes : un petit chemisier, ma chérie, s'il te plaît ; des manteaux pour les petits avant que le froid s'installe. Il s'agissait, en général, de femmes modestes, et leurs moyens économiques étaient à l'avenant. Elles arrivaient en traînant de nombreux enfants et de rares coupons de tissu, et elles s'asseyaient pour bavarder avec Candelaria pendant que je cousais. Elles se lamentaient à cause de la guerre, pleuraient le sort des leurs, en Espagne, tout en séchant leurs larmes de la pointe du mouchoir qu'elles conservaient chiffonné à l'intérieur de leur manche. Elles se plaignaient de la vie chère et s'interrogeaient, angoissées, sur l'avenir de leur progéniture au cas où le conflit prendrait de l'ampleur ou si leur mari était tué par une balle ennemie. Elles payaient peu et tard, parfois jamais, dans la mesure de leurs possibilités. Cependant, malgré les difficultés financières de ma clientèle et la modicité de leurs commandes, le simple fait de reprendre la couture avait réussi à atténuer l'âpreté de mon désespoir ; désormais, une faille s'était ouverte, par laquelle filtrait un ténu rayon de lumière.

9

À la fin du mois il commença à pleuvoir, un après-midi, puis un autre, et un autre. Le soleil se laissa à peine entrevoir pendant trois jours ; il y eut des coups de tonnerre, des éclairs, un vent déchaîné et des feuilles d'arbres sur le sol mouillé. Je poursuivais ma tâche sur les vêtements que les femmes du voisinage me commandaient; une garde-robe sans grâce ni classe, confectionnée dans des étoffes grossières destinées à protéger les corps contre les intempéries sans se soucier de l'esthétique. Jusqu'au moment où, entre une veste pour le petit-fils d'une voisine et une jupe plissée pour la fille de la concierge, je vis débarquer Candelaria dans un de ses accès d'enthousiasme.

– C'est dans la poche, petite, ça y est, tout est arrangé !

Elle revenait de la rue avec son trois-quarts neuf en cheviotte bien serré à la taille, un fichu noué sur la tête et ses vieux souliers aux talons de guingois couverts de boue. Les mots se bousculaient dans sa bouche; elle se débarrassait de ses vêtements en décrivant en détail la grande découverte; son buste imposant montait et descendait en cadence tandis que, la respiration haletante, elle égrenait ses nouvelles et ôtait une couche après l'autre, tel un oignon.

– J'arrive du coiffeur où travaille la Remedios, ma copine, j'avais quelques petits trucs à régler avec elle, et sur ce, alors qu'elle était en train de faire une permanente à une gabache...

– Une quoi? l'interrompis-je.

– Une gabache, une Franchouillarde, une poseuse, précisa-t-elle précipitamment avant de poursuivre. En réalité, j'ai d'abord pensé ça, que c'était une Franchouillarde, mais ensuite j'ai découvert qu'elle était pas française mais allemande, et que je la connaissais pas, parce que les autres, la femme du consul, ou celles de Gumpert et de Bernhardt, et celle de Langenheim, qui est pas boche mais italienne, toutes celles-là, bien sûr que je les connais, et même trop, j'ai eu quelques petits problèmes avec elles. Bon, revenons à nos moutons. Pendant qu'elle était en train de lui passer le peigne dans les cheveux, voilà la Reme qui me demande où je me suis payé ce manteau si génial que je porte. Moi, bien sûr, je lui réponds que ça vient d'une amie qui me l'a fait, alors la Franchouillarde, qui, comme je t'ai déjà dit, est pas française mais allemande, me regarde, me re-regarde et se met dans la conversation, et avec cet accent à elle, quand elle te cause, on a toujours l'impression qu'elle va te bouffer la gueule, eh ben elle me dit qu'elle a besoin de quelqu'un qui coud, qui coud bien, et que si je connaîtrais pas une maison de mode de qualité, mais d'une qualité vraiment bonne, et qu'elle est depuis peu à Tétouan, et qu'elle va y rester un certain temps, et que, finalement, il lui faut quelqu'un. Et moi je lui ai dit...

– Qu'elle vienne ici, pour que je m'occupe d'elle, anticipai-je.

– Ça va pas, t'es maboule ! Comment veux-tu que je fourre ce genre de gonzesse ici, ces grandes dames fréquentent des générales, des colonelles, et elles sont habituées à d'autres choses et à d'autres endroits, t'as pas vu les simagrées de l'Allemande et le pognon qu'elle doit avoir !

– Alors ?

– Alors, je sais pas quel coup de mou j'ai eu, mais je lui ai dit comme ça que j'avais appris l'ouverture d'une maison de haute couture.

Je ravalai brutalement ma salive.

– Et c'est moi qui suis censée m'en charger ?

– Bien sûr, ma chérie, sinon, qui ?

J'essayai de nouveau de déglutir, sans y parvenir tout à fait, cette fois. Mon gosier était soudain sec comme de l'amadou.

– Comment vais-je monter une maison de haute couture, Candelaria ? demandai-je, affolée.

La première réponse fut un éclat de rire. La seconde se résuma à cinq mots prononcés avec un tel culot qu'ils excluaient le moindre doute.

– Avec moi, petite, avec moi.

Je patientai, pendant le dîner, transformée en une boule de nerfs qui me tiraillait les intestins. La patronne n'avait pas eu le temps de s'expliquer car les deux sœurs avaient rappliqué juste après sa déclaration en commentant, folles de joie, la libération de l'alcazar de Tolède. Puis ce fut le tour du reste des hôtes, un camp débordant de satisfaction et l'autre ruminant son malheur. Jamila commença à mettre la table et Candelaria fut obligée d'aller à la cuisine pour organiser le souper : chou-fleur sauté et omelettes d'un seul œuf. Le tout en petites quantités et bien mou, au cas où les pensionnaires auraient l'idée de reproduire les hauts faits de la journée sur le front et de se lancer furieusement à la tête des os de côtelettes.

Le repas s'acheva, pimenté de ses sempiternels accès de tension, et chacun s'empressa de quitter la salle à manger. Les femmes et ce lourdaud de Paquito rejoignirent la chambre des sœurs pour écouter la harangue nocturne de Queipo de Llano depuis Radio Séville. Les hommes, quant à eux, se rendirent à l'*Union commerciale* pour boire le dernier café du jour et discuter de l'évolution des combats. Jamila débarrassait la table et je me préparais à l'aider à faire la vaisselle quand Candelaria, d'une grimace impérieuse, m'indiqua le couloir.

– Va dans ta chambre et attends-moi, j'arrive tout de suite.

Il ne lui fallut pas plus de deux minutes pour me retrouver ; le temps nécessaire pour enfiler prestement chemise de nuit et robe de chambre et pour vérifier, du haut du balcon, que les trois hommes s'étaient déjà éloignés jusqu'à hauteur de l'impasse d'Intendencia, et s'assurer que les femmes étaient convenablement conquises par la frénétique logorrhée radiophonique du général rebelle.

– Bonne nuit, messieurs ! Haut les cœurs !

Je l'attendais, assise au bord du lit, lumière éteinte, inquiète, nerveuse. L'entendre arriver fut un soulagement.

– Il faut qu'on cause, fillette, il faut qu'on cause très sérieusement, dit-elle à voix basse en s'installant à côté de moi. Voyons: tu es prête à monter ton atelier? Tu es prête à être la meilleure couturière de Tétouan, à coudre des vêtements que personne n'a cousus avant toi, ici?

– Prête? Bien entendu, Candelaria, mais...

– Il y a pas de «mais». Maintenant, écoute-moi bien et ne m'interromps pas. Tu vas voir. Après la rencontre avec l'Allemande dans le salon de coiffure de ma copine, je me suis informée un peu partout et il se trouve que ces derniers temps, à Tétouan, sont apparus des gens qui avant ne vivaient pas ici. Comme toi, ou ces emmerdeuses de sœurs, ou Paquito et son gros tas de mère, ou Matías, celui qui fait pousser les cheveux: avec cette histoire du soulèvement, vous êtes tous restés ici, coincés comme des rats, sans pouvoir franchir le Détroit pour rentrer chez vous. Eh bien, il y a d'autres personnes à qui il est arrivé plus ou moins la même chose, mais au lieu d'être le ramassis de crève-la-faim qui m'est tombé dessus, ce sont des gens qui ont les moyens et qui avant n'étaient pas là et qui maintenant sont là. Tu piges? Par exemple, une comédienne très célèbre qui est venue avec sa compagnie et ne peut plus repartir. Ou une bonne poignée d'étrangères, surtout allemandes, qui, d'après ce qu'on raconte, ont quelque chose à voir, avec leurs maris, avec l'aide fournie aux troupes de Franco pour débarquer dans la Péninsule. Et comme ça, un certain nombre. Pas beaucoup, c'est vrai, mais assez pour te donner du travail pendant un bon moment si tu t'en fais des clientes, parce qu'oublie pas qu'elles ont aucune raison d'être fidèles à une couturière quelconque puisqu'elles sont pas d'ici. En plus, et c'est le plus important, elles sont pleines aux as et, du fait qu'elles sont étrangères, elles se contrefichent de cette guerre, autrement dit, elles ont l'habitude de faire la bringue et elles vont pas passer tout le temps que durera ce bazar couvertes de vieilleries, à se tourmenter pour qui gagnera la prochaine bataille. Tu me suis, mon cœur?

– Je vous suis, Candelaria, bien sûr, mais...

– Chuuuuuuuuuut! Je t'ai déjà dit que je veux aucun «mais» avant d'avoir fini de parler! Continuons: tu as besoin maintenant, tout de suite, immédiatement, dès demain, d'un local qui en jette, où tu pourras offrir à la clientèle ce qu'il y a de mieux. Je te jure, sur la tête de mes aïeux, que je n'ai jamais vu quelqu'un coudre comme toi de toute ma vie, alors, au boulot! Oui, je sais, tu es sans argent, mais Candelaria est là.

– Mais vous n'avez pas non plus le moindre sou. Vous passez vos journées à vous plaindre que vous n'avez même pas de quoi nous donner à manger!

– J'en bave, pas faux: ç'a pas été de la tarte, ces derniers temps, pour obtenir de la marchandise. Aux postes-frontières, il y a des détachements de soldats armés jusqu'aux dents et absolument impossible de les franchir pour arriver à Tanger à la recherche de produits, sauf si on a cent cinquante mille sauf-conduits que personne donnera jamais à ma pomme. Et atteindre Gibraltar, c'est encore plus compliqué, avec le trafic fermé dans le Détroit et les avions de guerre en rase-mottes prêts à bombarder tout ce qui bouge dans le coin. Mais j'ai quelque chose avec lequel on peut gagner le pognon nécessaire pour monter notre commerce. Quelque chose qui, pour la première fois dans ma putain de vie, est venu à moi sans que je demande rien et que j'aie même besoin de sortir de chez moi. Suis-moi, je vais te le montrer.

Elle se dirigea alors vers le coin de la chambre où s'accumulaient un tas de machins inutiles.

– Fais donc un tour dans le couloir et vérifie que les sœurs continuent à écouter la radio, ordonna-t-elle dans un murmure.

Quand je revins, avec la confirmation qu'il en était bien ainsi, elle avait déjà déplacé les cages à oiseaux, le panier, les pots de chambre et les bassines. Devant elle, il ne restait que la malle.

– Ferme bien la porte, mets le verrou, allume et approche, exigea-t-elle, impérieuse, sans hausser le ton plus qu'il n'était nécessaire.

L'ampoule nue du plafond inonda la pièce d'une lumière sinistre. J'arrivai à côté d'elle alors qu'elle soulevait le couvercle. Au fond de la malle, il n'y avait qu'un bout de couverture chiffonné et crasseux. Elle l'enleva lentement, presque avec soin.

– Penche-toi bien.

Ce que je découvris me laissa sans voix ; pétrifiée, exsangue. Un amoncellement de pistolets obscurs, dix, douze, quinze, peut-être vingt, occupait la base en bois, pêle-mêle, les canons pointés en tous sens, tel un peloton d'assassins endormis.

– Tu les as vus ? souffla-t-elle. Alors, je referme. Passe-moi tout ce fourbi, que je le remette dessus, et éteins.

La voix de Candelaria était basse mais elle n'avait pas changé ; pour ce qui était de la mienne, impossible de le savoir, car cette vision m'avait causé un tel choc que je fus incapable de formuler le moindre mot pendant un bon moment. Nous revînmes vers le lit et elle reprit son chuchotement :

– Il y en a sans doute qui pensent que le soulèvement a été fait par surprise, mais c'est une saloperie de mensonge. Beaucoup de monde savait plus ou moins ce qui se tramait. Les choses se préparaient déjà depuis un certain temps, et pas seulement dans les casernes et quand ils ont prêté serment au Llano Amarillo. On raconte que même dans le Casino espagnol il y avait tout un arsenal caché derrière le zinc, va savoir si c'est vrai ou pas. Dans les premières semaines de juillet, j'ai hébergé dans cette chambre un agent des douanes en attente de nomination, ou c'est du moins ce qu'il prétendait. Je trouvais ça bizarre, pourquoi je te mentirais, parce que pour moi ce type n'était ni agent des douanes ni rien de pareil, mais enfin, comme je ne demande jamais rien, parce que j'aime pas non plus qu'on fourre son nez dans mon bizness, je lui ai préparé sa chambre, je lui ai mis un plat chaud sous le nez, un point, c'est tout. Je l'ai plus revu à partir du 18 juillet. Il a pu aussi bien se joindre au soulèvement, gagner la zone française en passant à pied chez les *kabilas*, ou être emmené à la forteresse du Monte Hacho pour y être fusillé à l'aube: j'ai pas idée de ce qui lui est arrivé, et j'ai pas voulu perdre mon temps à vérifier. En tout cas, quatre ou cinq jours après on m'a envoyé un petit lieutenant pour récupérer ses affaires. Je lui ai remis, sans poser aucune question, le peu qu'il y avait dans son armoire, je lui ai dit que Dieu vous garde et j'ai considéré que l'épisode de l'agent était fini. Mais quand Jamila a nettoyé la chambre pour le pensionnaire suivant et qu'elle a commencé à balayer sous le lit, je l'ai tout à coup entendue pousser un cri, comme si elle avait vu le diable en personne, avec sa fourche à la main, ou n'importe quel bidule que le diable des musulmans a avec lui, parce que j'en sais fichtrement rien. Le fait est qu'à cet endroit, dans le coin, au fond, elle avait filé un coup de balai au tas de pistolets.

– Et alors vous, vous les avez gardés? demandai-je d'une voix étranglée.

– Quoi faire, sinon? Aller chercher le lieutenant dans son tabor, avec tout ce qui nous tombait dessus?

– Vous auriez pu les remettre au commissaire.

– À don Claudio? T'es complètement folle, ma petite!

Cette fois-ci, ce fut à mon tour d'exiger du silence et de la discrétion par un sonore «Chuuuuuuuut».

– Pourquoi je vais lui donner les pistolets, à don Claudio? Qu'est-ce que tu veux, qu'il m'enferme pour la vie, tu as vu comme il m'a dans le nez? Je les ai gardés, parce qu'ils étaient chez moi, et en plus l'agent des douanes s'était tiré en me laissant une ardoise de quinze jours de loyer, les armes représentaient plus ou moins son paiement en liquide. Ça vaut un paquet, fillette, et encore plus à présent, avec l'époque qu'on vit, par conséquent les pistolets sont à moi et je peux les employer comme je veux.

– Et vous pensez les vendre ? Ça peut être très dangereux.

– Tu parles, que c'est très dangereux ! Mais on a besoin de ce fric pour monter ton affaire.

– Ne me dites pas, Candelaria, que vous allez vous fourrer dans ce guêpier seulement pour moi...

– Non, ma fille, m'interrompit-elle. Voyons si je m'explique bien. Je vais pas me fourrer toute seule dans ce guêpier : on va s'y fourrer toutes les deux. Je me charge de trouver un acheteur pour la marchandise et, avec ce que j'en tire, on monte ton atelier et on fait fifty-fifty.

– Mais pourquoi vous ne la vendez pas pour vous-même, et avec ce que vous gagnez vous vous débrouillez, sans m'ouvrir un commerce ?

– Ce que tu me proposes, c'est du pain pour aujourd'hui et de la faim pour demain. Moi, je suis intéressée par un rendement à long terme. Si je vends la marchandise et qu'en deux ou trois mois je mets dans ma marmite tout ce que j'en aurai obtenu, de quoi je vivrai si la guerre se prolonge ?

– Et si on vous surprend en train d'essayer de négocier les pistolets ?

– Eh ben, je dis à don Claudio qu'on est toutes les deux sur le coup et on se retrouve ensemble là où il nous enverra.

– En prison ?

– Ou au cimetière civil, comme ça lui chantera.

Bien que cette ultime et funeste hypothèse ait été accompagnée d'un clin d'œil moqueur, je sentais croître ma panique. Le regard d'acier du commissaire Vázquez et ses avertissements solennels restaient encore frais dans ma mémoire. Tenez-vous à l'écart de toute affaire louche, ne me jouez aucun sale tour, conduisez-vous correctement. Les mots qui étaient sortis de sa bouche composaient un catalogue entier de notions désagréables : commissariat, prison pour femmes, vol, escroquerie, dette, plainte, tribunal. Et à présent, comme si ça ne suffisait pas, vente d'armes.

– Ne vous mêlez pas de ça, Candelaria, c'est trop risqué, la suppliai-je, morte de peur.

– Qu'est-ce qu'on devient, alors ? marmonna-t-elle. On vit de l'air du temps ? On bouffe nos crottes de nez ? Toi, t'es arrivée sans un sou, et moi, j'ai plus rien. Parmi les pensionnaires, les seuls qui me paient sont la mère, l'instituteur et le télégraphiste, et on verra jusqu'à quand ils sont capables de faire durer le peu qu'ils ont. Les trois autres malheureux et toi, il vous reste ce que vous avez sur le dos, mais je peux pas vous virer, eux par charité, et toi parce qu'il me manquerait plus que ça : don Claudio sur le dos en train de me demander des explications. Alors, dis-moi comment je me débrouille.

– Je peux continuer à coudre pour les mêmes femmes, je travaillerai plus, je ne dormirai plus s'il le faut. Nous partagerons tout ce que je gagnerai...

– Combien ça représente ? Combien tu crois que tu gagneras en bricolant des nippes pour les voisines ? Trois ronds six sous ? T'as déjà oublié ce que tu dois à Tanger ? Tu penses passer toute ta vie dans ce gourbi ?

Un flot de paroles embrouillées lui sortait de la bouche.

– Écoute, ma petite, toi, avec tes mains, tu as un sacré trésor, et ça serait un péché mortel de pas profiter de ce que Dieu t'a donné. Je sais déjà que la vie t'a tapé dessus bien fort, que ton fiancé s'est conduit comme un voyou avec toi, que t'es dans une ville où tu veux pas être, loin de ta terre et de ta famille, mais c'est comme ça, ce qui est fait est fait, on peut pas revenir en arrière. Tu dois aller de l'avant, Sira. Tu dois être courageuse, risquer ta peau et lutter pour toi-même. Avec la mouise qui te colle aux basques, t'as pas beaucoup de chances de voir un fils à papa sonner à ta porte et te payer un appartement. D'ailleurs, après ton expérience, je pense pas non plus que t'aies intérêt, pendant un bon bout de temps, à dépendre encore d'un homme. T'es très jeune et, à ton âge, tu peux toujours espérer refaire ta vie, un peu plus que faner tes plus belles années en cousant des ourlets et en soupirant après ce que t'as perdu.

– Mais cette histoire de pistolets, Candelaria, vendre des pistolets..., murmurai-je, apeurée.

– Il y a pas d'autre solution, ma pauvre. On a rien que ça, et je te jure que je vais en tirer tout le bénéfice que je pourrai. Qu'est-ce que tu imagines, que je préférerais pas quelque chose de plus nickel, qu'on m'ait laissé une cargaison de montres suisses ou de bas très fins au lieu des pistolets ? Bien sûr que si. Mais il se trouve qu'on a que des armes, qu'on est en guerre et qu'il y en a qui peuvent avoir intérêt à les acheter.

– Mais si on vous attrape ? demandai-je de nouveau, hésitante.

– Et vas-y que je remets une couche ! S'ils me chopent, on prie le Christ de Medinaceli pour que don Claudio ait un peu de miséricorde, on passe un petit bout de temps en taule, et on en parle plus. D'ailleurs, je te rappelle que t'as moins de dix mois pour rembourser ta dette, et au train où tu vas, même en cousant pendant vingt ans pour les voisines, t'y arriveras pas. Par conséquent, t'as beau vouloir être la plus honnête, si tu campes sur tes positions, rien te sauvera de la prison, pas même ton ange gardien. À moins que tu finisses par écarter les cuisses dans n'importe quel bordel de seconde zone, pour que les soldats qui reviennent démolis du front se défoulent avec toi. C'est également une issue possible, vu ta situation.

– Je ne sais pas, Candelaria. J'ai très peur...

– Moi aussi, je chie dans mon froc, qu'est-ce que t'imagines ? Que je suis de marbre ? C'est pas pareil de traficoter avec mes magouilles qu'essayer de placer une douzaine et demie de revolvers en temps de guerre. Mais on est forcées, ma petite.

– Et vous feriez comment?

– T'occupe pas de ça, je me trouverai moi-même mes contacts. Je pense pas avoir besoin de plus de quelques jours pour livrer la marchandise. Alors, on cherche un local dans le meilleur endroit de Tétouan, on installe tout et tu commences.

– Comment, tu commences? Et vous? Vous ne serez pas avec moi dans l'atelier?

– Non, ma fille. Moi, je me charge de t'obtenir l'argent pour financer les premiers mois d'un bon loyer et acheter tout ce qu'il faut. Ensuite, quand tout sera prêt, toi, tu te mets au travail, et moi, je reste ici, chez moi, à attendre la fin du mois pour partager les bénéfices. En plus, il vaut mieux qu'on t'associe pas à moi: j'ai pas une très bonne réputation et t'as pas besoin de dames dans mon genre comme clientes. Par conséquent, moi, je mets le pognon du début, et toi, tes mains. Après, on répartit. Ça, c'est ce qu'on appelle de l'investissement.

Un léger parfum de cours Pitman et de projets de Ramiro envahit soudain l'obscurité de la pièce, et je faillis me retrouver dans une étape précédente que je n'avais nulle envie de revivre. Après avoir chassé cette sensation à grands coups de claques invisibles, je revins à la réalité, en quête de précisions supplémentaires.

– Et si je ne gagne rien? Si je ne trouve pas de clientèle?

– Eh ben, on sera foutues. Mais pas la peine de nous porter la poisse, espèce de cruche. Faut pas envisager le pire: on doit être positives et se mettre au boulot. Personne va nous aider, toi et moi, avec toutes les misères qu'on traîne derrière nous. Par conséquent, ou on se bat pour nous-mêmes, ou on sera obligées de bouffer des pierres.

– Mais j'ai donné ma parole au commissaire de bien me conduire.

Candelaria fut obligée de faire un effort pour ne pas éclater de rire.

– Mon Francisco m'avait aussi promis, devant le curé de mon village, de me respecter jusqu'à la fin des jours, et ce fils de pute a pas arrêté de me cogner, maudit soit-il ! Ça paraît incroyable que tu sois aussi naïve avec toutes les baffes que tu t'es ramassées ces derniers temps. Pense à toi, Sira, pense à toi et oublie tout le reste, car on vit une mauvaise époque, et celui qui bouffe pas se laisse bouffer. Et puis, c'est pas si grave : on va pas non plus tirailler partout, on va juste mettre sur le marché des trucs qu'on a en trop, et pour la suite, je m'en lave les mains. Si tout marche bien, don Claudio découvrira ta petite affaire montée, bien nette et reluisante, et s'il te demande un jour où t'as trouvé le fric, tu lui réponds que moi je te l'ai prêté, sur mes économies, et s'il te croit pas ou si l'idée lui plaît pas, il avait qu'à te laisser à l'hôpital, à la charge des sœurs de la Charité, au lieu de t'amener chez moi et de te mettre sous ma protection. Il est toujours occupé à un tas d'embrouilles et il veut pas de problèmes, alors si on lui sert du tout cuit sans faire de bruit, il va pas s'embêter à fourrer son nez dedans. Je te le dis, je le connais bien, ça fait déjà de nombreuses années qu'on se chamaille, lui et moi, t'inquiète pas pour ça.

Avec son culot et sa philosophie de la vie si particulière, je savais que Candelaria avait raison. Nous avions beau tourner et retourner la question, l'étudier par-devant, par-derrière, à l'endroit ou à l'envers, ce plan désespéré ne visait qu'à soulager les misères de deux femmes pauvres, solitaires et déracinées, qui assumaient, à une époque tumultueuse, un passé aussi noir que le cirage. La droiture et l'honnêteté étaient de beaux concepts, mais ils ne procuraient pas à manger, ne payaient pas les dettes, ne réchauffaient pas les soirs d'hiver. Les principes moraux et une conduite sans faille étaient réservés à des êtres différents, pas aux deux malheureuses à l'âme ébréchée que nous étions. Mon silence fut considéré par Candelaria comme une preuve de mon accord.

– Alors quoi ? On s'y met demain ?

J'avais l'impression de danser, les yeux bandés, au bord d'un précipice. Au loin, les ondes radiophoniques continuaient de retransmettre, entre deux interférences, les vociférations de Queipo de Llano. Je soupirai avec force, puis, d'une voix basse et sûre, ou presque :

– Allons-y.

Ma future associée, satisfaite, me pinça affectueusement la joue, sourit et se prépara à sortir. Elle arrangea sa robe de chambre et redressa son imposante corpulence au-dessus des pantoufles en toile éculées qui l'avaient sans doute accompagnée pendant la moitié de son existence de jongleuse de la survie. Candelaria la Contrebandière, opportuniste, bagarreuse, dévergondée et attendrissante ; elle était déjà en train de franchir le seuil de la porte quand je lui lançai ma dernière question, à mi-voix ; en réalité, elle n'avait presque aucun rapport avec notre conversation nocturne, mais j'étais curieuse de connaître sa réponse.

– Candelaria, vous êtes de quel côté, dans cette guerre ?

Elle se retourna, surprise, mais n'hésita pas une seconde :

– Moi ? À fond du côté du vainqueur, ma chérie.

10

Les journées qui suivirent la nuit où elle m'avait montré les pistolets furent terribles. Candelaria entrait, sortait et s'agitait sans cesse, telle une couleuvre bruyante et volumineuse. Elle allait, en silence, de sa chambre à la mienne, de la salle à manger à la rue, de la rue à la cuisine, toujours pressée, renfermée, murmurant une litanie de grognements et de grommellements dont personne n'était capable de déchiffrer la signification. Je ne me mêlai pas de ses allées et venues, pas plus que je ne lui posai de questions sur la bonne marche des négociations : je savais qu'elle me tiendrait au courant dès que tout serait prêt.

Près d'une semaine s'écoula avant qu'elle n'ait une nouvelle à m'annoncer. Elle rentra ce soir-là après neuf heures, alors que nous nous tenions tous assis devant nos assiettes vides, dans l'attente de son arrivée. Le dîner fut semblable à tous les autres, agité et belliqueux. À la fin, après que les pensionnaires se furent disséminés à travers la maison, pour s'y livrer à leurs dernières occupations, je débarrassai la table avec Candelaria. En chemin, tandis que nous transportions les couverts, la vaisselle sale et les serviettes, elle me révéla, au compte-gouttes, en chuchotant, la bonne marche de ses projets : tout sera enfin réglé ce soir ; tout le poisson a été vendu ; demain matin on pourra commencer à mettre en place ton affaire ; tu peux pas savoir, ma chérie, à quel point j'ai envie d'en finir une maudite fois pour toutes avec ce binz.

À peine notre tâche réalisée, chacune s'enferma dans sa chambre sans piper mot. Pendant ce temps, le reste de la troupe, liquidant sa journée, procédait à sa routine nocturne, les gargarismes à l'eucalyptus et la radio, les bigoudis devant la glace ou la petite marche en direction du bar. Essayant de feindre la normalité, je lançai un bonne nuit retentissant et me couchai. Je tardai à m'assoupir, jusqu'à ce que la pension retrouve son calme. Le dernier bruit discret que j'entendis, ce fut lorsque Candelaria sortit de sa chambre et verrouilla la porte de la rue.

Je m'endormis quelques minutes après son départ. Pour la première fois depuis plusieurs jours, je ne me retournai pas sans arrêt dans mon lit, et les sombres présages des nuits antérieures – prison, commissaire, détentions, morts – ne se glissèrent pas sous ma couverture. Depuis que j'avais appris le dénouement prochain de ce sinistre commerce, ma nervosité paraissait enfin décidée à me laisser un répit. Je m'enfonçai dans le sommeil, les poings serrés, envahie par la douce certitude qu'au lever du soleil nous commencerions à planifier l'avenir sans l'ombre menaçante des pistolets au-dessus de nos têtes.

Mais le repos fut de courte durée. J'ignorais quelle heure il était, deux heures, ou peut-être trois, quand une main énergique me saisit l'épaule et me secoua.

– Réveille-toi, petite, réveille-toi !

Je me redressai à moitié, sans savoir où je me trouvais, encore somnolente.

– Qu'est-ce qui arrive, Candelaria ? Qu'est-ce que vous faites ici ? Vous êtes déjà revenue, parvins-je à bredouiller.

– Une catastrophe, une énorme catastrophe, chuchota la contrebandière.

Elle était debout près de mon lit et, dans mon esprit embrumé, sa silhouette m'apparut plus volumineuse que jamais. Elle était vêtue d'un pardessus que je ne lui connaissais pas, ample et long, fermé jusqu'au cou. Elle le déboutonnait hâtivement, tandis que ses explications se bousculaient dans sa bouche.

– L'armée garde tous les accès routiers à Tétouan, et les hommes qui venaient récupérer la marchandise depuis Larache n'ont pas osé venir jusqu'ici. Je les ai attendus en vain. À trois heures du matin, ils m'ont enfin envoyé un petit gosse des *kabilas* pour me prévenir de la situation et me dire qu'ils avaient peur d'y laisser leur peau s'ils essayaient d'entrer.

– Où aviez-vous rendez-vous ?

– Dans la médina, à la Suica, dans l'arrière-boutique d'une charbonnerie.

Je ne connaissais pas l'endroit mais ne voulus pas en savoir davantage. Dans ma tête encore engourdie se dessinait à grands traits l'ampleur du désastre : adieu à la boutique, adieu à l'atelier de couture, de nouveau l'angoisse de l'avenir.

– Tout est fichu, alors, dis-je en me frottant les yeux pour leur arracher les dernières bribes de sommeil.

– Non, il n'en est pas question ! s'exclama la patronne en terminant de se dépouiller de son manteau. Mon plan a foiré, mais je te jure sur la tête de ma mère que les pistolets vont gicler de ma maison cette nuit. Allez, grouille, lève-toi, on a pas de temps à perdre !

Je mis du temps à comprendre ce qu'elle me disait ; mon regard était occupé par l'image de Candelaria en train de se défaire de la tunique informe qu'elle portait sous son pardessus : une espèce de blouse large en laine grossière qui cachait ses formes généreuses. J'étais stupéfaite, incapable de saisir la signification de tout cela, les raisons de ce déshabillage précipité au pied de mon lit. Jusqu'à ce que, une fois la blouse ôtée, elle commence à dégager des objets coincés contre ses chairs compactes et grassouillettes. Alors, tout s'éclaircit : quatre pistolets étaient fixés à ses jarretelles, six dans sa gaine, deux aux bretelles de son soutien-gorge et deux sous ses aisselles. Les cinq restants étaient dans son sac à main, enveloppés dans un bout de toile. Dix-neuf en tout. Dix-neuf culasses avec leurs dix-neuf canons, sur le point d'abandonner la chaleur de ce corps robuste pour une nouvelle destination que je soupçonnai.

– Qu'est-ce que vous voulez que je fasse ? bredouillai-je, effrayée.

– Tu vas transporter les armes à la gare, les livrer avant six heures du matin, et rapporter ici les neuf mille cinq cents pesetas négociées pour la marchandise. Tu sais où se trouve la gare, non ? Tu traverses la route de Ceuta, en bas du Gorgues. Les hommes pourront les récupérer à cet endroit et ils seront pas obligés de pénétrer dans Tétouan. Ils descendront de la montagne et viendront les chercher directement avant le lever du soleil, sans mettre les pieds en ville.

– Mais pourquoi moi ?

Ce coup-ci j'étais bien réveillée, la peur était parvenue à couper ma somnolence à la racine.

– Parce que quand je revenais du quartier de la Suica, en faisant un détour et en réfléchissant à la façon d'organiser le truc de la gare, ce fils de pute de Palomares, qui sortait du bar El Andaluz au moment de la fermeture, m'a interpellée près du portail d'Intendencia, et il m'a dit qu'il pourrait bien rappliquer cette nuit à la pension, si ça lui chante, et faire une perquisition.

– Qui c'est, Palomares ?

– Le flic le plus salaud de tout le Maroc espagnol.

– Il est dans l'équipe de don Claudio ?

– Oui, il travaille sous ses ordres. Quand il est devant lui, il lui fait de la lèche, mais dès qu'il se sent à l'aise, ce connard, c'est un frimeur et une peau de vache, il a menacé de perpète la moitié de Tétouan.

– Pourquoi il vous a arrêtée, cette nuit ?

– Parce qu'il en a eu envie, parce que c'est un salopard et qu'il aime filer des beignes et flanquer la frousse aux gens, particulièrement aux femmes. Ça fait des années qu'il la ramène, et en ce moment plus que jamais.

– Il a des soupçons, à propos des pistolets ?

– Non, ma chérie. Heureusement qu'il m'a pas demandé d'ouvrir mon sac et qu'il a pas osé me toucher. Il m'a juste dit, avec sa voix dégoûtante : « Où tu vas si tard, contrebandière, t'es pas encore fourrée dans une de tes magouilles, chienne », et moi je lui ai répondu : « Je viens de chez une de mes copines, don Alfredo, elle est malade, elle a des cailloux dans le rein. » « Je te fais pas confiance, contrebandière, t'es une vraie salope et une baratineuse », qu'il a ajouté, le cochon, et moi je me suis mordu la langue pour pas lui répondre, j'ai failli lui gueuler d'aller se faire foutre, et alors, en serrant bien fort mon sac sous le bras, j'ai accéléré le pas et j'ai prié la

Très Sainte Vierge pour que mes pistolets bougent pas de mon corps. Et, quand je l'avais déjà laissé derrière moi, voilà que j'entends de nouveau sa voix dégueulasse dans mon dos: «Peut-être ben que je passe ensuite par la pension et je fouille tout, catin, je trouverai toujours quelque chose.»

– Vous pensez vraiment qu'il va venir?

– Tout est possible, répliqua-t-elle en haussant les épaules. S'il chope dans le coin une pauvre traînée qui lui fait une petite gâterie et le laisse bien soulagé, alors il pourrait bien m'oublier. Mais si sa nuit tourne mal, je serais pas étonnée qu'il sonne à la porte dans un moment, expédie mes hôtes dans l'escalier et se gêne pas pour foutre ma maison en l'air. Ça serait pas la première fois.

– Vous ne pouvez donc plus quitter la pension de toute la matinée, au cas où, murmurai-je lentement.

– Exactement, mon cœur.

– Et les pistolets doivent disparaître immédiatement, pour que Palomares ne les découvre pas ici.

– Oui, madame, c'est ça.

– Et il faut que la livraison ait lieu forcément aujourd'hui, car les acheteurs attendent les armes, et ils risquent leur peau s'ils sont obligés d'entrer dans Tétouan pour les récupérer.

– Tu l'as dit, ma chérie, tu pouvais pas être plus claire.

Nous restâmes un moment silencieuses, échangeant des regards tendus et pathétiques. Elle debout, à moitié nue, avec les bourrelets de chair débordant des extrémités de la gaine et du soutien-gorge; moi, assise, les jambes repliées, encore entre les draps, en chemise de nuit, le cheveu en bataille et la gorge nouée. Et, autour de nous, les pistolets noirs éparpillés.

La patronne reprit finalement la parole, d'un ton ferme et assuré.

– C'est à toi de t'en charger, Sira. C'est la seule solution.

– Je ne peux pas... Je ne... Je ne..., bégayai-je.

– Tu es obligée, petite, insista-t-elle sombrement. Sinon, tout est fichu.

– Candelaria, souvenez-vous de tout ce que j'ai déjà sur le dos : la dette de l'hôtel, les plaintes de l'entreprise et de mon demi-frère. S'ils me pincent ce coup-ci, c'est terminé pour moi.

– Ça sera vraiment terminé si le Palomares débarque cette nuit et nous attrape avec tout ça ici, rétorqua-t-elle en jetant un coup d'œil sur les armes.

– Candelaria, écoutez-moi..., la suppliai-je.

– Non, toi, tu vas m'écouter, fillette, écoute-moi bien, et tout de suite.

Sa voix était basse mais puissante, ses yeux grands comme des soucoupes. Elle s'accroupit pour se mettre à ma hauteur. Elle m'agrippa les bras de toutes ses forces pour m'obliger à la regarder en face.

– J'ai tout essayé, je me suis crevé la patate et ça a foiré. La chance est vraiment une garce, parfois elle te laisse gagner, parfois elle te crache à la gueule et elle t'oblige à perdre. Cette nuit, elle m'a dit : « T'es foutue, contrebandière. » J'ai épuisé toutes mes cartouches, Sira, je suis brûlée, dans cette affaire. Mais pas toi. Tu es la seule capable de nous tirer de là, l'unique qui puisse sortir la marchandise et ramasser l'argent. Si c'était pas indispensable, je te le demanderais pas, Dieu du ciel. Mais on a pas d'autre solution : tu dois t'y mettre. Tu es autant impliquée que moi ; on est toutes les deux sur ce coup, et on joue gros. On joue notre avenir, ma petite, tout notre avenir. Si on obtient pas ce fric, on plonge. À présent, tout dépend de toi. T'es obligée de le faire. Pour toi et pour moi, Sira, pour nous deux.

Je voulais encore refuser; je savais que j'avais de puissants motifs pour dire non, pas question, en aucun cas. Mais j'étais également consciente que Candelaria avait raison. Moi-même, j'avais accepté d'entrer dans ce jeu obscur, personne ne m'y avait obligée. Nous formions une équipe dans laquelle chacune avait au début un rôle assigné. Candelaria trouvait l'argent, et ensuite je travaillais. Néanmoins nous savions, l'une et l'autre, que les limites sont parfois élastiques et imprécises, qu'elles peuvent évoluer, s'estomper ou se diluer jusqu'à disparaître comme l'encre dans l'eau. Candelaria avait accompli sa part de l'accord et ça lui avait demandé de gros efforts. La chance lui avait tourné le dos, elle avait échoué, mais tout n'était pas perdu. En bonne justice, c'était à présent mon tour de prendre des risques.

Je mis quelques secondes avant de parler; d'abord, j'eus besoin de chasser de ma tête plusieurs images qui menaçaient de me sauter à la gorge: le commissaire, sa geôle, le visage inconnu d'un certain Palomares.

– Vous avez réfléchi à la façon de procéder? demandai-je avec un filet de voix.

Candelaria souffla bruyamment; elle était soulagée, elle retrouvait son allant.

– C'est simple comme bonjour. Attends un peu, je t'explique.

Elle sortit de la pièce, toujours à moitié nue, et revint, moins d'une minute après, les mains remplies de ce qui me parut être un énorme paquet de toile blanche.

– Tu vas te déguiser en Arabe avec un haïk, dit-elle tandis qu'elle refermait la porte derrière elle. On réussirait à y caser l'univers entier.

C'était vrai, sans l'ombre d'un doute. Chaque jour, je voyais les femmes arabes enveloppées dans ces vêtements larges et sans forme, ces espèces de capes très amples qui leur recouvraient la tête, les bras et le corps entier. On pouvait en effet cacher n'importe quoi dessous. Un morceau de tissu masquait en général la bouche et le nez, et le front était couvert jusqu'aux sourcils. Seuls étaient exposés aux regards les yeux, les chevilles et les pieds. Jamais je n'aurais imaginé une meilleure manière de me promener dans la rue en transportant un petit arsenal de pistolets.

– Mais avant, faut commencer par autre chose. Sors du plumard, gamine, qu'on se mette au boulot.

J'obtempérai en silence, c'était elle qui menait la danse. Elle arracha sans hésiter le drap de dessus de mon lit et le porta à sa bouche. D'une morsure féroce, elle déchira l'extrémité et commença à lacérer le tissu, arrachant une bande longitudinale d'une quarantaine de centimètres de largeur.

– Fais pareil avec le drap de dessous, ordonna-t-elle.

En nous aidant de nos mains et de nos dents, il ne nous fallut guère plus de quelques minutes pour réduire les draps à deux douzaines de longues lanières en coton.

– Maintenant, on va t'enrouler ces bandes autour du corps, pour caler les pistolets. Lève les bras, je commence avec la première.

Et de cette manière, sans ôter ma chemise de nuit, les dix-neuf revolvers adhérèrent à mon anatomie, bien serrés à l'aide du drap : Candelaria enveloppait d'abord l'arme dans un morceau de tissu replié, puis elle me la collait contre le corps en faisant deux ou trois tours avec la bande ; enfin, elle réalisait un nœud très solide avec les deux extrémités du ruban.

– Tu es un vrai sac d'os, ma chérie, il ne reste plus un bout de chair où accrocher le suivant, dit-elle, après avoir recouvert complètement mon torse et mon dos.

– Sur les cuisses, lui suggérai-je.

Elle s'exécuta. Finalement, tout le chargement fut réparti sous les seins, sur les reins et les omoplates, de chaque côté, le long des bras, sur les hanches et la partie supérieure des jambes. Je ressemblais à une momie, saucissonnée dans mes bandelettes blanches ; dessous se cachait un armement sinistre et lourd, qui entravait tous mes mouvements, mais avec lequel je devais sur-le-champ apprendre à bouger.

– Mets-toi ces babouches, elles sont à Jamila, m'ordonna-t-elle, et elle déposa devant mes pieds des pantoufles éculées en cuir brun. À présent, le haïk, ajouta-t-elle en me tendant la grande cape de toile blanche. C'est ça, enveloppe-toi jusqu'à la tête, pour que je voie comment il te va.

Elle me contempla avec un demi-sourire.

– Parfait, une vraie petite Arabe. Avant de partir, n'oublie pas d'ajuster le voile sur la figure, pour qu'il te couvre la bouche et le nez. Allez, on s'en va, il faut que je t'explique rapidement le chemin.

Je commençai à marcher péniblement, j'avais le plus grand mal à mouvoir mon corps à un rythme normal. Les pistolets pesaient comme du plomb et m'obligeaient à garder les jambes entrouvertes et les bras écartés. Nous sortîmes dans le couloir, Candelaria devant et moi derrière, la démarche cahotante: un gros colis blanc qui se heurtait contre les murs, les meubles et les chambranles des portes. Sans faire attention, je cognai une console et renversai tout ce qui s'y trouvait: une assiette de Talavera, un quinquet éteint et un portrait sépia de quelque parent de la patronne. La céramique et les verres de la photo et de la lampe se brisèrent en mille morceaux sur le carrelage, et l'on entendit les sommiers grincer dans les chambres voisines: le vacarme avait tiré les pensionnaires de leur sommeil.

– Qu'est-ce qui arrive? cria la mère de Paquito depuis son lit.

– Rien, un verre d'eau qui est tombé par terre. Dormez! répliqua Candelaria avec autorité.

J'essayai de me baisser pour ramasser la casse, mais je fus incapable de me pencher.

– Laisse, ma petite, je nettoierai plus tard, dit-elle en chassant du pied quelques débris de verre.

Soudain, à notre grande surprise, une porte s'ouvrit à trois mètres de nous: c'était Fernanda, la cadette des deux sœurs, la tête couverte de bigoudis. Avant qu'elle n'ait eu le temps de se demander ce qui s'était passé, et pourquoi une Arabe se promenait dans le couloir, au petit matin, vêtue d'un haïk et renversant les meubles,

Candelaria lui lança une pique qui la laissa muette et pétrifiée :

– Si vous allez pas vous coucher tout de suite, demain, dès que je me lève, je raconte à Sagrario que vous vous retrouvez tous les vendredis, sur la corniche, avec l'infirmier du dispensaire.

La panique de voir sa pieuse sœur informée de ses amours l'emporta sur sa curiosité, et Fernanda se glissa de nouveau dans sa chambre, telle une anguille, sans un mot.

– En avant, petite, il se fait tard. Mieux vaut que personne te voie sortir de cette maison. Si ça se trouve, le Palomares traîne dans le coin et on sera foutues avant même de commencer.

Nous sortîmes dans la petite cour située à l'arrière du bâtiment. Nous fûmes accueillies par la nuit noire, une treille noueuse, un tas d'objets hétéroclites et le vieux vélo du télégraphiste. Nous nous réfugiâmes dans un coin.

– Et maintenant ? murmurai-je.

Elle paraissait maîtriser la situation et répondit sur un ton ferme et paisible :

– Tu grimpes sur ce petit banc et tu escalades le mur, mais attention de pas te casser la gueule si le haïk s'emberlificote autour de tes jambes.

J'observai la clôture de quelque deux mètres de hauteur et le muret adossé sur lequel je devais me jucher pour atteindre la partie la plus haute et sauter de l'autre côté. Je préférai ne pas me demander si j'y arriverais, lestée du poids des pistolets et empêtrée dans tous ces mètres de tissu ; je me contentai donc de quelques instructions supplémentaires.

– Et ensuite ?

– D'abord, tu sautes dans la cour de l'épicerie de don Leandro ; de là, en montant sur ses caisses et ses tonneaux, tu pourras passer sans problème dans la cour suivante, celle du Juif Menahen. Là, au fond, tu trouveras une porte en bois qui donne sur une ruelle transversale, c'est par là que rentrent les sacs de farine de la boulangerie. Une fois dehors, oublie qui tu es, couvre-toi bien, fais-toi toute petite, et dirige-toi vers le quartier juif; à partir de là, tu pénètres dans la médina. Mais fais gaffe, ma fille : marche sans te dépêcher et en rasant les murs, en traînant un peu des pieds, comme une vieille, pas avec de la classe, tu imagines, si un chieur te tombe dessus, il y a un tas de petits Espagnols qui sont à moitié dingo des sortilèges des musulmanes.

– Et puis ?

– Dans le quartier arabe, promène-toi un peu dans les rues et vérifie que personne te remarque ou te suit. Si tu croises quelqu'un, change discrètement de direction ou éloigne-toi le plus possible. Au bout d'un moment, ressors par la porte de la Luneta et descends jusqu'au parc, tu sais par où, n'est-ce pas ?

– Je crois que oui, répondis-je, en m'efforçant de reconstituer le parcours les yeux fermés.

– Maintenant, tu es en face de la gare : traverse la route de Ceuta et va du côté où c'est libre, doucement et bien couverte. Le plus probable, c'est qu'il y aura que deux soldats à moitié endormis qui en auront rien à cirer de toi. Tu trouveras sûrement un Marocain attendant le train pour Ceuta, les chrétiens débarqueront plus tard.

– Le train part à quelle heure ?

– À sept heures et demie. Mais les Arabes ont pas la même conception des horaires, personne sera donc étonné si tu traînes dans le coin avant six heures du matin.

– Je dois y monter ?

– En principe, non. Quand tu arrives à la gare, assieds-toi un petit moment sur le banc qui est sous le panneau des horaires, ils te verront et sauront que c'est toi qui as la marchandise.

– Qui me verra ?

– Ça n'a pas d'importance : celui qui doit te voir te verra. Vingt minutes plus tard tu te lèves, tu vas au buffet et tu te débrouilles comme tu peux pour que l'employé te dise où laisser les pistolets.

– Comme ça, simplement ? Et si l'employé n'est pas là ? Ou s'il ne fait pas attention à moi ? Ou si je ne peux pas lui parler ?

– Chuuuut. Doucement, on va nous entendre. Ne t'inquiète pas, de toute façon tu sauras quoi faire, répondit-elle, impatiente, incapable de donner à ses paroles une assurance dont elle était à l'évidence dépourvue.

Elle décida donc d'avouer la vérité :

– Écoute, petite, tout a tellement mal tourné, cette nuit, qu'ils ont pas pu m'en dire plus. Il faut que les pistolets soient à la gare à six heures du matin, que la personne qui livre reste assise vingt minutes sous le tableau des horaires et que l'employé de la cantine lui indique le mode de livraison. J'en sais pas plus, ma chérie, et crois bien que je le regrette. Mais je suis sûre que tout marchera bien.

Je voulus lui rétorquer que j'en doutais fortement, mais son visage témoignait d'une telle inquiétude que je me retins. Pour la première fois depuis que je la connaissais, la capacité de décision de la Contrebandière et cette ténacité pour surmonter avec talent les déboires les plus grands paraissaient avoir touché le fond. Mais je savais que si elle-même avait été en mesure d'agir, elle n'aurait pas hésité : elle serait allée à la gare et elle aurait rempli sa mission. Le problème, c'était que, ce coup-ci, ma patronne était pieds et poings liés, coincée chez elle par la menace d'une éventuelle perquisition policière ; c'était à moi de réagir et de prendre fermement en main la situation, sinon c'en serait fini pour nous deux. Je rassemblai donc mes minces forces et m'armai de courage.

– Vous avez raison, Candelaria ; je trouverai bien une façon, soyez sans crainte. Mais avant, un dernier point.

– Tout ce que tu voudras, mais vite, tu as moins de deux heures, ajouta-t-elle, essayant de cacher son soulagement de me voir résolue à me battre.

– Où vont aller les armes? Qui sont ces hommes de Larache?

– Ça, c'est le cadet de tes soucis. La seule chose importante, c'est qu'elles arrivent à destination à l'heure prévue, que tu les laisses où il faut et que tu récupères le pognon qu'on doit te donner: neuf mille cinq cents pesetas, rappelle-toi, et compte les billets un à un. Ensuite, tu reviens ici ventre à terre, je t'attendrai, avec les yeux comme deux phares.

– On prend de gros risques, Candelaria, insistai-je. Dites-moi au moins pour qui on joue notre peau.

Elle laissa échapper un long soupir, et son buste, à peine couvert par la blouse élimée qu'elle avait enfilée à la dernière minute, monta puis redescendit comme sous l'effet d'un gonfleur.

– Ce sont des francs-maçons, me souffla-t-elle à l'oreille, comme si elle avait proféré une parole maudite. Il était prévu qu'ils viendraient cette nuit à bord d'une camionnette, depuis Larache, le plus probable c'est qu'ils soient à présent cachés vers les sources de Buselmal, ou dans n'importe quel jardin de la plaine du Martín. Ils passent par les *kabilas*, ils osent pas emprunter la route. Ils ramasseront sans doute les armes là où tu les laisseras, et ils les monteront pas dans le train. Je pense qu'ils retourneront chez eux par le même chemin, en évitant Tétouan, si on les attrape pas avant. Espérons que Dieu voudra pas. En tout cas, c'est juste une hypothèse, parce que je sais fichtrement pas ce que ces types magouillent.

Elle soupira de nouveau, le regard perdu dans le vide, et poursuivit dans un murmure.

– Ce que je sais, par contre, ma petite, car tout le monde le sait aussi, c'est que les rebelles se sont acharnés consciencieusement contre tous ceux qui avaient quelque chose à voir avec la franc-maçonnerie. Certains, ils leur ont tiré une balle dans la tête, à l'endroit même où ils se réunissaient; les plus chanceux se sont enfuis à toute allure à Tanger ou dans la zone française.

D'autres, ils les ont embarqués au Mogote, un de ces quatre ils les fusilleront et bon vent. Et puis il y en a peut-être quelques-uns terrés dans des caves, des greniers ou des appentis, craignant qu'on les moucharde et qu'on les arrache de leurs cachettes à coups de crosse. C'est pour ça que j'ai trouvé personne pour oser acheter la marchandise, mais j'ai fini par obtenir le contact de Larache, et je connais donc la destination des pistolets.

Elle me regarda alors, sérieuse et sombre comme je ne l'avais jamais vue.

– C'est très moche, ma petite fille, vraiment très moche. Ici, il n'y a ni pitié ni égards; le premier qui la ramène un tout petit peu, ils te l'expédient *ad patres* avant de dire amen. Beaucoup de pauvres malheureux sont morts déjà, des braves gens qui avaient fait de mal à personne, qui auraient pas tué une mouche. Fais très gaffe de pas être la prochaine.

Je parvins de nouveau à tirer du néant une bribe de courage, pour que nous soyons convaincues, toutes les deux, d'une chose dont je doutais moi-même.

– Pas d'inquiétude, Candelaria, on s'en sortira.

Sans un mot de plus, je me dirigeai vers le banc et me disposai à grimper avec le plus sinistre des chargements bien fixé à ma peau. Je laissai la contrebandière derrière moi, m'observant de dessous la treille tandis qu'elle faisait le signe de croix au milieu des chuchotements et des ceps de vigne. Au nom du Père, du Fils et du Saint-Esprit, que la Sainte Vierge miraculeuse soit avec toi, mon cœur. Le dernier son que j'entendis fut le baiser sonore qu'elle donna à ses doigts croisés à la fin de son invocation. Une seconde plus tard, je disparus derrière la clôture et atterris comme un colis dans la cour de l'épicerie.

11

J'atteignis la sortie du pâtissier Menahen en moins de cinq minutes. En chemin, je m'accrochai plusieurs fois à des clous et à des éclats de bois que l'obscurité m'avait cachés. Je m'égratignai un poignet, marchai sur le haïk, glissai, faillis perdre l'équilibre et tomber sur le dos en grimpant sur des caisses de marchandises entassées contre un mur. Près de la porte, je commençai par bien arranger mes vêtements pour qu'on n'aperçoive que mes yeux dans mon visage. Puis je tirai le loquet rouillé, respirai un bon coup et sortis.

Il n'y avait personne dans la ruelle, pas une ombre, pas un bruit. En guise d'unique compagne, je n'avais que la course capricieuse de la lune à travers les nuages. Je marchai lentement, sur le côté gauche de la rue, et parvins bientôt à la Luneta. Avant de m'y engager, je m'arrêtai au carrefour pour étudier le décor. Des ampoules jaunâtres étaient suspendues à des câbles et remplaçaient les réverbères. Je regardai à droite et à gauche ; je reconnaissais, endormis, certains des établissements remplis d'une vie agitée durant la journée : l'hôtel Victoria, la pharmacie Zurita, le bar Levante où se déroulaient souvent des spectacles de flamenco, le débit de tabac Galindo et une boutique où on vendait du sel. Le théâtre Nacional, les bazars indiens, quatre ou cinq tavernes dont j'ignorais le nom, la bijouterie la Perla des frères Cohen et la Espiga de Oro, où nous achetions le pain chaque matin. Tous inactifs, fermés. Silencieux et calmes comme les morts.

J'entrai dans la Luneta en m'efforçant d'adapter ma cadence au poids de la charge. Je parcourus un tronçon et tournai vers le mellah, le quartier juif. Le tracé rectiligne de ses rues très étroites me rassura : j'étais sûre de ne pas me perdre, car le mellah était parfaitement quadrillé et on savait donc toujours où on était. J'arrivai ensuite à la médina, et au début tout se déroula bien. Je passai par des endroits familiers : le souk du pain, celui de la viande. Aucune rencontre : ni chien, ni âme qui vive, ni mendiant aveugle en quête d'une aumône. Autour de moi, on n'entendait que le bruit assourdi de mes propres babouches se traînant sur les pavés et les gargouillements d'une fontaine dans le lointain. Les pistolets me paraissaient de moins en moins lourds à porter, mon corps s'habituait peu à peu à ses nouvelles dimensions. De temps en temps, je tâtais une partie de moi-même pour m'assurer que tout restait en place : les côtés, les bras, puis les hanches. Je ne réussissais pas à me décontracter, j'étais encore sous tension, mais au moins je marchais dans un calme relatif le long des rues obscures et sinueuses, entre les murs blanchis à la chaux et les portes en bois décorées de clous à grosse tête.

Pour chasser l'inquiétude de mon cerveau, j'essayai d'imaginer l'intérieur de ces maisons arabes. J'avais ouï dire qu'elles étaient belles et fraîches, avec des patios, des fontaines, des galeries ornées de mosaïques et de carreaux de faïence, avec des plafonds en bois repoussé et le soleil caressant les terrasses. Impossible, pourtant, de deviner tout cela depuis les rues, où n'apparaissaient que leurs murs badigeonnés. Je flânai, accompagnée par ces pensées ; finalement, quand j'estimai avoir assez marché et ne pas avoir suscité le moindre soupçon, je décidai de me diriger vers la porte de la Luneta. Ce fut exactement à cet instant que j'aperçus, à l'extrémité de la ruelle où je m'étais engagée, deux silhouettes avançant vers moi. Deux militaires, deux officiers avec des jodhpurs, la ceinture aux couleurs de leur bataillon et le bonnet rouge des troupes régulières indigènes ; quatre jambes qui avançaient d'un pas énergique, le talon des bottes sonnant sur les pavés, tandis qu'ils discutaient à voix saccadée. Je retins ma respiration en même temps que mille images funestes me traversaient l'esprit, tels des coups de feu criblant un poteau d'exécution. Je crus, soudain, que tous les pistolets allaient se détacher à leur passage et se répandre sur le sol avec fracas, que l'un d'eux pourrait avoir la lubie de tirer en arrière sur ma capuche pour découvrir mon visage, qu'ils m'interrogeraient, qu'ils découvriraient que j'étais une compatriote espagnole trafiquant des armes avec des clients peu recommandables, et non une native quelconque.

Les deux hommes me croisèrent ; je me collai le plus possible au mur, mais la ruelle était si étroite que nous nous frôlâmes presque. Pourtant, ils ne me prêtèrent aucune attention. Ils ignorèrent ma présence, comme si j'étais invisible, et poursuivirent, avec hâte, leur conversation et leur route. Ils parlaient de détachements et de munitions, de sujets que je ne comprenais pas et ne cherchais pas à éclaircir. Deux cents, deux cent cinquante au maximum, disait l'un, mais non, je t'affirme que non, rétorquait l'autre, véhément. Je ne vis pas leurs figures, je n'osai pas lever les yeux, mais dès que le bruit de leurs bottes se fut évanoui dans le lointain, je pressai le pas et laissai échapper un soupir de soulagement.

À peine quelques secondes après, je compris que j'avais crié victoire trop tôt : j'étais perdue. Pour conserver la bonne direction, j'aurais dû tourner à droite trois ou quatre rues auparavant, mais l'apparition inopinée des militaires m'avait tellement perturbée que je ne l'avais pas fait. Un frémissement d'angoisse me parcourut la peau. Je m'étais souvent déplacée à travers la médina, mais je n'en avais jamais percé les secrets et les mystères. Sans la lumière du jour et en l'absence des activités et des bruits quotidiens, je n'avais pas la moindre idée de l'endroit où je me trouvais.

Je décidai de rebrousser chemin et de reconstituer le parcours, mais j'en fus incapable. Quand je m'attendais à déboucher sur une petite place connue, je tombais sur des arcades ; quand j'espérais un passage, je me heurtais à une mosquée ou à une volée de marches. Je continuai d'avancer maladroitement à travers l'enchevêtrement des ruelles, m'efforçant d'associer chaque recoin aux activités diurnes afin de pouvoir m'orienter. En vain; je me sentais de plus en plus fourvoyée dans ce labyrinthe inextricable qui défiait les lois du rationnel. Avec les artisans endormis et leurs échoppes fermées, impossible de vérifier si je traversais la zone des chaudronniers et des ferblantiers, ou si j'avais déjà atteint le quartier où œuvraient quotidiennement les fileurs, les tisseurs et les tailleurs. Là où, à la lumière du soleil, apparaissaient les gâteaux au miel, les pains dorés, les tas d'épices et les feuilles de basilic qui m'auraient aidée à me situer, je ne trouvais que portes barricadées et volets verrouillés. Le temps donnait l'impression de s'être arrêté, tout ressemblait à un décor vide, sans la voix des commerçants et des acheteurs, sans les troupeaux d'ânes croulant sous leurs paniers ni les femmes du Rif assises par terre, au milieu des légumes et des oranges qu'elles ne vendraient peut-être jamais. Ma nervosité s'accrut: quelle heure était-il? Je l'ignorais, mais je savais qu'il restait de moins en moins de temps avant six heures. J'accélérai le pas, sortis d'une ruelle, entrai dans une autre, puis une autre, et encore une; je revins en arrière, tentai de me repérer. Rien. Ni piste ni indice. Tout s'était soudain transformé en un dédale démoniaque et sans issue.

Mes jambes flageolantes finirent par m'amener à proximité d'une maison avec une grande lanterne au-dessus de la porte. J'entendis des rires, de l'agitation, des voix discordantes reprenant en chœur les paroles de «Ma jument» au son d'un piano désaccordé. Je m'approchai, dans l'espoir d'obtenir de quoi me resituer. Je n'étais plus qu'à quelques mètres quand un couple sortit en titubant du local; ils parlaient en espagnol; l'homme paraissait ivre et s'agrippait à une femme mûre, aux cheveux teints en blond, qui riait aux éclats. J'étais devant un bordel, mais il était désormais trop tard pour me faire passer pour une vieille femme arabe : le couple était tout près. Petite, viens avec moi, mignonne, j'ai quelque chose à te montrer, regarde, regarde, petite fatma, bafouilla l'homme en bavant ; il tendit un bras vers moi tandis que, de son autre main, il attrapait son entrejambe en un geste obscène. La femme essaya de le retenir, s'accrocha à lui au milieu des rires, je fis un bond pour m'écarter et me lançai dans une course éperdue en serrant de toutes mes forces le haïk contre mon corps.

Je laissai derrière moi le bordel rempli de soldats, qui jouaient aux cartes, braillaient des couplets et pelotaient les femmes avec furie, oubliant momentanément qu'un jour prochain ils franchiraient le Détroit pour affronter la macabre réalité de la guerre. Et alors que je m'éloignais de ce lieu de perdition avec toute la hâte du monde collée à la semelle de mes babouches, la chance me sourit enfin et je tombai sur le souk El-Foki au détour d'une rue.

Je me sentis soulagée : je savais enfin comment sortir de cette cage qu'était devenue la médina. Mais le temps filait à tire-d'aile et je dus en faire autant. Avançant à pas aussi longs et rapides que me le permettait ma cuirasse, j'atteignis en quelques minutes la porte de la Luneta. Un nouveau haut-le-corps me saisit : là se tenaient les redoutables contrôles militaires qui avaient empêché l'entrée des gens de Larache à Tétouan. Quelques soldats, des barrières de protection et deux véhicules : assez pour intimider quiconque aurait l'intention de pénétrer en ville avec un objectif pas complètement limpide. J'avais la gorge sèche, mais j'étais obligée de passer devant eux, et je n'avais pas le loisir d'y réfléchir. Les yeux fixés au sol, je poursuivis ma route du pas las conseillé par Candelaria. Je franchis le poste, le sang battant contre mes tempes et la respiration contenue, m'attendant à tout instant à être interpellée et interrogée : où allais-je, qui étais-je, qu'est-ce que je cachais ? Par chance, les soldats me regardèrent à peine. Ils m'ignorèrent, de même que les officiers croisés quelques minutes auparavant dans l'étroitesse d'une ruelle. Quel danger pouvait représenter, pour le glorieux soulèvement, cette Marocaine se traînant tel un fantôme à travers les rues du petit matin ?

Je gagnai la zone ouverte du parc et me forçai à récupérer mon sang-froid. Je traversai, avec un calme feint, les jardins remplis d'ombres endormies, si étranges dans cette quiétude, sans les enfants bruyants, les couples et les vieillards qu'on apercevait, à la lumière du soleil, au milieu des fontaines et des palmiers. La gare se dessinait de plus en plus nettement à mesure que j'avançais. Comparée aux maisons basses de la médina, elle me parut soudain grandiose et inquiétante, mi-mauresque, mi-andalouse, avec ses petites tours à chaque coin, ses tuiles et ses carreaux de faïence verts, et les énormes arcades de ses accès. Plusieurs réverbères ténus éclairaient la façade, dont la silhouette se découpait sur le massif du Gorgues : ces montagnes rocheuses et imposantes par où les hommes de Larache étaient censés arriver. Je n'étais passée qu'une seule fois devant la gare, quand le commissaire m'avait conduite de l'hôpital à la pension dans son automobile. Le reste du temps, je l'avais toujours contemplée à distance, depuis le mirador de la Luneta, incapable d'en estimer les dimensions. Cette nuit, quand je me retrouvai face à elle, sa taille me parut si menaçante que je regrettai sur-le-champ l'accueillante exiguïté des ruelles du quartier arabe.

Pourtant, ce n'était pas le moment de céder de nouveau à mes frayeurs ; je repris donc mon élan et me préparai à franchir la route de Ceuta ; à cette heure-là, rien n'y circulait, pas même la poussière. J'essayai de m'insuffler du courage, de me répéter que j'avais fait le plus gros, que je voyais le bout. Je me sentis réconfortée à l'idée d'être débarrassée des bandes serrées, de ces pistolets qui meurtrissaient mon corps et de cet accoutrement dans lequel je me sentais si mal fagotée. Ça serait bientôt fini, très bientôt.

J'entrai dans la gare par la porte principale, grande ouverte. Elle était inondée d'une lumière éblouissante et froide, éclairant le vide, incongrue après la nuit obscure que j'abandonnais derrière moi. Je vis d'abord une grande horloge qui marquait six heures moins le quart. Je respirai sous le tissu qui me cachait le visage : je n'étais pas en retard. Je traversai à pas lents le vestibule tandis que mes yeux, masqués par la capuche, étudiaient rapidement le décor : les guichets étaient fermés ; il n'y avait qu'un vieux musulman étendu sur un banc avec un baluchon à ses pieds. Au fond de la salle, deux portes ouvraient sur le quai ; à gauche, une autre donnait sur le buffet, comme l'indiquait un écriteau aux lettres bien tracées. Je cherchai les tableaux des horaires et les trouvai à droite. Je ne m'arrêtai pas pour les lire ; je me contentai de m'asseoir sur le banc placé dessous et j'attendis. À peine eus-je frôlé le bois qu'une sensation de gratitude parcourut mon corps, de la tête aux pieds. Je n'avais pas été consciente, jusqu'alors, de mon degré de fatigue, de l'effort immense que j'avais dû réaliser pour marcher sans arrêt, lestée de ce poids sinistre pareil à une seconde peau en plomb.

Personne n'apparut dans le hall pendant tout le temps que je restai assise, immobile ; pourtant arrivaient à mes oreilles des sons qui me prouvaient que je n'étais pas seule. Certains provenaient de l'extérieur, du quai. Des pas et des voix d'hommes, parfois basses, plus fortes à l'occasion. Des voix jeunes, probablement des soldats chargés de surveiller la gare, et je m'efforçai d'oublier qu'ils avaient sans doute reçu l'ordre exprès de tirer sans sommation au moindre soupçon fondé. Des bruits parvenaient aussi du buffet. J'en fus soulagée : au moins l'employé était-il actif et à sa place. Dix minutes s'écoulèrent avec une lenteur exaspérante : je n'eus pas le temps d'épuiser les vingt minutes indiquées par Candelaria. Quand les aiguilles de l'horloge marquèrent six heures moins cinq, je me levai lourdement et avançai vers mon destin.

Le buffet était vaste et comportait une bonne douzaine de tables, toutes inoccupées à l'exception de celle où un individu somnolait, la tête cachée entre les bras et une cruche de vin vide à son côté. J'approchai du comptoir en traînant les babouches, sans la moindre idée de ce que je devais y dire ou y entendre. Derrière le zinc, un homme brun et maigre, un mégot à moitié éteint au coin des lèvres, empilait consciencieusement des soucoupes et des tasses, sans prêter, en apparence, attention à cette femme au visage masqué sur le point de se planter devant lui. En m'apercevant, sans ôter sa cigarette, il déclara d'une voix forte et énergique: «À sept heures et demie, le train ne part pas avant sept heures et demie». Puis il chuchota des mots en arabe. «Je suis espagnole, je ne vous comprends pas», murmurai-je derrière mon voile. Il ouvrit la bouche sans pouvoir dissimuler son incrédulité, et son mégot tomba par terre. Alors, en balbutiant, il me transmit le message: «Allez aux urinoirs du quai et fermez la porte, on vous attend.»

Je m'éloignai lentement, regagnai le hall puis sortis dans la nuit. Avant, je m'enveloppai de nouveau dans le haïk et remontai le voile presque jusqu'aux cils. Le vaste quai semblait vide et devant lui ne se dressait que le massif rocheux du Gorgues, obscur et immense. Les soldats, quatre, étaient ensemble, fumant et bavardant sous une des arcades donnant accès aux voies. Ils sursautèrent quand ils distinguèrent mon ombre, je les vis se tendre, joindre les bottes et se redresser, raffermir le fusil sur leur épaule.

– Halte! Qui va là? cria l'un d'eux.

Je sentis mon corps se pétrifier sous le métal des armes collées.

– Fiche-lui la paix, Churruca, tu vois pas que c'est qu'une Arabe? rétorqua un autre aussitôt.

Je restai immobile, sans avancer ni reculer. Eux ne s'approchèrent pas non plus: ils se tenaient là où ils étaient, à vingt ou trente mètres, discutant de ce qu'ils devaient faire.

– Moi, chrétienne ou arabe, je m'en fous. Le sergent a dit qu'il faut demander les papiers à tout le monde.

– Merde, Churruca, t'es vraiment bouché. On t'a répété cent fois qu'il voulait parler de tout le monde espagnol, pas des musulmans, tu comprends rien.

– C'est vous qui comprenez rien ! Madame, papiers !

Je crus que mes jambes allaient se plier, que j'allais m'évanouir. J'étais convaincue que c'était irrémédiablement ma fin. Je retins mon souffle, une sueur froide me coulait sur la peau.

– Qu'est-ce que tu es con, Churruca ! reprit son camarade derrière son dos. Les natives ne se baladent pas avec une carte d'identité. T'es en Afrique, mon gars, pas sur la place de ton village.

Trop tard : le soldat scrupuleux se trouvait déjà à deux pas de moi, tendant la main dans l'attente de quelque document, tandis qu'il cherchait mon regard au milieu des plis de tissu qui me recouvraient. En vain. Je fixai obstinément le sol, concentrée sur ses bottes boueuses, sur mes vieilles babouches et sur le petit demi-mètre qui séparait nos deux paires de pieds.

– Si le sergent apprend que t'as embêté une Marocaine pas suspecte du tout, tu vas te bouffer trois jours au trou à l'Alcazaba, p'tit gars.

La funeste perspective de ce châtiment rendit enfin raisonnable le dénommé Churruca. Je ne distinguais pas le visage de mon sauveur : mes yeux regardaient toujours la terre. Mais la menace des arrêts avait produit son effet, et le soldat pointilleux et têtu, après y avoir réfléchi quelques angoissantes secondes, retira sa main, tourna les talons et s'éloigna.

Je bénis la sagesse du collègue qui l'avait freiné et, quand les quatre soldats furent réunis sous les arcades, je rebroussai chemin et déambulai au hasard. Je parcourus le quai lentement, juste pour recouvrer mon calme. Une fois rassérénée, je pus enfin chercher les toilettes. Je commençai alors à prêter attention à mon environnement : deux Arabes assoupis, le dos appuyé contre le mur, et un chien efflanqué traversant les voies. J'eus tôt fait de découvrir mon objectif : par chance, il était presque à l'extrémité du quai, à l'opposé de l'endroit occupé par les soldats. Sans respirer, je poussai la porte vitrée et entrai dans une espèce de couloir. Il n'y avait presque pas de lumière ; je n'essayai pas d'allumer, je préférai habituer mes yeux à l'obscurité. Je distinguai la pancarte des hommes à gauche, celle des femmes à droite. Au fond, contre le mur, j'aperçus ce qui ressemblait à un tas de tissu qui se mit lentement à bouger. Une tête recouverte d'une capuche émergea prudemment, ses yeux croisèrent les miens dans la pénombre.

– Vous apportez la marchandise ?

La voix était espagnole, basse et rapide.

Je hochai la tête et le ballot de linge se redressa sans bruit jusqu'à se transformer en un individu déguisé comme moi en indigène.

– Où elle est ?

Je baissai le voile pour pouvoir parler plus facilement, j'ouvris mon haïk et exposai mon corps bandé.

– Ici.

– Mon Dieu ! se limita-t-il à murmurer.

Ces deux mots résumaient un monde de sentiments : de l'étonnement, de l'angoisse, de la hâte. Le ton était grave, il avait l'air bien élevé.

– Vous pouvez vous l'enlever vous-même ? demanda-t-il alors.

– Il me faudra du temps.

Il m'indiqua un W.-C. pour femmes et nous y pénétrâmes ensemble. L'espace était étroit et une lueur se glissait par une petite lucarne, suffisante pour nous éclairer.

– On est pressés, il n'y a pas une minute à perdre. La relève du matin va bientôt arriver et ils fouillent la gare de fond en comble avant le départ du premier train. Je serai obligé de vous aider, annonça-t-il en refermant la porte derrière son dos.

Je laissai tomber le haïk et j'étendis les bras en croix pour que cet inconnu commence à détacher des nœuds, déroule les bandes et libère mon corps de son effrayante carapace.

Il ôta d'abord la capuche de sa djellaba ; je découvris le visage sérieux et régulier d'un Espagnol d'âge moyen, avec une barbe de plusieurs jours. Il avait les cheveux châtains et frisés, dépeignés sous l'effet des vêtements qui le camouflaient sans doute depuis un certain temps. Ses doigts se mirent au travail, mais ce n'était pas facile. Candelaria avait œuvré en son âme et conscience, et aucune des armes n'avait bougé de sa place, mais les nœuds étaient tellement serrés et il y avait tant de mètres de tissu à dérouler autour de moi que tout cela nous prit plus de temps que nous ne l'aurions souhaité, lui et moi. Nous parlions peu, entourés de carreaux blancs, au bord de la lunette à la turque, au son rythmé de nos respirations et d'une bribe de phrase murmurée marquant çà et là l'avancement de la tâche : ça y est, celle-là, à présent par là, bougez un peu, ça va, levez un peu plus le bras, doucement. Malgré l'urgence, l'homme de Larache agissait avec une délicatesse infinie, presque avec pudeur, évitant, dans la mesure du possible, de s'approcher des parties les plus intimes, ou de frôler ma peau nue un millimètre de plus qu'il n'était strictement nécessaire. Comme s'il avait peur de souiller mon intégrité de ses mains, comme si mon chargement était un précieux emballage en papier de soie et non une noire cuirasse d'engins destinés à tuer. À aucun moment je ne fus gênée par sa proximité physique : ni par ses caresses involontaires ni par l'intimité de nos deux corps presque collés l'un à l'autre. Ce fut, sans nul doute, le moment le plus agréable de cette nuit : non parce que les doigts d'un homme parcouraient mon corps après tant de mois, mais parce que je croyais que cet épisode me rapprochait de la fin de mon aventure.

Tout se déroulait le mieux du monde. Les pistolets sortaient un à un de leur cachette et formaient un tas sur le sol. Il en manquait très peu, maintenant, trois ou quatre au plus. Je calculai que tout serait terminé dans cinq minutes, dix, au grand maximum. Soudain, l'angoisse réapparut, nous faisant retenir notre souffle et interrompre brutalement notre tâche. Du dehors, encore à distance, nous parvinrent les sons d'une nouvelle agitation.

L'homme inspira avec force et tira une montre de sa poche.

– La relève est déjà là, ils sont en avance.

Dans sa voix brisée je perçus de l'inquiétude, de l'angoisse, même, et aussi la volonté de ne me transmettre aucune de ces sensations.

– Qu'est-ce qu'on fait, maintenant?

– Il faut sortir d'ici le plus vite possible. Rhabillez-vous, pressons.

– Et le reste des pistolets?

– C'est sans importance. La seule chose à faire, c'est fuir. Les soldats ne vont pas tarder à rappliquer pour vérifier que tout est en ordre.

Tandis que je m'enveloppais du haïk, les mains tremblantes, il détacha de sa ceinture un sac crasseux et y fourra les armes à pleines mains.

– On sort par où? marmonnai-je.

– Par ici, dit-il en levant la tête et en montrant la lucarne du menton. D'abord, vous allez sauter, ensuite je jetterai les pistolets et je vous suivrai. Mais, écoutez-moi bien: si je ne réussis pas à vous rejoindre, prenez les armes, courez le long de la voie avec elles et déposez-les près du premier panneau annonçant un arrêt ou une gare, quelqu'un viendra les chercher. Ne regardez pas en arrière et ne m'attendez pas; contentez-vous de courir et de vous échapper. Allez, préparez-vous à grimper, appuyez un pied sur mes mains.

J'observai la fenêtre, haute et étroite. Je pensai qu'il était impossible de s'y glisser, mais je me tus. J'étais tellement effrayée que je me contentai d'obéir, témoignant une confiance aveugle aux décisions de ce franc-maçon anonyme, dont je ne connaîtrais jamais rien, même pas le prénom.

– Attendez un peu, déclara-t-il.

Il paraissait avoir oublié un détail. Il ouvrit sa chemise d'un coup et en sortit un petit sac en tissu, une espèce de bourse.

– Prenez d'abord ça, c'est l'argent convenu. Au cas où ça tournerait mal à l'extérieur.

– Mais il reste encore des pistolets..., bredouillai-je en me palpant le corps.

– Tant pis. Vous avez tenu vos engagements, vous devez donc être payée.

Il m'accrocha le sac autour du cou. Je me laissai faire, immobile, comme anesthésiée.

– Allons, il n'y a plus de temps à perdre.

Je réagis enfin. J'appuyai mon pied sur ses mains croisées et m'agrippai d'un saut au bord de la lucarne.

– Ouvrez vite. Penchez-vous. Vous voyez quelque chose ? Qu'est-ce que vous entendez ?

La fenêtre donnait sur la campagne obscure, l'agitation provenait d'un autre endroit, hors de portée de ma vue. Des bruits de moteur, des roues crissant sur le gravier, des pas fermes, des saluts et des ordres, des voix impérieuses distribuant des consignes. Avec entrain, avec énergie, comme si le monde était sur le point de s'achever, alors que la matinée n'avait pas encore commencé.

– Pizarro et García, au buffet. Ruiz et Albaladejo, aux guichets. Vous, dans les bureaux, et vous deux aux urinoirs. Allez, magnez-vous le cul ! hurla quelqu'un avec une autorité hargneuse.

– On ne voit personne mais ils viennent par ici, annonçai-je, la tête encore à l'extérieur.

– Sautez !

J'hésitai : c'était trop haut, il fallait d'abord que je grimpe sur le rebord de la lucarne... Inconsciemment, je me refusais à m'enfuir seule. Je voulais que l'homme de Larache me promette de m'accompagner, de m'emmener par la main là où je devais aller.

Le brouhaha se rapprochait. Le claquement des bottes sur le sol, les ordres lancés d'une voix forte : Quintero, les toilettes pour femmes ! Villarta, chez les hommes ! De toute évidence, ce n'étaient plus les recrues négligentes que j'avais trouvées à mon arrivée, mais une patrouille de soldats frais, impatients d'occuper le début de leur journée.

– Sautez et courez ! répéta l'homme en m'attrapant par les jambes et en me poussant vers le haut.

Je sautai, je tombai, et le sac des pistolets tomba sur moi. J'avais à peine atteint le sol quand j'entendis le vacarme des portes ouvertes à coups de pied. Le dernier son qui parvint à mes oreilles fut celui des invectives proférées contre mon compagnon.

– Qu'est-ce que tu fous dans les chiottes pour femmes, l'Arabe ? Qu'est-ce que tu balances par la fenêtre ? Grouille-toi, Villarta, regarde s'il a jeté quelque chose de l'autre côté.

Je me mis à courir. À l'aveuglette, comme une folle. Protégée par la nuit noire et traînant le sac avec les armes ; sourde, insensible, sans savoir si on me poursuivait ni m'interroger sur le sort de l'homme face au fusil du militaire. Je perdis une babouche et l'un des pistolets se détacha de mon corps, mais je ne m'arrêtai pas. Je continuai ma course éperdue dans l'obscurité en suivant le tracé de la voie, à moitié déchaussée, l'esprit vide. Je traversai la campagne, des jardins, des plantations de canne à sucre et des petites propriétés. Je trébuchai, je me relevai et je repartis sans reprendre ma respiration, sans calculer la distance couverte par mes enjambées. Je ne croisai personne et aucun obstacle ne se dressa devant le rythme désordonné de mes pieds. Finalement, au milieu des ombres, je distinguai un panneau avec une inscription: Arrêt de voyageurs de Malalien. C'était ma destination.

La gare se trouvait à quelques centaines de mètres, seulement éclairée par la lueur jaunâtre d'un réverbère. J'interrompis ma cavalcade hagarde avant de l'atteindre. Je cherchai rapidement du regard, dans toutes les directions, quelqu'un à qui remettre les armes. Mon cœur était sur le point d'exploser, ma bouche asséchée était remplie de poussière, j'essayai en vain de contrôler ma respiration haletante. Personne ne vint au-devant de moi. Personne n'attendait la marchandise. Ils arriveraient peut-être plus tard, ou jamais.

Je pris une décision en moins d'une minute. Je posai le sac au sol, je l'aplatis pour qu'on le voie le moins possible, et j'empilai dessus des petites pierres, en toute hâte, en grattant, en arrachant de la terre, des cailloux et des touffes d'herbe, jusqu'à ce qu'il soit à peu près recouvert. Quand il me sembla qu'il n'avait plus l'allure d'un paquet suspect, je partis.

Le souffle encore court, je m'élançai en direction des lumières de Tétouan. Libérée de l'essentiel de ma charge, je me débarrassai du reste. J'ouvris le haïk sans m'arrêter et réussis difficilement à défaire peu à peu les derniers nœuds. Les trois pistolets tombèrent l'un après l'autre. Quand je parvins à proximité de la ville, mon corps n'était plus qu'épuisement, tristesse et blessures. Avec une bourse remplie de billets accrochée à mon cou. Des armes, pas la moindre trace.

Je m'engageai de nouveau sur le bas-côté de la route de Ceuta et je repris mon pas lent. Sans la seconde babouche, je redevenais une femme arabe, pieds nus et voilée, qui montait avec lassitude vers la porte de la Luneta. Je n'avais plus besoin de faire semblant: mes jambes n'en pouvaient plus. Mes membres étaient engourdis, j'avais des ampoules, j'étais sale et j'avais des meurtrissures partout, une sensation de faiblesse infinie transperçait mes os.

J'entrai en ville alors que les ombres commençaient à s'éclaircir. Dans une mosquée voisine, le muezzin appelait les musulmans à la première prière et la trompette de la caserne d'Intendencia sonnait la diane. Des locaux de *La Gaceta de África* sortaient les exemplaires de la presse du jour, l'encre encore fraîche et les cireurs de chaussures les plus matinaux déambulaient en bâillant à travers la Luneta. Le pâtissier Menahen avait déjà allumé son four, don Leandro empilait les produits de son épicerie, le tablier bien fixé à sa taille.

Toutes ces scènes quotidiennes se déroulèrent sous mes yeux comme si elles m'étaient étrangères, sans que j'y prête attention, sans laisser de marque. Je savais que Candelaria serait contente quand je lui remettrais l'argent, et qu'à ses yeux j'aurais réalisé une prouesse mémorable. En revanche, je ne ressentais pas la moindre trace d'autosatisfaction. Seulement la noire morsure d'un immense chagrin.

Durant ma course frénétique à travers champs, tandis que je clouais mes ongles dans la terre et cachais le sac, alors que je marchais sur la route, tout au long des ultimes actions de cette longue nuit, mille images avaient traversé mon esprit, avec un seul protagoniste : l'homme de Larache. Dans l'une des séquences, les soldats découvraient qu'il n'avait rien jeté par la fenêtre, que ce n'était qu'une fausse alarme, que cet individu était juste un Arabe somnolent et embrouillé ; ils le laissaient donc partir, l'armée ayant reçu l'ordre formel de ne pas embêter la population indigène, sauf en cas d'alerte. Dans une autre, très différente, le soldat constatait qu'il s'agissait d'un Espagnol embusqué dès qu'il ouvrait la porte des toilettes ; il l'acculait dans un coin, pointait son fusil sur son visage et appelait des renforts à grands cris. Ceux-ci arrivaient, on l'interrogeait, l'identifiait peut-être, l'arrêtait et l'emmenait à la caserne, ou bien il essayait de fuir et était abattu d'une balle dans le dos quand il sautait sur les voies. Entre ces deux hypothèses, il y avait bien sûr place pour d'innombrables possibilités; pourtant, je savais que je ne réussirais jamais à connaître la vérité.

Je franchis le portail épuisée et remplie de crainte. Le jour se levait sur Tétouan.

12

La porte de la pension était ouverte et les locataires réveillés, agglutinés dans la salle à manger. Assises à la table où chaque jour fusaient les insultes et les serments, les sœurs pleuraient et se mouchaient, en robe de chambre et des bigoudis sur la tête, tandis que don Anselmo, l'instituteur, s'efforçait de les consoler à voix basse, avec des mots que je ne réussis pas à entendre. Paquito et le représentant ramassaient par terre le tableau de la Cène, dans l'intention de le raccrocher à sa place sur le mur. Le télégraphiste, en pantalon de pyjama et maillot de corps, fumait nerveusement dans un coin. Pendant ce temps, la mère de Paquito refroidissait sa tisane en soufflant dessus. Tout était en l'air, le sol était jonché de bouts de verre et de pots de fleurs cassés, et on avait même arraché les rideaux de leurs tringles.

Personne ne parut étonné par l'arrivée d'une Arabe à cette heure-là, ils estimèrent sans doute que c'était Jamila. Je restai quelques secondes à contempler la scène, encore enveloppée dans le haïk, jusqu'à ce que mon attention soit attirée par un puissant chut! en provenance du couloir. Je me retournai; Candelaria agitait les bras comme une possédée, un balai dans une main et dans l'autre la pelle.

– Entre, petite, ordonna-t-elle, excitée. Entre et raconte, j'en peux plus de pas savoir ce qui est arrivé.

J'avais décidé de garder pour moi les détails les plus scabreux et de ne lui révéler que le résultat final : que les pistolets n'étaient plus là, mais l'argent, oui. C'était la nouvelle qu'attendait Candelaria et ce que j'allais lui dire. Le reste de l'histoire ne regardait que moi.

Je parlai tout en retirant ma capuche.

– On a réussi, murmurai-je.

– Ah ! mon cœur, viens ici que je t'embrasse ! Ma Sira vaut plus que tout l'or du Pérou ! Elle est plus grande que le jour du Seigneur ! s'écria la contrebandière.

Elle jeta par terre les ustensiles de ménage, m'emprisonna entre ses deux seins et me dévora le visage de baisers chuintants comme des ventouses.

– Taisez-vous ! Mon Dieu, Candelaria, on va vous entendre ! protestai-je, la peur encore collée à ma peau.

Loin de m'écouter, elle enchaîna une kyrielle de malédictions adressées au policier qui, cette nuit même, avait mis sa maison sens dessus dessous.

– Je m'en fous, moi, qu'on m'entende, il est plus là ! Crève, Palomares, toi et tous ceux de ton sang ! Crève, tu m'as pas chopée !

Prévoyant que cette explosion d'émotion, après une longue nuit d'angoisse, n'allait pas s'arrêter là, j'agrippai Candelaria par le bras et l'entraînai dans ma chambre, tandis qu'elle continuait à débiter des horreurs.

– Qu'on te troue la peau, enfant de salaud ! Tu l'as dans le cul, Palomares, t'as rien trouvé chez moi, même si t'as culbuté les meubles et éventré les matelas !

– Taisez-vous ! Taisez-vous une bonne fois pour toutes ! insistai-je. Oubliez Palomares, calmez-vous, et laissez-moi vous expliquer comment ça s'est passé.

– Oui, ma fille, raconte-moi tout, tout, tout, dit-elle en essayant de recouvrer enfin son sang-froid.

Elle respirait avec force, sa blouse était mal agrafée et des mèches de cheveux en bataille sortaient de la résille qui lui couvrait la tête. Elle avait un aspect pitoyable mais, même ainsi, elle rayonnait d'enthousiasme.

– C'est que ce fumier nous a tous tirés du lit à cinq heures du matin, et il nous a jetés dans la rue, le salopard... et puis... et puis... Bon, on en parle plus, c'est du passé. Raconte, toi, ma chérie, dis-moi tout, doucement.

Je lui décrivis brièvement mon aventure en extrayant le sac de billets que l'homme de Larache m'avait accroché au cou. Je ne mentionnai ni la fuite par la fenêtre, ni les cris menaçants du soldat, ni les pistolets abandonnés sous la pancarte solitaire de l'arrêt de Malalien. Je lui remis juste le contenu de la bourse, puis ôtai le haïk et la chemise de nuit que je portais en dessous.

– Va te faire foutre, Palomares ! s'exclama-t-elle au milieu des éclats de rire, tandis qu'elle lançait les billets en l'air. Va te faire foutre en enfer, tu m'as pas baisée !

Elle arrêta soudain de crier, non qu'elle se soit subitement calmée, mais parce que le spectacle qui s'offrait à ses yeux avait douché ses ardeurs.

– Mais tu es totalement esquintée, malheureuse ! Tu es pareille que le Christ aux Cinq Plaies ! lança-t-elle devant mon corps nu. T'as très mal, ma chérie ?

– Un peu, murmurai-je.

Je tombai comme un poids mort sur le lit. Je mentais. En réalité, je souffrais au plus profond de moi-même.

– Et tu es sale comme si tu t'étais vautrée dans une décharge, ajouta-t-elle, désormais rassérénée. Je vais mettre quelques marmites d'eau à chauffer sur le feu pour te préparer un bon bain. Ensuite, des compresses avec de la pommade sur les blessures, et ensuite...

Je n'entendis pas la fin de sa phrase, je m'étais endormie.

13

Sitôt la maison rangée et la situation redevenue normale, Candelaria se mit à chercher un appartement dans les nouveaux quartiers afin d'y installer mon affaire.

Cette zone de Tétouan, tellement différente de la médina arabe, avait été bâtie selon des critères européens, pour faire face aux besoins du Protectorat espagnol : loger ses installations civiles et militaires, fournir des habitations et des commerces aux familles de la Péninsule en résidence permanente au Maroc. Les édifices neufs, aux façades blanches, aux balcons ornementés, à cheval entre la modernité et le style mauresque, bordaient des rues larges et de vastes places formant d'harmonieux quadrilatères. On y voyait des dames bien peignées et des messieurs chapeautés, des militaires en uniforme, des enfants vêtus à l'européenne et des couples de fiancés bien sages se tenant par le bras. Il y avait des trolleybus et quelques automobiles, des confiseries, des cafés chic et des boutiques élégantes et contemporaines. L'ordre et le calme régnaient dans cet univers à l'opposé de l'agitation, des odeurs et des cris de la médina, cette enclave qui semblait appartenir au passé, entourée de murailles et ouverte sur le monde par sept portes. Entre ces deux espaces, l'arabe et l'espagnol, constituant une quasi-frontière, était située la Luneta, la rue que j'étais sur le point de quitter.

Ma vie allait changer dès que Candelaria trouverait un local pour mon atelier, et je serais obligée de m'y adapter. Je décidai donc de prendre de l'avance : de me renouveler complètement, de me défaire des vieux poids morts et de recommencer de zéro. En peu de mois, j'avais claqué la porte au nez de mon passé ; j'avais cessé d'être une humble couturière pour me transformer, de façon alternative ou parallèle, en une infinité de femmes variées : candidate avortée à un métier de fonctionnaire, bénéficiaire du patrimoine d'un grand industriel, maîtresse globe-trotter d'une crapule, future et naïve directrice d'une affaire en Argentine, mère frustrée d'un enfant en gestation, suspecte d'escroquerie et de vol criblée de dettes, trafiquante occasionnelle d'armes déguisée en innocente native. Il me faudrait m'habituer à ma nouvelle personnalité encore plus vite, car aucune des précédentes ne me servirait plus. Mon vieux monde était en guerre et l'amour s'était envolé, emportant mes richesses et mes illusions. Cet enfant qui n'était jamais né s'était liquéfié en une flaque de caillots de sang à la descente d'un autocar, une fiche avec mes données circulait à travers les commissariats de deux pays et de trois villes, et le petit arsenal de pistolets que j'avais transporté collé à ma peau avait sans doute déjà coûté plus d'une vie. Bien décidée à tourner le dos à des antécédents aussi pathétiques, je résolus d'affronter l'avenir derrière un masque d'assurance et de courage, pour occulter mes peurs, mes misères et ce coup de poignard encore planté dans mon cœur.

Je commençai par mon allure extérieure : je devais me construire une façade de femme mondaine et indépendante, éloignée de ma réalité de victime d'une canaille et de l'obscure provenance du commerce que j'avais l'intention d'ouvrir. Il fallait pour cela maquiller le passé, s'empresser d'inventer un présent et projeter un futur aussi faux que glorieux. Le temps pressait, je devais m'y mettre sur-le-champ. Pas une larme de plus, pas une plainte, pas de regard apitoyé en arrière. Dorénavant, seul comptait aujourd'hui. J'optai donc pour une nouvelle personnalité, que je tirai de ma manche comme un magicien extrait un chapelet de mouchoirs ou un as de cœur. Je décidai de me transformer, et mon choix se porta sur l'image d'une femme énergique, digne de confiance, ayant vécu. Mon ignorance apparaîtrait comme de l'orgueil, mes doutes comme une douce nonchalance. On ne soupçonnerait pas mes craintes, cachées sous le claquement sec d'une paire de talons hauts et l'apparence d'une détermination sans faille. Personne ne devinerait mes efforts immenses et quotidiens pour surmonter ma tristesse.

Tout d'abord, il me fallait modifier mon style. J'avais perdu au moins six ou sept kilos du fait de l'incertitude des derniers temps, de la fausse couche et de la convalescence. Les rondeurs de mes hanches s'étaient envolées à cause de l'amertume et de l'hôpital, ainsi qu'un peu du volume de mes seins, de mes cuisses et les chairs qui avaient pu adoucir un jour mon tour de taille. Je n'essayai pas de les récupérer, j'acceptai ma nouvelle silhouette : un pas supplémentaire en avant. Je me remémorai la façon de s'habiller de certaines étrangères de Tétouan et j'adaptai ma modeste garde-robe à l'aide de quelques modifications et arrangements. Je serais moins stricte que mes compatriotes, plus suggestive, sans en arriver à l'indécence ou à la vulgarité. Des tons plus vifs, des tissus plus légers. Les chemisiers un peu plus décolletés et les jupes moins longues. Devant le miroir fendillé de la chambre de Candelaria, je reconstituai, essayai et adoptai les séduisants croisements de jambes observés chaque jour, à l'heure de l'apéritif, aux terrasses des cafés, j'imitai les promeneuses sophistiquées et gracieuses sur les larges trottoirs du boulevard Pasteur, l'élégance des doigts manucurés tenant une revue de mode française, un gin-fizz ou une cigarette turque avec son embout ivoire.

Pour la première fois depuis plus de trois mois, je prêtai attention à mon image, et je découvris qu'elle avait besoin d'une rénovation urgente. Une voisine m'épila les sourcils, une autre me fit les ongles. Je me remaquillai après m'être contentée de me laver la figure pendant des mois : je choisis des crayons pour dessiner les lèvres, du rouge pour les remplir, de l'ombre à paupières, du fard à joues, du khôl et du mascara pour les cils. Jamila me coupa les cheveux avec les ciseaux à couture, copiant au millimètre une photographie d'un *Vogue* échoué dans ma valise. L'épaisse touffe brune qui m'arrivait au milieu du dos tomba en mèches désordonnées sur le sol de la cuisine, comme des ailes de corbeaux morts ; je me retrouvai dotée d'une coupe rectiligne à hauteur de la mâchoire et d'une chevelure bien lisse, avec une raie de côté ayant une tendance indomptable à me retomber en mèche sur l'œil droit. Au diable la luxuriante et chaude parure qui fascinait tant Ramiro ! J'étais incapable d'affirmer si ma nouvelle coiffure me flattait ou non, mais je me sentais plus fraîche, plus libre. Rajeunie, distanciée à jamais de ces après-midi sous les pales du ventilateur dans notre chambre de l'hôtel Continental ; de ces heures éternelles sans autre vêtement que son corps enroulé autour du mien et ma chevelure répandue tel un châle sur les draps.

Les ambitions de Candelaria furent matérialisées quelques jours plus tard. D'abord, elle sélectionna trois locations immédiatement disponibles, puis elle me précisa les caractéristiques de chacune d'entre elles ; nous passâmes en revue leurs avantages et inconvénients respectifs avant de nous décider.

Le premier appartement dont elle me parla semblait en principe idéal : spacieux, moderne, jamais habité, situé près de la poste et du Théâtre espagnol. « Il possède même une petite douche mobile pareille à un téléphone, ma petite, sauf qu'au lieu d'entendre la voix de quelqu'un qui te cause, il en sort un jet d'eau avec lequel tu peux te viser où tu veux », expliqua la Contrebandière, ébahie d'un tel prodige. Nous l'écartâmes néanmoins : il touchait un terrain vague où campaient à leur aise les chats affamés et les détritus. Le quartier se développait, mais il restait çà et là des endroits qui n'avaient pas été construits. Nous redoutions la mauvaise image qu'il offrirait aux dames sophistiquées que nous visions.

L'option de l'atelier avec douche téléphonique fut donc abandonnée.

La deuxième proposition était située sur la voie principale de Tétouan, encore appelée rue República, dans une belle maison flanquée de tourelles, près de la place de Moulay-el-Mehdi, bientôt rebaptisée Primo de Rivera. Le local réunissait à première vue toutes les conditions nécessaires : il était grand, il avait de la classe, et il ne jouxtait pas un terrain à bâtir ; au contraire, il constituait lui-même un coin de rue, ouvrant sur deux artères centrales très fréquentées. Cependant, l'une des habitantes de l'immeuble nous découragea : dans le bâtiment voisin logeait l'une des meilleures couturières de la ville, d'un certain âge et jouissant d'un solide prestige. Après avoir soupesé la situation, nous décidâmes de renoncer aussi à cet appartement ; mieux valait ne pas indisposer la concurrence.

Ce fut donc le troisième choix qui l'emporta. L'immeuble qui deviendrait finalement mon lieu de travail et de résidence était un grand logement de la rue Sidi Mandri, dans un édifice à la façade recouverte de carreaux de faïence, près du Casino espagnol, du passage Benarroch et de l'hôtel Nacional, pas très loin de la place d'Espagne, du haut-commissariat et du palais du khalife, avec ses gardes imposants à l'entrée déployant turbans exotiques et capes somptueuses bercées par la brise.

Candelaria conclut l'affaire avec le juif Jacob Benchimol, lequel, dès lors et en faisant preuve d'une immense discrétion, se transforma en mon loueur, en échange du paiement ponctuel de la somme de trois cent soixante-quinze pesetas par mois. Trois jours plus tard, moi, la nouvelle Sira Quiroga, faussement métamorphosée en celle que je n'étais pas mais que je deviendrais peut-être un jour, je pris possession des lieux et ouvris en grand les portes de cette future étape de ma vie.

– Vas-y seule, me dit Candelaria en me tendant la clé. Il vaut mieux qu'on nous voie pas souvent ensemble à partir de maintenant. Je viendrai dans un petit moment.

Je me frayai un passage au milieu du tohu-bohu de la Luneta en attirant de nombreux regards masculins. Je ne me rappelais pas en avoir reçu le quart au cours des mois précédents, alors que mon image était celle d'une jeune fille incertaine, aux cheveux ramassés dans un chignon sans grâce, qui marchait, chancelante, traînant les vêtements et les blessures d'un passé qu'elle s'efforçait d'oublier. À présent, je jouais les désinvoltes, j'essayais de dégager à mon passage un parfum d'arrogance et de savoir-faire, que nul n'aurait imaginé quelques semaines plus tôt.

Malgré mes efforts pour adopter une démarche paisible, je ne mis qu'une dizaine de minutes pour arriver à destination. Je n'avais jamais remarqué ce bâtiment, bien qu'il ne fût qu'à quelques mètres du quartier espagnol. Il me plut à première vue ; je vérifiai qu'il réunissait tous les atouts que j'estimais indispensables : à l'extérieur, une excellente localisation et de l'allure, un zeste d'exotisme arabe dans le revêtement de la façade, une certaine sobriété européenne dans l'agencement intérieur. Les parties communes étaient élégantes et bien distribuées ; sans être trop large, l'escalier possédait une belle rambarde en fer forgé qui tournait avec grâce le long des volées de marches.

Le portail était ouvert, comme toujours à cette époque. Je supposai qu'il y avait une concierge, mais elle n'apparut pas. Je commençai à monter, un peu inquiète, presque sur la pointe des pieds, essayant d'assourdir le bruit de mes pas. De prime abord, j'avais gagné en aplomb et en prestance, mais en dedans je restais farouche, et je préférais passer inaperçue dans la mesure du possible. J'atteignis l'étage principal sans croiser personne ; deux portes identiques s'ouvraient sur le palier ; gauche et droite, fermées toutes les deux. La première appartenait au logement de mes voisins, que je ne connaissais pas encore; la seconde était la mienne. Je tirai la clé de mon sac, l'introduisis dans la serrure d'un geste nerveux, la tournai. Je poussai timidement et, durant un court instant, je n'osai pas entrer; je me contentai de parcourir du regard ce que je voyais: une entrée vaste et dégagée, au sol recouvert de dalles géométriques blanches et grenat. Au fond, le début d'un couloir. Un grand salon à droite.

Au fil des ans, il y eut de nombreux moments où le destin me réserva des ruptures soudaines, des surprises et des abandons imprévus qu'il me fallut affronter sur-le-champ. Parfois, j'y étais préparée, souvent, non. Pourtant, jamais je ne fus aussi consciente d'entamer un nouveau cycle qu'en cette mi-journée d'octobre, où mes pas se risquèrent enfin à franchir le seuil et résonnèrent dans la vacuité d'un appartement sans meubles. J'abandonnais derrière moi un passé complexe et, comme en guise de prémonition, s'ouvrait devant moi un espace nu que le temps se chargerait de remplir peu à peu. Remplir de quoi? D'objets et de sentiments. D'instants, de sensations et de personnes. De vie.

Le salon était à moitié plongé dans la pénombre. Trois balcons fermés et protégés par des volets peints en vert filtraient les rayons de soleil. Je les ouvris un à un, et la lumière de l'automne marocain envahit la pièce à flots, dissipant les ombres en un doux présage.

Savourant le silence et la solitude, je restai immobile quelques minutes. Je me tenais debout, au milieu du vide, assimilant ma nouvelle place dans le monde. Quand j'estimai que le moment était venu de sortir de ma léthargie, je pris enfin mon courage à deux mains et me mis à l'œuvre. Avec l'ancien atelier de doña Manuela comme référence, je parcourus toute la surface et la fractionnai mentalement. Le salon servirait de grande salle de réception: on y envisagerait des modèles, consulterait des magazines de mode, choisirait les tissus, effectuerait les commandes. La pièce la plus proche du salon, une espèce de salle à manger, avec un oriel au coin, deviendrait une cabine d'essayage. Un rideau au milieu du couloir séparerait cette partie extérieure du restant de l'appartement. Le tronçon suivant du couloir et les chambres attenantes constitueraient la zone de production : atelier, magasin, cabinet de repassage, dépôt de produits finis et d'illusions, tout ce qui pourrait tenir. Le fond du logement, enfin, le plus sombre et le plus discret, serait pour moi. Ici existerait mon moi véritable, la femme endolorie et exilée de force, criblée de dettes, de plaintes et d'insécurité. Celle dont le seul capital se réduisait à une valise à moitié vide et à une mère solitaire dans une ville lointaine luttant pour sa survie. Celle qui connaissait le prix payé pour le montage de cette affaire : une bonne quantité de pistolets. Ce serait mon refuge, mon espace intime. À l'extérieur de cet abri, si la chance acceptait enfin de me sourire, s'étendrait le territoire public de la couturière arrivée de la capitale de l'Espagne pour créer, dans le Protectorat, la plus magnifique maison de mode que cette région eût jamais possédée.

Je revins vers l'entrée et entendis qu'on frappait du poing sur la porte. J'ouvris immédiatement, je savais qui c'était. Candelaria se glissa à l'intérieur.

– Comment tu trouves, ma chérie ? Tu aimes ? demanda-t-elle, anxieuse.

Elle avait soigné sa tenue pour l'occasion ; elle portait l'un des tailleurs que je lui avais confectionnés, une paire de chaussures héritées de moi, trop petites de deux pointures, et une coiffure un brin voyante réalisée en toute hâte par son amie Remedios. Derrière le maquillage maladroit des paupières, les yeux brillaient d'un éclat contagieux. C'était aussi un jour spécial pour la Contrebandière, le début de quelque chose de neuf et d'inespéré. Avec ce commerce sur le point de démarrer, elle avait joué le tout pour le tout pour la première et unique fois de sa vie tumultueuse. Cette nouvelle étape la guérirait peut-être des faims de son enfance, des volées de coups de bâton assenées par son mari et des menaces continuelles que lui lançait la police depuis des années. Elle avait passé les trois quarts de son existence à traficoter, à chicaner, à fuir en avant et à défier la malchance ; c'était peut-être l'heure de s'asseoir et de se reposer.

Je ne répondis pas immédiatement à sa question ; je la contemplai d'abord, mesurant tout ce que cette femme avait représenté pour moi depuis que le commissaire m'avait déposée chez elle comme on laisserait un colis indésirable.

Je la regardai en silence et devant elle, inattendue, apparut l'ombre de ma mère. Pourtant, Dolores et la Contrebandière avaient peu de chose à voir l'une avec l'autre. Ma mère était rigueur et modération, et Candelaria, à côté d'elle, de la pure dynamite. Leurs comportements, leurs codes éthiques, leurs manières d'affronter les coups du destin étaient complètement différents, mais je notai, pour la première fois, une certaine harmonie entre elles. Chacune, à sa façon et dans son propre monde, appartenait à une lignée de femmes courageuses et combatives, capables de se frayer un passage dans la vie avec le peu que leur fournirait le sort. Pour moi et pour elles, pour nous toutes, je devais lutter pour le succès de cette affaire.

– Ça me plaît beaucoup, dis-je enfin en souriant. C'est parfait, Candelaria, vous n'auriez pas pu imaginer meilleur endroit.

Elle me rendit mon sourire et me pinça la joue ; son visage exprimait une affection et une sagesse vieilles comme la nuit des temps. Nous devinions que tout serait désormais différent. Nous continuerions à nous voir, certes, mais de loin en loin et discrètement. Nous allions cesser de partager le même toit, nous n'assisterions plus ensemble aux querelles de fin de repas, nous n'échangerions plus des chuchotements dans l'obscurité de ma pauvre chambre. Nos chemins étaient sur le point de se séparer, c'était vrai, mais nous savions que nous serions unies, jusqu'à la fin des jours, par un lien secret.

14

J'étais installée en moins d'une semaine. Aiguillonnée par Candelaria, j'organisai les espaces et commandai des meubles, des appareils et des outils. Elle assumait tout avec son intelligence et ses billets, prête à tout risquer dans ce commerce à l'avenir encore flou.

– Demande tout ce que tu veux, ma chérie, moi, j'ai jamais vu un grand atelier de couture de toute ma saleté de vie, par conséquent, j'ai pas la moindre idée des choses nécessaires pour ce genre de truc. S'il y avait pas cette maudite guerre, on pourrait aller à Tanger, toi et moi, acheter des merveilles françaises au Palais du mobilier, et au passage une demi-douzaine de petites culottes à la Sultana, mais comme on est coincées à Tétouan, et que je veux pas qu'on te voie trop avec moi, ce qu'on va faire, c'est que toi tu passes les commandes, et moi je me débrouillerai pour les obtenir avec mes contacts. Alors, fonce, gamine: dis-moi ce que je cherche et par où je commence.

– D'abord, le salon. Il doit représenter l'image de la maison, donner une sensation d'élégance et de bon goût, répondis-je en me remémorant l'atelier de doña Manuela et les résidences que j'avais connues lors de mes livraisons.

L'appartement de Sidi Mandri, conçu à la mesure de la petite Tétouan, se révélait beaucoup plus modeste, en classe et en dimensions, que les bonnes maisons de Madrid, mais les souvenirs de jadis pourraient me servir d'exemple pour structurer le présent.

– Et qu'est-ce qu'on y met?

– Un magnifique canapé, deux paires de beaux fauteuils, une grande table au milieu et deux ou trois plus petites, d'appoint. Des rideaux en damas pour les balcons et une grande lampe. Pour le moment, ça suffit. Peu de choses, mais avec beaucoup de classe et de très bonne qualité.

– Je vois pas encore comment je vais arriver à obtenir tout ça, ma petite. À Tétouan, il existe pas ce genre de boutiques de luxe. Laisse-moi y réfléchir. J'ai un ami qui travaille avec un transporteur, peut-être qu'il pourrait me donner un coup de main... Ne t'inquiète pas, je me débrouillerai, et si des objets sont d'occasion, mais de qualité, de la vraiment bonne, ça sera pas plus mal, non? On aura l'impression que c'est une maison de vieille tradition. Allez, continue, gamine.

– Des magazines, des revues de mode étrangères. Doña Manuela en avait des dizaines: quand elles étaient parues depuis longtemps, elle nous les donnait, je les emportais à la maison et je ne me lassais jamais de les regarder.

– Ça va pas non plus être facile: les frontières sont fermées depuis le soulèvement, tu le sais, et on reçoit presque plus rien de l'extérieur. Mais bon, j'en connais un qui a un sauf-conduit pour Tanger; je tenterai le coup pour voir s'il peut me rendre ce service. Ça va me coûter un pacson, mais enfin, on verra plus tard...

– Espérons qu'on aura de la chance. Mais je veux vraiment les meilleures.

Je me rappelai les noms de certaines de celles que j'achetais moi-même à Tanger les derniers temps, quand Ramiro commençait à se détacher de moi. Je m'étais réfugiée des nuits entières dans leurs superbes croquis et photographies.

– Les américaines, *Harper's Bazaar*, *Vogue* et *Vanity Fair*, la française *Mode et Travaux*, ajoutai-je. Toutes celles que vous trouverez.

– C'est parti. D'autres petites choses?

– Pour la cabine d'essayage, un miroir à trois pans. Deux autres fauteuils. Un banc tapissé pour y déposer les vêtements.

– Et encore?

– Des tissus, des coupons des meilleures étoffes qui serviront d'échantillons, pas des pièces entières tant que l'affaire ne sera pas en bonne voie.

– Les meilleures, ils les ont à la Caraqueña. Ce que vendent les Arabes à la Burrakía, à côté du marché, c'est même pas la peine d'en parler, c'est beaucoup moins élégant. Je vais aussi aller voir les Indiens de la Luneta, ils sont malins et ils gardent toujours quelque chose de spécial dans l'arrière-boutique. Ils ont aussi des bons contacts avec la zone française, on pourrait peut-être en tirer quelque chose d'intéressant. Continue à demander, ma beauté.

– Une machine à coudre, une Singer américaine, si possible. Presque tout le travail sera effectué à la main, mais il vaut mieux en avoir une. Et puis un bon fer à repasser, avec sa planche. Et deux mannequins. Pour le reste des fournitures, ça ne me prendra pas plus d'une minute, dites-moi seulement où se trouve la meilleure mercerie.

Ce fut ainsi que fonctionna notre organisation: je passais les commandes et Candelaria, à l'arrière-plan, faisait inlassablement appel à son art du marchandage pour se procurer ce dont nous avions besoin. Parfois, les objets débarquaient camouflés sous des couvertures et à des heures impossibles, portés par des hommes au visage olivâtre. Ou bien les transports étaient réalisés en plein jour, au vu et au su de quiconque passait par la rue. Arrivaient des meubles, des peintres et des électriciens; je reçus des paquets, du matériel de couture et des livraisons variées et incessantes. Enveloppée dans ma nouvelle image de femme du monde désinvolte et glamour, je supervisai le processus du début à la fin, en martelant le sol de mes coups de talon. L'air résolu, les cils allongés par le mascara et la mèche remise en place d'un geste mécanique, je gérai au mieux tous les imprévus qui se présentèrent et me fis connaître auprès des voisins. Chaque fois que je les croisais en sortant de l'immeuble ou dans l'escalier, ils m'adressaient un salut discret. Au rez-de-chaussée, il y avait une chapelière et un bureau de tabac ; à l'étage principal, en face de chez moi, vivaient une dame endeuillée et un homme jeune avec des lunettes et un corps rondouillard, son fils, supposai-je. En haut, deux familles avec une multitude d'enfants qui fourraient leur nez partout, pour deviner qui allait être leur prochaine voisine.

Tout fut prêt en quelques jours : à nous de nous montrer capables d'en tirer quelque chose. Je me souviens comme si c'était hier de ma première nuit là-bas, seule et effrayée ; je ne fermai pas l'œil. Au début, j'entendis les dernières rumeurs domestiques des logements les plus proches : un enfant qui pleurait, une radio allumée, la mère et le fils d'en face se disputant à grands cris, le bruit de la vaisselle et de l'eau sortant d'un robinet pendant qu'on lavait les assiettes d'un dîner tardif. Puis tout se tut, et le silence fut envahi par d'autres présences imaginaires : j'avais l'impression que les meubles craquaient trop, que des pas résonnaient sur le carrelage du salon et que des ombres me guettaient depuis les murs repeints à neuf. Finalement, je me levai, angoissée, ne tenant plus en place. Je me dirigeai vers le salon, ouvris les volets, me penchai pour attendre l'aurore. L'appel pour le *fayr*, la première prière du jour, retentit depuis le minaret d'une mosquée. Il n'y avait encore personne dans les rues et le massif du Gorgues, à peine visible dans la pénombre, commença à se découper majestueusement avec le lever du soleil. Peu à peu, paresseusement, la ville se mit en mouvement. Les domestiques arabes commencèrent à arriver, enveloppées dans leurs haïks et leurs foulards. En sens inverse, quelques hommes partirent travailler et plusieurs femmes, couvertes d'une mantille noire, par deux ou par trois, se hâtèrent vers une messe matinale. Je ne réussis pas à apercevoir les enfants allant à l'école; je n'assistai pas non plus à l'ouverture des magasins et des bureaux, ni à la sortie des bonnes pour acheter des *churros*, ni au départ des mères de famille en direction du marché, où elles choisissaient les produits qui leur seraient livrés ensuite par des gamins dans des paniers transportés sur leur dos. J'étais déjà rentrée à l'intérieur du salon et m'étais assise sur le canapé flambant neuf tapissé de taffetas grenat. Dans l'attente de quoi? D'un sort enfin favorable.

Jamila arriva tôt. Nous échangeâmes un sourire nerveux, c'était notre premier jour ensemble. Candelaria m'avait cédé ses services et je lui en étais reconnaissante: nous nous étions prises d'affection, elle serait pour moi d'un grand secours, une petite sœur. «Moi, il me faudra deux minutes pour me trouver une Fatima; toi, tu emmènes Jamila, c'est une très bonne gamine, son aide te sera précieuse.» La douce Jamila vint donc avec moi, ravie de se débarrasser des lourdes tâches de la pension et d'entreprendre, au côté de sa *siñorita*, une nouvelle activité professionnelle moins ingrate.

Jamila arriva, certes, mais personne derrière elle. Ni ce jour-là ni les jours suivants. Les trois matins, j'ouvris les yeux avant l'aube et me préparai avec le même soin. Les vêtements et les cheveux impeccables, la maison d'une propreté irréprochable; les magazines sophistiqués avec leurs femmes souriantes sur la couverture, le matériel bien rangé dans l'atelier. Tout était parfait, au millimètre près; ne manquait que la cliente qui ferait appel à mes services.

Parfois, j'entendais des bruits, des pas, des voix dans l'escalier. Je courais alors sur la pointe des pieds jusqu'à la porte et je regardais, anxieuse, à travers le judas, mais ces sons ne m'étaient jamais destinés. L'œil collé sur l'ouverture ronde, je vis passer des enfants tapageurs, des femmes pressées et des pères affublés d'un chapeau, des petites bonnes chargées, des livreurs, la concierge et son tablier, le facteur pris d'une quinte de toux, et une infinité de figurants, mais aucune dame prête à commander sa garde-robe dans mon atelier.

J'hésitai entre prévenir Candelaria et continuer à attendre. J'hésitai un jour, deux, trois, presque jusqu'à en perdre le compte. Enfin, je me décidai : j'irais à la Luneta et je lui demanderais d'intensifier ses contacts, d'actionner tous les ressorts nécessaires pour attirer la clientèle. Soit elle y parvenait, soit, à ce rythme, notre entreprise conjointe serait mort-née. Mais je n'eus pas l'occasion d'effectuer la démarche et de requérir l'intervention de la Contrebandière ; en effet, ce matin-là précisément, la sonnette retentit enfin.

– *Guten Morgen*. Je suis *Frau* Heinz. Je suis nouvelle à Tétouan et j'ai besoin de quelques tenues.

Je l'accueillis, vêtue d'un tailleur que je m'étais confectionné depuis peu. Gris-bleu, jupe fourreau étroite, veste serrée à la taille, sans chemisier dessous et le premier bouton juste à l'endroit, au millimètre près, à partir duquel le décolleté deviendrait indécent. Et, même ainsi, formidablement élégante. Pour toute parure était suspendue à mon cou une large chaîne en argent à laquelle était accrochée une paire de ciseaux ancienne du même métal ; elle était si vieille qu'elle ne coupait plus, mais je l'avais trouvée dans la boutique d'un antiquaire, alors que je cherchais une lampe, et j'avais aussitôt décidé de m'en servir pour construire ma nouvelle image.

Frau Heinz me regarda à peine tandis qu'elle se présentait : elle était trop occupée à évaluer la qualité de l'établissement afin de s'assurer qu'il était à la hauteur de ses exigences. Je n'eus aucun mal à la recevoir : il me suffit d'imaginer que je n'étais pas moi-même, mais doña Manuela réincarnée dans une étrangère séduisante et compétente. Nous nous assîmes dans le salon, chacune dans un fauteuil ; elle, avec une pose énergique, un tant soit peu masculine, moi avec mon meilleur croisement de jambes mille fois répété. Elle m'indiqua, dans son jargon, ce qu'elle souhaitait : deux tailleurs, deux toilettes pour le soir. Et un ensemble pour jouer au tennis.

– Aucun problème, mentis-je.

J'ignorais totalement à quoi ressemblait un ensemble pour ce genre d'activité, mais je n'étais pas disposée à l'admettre, même devant un peloton d'exécution. Nous consultâmes les revues et examinâmes les modèles. Pour les tenues du soir, elle opta pour deux robes de deux des grands créateurs de cette époque, Marcel Rochas et Nina Ricci, sélectionnées parmi les pages d'un magazine français où était publiée toute la collection de haute couture automne-hiver 1936. Un exemplaire de l'américain *Harper's Bazaar* inspira le choix des tailleurs : deux spécimens de la maison Harry Angelo, un nom que je n'avais jamais entendu mentionner, ce que je me gardai bien d'avouer. Enchantée de découvrir un tel déploiement de revues en ma possession, l'Allemande essaya de me demander, dans son espagnol rudimentaire, où je les avais obtenues. Je feignis de ne pas comprendre : si elle apprenait les ruses de mon associée pour les acquérir, ma première cliente aurait pris la poudre d'escampette à l'instant même et je ne l'aurais plus jamais revue. Ensuite, nous passâmes à la sélection des étoffes. Grâce aux échantillons fournis par diverses boutiques, j'exposai à ses yeux tout un catalogue dont je décrivis en détail les nuances et les qualités.

Les décisions furent adoptées assez vite. Voile de soie, velours et organdi pour les soirées ; flanelle et cachemire pour la journée. Nous remîmes à plus tard le choix du modèle et du tissu de la tenue de tennis : je me débrouillerais le moment venu. La visite dura une bonne heure. Au milieu, Jamila, vêtue d'un cafetan couleur turquoise et ses grands yeux noirs fardés de khôl, fit une apparition silencieuse; elle apportait, sur un plateau en métal poli, des gâteaux arabes et du thé à la menthe. Je témoignai d'un clin d'œil complice ma gratitude à ma nouvelle domestique. Ma dernière tâche consista à prendre les mesures. Je notai les chiffres sur un cahier à la couverture en cuir: je n'eus aucune difficulté, la version cosmopolite de doña Manuela en laquelle j'étais en train de me transformer se révélant des plus utiles. Le premier essayage aurait lieu cinq jours plus tard; nous prîmes congé en faisant preuve de l'éducation la plus exquise. Au revoir, Frau Heinz, merci beaucoup de votre visite. Au revoir, Fräulein Quiroga, à bientôt. La porte était à peine refermée que je me couvris la bouche des mains pour réprimer un cri. J'avais envie de trépigner comme un poulain sauvage, mais je me retins, de peur de donner libre cours à mes impulsions. Malgré tout, j'étais folle de joie: notre première cliente avait été prise dans nos filets, le sort en était jeté.

Les journées suivantes, je travaillai du matin au soir. C'était la première fois que je réalisais des pièces de cette importance par moi-même, sans la supervision ou l'aide de ma mère ou de doña Manuela. J'y consacrai mes cinq sens multipliés par cinquante mille, et pourtant la peur d'échouer ne cessa de m'accompagner une seule seconde. J'analysai mentalement les modèles des magazines et, quand les images eurent donné tout ce qu'elles pouvaient donner, j'aiguisai mon imagination et déduisis tout ce que j'avais été incapable de voir. Je marquai les tissus à la craie, coupai les pièces avec autant de crainte que de précision. J'assemblai, séparai et rajustai. Je faufilai, surfilai, montai, démontai et remontai sur un mannequin, jusqu'à ce que le résultat me paraisse satisfaisant. La mode avait beaucoup évolué depuis que j'avais commencé à fréquenter ce monde de fils et de tissus. Lorsque j'étais entrée dans l'atelier de doña Manuela, au milieu des années 1920, les lignes floues prédominaient; le jour, les tailles basses et les jupes courtes, et pour le soir les tuniques alanguies aux coupes nettes d'une exquise simplicité. Les années 1930 avaient apporté avec elles de la longueur, des tailles ajustées, des coupes en biais, des épaulettes marquées et des silhouettes voluptueuses. La mode changeait à l'instar des temps, et il en allait de même des exigences de la clientèle et du savoir-faire des couturières. Mais je sus m'adapter; combien j'aurais aimé obtenir, pour ma propre vie, cette aisance avec laquelle je me pliais aux caprices des tendances dictées depuis Paris!

15

Les premières journées passèrent en coup de vent. Je travaillais sans relâche et sortais très peu, juste pour faire un petit tour en fin d'après-midi. Je croisais souvent, alors, l'un de mes voisins: la mère et son fils de la porte d'en face, bras dessus bras dessous, deux ou trois gamins d'en haut dévalant l'escalier ou une femme s'empressant de rentrer chez elle afin de préparer le dîner familial. Une seule ombre troubla l'activité de cette semaine initiale: la maudite tenue de tennis. Finalement, je me décidai à envoyer Jamila à la Luneta, porteuse d'un message écrit: «J'ai besoin de magazines avec des modèles de tennis. Aucun problème s'ils sont anciens.»

– *Siñora* Candelaria dit que Jamila revenir demain.

Jamila retourna le lendemain à la pension et en rapporta une pleine brassée de revues.

– *Siñora* Candelaria dit que *siñorita* Sira regarder ces journaux d'abord, indiqua-t-elle d'une voix douce, dans son espagnol maladroit.

Elle arrivait rougie par la course, débordant d'énergie et d'enthousiasme. D'une certaine façon, elle me rappelait ma propre attitude lors des premiers temps à l'atelier de la rue Zurbano, alors que ma tâche se réduisait à vaquer çà et là pour exécuter des commissions ou livrer des commandes en parcourant les rues d'un pas leste et insouciant, tel un jeune chat de gouttière amusé par la moindre distraction qui arracherait quelques minutes à l'heure du retour et retarderait le plus possible l'enfermement entre quatre murs. La nostalgie faillit me submerger, mais je sus l'éviter et m'esquiver avec les honneurs : j'avais appris à développer l'art de la fuite, chaque fois que planait la menace de la mélancolie.

Je me jetai avidement sur les magazines. Tous parus depuis longtemps, quelques-uns abondamment manipulés, certains dépourvus même de couverture. Peu d'exemplaires spécialisés dans la mode, la plupart traitant d'une thématique plus large. Parfois français, le plus souvent espagnols ou propres au Protectorat : *La Esfera*, *Blanco y Negro*, *Nuevo Mundo*, *Marruecos Gráfico*, *Ketama*. Plusieurs coins de page avaient été pliés, Candelaria avait sans doute effectué une rapide lecture préalable et me signalait certaines images. Le résultat fut décevant. Sur une photographie, deux messieurs gominés et entièrement vêtus de blanc se serraient la main droite au-dessus du filet, tandis que leur main gauche tenait une raquette de tennis. Ailleurs, des dames très élégantes applaudissaient la remise d'un trophée à un autre tennisman. Je me rendis alors compte que ma brève missive à Candelaria ne spécifiait pas qu'il s'agissait d'une tenue féminine. J'allais rappeler Jamila pour la réexpédier à la Luneta quand je lançai un cri de joie. La troisième revue marquée renfermait exactement ce que je cherchais : un long reportage montrait une femme qui jouait avec un gilet clair et une espèce de jupe bizarre, moitié vêtement traditionnel, moitié pantalon large, que je n'avais jamais vue de toute ma vie, ce qui était sans doute le cas de la plupart des lecteurs, à en juger par la curiosité que cet équipement paraissait éveiller chez les photographes.

Le texte était écrit en français et j'eus beaucoup de mal à le comprendre, mais divers noms apparaissaient souvent : la joueuse Lili Álvarez, la créatrice de mode Elsa Schiaparelli, un endroit appelé Wimbledon. Malgré ma satisfaction d'avoir trouvé une idée sur laquelle m'appuyer, je fus bientôt envahie d'un sentiment d'inquiétude. Je refermai la revue et l'examinai soigneusement. Elle était vieille, jaunie. Je cherchai la date. 1931. Il manquait la quatrième de couverture, les bords portaient des taches d'humidité, certaines pages étaient déchirées. Je ne pouvais pas montrer un tel torchon à l'Allemande pour lui demander son avis sur cet ensemble ; je jetterais par-dessus bord mon image de couturière raffinée et dans l'air du temps. Je déambulai nerveusement à travers l'appartement, essayant de trouver une issue, une stratégie, une solution quelconque pour surmonter cette difficulté imprévue. Après avoir fait claquer mes talons hauts une infinité de fois sur le carrelage du couloir, une seule idée me passa par la tête : copier moi-même le modèle et prétendre que c'était une œuvre originale. Malheureusement, j'ignorais tout du dessin et le résultat aurait été catastrophique, au grand dam de mon prétendu pedigree. Incapable de me calmer, je fis de nouveau appel à Candelaria.

Jamila était sortie : les tâches légères de sa nouvelle maison lui permettaient de jouir de fréquents moments de repos, de loisirs impensables quand elle était encore à la pension. Pour récupérer le temps perdu, elle profitait de ces instants sous prétexte d'aller effectuer n'importe quelle petite commission. « Siñorita veut que Jamila acheter des *pipas* ? Oui ? » Avant d'avoir obtenu une réponse, elle dévalait déjà l'escalier en quête de pipas, ou de pain, ou de fruits, ou seulement d'air et de liberté. J'arrachai les pages du magazine, les rangeai dans mon sac à main et décidai de me rendre moi-même à la Luneta, mais en arrivant je ne trouvai pas la contrebandière. Il n'y avait que la nouvelle servante affairée dans la cuisine et l'instituteur à côté de la fenêtre, souffrant d'un gros rhume. Il m'adressa un salut chaleureux.

– Ça alors! On dirait que la vie nous sourit depuis qu'on a changé de tanière, dit-il en se moquant de mon nouvel aspect.

Je fis à peine attention à ses paroles: j'avais d'autres urgences.

– Vous ne sauriez pas, par hasard, où peut bien être Candelaria, don Anselmo?

– Pas la moindre idée, ma fille. Tu sais qu'elle ne tient pas en place, c'est du vif-argent.

Je me tordis les mains nerveusement. Il fallait que je la trouve, il fallait une solution. L'instituteur devina mon anxiété.

– Tu as un problème, petite?

Je me lançai, en désespoir de cause.

– Vous ne savez pas dessiner, par hasard?

– Moi? Je suis archinul. Sors-moi du triangle équilatéral et je suis perdu!

Je ne savais pas de quoi il parlait mais je m'en fichais: mon ancien colocataire ne pouvait pas m'aider. Je me penchai au balcon pour voir si Candelaria revenait. La rue était pleine de monde; je trépignai de nervosité sans m'en rendre compte. La voix du vieux républicain retentit derrière mon dos.

– Pourquoi ne me dis-tu pas ce que tu cherches, au cas où je pourrais t'être utile?

Je me retournai.

– J'ai besoin d'un bon dessinateur, pour me copier des modèles d'une revue.

– Va donc à l'école de Bertuchi.

Ma mimique lui révéla mon ignorance.

– Gamine, tu es à Tétouan depuis trois mois et tu ne connais pas le maître Bertuchi? Bertuchi, le plus grand peintre du Maroc.

Je ne savais pas qui était le dénommé Bertuchi, et cela ne m'intéressait pas du tout. Je ne souhaitais qu'une seule chose: résoudre de toute urgence mon problème.

– Et lui pourra me dessiner ce que je veux? demandai-je, anxieuse.

Don Anselmo laissa échapper un éclat de rire suivi d'une violente quinte de toux. Il payait de plus en plus cher les trois paquets quotidiens de cigarettes Toledo.

– Tu dis de ces bêtises, ma petite Sirita. Tu crois que Bertuchi réaliserait des croquis pour toi? Don Mariano est un artiste, un homme qui se consacre à sa peinture, à assurer la pérennité des arts traditionnels de cette terre et à diffuser l'image du Maroc en dehors de ses frontières, mais ce n'est pas un portraitiste sur commande. Ce que tu peux rencontrer dans son école, c'est une bonne quantité de jeunes gens susceptibles de te donner un coup de main; des peintres oisifs, des garçons et des filles qui suivent les cours pour apprendre à peindre.

– Et où se trouve cette école?

Je coiffai mon chapeau et attrapai mon sac.

– Près de la porte de la Reina.

Il fut sans doute encore ému par mon désarroi car, après un autre éclat de rire rauque et un nouvel accès de toux, il se leva laborieusement du fauteuil et ajouta:

– Allez, on y va, je t'accompagne.

Nous sortîmes de la Luneta et pénétrâmes dans le mellah, le quartier juif; nous traversâmes ses rues étroites et ordonnées, tandis que je me remémorais en silence mon vagabondage lors de la nuit des armes. Pourtant, tout semblait différent à la lumière du jour, avec les petites boutiques et les bureaux de change ouverts. Puis nous arrivâmes à la médina, dans le labyrinthe inextricable de ses ruelles où j'avais encore du mal à me retrouver. Malgré la hauteur de mes talons et l'étroitesse de ma jupe fourreau, je m'efforçais de marcher d'un pas rapide sur les pavés. L'âge et la toux empêchaient néanmoins don Anselmo de tenir mon rythme. L'âge, la toux et son bavardage incessant sur les couleurs et la luminosité des toiles de Bertuchi, sur ses huiles, ses aquarelles et ses encres de Chine, sur ses activités en qualité de promoteur de l'école des arts indigènes et de la classe préparatoire aux Beaux-Arts.

– Est-ce que tu as envoyé une lettre en Espagne depuis Tétouan ?

J'avais écrit à ma mère, bien sûr. Mais je doutais beaucoup qu'elle soit arrivée à bon port à Madrid.

– Eh bien tous les timbres du Protectorat ont été imprimés à partir de ses dessins. Des vues d'Alhucemas, d'Alcazarquivir, de Xauen, de Larache, de Tétouan. Des paysages, des personnages, des scènes de la vie quotidienne : tout sort de ses pinceaux.

Nous continuâmes à marcher, lui parlant, moi forçant l'allure et écoutant.

– Les affiches et les panneaux pour promouvoir le tourisme, tu ne les as pas non plus aperçus ? Par les temps qui courent, j'imagine que personne n'a l'intention d'effectuer un voyage d'agrément au Maroc, mais l'art de Bertuchi a été chargé, des années durant, de vanter les mérites de cette terre.

Je savais à quelles affiches il faisait allusion, elles étaient en de nombreux endroits, je les voyais tous les jours. Des images de Tétouan, de Ketama, d'Arcila. D'autres sites de la zone. Et, en dessous : « Protectorat de la République espagnole au Maroc. » Cette inscription serait bientôt changée.

Nous arrivâmes à destination après une bonne trotte au cours de laquelle nous croisâmes des hommes et des charrettes, des chèvres, des enfants, des vestes et des djellabas, des voix qui marchandaient, des femmes voilées, des chiens et des flaques, des poules, des parfums de coriandre et de menthe, des odeurs de pain sortant du four et d'olives marinées ; la vie, enfin, à flots. L'école se trouvait à l'une des extrémités de la ville, dans un édifice appartenant à une ancienne forteresse, bâti sur la muraille. Les alentours étaient à peu près calmes : des individus jeunes entrant et sortant, certains seuls, d'autres bavardant en groupe; parfois avec un grand carton sous le bras.

– C'est là. Je te laisse, je vais profiter de la promenade pour boire un verre avec des amis qui vivent dans la Suica. Ces derniers temps, je reste souvent à la maison, et il faut que j'amortisse chacune de mes balades.

– Comment je me débrouille, pour revenir? demandai-je, un peu inquiète.

Je n'avais pas prêté attention aux détours du chemin, pensant que l'instituteur me ramènerait.

– Ne t'en fais pas; n'importe lequel de ces jeunes gens sera enchanté de t'aider. Bonne chance pour tes dessins. Tu me raconteras.

Je le remerciai de sa compagnie, grimpai les marches et pénétrai à l'intérieur de l'établissement. Plusieurs regards se posèrent aussitôt sur moi; ils n'étaient sans doute pas habitués à la présence de femmes telles que moi dans l'école. Je m'arrêtai au milieu du vestibule, mal à l'aise, perdue, sans savoir à qui m'adresser. Soudain, avant même que j'aie eu le temps de réfléchir à la situation, une voix retentit derrière mon dos:

– Eh bien, quelle surprise, ma belle voisine!

Je me retournai, incapable de deviner qui était l'auteur de ces mots; je découvris alors le jeune homme qui habitait en face de chez moi. C'était lui, seul. Un peu empâté, et beaucoup moins de cheveux que son âge, probablement inférieur à la trentaine, ne l'aurait laissé supposer. Je n'eus pas le temps d'ouvrir la bouche; je lui en fus reconnaissante, je n'aurais pas su quoi lui dire.

– Vous avez l'air désorientée. Je peux vous être utile?

C'était la première fois qu'il m'adressait la parole. Nous nous étions croisés plusieurs fois depuis mon arrivée, mais il était toujours accompagné de sa mère. Lors de ces rencontres, nous avions tout juste échangé des salutations courtoises. Je connaissais aussi une autre facette moins aimable de leurs voix: celle que j'entendais presque tous les soirs depuis chez moi, lorsque la mère et le fils s'embarquaient, jusqu'à une heure avancée de la nuit, dans des disputes enflammées et tumultueuses. Je décidai d'être claire avec lui : je n'avais préparé aucun subterfuge.

– J'ai besoin de quelqu'un qui me réalise des croquis.

– Quel genre de croquis ?

Son ton n'était pas insolent; juste curieux. Curieux, direct et légèrement maniéré. Il paraissait beaucoup plus déterminé qu'en présence de sa mère.

– J'ai des photographies qui datent de plusieurs années et je voudrais qu'on me dessine les tenues qui y figurent. Comme vous le savez, je suis couturière. C'est pour un modèle que je dois coudre pour une cliente, il faut que je le lui montre d'abord, pour qu'elle l'approuve.

– Vous avez les photos ?

J'acquiesçai d'un geste bref.

– Vous voulez bien me les montrer ? Je pourrais peut-être vous aider.

Je tirai les vieilles pages de magazines de mon sac. Je les lui tendis sans un mot, et il les examina attentivement.

– Schiaparelli, la muse des surréalistes, c'est très intéressant. Je suis passionné par le surréalisme. Pas vous ?

J'ignorais de quoi il parlait, mais en revanche j'avais hâte de résoudre mon problème; je revins donc à mon sujet sans lui répondre.

– Vous connaissez quelqu'un qui puisse me les faire ?

Il me regarda derrière ses lunettes de myope et sourit.

– Pourquoi pas moi ?

Il m'apporta les esquisses le soir même; je ne m'attendais pas à tant de rapidité. J'étais prête à me coucher, j'avais enfilé ma chemise de nuit et une longue robe de chambre en velours que j'avais cousue pour tuer le temps, pendant les journées vides passées dans l'attente de clientes. J'avais dîné avec un plateau dans le salon; on y trouvait les restes de mon frugal en-cas : une grappe de raisin, un petit morceau de fromage, un verre de lait, des biscuits. Tout était silencieux et éteint, à l'exception d'un lampadaire allumé dans un coin. Je fus surprise d'entendre la sonnette à près de onze heures du soir, j'approchai, jetai un coup d'œil à travers le judas, mi-curieuse, mi-effrayée. Quand je vérifiai qui était mon visiteur, je tirai le verrou et ouvris.

– Bonsoir, chère amie, j'espère que je ne vous dérange pas.

– Soyez sans inquiétude, j'étais encore levée.

– Je vous apporte quelques babioles, annonça-t-il en me laissant entrevoir les bristols qu'il cachait derrière son dos.

Il ne me les tendit pas, dans l'attente de ma réaction. J'hésitai quelques secondes avant de l'inviter à entrer à une heure aussi intempestive. Il se tenait, impassible, sur le seuil, son travail hors de ma vue et un sourire en apparence inoffensif sur le visage.

Je compris le message. Il n'avait pas l'intention de me dévoiler quoi que ce soit avant que je lui cède le passage.

– Entrez, je vous en prie, concédai-je finalement.

– Merci beaucoup, chuchota-t-il, sans occulter sa satisfaction d'avoir atteint son objectif.

Il était vêtu d'une chemise, d'un pantalon et d'une veste d'intérieur en feutre. Il portait ses petites lunettes. Avec des gestes légèrement affectés, il étudia le vestibule sans se gêner et pénétra à l'intérieur du salon sans attendre mon invitation.

– J'aime beaucoup votre maison. Elle a beaucoup d'allure, elle est très chic.

– Merci, je suis encore en train de m'installer. Pourriez-vous, s'il vous plaît, me montrer ce que vous apportez ?

Mon voisin n'eut pas besoin de paroles supplémentaires pour saisir que, si je l'avais laissé entrer à cette heure-là, ce n'était pas pour entendre ses commentaires en matière de décoration.

– Voici donc votre petite commande, dit-il en me tendant enfin ce qu'il avait caché jusqu'alors.

Trois bristols dessinés au crayon et au pastel montraient, sous différents angles et dans des poses variées, un modèle stylisé à l'extrême, mettant en valeur cette jupe extravagante qui n'en était pas une. La satisfaction se peignit sans doute instantanément sur mon visage.

– J'en déduis que vous les trouvez bons, dit-il avec une pointe d'orgueil non dissimulé.

– Ils me paraissent excellents.

– Ils vous conviennent, alors ?

– Bien entendu ! Vous m'avez tiré une sacrée épine du pied. Dites-moi combien je vous dois, s'il vous plaît.

– Rien du tout, des remerciements suffiront : c'est un cadeau de bienvenue. Maman affirme qu'il faut être bien élevé avec les voisins, bien qu'elle soit un peu mitigée à votre égard. Je crois qu'elle vous juge un peu trop sûre de vous-même et un brin frivole, ajouta-t-il, ironique.

Je souris et un très léger courant de sympathie nous réunit un instant ; à peine un souffle d'air qui s'envola dès que nous entendîmes sa génitrice crier à travers la porte entrouverte le prénom de son fils :

– Féééééééélix ! – Elle allongeait le *é*, l'étirant comme l'élastique d'une fronde. Une fois qu'elle avait tendu au maximum la première syllabe, elle décochait avec force la seconde. – Féééééééélix ! répéta-t-elle.

Il leva les yeux au ciel, mimant un désespoir excessif.

– Elle ne peut pas vivre sans moi, la pauvre. Je m'en vais.

La voix de crécelle de sa mère le somma de revenir pour la troisième fois, avec son interminable voyelle initiale.

– Faites appel à moi quand vous voudrez, je serai enchanté de vous dessiner d'autres modèles, j'adore tout ce qui arrive de Paris. Je retourne à mon cachot. Bonsoir, ma chère.

Je refermai la porte et passai un long moment à contempler les croquis. Ils étaient réellement superbes, je n'aurais pas pu imaginer meilleur résultat. Je me couchai, ce soir-là, avec la joie au cœur.

Le lendemain, je me levai tôt; j'attendais ma cliente à onze heures pour les premiers essayages et je souhaitais fignoler le moindre détail avant son arrivée. Jamila n'était pas encore revenue du marché, mais elle n'allait pas tarder. La sonnette retentit à onze heures moins vingt. Je pensai que l'Allemande était en avance. Je portais le même tailleur gris-bleu que la fois précédente: j'avais décidé de l'utiliser, pour la recevoir, comme s'il s'agissait d'une tenue de travail, de l'élégance à l'état pur. Ainsi, j'exploiterais mon côté professionnel et dissimulerais la pauvreté de ma garde-robe d'automne. J'étais déjà coiffée, parfaitement maquillée, avec mes ciseaux en vieil argent accrochés à mon cou. Il ne me manquait qu'une seule touche: le déguisement invisible de femme ayant vécu. Je l'endossai prestement et ouvris moi-même la porte avec assurance. Et le ciel me tomba sur la tête.

– Bonjour, mademoiselle, dit la voix en ôtant son chapeau. Puis-je entrer?

J'avalai ma salive.

– Bien entendu, commissaire, je vous en prie.

Je le conduisis au salon et lui offris un siège. Il s'approcha lentement d'un fauteuil, comme occupé à observer la pièce à mesure qu'il avançait. Ses yeux s'arrêtèrent sur les complexes moulures du plafond, sur les rideaux en damas et la grande table en acajou couverte de revues étrangères, sur le lustre ancien, beau et imposant, obtenu, Dieu savait comment, à quel prix et par quelles ruses, grâce à Candelaria. Mon cœur battait la chamade et j'avais l'estomac retourné.

Il s'installa enfin et je m'assis en face de lui, en silence, attendant qu'il prenne la parole et m'efforçant de cacher mon inquiétude.

– Bien, je constate que les affaires ont le vent en poupe.

– Je m'en tire comme je peux. J'ai commencé à travailler; j'attends une cliente à l'instant même.

– À quelle activité vous consacrez-vous exactement?

Il connaissait très bien la réponse, mais pour une raison quelconque il souhaitait l'entendre de ma propre bouche.

J'essayai d'utiliser un ton neutre. Il ne fallait pas qu'il me voie effrayée et l'air coupable, mais je ne voulais pas non plus apparaître à ses yeux comme cette femme excessivement sûre et déterminée dont il savait, mieux que personne, qu'elle n'existait pas.

– Je couds. Je suis couturière, dis-je.

Il ne répondit rien. Il se contenta de me fixer, de son regard perçant, attendant la suite de mes explications. Je les égrenai, assise bien droite au bord du canapé, sans déployer aucune des postures que j'avais étudiées pour ma nouvelle personnalité. Ni croisement de jambes spectaculaire, ni mèche ramenée d'un geste altier, ni le plus léger battement de cils. Je m'efforçai d'exprimer seulement de la retenue et du calme.

– J'étais déjà couturière à Madrid; j'y ai passé la moitié de ma vie. Je travaillais dans l'atelier d'une couturière très réputée, ma mère y était première main. J'y ai beaucoup appris: c'était une excellente maison de mode et nous cousions pour des dames importantes.

– Je comprends. Un métier très honorable. On peut savoir pour qui vous travaillez, maintenant?

J'avalai de nouveau ma salive.

– Pour personne. Pour moi-même.

Il haussa les sourcils, feignant la surprise.

– Ah bon! Et comment vous êtes-vous débrouillée pour monter cette affaire seule?

Le commissaire Vázquez pouvait être inquisiteur jusqu'à la mort, et dur comme l'acier, mais c'était, avant tout, un monsieur bien élevé et, en tant que tel, il formulait ses questions avec la plus exquise des courtoisies. Une courtoisie ornée d'une touche de cynisme qu'il n'essayait pas de dissimuler. Il paraissait beaucoup plus détendu que lors de ses visites à l'hôpital. Il n'était pas aussi crispé. Hélas ! je n'étais pas en mesure de lui fournir des réponses conformes à son affabilité.

– On m'a prêté l'argent, dis-je simplement.

– Ah bon ? Vous avez eu une sacrée chance, ironisa-t-il. Auriez-vous l'amabilité de me révéler le nom de la personne qui s'est montrée aussi généreuse à votre égard ?

Je ne m'en croyais pas capable, mais la réponse fusa de ma bouche. Immédiate et assurée.

– Candelaria.

– Candelaria la Contrebandière ? demanda-t-il avec un demi-sourire, mi-sarcastique, mi-incrédule.

– En personne, oui, monsieur.

– Ça, c'est vraiment intéressant. J'ignorais que le traficotage rapportait autant, par les temps qui courent.

Il me regarda de nouveau, de ces yeux pareils à des forets, et je sus à cet instant que mon sort se trouvait alors au point intermédiaire entre la survie et le précipice. Comme une pièce lancée en l'air avec autant de possibilités de tomber sur face que sur pile. Comme le funambule vacillant sur son fil, ayant des chances identiques de se casser la figure ou de s'élancer fièrement dans les hauteurs. Comme une balle de tennis décochée par le personnage croqué par mon voisin, une balle faute, propulsée par une gracieuse joueuse habillée en Schiaparelli ; une balle qui ne traverse pas le terrain, mais qui, durant une éternité de quelques secondes, se maintient en équilibre sur le filet, hésitant sur celle qui gagnera le point, avant de chuter d'un côté : vers la glamoureuse esquisse au pastel ou vers son adversaire anonyme. D'un côté le salut et de l'autre le gouffre ; au milieu, moi. Ce fut ainsi que je me vis devant le commissaire Vázquez, ce matin d'automne où sa présence confirmait mes pires prémonitions. Je fermai les yeux, respirai un bon coup. Puis je les rouvris, et pris la parole :

– Écoutez, don Claudio : vous m'avez conseillé de travailler, et c'est ce que je fais. C'est un commerce honnête, pas une distraction passagère ni une couverture pour des affaires louches. Vous avez beaucoup d'informations sur moi : vous savez pourquoi je suis ici, les motifs qui ont causé mes problèmes et les circonstances qui m'empêchent de rentrer chez moi. Mais vous ignorez d'où je viens et où je veux aller et, à présent, si vous me laissez une minute, je vais vous le raconter. Mes origines sont humbles : ma mère m'a élevée seule, elle était célibataire. L'existence de mon père, ce père m'ayant donné l'argent et les bijoux qui, en grande partie, ont causé mes malheurs, je ne l'ai connue qu'il y a quelques mois. Je n'avais jamais entendu parler de lui ; soudain, un jour, il a pressenti qu'on allait le tuer pour des raisons politiques ; il a alors dressé le bilan de son passé, a décidé de me reconnaître et de me léguer une partie de son héritage. J'ignorais même son nom auparavant, je n'avais pas bénéficié du moindre centime de sa fortune. Voilà pourquoi j'ai commencé à travailler toute petite : au début, je me contentais de faire des commissions ou le ménage pour trois sous. J'étais encore une gamine, j'avais l'âge de ces petites qui sont passées il y a quelques minutes par la rue en uniforme de la Miraculeuse. Peut-être y avait-il parmi elles votre fille, en route vers le collège, vers ce monde de bonnes sœurs, de calligraphie et de déclinaisons en latin que je n'ai jamais eu la chance de découvrir, parce que moi, je devais apprendre un métier et gagner un salaire. Mais je l'ai fait avec plaisir, ne croyez pas que je me plaigne : j'adorais coudre et j'étais adroite. J'ai donc appris, je me suis appliquée, j'ai persévéré et je suis devenue une bonne couturière. Et si un jour j'ai abandonné ce métier, ça n'a pas été sur un coup de tête, mais parce que la situation s'était aggravée à Madrid : du fait des circonstances politiques, beaucoup de nos clientes étaient parties à l'étranger, l'atelier a fermé et il était impossible de retrouver du travail.

» Je n'ai jamais mené une vie à problèmes, monsieur le commissaire ; tout ce qui m'est arrivé au cours de cette dernière année, tous ces délits qu'on me reproche, vous le savez, ne sont pas le fruit de ma propre volonté ; ils sont dus à une mauvaise rencontre. Je donnerais tout pour effacer de ma vie l'heure où cette canaille y est entrée, mais c'est trop tard, maintenant ses problèmes sont les miens et je dois m'en sortir coûte que coûte : c'est ma responsabilité et je l'assume comme telle. Soyez sûr, néanmoins, que ma seule façon d'y arriver, c'est en cousant : je ne sais faire que ça. Si vous me fermez cette porte, si vous me coupez ces ailes, vous m'étranglerez, car je ne pourrai me consacrer à rien d'autre. J'ai essayé, mais je n'ai trouvé personne qui accepte de m'embaucher. Je vous demande donc une faveur, une seule : laissez-moi continuer avec cet atelier et n'allez pas chercher plus loin. Faites-moi confiance, ne m'enfoncez pas. Le loyer de cet appartement et tous les meubles ont été payés jusqu'à la dernière peseta ; je n'ai escroqué personne et je ne dois rien nulle part. La seule chose dont ce commerce ait besoin, c'est de quelqu'un qui y travaille, et je suis là pour ça, prête à m'échiner jour et nuit. Permettez-moi seulement de travailler tranquillement, je ne vous causerai aucun souci, je vous le jure sur la tête de ma mère, qui est la seule personne que j'aie. Dès que j'aurai obtenu l'argent que je dois à Tanger, dès que j'aurai soldé ma dette et que la guerre sera terminée, je retournerai auprès d'elle et vous n'entendrez plus parler de moi. Mais entretemps, je vous en supplie, commissaire, n'exigez pas davantage d'explications et laissez-moi aller de l'avant. Je ne vous demande que ça : ne me prenez pas à la gorge et ne m'étouffez pas avant de commencer, sinon vous n'y gagnerez rien, et moi j'y perdrai tout.

Il ne répondit pas et je n'ajoutai aucun mot ; nos regards étaient vrillés l'un à l'autre. Contre tous les pronostics, j'étais parvenue à aller au bout de mon intervention d'une voix ferme et d'un ton serein, sans m'écrouler. Je m'étais enfin vidée, dépouillée de tout ce qui me rongeait depuis si longtemps. Je me sentis soudain éreintée. J'en avais assez d'avoir été laminée par un individu sans scrupule, des mois passés à vivre dans la peur, de cette sensation d'une menace permanente. Lasse de crouler sous une culpabilité aussi lourde, recroquevillée comme ces pauvres femmes arabes que je voyais souvent marcher ensemble, lentes et courbées, enveloppées dans leurs haïks et traînant des pieds, écrasées sous le poids des paquets et des fagots, des régimes de dattes, des enfants, des jarres en terre et des sacs de chaux. J'en avais par-dessus la tête de me sentir apeurée, humiliée ; d'une vie aussi triste sur cette terre étrangère. Fatiguée, excédée, épuisée, exsangue et, malgré tout, prête à sortir mes griffes pour me battre et échapper à ma ruine.

Ce fut le commissaire qui finit par rompre le silence. Il se leva ; je l'imitai, tirai sur ma jupe, en supprimai soigneusement les faux plis. Lui prit son chapeau et le fit tourner deux fois entre ses mains, concentré. Ce n'était plus le chapeau souple et estival des visites antérieures ; à présent il s'agissait d'un borsalino foncé et hivernal, un chapeau de bonne qualité en feutre couleur chocolat qu'il maniait comme si la clé de ses pensées s'y trouvait. Quand il eut fini de l'agiter, il parla :

– D'accord. J'accepte. Si personne ne me met sous le nez quelque chose d'évident, je ne fouinerai pas pour savoir comment vous vous êtes débrouillée pour monter tout ça. À partir de maintenant, je vous laisse travailler et développer votre affaire. Je vous fiche la paix. Espérons que tout ira bien, pour vous et pour moi.

Il n'ajouta rien et n'attendit pas ma réponse. À peine eut-il prononcé la dernière syllabe qu'il prit congé d'un mouvement de la mâchoire et se dirigea vers la porte. Frau Heinz arriva cinq minutes plus tard. Je ne parvins jamais à me rappeler les pensées qui me traversèrent l'esprit durant ce laps de temps. En revanche, je me souviens d'une sensation : quand l'Allemande sonna à la porte et que j'allai lui ouvrir, j'avais l'impression que mon âme s'était allégée du poids entier d'une montagne.

Deuxième partie

16

Il y eut d'autres clientes au cours de l'automne ; des étrangères aisées pour la plupart, mon associée avait eu raison dans ses prédictions. Plusieurs Allemandes, une Italienne de temps à autre. Quelques Espagnoles également, presque toujours des épouses de chefs d'entreprise ; en effet, l'administration et l'armée vivaient une époque tumultueuse. Parfois, une juive séfarade riche et belle, employant le doux castillan d'autrefois, le *hadreando* à la cadence différente, ou parlant, au rythme mélodieux du haketia, le dialecte judéo-espagnol, mouchetés de mots rares, anciens : *mi wueno, mi reina, buena semana mos dé el Dió, ansina como te digo que ya te contí*, mon bon, ma reine, que Dieu nous donne une bonne semaine, ainsi que je te dis, car je te l'ai déjà raconté.

Les affaires allaient de mieux en mieux, je commençais à être connue. L'argent entrait : en pesetas de Burgos, en francs français et marocains, en monnaie hassani. Je le rangeais dans un petit coffre-fort fermé à double tour dans le deuxième tiroir de ma table de nuit. Le 30 de chaque mois, je remettais le total à Candelaria. Je n'avais pas eu le temps de dire ouf que la Contrebandière avait déjà mis de côté une poignée de pesetas pour les dépenses courantes et attaché le restant en un rouleau compact qu'elle glissait prestement dans son décolleté. Avec les gains du mois bien au chaud entre ses opulences, elle se dépêchait d'aller chercher, parmi les agents de change juifs, celui qui lui ferait le meilleur taux. Un moment après elle était de retour à la pension, hors d'haleine mais avec un rouleau de livres sterling abrité dans la même cachette. Encore haletante, elle sortait le butin d'entre ses seins. «La sécurité, ma chérie, la sécurité, moi, je pense que les Anglais sont les plus malins. On va pas économiser toi et moi des pesetas de Franco, et si les nationalistes perdaient la guerre, finalement? On pourrait même pas se torcher avec.» Elle partageait équitablement: la moitié pour moi, la moitié pour toi. Et qu'on soit jamais en manque, mon cœur.

Je m'habituai à vivre seule, sereine, sans peur. À être responsable de l'atelier et de moi-même. Je travaillais beaucoup, me distrayais peu. Le volume des commandes n'exigeait pas de main-d'œuvre supplémentaire, je me débrouillais sans aucune aide. Mon activité était donc incessante, avec les fils, les ciseaux, l'imagination et le fer à repasser. Quelquefois je sortais en quête de tissus, pour faire recouvrir des boutons, pour choisir des bobines et des agrafes. J'appréciais surtout les vendredis: j'allais place d'Espagne, près de chez moi – les Arabes disaient El-Feddán – et j'assistais à la sortie du khalife de son palais; il se rendait à la mosquée sur un cheval blanc, sous un dais vert, escorté par des soldats indigènes en uniforme de parade, un spectacle impressionnant. Ensuite, je parcourais souvent ce que l'on commençait à appeler la rue du Generalísimo, je continuais ma promenade jusqu'à la place de Moulay-el-Mehdi et passais devant l'église de Nuestra Señora de las Victorias, la mission catholique, remplie à craquer de femmes en deuil et en prière à cause de la guerre.

La guerre: si lointaine, si présente. Les nouvelles de l'autre côté du Détroit nous parvenaient par les ondes, par la presse et par le bouche-à-oreille. Les gens marquaient la progression des combats à l'aide d'épingles de couleur sur des cartes clouées aux murs. Dans ma solitude, je m'informais des événements de mon pays. Je me permis un seul caprice durant cette époque : l'achat d'une radio ; grâce à elle, j'appris avant la fin de l'année le transfert du gouvernement de la République à Valence et l'abandon du peuple de Madrid, obligé de défendre seul sa ville. Les Brigades internationales vinrent aider les républicains, Hitler et Mussolini reconnurent la légitimité de Franco, José Antonio fut fusillé dans la prison d'Alicante, j'épargnai cent quatre-vingts livres, Noël arriva.

Je passai cette première nuit africaine de Noël à la pension. Malgré mes tentatives pour refuser l'invitation, je fus une fois de plus convaincue par la véhémence irrésistible de la propriétaire.

– Toi, tu viens dîner à la Luneta et pas de rouspétance, tant qu'il restera une place à la table de Candelaria, personne ne passera les fêtes seul.

Je fus obligée d'accepter, mais il m'en coûta beaucoup. À mesure que la date approchait, des bouffées de tristesse se glissaient à travers les interstices des fenêtres et sous les portes, l'atelier fut envahi par la mélancolie. Dans quel état se trouvait ma mère ? Comment supportait-elle l'incertitude de mon sort ? Comment faisait-elle pour survivre aux horreurs de cette période ? Les questions sans réponse me harcelaient à chaque instant et augmentaient au fil des jours mon chagrin. L'environnement ne poussait guère à l'optimisme : les notes de gaieté étaient rares malgré les ornementations de certains commerces, les vœux échangés et les chants de Noël fredonnés par les enfants des voisins qui dévalaient l'escalier. La réalité espagnole était si dense et si sombre que nul ne paraissait avoir le cœur à célébrer la naissance de Jésus.

J'arrivai à la pension après huit heures du soir, sans avoir croisé grand monde dans les rues. Candelaria avait rôti deux dindes : les premiers revenus du nouveau commerce avaient apporté une certaine prospérité à son garde-manger. Je fournis deux bouteilles de vin pétillant et un fromage de Hollande en provenance de Tanger et obtenu à prix d'or. Je trouvai les pensionnaires usés, amers, plongés dans une tristesse extrême. En compensation, la patronne s'efforçait de remonter le moral de tous et chantait à tue-tête, tandis qu'elle préparait le dîner, les manches retroussées.

– Je suis là, Candelaria, dis-je en entrant dans la cuisine.

Elle cessa de chanter et de remuer dans la casserole.

– On peut savoir ce qui se passe? Tu fais une de ces têtes, on dirait qu'on t'emmène à l'abattoir.

– Il ne se passe rien du tout, répliquai-je, cherchant un endroit où poser les bouteilles tout en m'efforçant d'esquiver son regard.

Elle s'essuya les mains sur un chiffon, m'attrapa par le bras et me força à me retourner vers elle.

– Pas la peine de me mentir, ma fille. C'est à cause de ta mère, hein?

Je baissai les yeux sans répondre.

– Le premier Noël en dehors du nid, ça fait vraiment chier, mais on est obligé d'avaler la pilule, petite. Je me souviens encore du mien, pourtant à la maison on vivait comme des rats. On se contentait de chanter, de danser et de battre des mains pendant toute la nuit, parce qu'il y avait pas grand-chose à s'envoyer derrière la cravate. En tout cas, la famille, ça compte beaucoup, même si tu as partagé que des emmerdements et des misères.

Je continuais à ne pas la regarder en feignant de chercher un espace vide où déposer les bouteilles au milieu du fouillis encombrant la table: un mortier, une marmite de soupe et un plat de crème renversée. Une bassine remplie d'olives, trois têtes d'ail, une branche de laurier. Pendant ce temps elle parlait, sûre d'elle, intime.

– Mais tu verras, tout ça a une fin. Ta mère va certainement très bien. Ce soir, elle dînera avec ses voisins; même si elle pense à toi et qu'elle regrette que tu sois pas là, elle sera contente en sachant que toi, au moins, tu as la chance d'être en dehors de Madrid, loin de la guerre.

Peut-être que Candelaria avait raison et que mon absence représentait plutôt une consolation qu'un motif de chagrin pour ma mère. Elle m'imaginait sans doute avec Ramiro à Tanger, passant la nuit dans un hôtel grandiose, entourés d'étrangers insouciants qui dansaient entre chaque plat, insensibles aux souffrances endurées de l'autre côté du Détroit. J'avais essayé de la mettre au courant au moyen d'une lettre, mais tout le monde savait que le courrier du Maroc ne parvenait pas à Madrid, que ces messages n'avaient probablement jamais quitté Tétouan.

– Vous n'avez sans doute pas tort, murmurai-je avec peine.

Je tenais encore les bouteilles de vin à la main et mon regard restait fixé sur la table, sans leur trouver une place. Je n'avais pas non plus le courage de lever les yeux vers Candelaria tant je craignais de ne pouvoir refouler mes larmes.

– Bien sûr que j'ai raison, ma pauvre, arrête de te torturer ! T'as beau souffrir de son absence, le fait de savoir que ta fille est à l'écart des bombes et des mitrailleuses est un bon motif de satisfaction. Allez, de la gaieté ! de la gaieté ! s'écria-t-elle en m'arrachant une bouteille des mains. Tu verras, on va vite se retaper !

Elle l'ouvrit et la leva.

– À la santé de ta mère !

Avant que j'aie pu répondre, elle avala une longue gorgée de mousseux.

– À toi, maintenant, ordonna-t-elle après s'être essuyé la bouche du revers de la main.

Je n'avais pas du tout envie de boire, mais j'obéis. C'était à la santé de Dolores ; pour elle, j'étais prête à tout.

Nous commençâmes à souper ; malgré les efforts de Candelaria pour réchauffer l'atmosphère, les autres convives parlèrent peu. Ils n'avaient même pas l'esprit à se crêper le chignon. L'instituteur eut des quintes de toux à se déchirer la poitrine, les sœurs, de plus en plus desséchées, versèrent quelques larmes. La mère obèse soupira, se moucha. Le vin monta à la tête de Paquito et il proféra des bêtises, le télégraphiste lui donna la réplique, nous rîmes enfin. Alors la patronne se leva et porta un toast avec son verre ébréché. Aux présents, aux absents, aux uns et aux autres. Nous nous embrassâmes, nous pleurâmes, et pour une nuit il n'y eut pas d'autre camp que celui que formaient ces malheureux réunis.

Les premiers mois de la nouvelle année se déroulèrent dans le calme; je travaillais sans relâche et mon voisin Félix Aranda se transforma en une présence quotidienne. Outre la contiguïté de nos logements, une autre proximité, impossible à mesurer par les mètres séparant nos espaces, commença à m'unir à lui. Son comportement un peu particulier et mes multiples besoins d'aide contribuèrent à établir entre nous une relation d'amitié qui se forgea tard le soir et s'étendit tout au long des nombreuses journées et péripéties qu'il nous fut donné de vivre. Après les premières esquisses qui avaient réglé le problème de la tenue de tennis, le fils de doña Encarna eut d'autres occasions de m'offrir son aide, pour me permettre de franchir au mieux des obstacles apparemment insurmontables. À la différence du cas de la jupe-culotte de Schiaparelli, l'écueil suivant qui m'obligea à solliciter ses faveurs, peu après mon installation, ne découlait pas de nécessités artistiques, mais de mon ignorance en matière monétaire. Au début, cela se réduisait à un petit inconvénient qui n'aurait présenté aucune difficulté pour quiconque jouissait d'une éducation un peu avancée. Néanmoins, les rares années pendant lesquelles j'avais assisté aux cours de mon humble école de quartier madrilène se révélaient insuffisantes. Voilà pourquoi, à onze heures du soir, alors que je devais remettre, le lendemain matin, la première facture de l'atelier, je me vis inopinément en butte à l'incapacité de restituer, par écrit, les tâches et quantités auxquelles correspondait mon travail.

Nous étions en novembre. Le ciel s'était peu à peu obscurci au cours de l'après-midi et la pluie se mit à tomber en abondance à la tombée de la nuit, prélude à un orage provenant de la Méditerranée voisine ; un de ces orages qui arrachaient des arbres, couchaient les câbles électriques et enfermaient chacun chez soi, recroquevillé sous les couvertures et marmonnant une kyrielle de prières ferventes à sainte Barbara. Deux heures à peine avant le changement de temps, Jamila avait livré les premières commandes, tout juste terminées, à la résidence de Frau Heinz. Les deux robes du soir, les deux ensembles pour la journée et la tenue de tennis – mes cinq premières œuvres – avaient été décrochés des cintres où ils étaient suspendus dans l'attente du dernier coup de fer, puis ils avaient été placés dans leur sac en toile et transportés à destination en trois voyages successifs. Quand elle revint du dernier, Jamila était porteuse de la demande.

– Frau Heinz dit que Jamila apporter demain matin la facture en marks allemands.

Au cas où l'injonction serait restée obscure, elle me remit une enveloppe contenant le message par écrit. Je m'assis alors pour réfléchir à la façon de faire une facture et, pour la première fois, ma mémoire, ma grande alliée, se refusa à me sortir de l'impasse. Au cours de l'installation de mon affaire et de la création des premiers vêtements, les souvenirs que je conservais encore du monde de doña Manuela m'avaient permis d'aller de l'avant. Les images mémorisées, les savoir-faire appris, les mouvements et les actions mécaniques tant de fois répétés dans le temps m'avaient fourni l'inspiration nécessaire pour m'en tirer avec les honneurs. Je connaissais au millimètre près, et de l'intérieur, le fonctionnement d'une bonne maison de couture, je savais prendre des mesures, couper des pièces, plisser des jupes, monter des manches et plaquer des revers, mais j'eus beau chercher dans mon catalogue de compétences et de réminiscences, je ne trouvai aucune référence pour rédiger une facture. J'en avais eu beaucoup entre les mains, quand j'étais chargée de les distribuer aux domiciles des clientes ; dans certains cas, j'avais même rapporté leur montant dans ma poche. Jamais, cependant, je n'avais eu l'idée d'ouvrir l'une de ces enveloppes pour en examiner le contenu en détail.

Je songeai, comme toujours, à faire appel à Candelaria, mais je découvris, à travers le balcon, l'obscurité de la nuit, le vent impérieux soufflant en rafales, la pluie de plus en plus intense et les éclairs implacables qui se frayaient un passage depuis la mer. Face à ce décor, le chemin à pied jusqu'à la pension m'apparut comme le plus escarpé des sentiers vers l'enfer. Je décidai donc de me débrouiller seule : je pris un papier et un crayon, et je m'assis à la table de la cuisine, prête à me mettre au travail. Une heure et demie plus tard, j'étais encore là, avec une quantité innombrable de feuilles chiffonnées autour de moi, taillant mon crayon avec un couteau pour la cinquième fois, et sans savoir combien représentaient, en marks allemands, les deux cent soixante-quinze pesetas que j'avais prévu de demander à ma cliente. Ce fut à cet instant, au milieu de la nuit, qu'un objet s'écrasa violemment contre la vitre. Je me levai d'un bond si précipité que je renversai ma chaise. J'aperçus aussitôt de la lumière dans la cuisine d'en face. Malgré la pluie et l'heure, je distinguai le visage rond de mon voisin Félix, avec ses lunettes, ses cheveux clairsemés en bataille, un bras en l'air, sur le point de lancer une seconde poignée d'amandes. J'ouvris la fenêtre, en colère, décidée à lui demander des explications pour ce comportement incompréhensible mais, avant que j'aie eu le temps de prononcer un mot, sa voix franchit l'espace qui nous séparait. Le violent tambourinement de la pluie contre les dalles de la cour intérieure en atténua le volume; le contenu du message me parvint pourtant de façon limpide.

– J'ai besoin d'un refuge. Je n'aime pas les orages.

J'aurais pu lui demander s'il était fou, lui dire que j'avais eu une sacrée frousse, lui crier que c'était un imbécile et refermer simplement la fenêtre. Mais je m'abstins, car une petite lumière venait de s'allumer instantanément dans mon cerveau: et si je tirais parti de cette attitude extravagante?

– Je te laisse venir si tu m'aides, concédai-je en le tutoyant sans m'en rendre compte.

– Ouvre la porte, j'arrive.

Bien entendu, mon voisin savait que deux cent soixante-quinze pesetas, au taux de change actuel, représentaient douze reichsmarks et demi. Il n'ignorait pas non plus qu'une facture présentable ne doit pas être réalisée sur un bout de papier bon marché, avec un crayon à la mine usée; il retourna donc chez lui et revint avec quelques feuillets de papier anglais ivoire et un stylo Waterman qui permettait de former, à l'encre violette, de magnifiques caractères. Il déploya alors toute son ingéniosité, qui était immense, ainsi que tout son talent artistique, qui n'était pas moins grand, et en une trentaine de minutes à peine, en pyjama, au milieu des coups de tonnerre, non seulement il me confectionna la facture la plus élégante que les créatrices du nord de l'Afrique auraient jamais imaginée, mais en outre il donna un nom à mon commerce. *Chez Sirah* était né.

Félix Aranda était un homme bizarre. Amusant, imaginatif et cultivé. Curieux et moqueur. Un brin excentrique, un peu impertinent, aussi. Le va-et-vient nocturne entre son appartement et le mien devint un exercice obligé. Non pas quotidien, mais habituel. Parfois, quatre ou cinq jours s'écoulaient sans visite de sa part, ou bien il venait cinq nuits au cours de la même semaine. Ou six. Voire sept. L'assiduité de nos rencontres ne dépendait pas de nous, mais de l'état d'ébriété de sa mère. L'univers familial, derrière la porte d'en face, était des plus obscurs. Depuis la mort du mari et père, longtemps auparavant, Félix et doña Encarna offraient l'image d'une cohabitation harmonieuse. Ils se promenaient ensemble tous les après-midi entre six et sept ; ensemble, ils assistaient aux messes et aux neuvaines, se fournissaient en médicaments à la pharmacie Benabar, saluaient leurs connaissances avec courtoisie et prenaient leur goûter à la Campana, en mangeant des gâteaux à la pâte feuilletée. Lui toujours soucieux d'elle, la protégeant avec tendresse, marchant à côté d'elle : attention, maman, regarde où tu mets tes pieds, par ici, maman, attention. Elle, fière de sa progéniture, vantant partout ses mérites : mon Félix dit, mon Félix fait, mon Félix pense, *ay*, mon Félix, qu'est-ce que je ferais sans lui ?

Le poussin attentionné et la poule couveuse se transformaient en deux monstres dès qu'ils se retrouvaient dans un espace plus intime. Une fois franchi le seuil de leur logement, la vieille dame endossait son uniforme de tyran et sortait son fouet invisible pour humilier son fils jusqu'à l'extrême. Gratte-moi la jambe, Félix, mon mollet me démange ; pas là, plus haut, tu n'es vraiment bon à rien, mon pauvre garçon, comment ai-je pu engendrer un avorton pareil ; arrange bien la nappe, elle est tordue ; pas comme ça, c'est encore pire ; remets-la comme avant, tu abîmes tout ce que tu touches, espèce d'abruti, j'aurais dû t'abandonner à l'hospice quand tu es né ; regarde ma bouche, pour voir comment va ma pyorrhée, sors l'eau de mélisse, que je soigne mes flatulences, frictionne-moi le dos avec de l'alcool camphré, lime-moi ce durillon, coupe-moi les ongles des pieds, doucement, boule de suif, tu vas m'arracher le doigt ; donne-moi un mouchoir, que je crache, apporte-moi un cataplasme Sor Virginia pour mon lumbago ; lave-moi la tête et mets-moi les bigoudis, plus doucement, crétin, tu vas me rendre chauve.

Ce fut ainsi que grandit Félix, avec une double vie aux facettes aussi différentes que pathétiques. Dès la mort du père, le fils adoré cessa de l'être du soir au matin: en pleine croissance et à l'insu de tous, il changea radicalement de statut. Objet de cajoleries et de manifestations publiques de tendresse, il se transforma en privé en victime des fureurs et des frustrations de sa mère. Toutes ses illusions furent fauchées à la racine: quitter Tétouan afin d'aller étudier les beaux-arts à Séville ou à Madrid, découvrir sa sexualité indécise et connaître des êtres tels que lui, à l'esprit peu conventionnel, aspirant à voler de leurs propres ailes. Au contraire, il fut sommé de vivre en permanence sous la noire protection de doña Encarna. Il réussit son baccalauréat avec une mention brillante qui ne lui servit à rien, sa mère ayant profité de sa situation de veuve éplorée pour lui obtenir un poste grisâtre dans l'administration. Tamponner des imprimés dans le service des achats du conseil municipal: le meilleur travail pour annihiler la créativité du plus ingénieux et le tenir en laisse comme un chien; à présent, je te donne une tranche de viande succulente, et maintenant, un coup de pied capable de te crever la panse.

Félix endurait les mauvais traitements avec une patience biblique. Ainsi, au fil des ans, ils conservèrent le même équilibre sans aucune modification, elle tyrannique, lui doux, stoïque, parfois rétif. Il était difficile de savoir ce que la mère de Félix recherchait en Félix, pourquoi elle le traitait de la sorte, ce qu'elle désirait de son fils au-delà de ce qu'il aurait toujours été disposé à lui offrir. De l'amour? Du respect? De la compassion? Non. Tout cela, elle le possédait déjà sans le moindre effort, lui n'étant pas avare de ses sentiments, allons donc, ce brave garçon de Félix. Doña Encarna voulait davantage: de la dévotion, une disponibilité inconditionnelle, une sujétion à ses caprices les plus absurdes. Obéissance, soumission, juste ce que son époux avait exigé d'elle de son vivant. Ce fut pour cette raison, supposai-je, qu'elle se débarrassa de lui. Félix ne me le raconta jamais ouvertement, mais il me laissa des indications en chemin comme des petits cailloux. Je me contentai de les suivre et j'en arrivai à cette conclusion. Sa femme avait sans doute assassiné le défunt don Nicasio, de même que Félix finirait peut-être par liquider sa mère dans les convulsions d'une nuit quelconque.

Combien de temps aurait-il pu supporter un quotidien aussi misérable ? Difficile à estimer. Par chance, la solution s'offrit à lui inopinément, sous la forme d'un saucisson et de deux bouteilles d'anisette donnés par un particulier reconnaissant de ses bons offices au bureau ; on va goûter, maman, allez, un petit verre, mouille-toi les lèvres, pas plus. Ce ne furent pas seulement les lèvres de doña Encarna qui apprécièrent la saveur douceâtre de la liqueur, mais aussi la langue, le palais, le gosier, l'appareil intestinal. Les effluves lui grimpèrent à la tête et, au cours de cette nuit arrosée à l'eau-de-vie, Félix se trouva nez à nez avec une issue. Dès lors, la bouteille d'anisette devint sa grande alliée, sa planche de salut, l'échappatoire ouvrant sur la troisième étape de son existence. Il ne fut plus jamais le fils modèle devant la galerie, et le souffre-douleur chez lui ; à partir de cette nuit, il devint un noctambule désinhibé, un déserteur en quête de l'oxygène dont il était privé dans sa maison.

– Un petit peu d'anisette del Mono, maman ? demandait-il immanquablement à la fin du repas.

– Juste une petite goutte. Pour m'éclaircir la gorge, je crois que j'ai pris froid à l'église, cet après-midi.

Les quatre doigts de liquide visqueux étaient engloutis par doña Encarna à une allure vertigineuse.

– Je te l'ai souvent répété, maman, tu ne te couvres pas assez, poursuivait tendrement Félix en lui remplissant le verre à ras bord. Allez, bois, ça va vite te réchauffer.

Dix minutes et trois lampées d'alcool plus tard, doña Encarna ronflait, à moitié inconsciente, et son fils prenait la poudre d'escampette, tel un moineau échappé du nid, en route vers des bouges mal famés et des individus qu'il n'aurait pas osé saluer à la lumière du jour ou en présence de sa mère.

Après mon arrivée à Sidi Mandri et la nuit d'orage, mon appartement se transforma également en un refuge permanent pour lui. Il venait feuilleter des magazines, m'apporter des idées, dessiner des croquis et me raconter avec humour des péripéties du monde, de mes clientes et de tous ceux que je croisais sans les connaître dans ma vie quotidienne. Ainsi, nuit après nuit, je m'informais sur Tétouan et ses habitants: en provenance d'où et dans quel but toutes ces familles étaient venues sur cette terre étrangère, qui étaient ces dames pour lesquelles je réalisais des travaux de couture, qui avait du pouvoir, qui avait de l'argent, qui faisait quoi, pour quoi, quand et comment.

Néanmoins, la dévotion de doña Encarna pour la dive bouteille ne se concluait pas toujours par ces effets sédatifs et alors, regrettablement, tout allait à vau-l'eau. La formule «moi, je te bourre d'eau-de-vie et toi, tu me fiches la paix» ne fonctionnait pas toujours aussi bien. Quand l'anisette ne parvenait pas à la faire sombrer dans le sommeil, l'enfer se déchaînait au milieu des invectives. Ces nuits étaient les pires, car la mère, au lieu d'être réduite à l'état de zombie, se transformait en harpie tonitruante, dont les vociférations étaient capables de saccager la dignité des âmes les plus trempées. Mauvais fils, abruti, taré, pédale, étaient les mots les plus doux qui lui sortaient de la bouche. Lui, qui savait que la gueule de bois matinale effacerait la moindre trace dans sa mémoire, lui rétorquait, tels des dards acérés, des insultes aussi peu élégantes. Vieille sorcière, salope, grosse catin. Quel scandale, mon Dieu, si les connaissances croisées au salon de thé, à la pharmacie et sur les bancs de l'église, les avaient entendus! Le lendemain, cependant, l'oubli paraissait être retombé sur eux de tout son poids, et la cordialité régnait de nouveau au cours de la promenade vespérale, comme s'il n'avait jamais existé entre eux la moindre tension. Que veux-tu pour goûter, aujourd'hui, maman, un chocolat viennois? Ou préfères-tu un petit morceau de viande? Ce que tu voudras, Félix, mon chéri, tu choisis toujours très bien pour moi; on y va, dépêchons-nous, nous devons aller présenter nos condoléances à María Angustias, on m'a dit que son neveu était tombé à la bataille du Jarama; *ay*, quel malheur, mon ange, heureusement que le fait d'être un fils de veuve t'a évité d'être mobilisé; que serais-je devenue, Très Sainte Vierge, seule et avec mon petit garçon au front!

Félix était suffisamment intelligent pour connaître le caractère morbide de leur relation, mais pas assez courageux pour tailler dans le vif et y mettre fin. Sans doute pour cette raison, il s'évadait de sa misérable réalité en alcoolisant peu à peu sa mère, en s'enfuyant tel un vampire au petit matin ou en se moquant de ses propres misères, pour lesquelles il recherchait mille explications grotesques ou envisageait les remèdes les plus saugrenus. L'une de ses distractions consistait à se vautrer sur le canapé du salon et à parcourir les petites annonces des journaux, en quête d'idées farfelues et de solutions loufoques, tandis que je finissais une manche ou cousais l'avant-dernière boutonnière de la journée. Il me disait alors ce genre de chose:

– Tu ne crois pas que le problème de mon monstre de mère est d'origine nerveuse? Peut-être que ça pourrait marcher, ça. Écoute: «Nervional. Réveille l'appétit, facilite la digestion, régularise les intestins. Fait disparaître les moments de surexcitation et d'abattement. Prenez Nervional, n'hésitez pas...»

Ou bien:

– Je suis sûr que maman a une hernie. J'avais déjà pensé lui offrir une gaine orthopédique, pour voir si ça la mettrait de meilleure humeur ; tiens, voilà quelque chose d'intéressant : « Hernieux, évitez les dangers et les incommodités grâce à l'insurpassable et innovateur compresseur automatique, merveille mécano-scientifique qui, sans provoquer aucune gêne, sans bretelles ni désagréments, vaincra totalement votre mal. » Peut-être que ça marche. Qu'est-ce que tu en penses, toi ? Je lui en achète un ?

Ou encore :

– Et si c'était le sang, au bout du compte ? Regarde : « Purgatif Richelet. Maladies du transit. Varices et ulcères. Régénérateur du sang vicié. Efficace pour éliminer l'acide urique. »

Ou n'importe quelle bêtise équivalente :

– Et si elle avait des hémorroïdes ? Ou le mauvais œil ? Et si j'allais chercher un marabout au quartier arabe, pour qu'il l'exorcise ? En réalité, je crois que j'ai tort de m'inquiéter, j'espère que ses instincts darwiniens finiront par lui ronger le foie et l'achèveront à court terme, chaque bouteille ne dure plus que deux jours, elle est en train de me ruiner, la vieille.

Il interrompit son monologue, peut-être dans l'attente d'une réplique, mais il ne l'obtint pas, du moins en paroles.

– Je ne sais pas pourquoi tu me regardes avec ces yeux, petite, ajouta-t-il alors.

– Parce que j'ignore de quoi tu me parles, Félix.

– C'est « instincts darwiniens » que tu ne comprends pas ? Tu ne connais pas non plus Darwin ? Celui des singes, de la théorie selon laquelle les humains descendent des primates ? Si j'affirme que ma mère a des instincts darwiniens, c'est parce qu'elle adore l'anisette del Mono. *Mono*, « singe »... pigé ? Ma chérie, tu as un style divin et tu couds comme une déesse, mais en matière de culture générale, tu es un petit peu nulle, non ?

Je l'étais, en effet. J'avais des facilités pour apprendre et retenir, mais j'étais aussi consciente des carences scolaires que je traînais derrière moi. Le contenu des encyclopédies m'était à peu près inconnu, sauf les noms d'une poignée de rois ânonnés par cœur et le fait que l'Espagne était limitée au nord par la mer Cantabrique et séparée de la France par les Pyrénées. Je pouvais réciter à tue-tête les tables de multiplication et j'étais assez rapide en calcul, mais je n'avais pas lu un seul livre et en histoire, en géographie, en art ou en politique, mes connaissances se limitaient, à peu de chose près, aux savoirs absorbés au cours des mois passés avec Ramiro ou grâce aux bagarres entre sexes dans la pension de Candelaria. J'étais capable de donner le change et d'apparaître comme une jeune femme stylée, une créatrice sophistiquée, pourtant il suffisait de gratter un peu la couche extérieure pour découvrir ma fragilité. C'est pourquoi, durant ce premier hiver à Tétouan, Félix me fit un cadeau inestimable : il commença mon éducation.

Cela en valait la peine. Pour tous deux. Pour moi, parce que j'appris beaucoup et me poliçai. Pour lui, car grâce à nos rencontres il remplit ses heures solitaires d'affection et de compagnie. Cependant, malgré ses louables intentions, mon voisin fut loin d'être un professeur conventionnel. Félix Aranda aspirait à être un esprit libre, alors qu'il passait les quatre cinquièmes de son temps opprimé entre la bipolarité despotique de sa mère et l'ennui monotone du plus bureaucratique des métiers ; ainsi, les dernières choses que l'on pouvait attendre de lui dans ses heures de liberté, c'était l'ordre, la mesure et la patience. Pour trouver tout cela, j'aurais dû retourner à la Luneta, faire appel à l'instituteur don Anselmo afin qu'il élabore un projet didactique à la mesure de mon ignorance. Néanmoins, bien que Félix n'ait jamais été un maître méthodique et organisé, il me dispensa de nombreux enseignements aussi incohérents que décousus, qui, à la longue, me permirent de me débrouiller dans le monde. Je me familiarisai avec des personnages tels que Modigliani, Scott Fitzgerald et

Joséphine Baker, je parvins à distinguer entre le cubisme et le dadaïsme, je sus ce qu'était le jazz, j'appris à situer les capitales européennes sur une carte, je mémorisai les noms de leurs meilleurs hôtels et cabarets, et je réussis à compter jusqu'à cent en anglais, en français et en allemand.

Grâce à Félix, aussi, je m'informai du rôle de mes compatriotes espagnols sur cette terre lointaine. Je sus que l'Espagne exerçait son protectorat sur le Maroc depuis 1912, quelques années après avoir signé avec la France le traité d'Algésiras, aux termes duquel, comme cela arrive en général aux parents pauvres, la patrie hispanique avait reçu, face aux riches Français, la plus mauvaise partie du pays, la moins prospère, la plus indésirable. La *chuleta*, la «côtelette», d'Espagne, disait-on. L'Espagne était à la recherche de plusieurs choses, en venant ici : revivre le rêve impérial ; participer au partage du festin colonial africain entre les nations européennes, même si les grandes puissances ne lui en laissaient que des miettes ; arriver à la cheville de la France et de l'Angleterre dès lors que Cuba et les Philippines lui avaient échappé, et que la peau de taureau que dessinait la carte de l'Espagne était aussi pauvre qu'un cafard.

Il n'avait pas été facile de renforcer notre contrôle sur le Maroc, malgré les petites dimensions de la zone assignée par le traité d'Algésiras, la faible démographie de la population native et la terre rude. Il en coûta des rejets et des révoltes internes en Espagne, ainsi que des milliers de morts espagnols et africains durant la folie meurtrière de la sanglante guerre du Rif. Pourtant, on y parvint : on prit les rênes du pays et, presque vingt-cinq années après l'établissement officiel du Protectorat, une fois soumise toute résistance interne, mes compatriotes campaient fermement sur le terrain, avec leur capitale en pleine croissance. Des militaires de tous grades, des fonctionnaires des postes, des douanes et des travaux publics, des comptables, des employés de banque. Des chefs d'entreprise et des sages-femmes, des instituteurs, des pharmaciens, des juristes et des employés, des commerçants, des maçons. Des médecins et des nonnes, des cireurs de chaussures, des tenanciers de bar. Des familles entières qui en amenaient d'autres, attirées par les salaires élevés et un avenir à construire dans la cohabitation avec diverses cultures et religions. Et moi, parmi eux, une de plus. En échange d'une présence imposée durant un quart de siècle, l'Espagne avait fourni au Maroc des avancées en matière d'équipements, de santé et d'infrastructures, ainsi qu'un modeste début d'amélioration des exploitations agricoles. Sans compter une école des arts et métiers traditionnels. Et tous les bénéfices que les autochtones pourraient retirer des infrastructures destinées à satisfaire la population des colons : l'électricité, l'eau potable, les écoles et les académies, les commerces, les transports publics, les dispensaires et les hôpitaux, le train qui reliait Tétouan à Ceuta, celui qui conduisait à la plage de Río Martín. En termes matériels, l'Espagne avait très peu profité du Maroc. Mais en termes humains, notamment les derniers temps, elle en avait retiré une contrepartie importante pour l'un des deux camps de la guerre civile : des milliers de soldats des forces indigènes marocaines se battant comme des bêtes sauvages de l'autre côté du Détroit, pour une cause qui leur était étrangère, celle de l'armée rebelle.

Outre ces connaissances, je reçus davantage de Félix : une compagnie, de l'amitié et des idées pour mon affaire. Parfois excellentes, parfois farfelues, elles contribuèrent à susciter en fin de journée l'hilarité des deux êtres solitaires que nous étions. Il ne réussit jamais à me convaincre de transformer mon atelier en un studio d'expérimentation surréaliste, où les capelines prendraient la forme d'une chaussure et les mannequins présenteraient des modèles coiffés d'un téléphone en guise de chapeau. Malgré ses injonctions, je n'utilisai pas non plus des conques marines comme bijoux fantaisie ni des brins de crin pour les ceinturons, pas plus que je ne refusais une cliente sous prétexte qu'elle manquait de glamour. Néanmoins, sur d'autres points, je l'écoutai.

À son instigation, je modifiai, par exemple, ma façon de m'exprimer ; j'exclus de mon castillan pur jus les vulgarismes et les expressions familières pour adopter un parler sophistiqué. Je commençai à lâcher des mots et des expressions en français, que j'avais entendu répéter dans des boutiques, en ville, ou bien saisis au vol lors d'une conversation ou d'une rencontre fortuites. Ce n'étaient que quelques bribes, à peine une demi-douzaine d'expressions, mais Félix m'aida à peaufiner ma prononciation et à évaluer le moment le plus opportun pour les employer. Elles étaient toutes destinées à mes clientes, actuelles et à venir. Je demanderais l'autorisation d'épingler avec *Vous permettez ?*, annoncerais la fin de mon travail d'un *Voilà tout* et me réjouirais du résultat d'un *Très chic*. Je parlerais de *maisons de haute couture*, on supposerait que j'avais un jour noué des relations d'amitié avec leurs propriétaires, et de *gens du monde*, sans nul doute fréquentés à l'occasion de mes nombreuses aventures. Sur tous les styles, modèles et accessoires que je présenterais, je collerais l'étiquette verbale *à la française* ; toutes les clientes, je les appellerais *madame*. Pour honorer la dimension patriotique de l'instant, il fut décidé qu'en présence des Espagnoles je mentionnerais judicieusement toutes les personnes et les lieux rencontrés jadis, quand je visitais les plus nobles demeures de Madrid. Je laisserais choir des noms et des titres comme on abandonne un mouchoir : doucement, sans bruit ni ostentation. Ce tailleur s'inspire d'un modèle que j'ai réalisé, il y a deux ans, pour la marquise de Puga, elle l'a d'ailleurs porté à la fête du polo de Puerta de Hierro ; ce tissu est exactement le même que celui qu'a choisi la fille aînée des comtes del Encinar pour ses débuts dans le monde, dans son hôtel particulier de la rue Velázquez.

Félix me poussa également à fixer sur la porte une plaque dorée avec l'inscription en écriture anglaise *Chez Sirah, grand couturier*. Je commandai à la *Papelera Africana* une boîte de cartes blanc ivoire avec le nom et l'adresse de mon affaire. Selon lui, les meilleures maisons de mode françaises d'alors se dénommaient ainsi. Le *h* final fut une autre de ses touches, pour doter l'atelier d'un parfum international, avait-il dit. Je jouai le jeu, pourquoi pas ? Au bout du compte, je ne faisais de mal à personne avec cette petite *folie des grandeurs*.

Je le suivis sur ce point et sur mille détails supplémentaires. Ainsi, comme en un tour de passe-passe, je parvins non seulement à m'engager dans l'avenir avec plus d'assurance, mais aussi à sortir un passé de mon chapeau. Je n'eus pas à me forcer beaucoup : deux ou trois poses, quelques coups de pinceau précis et deux ou trois recommandations de mon Pygmalion particulier suffirent à mon encore rare clientèle, qui ne se priva pas de m'inventer une vie entière en moins de deux mois.

Pour la petite colonie de dames très élégantes qui constituaient ma clientèle dans ce petit univers d'expatriés, je finis par devenir une jeune femme travaillant dans la haute couture, fille d'un millionnaire ruiné, fiancée à un aristocrate très beau mais un brin séducteur et aventurier. Obligés, malgré nous, de fermer nos demeures et nos affaires à Madrid en raison des incertitudes politiques, nous étions supposés avoir vécu dans plusieurs pays. En ce moment, mon futur mari gérait de prospères entreprises en Argentine, tandis que j'attendais son retour dans la capitale du Protectorat ; en effet, on m'avait conseillé la douceur de ce climat du fait de ma santé délicate. Comme mon existence avait toujours été mouvementée, affairée et mondaine, je me sentais incapable de passer le temps sans mener une vie active ; j'avais donc ouvert ce petit atelier à Tétouan. C'était avant tout une distraction. Ce qui expliquait mes prix modiques, et le fait que je ne refusais aucune commande.

Je me gardais bien de démentir le moindre aspect de cette image, qui s'était forgée grâce aux pittoresques suggestions de mon ami Félix. Je n'en rajoutais pas non plus. Je me contentai de tout laisser dans le vague, d'alimenter le doute et de me rendre plus impalpable, moins définie : une accroche formidable pour amorcer la curiosité et rafler de nouvelles clientes. Si les autres petites mains de l'atelier de doña Manuela m'avaient vue ! Ou les voisines de la place de la Paja. Ou ma mère.

Ma mère. J'essayais de penser le moins souvent possible à elle, mais son souvenir me taraudait. Je savais qu'elle était forte et décidée, qu'elle saurait résister. Pourtant, même ainsi, je mourais d'envie de l'entendre, d'apprendre de quelle façon elle s'en tirait, comment elle parvenait à survivre sans compagnie ni revenus. J'aurais voulu lui dire que j'allais bien, que j'étais de nouveau seule, que je cousais de nouveau. Je me tenais informée par la radio et chaque matin Jamila achetait *La Gaceta de África* au bureau de tabac Alcaraz. Seconde année triomphale sous le commandement de Franco, proclamaient déjà les premières pages. Toute l'actualité était, certes, filtrée par la censure franquiste, mais je restais plus ou moins au courant de la situation de Madrid et de sa résistance. Malgré tout, il était impossible d'obtenir des nouvelles directes de ma mère. Son absence me pesait, j'aurais donné beaucoup pour tout partager avec elle dans cette ville étrange et lumineuse, pour que nous ayons monté cet atelier ensemble, pour qu'elle me cuisine encore ses petits plats, pour écouter ses verdicts toujours judicieux. Mais Dolores n'était pas ici, et moi, si. Au milieu d'inconnus, sans espoir de retour, luttant pour ma survie, m'inventant une fausse existence que j'endossais chaque matin, bataillant pour que personne n'apprenne qu'un jouisseur sans scrupule m'avait broyé le cœur et qu'un tas de pistolets avait servi à financer le commerce qui me nourrissait.

Je me rappelais souvent Ignacio, mon premier fiancé. Sa présence physique ne me manquait pas ; celle de Ramiro s'était révélée si brutalement intense que la sienne, tellement douce, tellement diaphane, me paraissait désormais lointaine et diffuse, une ombre presque évanouie. Pourtant, j'évoquais avec nostalgie sa loyauté, sa tendresse et la certitude que je n'aurais rien vécu de douloureux à ses côtés. Et plus souvent que je ne le souhaitais, beaucoup plus souvent, le souvenir de Ramiro m'assaillait tandis qu'une violente douleur me poignardait les entrailles. J'avais mal, bien sûr que j'avais mal. Une souffrance immense, malgré tout je réussis à cohabiter avec elle, comme on tire un fardeau, une lourde charge qui ralentit la marche et exige des efforts supplémentaires, mais sans empêcher complètement de poursuivre sa route.

Toutes ces entités invisibles – Ramiro, Ignacio, ma mère, les choses envolées, le passé – devinrent peu à peu des présences plus ou moins volatiles, plus ou moins concrètes, auxquelles je dus m'habituer. Elles m'envahissaient quand j'étais seule, pendant mes après-midi silencieux et laborieux dans l'atelier, au milieu des patrons et des travaux de couture, dans mon lit, au coucher, et dans la pénombre du salon les nuits sans Félix, livré alors à ses aventures clandestines. Le reste du temps, elles me fichaient la paix : sans doute devinaient-elles que j'étais trop débordée pour leur prêter attention. Conduire une affaire et bâtir une personnalité trompeuse suffisaient amplement à m'occuper.

17

L'arrivée du printemps augmenta mon volume de travail. Le temps changeait et mes clientes demandaient des modèles légers pour les matins clairs et les soirées à venir de l'été marocain. Des visages nouveaux apparurent, deux Allemandes, plusieurs juives. Grâce à Félix, je parvins à me faire une idée plus ou moins précise de chacune d'entre elles. Il les croisait souvent devant le portail et dans l'escalier, sur le palier, dans la rue quand elles venaient à l'atelier ou en ressortaient. Il les reconnaissait, les situait ; il adorait chercher des bribes d'information çà et là pour construire leur profil quand il lui manquait un détail : qui étaient-elles ? Quelle était leur famille ? Où allaient-elles ? D'où venaient-elles ? Plus tard, quand il abandonnait sa mère effondrée dans son fauteuil, le regard vitreux et la bave alcoolisée aux lèvres, il me décrivait ses découvertes.

J'obtins, par exemple, des précisions au sujet de Frau Langenheim, l'une des Allemandes qui devinrent bientôt assidues. Son père avait été ambassadeur d'Italie à Tanger et sa mère était anglaise, mais elle avait adopté le nom de son mari, un ingénieur des mines âgé, de grande taille, chauve, membre éminent de la petite mais énergique colonie allemande du Maroc espagnol : l'un de ces nazis, me raconta Félix, qui, à la surprise générale et au grand dam des républicains, avaient soutiré à Hitler la première aide directe destinée aux rebelles, quelques jours à peine après le soulèvement de l'armée. Je fus longtemps incapable de mesurer le rôle exact joué par l'époux guindé de ma cliente et ses conséquences sur le déroulement de la guerre civile, mais grâce à Langenheim et à Bernhardt, un autre Allemand résidant à Tétouan, dont la femme, à moitié argentine, fit parfois appel à mes services, les troupes de Franco, sans l'avoir prévu et dans un délai minimum, bénéficièrent d'une aide militaire appréciable, qui leur permit de transférer leurs hommes dans la Péninsule. Des mois plus tard, en signe de gratitude et de reconnaissance pour l'action de son mari, ma cliente recevrait, des mains du khalife, la plus haute distinction accordée dans la zone du Protectorat, et je l'habillerais de soie et d'organdi pour la circonstance.

Bien avant cette cérémonie protocolaire, Frau Langenheim arriva un matin d'avril à l'atelier, en compagnie de quelqu'un que je ne connaissais pas. La sonnette retentit et Jamila ouvrit; j'attendais au salon en feignant d'observer la trame d'une étoffe à la lumière du jour qui entrait directement par le balcon. En réalité, je n'observais rien du tout; j'avais simplement adopté cette pose pour recevoir ma clientèle, afin d'avoir l'air professionnel.

– Je vous amène une amie anglaise pour qu'elle découvre vos créations, dit l'épouse de l'Allemand, tandis qu'elle entrait dans la pièce d'un pas assuré.

Je vis alors apparaître une femme blonde, extrêmement mince et d'allure étrangère. Elle semblait avoir le même âge que moi, mais, si l'on en croyait la désinvolture de son comportement, elle aurait bien pu avoir déjà vécu mille existences entières pareilles à la mienne. Je fus frappée par sa fraîcheur spontanée, l'assurance sidérante dont elle irradiait, l'élégance sans simagrées dont elle témoigna en me saluant d'un frôlement de ses doigts sur les miens, alors qu'elle écartait d'un geste gracieux une mèche sur son front. Elle s'appelait Rosalinda Fox; sa peau était si claire et si fine qu'elle ressemblait au papier de soie dont on enveloppe les dentelles; sa façon de parler était curieuse: ses paroles sautaient d'une langue à l'autre et se bousculaient dans sa bouche à une cadence infernale, souvent incompréhensible.

– J'ai besoin d'une garde-robe complète de toute urgence, *so... I believe* que vous et moi nous sommes condamnées... euh... *to understand each other.* À nous entendre, *I mean*, dit-elle en achevant sa phrase par un léger rire.

Frau Langenheim déclina l'invitation à s'asseoir par un «Je suis pressée, ma chère, je dois partir tout de suite.» Malgré son patronyme et le mélange de ses origines, elle parlait un espagnol fluide.

– Rosalinda, ma chérie, nous nous voyons cet après-midi, au cocktail du consul Leonini, ajouta-t-elle en prenant congé de son amie. *Bye*, *sweetie*, *bye*, au revoir, au revoir.

Nous nous assîmes, la nouvelle arrivante et moi, et j'entamai une fois de plus le protocole de tant d'autres premières visites: je déployai mon catalogue de poses et d'expressions, nous feuilletâmes des magazines et nous examinâmes des tissus. Je la conseillai et elle choisit; puis elle reconsidéra sa position, rectifia et opta pour d'autres modèles. Son attitude, naturelle et élégante, me mit à l'aise dès le début. Parfois, j'en avais assez du caractère artificiel de mon comportement, surtout face à des clientes particulièrement exigeantes. Ce ne fut pas le cas avec elle: tout se déroula sans tensions ni demandes exagérées.

Nous passâmes à la cabine d'essayage et je pris des mesures: elle avait des os très fins, comme un chat, je n'avais jamais noté des chiffres aussi petits. La conversation se poursuivit à propos d'étoffes et de formes, de manches et de décolletés; une dernière vérification et l'affaire fut conclue: une robe chemisier en soie imprimée pour le matin, un tailleur en laine froide rose corail et une tenue de soirée inspirée de la dernière collection de Lanvin. Je lui fixai un rendez-vous dix jours plus tard et je crus que nous en avions fini. Mais, pour ma cliente, l'heure n'était pas encore venue de s'en aller; toujours blottie sur le canapé, elle sortit un étui en écaille et m'offrit une cigarette. Montrant les croquis, elle me demanda comment on disait «brodé», en espagnol, «épaulette», «boucle de ceinturon». J'éclaircis ses doutes, nous nous amusâmes des maladresses délicates de sa prononciation, nous fumâmes une autre cigarette, puis elle décida finalement de partir, sans hâte, comme si elle n'avait rien à faire et que personne ne l'attendait nulle part. Elle retoucha un peu son maquillage, contemplant son image, distraitement, dans le minuscule miroir de son poudrier; elle remit en place les ondulations de sa chevelure dorée, ramassa son chapeau, son sac à main et ses gants, tous élégants et de la meilleure qualité, mais pas neufs, remarquai-je. Je l'accompagnai jusqu'à la porte, j'entendis le claquement de ses talons dévalant l'escalier, et je n'eus plus de nouvelles avant de nombreux jours. Je ne la croisai jamais lors de mes promenades à la tombée du soir, je ne distinguai sa présence dans aucun établissement, personne ne me parla d'elle, et je n'essayai pas d'en apprendre davantage sur cette Anglaise qui paraissait disposer de tout son temps.

Je n'arrêtais pas durant toutes ces journées: le nombre croissant de clientes rendait mes heures de travail interminables, mais je réussissais à en maîtriser le rythme. Je cousais sans relâche jusqu'à l'aube et je tenais mes délais. Dix jours après cette rencontre, les trois commandes de Rosalinda Fox attendaient, sur leurs mannequins respectifs, le premier essayage. Mais elle ne vint pas. Ni le lendemain ni le suivant. Elle ne prit même pas la peine d'appeler, ne me fit pas porter un message pour excuser son absence, remettre à plus tard le rendez-vous ou justifier sa négligence. C'était la première fois qu'il m'arrivait ce genre de situation. Je pensai qu'elle ne reviendrait peut-être jamais, que c'était une simple étrangère de passage, un de ces êtres privilégiés susceptibles de sortir à leur guise du Protectorat et de se déplacer librement au-delà de ses frontières; une véritable cosmopolite, et non une fausse mondaine comme moi. Incapable de trouver une explication raisonnable à son comportement, je me résolus à laisser de côté cette affaire et à m'occuper du reste de mes engagements. Cinq jours après la date prévue, elle débarqua comme tombée du ciel, alors que je finissais de manger. J'avais travaillé toute la matinée, pressée par le temps, et j'avais enfin eu un moment de creux, après trois heures, pour déjeuner. On sonna à la porte, Jamila ouvrit à l'instant où j'avalais une banane à la cuisine. Dès que j'entendis la voix de l'Anglaise à l'autre extrémité du couloir, je me lavai les mains dans l'évier et courus chausser mes talons hauts. Je me hâtai de sortir la recevoir en me nettoyant les dents du bout de la langue et en retouchant ma coiffure d'une main, tandis que de l'autre je remettais en place les coutures de ma jupe et les revers de ma veste. Son salut fut aussi long que l'avait été son retard.

– Il faut que je vous demande mille pardons pour ne pas être venue auparavant et me présenter maintenant de façon inoponée, on dit comme ça ?

– Inopinée, corrigeai-je.

– Inopinée, *sorry*. J'ai été dehors *a few days*, j'avais quelques affaires à régler à Gibraltar, mais je crains de ne pas avoir réussi. *Anyway*, j'espère que je ne tombe pas mal.

– Pas du tout, mentis-je. Entrez, je vous en prie.

Je la conduisis à la cabine d'essayage et lui montrai ses trois modèles. Elle me félicita tandis qu'elle ôtait ses vêtements. Elle portait une combinaison satinée qui, autrefois, avait dû être une merveille ; le temps et l'usure l'avaient néanmoins dépourvue d'une partie de son ancienne splendeur. Ses bas en soie ne paraissaient pas fraîchement sortis de la boutique où ils avaient été achetés, mais ils dénotaient du glamour et du raffinement. J'essayai, l'une après l'autre, les trois créations sur son corps fragile et osseux. Sa peau était si transparente qu'on apercevait dessous, bleutées, toutes les veines. La bouche pleine d'épingles, je rectifiai des détails au millimètre près et ajustai des pincées de tissu autour de ses formes graciles. Tout lui plaisait, elle se laissa faire, acquiesça à toutes mes suggestions et ne demanda à peu près aucune modification. L'essayage était terminé, je l'assurai que le résultat serait *très chic*. Je l'attendis au salon tandis qu'elle se rhabillait. Elle ne tarda que deux minutes à revenir, et à son attitude je compris que, malgré son arrivée intempestive, elle n'était pas non plus pressée de repartir cette fois-ci. Je lui offris donc un thé.

– Je meurs d'envie d'une tasse de Darjeeling avec une goutte de *leite*, mais j'imagine que ce sera forcément du thé vert à la menthe, *right*?

J'ignorais à quel breuvage elle faisait allusion, mais je le cachai.

– En effet, du thé marocain, répondis-je sans me troubler.

Je l'invitai à s'installer et appelai Jamila.

– Bien que je sois anglaise, expliqua-t-elle, j'ai passé la plus grande partie de ma vie en Inde. Il est très probable que je n'y retournerai jamais, mais il y a beaucoup de choses de là-bas qui me manquent encore. Comme le nosso thé, par exemple.

– Je vous comprends. Moi aussi j'ai du mal à m'habituer à cette terre, et je regrette ce que j'ai laissé derrière moi.

– Où viviez-vous, avant? voulut-elle savoir.

– À Madrid.

– Et avant?

Je faillis éclater de rire en entendant sa question, oublier les impostures inventées au sujet de mon passé et reconnaître ouvertement que je n'avais jamais mis les pieds en dehors de ma ville natale jusqu'à ce qu'une canaille ait décidé de me traîner derrière lui pour me jeter ensuite comme un vieux mégot. Mais je me contrôlai, et restai une fois de plus dans le vague.

– Dans divers endroits, ici et là, vous me comprenez, mais Madrid est sans doute l'endroit où j'ai habité le plus longtemps. Et vous?

– *Let's see*, réfléchissons, dit-elle, l'air amusé. Je suis née en Angleterre, mais on m'a tout de suite emmenée à Calcutta. À dix ans mes parents m'ont renvoyée étudier en Angleterre, euh... à seize ans je suis revenue en Inde et à vingt *novo* retour en Occident. Une fois là, un séjour *again* à *London* et après une autre *longa* période en Suisse. Euh... *Later*, une année au Portugal, c'est pour ça que je confonds parfois le portugais et le *spanish*. Et maintenant, finalement, je me suis installée en Afrique: *first* à Tanger et, depuis peu de temps, ici, à Tétouan.

– C'est une vie qui paraît très intéressante, dis-je, incapable de retenir le déroulement de ce fouillis de destinations exotiques et de paroles mélangées.

– *Well*, ça dépend, rétorqua-t-elle en haussant les épaules tandis qu'elle avalait, en veillant à ne pas se brûler, une gorgée du thé que venait de nous apporter Jamila. Je serais volontiers restée en Inde, mais il y a eu certaines choses qui se sont passées inoponément, et j'ai dû déménager. Quelquefois, le sort se charge de prendre les décisions à notre place, *right? After all, euh... that's life*. C'est la vie, n'est-ce pas?

Malgré sa prononciation bizarre et les distances évidentes séparant nos deux mondes, je saisis à la perfection ce qu'elle voulait expliquer. Le thé s'acheva par une conversation sur des sujets futiles: les petites retouches nécessaires sur les manches de la robe en soie doupion imprimée, la date du prochain essayage. Elle regarda sa montre et se rappela soudain quelque chose.

– Il faut que je m'en aille, déclara-t-elle en se levant. J'avais oublié *some shopping*, quelques courses avant de rentrer me préparer. Je suis invitée à un cocktail dans la résidence du consul belge.

Elle parlait sans me regarder tout en ajustant ses gants et son chapeau. Je l'observais avec curiosité, me demandant avec qui cette femme se rendait à ces nombreuses fêtes, avec qui elle partageait sa liberté d'aller et venir, sa nonchalance de gamine aisée et ce vagabondage permanent à travers le monde, d'un continent à l'autre, pour y babiller dans ses langues improbables et ingurgiter des thés aux arômes de mille peuples. À comparer sa vie apparemment oisive avec mon quotidien laborieux, je sentis soudain, sur mon échine, la caresse de quelque chose proche de la jalousie.

– Savez-vous où je pourrais acheter un maillot de bain ? demanda-t-elle soudain.

– Pour vous ?

– Non. Pour *meu filho*.

– Pardon ?

– *My son. No, that's English, sorry.* Mon fils.

– Votre fils ? répétai-je, incrédule.

– Mon fils, *that's the word*. Il s'appelle Johnny, il a cinq ans *and he's so sweet...* Un vrai amour.

– J'habite moi aussi Tétouan depuis peu, je ne crois pas que je puisse vous aider, dis-je, en tâchant de masquer ma surprise.

Dans la vie idyllique que j'avais inventée, il y avait à peine quelques secondes, pour cette femme frivole et enfantine, les amis et les admirateurs avaient leur place, les coupes de champagne, les voyages transcontinentaux, les combinaisons en soie, les fêtes jusqu'à l'aube, les robes de soirée de haute couture et, en faisant un gros effort, peut-être un mari jeune, insouciant et séduisant comme elle. Mais je n'aurais jamais pu deviner la présence d'un fils, car je ne l'avais à aucun moment imaginée en mère de famille. Pourtant, c'en était une.

– Ça n'a pas d'importance, je finirai bien par trouver un endroit, déclara-t-elle en guise d'au revoir.

– Bonne chance. Et n'oubliez pas, je vous attends dans cinq jours.

– Je serai là, *I promise*.

Elle partit et ne tint pas sa promesse. Au lieu du cinquième jour, elle apparut le quatrième, sans avertir et très pressée. Jamila m'annonça son arrivée aux environs de midi, alors que j'étais en train d'effectuer des essais avec Elvirita Cohen, la fille du propriétaire du théâtre Nacional, de mon ancienne rue de la Luneta, et l'une des femmes les plus belles qu'il m'eût jamais été donné de croiser.

– Siñorita Rosalinda dit avoir besoin de voir *siñorita* Sira.

– Demande-lui d'attendre, j'en ai pour une minute.

Il me fallut plus d'une minute, sans doute plus de vingt : je dus en effet faire quelques reprises à la robe que cette ravissante juive à la peau soyeuse porterait dans quelque événement en société. Elle parlait lentement, dans son haketia musical : remonte un petit peu ici, ma reine, c'est très joli, *mi weno,* très bien, oui.

Grâce à Félix, évidemment, j'avais appris la situation des juifs séfarades à Tétouan. Certains, riches, d'autres, humbles, tous discrets. De bons commerçants, installés dans le nord de l'Afrique à la suite de leur expulsion de la Péninsule des siècles auparavant, espagnols, enfin, de plein droit, depuis que le gouvernement de la République avait consenti à reconnaître officiellement leur origine deux ans auparavant. La communauté séfarade représentait plus ou moins le dixième de la population de Tétouan à cette époque, mais elle détenait entre ses mains une grande partie du pouvoir économique de la ville. C'étaient eux qui avaient bâti la plupart des nouveaux édifices du quartier européen, de même qu'ils y avaient établi bon nombre des meilleurs commerces et affaires : bijouteries, magasins de chaussures, boutiques de tissus et de confection. Leur puissance financière se reflétait dans leurs centres éducatifs – la Alianza Israelita ; l'Alliance israélite –, dans leur propre casino et dans les différentes synagogues qui les accueillaient pour leurs prières et leurs célébrations religieuses. Elvira porterait sans doute dans l'une d'entre elles cette robe en piqué, essayée à l'instant précis où je recevais la troisième visite de l'imprévisible Rosalinda.

Elle attendait au salon, debout près de l'un des balcons; elle avait l'air inquiète. Mes deux clientes se saluèrent de loin, avec une courtoisie distante: l'Anglaise, distraite, la Séfarade, surprise et curieuse.

– J'ai un problème, dit Rosalinda en s'approchant de moi brusquement dès que le claquement de la porte eut annoncé que nous étions seules.

– Racontez-moi. Voulez-vous vous asseoir?

– Je préférerais un verre. *A drink, please.*

– Je crains de ne pouvoir vous proposer que du thé, du café ou de l'eau.

– Évian?

Je fis non de la tête en songeant que je devrais installer un petit bar pour remonter le moral de mes clientes en période de crise.

– *Never mind*, murmura-t-elle en s'installant mollement.

Je l'imitai, croisai les jambes avec une désinvolture automatique et attendis une explication au sujet de sa visite intempestive. D'abord, elle sortit son étui, alluma une cigarette et jeta l'étui sur le canapé d'un geste négligent. Après la première bouffée, dense et profonde, elle se rendit compte qu'elle ne m'en avait pas offert une, s'excusa et esquissa un mouvement destiné à corriger son oubli. Je l'interrompis, non, merci. Une autre cliente était sur le point d'arriver et je ne voulais pas que mes doigts sentent le tabac dans l'intimité de la cabine d'essayage. Elle referma son étui, puis parla enfin:

– J'ai besoin d'un *evening gown*, euh... une tenue qui en jette pour cette même *noite*. J'ai une obligation inoponée et il faut que j'y aille habillée *like a princess*.

– Comme une princesse?

– *Right*. Comme une princesse. C'est une façon de *falar*, *obviously*. En tout cas quelque chose de *muito*, *muito* élégant.

– J'ai préparé votre toilette de soirée pour le second essayage.

– Elle pourrait être prête aujourd'hui?

– Absolument impossible.

– Et un autre modèle?

– J'ai bien peur de ne pas pouvoir vous aider. Je n'ai rien à vous proposer: je ne fais pas de confection, tous mes travaux sont sur commande.

– Il me faut une solution. Quand j'ai déménagé de Tanger à Tétouan, j'ai expédié des *trunks*, des malles à ma mère, en Angleterre, avec des choses que je n'allais plus utiliser. Par erreur, la malle contenant mes *evening gowns*, tous les *meus* tenues de soirée, s'est retrouvée aussi là-bas inoponément, j'attends qu'on me les renvoie. Mais je viens d'apprendre que cette *noite* j'ai été invitée à une réception du *German* consul, le consul allemand. Euh... *It's the first time*, la première fois que je vais assister publiquement à un événement, en compagnie de... de... d'une personne avec laquelle j'ai une liaison *muito* spéciale.

Elle parlait vite mais en faisant attention; elle voulait que je comprenne tout ce qu'elle disait dans cette tentative d'espagnol qui, du fait de sa nervosité, était davantage truffée de mots en portugais et dans sa propre langue anglaise que lors de nos rencontres précédentes.

– *Well, it is...* mmm... *It's muito important for... for... him*, pour cette personne, et pour moi que je cause une *buona impressao* parmi les membres de la *German colony*, de la colonie allemande à Tétouan. *So far*, jusqu'à présent, Mrs Langenheim m'a permis de connaître certains d'entre eux *individually*, *because* elle est *half English*, à moitié anglaise, euh... mais cette *noite*, c'est la première fois que je vais paraître en public avec cette personne, *openly together*, ensemble ouvertement, et pour cela j'ai besoin d'être *extremely well dressed*, très très bien habillée, et... et...

Je l'interrompis; inutile de se donner tant de peine pour rien.

– Je le regrette énormément, je vous le jure. Je serais très heureuse d'être en mesure de vous aider, mais c'est absolument impossible. Comme je viens de vous le dire, il n'y a rien de confectionné dans mon atelier et je suis incapable de terminer votre robe en quelques heures à peine: il me faut au minimum trois ou quatre jours.

Elle éteignit sa cigarette en silence, plongée dans ses pensées. Elle se mordit la lèvre et attendit quelques secondes avant de lever les yeux et de se lancer de nouveau à l'attaque, avec une question à l'évidence gênante.

– Vous pourriez peut-être me prêter une de vos tenues de soirée?

Je fis non de la main tandis que j'essayais d'inventer une excuse vraisemblable, qui cacherait ma misérable réalité: je n'en avais aucune.

– Je ne crois pas. Mes vêtements sont restés à Madrid quand la guerre civile a éclaté et je n'ai pas pu les récupérer. Je n'ai que deux ou trois tailleurs, mais rien pour le soir. Je sors très peu, n'est-ce pas, mon fiancé est en Argentine et moi, je...

À mon grand soulagement, elle ne me laissa pas poursuivre.

– *I see*, je vois.

Nous restâmes muettes durant plusieurs secondes éternelles sans croiser nos regards, chacune masquant sa gêne en concentrant son attention sur deux points opposés de la pièce. L'une en direction des balcons, l'autre vers l'arcade qui séparait le salon de l'entrée. Ce fut elle qui brisa la tension.

– *I think I must leave now.* Je dois m'en aller.

– Croyez bien que je regrette. Si nous avions eu un peu plus de temps...

Je n'achevai pas ma phrase: il était absurde d'insister. Je m'efforçai de changer de sujet, de détourner son attention de la triste réalité qui présageait une longue nuit d'échec avec l'homme dont elle était sans doute amoureuse. J'étais toujours intriguée par la vie de cette femme en d'autres occasions résolue et gracieuse et qui, à cet instant, la mine concentrée, ramassait ses affaires et s'approchait de la porte.

– Tout sera prêt demain pour le second essayage, d'accord? dis-je en guise de consolation inutile.

Elle sourit vaguement et partit sans un mot. Je restai seule, debout, immobile, en partie honteuse de mon incapacité à aider une cliente dans l'embarras, en partie perplexe devant la bizarrerie apparente de l'existence menée par Rosalinda Fox, cette jeune mère globe-trotter qui perdait des malles remplies de toilettes de soirée comme on oublie un sac sur le banc d'un parc ou sur la table d'un café, dans la hâte d'un après-midi pluvieux.

Je me penchai au balcon, à moitié cachée par le volet, et la vis sortir dans la rue. Elle se dirigea paisiblement vers une automobile d'un rouge intense garée juste devant le portail de mon immeuble. Quelqu'un l'attendait sans doute, peut-être l'homme à qui elle souhaitait tellement plaire ce soir. Je fus incapable de résister à ma curiosité, je cherchai à découvrir son visage en inventant dans mon esprit des scénarios imaginaires. C'était probablement un Allemand, ce qui expliquerait ses désirs de causer une bonne impression parmi ses compatriotes. Il était à coup sûr jeune, séduisant, jouisseur; mondain et déterminé comme elle. J'eus à peine le temps de poursuivre mes élucubrations car, dès qu'elle ouvrit la portière de droite, en principe celle du passager, quelle ne fut pas ma surprise d'apercevoir la présence du volant et de comprendre que c'était elle qui conduisait. Personne ne l'attendait à bord de cette voiture anglaise, avec son volant à droite: seule, elle mit le contact et seule elle repartit, ainsi qu'elle était arrivée. Sans homme, sans robe pour cette soirée, et, très probablement, sans le moindre espoir de trouver une solution quelconque durant l'après-midi.

Tandis que je tentais de dissiper le malaise provoqué par sa visite, je rangeai les objets que la présence de Rosalinda avait déplacés. Je ramassai le cendrier, soufflai sur les cendres qui étaient tombées sur la table, redressai un coin du tapis de la pointe de la chaussure, tapai les coussins sur lesquels nous nous étions appuyées. Ensuite, j'ordonnai les magazines qu'elle avait feuilletés pendant que je m'occupais d'Elvirita Cohen. Je refermai un *Harper's Bazaar* ouvert sur une publicité pour un rouge à lèvres d'Helena Rubinstein, et j'étais sur le point de faire de même avec le numéro du printemps de *Mode et Travaux* lorsque je reconnus la photographie d'un modèle qui me parut vaguement familier. Dans mon esprit revinrent mille souvenirs d'une époque révolue, telle une volée de moineaux. Presque à mon insu, je criai de toutes mes forces le prénom de Jamila. Une galopade effrénée l'amena aussitôt au salon.

– Fonce chez Frau Langenheim et demande-lui de trouver Mme Fox. Elle doit venir me voir immédiatement; dis-lui qu'il s'agit d'une affaire de la plus extrême urgence.

18

– Le créateur de ce modèle, ma chère ignorante, est Mariano Fortuny y Madrazo, fils du grand Mariano Fortuny, qui est sans doute le meilleur peintre du XIXe après Goya. C'était un artiste extraordinaire, par ailleurs très lié au Maroc. Il est venu pendant la guerre d'Afrique, il a été ébloui par la lumière et l'exotisme de cette terre, et il s'est efforcé de les reproduire dans beaucoup de ses tableaux; l'une de ses peintures les plus connues est, de fait, *La Bataille de Tétouan*. Mais si Fortuny père est un peintre magistral, le fils est un authentique génie. Il peint également, mais ce n'est pas tout : dans son atelier vénitien, il conçoit aussi des scénographies pour des pièces de théâtre, et il est photographe, inventeur, expert en techniques classiques et créateur de tissus et de robes, telle la mythique Delphos que toi, petite faussaire, tu viens de massacrer dans une réinterprétation domestique que je devine des plus réussies.

Félix parlait, étendu sur le canapé, tandis qu'il observait la revue avec la photographie qui avait déclenché ma mémoire. Épuisée après l'intensité de l'après-midi, j'écoutais, immobile, blottie dans un fauteuil, sans la force, ce soir-là, de tenir ne serait-ce qu'une aiguille entre les doigts. Je lui avais raconté toutes les péripéties des dernières heures, en commençant par l'instant où ma cliente avait annoncé son retour à l'atelier par un puissant coup de frein, qui fit se pencher aux balcons tous mes voisins. Elle grimpa l'escalier en courant, claquant des talons sur chaque marche. Je l'attendais devant la porte ouverte et lui proposai mon idée sans prendre le temps de la saluer.

– Nous allons essayer de réaliser une Delphos pour cas d'urgence. Vous savez de quoi je parle ?

– Une Delphos de Fortuny ? demanda-t-elle, incrédule.

– Une fausse Delphos.

– Vous pensez que ce sera possible ?

Nos regards se croisèrent un instant. Le sien reflétait l'espoir soudain retrouvé. Le mien, je l'ignore. Peut-être de la détermination et de l'enthousiasme, des envies de vaincre, de nous sortir de ce mauvais pas. Sans doute, aussi, au fond de mes yeux, une certaine terreur d'échouer, mais je m'efforçai de l'occulter au maximum.

– Ce n'est pas la première fois ; je crois qu'on peut y arriver.

Je lui montrai le tissu que j'avais prévu, une grande pièce de satin de soie gris-bleu, obtenue grâce à Candelaria lors de l'un de ses derniers tours de passe-passe dans l'art capricieux du troc. Je me gardai bien entendu de mentionner son origine.

– À quelle heure, l'obligation à laquelle vous devez assister?

– Huit heures.

Je consultai ma montre.

– Parfait, voilà comment nous allons procéder. Il est presque une heure. Dès que j'en aurai fini avec le prochain essayage, dans moins de dix minutes, je mouille le tissu et je le mets à sécher entre quatre et cinq heures, ce qui nous amène à six heures de l'après-midi. J'aurai besoin au minimum d'une heure et demie pour la confection: elle est très simple, juste quelques coutures droites, et comme j'ai déjà toutes vos mesures, un essayage sera inutile. Mais même ainsi, il me faudra un moment pour les retouches et les finitions. Ce qui nous conduit à peu près à l'heure limite. Où vivez-vous? Pardon pour cette question, ce n'est pas de la curiosité.

– Promenade de las Palmeras.

J'aurais dû le deviner: quantité des meilleures résidences de Tétouan se trouvaient là. Une zone éloignée et discrète au sud de la ville, près du parc, presque au pied de l'énorme Gorgues, avec de grandes demeures entourées de jardins. Plus loin, les potagers et les champs de canne à sucre.

– Alors, il me sera impossible de vous livrer la robe à domicile.

Elle me jeta un regard perplexe.

– Vous viendrez vous habiller ici, précisai-je. Arrivez vers sept heures et demie, maquillée, coiffée, prête à sortir, avec les chaussures et les bijoux prévus. Je vous conseille d'en porter peu et pas trop voyants: la robe s'en passe, elle sera beaucoup plus élégante avec des accessoires sobres, je me fais bien comprendre?

Elle comprit à la perfection. Elle comprit, elle me remercia de mes efforts et repartit soulagée. Une demiheure plus tard, aidée par Jamila, j'abordai l'opération la plus imprévue et la plus risquée de ma brève carrière de styliste en solitaire. Je savais néanmoins ce que j'entreprenais : quand j'étais chez doña Manuela, j'avais déjà participé à cette même tâche dans une autre occasion. C'était pour une cliente aussi sophistiquée que ses ressources financières étaient inégales. Elle s'appelait Elena Barrea. Dans ses périodes de prospérité, nous réalisions pour elle des modèles somptueux dans les étoffes les plus nobles. Pourtant, à l'inverse d'autres dames de son environnement et de sa condition qui, lorsque leur opulence monétaire se trouvait réduite, s'inventaient des voyages, des obligations ou des maladies pour excuser leur impossibilité d'effectuer de nouvelles commandes, elle, elle ne se cachait jamais. Quand les affaires irrégulières de son époux traversaient une époque de vaches maigres, Elena Barrea ne se privait pas de nous rendre visite à l'atelier. Elle revenait, se moquait sans pudeur de la volatilité de sa fortune et, de concert avec la patronne, elle imaginait la reconstitution de vieux modèles afin de les faire passer pour neufs : en modifiant des coupes, en ajoutant des ornementations et en arrangeant les parties les plus inattendues. Ou bien, avec une grande sagesse, elle choisissait des tissus bon marché et des formes dont l'élaboration se révélait plus simple : elle parvenait ainsi à réduire au minimum le montant de ses factures sans trop nuire à son élégance. Nécessité est mère d'industrie, concluait-elle toujours dans un éclat de rire. Ni ma mère, ni doña Manuela, ni moi-même n'en avions cru nos yeux le jour où elle arriva avec la plus singulière de ses commandes.

– Je veux une copie de cela, déclara-t-elle en tirant d'une petite boîte une espèce de tube recouvert d'un tissu rouge sang.

Elle s'esclaffa devant la surprise peinte sur nos visages.

– Cela, mesdames, c'est une Delphos, une robe unique. Une création de l'artiste Fortuny : on les fabrique à Venise et on n'en vend que dans les établissements les plus sélects des grandes villes européennes. Regardez cette merveille de coloris, regardez ce plissé. Les techniques pour les obtenir constituent le secret absolu de leur créateur. Elle va comme un gant. Ma chère doña Manuela, j'en veux une. Fausse, bien entendu.

Elle saisit l'une des extrémités du tissu entre ses doigts et, comme par magie, apparut une robe en satin de soie rouge, fastueuse et éblouissante, qui se prolongeait jusqu'au sol en un tombé impeccable et s'achevait par une forme ronde et évasée à la base; en corolle, disions-nous pour désigner ce genre de finition. C'était une sorte de tunique ornée de milliers de plis fins et verticaux. Classique, simple, raffinée. Quatre ou cinq années étaient passées depuis ce jour-là, mais tout le processus de réalisation de la robe restait intact dans ma mémoire, car j'avais activement participé à toutes ses phases. D'Elena Barrea à Rosalinda Fox, la technique serait la même. L'unique problème, c'était le manque de temps, qui nous obligerait à travailler à marche forcée. Toujours avec l'aide de Jamila, je chauffai de l'eau que je versai en ébullition dans la baignoire. En me brûlant les mains, j'y introduisis le tissu et le laissai tremper. La salle de bains se remplit de vapeur tandis que nous observions, anxieuses, le résultat de notre expérience; des gouttes de sueur dégoulinaient sur nos fronts, la buée avait gommé nos images sur le miroir. Au bout d'un moment, je décidai que l'on pouvait extraire l'étoffe, à présent foncée et méconnaissable. Nous vidâmes l'eau et, attrapant chacune une extrémité, nous tordîmes la bande de toutes nos forces, tirant dans le sens de la longueur, tournant chacune de notre côté comme nous l'avions fait si souvent avec les draps de la pension de la Luneta, afin d'éliminer jusqu'à la dernière goutte d'eau avant de les étendre au soleil. Sauf que cette fois nous n'allions pas déployer le tissu dans toute sa largeur, au contraire: l'objectif était de le garder au maximum serré durant le séchage, pour conserver tous les plis possibles dans cet amas chiffonné qu'était devenue la soie. Le matériau tordu et retordu fut donc placé dans une bassine et nous le transportâmes ensemble à la terrasse. Nous recommençâmes à tourner les deux extrémités en sens contraire, jusqu'à obtenir l'aspect d'une grosse corde enroulée sur elle-même avec la forme d'un grand ressort; puis nous disposâmes une serviette par terre et, tel un serpent lové, nous déposâmes dessus l'avant-goût de la robe que devrait porter, quelques heures plus tard, ma cliente anglaise, dans sa première apparition au bras de l'énigmatique homme de sa vie.

Tandis que le tissu séchait au soleil, nous redescendîmes dans la maison, nous bourrâmes la cuisinière de charbon et nous la fîmes fonctionner à toute puissance, jusqu'à obtenir la chaleur d'une salle des machines. Quand la pièce se fut transformée en un four, après avoir estimé que le soleil de l'après-midi commençait à décliner, nous regagnâmes la terrasse et récupérâmes le produit. Une nouvelle serviette fut étendue sur la cuisinière en fonte et, sur elle, le tissu encore entortillé sur lui-même. Toutes les dix minutes nous le retournions, sans le dérouler, pour que la température du charbon le sèche de façon uniforme. Avec un reste de l'étoffe non utilisé, entre deux aller et retour à la cuisine, je confectionnai une ceinture consistant en une triple couche de bougran doublée par une large bande de soie repassée. À cinq heures du soir j'ôtai le tissu chiffonné de dessus la cuisinière et je l'emportai à l'atelier. Il avait l'air d'un boudin chaud: personne n'aurait pu imaginer ce que je pensais en faire en moins d'une heure.

Je l'étalai sur la table de coupe et peu à peu, avec un soin extrême, je défis le monstre tubulaire. Magiquement, sous mes yeux anxieux et à la stupeur de Jamila, la soie apparut plissée et brillante, superbe. Les plis n'étaient pas permanents, tels ceux du vrai modèle de Fortuny, car nous n'avions ni les moyens ni la connaissance techniques pour y parvenir, mais l'effet était similaire, et il durerait au moins une nuit: une nuit très spéciale pour une femme en mal de spectaculaire. Je déployai donc la soierie dans toute sa largeur et la laissai refroidir. Je la coupai ensuite en quatre pièces avec lesquelles je confectionnai une espèce d'étroite gaine cylindrique qui devait s'adapter au corps à la façon d'une seconde peau. Je taillai une simple encolure ronde et je travaillai les ouvertures pour les bras. Comme nous n'avions pas le temps d'ajouter des ornementations aux ourlets, la fausse robe Delphos était finie en moins d'une heure: une version artisanale et précipitée d'un modèle révolutionnaire dans le monde de la haute couture; une imitation trompeuse, capable néanmoins de causer une forte impression; par exemple sur quiconque fixerait son attention sur le corps qui le porterait dans une petite demi-heure.

J'essayais la ceinture quand la sonnette retentit. Alors seulement je pris conscience de mon aspect lamentable. La sueur provoquée par l'eau bouillante avait défait mon maquillage et ma mèche; la chaleur, les efforts nécessaires pour tordre le tissu, les allées et venues de la terrasse à l'atelier et le travail forcené de l'après-midi m'avaient mise dans un tel état qu'on aurait dit que la cavalerie des troupes indigènes m'était passée dessus au triple galop. Je me précipitai dans ma chambre tandis que Jamila allait ouvrir; je me changeai à toute allure, me peignai, arrangeai mon maquillage. Le résultat de mon travail avait été satisfaisant, et il fallait donc que je me montre à la hauteur.

J'imaginais que Rosalinda m'attendait au salon, mais j'aperçus sa silhouette à travers la porte ouverte de l'atelier; elle se tenait devant le mannequin portant sa robe. Elle me tournait le dos, je ne pus donc pas apprécier l'expression de son visage. Je lui demandai simplement:

– Elle vous plaît?

Elle se retourna aussitôt et ne me répondit pas. Elle me rejoignit en quelques pas agiles, me prit une main et la serra avec force.

– Merci, merci, *a million* mercis.

Ses cheveux étaient ramassés dans un chignon bas, avec des ondulations naturelles plus marquées que d'habitude. Son maquillage était discret sur les yeux et les pommettes ; en revanche, le rouge à lèvres était beaucoup plus provocant. Ses talons la hissaient largement au-dessus de sa taille normale. Une paire de boucles d'oreilles en or blanc et diamants, longues, magnifiques, constituaient toute sa parure. Elle exhalait un parfum délicieux. Elle ôta ses vêtements et je l'aidai à enfiler la robe. Le plissé irrégulier de la tunique glissa, bleu, ondoyant et sensuel sur son corps, marquant la finesse de son ossature, la délicatesse de ses membres, modelant et révélant les formes avec une élégance et une somptuosité sans pareilles. J'ajustai la large bande à sa taille et la nouai dans son dos. Nous contemplâmes le résultat dans le miroir sans un mot.

– Ne bougez pas, dis-je.

Je sortis dans le couloir, j'appelai Jamila et la fis entrer. En contemplant Rosalinda vêtue de sa robe, elle mit aussitôt la main devant sa bouche pour étouffer un cri de surprise et d'admiration.

– Retournez-vous pour qu'elle puisse bien vous voir. Une grande partie du travail lui revient. Sans elle, je n'y serais jamais arrivée.

L'Anglaise sourit à Jamila, reconnaissante, et tourna deux fois sur elle-même dans un mouvement gracieux. La jeune fille arabe l'observa, intimidée, gênée et heureuse à la fois.

– Maintenant dépêchez-vous, il est presque huit heures moins dix.

Jamila et moi, nous nous installâmes sur le balcon pour la voir partir, muettes, nous tenant par le bras et tapies dans un coin, afin de ne pas être aperçues de la rue.

La nuit était pratiquement tombée. Je regardais en bas, sûre d'y trouver une fois de plus sa petite voiture rouge garée, mais à sa place il y avait une automobile noire, brillante, imposante, avec des fanions à l'avant dont je fus incapable de distinguer les couleurs, du fait de la distance et de la faible lumière. Dès que la silhouette en soie bleutée se découpa à l'entrée, les phares s'allumèrent, un homme en uniforme descendit du côté passager et ouvrit rapidement la portière arrière. Il l'attendit dans une attitude martiale, jusqu'à ce qu'elle débouche dans la rue, élégante et majestueuse, et s'approche de la voiture à petits pas. Sans hâte, comme s'exhibant, remplie de fierté et d'assurance. Je ne parvins pas à vérifier s'il y avait quelqu'un d'autre sur la banquette: elle s'assit, l'homme en uniforme referma la portière et rejoignit promptement sa place. Le véhicule démarra puissamment et disparut dans la nuit. Il transportait une femme pleine d'espoirs et la robe la plus frauduleuse de toute l'histoire de la fausse haute couture.

19

Le lendemain, la vie reprit un cours normal. Au milieu de l'après-midi, on sonna à la porte; je fus surprise, je n'avais aucun rendez-vous prévu. C'était Félix. Sans un mot il se faufila à l'intérieur et referma derrière lui. Son comportement était curieux: en général, il ne venait jamais chez moi avant une heure avancée de la nuit. Une fois à l'abri des regards indiscrets de sa mère à travers le judas, il parla sur un ton pressé et ironique:

– Vraiment, ma chérie, les affaires vont de mieux en mieux!

– Pourquoi dis-tu cela? m'exclamai-je.

– À cause de la dame éthérée que j'ai croisée à l'instant même en bas.

– Rosalinda Fox ? Elle venait pour un essayage. Elle m'a envoyé ce matin un bouquet de fleurs pour me remercier. C'est elle que j'ai tirée hier d'un mauvais pas.

– Tu ne prétends pas que la blonde maigre que je viens juste d'apercevoir est celle de la robe Delphos ?

– Elle-même.

Il savoura pendant quelques secondes l'information. Puis il poursuivit, un peu railleur :

– Eh bien, voilà qui est très intéressant ! Tu t'es montrée capable de résoudre le problème d'une dame très, mais alors très très spéciale.

– Spéciale en quoi ?

– Spéciale dans la mesure où ta cliente est sans doute en ce moment la femme qui dispose du plus grand pouvoir dans tout le Protectorat. Sauf pour ce qui est de la couture, mais dans ce domaine, elle t'a, toi, l'impératrice de la contrefaçon.

– Je ne te comprends pas, Félix.

– Tu es en train de m'affirmer que tu ne sais pas qui est Rosalinda Fox, à qui tu as confectionné un super-modèle en quelques heures ?

– Une Anglaise qui a passé la plus grande partie de sa vie en Inde et qui a un fils de cinq ans.

– Et un amant.

– Allemand.

– Froid, froid.

– Ce n'est pas un Allemand.

– Non, ma chérie. Tu n'y es pas, mais alors pas du tout.

– Comment le sais-tu ?

Il esquissa un sourire malveillant.

– Parce que tout Tétouan le sait. Son amant est quelqu'un d'autre.

– Qui ?

– Quelqu'un d'important.

– Qui? répétai-je en le tirant par la manche, incapable de réprimer ma curiosité.

Il sourit de nouveau avec malice et se cacha la bouche d'un geste théâtral, comme s'il voulait me révéler un grand secret. Il chuchota à mon oreille, lentement:

– Ton amie est la maîtresse du haut-commissaire.

– Le commissaire Vázquez?

J'étais stupéfaite. Il répliqua à mon hypothèse d'abord par un éclat de rire, ensuite par une explication:

– Non, petite sotte. Claudio Vázquez ne s'occupe que de la police: de tenir en respect la délinquance locale et la bande d'écervelés qu'il a sous ses ordres. Je doute beaucoup qu'il ait assez de loisirs pour des amours extra-maritales ou, du moins, pour avoir une petite amie fixe et lui offrir une villa avec piscine sur la promenade de las Palmeras. Ta cliente, belle enfant, est la maîtresse du lieutenant-colonel Juan Luis Beigbeder y Atienza, haut-commissaire de l'Espagne au Maroc et gouverneur général des présides. La charge militaire et administrative la plus importante du Protectorat, au cas où tu l'ignorerais.

– Tu en es sûr, Félix? murmurai-je.

– Que ma mère vive en bonne santé jusqu'à quatre-vingts ans si je te mens. Personne ne sait depuis quand ils sont ensemble, elle s'est installée à Tétouan il y a un peu plus d'un mois: assez en tout cas pour que tout le monde la connaisse et soit au courant de ce qu'il y a entre les deux. Lui est haut-commissaire à la suite d'une récente nomination officielle de Burgos, bien qu'il ait en réalité assumé ses fonctions dès le début de la guerre. On raconte que Franco est fou de joie car il ne cesse de lui recruter des petits soldats bagarreurs pour les envoyer au front.

Même dans la plus rocambolesque de mes fantaisies, je n'aurais jamais imaginé Rosalinda Fox amoureuse d'un lieutenant-colonel du camp franquiste.

– Comment est-il?

Le ton intrigué de ma question le fit de nouveau rire de bon cœur.

– Beigbeder ? Tu ne l'as jamais vu ? C'est vrai qu'il est plus discret à présent, il doit passer le plus clair de son temps enfermé au haut-commissariat, mais avant, quand il était sous-délégué aux Affaires indigènes, tu pouvais le rencontrer dans la rue à tout moment. Bien entendu, à cette époque il passait inaperçu : ce n'était qu'un officier sérieux et anonyme, qui sortait à peine en société. Il était presque toujours seul et assistait rarement aux fêtes de la Hípica, de l'hôtel Nacional ou du salon Marfil, pas plus qu'il ne jouait aux cartes à longueur de journée, comme ce fainéant de colonel Sáenz de Buruaga, qui, le jour du soulèvement, en arriva à dicter ses premiers ordres depuis la terrasse du casino. Un type réservé et un tantinet solitaire, ce Beigbeder, ça, oui.

– Séduisant ?

– À vrai dire, il ne m'attire pas du tout, mais peut-être que pour vous il a son charme, vous êtes très bizarres, vous autres femmes.

– Décris-le-moi.

– Grand, mince, austère. Brun, bien coiffé. Avec des lunettes rondes, une moustache et une allure d'intellectuel. Malgré sa charge et par les temps qui courent, il est souvent en civil, avec des costumes foncés très ennuyeux.

– Marié ?

– Sans doute, bien qu'il ait semble-t-il toujours vécu seul ici. Mais les militaires sont souvent comme ça : ils ne traînent pas leur famille derrière eux à chaque nouvelle affectation.

– Âge ?

– Assez vieux pour être son père.

– Je ne te crois pas.

Il se mit à rire de nouveau.

– Tant pis pour toi. Si tu travaillais moins et si tu sortais davantage, sûr que tu le croiserais à un moment ou à un autre, et tu pourrais constater de tes propres yeux ce que je te dis. Il se promène encore de temps à autre, mais toujours flanqué de deux gardes du corps. Il paraît que c'est un monsieur très cultivé, qui parle plusieurs langues et a longtemps habité en dehors de l'Espagne; rien à voir, en principe, avec nos habituels sauveurs de la patrie, bien qu'il en fasse naturellement partie, d'après son poste actuel. Ta cliente et lui ont dû se connaître à l'étranger; espérons qu'elle te l'expliquera un jour, et que tu me le raconteras, tu sais que j'adore ces flirts si romantiques. Bon, je te laisse, petite, j'emmène la sorcière au cinéma. Programme double: *La Hermana San Sulpicio* et *Don Quintín el amargao*, ça promet un sacré après-midi de glamour. Avec les bouleversements de la guerre, on ne reçoit plus aucun film potable depuis près d'un an. Moi qui meurs d'envie de voir une bonne comédie musicale américaine; tu te souviens de Fred Astaire et de Ginger Rogers dans *Top Hat*? «*I just got an invitation through the mails/ I just got an invitation through the mails/ Your presence is requested this evening/ it's formal: top hat, white tie and tails...*»

Il s'en alla en fredonnant et je refermai derrière lui. Cette fois, ce ne fut pas sa mère qui l'espionna à travers le judas. Je l'observai tandis qu'il tirait de sa poche le trousseau de clés en les faisant tinter, choisissait la bonne et l'introduisait dans la serrure de son appartement, le tout en chantonnant. Lorsqu'il disparut, je me rendis de nouveau à l'atelier et repris ma tâche, toujours médusée par ses propos. J'essayai de continuer à travailler un moment, mais je n'en avais pas envie. Ou pas la force. Ou les deux. Je me rappelai alors l'activité mouvementée de la veille et décidai de m'accorder un après-midi de liberté. Je pourrais imiter Félix et sa mère, et aller au cinéma, je méritais un peu de distraction. Je partis avec cette idée dans la tête, mais mes pas, inexplicablement, me conduisirent à l'opposé, à la place d'Espagne.

Je fus accueillie par les massifs de fleurs et les palmiers, le sol recouvert de gravier multicolore et les bâtiments blancs tout autour. Les bancs en pierre étaient occupés, comme d'habitude, par des couples et des groupes de gamines. Les cafés voisins exhalaient une agréable odeur de tapas. Je traversai la place et m'avançai vers le haut-commissariat, que j'avais souvent aperçu depuis mon arrivée sans qu'il éveille en moi la moindre curiosité. Tout près du palais du khalife, un grand édifice blanc de style colonial, entouré de jardins luxuriants, abritait la principale dépendance de l'administration espagnole. Au milieu de la végétation, on distinguait ses deux étages principaux et un troisième en retrait, les tourelles aux coins, les volets verts et les bordures en brique orangée. Des soldats arabes, impressionnants, stoïques sous leurs turbans et leurs longues capes, montaient la garde devant la grande grille en fer. Des officiers tirés à quatre épingles de l'armée espagnole en Afrique, vêtus de leur uniforme couleur pois chiche, entraient et sortaient par une petite porte latérale, martiaux dans leurs jodhpurs et leurs grandes bottes cirées. On voyait également s'agiter d'un endroit à l'autre quelques soldats indigènes, avec des vareuses à l'européenne, des pantalons larges et des bandes molletières brunes. Le drapeau bicolore des nationalistes ondoyait sur un ciel bleu qui semblait déjà annoncer le début de l'été. Je restai là, à contempler ce mouvement incessant d'hommes en uniforme, jusqu'à prendre conscience des multiples regards provoqués par mon immobilité. Effrayée et mal à l'aise, je tournai les talons et regagnai la place. Qu'est-ce que je cherchais devant le haut-commissariat? Que voulais-je y trouver? Pourquoi étais-je venue jusqu'ici? Pour rien, sans doute; du moins, pour rien de précis, mis à part le fait d'observer de près l'endroit où résidait l'inattendu amant de ma dernière cliente.

20

Le printemps se transforma en un été plein de douceur et aux nuits lumineuses. Je continuais à partager avec Candelaria mes gains de l'atelier. La liasse de livres sterling avait grossi, au fond du tiroir, à tel point qu'elle avait presque atteint le volume nécessaire pour régler la dette en suspens ; le délai accordé par le Continental allait bientôt s'achever, j'étais donc soulagée d'avoir tenu mes engagements et de pouvoir enfin racheter ma liberté. Les nouvelles de la guerre nous parvenaient, comme toujours, à travers la presse et la radio. Le général Mola était mort, la bataille de Brunete avait commencé. Félix poursuivait ses incursions nocturnes ; à mes côtés, Jamila progressait dans son espagnol musical et étrange et m'aidait dans certaines petites tâches : une faufilure lâche, un bouton, une ganse. Presque rien ne brisait la monotonie des journées passées à l'atelier, seulement les bruits des activités domestiques ou des bribes de conversations provenant des logements voisins qui pénétraient par les fenêtres ouvertes sur la cour intérieure. Et aussi la galopade constante des enfants des étages supérieurs désormais en vacances, sortant jouer dans la rue, parfois en groupe, parfois un à un. Aucun de ces sons ne me gênait, bien au contraire : en leur compagnie, je me sentais moins seule.

Un après-midi, à la mi-juillet, les bruits et les voix furent plus forts, les courses plus précipitées.

– Elles sont là ! Elles sont arrivées !

Ensuite il y eut d'autres cris et des portes claquées, des prénoms répétés au milieu des pleurs : Concha, Concha ! Carmela, ma sœur chérie ! Esperanza, enfin, Esperanza !

J'entendis déplacer des meubles, monter et descendre en courant l'escalier des dizaines de fois. J'entendis des rires, j'entendis des sanglots et des ordres : remplis la baignoire, sors plus de serviettes, apporte le linge, les matelas ; à la petite, donnez à manger à la petite. Et encore des larmes, des cris d'émotion, des rires. Et une odeur de nourriture, et des bruits de casseroles à une heure indue dans la cuisine. Et une autre fois : Carmela, mon Dieu, Concha, Concha ! L'agitation ne se calma pas avant minuit passé. Félix ne vint qu'après, et je pus enfin l'interroger.

– Qu'arrive-t-il chez les Herrera ? Ils ont l'air complètement fous, aujourd'hui.

– Tu n'es pas au courant ? Les sœurs de Josefina sont là. Ils ont réussi à les sortir de la zone rouge.

Le lendemain matin, j'entendis de nouveau des voix et du remue-ménage, mais avec plus de calme. L'activité n'en fut pas moins incessante tout au long de la journée : les allées et venues, la sonnette, le téléphone, les courses des enfants dans le couloir. Et au milieu toujours des pleurs, toujours des éclats de rire, puis encore des larmes et des rires. L'après-midi, on sonna chez moi. J'imaginai que c'était l'un des voisins du dessus, ils avaient peut-être besoin de quelque chose, ils allaient me demander un service, un prêt quelconque : une demi-douzaine d'œufs, un couvre-lit, une bouteille d'huile. Je me trompai. Mon visiteur était quelqu'un de totalement inattendu.

– Mme Candelaria dit qu'il faut venir le plus vite possible à la Luneta. L'instituteur est mort, don Anselmo.

C'était Paquito, ruisselant de sueur, le fils obèse de la mère obèse, qui m'apportait le message.

– Pars devant, j'arrive tout de suite.

J'annonçai la nouvelle à Jamila et elle pleura de chagrin. Je ne versai pas une larme, mais je me sentais très triste. De tous les membres de cette tribu turbulente dont j'avais partagé la vie du temps de la pension, c'était le plus proche, celui qui avait noué avec moi la relation la plus affectueuse. J'enfilai le tailleur le plus foncé de mon armoire : ma garde-robe ne comportait encore aucun vêtement de deuil. Nous parcourûmes rapidement les rues, Jamila et moi. Arrivées devant le portail de la maison, nous grimpâmes quelques marches. Impossible d'avancer, un groupe compact d'hommes bloquait l'accès. Nous nous frayâmes un passage en jouant des coudes parmi les nombreux amis et connaissances de l'instituteur, qui attendaient respectueusement leur tour pour un dernier adieu.

La porte de la pension était ouverte. Avant même de franchir le seuil je perçus une odeur de cierge allumé et un murmure sonore de voix féminines priant à l'unisson. Candelaria vint au-devant de nous dès que nous entrâmes. Elle était engoncée dans un tailleur noir, à l'évidence trop étroit, et sur son buste majestueux se balançait une médaille à l'effigie de la Vierge. Au milieu de la salle à manger, sur la table, un cercueil ouvert contenait le corps grisâtre et endimanché de don Anselmo. Cette vision me fit frissonner et Jamila enfonça ses ongles dans mon bras. J'embrassai Candelaria sur les deux joues et celle-ci m'inonda d'un flot de larmes près de l'oreille.

– Le voilà, tombé au champ d'honneur.

Je me rappelai ces querelles entre deux plats dont j'avais souvent été le témoin. Les arêtes d'anchois et les morceaux d'écorce de melon africain, rugueuse et jaune, volant d'un côté à l'autre de la table. Les plaisanteries venimeuses et les insultes, les fourchettes brandies comme des lances, les beuglements de chaque camp. Les provocations et les menaces d'expulsion jamais mises à exécution par la Contrebandière. La table de la salle à manger effectivement transformée en champ de bataille. J'essayai de réprimer un sourire amer. Les sœurs desséchées, la mère obèse et quelques voisines, assises devant la fenêtre et endeuillées de la tête aux pieds, continuaient à égrener le rosaire d'une voix monocorde et pleurnicharde. J'imaginai une seconde don Anselmo en vie, un Toledo fiché au coin des lèvres, hurlant, furibond, entre deux quintes de toux, qu'elles arrêtent leurs conneries de prières une bonne fois pour toutes. Mais l'instituteur n'était plus parmi les vivants et elles, si. Face à son corps mort, aussi présent et encore chaud fût-il, elles pouvaient désormais agir à leur guise. Nous nous assîmes, Candelaria et moi, non loin d'elles, la patronne ajusta sa voix au rythme de leurs oraisons et je fis semblant de l'imiter, mais mon esprit vagabondait ailleurs.

Seigneur, prenez pitié de nous.
Ô Christ, prenez pitié de nous.

Je rapprochai ma chaise en osier de la sienne, jusqu'à ce que nos deux bras se touchent.

Seigneur, prenez pitié de nous.

– Je dois vous demander quelque chose, Candelaria, lui chuchotai-je à l'oreille.

Ô Christ, écoutez-nous.
Ô Christ, exaucez-nous.

– Dis-moi, mon cœur, répondit-elle, également à voix basse.

Père du ciel qui êtes Dieu, prenez pitié de nous.
Fils, rédempteur du monde.

– J'ai appris qu'on rapatriait des gens de la zone rouge.

Esprit Saint, qui êtes Dieu.
Trinité sainte, qui êtes un seul Dieu.

– Il paraît...

Sainte Marie, priez pour nous.
Sainte Mère de Dieu.
Mère bénie entre toutes les mères.

– Vous pouvez essayer de savoir comment ils font?

Mère de Jésus.
Mère de l'Église.

– Pourquoi ça t'intéresse?

Vierge comblée de grâces.
Vierge très pure.
Vierge toute sainte.

– Pour sortir ma mère de Madrid et la ramener à Tétouan.

Mère très pure.
Mère très chaste.

– Il faudra que je demande par-ci par-là...

Mère aimable.
Mère admirable.

– Demain matin?

Mère du bon conseil.
Mère du Créateur.
Mère du Sauveur.

– Dès que je pourrai. Et maintenant tais-toi et prie, peut-être que toutes ensemble on réussira à faire monter au ciel don Anselmo.

La veillée funèbre se poursuivit jusqu'au petit matin. Le lendemain, nous enterrâmes l'instituteur avec cérémonie à la mission catholique, avec répons solennel et tout le tralala réservé aux plus fervents des croyants. Nous accompagnâmes le cercueil au cimetière. Le vent soufflait très fort, comme souvent à Tétouan ; un vent désagréable qui ébouriffait les cheveux, soulevait les jupes et traînait au sol les feuilles des eucalyptus. Tandis que le prêtre finissait de baragouiner en latin, je me penchai vers Candelaria, je voulais qu'elle m'explique.

– Les sœurs disaient que l'instituteur était un athée, fils de Lucifer, je ne comprends pas pourquoi elles lui ont organisé cet enterrement.

– Arrête, et si son âme erre à travers les enfers, et que son esprit vient nous tirer par les pieds quand on dort...

J'eus le plus grand mal à ne pas éclater de rire.

– Mon Dieu, Candelaria, ne soyez pas si superstitieuse !

– Et toi, fiche-moi la paix, je suis pas née de la dernière pluie, je sais ce que je fais.

Sans ajouter un mot, elle se concentra de nouveau sur la liturgie et nous n'échangeâmes plus le moindre regard, même après l'ultime *Requiescat in pace*. On descendit alors le corps dans la fosse et, lorsque les fossoyeurs commencèrent à jeter sur lui les premières pelletées de terre, le groupe s'égailla. En bon ordre, nous partîmes en direction de la grille du cimetière ; soudain, Candelaria s'accroupit, feignant de raccrocher la boucle de sa chaussure, et laissa passer devant les sœurs avec la grosse et les voisines. Nous les regardâmes s'éloigner ; de dos on aurait cru une bande de corbeaux, avec leurs voiles noirs, qu'on appelait des « demi-voiles », leur tombant jusqu'à la taille.

– Allez, on va rendre un dernier hommage ensemble à la mémoire de don Anselmo, parce que moi, ma fille, le chagrin me donne une de ces faims...

Arrivées à la pâtisserie El Buen Gusto, chacune choisit des gâteaux et nous nous installâmes, pour les manger, sur un banc de la place de l'église, au milieu des palmiers et des massifs. Je finis par lui poser la question qui me brûlait les lèvres depuis le début de la matinée.

– Vous avez déjà pu apprendre quelque chose au sujet de ce que je vous ai dit?

Elle acquiesça, la bouche pleine de meringue.

– C'est pas simple, et ça coûte un bon pacson.

– Racontez-moi.

– Il y en a qui s'occupent de toutes les formalités depuis Tétouan. J'ai pas bien pu m'informer sur tous les détails, mais il semble qu'en Espagne ça s'organise à travers la Croix-Rouge internationale. Ils localisent quelqu'un dans la zone rouge et, d'une façon ou d'une autre, ils réussissent à l'amener jusqu'à un port du Levant, ne me demande pas comment, j'ai pas la plus petite idée. Camouflé dans un camion ou à pied, Dieu seul sait. En tout cas, ils les embarquent là-bas. Ceux qui veulent entrer dans la zone nationale, ils les emmènent en France et leur font franchir la frontière au Pays basque. Ceux qui viennent au Maroc, d'abord Gibraltar, si c'est possible, mais ça marche pas souvent, ou sinon un autre port de la Méditerranée. En général, ils rejoignent Tanger et ensuite Tétouan.

Mon pouls s'accéléra.

– À qui il faudrait que je parle?

Elle eut un sourire teinté de tristesse et me donna une petite tape affectueuse sur la cuisse, qui laissa une tache de sucre glace sur ma jupe.

– Avant de parler avec quelqu'un, il faut d'abord disposer de beaucoup de pognon. Et en livres sterling. Je t'avais pas dit que le meilleur fric, c'était le fric anglais?

– Je n'ai pas touché à mes économies de ces derniers mois, précisai-je, ignorant sa question.

– Tu dois aussi rembourser le Continental.

– Peut-être que j'ai assez pour les deux.

– J'en doute fortement, ma chérie. Ça te coûterait deux cent cinquante livres.

Ma gorge se noua et j'avalai de travers la pâte feuilletée. Je commençai à tousser, la Contrebandière me tapa dans le dos. Quand je repris ma respiration, je me mouchai et demandai :

– Vous ne me les prêteriez pas, par hasard, Candelaria ?

– Moi, malheureuse ? J'ai pas un sou.

– Et tout l'argent que je vous ai versé de l'atelier ?

– Déjà dépensé.

– Dans quoi ?

Elle soupira avec force.

– Payer cet enterrement, acheter les médicaments de ces derniers temps et une poignée de factures en suspens que don Anselmo avait laissées dans plusieurs endroits. Heureusement que le docteur Maté était un de ses amis et qu'il me fera pas casquer les consultations.

Je lui jetai un regard incrédule.

– Mais il devait lui rester de l'argent, de sa pension de retraite.

– Rien de rien.

– C'est impossible : il ne sortait presque plus depuis des mois, il n'avait pas de dépenses.

Elle sourit avec un mélange de compassion, de tristesse et d'humour.

– Je sais pas comment il s'est débrouillé, ce vieux démon, mais il a réussi à faire parvenir toutes ses économies au Secours rouge.

Si l'on additionnait la quantité d'argent nécessaire pour amener ma mère au Maroc et rembourser ma dette, le total était largement hors de ma portée, mais l'idée me trottait dans la tête. Je dormis à peine, cette nuit-là, occupée que j'étais à tourner et retourner l'affaire. J'envisageai les solutions les plus rocambolesques, recomptai mille fois les billets épargnés, mais, malgré toute mon obstination, je fus incapable de les multiplier. Alors, juste avant l'aube, j'eus une idée.

21

Les conversations, les rires gras et le cliquetis rythmique de la machine à écrire s'interrompirent à l'unisson dès que les quatre paires d'yeux se posèrent sur moi. La pièce était grise, saturée de fumée, d'odeur de tabac et d'une puanteur d'humanité rance et concentrée. On n'entendit plus alors que le bourdonnement des mouches innombrables et le vrombissement fatigué des pales d'un ventilateur en bois tournant au-dessus de nos têtes. Et, au bout de quelques secondes, le sifflement admiratif de quelqu'un qui passait par le couloir et m'aperçut, debout, vêtue de mon plus beau tailleur et entourée de quatre tables derrière lesquelles quatre corps trempés de sueur, en manches de chemise, s'efforçaient de travailler. Ou de faire semblant.

– Je viens voir le commissaire Vázquez, annonçai-je.

– Il est pas là, dit le plus gros.

– Mais il tardera pas, dit le plus jeune.

– Vous pouvez l'attendre, dit le plus maigre.

– Si vous voulez vous asseoir, dit le plus vieux.

Je m'installai sur une chaise dont le siège était en caoutchouc et j'attendis sans bouger plus d'une heure et demie. Durant ces interminables quatre-vingt-dix minutes, le quatuor feignit de reprendre ses activités, mais en réalité il se consacra à me détailler avec insolence, à tuer des mouches à l'aide d'un journal replié, à échanger des gestes obscènes et à se passer des mots gribouillés, sans doute des commentaires sur mes seins, mon postérieur et mes jambes, et la description de tout ce qu'ils seraient susceptibles de faire avec moi si je daignais être un petit peu gentille avec eux. Don Claudio arriva finalement, en jouant le rôle de l'homme-orchestre : la démarche rapide, ôtant à la fois son chapeau et sa veste, aboyant des ordres tandis qu'il essayait de déchiffrer deux notes qu'on venait de lui remettre.

– Juárez, je te veux rue du Comercio, il y a eu des coups de couteau. Cortés, si le dossier de la fabrique d'allumettes n'est pas sur mon bureau avant que j'aie compté jusqu'à dix, je t'expédie à Ifni en moins de deux. Bautista, qu'est-ce qui s'est passé avec le vol du Zoco del Trigo ? Cañete...

Sur ce, il s'arrêta car il me découvrit. Et Cañete, le maigre, se retrouva sans mission.

– Entrez, dit-il simplement, en m'indiquant un bureau au fond de la pièce. – Il remit sa veste qu'il avait à moitié enlevée. – Cortés, la fabrique d'allumettes, ça peut attendre. Et vous autres, au boulot, conclut-il.

Il referma la porte vitrée qui séparait sa tanière du bureau de ses subordonnés et m'offrit un siège. Sa pièce était plus petite mais beaucoup plus agréable. Il accrocha son chapeau à un portemanteau, s'assit derrière un bureau recouvert de documents et de dossiers. Il mit en marche un ventilateur en bakélite et le souffle d'air frais caressa mon visage, comme un miracle au milieu du désert.

– Bien, qu'est-ce que vous avez à m'annoncer?

Son ton n'était ni particulièrement sympathique ni hostile. Il avait une attitude à mi-chemin entre la nervosité soucieuse de nos premières rencontres et la sérénité de ce jour d'automne où il avait consenti à me laisser vivre ma vie. De même que l'été précédent, son visage était bruni par le soleil: sans doute de fréquentes visites à la plage voisine de Río Martín, comme la plupart des habitants de Tétouan; ou bien, simplement, à force de parcourir les rues de la ville pour résoudre des affaires.

Je connaissais sa façon de travailler, je lui exposai donc ma requête et me préparai à répondre à toute une batterie de questions.

– J'ai besoin de mon passeport.

– Puis-je savoir pour quoi?

– Pour aller à Tanger.

– Dans quel but?

– Pour renégocier ma dette.

– La renégocier dans quel sens?

– Il me faut plus de temps.

– Je croyais que votre atelier marchait sans problème; je m'attendais à ce que vous ayez réuni la quantité que vous devez. Je sais que vous avez de bonnes clientes, j'ai d'excellentes informations sur vous.

– En effet, les affaires marchent bien. Et j'ai des économies.

– Combien?

– Assez pour rembourser ma facture du Continental.

– Alors, quoi?

– De nouvelles affaires ont surgi pour lesquelles j'ai aussi besoin d'argent.

– Des affaires de quel type?

– Des affaires de famille.

Il me regarda, l'air faussement incrédule.

– Je pensais que votre famille était à Madrid.

– C'est précisément à cause de cela.

– Expliquez-vous.

– Ma mère est mon unique famille. Et elle est à Madrid. Je veux la sortir de là et l'amener à Tétouan.

– Et votre père?

– Je vous ai déjà dit que je le connais à peine. Je souhaite seulement retrouver ma mère.

Je lui précisai tous les détails que m'avait donnés Candelaria sans mentionner son nom. Lui m'écouta selon son habitude, ses yeux cloués aux miens, en apparence totalement concentré sur mes paroles, pourtant j'étais sûre qu'il était parfaitement au courant de ces transferts d'une zone à l'autre.

– Quand auriez-vous l'intention d'aller à Tanger?

– Le plus tôt possible, si vous m'y autorisez.

Il s'appuya sur le dossier de son fauteuil et me dévisagea fixement. Les doigts de sa main gauche commencèrent à tambouriner sur la table. Si j'avais eu la capacité de distinguer au-delà de la chair et des os, j'aurais vu son cerveau se mettre à l'œuvre et entamer une activité intense : il soupesait ma demande, écartait certains choix, trouvait et décidait. Au bout d'un moment qui dut être bref mais qui me parut infini, il interrompit brusquement le tapotement de ses doigts et assena une claque énergique sur la surface en bois. Je devinai qu'il avait pris sa décision, mais, avant de me la communiquer, il s'approcha de la porte et pencha la tête au-dehors.

– Cañete, prépare un laissez-passer pour le poste du Borch au nom de Mlle Sira Quiroga. Immédiatement.

Je poussai un soupir de soulagement : Cañete avait enfin du travail, mais je restai coite jusqu'à ce que le commissaire regagne sa place et s'adresse directement à moi.

– Je vais vous donner votre passeport, un sauf-conduit et douze heures pour un aller et retour à Tanger demain. Discutez avec le gérant du Continental pour voir ce que vous obtenez. Sans doute pas grand-chose, mais qui ne risque rien n'a rien. Tenez-moi informé. Et rappelez-vous : pas de coup fourré.

Il ouvrit un tiroir, farfouilla à l'intérieur et en tira mon passeport. Cañete entra, posa un papier sur la table, me toisa d'un œil concupiscent. Le commissaire signa le document et, sans lever la tête, devant la présence mollassonne de son subordonné, il lui décocha un : « Du vent, Cañete ! » Puis il plia le papier, l'inséra entre les pages de mon passeport et me tendit le tout en silence. Il se leva alors et tint la porte ouverte par la poignée pour m'inviter à sortir. Les quatre paires d'yeux que j'avais croisées en arrivant s'étaient transformées en sept quand je quittai le bureau. Sept mâles les bras ballants qui attendaient ma sortie comme le Messie ; comme si c'était la première fois qu'ils voyaient une femme présentable entre les murs de ce commissariat.

– Qu'est-ce qui se passe, aujourd'hui, on est en vacances? lança don Claudio à la cantonade.

Pris d'une activité frénétique, tous se mirent automatiquement en mouvement: ils tirèrent des papiers des chemises, discutèrent d'affaires probablement très importantes et tapèrent sur des touches qui, de toute évidence, écrivaient la même lettre une douzaine de fois.

Je sortis et commençai à marcher sur le trottoir. À travers la fenêtre ouverte, je vis le commissaire entrer de nouveau dans le bureau.

– Putain, chef, belle pouliche! s'exclama une voix que je n'identifiai pas.

– Boucle-la, Palomares, ou je t'envoie monter la garde au pic des Monas.

22

On m'avait dit qu'avant le début de la guerre il existait plusieurs services de transport quotidien qui couvraient les soixante kilomètres séparant Tétouan de Tanger. Ce n'était plus le cas, le trafic était réduit et les horaires changeants: personne ne fut ainsi en mesure de me les spécifier avec certitude. Nerveuse, je me rendis donc le matin suivant au garage de la Valenciana, prête à tout endurer pour peu que l'un de ses grands véhicules rouges me transporte à destination. Si la veille j'avais été capable de résister durant une heure et demie au commissariat, entourée de ces morceaux de viande dotés d'yeux, j'imaginai également supportable la perspective d'attendre en compagnie de chauffeurs oisifs et de mécaniciens dégoulinants de graisse. Je revêtis de nouveau mon plus beau tailleur, posai un foulard de soie sur mes cheveux et masquai mon anxiété par de grandes lunettes de soleil. Il n'était pas encore neuf heures et je n'étais plus qu'à quelques mètres du dépôt de la compagnie d'autocars, un peu en dehors de la ville. Je marchais vite, plongée dans mes pensées : anticipant ma rencontre avec le gérant de l'hôtel Continental et ruminant les arguments que je lui exposerais. Outre mes soucis quant au remboursement de ma dette, j'éprouvais une autre sensation tout aussi désagréable. Pour la première fois depuis mon départ, je revenais à Tanger, où chaque coin de rue me rappellerait Ramiro. Je savais que ce serait douloureux et que mes souvenirs prendraient un tour plus concret. Je devinais que la journée serait pénible.

En chemin, je croisai peu de passants et encore moins d'automobiles : il était encore tôt. Je fus d'autant plus étonnée en entendant l'une d'elles freiner brutalement à côté de moi. Une Dodge noire, flambant neuve, de taille moyenne. Le véhicule m'était totalement inconnu, mais non la voix qui en jaillit.

– *Morning, dear*. Toi ici ? Quelle surprise ! Je peux t'emmener quelque part ?

– Je ne crois pas, merci, je suis déjà arrivée, répondis-je en montrant le quartier général de la Valenciana.

Tandis que je parlais, je constatai, du coin de l'œil, que ma cliente anglaise portait l'un des tailleurs sortis de mon atelier quelques semaines auparavant. Elle aussi s'était couvert la tête d'un foulard clair.

– Tu penses prendre un bus ? demanda-t-elle avec une pointe d'incrédulité dans la voix.

– En effet, je vais à Tanger. Mais je vous remercie beaucoup de votre proposition.

Comme si elle venait d'écouter une histoire drôle, la bouche de Rosalinda Fox laissa échapper un éclat de rire musical.

– *No way, sweetie*. Un autobus ? N'y songe même pas, ma chérie. Je vais moi-même à Tanger. Monte. Et arrête de me vouvoyer, *please*. Nous sommes amies, à présent, *aren't we*?

Je soupesai rapidement son offre et conclus que je ne contrevenais en rien aux ordres de don Claudio; j'acceptai donc. Grâce à cette invitation inattendue, j'éviterais le voyage inconfortable dans un autocar rempli de tristes souvenirs; et en sa compagnie j'oublierais plus facilement mon désarroi.

Abandonnant derrière elle le garage des bus, Rosalinda conduisit le long de la promenade de las Palmeras, ses vastes et belles résidences cachées derrière la luxuriance de leurs jardins. Elle en désigna une du doigt.

– Voici ma maison, mais plus pour très longtemps. Je vais sans doute bientôt déménager.

– En dehors de Tétouan?

Elle s'esclaffa, comme si j'avais prononcé une extravagance.

– Non, pour rien au monde. Je vais peut-être changer pour un endroit plus confortable; cette villa est magnifique, mais elle est restée pas mal de temps inhabitée et elle a besoin d'aménagements importants. Les canalisations sont une horreur, il n'y a presque pas d'eau potable, et je ne veux même pas imaginer un hiver dans ces conditions. Je l'ai dit à Juan Luis; il cherche d'ores et déjà un autre logement *a bit more confortable*.

Elle avait mentionné son amant avec un parfait naturel, sûre d'elle, sans les mystères et les imprécisions du jour de la réception chez les Allemands. Je n'eus aucune réaction; comme si j'étais au courant de leurs relations; comme si l'habitude d'appeler le haut-commissaire par son prénom faisait partie intégrante de mon quotidien de couturière.

– J'adore Tétouan, *it's so, so beautiful*! Ça m'évoque un peu le quartier blanc de Calcutta, avec sa végétation et ses maisons coloniales. Mais c'est bien loin, maintenant.

– Tu n'as pas l'intention d'y retourner?

– Non, pas du tout. C'est fini, désormais : il s'est passé des choses qui n'ont pas été agréables, et il y a des gens qui se sont mal conduits avec moi. En plus, j'aime habiter dans des endroits nouveaux : avant, au Portugal, à présent, au Maroc, demain, *who knows*, qui sait. J'ai vécu un peu plus d'une année au Portugal ; d'abord à Estoril et ensuite à Cascais. Après l'atmosphère a changé et j'ai décidé d'aller voir ailleurs.

Elle parlait sans cesse, concentrée sur la route. Son espagnol paraissait s'être amélioré depuis notre première rencontre ; les traces de portugais avaient presque disparu, seuls restaient, par intermittence, des mots et expressions dans sa propre langue. La capote de la voiture était baissée, elle était presque obligée de crier pour être audible, à cause du bruit assourdissant du moteur.

– Il y a encore peu de temps, il y avait là, à Estoril et à Cascais, une délicieuse colonie de Britanniques et d'autres expatriés : diplomates, aristocrates européens, des Anglais travaillant dans le vin, des Américains des *oil companies*... Nous avions mille fêtes, tout était très bon marché : les alcools, les loyers, les domestiques. Nous jouions comme des fous au bridge ; c'était vraiment très, très amusant. Mais soudain, alors qu'on ne s'y attendait pas du tout, plus rien n'a été pareil. On a eu l'impression que la moitié du monde voulait s'installer ici. La région s'est remplie de nouveaux British qui, après avoir vagabondé aux quatre coins de l'Empire, se refusaient à passer leur retraite sous la pluie de leur *old country* et choisissaient le climat tempéré de la côte portugaise. Et d'Espagnols monarchistes qui pressentaient déjà la suite des événements. Et de Juifs allemands, molestés dans leur pays, évaluant le potentiel du Portugal pour y transférer leurs affaires. Les prix ont grimpé, *immensely*.

Elle haussa les épaules avec une mimique enfantine et ajouta :

– J'imagine que ça a perdu son glamour, son charme.

Le paysage jaunâtre était interrompu de temps en temps par des champs de figuiers et de canne à sucre. Après un passage montagneux couvert de pinèdes, ce fut de nouveau la plaine aride. Les pointes de nos foulards en soie s'envolaient au vent, brillant sous la lumière du soleil, tandis que Rosalinda continuait à raconter les péripéties de son arrivée au Maroc.

– Au Portugal, on m'avait beaucoup parlé du Maroc, surtout de Tétouan. J'étais à cette époque très amie du général Sanjurjo et de son adorable Carmen, *so sweet*, tu sais qu'elle avait été danseuse ? Johnny, mon fils, jouait tous les jours avec le sien, Pepito. J'ai vraiment regretté la mort de José Sanjurjo dans cet *airplane crash*, un terrible accident. C'était un homme absolument charmant, pas très séduisant physiquement, *to tell the truth*, mais tellement sympathique, tellement jovial. Il me disait toujours : *Guapísssssima* ; c'est lui qui m'a appris mes premiers mots en espagnol. Lui qui m'a présenté Juan Luis à Berlin, pendant les Jeux d'hiver, en février de l'année dernière, j'ai été fascinée, bien sûr. J'étais venue du Portugal avec mon amie Niesha. Deux femmes seules traversant l'Europe en Mercedes jusqu'à Berlin, *can you imagine* ? Nous logions à l'Aldon Hotel, je suppose que tu connais.

Je fis un geste vague qui ne signifiait ni oui ni non. Elle poursuivit son soliloque sans s'intéresser beaucoup à moi.

– Berlin, quelle ville, *my goodness* ! Les cabarets, les fêtes, les night-clubs, tout si vibrant, si vital ; la révérende mère de mon internat anglican serait morte d'horreur si elle m'avait vue là. Une nuit, par hasard, je suis tombée sur les deux dans le lounge de l'hôtel *having a drink*, un verre. Sanjurjo visitait des usines d'armement en Allemagne. Juan Luis, qui avait vécu quelques années là en qualité de *military* attaché de l'ambassade d'Espagne, lui servait de guide dans sa tournée. Nous avons eu un petit *chit-chat*, une petite conversation. Au début, Juan Luis voulait se montrer discret et ne rien commenter devant moi, mais José savait que j'étais une bonne amie. Nous sommes ici pour les Jeux d'hiver, et nous nous préparons aussi aux jeux de la guerre, a-t-il dit en éclatant de rire. *My dear* José, si ça n'avait pas été à cause de cet horrible accident, peut-être que ce serait lui, et pas Franco, qui serait maintenant à la tête de l'armée nationaliste, *so sad*. *Anyway*, quand nous sommes retournées au Portugal, Sanjurjo m'a toujours rappelé cette rencontre : il me parlait de son ami Beigbeder, de l'excellente impression que je lui avais faite, de sa vie dans le merveilleux Maroc espagnol. Tu sais que José a également été haut-commissaire à Tétouan dans les années 1920 ? Il a lui-même conçu les jardins du haut-commissariat, *so beautiful*. Et le roi Alphonse XIII lui a accordé le titre de marquis du Rif. C'est pour ça qu'on le surnommait le lion du Rif, *poor dear* José.

Nous continuions de rouler à travers un paysage désertique. Rosalinda conduisait, intarissable ; elle sautait d'un sujet à l'autre, franchissait les frontières et les époques sans vérifier si je la suivais ou non dans le labyrinthe de sa vie qu'elle me révélait par bribes. Nous nous arrêtâmes soudain au milieu du néant, le coup de frein souleva un nuage de poussière et de terre desséchée. Nous laissâmes passer un troupeau de chèvres faméliques mené par un berger coiffé d'un turban crasseux et vêtu d'une djellaba brune effilochée. Quand le dernier animal eut traversé la route, le berger leva le bâton qui lui servait de houlette et cria quelque chose d'incompréhensible en ouvrant une bouche édentée. Rosalinda reprit alors sa conduite et son bavardage.

– Les *events* arrivèrent quelques mois après, les événements de juillet de l'année dernière. Je venais juste de quitter le Portugal et j'étais à London, occupée à préparer mon déménagement au Maroc. Juan Luis m'a raconté que son rôle a été *a bit difficult* à certains moments, pendant le soulèvement : il y a eu quelques foyers de résistance, des coups de feu et des explosions, même du sang dans les fontaines des chers jardins de Sanjurjo. Mais les troupes soulevées ont atteint leur objectif et Juan Luis y a contribué à sa façon. Il a personnellement informé le khalife Moulay Hassan, le grand vizir et les autres dignitaires musulmans de la situation. Il parle arabe à la perfection, *you know* : il a étudié à l'École des langues orientales, à Paris, et il a longtemps vécu en Afrique. C'est un grand ami du peuple marocain et sa culture le passionne : il les appelle mes frères et affirme que vous, les Espagnols, vous êtes tous maures ; c'est très amusant, *so funny.*

Je ne l'interrompis pas, mais dans mon esprit se dessinèrent des images diffuses d'Arabes affamés luttant en terre étrangère, répandant leur sang pour une cause qui ne les concernait pas en échange d'une solde misérable et de quelques kilos de sucre et de riz que l'armée donnait aux familles des *kabildas*, m'avait-on dit, tandis que les hommes combattaient sur le front. D'après Félix, c'était le sympathique Beigbeder qui se chargeait de recruter ces pauvres hères.

– *Anyway*, poursuivit-elle, il est parvenu, dès le premier soir, à gagner à la cause des *insurgents* toutes les autorités islamiques, un atout fondamental pour assurer le succès de l'opération militaire. Ensuite, pour lui témoigner sa reconnaissance, Franco l'a nommé haut-commissaire. Ils se connaissaient déjà, ils s'étaient retrouvés ensemble à l'occasion d'une affectation. Mais ils n'étaient pas exactement amis, non, non. De fait, et bien qu'il ait accompagné Sanjurjo à Berlin quelques mois avant, Juan Luis, *initially*, s'était tenu en dehors de tous les complots du soulèvement ; pour une raison que j'ignore, les organisateurs n'avaient pas compté sur lui. Il occupait alors un poste plutôt administratif en qualité de sous-délégué des Affaires indigènes, il vivait à l'écart des casernes et des conspirations, enfermé dans son propre monde. Il est très spécial, c'est plus un intellectuel qu'un homme d'action, *you know what I mean*: il aime lire, bavarder, débattre, apprendre d'autres langues... *Dear* Juan Luis, tellement, tellement romantique.

J'avais toujours du mal à relier l'image de l'homme enchanteur et séduisant esquissée par ma cliente à celle d'un énergique officier supérieur de l'armée rebelle, mais je me gardai bien de le lui avouer. Ce fut alors que nous arrivâmes à un poste de contrôle surveillé par des soldats indigènes armés jusqu'aux dents.

– Donne-moi ton passeport, *please*.

Je le tirai de mon sac à main, ainsi que le laissez-passer fourni la veille par don Claudio. Je lui tendis les deux documents; elle prit le premier et écarta le second sans y jeter un coup d'œil. Elle joignit mon passeport au sien et y ajouta une feuille pliée qui devait être un sauf-conduit à caractère illimité capable de l'emmener au bout du monde si elle l'avait souhaité. Avec son plus beau sourire, elle remit le tout à l'un des soldats maures. Celui-ci emporta les papiers à l'intérieur d'une cahute blanchie à la chaux. Un militaire espagnol en sortit aussitôt, se mit au garde-à-vous devant nous, nous gratifia de son salut le plus martial et, sans un mot, nous invita à poursuivre notre route. Rosalinda continua son monologue, le reprenant à un endroit différent de celui où elle l'avait laissé quelques minutes plus tôt. Moi, je m'efforçai de recouvrer mon calme. Je n'avais aucun motif de nervosité, tout était officiellement en ordre, malgré tout mon corps avait été envahi d'une sensation d'angoisse, telle une éruption cutanée, au passage de ce contrôle.

– *So*, en octobre de l'année dernière j'ai embarqué à Liverpool dans un bateau qui transportait du café à destination des *West Indies*, avec escale à Tanger. Et j'y suis restée, comme je l'avais prévu. Le débarquement a été absolument *crazy*, une vraie folie: le port de Tanger est tellement *awful*, horrible, tu le connais, n'est-ce pas?

Cette fois, j'acquiesçai. Comment aurais-je pu oublier mon arrivée au côté de Ramiro, il y a plus d'un an? Ses lumières, ses navires, la plage, la montagne verdoyante et les maisons blanches descendant jusqu'à la mer. Le mugissement des sirènes et cette odeur de sel et de goudron. Je me concentrai de nouveau sur Rosalinda et ses voyages aventureux: ce n'était pas le moment de céder à la mélancolie.

– Imagine, il y avait mon fils, Johnny, Joker, le cocker, et en plus la voiture et seize malles remplies de mes affaires: vêtements, tapis, porcelaine, mes livres de Kipling et Evelyn Waugh, des albums de photos, les cannes de golf. Et *my* HMV, *you know*, un gramophone portable avec tous mes disques: Paul Whiteman et son orchestre, Bing Crosby, Louis Armstrong... Bien entendu j'avais un tas de lettres de recommandation. C'est l'une des choses les plus importantes que mon père m'a apprises quand j'étais *just a girl*, une petite fille, à part monter à cheval et jouer au bridge, *of course*. Ne voyage jamais sans lettres de recommandation, me répétait-il, *poor daddy*, il est mort il y a quelques années d'un *heart attack*, comment dit-on en espagnol? demanda-t-elle en désignant le côté gauche de sa poitrine.

– Une crise cardiaque?

– *That's it*, une crise cardiaque. J'ai donc tout de suite lié amitié avec des Anglais, grâce à mes lettres: des vieux fonctionnaires des colonies à la retraite, des officiers de l'armée, des membres du corps diplomatique, *you know*, les gens habituels, *once again*. Assez ennuyeux pour la plupart, *to tell you the truth*, mais ils m'ont permis de rencontrer d'autres personnes charmantes. J'ai loué une ravissante maison près de la *Dutch Legation*, j'ai cherché une domestique et m'y suis installée pendant plusieurs mois.

Des petites constructions blanches éparses commencèrent à jalonner le paysage, annonçant l'imminence de notre arrivée à Tanger. Le nombre des marcheurs augmenta également au bord de la route, des groupes de femmes musulmanes courbées sous leur charge, des enfants courant, les jambes nues sous leurs courtes djellabas, des hommes, la tête coiffée d'une capuche ou d'un turban, des animaux, et encore des animaux, des ânes avec des cruches d'eau, un troupeau de brebis efflanquées, quelques poules affolées par-ci par-là. La ville prit forme peu à peu et Rosalinda gagna prestement le centre, enfilant les rues à toute vitesse tandis qu'elle continuait à décrire son logement de Tanger qui lui plaisait tant et qu'elle avait quitté depuis peu. De mon côté, je reconnaissais des lieux familiers et je m'efforçais d'oublier mon compagnon d'alors, à une époque que j'avais crue heureuse. Elle finit par se garer place de France, avec un coup de frein qui fit se tourner vers nous des dizaines de passants. Indifférente à cette réaction, elle ôta son foulard de sa tête et retoucha son rouge à lèvres dans le rétroviseur.

– Je meurs d'envie de boire un *morning cocktail* au bar d'El-Minzah. Mais avant je dois régler une petite affaire. Tu viens avec moi ?

– Où ça ?

– À la Bank of London and South America. Pour voir si mon crétin de mari m'a envoyé ma pension une maudite fois pour toutes.

J'enlevai moi aussi mon foulard, tout en me demandant quand cette femme cesserait de battre en brèche mes suppositions. C'était une mère aimante, que j'avais prise pour une jeune écervelée ; elle voulait m'emprunter une robe, pour se rendre à une réception donnée par des nazis expatriés, alors que je l'imaginais propriétaire d'une luxueuse garde-robe, confectionnée par de grands créateurs internationaux ; son amant était un puissant militaire deux fois plus vieux qu'elle, quand je la voyais filer le parfait amour avec quelque beau garçon frivole et étranger. Et comme si tout cela ne suffisait pas, elle évoquait à présent un mari absent, mais bien vivant, lequel ne paraissait pas très enclin à continuer à l'entretenir.

– Je ne pense pas que ce soit possible, j'ai des choses à faire, répondis-je à son invitation. Mais on peut se retrouver plus tard.

– *All right.*

Elle consulta sa montre.

– À une heure?

J'acceptai. Il n'était pas encore onze heures, j'avais largement le temps de vaquer à mes occupations. Aurais-je de la chance? Peut-être pas, mais du temps, en revanche, oui.

23

Le bar de l'hôtel El-Minzah n'avait pas changé. Les tables et le comptoir étaient envahis par des groupes animés d'hommes et de femmes vêtus avec élégance, buvant du whisky, du xérès et des cocktails, et dont les conversations sautaient d'une langue à l'autre avec un parfait naturel. Au milieu de la salle, un pianiste jouait une musique mélodieuse. Personne ne paraissait pressé, tout était identique à l'été 1936, à une seule exception près: ce n'était plus un homme parlant en espagnol avec le barman qui m'attendait devant le zinc, mais une femme anglaise bavardant avec ce dernier dans sa langue et tenant un verre à la main.

– Sira, *dear*! Un *pink gin*? demanda-t-elle en brandissant sa boisson dès qu'elle m'aperçut.

Du gin avec deux traits d'angustura ou de l'essence de térébenthine, je m'en fichais éperdument; j'acceptai donc en esquissant un sourire forcé.

– Tu connais Dean? C'est un vieil ami. Dean, je te présente Sira Quiroga, *my dressmaker*, ma couturière.

Je regardai le barman, son corps sec, son visage olivâtre, ses yeux enfoncés au regard obscur et énigmatique. Je me rappelai sa façon de parler à tout le monde à l'époque où Ramiro et moi fréquentions son bar, comment on s'adressait toujours à lui pour un contact, un renseignement ou une bribe d'information. Lui m'observait, me situait dans le passé, mesurait mes transformations, m'associait à Ramiro absent. Ce fut lui qui prit la parole.

– J'ai l'impression de vous avoir déjà aperçue dans le temps, non ?

– C'est exact, mais il y a longtemps.

– Oui, je m'en souviens. Un tas de choses sont arrivées depuis, n'est-ce pas ? Il y a beaucoup plus d'Espagnols dans le coin, à présent. Ils n'étaient pas si nombreux quand vous veniez.

Oui, il s'était passé beaucoup de choses. Des milliers d'Espagnols avaient débarqué à Tanger pour fuir la guerre, et Ramiro et moi nous étions séparés. Ma vie avait changé, mon pays avait changé, mon corps et mes amours ; tout s'était tellement modifié que je préférais ne pas y réfléchir ; je feignis donc de chercher un objet au fond de mon sac et ne répondis pas. Eux poursuivirent leur bavardage et leurs confidences en alternant l'espagnol et l'anglais, essayant parfois de me mêler à leurs commérages qui ne m'intéressaient pas ; j'avais assez de mal à régler mes propres problèmes. Des clients sortaient, d'autres entraient : des hommes et des femmes tirés à quatre épingles, sans hâte ni obligations apparentes. Rosalinda en salua un grand nombre, d'un geste gracieux ou avec deux ou trois mots sympathiques, comme si elle voulait éviter de prolonger plus que nécessaire la rencontre. Elle y parvint durant un moment, jusqu'à l'arrivée de deux connaissances qui, sitôt l'avoir vue, décidèrent qu'elles ne se contenteraient pas d'un simple bonjour, ma chérie, ravie de te rencontrer. Il s'agissait d'une paire de spécimens apparemment de la haute, blondes, sveltes et sophistiquées, des étrangères à l'origine imprécise, identiques à celles dont j'avais tant de fois copié les gestes et les postures jusqu'à les adopter devant la glace ébréchée de la chambre de Candelaria. Elles embrassèrent Rosalinda, des baisers volatils, les lèvres froncées, frôlant à peine les joues poudrées. Elles s'installèrent entre nous, avec aplomb et sans y être invitées. Le barman leur prépara des apéritifs, elles sortirent étuis à cigarettes, embouts en ivoire et briquets en argent. Elles mentionnèrent des noms et des fonctions, des fêtes, des accords et des désaccords entre les uns et les autres : tu te rappelles cette soirée à Villa Harris, tu ne peux même pas t'imaginer ce qui est arrivé à Lucille Dawson avec son dernier petit ami, à propos, tu savais que Bertie Stewart est ruinée ? Et ainsi de suite, jusqu'à ce qu'enfin l'une des deux, la moins jeune, la plus couverte de bijoux, arrête de tourner autour du pot et demande à Rosalinda ce qui leur trottait dans la tête depuis l'instant où elles l'avaient vue.

– Eh bien, ma chérie, comment ça se passe, pour toi, à Tétouan ? Ton départ inattendu a été une telle surprise. Tout a été tellement, tellement précipité...

Un petit rire teinté de cynisme précéda la réponse de Rosalinda.

– Oh ma vie à Tétouan est merveilleuse ! J'ai une maison de rêve et des amis fantastiques, comme *my dear* Sira, qui a le meilleur atelier de haute couture d'Afrique du Nord.

Elles me jetèrent un regard curieux, auquel je répliquai par un mouvement de ma mèche et un sourire plus faux que celui de Judas.

– Parfait, nous pourrions peut-être venir faire un tour. Nous adorons la mode et, à vrai dire, nous en avons un petit peu assez des couturières de Tanger, n'est-ce pas, Mildred ?

La plus jeune acquiesça avec enthousiasme et prit le relais.

– Nous aimerions beaucoup aller te voir à Tétouan, ma chère Rosalinda, mais toute cette affaire de frontière est tellement assommante depuis le début de la guerre...

– Mais peut-être que toi, avec tes contacts, tu pourrais nous obtenir des sauf-conduits; nous aurions ainsi l'occasion de vous rendre visite à toutes les deux. Et aussi de rencontrer d'autres gens, parmi tes nouveaux amis...

Les deux blondes se relayaient en cadence, en se coupant la parole, à la poursuite de leur objectif. Le barman Dean restait impassible derrière le comptoir, sans perdre une miette de la scène. Rosalinda conservait sur le visage un sourire figé.

– Ce serait génial: à Tanger, ma chérie, tout le monde a une envie folle de connaître tes nouvelles amitiés.

– Bon, pourquoi ne pas l'avouer? Nous sommes entre vraies amies, n'est-ce pas? En réalité, nous pensons à une personne en particulier. Il paraît que c'est quelqu'un de vraiment très spécial.

– Si tu nous invitais, un soir, à l'une de ses réceptions? Comme ça, tu lui présenterais tes vieilles amies de Tanger. Nous adorerions y assister, pas vrai, Olivia?

– Ce serait formidable. On en a assez de voir toujours les mêmes têtes, on changerait volontiers pour les représentants du nouveau régime espagnol.

– Oui, ce serait absolument fantastique... En plus, la société de mon mari a des produits susceptibles d'intéresser l'armée nationaliste; un petit coup de pouce permettrait peut-être de les introduire au Maroc.

– Et mon pauvre Arnold s'ennuie à son poste de la Bank of British West Africa; à Tétouan, avec tes relations, il trouverait sans doute quelque chose davantage dans ses cordes.

Le sourire de Rosalinda s'effaça peu à peu et elle ne se donna même plus la peine de jouer la comédie. Simplement, quand elle estima qu'elle avait entendu assez de stupidités, elle décida d'ignorer les deux blondes et de s'adresser exclusivement au barman et à moi.

– Sira, *darling*, nous allons déjeuner au Roma Park ? Dean, *please*, *be a love* et marque les apéritifs sur mon compte.

Dean fit non de la tête.

– C'est la maison qui invite.

– Nous aussi ? demanda Olivia, à moins que ce ne fût Mildred.

Rosalinda répondit avant que le barman n'ouvre la bouche.

– Non, pas vous.

– Pourquoi ? s'étonna Mildred, ou bien Olivia.

– Parce que vous êtes des *bitches*. Comment dit-on en espagnol, Sira, *darling* ?

– Deux garces, répliquai-je sans hésiter.

– *That's it*. Deux garces.

Nous quittâmes le bar d'El-Minzah, conscientes des multiples regards qui nous accompagnaient : même pour une société cosmopolite et tolérante telle que celle de Tanger, les amours publiques d'une jeune Anglaise, mariée, avec un militaire rebelle, mûr et influent, représentaient un succulent sujet de conversation pour agrémenter l'heure de l'apéritif.

24

– Je suppose que ma relation avec Juan Luis a dû en surprendre plus d'un, mais pour moi, c'est comme si elle avait été inscrite de tout temps dans les astres.

Je faisais partie, bien entendu, de ceux à qui ce couple paraissait tout à fait incongru. J'avais le plus grand mal à imaginer la femme qui se tenait devant moi, avec sa sympathie rayonnante, ses façons mondaines et ses tonnes de frivolité, entretenant une relation sentimentale solide avec un discret officier supérieur, qui en plus avait le double de son âge. Nous mangions du poisson et buvions du vin blanc sur la terrasse tandis que l'air marin agitait les stores rayés bleu et blanc au-dessus de nos têtes. La brise charriait des odeurs de salpêtre et des souvenirs tristes que je m'efforçais de chasser de mon esprit en concentrant mon attention sur les propos de Rosalinda. Apparemment, elle mourait d'envie de parler du haut-commissaire, de partager avec quelqu'un sa version complète et personnelle, bien loin des racontars malveillants qui couraient de bouche en bouche à Tanger et à Tétouan. Mais pourquoi avec moi, alors qu'elle me connaissait à peine ? Malgré mon camouflage de couturière chic, nos origines ne pouvaient être plus différentes. De même que notre vie présente. Elle venait d'un monde cosmopolite, aisé et oisif ; je n'étais qu'une travailleuse, fille d'une humble mère célibataire et élevée dans un quartier populaire de Madrid. Elle vivait une idylle passionnée avec un éminent officier de l'armée, responsable de la guerre ravageant mon pays ; je travaillais jour et nuit pour m'en tirer seule. Malgré tout, elle me faisait confiance. Était-ce une façon de me remercier pour la robe Delphos ? Ou estimait-elle que mon statut de femme indépendante, du même âge qu'elle, me permettait de la comprendre ? Ou bien, simplement, elle n'avait personne à qui parler et éprouvait le besoin de s'épancher auprès de quelqu'un. Et ce quelqu'un, en ce début d'après-midi estival, dans cette ville de la côte africaine, c'était moi.

– Avant le tragique accident qui lui a coûté la vie, Sanjurjo m'avait poussée à rendre visite à son ami Juan Luis Beigbeder à Tétouan, dès mon installation à Tanger ; il ne cessait pas d'évoquer notre rencontre à l'Aldon de Berlin et le plaisir qu'il aurait à me revoir. Moi aussi, *to tell you the truth*, j'en avais envie : je l'avais trouvé fascinant, très intéressant, très bien élevé, un vrai gentilhomme espagnol. Ainsi donc, après quelques mois, j'ai estimé que le moment était venu d'aller le saluer dans la capitale du Protectorat. Mais la situation avait alors changé, *obviously*: lui n'était plus affecté à ses tâches administratives des Affaires indigènes, il occupait le poste beaucoup plus important de haut-commissaire. Et me voilà dans mon Austin 7, en route vers Tétouan. *My God!* Comment oublier ce jour? La première chose que j'ai faite en arrivant a été de me rendre auprès du consul anglais, Monk-Mason, tu le connais, hein? Moi, je l'appelle *old monkey*, vieux singe; il est tellement ennuyeux, *poor thing*!

Je portais mon verre de vin à mes lèvres à cet instant précis; je me contentai donc d'un geste vague. J'ignorais à peu près tout du dénommé Monk-Mason, sauf quelques allusions de certaines de mes clientes.

– Quand je lui ai annoncé mon intention de voir Beigbeder, le consul a été frappé. Tu dois savoir que *His Majesty's government*, notre gouvernement, à la différence des Allemands et des Italiens, n'a pratiquement aucun contact avec les autorités espagnoles du camp nationaliste; en effet, il ne reconnaît comme légitime que le régime républicain; Monk-Mason a ainsi pensé que ma visite à Juan Luis pourrait se révéler très utile pour les intérêts britanniques. *So*, avant midi, je me suis dirigée vers le haut-commissariat, à bord de ma propre voiture, en compagnie de Joker, mon chien. J'ai présenté à l'entrée la lettre de recommandation remise par Sanjurjo et quelqu'un m'a conduite jusqu'au secrétariat personnel de Juan Luis, à travers des couloirs remplis de militaires et de crachoirs, *how very disgusting*, dégoûtant! Aussitôt, Juan Mouro, son secrétaire, m'a menée à son bureau. Compte tenu de la guerre et de sa position, je m'attendais à découvrir un nouveau haut-commissaire vêtu d'un uniforme spectaculaire et couvert de médailles et de décorations, eh bien, pas du tout, au contraire: de même que le soir de Berlin, Juan Luis portait un simple costume foncé qui le faisait ressembler à tout sauf à un militaire rebelle. Ma venue l'a rempli de joie: il s'est montré adorable, nous avons bavardé et il m'a proposé de manger avec lui, mais moi j'avais déjà accepté une invitation de Monk-Mason, nous nous sommes donc donné rendez-vous le lendemain.

Toutes les tables étaient à présent occupées autour de nous. Rosalinda saluait de temps en temps l'un ou l'autre, d'un geste ou d'un bref sourire, sans jamais manifester l'intention d'interrompre le récit de ses premières rencontres avec Beigbeder. J'identifiais quelques visages familiers, des gens croisés grâce à Ramiro que je préférais oublier. C'est pourquoi chacune d'entre nous restait concentrée sur l'autre : elle parlait, j'écoutais, nous mangions notre poisson, nous buvions du vin frais et nous ignorions le vacarme ambiant.

– À mon arrivée au haut-commissariat, le jour suivant, j'escomptais un repas cérémonieux en accord avec l'environnement : une grande table, des manières, une nuée de serveurs... Mais Juan Luis avait fait préparer une petite table pour deux devant une fenêtre ouverte sur le jardin. Le lunch a été inoubliable, il a parlé, parlé, parlé sans arrêt du Maroc, de son Maroc heureux, comme il le désigne. De sa magie, ses secrets, sa fascinante culture. Après le déjeuner, il m'a montré les alentours de Tétouan, *so beautiful* ! Nous sommes sortis dans son automobile officielle, tu imagines, suivis par une escorte de motards et d'aides de camp, *so embarrassing* ! *Anyway*, nous avons fini sur la plage, assis sur la berge, tandis que les autres attendaient sur la route, *can you believe it* ?

Elle rit et je souris. La situation décrite était vraiment très particulière : le plus grand personnage du Protectorat et une nouvelle arrivante étrangère qui pourrait être sa fille flirtant ouvertement au bord de la mer, tandis que le cortège motorisé les lorgnait sans vergogne à distance.

– Alors il a pris deux cailloux, un blanc et un noir. Il a placé ses mains derrière son dos puis il les a sorties, poings serrés. Choisis, a-t-il dit. Choisis quoi ? ai-je demandé. Choisis une main. Si c'est le caillou noir, tu disparaîtras de ma vie aujourd'hui même et je ne te reverrai plus jamais. Si c'est le blanc, alors cela signifiera que le destin veut que tu restes avec moi.

– Et ça a été le caillou blanc.

– Le caillou blanc, en effet, confirma-t-elle avec un sourire radieux. Deux jours après, il a envoyé deux voitures à Tanger. Une Chrysler Royal pour transporter mes affaires et, pour moi, la Dodge Roadster dans laquelle nous sommes venues aujourd'hui, un cadeau du directeur de la banque Hassan de Tétouan dont Juan Luis a décidé qu'il était pour moi. Nous ne nous sommes plus séparés, sauf quand ses obligations l'obligent à voyager. Pour le moment, je loge dans la maison de la promenade de las Palmeras, avec mon fils Johnny, une résidence grandiose, avec une salle de bains digne d'un maharadjah et une cuvette des toilettes pareille au trône d'un monarque, mais dont les murs tombent en morceaux et sans eau courante. Juan Luis habite le haut-commissariat, car son poste l'exige; nous n'envisageons pas de vivre ensemble, mais il estime qu'il n'a aucune raison de cacher sa relation avec moi, bien que ça puisse parfois l'exposer à des situations délicates.

– Parce qu'il est marié..., suggérai-je.

Une moue d'insouciance se dessina sur ses lèvres et elle écarta une mèche de cheveux de son visage.

– Non, ce n'est pas ça qui est vraiment important, je suis mariée, moi aussi; ça ne regarde que nous, c'est complètement personnel. Le problème est plutôt de nature publique; officielle, disons. Certains pensent qu'une Anglaise peut exercer une mauvaise influence sur lui, et on ne se prive pas de nous le faire savoir ouvertement.

– Et qui pense ainsi?

Elle me parlait avec une telle confiance que, sans même y réfléchir, je trouvais tout naturel de lui demander des éclaircissements quand je n'avais pas tout compris.

– Les membres de la colonie nazie dans le Protectorat. Langenheim et Bernhardt, surtout. Ils considèrent que le haut-commissaire devrait être *gloriously* pro-allemand dans toutes les facettes de sa vie : cent pour cent fidèle aux Allemands, qui soutiennent sa cause dans votre guerre et qui, d'emblée, ont accepté de fournir des avions et des armes. Juan Luis était au courant du voyage en Allemagne effectué par Langenheim et Bernhardt au moment du soulèvement. Ils ont été reçus par Hitler à Bayreuth, où il assistait comme tous les ans au festival Wagner. *Anyway*, Hitler a demandé son avis à l'amiral Canaris, Canaris a conseillé d'accepter, et le Führer a donné l'ordre d'envoyer au Maroc espagnol tout ce qui avait été sollicité. Dans le cas contraire, les troupes de l'armée espagnole en Afrique n'auraient pas réussi à franchir le Détroit. L'aide allemande a été déterminante. Depuis, les relations entre les deux armées sont devenues très étroites. Mais les nazis de Tétouan estiment que ma proximité et l'affection de Juan Luis à mon égard peuvent le conduire à adopter une attitude davantage pro-British et moins fidèle aux Allemands.

Je me rappelai les commentaires de Félix sur le mari de Frau Langenheim et sur son compatriote Bernhardt, ses allusions à l'aide militaire obtenue de l'Allemagne au tout début de la guerre, une aide qui n'avait jamais cessé et qui, semblait-il, était de plus en plus visible dans la Péninsule. Je me souvenais aussi de l'anxiété de Rosalinda quand elle voulait faire bonne impression au bras de son amant, à l'occasion de cette première rencontre formelle avec la colonie allemande, et je crus alors comprendre ce qu'elle me disait, mais j'essayai d'en minimiser l'importance et de la rassurer à ce sujet.

– Ça ne doit pas trop t'inquiéter. Il peut rester fidèle aux Allemands tout en étant avec toi, ce sont deux choses différentes : l'officiel et le personnel. Les gens qui pensent le contraire ont tort.

– Pas du tout, ils ont raison, bien sûr qu'ils ont raison.

– Comment ? Je ne te comprends pas.

Son regard parcourut rapidement la terrasse à moitié vide. La conversation s'était tellement prolongée qu'il n'y avait plus que deux ou trois tables occupées. Le vent ne soufflait plus, les stores étaient presque immobiles. Plusieurs serveurs, en veste blanche et coiffés de la chéchia, le bonnet arabe de feutre rouge, travaillaient en silence, secouant les serviettes et les nappes. Rosalinda baissa alors la voix jusqu'à chuchoter ; un chuchotement qui, malgré son volume réduit, exprimait une indiscutable détermination.

– Ils ne se trompent pas dans leurs suppositions, parce que moi, *my dear*, je ferai tout ce qui sera en mon pouvoir pour que Juan Luis noue des relations cordiales avec mes compatriotes. Je ne peux pas supporter l'idée que votre guerre s'achève par une victoire de l'armée nationaliste, que l'Allemagne devienne la grande alliée du peuple espagnol et la Grande-Bretagne, au contraire, une puissance ennemie. Et je vais le faire pour deux raisons. La première, par patriotisme sentimental : je veux que la nation de l'homme que j'aime soit amie de mon propre pays. La seconde, *however*, est plus pragmatique et objective : les Anglais se méfient des nazis, la situation commence à sentir mauvais. Il est peut-être risqué de parler d'une autre future grande guerre européenne, mais on ne sait jamais. Et si une telle chose devait se produire, j'aimerais que votre pays soit de notre côté.

Je faillis lui rétorquer que notre pauvre pays n'était pas en état d'envisager une quelconque guerre future, que nous avions déjà notre lot de malheurs avec celle que nous vivions. Mais elle paraissait complètement étrangère à notre conflit, malgré l'engagement de son amant dans l'un des deux camps. Je choisis finalement de la suivre, de continuer de centrer notre conversation sur un avenir qui n'adviendrait peut-être jamais, et de ne pas creuser dans la tragédie du présent. Ma journée comportait déjà une bonne dose d'amertume, mieux valait ne pas l'assombrir davantage.

– Comment penses-tu t'y prendre ? me contentai-je de demander.

– *Well*, ne crois pas que j'aie d'étroits contacts personnels à Whitehall, *not at all*, dit-elle avec un petit éclat de rire.

J'inscrivis automatiquement une petite note dans mon cerveau pour demander à Félix ce qu'était Whitehall, mais je cachai mon ignorance sous un air concentré. Elle poursuivit :

– Tu sais comment fonctionnent ces choses : des réseaux de connaissances, des relations qui s'enchaînent... J'ai donc pensé à utiliser au début des amis que je possède ici, à Tanger, le colonel Hal Durand, le général Norman Beynon et sa femme Mary, tous très liés au Foreign Office. Ils sont d'ailleurs actuellement à Londres, mais j'ai l'intention de les retrouver un peu plus tard, de les présenter à Juan Luis, de faire en sorte qu'ils parlent ensemble et sympathisent.

– Et tu espères qu'il acceptera, qu'il te laissera intervenir dans ses affaires officielles ?

– *But of course, dear*, bien sûr que oui, affirma-t-elle sans exprimer le moindre doute, tandis que d'un mouvement gracieux de la tête elle écartait de son œil gauche une mèche de cheveux. Juan Luis est un homme extrêmement intelligent. Il connaît très bien les Allemands, il a longtemps cohabité avec eux et il craint que toute l'aide que reçoit l'Espagne ne lui coûte trop cher à la longue. En plus, il a une haute opinion des Anglais, car ils n'ont jamais perdu une guerre ; n'oublie pas que c'est un militaire, *after all*, et pour lui, c'est très important. Et surtout, *my dear* Sira, et c'est le principal, Juan Luis m'adore. Ainsi qu'il le répète lui-même à longueur de journée, pour sa Rosalinda, il serait capable de descendre au plus profond de l'enfer.

Nous nous levâmes alors que les tables de la terrasse étaient déjà disposées pour le dîner et que les ombres du soir grimpaient le long des murs. Rosalinda voulut absolument payer le repas.

– J'ai enfin obtenu que mon mari effectue le virement de ma pension, laisse-moi t'inviter.

Nous allâmes sans nous presser jusqu'à sa voiture et reprîmes le chemin du retour vers Tétouan ; j'étais juste dans les temps pour ne pas dépasser le délai de douze heures accordé par le commissaire Vázquez. Ce ne fut pas seulement la direction de notre voyage que nous inversâmes, mais aussi celle de notre conversation : Rosalinda avait monopolisé la parole à l'aller, à présent ce fut mon tour.

– Tu dois me trouver très ennuyeuse, exclusivement centrée sur moi-même et sur mes problèmes. Parle-moi de toi. *Tell me now*, raconte-moi comment se sont passées tes tractations, ce matin ?

– Mal, dis-je simplement.

– Mal ?

– Oui, mal, très mal.

– *I'm sorry, really.* Je regrette beaucoup. C'était important ?

J'aurais pu répondre que non. En comparaison de ses propres inquiétudes, mes problèmes n'étaient pas susceptibles d'éveiller son intérêt : il n'y avait aucun militaire de haut rang impliqué, ni un consul ou un ministre ; il n'y avait ni intérêts politiques, ni questions d'État, ni éventualité de grandes guerres européennes, ni rien qui fût lié de près ou de loin aux turbulences sophistiquées dans lesquelles elle s'agitait. Dans l'humble territoire de mes préoccupations, il n'y avait de la place que pour une poignée de petites misères immédiates qui pouvaient presque se compter sur les doigts d'une main : un amour trahi, une dette à rembourser et le gérant peu compréhensif d'un hôtel ; le labeur quotidien pour mener un commerce, une patrie ensanglantée qui m'était interdite et la nostalgie d'une mère absente. J'aurais pu répondre que non, que mes modestes tragédies n'étaient pas graves. J'aurais pu lui taire mes affaires, les dissimuler dans l'obscurité de mon appartement vide. J'aurais pu, en effet, pourtant je n'en fis rien.

– En réalité, il s'agit d'une question très importante pour moi. Je veux sortir ma mère de Madrid et l'amener au Maroc, mais j'ai besoin pour cela d'une grosse quantité d'argent dont je ne dispose pas, car je dois employer mes économies pour un autre paiement urgent. Ce matin, j'ai essayé de repousser ce paiement, mais je n'y suis pas arrivée ; je crains donc que la venue de ma mère ne soit impossible pour le moment. Le pire, c'est qu'il devient de plus en plus difficile, paraît-il, de passer d'une zone à l'autre.

– Elle est seule à Madrid ? demanda-t-elle avec une mimique en apparence inquiète.

– Oui, seule, complètement seule. Elle n'a personne à part moi.

– Et ton père ?

– Mon père... c'est une longue histoire. Le fait est qu'ils ne sont pas ensemble.

– Je le regrette beaucoup, Sira, ma chérie. Ça doit être très dur, pour toi, de savoir qu'elle se trouve en pleine zone rouge, exposée à n'importe quoi au milieu de tous ces gens...

Je la contemplai avec tristesse. Comment lui expliquer ce qu'elle ne comprenait pas, comment fourrer dans cette charmante tête aux ondulations blondes la réalité tragique endurée par mon pays ?

– Ces gens sont ses gens, Rosalinda. Ma mère est avec les siens, chez elle, dans son quartier, au milieu de ses voisins. Elle appartient à ce monde, au peuple de Madrid. Si je veux la ramener chez moi, à Tétouan, ce n'est pas parce que j'ai peur de ce qui pourrait lui arriver là-bas, mais parce que je n'ai qu'elle et que je supporte de moins en moins l'absence de nouvelles. Je ne sais rien d'elle depuis un an : je n'ai pas la moindre idée de son état, j'ignore comment elle survit, ses moyens de subsistance, la façon dont elle subit la guerre.

Comme un ballon crevé, toute cette farce de mon passé fascinant se dégonfla en une seconde à peine. Et, chose curieuse, je m'en fichais éperdument.

– Mais... on m'avait dit que... que ta famille était...

Je ne la laissai pas finir. Elle avait été sincère avec moi et elle m'avait exposé son histoire sans cachotteries : le moment était venu pour moi de l'imiter. Peut-être qu'elle n'aimerait pas la nouvelle version de ma vie, sans doute la jugerait-elle moins glamoureuse que ses aventures habituelles. Peut-être ne partagerait-elle plus jamais des pink gins avec moi, pas plus qu'elle ne me proposerait d'aller à Tanger dans sa Dodge décapotable, mais tant pis, je lui racontai en détail ma vérité.

– Ma famille, c'est ma mère et moi. Nous sommes couturières l'une et l'autre, de simples couturières, avec nos mains pour tout patrimoine. Mon père n'a entretenu aucune relation avec nous depuis ma naissance. Lui appartient à une autre classe, à un autre monde : il a de l'argent, des entreprises, des contacts, une épouse qu'il n'aime pas et deux fils avec lesquels il ne s'entend pas. Voilà ce qu'il a. Ou ce qu'il avait, je ne sais pas : la première et la dernière fois que je l'ai vu, la guerre n'avait pas encore commencé et il pressentait qu'on allait l'assassiner. Quant à mon fiancé, ce garçon séduisant et dynamique qui est censé gérer des entreprises en Argentine et y traiter des affaires financières, eh bien, il n'existe pas. Il est exact que j'ai eu une relation avec un homme, et que celui-ci se trouve peut-être dans ce pays en train d'y réaliser des affaires, mais il n'a plus rien à voir avec moi. Ce n'est plus qu'un être que je déteste, qui m'a brisé le cœur et m'a volé tout ce que je possédais ; je préfère ne plus parler de lui. Voilà ma vie, Rosalinda, très différente de la tienne, n'est-ce pas ?

En guise de réponse à ma confession, elle émit tout un laïus en anglais dont je ne parvins à capter que le mot *Morocco*.

– Je n'ai rien compris, avouai-je, confuse.

Elle revint à l'espagnol.

– J'ai dit qu'on s'en fiche, de l'endroit d'où tu viens: tu es la meilleure couturière de tout le Maroc. Et pour ce qui est de ta mère, comme l'affirme le proverbe, Dieu ne veut pas la mort du pécheur. Tout finira par s'arranger.

25

Le lendemain, à la première heure, je me rendis au commissariat pour informer don Claudio de l'échec de mes négociations. Des quatre policiers, seuls deux étaient à leur table: le vieux et le maigre.

– Le chef n'est pas encore là, déclarèrent-ils à l'unisson.

– À quelle heure arrive-t-il, d'habitude? demandai-je.

– À neuf heures et demie, dit l'un.

– À dix heures et demie, dit l'autre.

– Ou demain.

– Ou jamais.

Ils s'esclaffèrent ensemble, avec leurs bouches baveuses, et je me sentis incapable de supporter ces deux abrutis une minute de plus.

– Dites-lui, s'il vous plaît, que je suis passée le voir. Que je suis allée à Tanger et que je n'ai rien réussi à arranger.

– Vos désirs sont des ordres, reine maure, répliqua celui qui n'était pas Cañete.

Je me dirigeai vers la porte sans prendre congé. J'étais sur le point de sortir quand j'entendis la voix de celui qui, lui, était Cañete.

– On tire un coup quand tu voudras, chérie.

Je ne m'arrêtai pas. Je serrai les poings avec force et, presque à mon insu, une vieille insulte me monta aux lèvres. Je lui rétorquai, en tournant la tête de quelques centimètres pour qu'il entende bien ma réponse :

– Baise ta mère, enfant de putain.

J'eus la chance de rencontrer le commissaire en pleine rue, assez loin de son commissariat pour qu'il ne me demande pas de le raccompagner. On avait de fortes chances de croiser quelqu'un de connu, à Tétouan : les rues du quartier espagnol formaient un quadrilatère de petite taille et tout le monde y passait à toute heure du jour. Don Claudio portait comme d'habitude un costume en lin clair et était rasé de frais, prêt à se mettre au travail.

– Vous n'avez pas bonne mine, dit-il dès qu'il m'aperçut. J'imagine que ça n'a pas trop bien marché, au Continental.

Il jeta un coup d'œil sur sa montre.

– Venez, je vous paie un café.

Il me conduisit au Casino espagnol, un bel édifice situé à un carrefour, avec des balcons en pierre blanche et de grandes baies ouvertes sur la rue principale. Un serveur arabe baissait les stores en actionnant une barre en fer grinçante, deux ou trois autres installaient des chaises et des tables sur le trottoir, à l'ombre. Une nouvelle journée commençait. Il faisait frais à l'intérieur, mais il n'y avait pas un client. On voyait, en face, un large escalier en marbre, flanqué de deux salles. Le commissaire m'indiqua celle de gauche.

– Bonjour, don Claudio.

– Bonjour, Abdul. Deux cafés au lait, s'il vous plaît, commanda-t-il en quêtant mon approbation du regard. Alors, racontez-moi.

– Je n'ai pas réussi. Le gérant est nouveau, ce n'est pas le même que celui de l'année dernière, mais il était parfaitement au courant de l'affaire. Il a refusé tout net.

Il a juste affirmé que la solution convenue avait été plus que généreuse et qu'il porterait plainte si je n'effectuais pas le paiement à la date prévue.

– Je comprends, et je le regrette, croyez-le bien. Il me semble néanmoins que je ne peux plus rien pour vous.

– Ne vous inquiétez pas, vous en avez assez fait en son temps en m'obtenant un délai d'un an.

– Et maintenant?

– Je vais payer tout de suite.

– Et pour votre mère?

Je haussai les épaules.

– Rien. Je continuerai à travailler et à économiser, même s'il est possible que j'obtienne l'argent nécessaire trop tard, à un moment où les évacuations auront cessé. Pour le moment, en tout cas, je vais rembourser ma dette. J'ai l'argent, ça ne pose aucun problème. Je venais justement vous voir à cause de cela. J'ai besoin d'un autre laissez-passer pour franchir le poste-frontière, et de votre autorisation pour conserver mon passeport deux jours de plus.

– Gardez-le, ce n'est plus la peine de me le rendre.

Il porta alors la main à la poche intérieure de sa veste et en tira un portefeuille en cuir ainsi qu'un stylo.

– Au sujet du sauf-conduit, cela suffira, dit-il tandis qu'il prenait une carte de visite et débouchait le stylo. Il griffonna quelques mots à l'envers de la carte et signa. Tenez.

Je la rangeai dans mon sac à main sans la lire.

– Vous pensez prendre un bus de la Valenciana?

– Oui.

– Comme hier?

Je soutins durant quelques secondes son regard inquisiteur avant de répondre:

– Hier, je n'ai pas voyagé avec la Valenciana.

– Comment vous êtes-vous débrouillée pour aller à Tanger, alors?

Je savais qu'il savait. Et je savais également qu'il souhaitait que je le lui dise moi-même. Nous bûmes l'un et l'autre une gorgée de café.

– Une amie m'a emmenée dans sa voiture.

– Quelle amie?

– Rosalinda Fox. Une cliente anglaise.

Nouvelle gorgée de café.

– Bien entendu, vous savez qui elle est?

– Oui, je sais.

– Alors, faites attention!

– Pourquoi?

– Parce que. Attention!

– Dites-moi pourquoi, insistai-je.

– Certains n'aiment pas qu'elle soit ici avec la personne avec qui elle est.

– Je le sais déjà.

– Qu'est-ce que vous savez?

– Que sa situation sentimentale ne plaît pas à tous.

– À qui, par exemple?

Le commissaire n'avait pas son égal pour presser et soutirer jusqu'à la dernière miette d'information; nous commencions à bien nous connaître.

– Certaines personnes. Ne me demandez pas de vous révéler ce que vous n'ignorez pas, don Claudio. Ne m'obligez pas à me montrer déloyale à l'égard d'une cliente juste pour entendre, de ma propre bouche, les noms que vous avez déjà appris.

– D'accord. Confirmez-moi juste quelque chose.

– Quoi?

– Ces personnes ont des patronymes espagnols?

– Non.

– Parfait. – Il termina son café et consulta de nouveau sa montre. – Je dois y aller, j'ai du travail.

– Moi aussi.

– C'est vrai, j'oubliais que vous êtes une femme laborieuse. Vous avez une excellente réputation, vous le saviez?

– Vous êtes renseigné sur tout, je suis donc obligée de vous croire.

Il sourit pour la première fois, et son sourire le rajeunit de plusieurs années.

– Je sais seulement ce que je dois savoir. En outre, je suis persuadé que, vous aussi, vous avez des informations : entre femmes, on discute toujours beaucoup, et vous recevez dans votre atelier des dames qui ont sans doute des histoires intéressantes à raconter.

Il était exact que mes clientes bavardaient. Elles faisaient des commentaires au sujet de leurs maris, de leurs affaires, de leurs amitiés ; elles évoquaient ceux chez qui elles se rendaient, les activités des uns et des autres, ce qu'untel pensait ou disait. Néanmoins, je ne répondis ni oui ni non au commissaire. Je me mis simplement debout, sans relever sa remarque. Lui appela le garçon et lui fit un signe. Abdul acquiesça : pas de problème, les deux cafés étaient sur le compte de don Claudio.

Je me sentis libérée après avoir soldé la dette de Tanger : je n'avais plus l'impression d'avoir une corde au cou sur laquelle quelqu'un pouvait tirer à tout moment. Certes, restaient encore en suspens les affaires troubles de Madrid, mais, à distance africaine, tout me paraissait très lointain. Le remboursement du Continental m'avait permis de me débarrasser du poids de mon passé avec Ramiro, au Maroc, et de respirer autrement. De façon plus sereine, plus détendue. Désormais, j'étais davantage maîtresse de mon destin.

L'été touchait à sa fin ; malgré tout, mes clientes semblaient peu pressées de songer à leurs toilettes d'automne. Jamila était toujours avec moi ; elle s'occupait de la maison et des petites tâches de l'atelier. Félix venait presque toutes les nuits, j'allais régulièrement voir Candelaria à la Luneta. Tout suivait un cours normal, paisible, jusqu'à ce qu'un rhume inopportun me laisse sans force pour sortir ni énergie pour coudre. Je passai la première journée prostrée sur mon canapé, la seconde dans mon lit, et j'aurais fait de même le troisième jour sans une visite. Inattendue, comme d'habitude.

– Siñora Rosalinda dit que siñorita Sira devoir immédiatement se lever.

Je la reçus en robe de chambre ; je ne pris pas la peine d'enfiler mon sempiternel tailleur, ni d'accrocher à mon cou les ciseaux en argent, ni même d'arranger mes cheveux en bataille. Mais si elle fut surprise de mon laisser-aller, elle n'en montra rien : des affaires plus sérieuses l'amenaient.

– Nous partons à Tanger.

– Qui ? demandai-je en me mouchant bruyamment.

– Toi et moi.

– Dans quel but ?

– Pour essayer de régler le problème de ta mère.

Je la regardai, à mi-chemin entre l'incrédulité et la joie, et je voulus plus de détails.

– Grâce à ton...

Un éternuement m'empêcha de finir ma phrase, ce qui me tira d'embarras : en effet, je ne savais pas exactement comment appeler le haut-commissaire, qu'elle désignait toujours par ses deux prénoms.

– Non, je préfère tenir Juan Luis en dehors de tout ça : il a largement de quoi s'occuper avec ses propres soucis. Ça, c'est mon affaire, ses contacts sont donc *out*, exclus. Mais il existe d'autres options.

– Lesquelles ?

– Par le biais de notre consul à Tétouan, j'ai essayé de découvrir si on effectue ce genre de formalités dans notre ambassade, mais je n'ai pas eu de chance : il m'a dit que notre légation de Madrid a toujours refusé d'accueillir des réfugiés. En plus, depuis que le gouvernement républicain est parti à Valence, les bureaux diplomatiques se sont aussi installés là-bas, et dans la capitale il ne reste qu'un bâtiment vide avec un ou deux employés subalternes qui surveillent les lieux.

– Alors?

– Je me suis ensuite adressée à l'église anglicane de Saint Andrews, à Tanger, en vain. Puis j'ai eu une autre idée: peut-être que quelqu'un, dans un organisme privé, pourrait au moins savoir quelque chose. J'ai donc cherché çà et là, et j'ai enfin obtenu *a tiny bit of information.* Ce n'est pas grand-chose, mais ça vaut le coup de tenter sa chance. Le directeur de la Bank of London and South America à Tanger, Leo Martin, m'a indiqué que, lors de son dernier voyage à *London*, il a entendu parler, au siège de sa banque, d'une personne travaillant à la succursale de Madrid et ayant des contacts avec quelqu'un qui aiderait les gens à quitter la ville. C'est tout, toutes les indications qu'il m'a données sont très vagues, très imprécises, juste une bribe de conversation saisie au vol. Mais il m'a promis de vérifier.

– Quand?

– *Right now.* Tout de suite. Tu vas donc t'habiller immédiatement et nous partons le voir à Tanger. J'y suis allée il y a deux jours, il m'a dit de revenir aujourd'hui. J'imagine qu'il aura eu le temps de recueillir d'autres informations.

Je lui manifestai ma reconnaissance au milieu de quintes de toux et d'éternuements, mais elle minimisa l'importance de ses efforts et me pressa de me dépêcher. Le voyage passa en un éclair. La route, des terres arides, des pinèdes, des chèvres. Des femmes avec de longues jupes rayées, chaussées de babouches, courbées sous leurs grands chapeaux de paille. Des brebis, des figuiers, d'autres terres arides, des enfants pieds nus et souriants, levant la main pour nous saluer. De la poussière, encore de la poussière, des champs jaunâtres d'un côté, des champs jaunâtres de l'autre, contrôle des passeports, de nouveau la route, des figuiers, encore des palmiers et des champs de canne à sucre, et nous étions arrivées en une heure à peine. Comme la première fois, Rosalinda se gara sur la place de France et s'offrirent à nos yeux les larges avenues et les magnifiques édifices de la zone moderne de la ville. L'un d'entre eux abritait la Bank of London and South America, curieuse combinaison d'intérêts financiers, presque autant que l'étrange couple formé par Rosalinda Fox et moi.

– Sira, je te présente Leo Martin. Leo, voici mon amie, Miss Quiroga.

Leo Martin aurait pu tout aussi bien s'appeler Leoncio Martínez s'il était né deux kilomètres plus loin. Brun et trapu, il aurait ressemblé à un laborieux paysan espagnol sans sa cravate rayée et son visage parfaitement rasé. Mais il n'était ni espagnol ni paysan; c'était un authentique ressortissant de Grande-Bretagne, un habitant de Gibraltar capable de s'exprimer en anglais et en andalou avec une aisance identique. Il nous salua de sa main velue, nous offrit un siège. Il ordonna de ne pas être dérangé à la vieille pie qui lui servait de secrétaire et, comme si nous étions les clientes les plus fortunées de la banque, il se prépara à nous exposer, avec toute sa bonne volonté, le résultat de ses efforts. Moi, je n'avais jamais ouvert un compte en banque de toute ma vie, et Rosalinda n'avait sans doute pas économisé une seule livre de l'argent envoyé par son mari quand il soufflait des vents favorables. J'imaginais cependant que certaines rumeurs des aventures amoureuses de mon amie étaient forcément parvenues aux oreilles de ce petit homme aux surprenantes aptitudes linguistiques. En ces temps agités, le directeur d'une banque internationale se devait de rendre service à la maîtresse de l'individu le plus puissant parmi ses voisins.

– Mesdames, il me semble que j'ai quelque chose. J'ai réussi à prendre contact avec Eric Gordon, une vieille relation qui a travaillé dans notre succursale de Madrid jusqu'à peu de temps après le soulèvement; à présent, il s'est réinstallé à Londres. Il m'a dit qu'il connaît personnellement quelqu'un qui vit à Madrid et est impliqué dans ce genre d'activités, un citoyen britannique employé dans une entreprise espagnole. La mauvaise nouvelle, c'est qu'il ignore comment le contacter, il a perdu sa piste au cours des derniers mois. La bonne, c'est qu'il m'a fourni les coordonnées d'un autre individu qui est au courant de ses activités, car il a résidé récemment dans la capitale. Il s'agit d'un journaliste qui est rentré en Angleterre à la suite d'un problème, je crois qu'il a été blessé : je n'ai pas eu de détails. Bien, en tout cas, il représente une solution possible : ce monsieur serait susceptible de vous mettre en contact avec l'homme qui se consacre à évacuer des réfugiés. Mais il veut une contrepartie.

– Laquelle ?

Rosalinda et moi posâmes la question à l'unisson.

– Il veut vous parler directement, Mrs Fox. Le plus tôt sera le mieux. J'espère que vous ne m'en voudrez pas de cette indiscrétion. En raison des circonstances, j'ai estimé nécessaire de le renseigner sur la personne souhaitant obtenir cette information.

Rosalinda resta muette ; elle se contenta de le fixer en fronçant les sourcils, en quête d'une explication. Martin se racla la gorge, mal à l'aise ; il s'attendait sans doute à une réaction plus enthousiaste devant ses efforts.

– Vous savez comment sont ces journalistes, n'est-ce pas ? Comme des charognards, toujours à essayer de gratter quelque chose.

Rosalinda fit une pause avant de répondre sur un ton un peu amer :

– Ce ne sont pas les seuls, mon cher Leo. Enfin, passez-le-moi, nous verrons ce qu'il veut.

Je changeai de position sur le fauteuil, en m'efforçant de cacher ma nervosité, et je me mouchai. Pendant ce temps, le directeur britannique, au corps en forme de cruche et aux accents de banderillero andalou, demanda à la standardiste de lui passer la communication. Nous attendîmes un bon moment, on nous apporta du café, Rosalinda recouvra sa bonne humeur et Martin son calme. Enfin, arriva le moment de la conversation avec le journaliste. Elle dura trois minutes à peine et je ne compris pas un mot, car elle se déroula en anglais. Je remarquai, en revanche, les intonations sérieuses et coupantes de ma cliente.

– D'accord, dit-elle simplement à la fin.

Nous prîmes congé du directeur, non sans l'avoir remercié de son intérêt, puis nous défilâmes à nouveau sous le regard inquisiteur de sa secrétaire au visage d'échassier.

– Que voulait-il? m'enquis-je, anxieuse, dès que nous eûmes franchi la porte du bureau.

– *A bit of blackmail*. Je ne sais pas comment on dit en espagnol. Quand quelqu'un exige quelque chose en échange de ce qu'il fera.

– Du chantage, précisai-je.

– Du chantage, répéta-t-elle avec une très mauvaise prononciation – trop de sons difficiles dans un même mot.

– Quel genre de chantage?

– Une entrevue personnelle avec Juan Luis et ses entrées dans la vie officielle de Tétouan pendant plusieurs semaines. En échange, il s'engage à nous mettre en relation avec la personne dont nous avons besoin à Madrid.

J'avalai ma salive avant de formuler ma question. Je redoutais sa réponse, qu'elle se scandalise des prétentions d'un journaliste opportuniste et inconnu qui voulait imposer une misérable extorsion au plus haut dignitaire du Protectorat espagnol au Maroc, le tout sous prétexte de rendre service à une simple couturière.

– Et que lui as-tu dit? osai-je finalement lui demander.

Elle haussa les épaules, résignée.

– Qu'il m'envoie un câble avec la date prévue pour son débarquement à Tanger.

26

Marcus Logan arriva en traînant la jambe, presque sourd d'une oreille et un bras en écharpe. Toutes ses blessures se trouvaient du même côté, le gauche, celui qui était le plus proche de l'explosion de l'obus qui avait failli le tuer alors qu'il couvrait, pour son agence, les offensives de l'artillerie nationaliste à Madrid. Rosalinda le fit accueillir par une voiture officielle au port de Tanger, puis conduire directement à l'hôtel Nacional, à Tétouan.

Je les attendis, assise dans un des fauteuils en osier du patio intérieur, au milieu des jardinières et des carreaux de céramique ornés d'arabesques. Des plantes grimpaient le long des murs percés de jalousies, et de grandes lanternes mauresques étaient suspendues au plafond ; la rumeur des conversations et le bouillonnement d'une petite fontaine berçaient mon attente.

Rosalinda surgit alors que le dernier soleil de l'après-midi traversait la verrière ; le journaliste, dix minutes plus tard. Au cours des journées précédentes, j'avais nourri dans mon esprit l'image d'un homme impulsif et bourru, au caractère acrimonieux, à l'énergie suffisante pour intimider quiconque se mettrait en travers de son chemin, prêt à tout pour atteindre ses objectifs. Je m'étais trompée, comme d'habitude quand on bâtit des suppositions sur un simple acte ou sur quelques paroles. Je m'étais trompée, et je le devinai dès que le journaliste maître chanteur franchit l'arcade d'accès au patio, avec son nœud de cravate lâche et son costume en lin clair froissé.

Il nous reconnut sur-le-champ ; il lui suffit de parcourir les lieux du regard et de vérifier que nous étions les deux seules jeunes femmes présentes : une blonde, à l'évidence étrangère, et une brune, pur produit espagnol. Nous nous apprêtâmes à le recevoir sans nous lever, la hache de guerre cachée derrière le dos au cas où nous devrions nous défendre contre le plus désagréable des invités. Mais nous n'eûmes pas à la sortir; en effet, le Marcus Logan qui apparut au début de cette soirée africaine inspirait un tout autre sentiment que la peur. De grande taille, âgé d'une bonne trentaine d'années, il avait des cheveux châtains un peu ébouriffés et, quand il s'approcha en boitant, appuyé sur une canne en bambou, nous observâmes que le côté gauche de son visage était couvert de cicatrices et de meurtrissures. Son apparence permettait de deviner l'homme d'avant la péripétie qui avait failli mettre fin à sa vie par le flanc gauche. Pourtant, ce n'était plus qu'un corps endolori qui, dès qu'il nous eut saluées avec toute la courtoisie autorisée par son état lamentable, s'effondra dans un fauteuil en essayant vainement de cacher ses souffrances et la fatigue accumulée pendant le long voyage.

– Mrs Fox and Miss Quiroga, *I suppose*, furent ses premières paroles.

– *Yes, we are, indeed*, répondit Rosalinda. *Nice meeting you, Mr Logan. And now, if you don't mind, I think we should proceed in Spanish. I'm afraid my friend won't be able to join us otherwise.*

– Bien entendu, excusez-moi, dit-il en s'adressant à moi dans un excellent espagnol.

Il n'avait pas une tête à extorquer des informations sans scrupule; seulement l'allure d'un professionnel gagnant sa vie comme il le pouvait et saisissant au vol les occasions. Comme Rosalinda, comme moi. Comme tous, à cette époque. Avant d'en venir à l'affaire qui l'avait conduit au Maroc, et de demander à Rosalinda de tenir ses promesses, il jugea bon de se présenter. Il travaillait pour une agence de presse britannique, il avait été accrédité pour couvrir la guerre d'Espagne par les deux camps. Malgré son poste d'observation situé dans la capitale, il était toujours en mouvement. Jusqu'à l'incident. Il avait été hospitalisé à Madrid, opéré en urgence puis évacué à Londres dès que possible. Il avait passé plusieurs semaines alité au Royal London Hospital, endurant souffrances et soins, dans l'attente de reprendre ses activités.

Quand il avait appris qu'une personne liée au haut-commissaire espagnol au Maroc avait besoin d'informations qu'il était en mesure de fournir, son horizon s'était dégagé. Il était conscient de son incapacité physique à recommencer ses allées et venues à travers la Péninsule, mais une simple visite au Protectorat lui offrait la possibilité de poursuivre sa convalescence tout en retrouvant partiellement sa fougue professionnelle. Avant d'obtenir l'autorisation de voyager, il avait été obligé d'affronter les médecins, ses supérieurs et tous ceux qui s'étaient approchés de son lit pour le convaincre de rester tranquille. Ajoutées à son état, toutes ces discussions l'avaient mis au bord de la crise de nerfs. Ce qui expliquait la brusquerie de son ton lors de sa conversation téléphonique avec Rosalinda.

Après avoir replié et tendu sa jambe plusieurs fois, avec une grimace de douleur, Logan revint à des préoccupations plus immédiates.

– Je n'ai rien mangé depuis ce matin. Puis-je vous inviter à dîner? Nous pourrions en profiter pour bavarder.

Nous acceptâmes; en réalité, j'étais prête à accepter n'importe quoi à condition de lui parler. J'aurais été capable de manger dans un bouge ou même une porcherie; j'aurais avalé des cafards et bu de la mort-aux-rats pour les faire passer. Je ne souhaitais qu'une seule et unique chose: obtenir enfin ces nouvelles que nous attendions depuis si longtemps. Le journaliste appela avec aisance l'un des serveurs arabes qui s'activaient dans le patio et lui demanda une table au restaurant de l'hôtel.

– Un moment, monsieur, s'il vous plaît.

Le serveur alla chercher quelqu'un et presque aussitôt apparut, telle une flèche, le maître d'hôtel espagnol, onctueux et déférent.

– Tout de suite, tout de suite, suivez-moi, mesdames, suivez-moi, monsieur. Mme Fox et ses amis ne doivent pas attendre une seconde, il ne manquerait plus que ça.

Logan nous céda le passage tandis que le maître d'hôtel désignait la meilleure table, au milieu, pour que chacun, dans le restaurant, puisse contempler de près la petite amie anglaise de Beigbeder. Le journaliste la refusa poliment et en montra une autre plus isolée, au fond. Elles étaient toutes impeccablement dressées: nappes immaculées, verres pour le vin et l'eau, serviettes blanches pliées sur les assiettes en porcelaine. Il était encore tôt, une petite douzaine de clients étaient disséminés dans la salle.

Nous choisîmes le menu et on nous servit un verre de xérès pour meubler l'attente. Rosalinda assuma alors d'une certaine façon le rôle d'hôtesse et lança la conversation. La rencontre préalable dans le patio s'était résumée à une prise de contact formelle, mais elle avait contribué à détendre l'atmosphère. Logan s'était présenté, il nous avait détaillé les raisons de son état; de notre côté, nous étions rassurées, il n'avait pas l'air menaçant. Nous échangeâmes quelques banalités sur la vie au Maroc espagnol. Nous savions tous, néanmoins, qu'il ne s'agissait pas d'un simple rendez-vous pour se faire de nouveaux amis, parler de maladies ou dépeindre le pittoresque nord-africain. L'objet de notre réunion, ce soir-là, était une négociation en bonne et due forme impliquant deux parties: deux camps qui avaient exposé clairement leurs exigences et leurs conditions. Il fallait à présent montrer ses cartes et voir jusqu'où chacun était prêt à aller.

– Je veux que vous sachiez que tout ce que vous avez demandé l'autre jour au téléphone est réglé, attaqua Rosalinda dès que le serveur se fut éloigné avec la commande.

– Parfait, répliqua le journaliste.

– Vous aurez votre interview avec le haut-commissaire, en privé et aussi longuement que vous le jugerez nécessaire. On vous remettra également un permis de séjour temporaire sur le territoire du Protectorat espagnol, et on vous délivrera des invitations à votre nom pour toutes les cérémonies officielles des prochaines semaines. L'une d'entre elles, je vous préviens d'ores et déjà, sera de la plus haute importance.

Logan haussa alors un sourcil interrogatif du côté intact de son visage.

– Nous attendons d'un instant à l'autre la visite de don Ramón Serrano Súñer, le beau-frère de Franco. Vous savez de qui je parle.

– Bien entendu.

– Il vient commémorer l'anniversaire du soulèvement au Maroc, il passera trois jours ici. On est en train d'organiser diverses manifestations en son honneur. Hier, précisément, Dioniso Ridruejo, le directeur général de la Propagande, est arrivé, afin de coordonner les préparatifs avec le secrétariat du haut-commissariat. Nous comptons sur votre présence à tous les événements à caractère officiel et non réservés aux militaires.

– Je vous en remercie infiniment. Veuillez, je vous prie, transmettre toute ma gratitude au haut-commissaire.

– Ce sera un plaisir de vous compter parmi nous, répondit Rosalinda en parfaite hôtesse.

Elle esquissa un geste gracieux, puis sortit ses griffes.

– Je pense que vous comprendrez que nous posions nous aussi quelques conditions.

– Cela va de soi, dit Logan en buvant une gorgée de xérès.

– Toute l'information que vous souhaiterez envoyer à l'extérieur devra être préalablement supervisée par le bureau de presse du haut-commissariat.

– Aucun problème.

Les serveurs s'approchèrent avec les plats et je fus envahie d'une agréable sensation de soulagement. Malgré le ton courtois de leur conversation, je m'étais sentie un peu mal à l'aise, déplacée, comme si je m'étais glissée dans une fête où personne ne m'avait invitée. Ils évoquaient des questions qui m'étaient complètement étrangères, des affaires qui ne renfermaient sans doute pas de très importants secrets officiels mais qui, en tout cas, n'étaient pas du ressort d'une petite couturière. Je me répétai plusieurs fois que j'étais à ma place, que tout cela me concernait puisque l'objet de ce dîner était l'évacuation de ma propre mère. Malgré tout, j'eus du mal à me convaincre.

L'arrivée des plats interrompit durant quelques instants l'échange de concessions et de requêtes. Des filets de sole pour mesdames, du poulet avec garniture pour monsieur, annoncèrent les serveurs. Il y eut de brefs commentaires à propos des victuailles, de la fraîcheur du poisson de la côte méditerranéenne, des délicieux légumes de la vallée du Martín. Les serveurs s'éloignèrent et la négociation reprit à l'endroit exact où elle s'était arrêtée.

– Une condition supplémentaire ? s'enquit le journaliste avant de porter la fourchette à sa bouche.

– Oui, mais pour moi ce n'est pas exactement une condition. Il s'agit d'un point qui nous conviendra autant à vous qu'à moi.

– Je n'aurai aucun mal à accepter, alors, dit-il après avoir avalé la première bouchée.

– Je l'espère. Voyez-vous, Logan, nous fréquentons l'un et l'autre deux mondes très différents, mais nous sommes compatriotes, et nous savons, en gros, que le camp nationaliste éprouve des sympathies pour les Allemands et les Italiens, et qu'il n'aime pas du tout les Anglais.

– C'est exact, indéniablement.

– Bien. Pour cette raison, je veux que vous vous fassiez passer pour un de mes amis. Sans perdre votre identité de journaliste, bien sûr, mais un journaliste connu de moi et, par extension, du haut-commissaire. Ainsi, il me semble que vous serez reçu avec moins d'*a priori* négatifs.

– De la part de qui?

– De tous: les autorités locales espagnoles et musulmanes, le corps consulaire étranger, la presse... Je ne compte de fervents admirateurs dans aucune de ces catégories, à vrai dire, mais, au moins dans la forme, ils me manifestent un certain respect du fait de ma proximité avec le haut-commissaire. Si vous apparaissez en tant que mon ami, vous bénéficierez vous aussi de ce même respect.

– Qu'en pense le colonel Beigbeder?

– Il est d'accord.

– Alors, plus la peine d'en parler. Je trouve que c'est une bonne idée et, comme vous dites, ce sera peut-être positif pour tout le monde. Encore une condition?

– Aucune en ce qui nous concerne, dit Rosalinda en levant son verre en guise de toast.

– Parfait. Tout est clair, désormais. Bien, il est temps que je vous mette au courant de l'affaire pour laquelle vous avez fait appel à moi.

Mon estomac se noua: c'était le moment de vérité. Le repas et le vin paraissaient avoir redonné un peu de vigueur à Marcus Logan, il avait l'air plus en forme. Malgré la sérénité froide avec laquelle il avait mené la négociation, on décelait chez lui une attitude positive, une évidente volonté de ne pas importuner Rosalinda et Beigbeder au-delà du nécessaire. J'imaginais que ce comportement raisonnable était peut-être d'ordre professionnel, mais je n'avais pas d'éléments pour le confirmer; c'était le premier journaliste que je croisais de toute ma vie.

– Avant tout, je veux que vous sachiez que mon contact est déjà prévenu et qu'il envisage le transfert de votre mère dès la prochaine opération d'évacuation de Madrid jusqu'à la côte.

Je dus m'agripper de toutes mes forces au bord de la table pour ne pas me lever et l'embrasser. Néanmoins, je me retins : la salle à manger de l'hôtel Nacional était déjà remplie de dîneurs et notre table, par la présence de Rosalinda, était le principal foyer d'attention de la soirée. Si j'avais étreint avec une euphorie incontrôlable cet étranger, cette réaction impulsive aurait aussitôt concentré sur nous tous les regards et commérages. Je freinai donc mon enthousiasme et témoignai mon allégresse par un sourire et un timide merci.

– Vous devrez me fournir quelques informations ; ensuite je les câblerai à mon agence de Londres. À partir de là, ils se mettront en contact avec Christopher Lance, la personne à la tête de toute l'opération.

– Qui est-ce ? demanda Rosalinda.

– Un ingénieur anglais, un vétéran de la Grande Guerre installé à Madrid depuis plusieurs années. Avant le soulèvement, il travaillait pour une entreprise espagnole avec participation britannique, la compagnie de génie civil Ginés Navarro e Hijos, dont le siège se trouve promenade du Prado et qui a des succursales à Valence et Alicante. Il a collaboré avec eux à la construction de routes et de ponts, d'un grand barrage à Soria, d'une usine hydroélectrique près de Grenade et d'un mât d'amarrage pour zeppelins à Séville. Quand la guerre a éclaté, les Navarro ont disparu, on ignore si c'était de leur propre chef ou par force. Les travailleurs ont formé un comité et ont pris en charge l'entreprise. Lance aurait pu partir alors, mais il n'en a rien fait.

– Pourquoi ? demandâmes-nous à l'unisson.

Le journaliste haussa les épaules en avalant une grande gorgée de vin.

– C'est bon pour la douleur, dit-il en guise d'excuse, tout en levant son verre comme pour nous montrer ses vertus médicinales. En réalité, continua-t-il, je ne sais pas pour quelle raison Lance n'est pas rentré en Angleterre, je n'ai jamais réussi à obtenir de lui une explication valable. Avant le commencement de la guerre, les Anglais résidant à Madrid, comme presque tous les étrangers, n'intervenaient pas dans la politique espagnole et observaient la situation avec indifférence, voire avec une certaine ironie. Ils connaissaient, bien entendu, les tensions existant entre la droite et la gauche, mais ils les considéraient comme un échantillon supplémentaire des spécificités du pays, comme appartenant au folklore national. Les taureaux, la sieste, l'ail, l'huile et les haines fratricides, le tout très pittoresque, très espagnol. Jusqu'à l'explosion finale. Ils ont alors compris que c'était du sérieux et ils se sont empressés de fuir Madrid. À l'exception de quelques-uns, tel Lance, qui a choisi de renvoyer sa femme à la maison et de rester en Espagne.

– Légèrement imprudent, non? suggérai-je.

– Il est sans doute un peu fou, en effet, mais c'est un brave type et il sait ce qu'il fait. Ce n'est ni un aventurier téméraire ni un de ces opportunistes qu'en ce moment on voit proliférer partout.

– À quoi se consacre-t-il, exactement? demanda Rosalinda.

– Il fournit de l'aide à ceux qui en ont besoin. Il fait sortir de Madrid qui il peut, les emmène jusqu'à un port de le Méditerranée et les embarque à bord d'un quelconque navire britannique. Tout lui est bon: bateau de guerre, paquebot ou cargo transportant des citrons.

– Il touche de l'argent? voulus-je savoir.

– Non. Jamais. Il n'y gagne rien. Certains s'enrichissent grâce à ce genre d'activité, mais pas lui.

Il allait se livrer à de nouvelles explications quand soudain s'approcha de notre table un jeune militaire avec jodhpur, bottes brillantes et casquette sous le bras. Il fit un salut martial, le visage concentré, et tendit une enveloppe à Rosalinda. Cette dernière en tira un feuillet plié. Elle le lut et sourit.

– *I'm truly very sorry*, mais vous allez devoir m'excuser, dit-elle en rangeant précipitamment ses affaires dans son sac à main – l'étui à cigarettes, les gants, la missive. Il est arrivé quelque chose d'inoponé, d'inopiné, pardon, ajouta-t-elle. – Elle se pencha à mon oreille. – Juan Luis est revenu de Séville plus tôt, chuchota-t-elle fougueusement.

Malgré son tympan crevé, le journaliste l'entendit sans doute aussi.

– Continuez à bavarder, vous me raconterez, déclara-t-elle à voix haute. Sira, *darling*, je te verrai bientôt. Et vous, Logan, soyez prêt demain matin. Une voiture viendra vous prendre ici à une heure. Vous déjeunerez chez moi avec le haut-commissaire et vous disposerez de tout l'après-midi pour poursuivre votre entretien.

Rosalinda sortit, accompagnée du jeune militaire et de multiples regards effrontés. Dès qu'elle eut disparu de notre vue, je pressai Logan de renouer la conversation là où il l'avait interrompue.

– Si Lance n'en tire aucun bénéfice et qu'il n'est pas inspiré par des motifs politiques, pourquoi agit-il de la sorte ?

Il haussa de nouveau les épaules, avec une mimique excusant son incapacité à trouver une explication rationnelle.

– Il y a des gens comme ça. Lance est un personnage un peu singulier, une espèce de croisé des causes perdues. D'après lui, il n'y a rien de politique dans sa conduite, seulement des motivations humanitaires ; il en aurait sans doute fait autant pour les républicains, s'il s'était retrouvé dans la zone nationaliste. Peut-être que cette propension est due à ses origines : son père est un chanoine de la cathédrale de Wells. Le fait est que, au moment du soulèvement, l'ambassadeur, sir Henry Chilton, et la plupart de son personnel s'étaient installés à Saint-Sébastien pour y passer l'été, et qu'à Madrid ne restait qu'un fonctionnaire, incapable de se montrer à la hauteur des circonstances. Lance, en tant que membre vétéran de la communauté britannique, a donc pris les rênes de la situation de façon tout à fait spontanée. Comme vous dites, vous, les Espagnols, sans craindre ni Dieu ni diable il a ouvert l'ambassade pour y recueillir, en principe, les citoyens britanniques, à peine un peu plus de trois cents personnes selon mes informations. Aucun n'était directement impliqué dans des activités politiques, mais ils étaient en majorité conservateurs et sympathisants de droite, ils ont donc cherché une protection diplomatique dès qu'ils ont vu la tournure des événements. Ensuite, la situation s'est compliquée : plusieurs centaines d'individus supplémentaires ont couru se réfugier dans l'ambassade, sous prétexte qu'ils étaient nés à Gibraltar ou dans un bateau anglais pendant une traversée, avaient des parents en Grande-Bretagne ou avaient fait des affaires avec la chambre de commerce britannique ; n'importe quel subterfuge était bon pour se placer sous la protection de l'Union Jack, notre drapeau.

– Mais pourquoi précisément dans votre ambassade ?

– Ça n'a pas été la seule, loin de là. En réalité, la nôtre a été l'une des plus rétives à fournir un refuge. Au cours des premiers jours, toutes, pratiquement, ont agi de même : accueillir leurs propres concitoyens et également certains Espagnols en danger.

– Et ensuite ?

– Quelques légations ont fait preuve d'une grosse activité en matière d'asile et d'implication directe ou indirecte dans le transfert de réfugiés. Le Chili, surtout ; la France, l'Argentine et la Norvège également. D'autres, en revanche, une fois écoulés les premiers moments d'incertitude, n'ont pas voulu poursuivre ces tâches. Lance, néanmoins, n'intervient pas en qualité de représentant du gouvernement britannique ; tout ce qu'il fait, c'est par lui-même. Comme je vous l'ai déjà dit, notre ambassade a été l'une de celles qui ont refusé protection et assistance à l'évacuation de réfugiés. Lance ne se consacre pas non plus à aider dans l'abstrait le camp nationaliste ; il s'occupe de personnes qui, à titre individuel, ont besoin de quitter Madrid. Pour des raisons idéologiques, pour des raisons familiales, peu importe. Il est exact qu'il s'est d'abord installé à l'ambassade et que, d'une certaine façon, il a réussi à se faire accorder le titre d'attaché honoraire, afin de gérer l'évacuation de citoyens britanniques au cours des premiers jours de la guerre mais, depuis lors, il agit pour son propre compte. Quand il y a intérêt, généralement pour impressionner les miliciens et les sentinelles aux contrôles routiers, il arbore ostensiblement tout l'attirail diplomatique qu'il a sous la main : brassard rouge, bleu et blanc pour s'identifier, fanions sur la voiture et un sauf-conduit énorme rempli de timbres et d'estampilles de l'ambassade, de six ou sept syndicats ouvriers et du ministère de la Guerre. C'est un type assez particulier, ce Lance : sympathique, beau parleur, toujours habillé avec des vêtements voyants, des vestes et des cravates aux couleurs criardes. Parfois, je crois qu'il exagère un peu pour que personne ne le prenne au sérieux, et qu'ainsi on ne le soupçonne pas.

– Comment réalise-t-il les transferts jusqu'à la côte ?

– Je ne sais pas précisément, il hésite à donner des détails. Il semble qu'il a commencé avec des véhicules de l'ambassade et des camions de son entreprise, jusqu'à ce qu'ils soient réquisitionnés. Maintenant, il paraît qu'il utilise une ambulance de la légation écossaise mise à la disposition de la République. Il est souvent accompagné de Margery Hill, une infirmière de l'hôpital anglo-américain, vous le connaissez ?

– Je ne crois pas.

– Il se trouve rue Juan Montalvo, près de la cité universitaire, pratiquement sur la ligne de front. C'est là qu'on m'a emmené d'abord, quand j'ai été blessé, puis on m'a transporté, pour m'opérer, à l'hôpital installé à l'hôtel Palace.

– Un hôpital à l'intérieur du Palace ? demandai-je, incrédule.

– Oui, un hôpital de campagne. Vous n'étiez pas au courant ?

– Non, je n'en avais aucune idée. Quand j'ai quitté Madrid, le Palace faisait partie des hôtels les plus luxueux, avec le Ritz.

– Eh bien, à présent il est affecté à d'autres fonctions. J'y suis resté plusieurs jours, puis j'ai été évacué à Londres. Je connaissais déjà Lance avant mon hospitalisation : ces jours-ci, la colonie britannique est très réduite à Madrid. Ensuite, il est venu me voir plusieurs fois au Palace : parmi les tâches humanitaires qu'il s'impose, il y a aussi l'aide apportée, dans la mesure du possible, à ses compatriotes en difficulté. Voilà pourquoi j'en sais un peu sur le fonctionnement de tout le processus d'évacuation, mais seulement les détails que lui-même a jugé bon de me révéler. Normalement, les réfugiés se débrouillent seuls pour arriver à l'hôpital ; ils les gardent quelquefois un moment et les font passer pour des malades, jusqu'à l'organisation du convoi suivant. En principe, Lance et l'infirmière Hill participent à tous les transferts ; il paraît que Hill n'a pas son pareil quand les fonctionnaires et les miliciens se montrent pénibles aux postes de contrôle. En plus, elle en profite pour rapporter à Madrid tout ce qu'elle peut soutirer aux bateaux de la Royal Navy : des médicaments, du matériel de soins, du savon, des conserves...

– Le voyage s'effectue comment ?

Je voulais matérialiser dans mon esprit le trajet de ma mère, imaginer en quoi allait consister son aventure.

– Ils partent à l'aube. Lance sait où sont tous les contrôles, et il y en a plus de trente. Parfois, il leur faut plus de douze heures pour effectuer le trajet. Il est devenu un spécialiste de la psychologie des miliciens : il descend de voiture, discute avec eux, les appelle camarades, leur montre son impressionnant sauf-conduit, leur offre du tabac, plaisante et prend congé avec « Vive la Russie ! » ou « Mort aux fascistes ! » ; n'importe quoi à condition de pouvoir poursuivre sa route. En revanche, il ne soudoie jamais: il se l'est imposé et, que je sache, il n'a jamais dérogé à cette règle. Il est également excessivement scrupuleux avec les lois de la République, il les respecte toujours. Et, bien sûr, il évite à tout moment de provoquer des contretemps ou des incidents susceptibles de nuire à notre ambassade. Bien qu'il n'y appartienne qu'à titre honoraire, il souscrit néanmoins à un code d'éthique diplomatique rigoureux.

À peine avait-il fini de répondre que j'étais déjà prête à poser la question suivante; j'étais une élève appliquée dans l'apprentissage des techniques d'interrogatoire du commissaire Vázquez.

– À quel port les réfugiés sont-ils amenés?

– À Valence, à Alicante, à Denia, ça dépend. Il étudie la situation, élabore un plan d'action et, au bout du compte, d'une façon ou d'une autre, il parvient à embarquer son chargement.

– Mais ces personnes, elles ont des papiers, des permis, des sauf-conduits?

– Pour se déplacer à l'intérieur de l'Espagne, en principe, oui. Pour partir à l'étranger, sans doute pas. C'est pourquoi la procédure d'embarquement est très complexe: Lance est obligé d'esquiver les contrôles, de se faufiler sur les quais, de passer inaperçu au milieu des sentinelles, de négocier avec les officiers des navires, de cacher les réfugiés en cas de fouille. Tout doit être fait très soigneusement, sans éveiller le moindre soupçon. C'est très délicat, il risque de se retrouver lui-même en prison. Enfin, pour le moment, toutes ses tentatives ont été couronnées de succès.

Nous finîmes de dîner. Logan avait du mal à se servir des couverts; son bras gauche n'était pas totalement opérationnel. Malgré tout, il dévora le poulet de bon appétit, avala deux grandes assiettes de crème renversée et plusieurs verres de vin. Moi, en revanche, absorbée par ses propos, je goûtai à peine la sole et ne pris pas de dessert.

– Un café? demanda-t-il.

– Oui, merci.

En réalité, je ne buvais jamais de café après le dîner, sauf quand j'étais obligée de travailler tard. Mais ce soir-là j'avais deux bonnes raisons d'accepter l'offre: prolonger la conversation au maximum et rester bien éveillée pour ne pas perdre le moindre détail.

– Parlez-moi de Madrid, dis-je alors à voix basse.

Sans doute devinais-je qu'il ne me donnerait pas des nouvelles agréables. Il me regarda fixement avant de répondre:

– Vous ne savez rien, n'est-ce pas?

Je posai mon regard sur la nappe et esquissai un geste de dénégation. Connaître les détails de la prochaine évacuation de ma mère m'avait détendue: je n'étais plus nerveuse. En dépit de son corps meurtri, Marcus Logan était parvenu à me rassurer par son attitude ferme et sereine. Pourtant, cette détente n'avait pas provoqué en moi de la joie, mais une profonde tristesse. Pour ma mère, pour Madrid, pour mon pays. Je ressentis soudain une faiblesse infinie et les larmes me montèrent aux yeux.

– La ville est très abîmée et il y manque les produits de base. La situation est critique et chacun se débrouille comme il peut, dit-il, résumant sa réponse en quelques évidences.

Puis il ajouta:

– Puis-je vous poser une question?

– Demandez ce que vous voulez, répliquai-je, les yeux toujours fixés sur la table. L'avenir de ma mère est entre vos mains, comment pourrais-je refuser?

– Écoutez, j'ai fait ce que je devais faire et je vous garantis qu'on se conduira comme promis avec votre mère, n'ayez aucune inquiétude.

Il parlait sur un ton plus bas, plus complice.

– Néanmoins, pour y arriver, j'ai dû inventer une histoire dont j'ignore si elle correspond beaucoup ou peu à la réalité. J'ai été obligé d'affirmer qu'elle se trouvait dans une situation à haut risque et qu'il fallait l'évacuer de toute urgence. Je n'ai pas eu à fournir davantage de précisions. Pourtant, j'aimerais savoir si j'ai menti ou dit la vérité. La réponse ne changera rien à rien, c'est juste de la curiosité personnelle. Par conséquent, si ça ne vous embête pas, indiquez-moi, s'il vous plaît, la véritable situation de votre mère. Pensez-vous vraiment qu'elle coure des risques, à Madrid?

Un serveur arriva avec les cafés; nous remuâmes le sucre, faisant tinter les cuillers contre la porcelaine en cadence. Au bout de quelques secondes, je levai le visage et le regardai en face.

– Vous voulez la vérité? Eh bien, je ne crois pas que sa vie soit en danger, mais je suis l'unique être que ma mère ait en ce monde, et elle est l'unique être que moi, j'aie. Nous avons toujours vécu seules, nous nous sommes battues ensemble pour nous en sortir, nous avons travaillé dur. Malgré tout, un jour j'ai commis une erreur et je l'ai trahie. À présent, je souhaite seulement la récupérer. Vous m'avez dit auparavant que votre ami Lance n'agit pas pour des motifs politiques, que ses préoccupations ne sont que de nature humanitaire. Jugez vous-même si réunir une mère sans ressources avec sa fille est ou n'est pas une raison humanitaire. Moi, je ne sais pas.

Je ne pus rien ajouter, j'étais sur le point d'éclater en sanglots.

– Je dois y aller, demain je me lève tôt, j'ai beaucoup de travail, merci pour le dîner, merci pour tout...

J'avais la voix brisée, je bredouillais en même temps que je me levais et saisissais mon sac, en toute hâte. Je gardais le visage baissé pour éviter qu'il n'aperçoive mes joues inondées de larmes.

– Je vous accompagne, dit-il.

Il se mit debout en s'efforçant de cacher sa douleur.

– Ce n'est pas la peine, merci. Je vis à côté, au coin de la rue.

Je lui tournai le dos et me dirigeai vers la sortie. J'avais à peine fait quelques pas quand je sentis sa main frôler mon coude.

– Tant mieux, comme ça je marcherai moins. Allons-y.

D'un geste, il demanda au maître d'hôtel d'inscrire le montant sur la note de sa chambre, et nous sortîmes. Il se taisait, sans essayer de me rassurer ; il ne prononça pas un mot au sujet de ce qu'il venait d'entendre. Il se tint seulement à mon côté en silence et me laissa recouvrer mon calme par moi-même. Une fois dans la rue, il s'arrêta net. S'appuyant sur sa canne, il contempla le ciel étoilé et aspira goulûment l'air frais.

– Le Maroc sent bon.

– La montagne est tout près, la mer aussi, répliquai-je, à présent davantage apaisée. Ça doit être à cause de ça.

Nous cheminâmes lentement ; il me demanda depuis quand j'étais arrivée au Protectorat, comment y était la vie.

– Nous nous reverrons, je vous tiendrai informée dès que j'aurai des nouvelles, me dit-il quand je lui indiquai que nous étions devant chez moi. Et soyez sans crainte, je vous garantis qu'on fera le maximum pour vous aider.

– Merci beaucoup, vraiment, et pardonnez-moi pour ma réaction. J'ai parfois beaucoup de mal à me retenir. Nous ne vivons pas une époque facile, n'est-ce pas ? murmurai-je avec une note de pudeur.

Il esquissa un demi-sourire.

– Je vous comprends parfaitement, ne vous inquiétez pas.

Il n'y eut pas de larmes, cette fois-ci, j'avais surmonté mon désarroi. Nous échangeâmes un bref regard, nous nous souhaitâmes une bonne nuit et je grimpai l'escalier menant à mon appartement. Décidément, Marcus Logan ressemblait bien peu à cette image d'opportuniste agressif que nous nous étions forgée, Rosalinda et moi.

27

Beigbeder et Rosalinda furent ravis de l'entrevue du lendemain. Par elle, j'appris qu'elle s'était déroulée dans une atmosphère détendue ; les deux hommes s'étaient assis à l'une des terrasses de la villa, buvant un brandy avec du soda devant la vallée du Martín et les flancs de l'imposant Gorgues, qui marquait le début du Rif. Ils avaient d'abord déjeuné ensemble tous les trois : l'œil critique de l'Anglaise voulait vérifier la fiabilité de son compatriote avant de le laisser en tête à tête avec son adoré Juan Luis. Bedouie, le cuisinier arabe, leur avait préparé un tajine de mouton accompagné d'un bourgogne grand cru. Après les desserts et le café, Rosalinda se retira et eux s'installèrent confortablement dans leurs fauteuils en osier pour fumer un havane et entamer leur conversation.

Je sus qu'il était près de huit heures du soir lorsque le journaliste revint à son hôtel, qu'il ne dîna pas et qu'il demanda seulement qu'on lui monte des fruits dans sa chambre. Je sus que, le matin suivant, il se dirigea vers le haut-commissariat aussitôt après le petit déjeuner, je sus les rues qu'il emprunta et l'heure de son retour. J'eus une connaissance détaillée de toutes ses allées et venues ce jour-là, et le jour suivant, et celui d'après ; je fus informée de ce qu'il mangea, de ce qu'il but, de la presse qu'il feuilleta et de la couleur de ses cravates. Je ne cessais pas de travailler, mais je me tins au courant en permanence grâce à l'efficacité de deux collaborateurs discrets. Jamila se chargeait de le filer tout au long de la journée ; en échange de menue monnaie, un jeune groom de l'hôtel m'indiquait avec zèle l'heure de son retour le soir ; pour dix centimes de plus, il se rappelait même le menu de ses dîners, les vêtements envoyés au lavage et l'instant où il éteignait la lumière.

Je patientai trois jours, recevant des informations minutieuses sur tous ses mouvements et attendant des nouvelles sur l'avancement des formalités. Le quatrième jour, ignorante de ses activités, je commençai à penser du mal de lui. Et, à force de ruminer de mauvaises pensées, je forgeai dans mon esprit un scénario selon lequel Marcus Logan, une fois atteint son objectif d'interviewer Beigbeder et de recueillir les informations nécessaires sur le Protectorat, avait prévu de partir en oubliant ses engagements envers moi. Pour éviter de voir corroborées mes suppositions perverses, je décidai de faire le premier pas. Le lendemain matin, dès le lever du jour et après le premier appel à la prière du muezzin, je sortis de chez moi sur mon trente et un et m'installai dans un coin du patio du Nacional. Vêtue d'un nouveau tailleur lie-de-vin et tenant l'un de mes magazines de mode sous le bras. Montant la garde le dos bien droit et les jambes croisées. Au cas où.

Je savais que j'étais en train de commettre une bêtise. Rosalinda avait parlé d'octroyer à Logan un permis de séjour temporaire dans le Protectorat, et ce dernier m'avait donné sa parole qu'il m'aiderait; en outre, les formalités demandaient du temps. Si j'analysais froidement la situation, je n'avais rien à redouter: toutes mes craintes étaient sans fondement et cette attente n'était qu'une manifestation absurde de mes angoisses. J'en étais consciente mais, tout bien considéré, j'étais résolue à ne pas bouger.

Il descendit à neuf heures et quart, alors que le soleil matinal pénétrait déjà, radieux, à travers la verrière. Le patio connaissait à présent une certaine animation, avec l'apparition des pensionnaires de l'hôtel qui venaient de se lever, l'effervescence des serveurs et le mouvement incessant des jeunes grooms marocains transportant malles et valises. Il boitait encore un peu et son bras était en bandoulière, maintenu par un foulard bleu, mais la moitié meurtrie de son visage allait mieux, et ses vêtements propres, les heures de sommeil et sa chevelure humide tout juste peignée lui permettaient de présenter un aspect bien meilleur que le jour de son arrivée. J'eus un pincement d'anxiété en l'apercevant, mais je le cachai d'un gracieux croisement de jambes en rejetant ma frange en arrière. Lui me remarqua sur-le-champ et s'approcha pour me saluer.

– Ça alors ! J'ignorais que les femmes d'Afrique fussent si matinales.

– Vous connaissez sans doute le proverbe : l'avenir appartient à ceux qui se lèvent tôt.

– Et qu'attendez-vous de l'avenir, si je ne suis pas indiscret ? demanda-t-il en s'installant dans un fauteuil à côté de moi.

– Qu'il vous empêche de quitter Tétouan avant que vous m'ayez indiqué si l'affaire de ma mère est en bonne voie.

– Je ne vous ai donné aucune nouvelle parce qu'on ne sait encore rien, répondit-il.

Il décolla alors son corps du dossier et se pencha vers moi.

– Vous vous méfiez de moi, n'est-ce pas ?

Sa voix résonna, assurée et sereine. Complice, presque. J'attendis un peu, tentant d'inventer un mensonge. Faute d'en trouver un, j'optai pour la franchise.

– Excusez-moi, mais ces derniers temps je n'ai plus confiance en quiconque.

– Je vous comprends, ne vous inquiétez pas, dit-il en esquissant un sourire douloureux. Par les temps qui courent, il ne fait pas bon être loyal ou confiant.

Je haussai les épaules avec une grimace éloquente.

– Vous avez pris votre petit déjeuner ? demanda-t-il.

– Oui, merci, mentis-je.

Je n'avais pas envie de manger. La seule chose dont j'avais besoin, c'était de l'entendre confirmer qu'il n'allait pas m'abandonner.

– Bien, alors nous pourrions peut-être...

Un tourbillon enveloppé d'un haïk interrompit soudain notre conversation : Jamila, hors d'haleine.

– Frau Langenheim attend à la maison. Elle part à Tanger, pour acheter des tissus. Siñorita Sira doit dire combien acheter de mètres.

– Qu'elle patiente deux minutes, j'arrive tout de suite. Qu'elle s'asseye, qu'elle regarde les nouvelles revues que m'a apportées Candelaria l'autre jour.

Jamila s'éloigna en courant et je m'excusai auprès de Logan.

– C'est ma domestique. Une cliente m'attend, je dois y aller.

– Dans ce cas, je vous laisse tranquille. Et soyez sans crainte : tout est en ordre et nous en recevrons tôt ou tard la confirmation. Néanmoins, n'oubliez pas que cela peut être une question de jours ou de semaines, voire de mois. Impossible de prévoir, ajouta-t-il en se levant.

Il paraissait maintenant plus agile, beaucoup moins endolori.

– Je ne sais vraiment pas comment vous remercier, répliquai-je. Je suis désolée, je suis obligée de partir, à présent : j'ai une tonne de travail en attente, je n'ai pas une minute de libre. Il va y avoir plusieurs manifestations publiques ces prochains jours, et mes clientes ont besoin de nouvelles tenues.

– Et vous ?

– Moi quoi ? demandai-je, troublée, sans comprendre la question.

– Vous avez l'intention d'assister à l'une d'entre elles, à la réception de Serrano Súñer, par exemple ?

– Moi ? dis-je avec un éclat de rire, tandis que j'écartais mes cheveux de mon visage. Non, je ne vais pas à ce genre de réception.

– Pourquoi pas ?

Ma première impulsion fut de m'esclaffer encore, mais je me retins : il ne plaisantait pas, sa curiosité était sincère. Nous étions maintenant debout, l'un à côté de l'autre, tout proches. J'appréciai la texture du lin clair de sa veste et les rayures de sa cravate; il sentait bon: un parfum de savon de bonne qualité, de propreté. Je gardais mon magazine sous le bras, lui s'appuyait d'une main sur sa canne. Je le regardai et entrouvris la bouche pour lui répondre. Je ne manquais pas d'arguments pour justifier mon absence à ces cérémonies: personne ne m'avait invitée, ce n'était pas mon monde, je n'avais rien à voir avec tous ces gens... Finalement, je décidai de me taire; je me contentai de hausser à nouveau les épaules.

– Je dois partir.

– Attendez, dit-il en me retenant doucement par le bras. Venez avec moi à la réception de Serrano Súñer, soyez ma partenaire ce soir-là.

L'invitation claqua comme un coup de fouet et me laissa si ébahie qu'aucune excuse ne vint à mes lèvres quand j'essayai d'en trouver une.

– Vous venez de me déclarer que vous ne savez pas comment me remercier de mes efforts. Eh bien, voici une façon: m'accompagner à cette soirée. Vous pourriez m'aider à savoir qui est qui dans cette ville, ça me serait très utile dans mon travail.

– Je... je ne connais presque personne, je suis ici depuis très peu de temps.

– En plus, ce sera très intéressant; peut-être même qu'on passera un moment agréable, insista-t-il.

C'était une folie, un non-sens. Qu'allais-je faire dans une fête en l'honneur du beau-frère de Franco, entourée d'officiers supérieurs et de dignitaires locaux, de gens fortunés et de représentants de pays étrangers? La proposition était ridicule, en effet, mais devant moi se trouvait un homme attendant une réponse. Un homme qui s'occupait d'évacuer la personne qui comptait le plus pour moi au monde; un étranger inconnu, en qui j'avais déposé ma confiance. Des rafales de pensées contradictoires se croisèrent dans mon cerveau. Les unes me sommaient de refuser, soulignaient qu'il s'agissait d'une extravagance sans queue ni tête. Les autres, en revanche, me rappelaient un vieux proverbe de chez nous que j'avais tant de fois écouté dans la bouche de ma mère, à propos des âmes bien nées et de la reconnaissance.

– D'accord, concédai-je en ravalant ma salive avec force. J'irai avec vous.

Jamila réapparut dans le hall. Elle gesticulait pour m'obliger à me dépêcher, afin de réduire l'attente de l'exigeante Frau Langenheim.

– Parfait. Je vous communiquerai le jour et l'heure exacts dès que j'aurai reçu l'invitation.

Je lui serrai la main, parcourus rapidement le vestibule en faisant sonner mes talons et ne me retournai qu'une fois arrivée à la porte. Marcus Logan était toujours debout, au fond, me regardant, appuyé sur sa canne ; il n'avait pas bougé de l'endroit où je l'avais laissé et sa présence lointaine s'était transformée en une silhouette en contre-jour. Sa voix retentit pourtant, sonore :

– Je me réjouis que vous ayez accepté de venir avec moi. Et soyez sans crainte : je ne suis pas pressé de quitter le Maroc.

28

Les doutes m'assaillirent à peine arrivée dans la rue. Je m'étais peut-être un peu trop hâtée d'accepter la proposition du journaliste sans consulter Rosalinda, qui pouvait avoir d'autres projets pour son invité imposé. Ils se dissipèrent néanmoins très vite : le temps qu'il fallut à celle-ci pour venir faire un essayage cet après-midi-là, dans un état de grande excitation.

– Je n'ai qu'une demi-heure, dit-elle tout en déboutonnant son chemisier en soie avec dextérité. Juan Luis m'attend, il y a encore mille détails à régler pour la visite de Serrano Súñer.

J'avais pensé lui poser la question avec tact et des paroles bien choisies, mais je décidai de sauter sur l'occasion.

– Marcus Logan m'a demandé de l'accompagner à la réception.

J'avais parlé sans la regarder: je feignais d'être concentrée sur le costume que j'étais en train d'ôter du mannequin.

– *But that's wonderful, darling!*

Je ne compris pas ses paroles, mais je déduisis de son ton que la nouvelle lui avait procuré une surprise agréable.

– Tu es d'accord pour que je vienne avec lui? demandai-je, encore incertaine.

– Bien entendu! Ce sera formidable de t'avoir près de moi, *sweetie*. Juan Luis devra jouer un rôle très institutionnel, j'espère donc pouvoir passer un petit moment avec vous. Qu'est-ce que tu porteras?

– Je ne sais pas encore, je dois y réfléchir. Je m'inventerai sans doute une tenue avec ce tissu, dis-je en montrant un rouleau de soie sauvage appuyé contre le mur.

– *My God*, tu vas faire sensation!

– Seulement si je réussis à survivre, murmurai-je, la bouche pleine d'épingles.

De fait, j'allais avoir du mal à me tirer du pétrin. Après plusieurs semaines peu chargées en travail, les casse-tête et les obligations s'accumulèrent soudain autour de moi, menaçant de me submerger à tout moment. J'avais tellement de commandes à finir que je me levais à l'aube et parvenais rarement à me coucher avant trois heures du matin. La sonnette retentissait à tout instant, sans cesse les clientes entraient et sortaient de l'atelier. Néanmoins, je ne regrettai pas de me sentir tellement pressurée: j'en fus presque heureuse. Ainsi, j'avais moins le temps de vouer au diable la réception qui m'attendait dans un peu plus d'une semaine.

Une fois surmonté l'écueil de Rosalinda, la seconde personne informée de cette invitation inattendue fut, fatalement, Félix.

– Eh bien, tu es une sacrée maligne ! Tu en as, de la chance ! Je crève de jalousie.

– J'échangerais bien volontiers avec toi, lui répondis-je, sincère. Cette fête ne me dit rien du tout ; je suis sûre que je ne me sentirai pas à ma place, en compagnie d'un homme que je connais à peine, entourée d'étrangers et d'une bande de militaires et de politiciens qui assiègent ma ville et m'empêchent de retourner chez moi.

– Ne sois pas sotte, ma petite. Tu vas participer à une réception qui fera date dans l'histoire de notre petit coin d'Afrique. En plus, avec un type qui n'est vraiment pas mal du tout.

– Qu'est-ce que tu en sais ? Tu ne le connais pas.

– Vraiment ? À ton avis, où ai-je emmené goûter la louve, cet après-midi ?

– Au Nacional ?

– Exactement. Ça m'a coûté trois fois plus cher que les brioches de la Campana, parce que cette espèce de grognasse s'en est mis plein la panse de thé et de petits-fours, mais ça en valait la peine.

– Tu l'as vu, alors ?

– Je lui ai même parlé. Et il m'a donné du feu.

– Tu ne manques pas d'air, rétorquai-je sans pouvoir réprimer un sourire. Tu l'as trouvé comment ?

– Des plus appétissants, quand on aura réparé les avaries. Il a beau boiter et avoir la moitié du visage démolie, il en jette, on dirait un vrai gentleman.

– Tu crois qu'il sera fiable ?

J'étais toujours un peu inquiète. Logan m'avait certes demandé de lui faire confiance, mais je n'étais pas encore certaine d'y parvenir. Mon voisin me répondit par un éclat de rire.

– À mon avis, non, mais j'imagine que tu t'en moques. Ton nouvel ami n'est qu'un simple journaliste de passage, qui s'est engagé auprès de la femme dont est fou le haut-commissaire. Par conséquent, vu ce qu'il lui doit et s'il ne veut pas quitter cette terre en plus mauvais état qu'il n'y est entré, il a intérêt à bien se conduire avec toi.

Le point de vue de Félix m'offrait une approche différente de la situation. La fin désastreuse de mon aventure avec Ramiro m'avait transformée en une personne sceptique et méfiante, mais entre Marcus Logan et moi ce n'était pas une question de loyauté, juste un échange de bons procédés. Si vous me donnez, je vous donne ; sinon, pas de marché. C'était ainsi, à quoi bon m'interroger sans cesse sur sa fiabilité ? Il était le premier intéressé à bien s'entendre avec le haut-commissaire, il n'y avait donc aucune raison pour qu'il me déçoive.

Ce même soir, Félix m'indiqua qui était exactement Serrano Súñer. J'entendais souvent parler de lui à la radio et j'avais lu son nom dans le journal, mais j'ignorais presque tout du personnage caché derrière ce patronyme. Comme tant d'autres fois, Félix me fournit le plus complet des rapports.

– Comme j'imagine que tu le sais déjà, ma chérie, Serrano est le beau-frère de Franco, marié avec Zita, la petite sœur de Carmen Polo, une dame beaucoup plus jeune, plus belle et moins coincée que la femme du Caudillo, ainsi que j'ai pu le constater sur plusieurs photos. On prétend que c'est un type très brillant, avec une capacité intellectuelle mille fois supérieure à celle du généralissime, détail qui, semble-t-il, n'amuse pas du tout ce dernier. Avant guerre, il était avocat et député de Saragosse.

– De droite.

– Bien sûr. Pourtant, le soulèvement l'a surpris à Madrid. Il a été arrêté, en raison de sa filiation politique, il a été détenu dans la prison Modelo et finalement il a réussi à se faire envoyer dans un hôpital; il souffre d'un ulcère, ou d'une maladie dans le même genre. On raconte qu'alors, grâce à la complicité du docteur Marañon, il s'en est échappé déguisé en femme, avec une perruque, un chapeau et le bas du pantalon retroussé sous le manteau; ça lui ressemble tout à fait.

Nous rîmes en imaginant la scène.

– Ensuite, il est parvenu à fuir de Madrid, il est arrivé à Alicante et de là, déguisé de nouveau, mais cette fois en marin argentin, il a quitté la Péninsule à bord d'un torpilleur.

– Il est parti d'Espagne?

– Non. Il a débarqué en France et il a rejoint aussitôt la zone nationaliste par voie de terre, avec sa femme et sa ribambelle de gamins, quatre ou cinq je crois. Ils se sont débrouillés pour gagner Salamanque depuis Irún, c'était là que se trouvait au début le quartier général de son camp.

– Ça n'a pas dû lui être difficile, étant de la famille de Franco.

Félix esquissa un sourire malveillant.

– Que tu crois, mignonne. Il paraît que le Caudillo n'a pas levé le petit doigt pour eux. Il aurait pu proposer son beau-frère comme monnaie d'échange, ce qui était fréquent à l'époque, mais il n'en a rien fait. Et quand ils sont arrivés à Salamanque, l'accueil n'a pas été excessivement enthousiaste. Franco et sa famille étaient installés dans le palais épiscopal, et on raconte qu'ils ont logé toute la troupe des Serrano Polo dans un grenier, sur quelques lits de camp défoncés, tandis que la fille de Franco avait une chambre immense, avec une salle de bains pour elle toute seule. En réalité, à part ces médisances qui circulent de bouche en bouche, je n'ai pas obtenu beaucoup d'informations sur la vie privée de Serrano Súñer; je le regrette, ma chérie. En revanche, je sais qu'on a tué deux de ses frères qui ne s'occupaient pas de politique et auxquels il était très attaché; cela l'aurait traumatisé et poussé à s'impliquer activement dans la construction de ce qu'ils appellent la Nueva España, la Nouvelle Espagne. En tout cas, il est devenu le bras droit du général. D'où son surnom de cuñadísimo, «beau-frèrissime», par référence au généralissime. On prétend qu'il doit une grande part de son pouvoir actuel à l'influence de la puissante doña Carmen, qui en avait assez de voir ce dingue de Nicolás Franco, son autre beau-frère, exercer un tel ascendant sur son mari. Dès l'arrivée de Serrano, elle le lui déclaré tout net: «Dorénavant, Paco, davantage de Ramón et moins de Nicolás.»

L'imitation de la voix de la femme de Franco nous fit nous esclaffer de nouveau.

– Serrano est un type très intelligent, dit-on. Très subtil, beaucoup mieux préparé que Franco en matière politique, intellectuelle et humaine. Il est en outre extrêmement ambitieux et c'est un travailleur infatigable; il passerait ses journées entières, sans lever le nez, à élaborer une base juridique pour légitimer le coup d'État et le pouvoir suprême de son parent. Autrement dit, il travaille pour doter d'un ordre institutionnel civil une structure purement militaire.

– Au cas où ils gagneraient la guerre.

– S'ils la gagnent, allez donc savoir.

– Serrano est populaire? Les gens l'aiment?

– Plus ou moins. Les va-t-en-guerre, les hauts gradés, je veux dire, pas du tout. Ils le considèrent comme un intrus gênant; ils ne parlent pas la même langue, ils ne se comprennent pas. Eux seraient heureux avec un État purement militaire, mais Serrano, qui est beaucoup plus intelligent qu'eux, s'efforce de leur prouver que ce serait une folie, qu'ainsi ils ne réussiraient jamais à obtenir la légitimité et la reconnaissance internationales. Franco, qui n'y comprend rien en politique, a confiance en lui dans ce domaine. Les autres sont donc obligés de le supporter, même à contrecœur. Les phalangistes de toujours ne sont pas non plus convaincus. C'était l'ami intime de José Antonio Primo de Rivera, semble-t-il, ils étaient ensemble à l'université, pourtant il n'a jamais milité au sein de la Phalange avant la guerre. À présent, si : il est passé sous le joug et il est devenu plus royaliste que le roi, mais les phalangistes d'avant, les vieux de la vieille, le considèrent comme un arriviste, un opportuniste tout juste converti à leur credo.

– Alors, qui le soutient, seulement Franco ?

– Et sa sainte épouse, ce qui n'est pas rien. Mais combien de temps va durer cette affection ? Mystère.

Félix joua également les sauveurs pendant les préparatifs de l'événement. Dès que je lui avais communiqué la nouvelle, et qu'il avait fait semblant de se mordre d'un geste théâtral les cinq doigts de la main, pour me témoigner sa jalousie, il était venu tous les soirs chez moi m'apporter quelques renseignements importants au sujet de la fête ; des bribes de conversation, des miettes obtenues çà et là dans sa permanente quête exploratoire. Ces moments, nous ne les passions pas au salon selon notre habitude : j'avais tellement de travail en retard que nos rencontres nocturnes s'étaient temporairement déplacées à l'atelier. Lui, néanmoins, ne se formalisait pas de ce petit déménagement : il adorait les fils, les étoffes et les secrets de fabrication, et il avait toujours une idée à m'apporter pour le modèle en cours. Parfois, il tombait juste ; la plupart du temps, il ne suggérait que de pures extravagances.

– Cette merveille de velours, elle est pour la tenue de la femme du président du tribunal ? Fais-lui un trou au cul, peut-être que quelqu'un la remarquera. C'est du gâchis, cette marchandise, pour une mocheté comme elle, disait-il tandis qu'il caressait la robe montée sur le mannequin.

– Ne touche pas, lui répliquais-je d'un ton catégorique, concentrée sur ma couture.

– Excuse-moi, ma chérie, le tissu a un tel éclat...

– Justement : fais attention, ne laisse pas de traces de doigts. Allez, occupons-nous de nos affaires, Félix, raconte-moi, qu'as-tu appris aujourd'hui ?

La visite de Serrano Súñer était ces jours-là le sujet favori de Tétouan. Dans les boutiques, les bureaux de tabac et les salons de coiffure, dans les cabinets médicaux, dans les cafés et les conversations de trottoir, aux étals du marché et à la sortie de la messe, on ne parlait pas d'autre chose. J'étais cependant si occupée que je pouvais à peine me permettre de poser un pied dans la rue. Mon cher voisin me tenait au courant.

– Personne ne va louper ça, tout le gratin sera au rendez-vous avec le cuñadísimo : le khalife et sa suite, le grand vizir et le *makhzen*, le gouvernement au grand complet. L'ensemble des hautes autorités de l'administration espagnole, les militaires couverts de décorations, les avocats et les magistrats, les représentants des partis politiques marocains et de la communauté israélite, le corps consulaire, les directeurs des banques, les hauts fonctionnaires, les chefs d'entreprise importants, les médecins, tous les Espagnols, Arabes et Juifs huppés et, bien entendu, quelques parvenus dans ton genre, petite effrontée, toi qui vas te faufiler par une porte dérobée au bras de ton chroniqueur boiteux.

Rosalinda m'avait néanmoins prévenue que la sophistication et le glamour seraient plutôt absents de cet événement : Beigbeder avait l'intention de recevoir son invité avec tous les honneurs, mais il n'oubliait pas que nous étions en temps de guerre. Il n'y aurait donc pas de déploiement de faste, ni de danse, ni de musique autre que celle jouée par la fanfare du khalife. Même ainsi, malgré la relative austérité, ce serait la réception la plus brillante donnée depuis longtemps par le haut-commissariat, et, pour cette raison, la capitale du Protectorat vivait une période agitée.

Félix m'instruisit aussi de diverses questions protocolaires. Je ne sus jamais où il les avait apprises, car son bagage social était nul et le cercle de ses amitiés presque aussi réduit que le mien. Son existence se résumait à son travail routinier au service des approvisionnements, à sa mère et à ses misères, à ses sporadiques escapades nocturnes dans des bouges mal famés et aux souvenirs de quelque voyage occasionnel à Tanger avant le début de la guerre. Il n'avait même pas posé un pied en Espagne de toute sa vie. Mais il adorait le cinéma et il connaissait tous les films américains plan par plan ; c'était un lecteur vorace de magazines étrangers, un observateur sans une once de pudeur et le plus incorrigible des curieux. En outre, rusé comme un renard, de sorte que, en usant d'une source ou d'une autre, il n'eut aucun mal à se procurer les outils nécessaires pour me dresser et me transformer en une élégante invitée au pedigree irréprochable.

Certains de ses conseils étaient inutiles tant ils allaient de soi. Au cours de ma période aux côtés de cette crapule de Ramiro, j'avais rencontré et observé des individus de catégories et de provenances des plus variées. Nous avions assisté ensemble à quantité de fêtes, nous avions fréquenté des dizaines d'établissements et de bons restaurants tant à Madrid qu'à Tanger ; j'avais ainsi assimilé un grand nombre de petites règles pour me sentir à l'aise en société. Pourtant, Félix décida de commencer mon instruction par les recommandations les plus élémentaires :

– Ne parle pas la bouche pleine, ne fais pas de bruit en mangeant et ne t'essuie pas avec ta manche, ne t'enfonce pas la fourchette jusqu'au fond du gosier, ne bois pas le vin d'un trait, ne lève pas ton verre en sifflant le serveur pour qu'il te le remplisse à nouveau. Utilise « s'il vous plaît » et « merci beaucoup » à bon escient, mais contente-toi de le murmurer, sans grandes effusions. Et, tu le sais déjà, dis simplement « enchantée » par-ci et « enchantée » par-là si on te présente quelqu'un, pas question de « tout le plaisir est pour moi » ou ce genre d'expression ordinaire. Si on te parle d'un sujet que tu ignores, ou que tu ne comprends pas, décoche un de tes sourires éblouissants et tais-toi en acquiesçant de temps à autre d'un hochement de tête. Et quand tu seras obligée de parler, n'oublie pas de réduire tes impostures au strict minimum, pour éviter de te faire prendre la main dans le sac : une chose est d'avoir lancé quelques petits mensonges pour te promouvoir comme « grande couturière », une autre que tu te fourres dans la gueule du loup en te pavanant au milieu de gens assez perspicaces et haut placés pour saisir au vol ta duplicité. Si tu es surprise ou très contente, réponds seulement « admirable », « impressionnant », ou un adjectif similaire ; ne montre à aucun moment ton enthousiasme avec des simagrées, en te tapant sur les cuisses ou avec des phrases telles que « Vraiment génial », « *Ay*, ma mère ! », « J'en reste comme deux ronds de flan ». Si tu trouves un commentaire amusant, ne ris pas aux éclats en montrant tes dents de sagesse et ne te penche pas en te tenant la panse. Souris, bats des cils et tais-toi. Ne donne pas ton avis si on ne te le demande pas, et évite les déclarations intempestives du genre « Et vous, vous êtes qui ? » ou « Ne me dites pas que vous êtes mariée avec cette grosse ».

– Tout cela, je le sais déjà, mon cher Félix, répliquai-je en riant. Je ne suis qu'une simple couturière, mais je ne suis pas une sauvage. Donne-moi d'autres informations un peu plus intéressantes, s'il te plaît.

– D'accord, ma mignonne, comme tu voudras ; j'essayais seulement de t'être utile, au cas où tu aurais eu un petit oubli. Passons donc aux choses sérieuses.

Et ainsi, pendant plusieurs nuits, Félix me décrivit en détail les profils des invités les plus éminents. Je mémorisai un à un leurs noms, postes et responsabilités et, en de nombreuses occasions, également leurs visages, grâce à la consultation des innombrables journaux, magazines, photographies et annuaires qu'il avait apportés. J'appris donc où ils vivaient, leurs tâches, les moyens dont ils disposaient et leur position au niveau local. En réalité, je m'en fichais un peu, mais Marcus Logan comptait sur moi pour l'aider à identifier les notables les plus influents et je devais me mettre au courant.

– J'imagine que, du fait de la nationalité de ton cavalier, vous serez surtout avec les étrangers. Outre le gratin local, il en viendra sans doute quelques exemplaires de Tanger. Le cuñadísimo n'a pas prévu d'y passer au cours de sa tournée, alors tu connais l'expression: «Si Mahomet ne va pas à la montagne...»

Cela me rassura: mêlée à un groupe d'expatriés que je n'avais jamais vus et que j'avais de fortes chances de ne jamais revoir de ma vie, je me sentirais plus sûre de moi qu'au milieu d'habitants du coin que j'allais croiser tous les jours. Félix me précisa aussi le protocole suivi, la forme revêtue par les salutations et le déroulement de la cérémonie. Je l'écoutai attentivement tout en cousant plus vite que jamais.

Finalement, le grand jour arriva. Les dernières commandes sortirent de l'atelier tout au long de la matinée, dans les bras de Jamila. La totalité du travail fut livrée avant midi et le calme régna enfin. Les autres invitées finissaient sans doute de déjeuner, prêtes à se reposer dans la pénombre de leur chambre ou attendant leur tour dans le salon de haute coiffure de Justo et Miguel. Je les enviai: j'avalai une bouchée à toute vitesse et consacrai l'heure de la sieste à confectionner ma propre tenue. Je me mis à la tâche à trois heures moins le quart. La réception commencerait à huit heures. Marcus Logan m'avait prévenue qu'il passerait me prendre à sept heures et demie. J'avais une foule de choses à faire et moins de cinq heures devant moi.

29

Je regardai ma montre quand j'eus fini de repasser. Six heures vingt. La toilette était prête ; je n'avais plus qu'à m'occuper de moi-même.

Je plongeai dans un bain et fis le vide dans mon esprit. L'énervement viendrait plus tard, à mesure que se rapprocherait l'heure de la réception ; pour le moment, je méritais un instant de repos, un repos à base d'eau chaude et de mousse de savon. Je sentis mon corps se relâcher, mes doigts lassés de coudre se désengourdir et mes cervicales se détendre. Je somnolai, le monde sembla se dissoudre dans la porcelaine de la baignoire. Je ne me rappelais pas avoir vécu un instant aussi agréable depuis des mois, mais cette sensation délicieuse dura très peu : elle fut interrompue par la porte de la salle de bains qui s'ouvrit à deux battants sans la moindre cérémonie.

– À quoi tu penses, petite ? s'exclama Candelaria, véhémente. Il est plus de six heures et demie et tu es en train de tremper comme les pois chiches ! Tu es en retard ! À quelle heure tu vas te préparer ?

La Contrebandière était accompagnée de l'équipe de secours qu'elle avait jugée indispensable : son amie Remedios, pour la coiffure, et Angelita, une voisine de la pension, experte en manucure. Un peu plus tôt, j'avais envoyé Jamila m'acheter des épingles à cheveux à la Luneta ; elle avait croisé Candelaria en chemin et cette dernière avait ainsi appris que je m'étais beaucoup plus souciée de la tenue de mes clientes que de la mienne, et que j'avais à peine eu une minute de libre pour me préparer.

– Magne-toi, ma petite, sors de la baignoire, on a plein de boulot et y nous reste pas lerche de temps.

Je me laissai faire, il aurait été impossible de lutter contre ce cyclone. Et, bien entendu, je lui étais reconnaissante de son aide du fond du cœur: le journaliste allait arriver dans moins de trois quarts d'heure et moi, au dire de la Contrebandière, j'étais comme une loque. Elles se mirent au travail dès que j'eus réussi à m'envelopper le corps dans une serviette.

Angelita, la voisine, se concentra sur mes mains; elle les frotta avec de l'huile, ôta les callosités et lima les ongles. Remedios s'occupait de mes cheveux. Prévoyant que je manquerais de temps, je les avais lavés le matin; j'avais donc juste besoin d'une coiffure correcte. Candelaria jouait les assistantes: elle tendait pinces et ciseaux, bigoudis et bouts de coton, sans cesser de parler et de nous raconter les dernières nouvelles concernant Serrano Súñer. Il était arrivé deux jours auparavant à Tétouan et, en compagnie de Beigbeder, il avait parcouru tous les endroits et rencontré tous les personnages importants de l'Afrique du Nord: d'Alcazarquivir à Xauen, puis à Dar Riffien, du khalife au grand vizir. Je n'avais pas vu Rosalinda depuis une semaine; l'information circulait cependant de bouche à oreille.

– Il paraît qu'hier ils ont eu un repas typique à Ketama, au milieu des pins, assis par terre sur des tapis. Le cuñadísimo a failli avoir une attaque en voyant qu'ils mangeaient tous avec les doigts; l'homme était incapable d'approcher le couscous de sa bouche sans en faire tomber la moitié en chemin...

– ... et le haut-commissaire était aux anges, jouant les amphitryons et fumant cigare sur cigare, ajouta une voix derrière la porte.

Celle de Félix, à l'évidence.

– Que fais-tu ici, à cette heure-ci? demandai-je, surprise.

La promenade de l'après-midi, avec sa mère, était sacrée, plus encore aujourd'hui où toute la ville était dans la rue. Le pouce dirigé vers la bouche, il esquissa un geste significatif: doña Elvira se trouvait chez elle, dûment ivre avant l'heure.

– Puisque tu vas m'abandonner ce soir pour un journaliste carriériste, je ne voulais pas louper les préparatifs. Puis-je vous aider en quelque chose, mesdames?

– Ce n'est pas vous qui peignez à merveille? lui demanda Candelaria à l'improviste.

Chacun connaissait l'autre, mais ils ne s'étaient jamais parlé.

– Comme Murillo en personne.

– Eh bien, vous pourriez peut-être lui faire les yeux, à cette petite, dit-elle en lui tendant un étui de cosmétiques qu'elle avait tiré de Dieu seul savait où.

Félix n'avait jamais maquillé quiconque, mais il ne se déroba pas. Au contraire: il accueillit l'ordre de la Contrebandière tel un cadeau et, après avoir consulté les photos de deux numéros de *Vanity Fair* en quête d'inspiration, il s'attaqua à mon visage comme s'il s'agissait d'une toile.

À sept heures et quart, j'étais toujours enveloppée dans la serviette et les bras étirés, tandis que Candelaria et la voisine s'efforçaient de sécher le vernis de mes ongles en soufflant dessus. À sept heures vingt, Félix finit de dessiner mes sourcils avec les pouces. À vingt-cinq, Remedios plaça sur mes cheveux la dernière épingle et, à peine quelques secondes plus tard, Jamila sortit comme une folle du balcon pour m'annoncer à grands cris que mon cavalier venait d'apparaître au coin de la rue.

– Maintenant, il ne manque qu'une ou deux petites choses, annonça alors mon associée.

– Tout est parfait, Candelaria: nous n'avons plus le temps, dis-je en avançant à moitié nue pour enfiler ma robe.

– Pas question, insista-t-elle derrière mon dos.

– Je dois y aller, Candelaria, vraiment...

– Tais-toi et regarde, ordonna-t-elle en m'attrapant par le bras au milieu du couloir.

Elle me tendit alors un paquet enveloppé dans une feuille de papier froissé. Je me dépêchai de l'ouvrir: ce n'était pas la peine de continuer à refuser, j'étais sûre de perdre.

– Mon Dieu, Candelaria, je ne peux pas le croire! m'exclamai-je en dépliant des bas de soie. Comment les avez-vous obtenus? Vous m'aviez affirmé qu'on n'en trouve plus depuis des mois.

– Tais-toi donc une bonne fois pour toutes et ouvre celui-ci, à présent, dit-elle en me tendant un autre paquet.

Sous le grossier papier d'emballage, je découvris un superbe objet en écaille brillante avec un bord doré.

– C'est un poudrier, précisa-t-elle, remplie de fierté. Pour que tu te poudres le nez comme il faut, que tu sois pareille à ces grandes dames que tu vas côtoyer.

– Il est magnifique, murmurai-je en caressant sa surface.

Je l'ouvris: il contenait une recharge de poudre compacte, un petit miroir et une houppette blanche en coton.

– Merci beaucoup, Candelaria. Vous n'auriez pas dû vous donner cette peine, vous en avez déjà assez fait pour moi...

Je fus incapable de continuer pour deux raisons: j'étais sur le point de me mettre à pleurer et on sonnait à la porte. Le coup de sonnette me fit réagir, on n'avait plus le temps de céder au sentimentalisme.

– Jamila, ouvre vite, ordonnai-je. Félix, apporte-moi la combinaison qui est sur le lit, Candelaria, aidez-moi pour les bas, que je ne les file pas en me dépêchant. Remedios, prenez les chaussures. Angelita, tirez le rideau du couloir. Allez, tous à l'atelier, et qu'on ne nous entende pas.

Avec la soie sauvage, j'avais finalement réalisé un deux-pièces à grands revers, la taille serrée et la jupe évasée. Faute de bijoux, je portais pour tout accessoire une fleur en tissu tabac près de l'épaule, assortie aux chaussures aux talons vertigineux recouvertes par un cordonnier du quartier arabe. Remedios était parvenue à transformer ma chevelure en un élégant chignon flou qui encadrait gracieusement le travail spontané de Félix en qualité de maquilleur. Malgré son inexpérience, le résultat était splendide : il avait obtenu des yeux débordants de joie, des lèvres charnues, et rendu lumineux mon visage fatigué.

Ils m'habillèrent tous ensemble, me chaussèrent, retouchèrent la coiffure et le maquillage. Je n'eus même pas le temps de me regarder dans un miroir ; dès que je fus prête, je sortis dans le couloir et le parcourus rapidement sur la pointe des chaussures. En arrivant à la porte du salon je ralentis et, simulant un rythme paisible, j'entrai. Marcus Logan était de dos, contemplant la rue devant l'un des balcons. Il se retourna en entendant mes pas sur les carreaux.

Neuf jours s'étaient écoulés depuis notre dernière rencontre, et les infirmités dont souffrait le journaliste à son arrivée s'étaient nettement atténuées. Il m'attendait, la main gauche dans la poche de son costume foncé. Il n'y avait plus d'écharpe, son visage ne portait plus que quelques marques de ce qui avait été auparavant des blessures sanguinolentes. Sous le soleil marocain il avait acquis un teint hâlé qui ressortait sur le blanc immaculé de sa chemise. Il se tenait redressé sans effort apparent, les épaules fermes, le dos droit. Il sourit à mon entrée.

– Le cuñadísimo ne voudra plus retourner à Burgos après vous avoir vue ce soir, dit-il en guise de salut.

Je cherchai une phrase aussi ingénieuse pour répliquer, mais je fus distraite par une voix derrière mon dos.

– Quel beau morceau, ma petite ! me souffla Félix, caché dans l'entrée.

Je réprimai un éclat de rire.

– Nous y allons ?

Logan n'eut pas le loisir de répondre : alors qu'il s'apprêtait à le faire, un ouragan envahit la pièce.

– Une minute, don Marcus, exigea la Contrebandière, la main levée, comme si elle sollicitait une audience. Je veux juste vous donner un petit conseil avant que vous partiez, si vous le permettez.

Logan me regarda, un peu déconcerté.

– C'est une amie, précisai-je.

– Dans ce cas, je vous écoute.

Candelaria s'approcha de lui et commença à lui parler, tandis qu'elle faisait semblant d'ôter un duvet inexistant du devant de sa veste.

– Allez-y mollo, monsieur le plumitif, cette gamine s'est déjà payé un tas de pépins. Essayez donc pas de la baratiner avec vos grands airs d'étranger friqué, qu'elle finisse pas par être malheureuse, parce que si vous vous montez le bourrichon et que vous la malmenez rien qu'un chouia, mon cousin le tarlouze et moi, on passe une petite commande en un clin d'œil, et une de ces nuits on pourrait bien vous sortir un surin dans n'importe quelle rue de la médina et vous laisser le côté intact de la gueule comme une peau de cochon, marqué pour la vie. C'est bien clair, mon petit cœur?

Le journaliste fut incapable de répliquer: heureusement, malgré son espagnol impeccable, il avait à peine compris quelques mots du discours menaçant de mon associée.

– Qu'a-t-elle dit? demanda-t-il en se tournant vers moi avec une mimique indécise.

– Rien d'important. Partons, il est tard.

J'eus le plus grand mal à cacher ma fierté tandis que nous sortions. Non à cause de mon allure, non plus en raison de l'homme séduisant qui m'accompagnait ou de l'événement éminent qui nous attendait, mais parce que les amis que je laissais derrière moi me témoignaient une affection sans faille.

Les rues étaient ornées de drapeaux rouge et jaune; il y avait des guirlandes, des affiches saluant l'illustre invité et exaltant le personnage de son beau-frère. Des centaines d'habitants arabes et espagnols se hâtaient sans but apparent. Les balcons, revêtus des couleurs nationalistes, étaient remplis de monde, les terrasses aussi. Des gamins se juchaient sur les endroits les plus invraisemblables – les poteaux, les grilles, les réverbères, cherchant le meilleur poste d'observation pour assister au spectacle ; les jeunes filles marchaient en se tenant par le bras, les lèvres maquillées de frais. Des enfants couraient en bandes, zigzaguant dans toutes les directions. Les petits Espagnols étaient bien peignés et sentaient l'eau de Cologne, les garçons en cravate, les fillettes arborant un ruban de satin au bout de leurs tresses ; les petits Arabes portaient leurs djellabas et leurs tarbouches, beaucoup marchaient pieds nus.

À mesure que nous avancions vers la place d'Espagne, la masse des corps devint plus dense, les voix plus fortes. Il faisait chaud et la lumière était encore éblouissante ; on commença à entendre une fanfare accordant ses instruments. Des gradins amovibles avaient été installés ; tout l'espace était déjà occupé, jusqu'au dernier millimètre disponible. Marcus Logan dut montrer plusieurs fois son invitation pour se frayer un passage à travers les barrières de sécurité séparant la foule de la zone empruntée par les autorités. Nous parlâmes à peine pendant le trajet : le vacarme et les constants écarts pour éviter les obstacles empêchèrent toute conversation. Je dus parfois m'accrocher de toutes mes forces à son bras pour ne pas le perdre ; ou bien il me retenait par les épaules pour que je ne sois pas happée par cette effervescence vorace. Ce fut long, mais nous réussîmes à arriver. Je sentis mon estomac se nouer en franchissant le portail grillagé donnant accès au haut-commissariat, je préférai ne pas penser à ce qui nous attendait.

Plusieurs soldats arabes montaient la garde, imposants dans leurs uniformes de gala, avec de grands turbans et les capes au vent. Nous traversâmes le jardin orné de drapeaux et d'étendards, un adjudant nous conduisit jusqu'à un groupe fourni d'invités qui attendaient le commencement de la réception sous les vélums blancs dressés pour l'occasion. Sous leur ombre patientaient des casquettes, des gants et des perles, des cravates, des éventails, des chemises bleues sous des vestes blanches avec l'écusson de la Phalange brodé sur la poitrine, et bon nombre de toilettes dont chaque point avait été cousu par mes mains. Je saluai discrètement des clientes, feignis de ne pas remarquer certains regards et les chuchotements dissimulés émanant de divers points.

– Elle, qui est-ce? Et lui? lus-je dans les mouvements de quelques lèvres.

Je reconnus d'autres visages: beaucoup d'entre eux, je ne les avais vus que sur les photographies montrées par Félix au cours des jours précédents; en revanche, l'un d'eux éveilla en moi un souvenir plus personnel. Le commissaire Vázquez, par exemple, qui cacha avec maestria son incrédulité de me trouver dans un tel cadre.

– Ça alors, quelle agréable surprise! s'exclama-t-il tandis qu'il se détachait d'un groupe et s'approchait de nous.

– Bonsoir, don Claudio.

Je m'efforçai d'adopter un ton naturel, j'ignore si j'y parvins.

– Je suis ravie de vous voir.

– Vraiment? demanda-t-il avec une pointe d'ironie.

Je ne pus répondre car dans le même temps, à ma grande stupeur, il salua mon cavalier.

– Bonsoir, monsieur Logan. Vous m'avez l'air très bien acclimaté à la vie locale.

– Le commissaire m'a convoqué dès mon arrivée à Tétouan, me précisa le journaliste en lui serrant la main. Les formalités réservées aux étrangers.

– Pour le moment, son comportement n'est en rien suspect, mais informez-moi si vous trouvez en lui quelque chose de bizarre, plaisanta le commissaire. Et vous, Logan, veillez sur Mlle Quiroga: elle vient de passer une année très difficile, où elle n'a pas arrêté de travailler.

Nous laissâmes le commissaire et continuâmes à avancer. Le journaliste se montra à tout moment détendu et prévenant, et je m'efforçai de lui dissimuler ma sensation d'être comme un poisson hors de l'eau. Lui non plus ne connaissait presque personne, pourtant ça ne paraissait pas le gêner : il s'en tirait avec aplomb, avec une assurance enviable sans doute fruit de son métier. Grâce aux enseignements de Félix, je lui désignai discrètement certains des invités : ce monsieur en costume sombre est José Ignacio Toledo, un juif fortuné, directeur de la banque Hassan ; la dame si élégante coiffée avec des plumes, qui a un fume-cigarette, c'est la duchesse de Guise, une aristocrate française habitant Larache ; l'homme corpulent dont on remplit le verre est Mariano Bertuchi, le peintre. Tout se déroulait selon le protocole prévu. D'autres invités arrivèrent, puis les autorités civiles espagnoles et les militaires ; les Marocains vinrent ensuite, dans leurs tenues exotiques. Depuis la fraîcheur du jardin nous entendîmes les clameurs de la rue, les cris, les vivats et les applaudissements. Il est arrivé, il est là, répétait-on. Mais la vedette se faisait attendre : il consacrait encore un instant à la masse, se laissait acclamer tel un torero ou l'une des comédiennes américaines qui fascinaient tant mon voisin.

Enfin il apparut : l'espéré, le désiré, le beau-frère du Caudillo, *Arriba España !* [1] Engoncé dans un complet noir, grave, hautain, extrêmement maigre et d'une beauté extraordinaire avec ses cheveux presque blancs peignés en arrière ; l'expression impassible, comme disait l'hymne de la Phalange, avec ces yeux de chat rusé et les trente-sept années un peu flétries qu'il affichait alors.

Je devais être l'une des rares personnes qui n'éprouvaient pas la moindre curiosité de le voir de près ou de

1. « L'Espagne par-dessus tout ! », la devise de l'Espagne nouvelle.

lui serrer la main, pourtant, je ne cessai de regarder dans sa direction. Ce n'était pas Serrano qui m'intéressait, néanmoins, mais quelqu'un qui se trouvait tout près de lui et que je ne connaissais pas encore : Juan Luis Beigbeder. L'amant de ma cliente et amie se révéla être un homme de grande taille, mince sans excès, frisant les cinquante ans. Il portait un uniforme de gala avec une large ceinture serrée à la taille, une casquette et une canne légère, une espèce de cravache. Son nez était fin et proéminent ; en dessous, une moustache sombre ; au-dessus, des lunettes à monture ronde, deux cercles parfaits derrière lesquels on observait deux yeux intelligents, attentifs à tout ce qui se passait autour de lui. Il me sembla être un individu spécial, peut-être un brin pittoresque. Malgré sa tenue, il n'avait pas du tout une prestance martiale ; bien au contraire, il y avait dans son attitude quelque chose de théâtral, mais de non feint : ses gestes étaient à la fois raffinés et démonstratifs, son rire expansif, sa voix rapide et sonore ; il se déplaçait sans arrêt d'un endroit à l'autre, saluait avec effusion, distribuait accolades, petites tapes sur les épaules et poignées de main prolongées ; il souriait et parlait avec les uns et les autres, Arabes, chrétiens, juifs, et il recommençait. Peut-être que dans ses loisirs le romantique intellectuel, caché en lui, selon Rosalinda, pouvait s'exprimer, mais en cet instant, face à cet auditoire, il ne déploya que ses dons immenses pour les relations publiques.

Il paraissait tenir Serrano Súñer au bout d'une corde invisible. Il lui permettait parfois de s'éloigner un peu, lui accordait une certaine liberté de mouvement pour aller saluer ou bavarder, pour se laisser aduler. Une minute plus tard, cependant, il actionnait le moulinet, le ramenait auprès de lui : il lui expliquait quelque chose, le présentait à quelqu'un, lui passait un bras autour des épaules, lui murmurait une phrase à l'oreille, éclatait de rire avant de le libérer de nouveau.

Je cherchai Rosalinda sans la trouver. Ni au côté de son cher Juan Luis ni loin de lui.

– Avez-vous aperçu Mme Fox ? demandai-je à Logan quand il eut fini d'échanger quelques phrases en anglais avec un individu de Tanger qu'il me présenta, mais dont j'oubliai aussitôt le nom et le poste.

– Non, je ne l'ai pas vue, répliqua-t-il simplement, pendant qu'il fixait son attention sur le groupe qui se formait alors autour de Serrano. Les connaissez-vous ? dit-il en me le désignant d'un mouvement discret du menton.

– Les Allemands, répondis-je.

Il y avait là l'exigeante Frau Langenheim, fourrée dans l'imposant ensemble en shantung violet que je lui avais confectionné ; Frau Heinz, ma première cliente, vêtue en noir et blanc, tel un arlequin ; Mme Bernhardt, qui avait l'accent argentin et, ce jour-là, n'arborait pas une nouvelle toilette, enfin une ou deux autres femmes que je ne connaissais pas. Toutes en compagnie de leurs époux, tous empressés auprès du cuñadísimo, tandis que lui se répandait en sourires au milieu du groupe compact d'Allemands. Cette fois, néanmoins, Beigbeder n'interrompit pas la conversation, Serrano occupa seul le devant de la scène un long moment.

30

La nuit tomba peu à peu, on alluma des lampions pareils à ceux des fêtes foraines. L'atmosphère restait animée, sans excès, la musique douce et Rosalinda absente. Le groupe des Allemands, compact, entourait l'invité d'honneur, mais les dames s'en détachèrent à un moment et il n'y eut plus que les cinq étrangers et le dignitaire espagnol. Ils semblaient concentrés sur leur discussion et ils se passaient un objet de main en main en rapprochant leurs têtes, en montrant du doigt, en commentant. Je notai que mon cavalier ne cessait de regarder vers eux discrètement.

– On dirait que les Allemands vous intéressent.

– Ils me fascinent, répondit-il, ironique. Mais je suis pieds et poings liés.

Je haussai les sourcils en une mimique interrogative, sans comprendre ce qu'il disait. Il ne s'expliqua pas, mais dévia notre conversation sur un terrain qui, apparemment, n'avait rien à voir.

– Serait-ce impertinent de ma part de vous demander une faveur?

Il avait lancé cette question sur un ton désinvolte, de la même façon qu'il m'avait proposé quelques minutes plus tôt une cigarette ou une coupe de fruits.

– Ça dépend, répliquai-je en simulant également une insouciance que je n'éprouvais pas.

Malgré l'ambiance relativement détendue de la soirée, incapable de jouir de cette fête étrangère, je ne me sentais pas à l'aise. J'étais en outre inquiète de l'absence de Rosalinda; il était très bizarre qu'elle ne soit apparue à aucun moment. Il ne manquait plus que cette requête du journaliste: j'en avais déjà fait assez en acceptant de l'accompagner à la réception.

– C'est très simple. Je suis curieux de savoir ce que les Allemands sont en train de montrer à Serrano, ce qu'ils regardent tous avec tellement d'attention.

– Curiosité personnelle ou professionnelle?

– Les deux, mais je ne peux pas m'approcher: vous savez qu'ils n'apprécient pas les Anglais.

– Vous me suggérez de m'approcher, moi, pour jeter un coup d'œil?

– Sans que ça se voie trop, si possible.

Je faillis éclater de rire.

– Vous ne parlez pas sérieusement, n'est-ce pas?

– Si, absolument. Mon travail consiste en cela: je cherche des informations et des moyens pour les obtenir.

– Et à présent, comme vous ne pouvez pas obtenir cette information par vous-même, vous désirez que je sois ce moyen.

– Je ne veux pas abuser, je vous le promets. Il s'agit d'une simple proposition, vous n'êtes pas du tout obligée de l'accepter. Réfléchissez-y juste.

Je le regardai sans piper mot. Il paraissait sincère et fiable, mais, comme l'avait prévu Félix, il ne l'était sans doute pas. Au fond, tout n'était qu'une pure question d'intérêt.

– D'accord, je le ferai.

Il essaya de dire quelque chose, peut-être un remerciement anticipé. Je l'interrompis.

– Il y a une contrepartie.

– Laquelle? demanda-t-il, étonné, ne s'attendant pas à ce que mon action ait un prix.

– Vérifiez où se trouve Mme Fox.

– Comment?

– C'est votre travail, vous êtes journaliste.

Je n'attendis pas sa réplique: je lui tournai le dos sur-le-champ et m'éloignai, en me demandant comment diable je pourrais m'approcher du groupe germanique sans paraître trop effrontée.

La solution me fut offerte par le cadeau de Candelaria: le poudrier qu'elle m'avait donné avant de partir. Je le tirai de mon sac à main et l'ouvris. Tout en marchant, je fis semblant d'y contempler une partie de mon visage, en prévision d'une visite aux toilettes. Sauf que, concentrée sur le miroir, je me trompai légèrement de direction et, au lieu de me faufiler dans les espaces vides, je heurtai, quelle malchance! le dos du consul d'Allemagne.

La collision provoqua l'interruption subite de la conversation menée par le groupe et la chute du poudrier au sol.

– Je suis désolée, vous n'imaginez pas à quel point je regrette, j'étais vraiment distraite, dis-je d'une voix faussement confuse.

Quatre des présents esquissèrent aussitôt le geste de se pencher pour le ramasser, mais il y en eut un plus rapide que les autres. Le plus mince de tous, avec des cheveux presque blancs peignés en arrière. L'unique Espagnol. Celui qui avait des yeux de chat.

– Je crois que le miroir est cassé, annonça-t-il en se redressant. Regardez.

Je regardai. Mais avant de fixer les yeux sur le miroir fendu, j'essayai d'identifier rapidement ce qu'il tenait entre ses doigts effilés, en même temps que le poudrier.

– En effet, on dirait qu'il est cassé, murmurai-je en passant avec délicatesse l'index sur la surface fendillée qu'il conservait encore entre ses mains.

Mon ongle fraîchement verni s'y refléta cent fois.

Nos épaules se touchaient et nos têtes, rapprochées, étaient penchées l'une et l'autre sur le petit objet. Je distinguai la peau claire de son visage à quelques centimètres à peine, ses traits délicats et ses tempes blanchies, les sourcils plus foncés, la fine moustache.

– Attention, ne vous coupez pas, dit-il à voix basse.

Je tardai quelques secondes de plus, vérifiai que la recharge de poudre était intacte, que la houppette était à sa place. Au passage, j'observai de nouveau ce qu'il tenait entre les doigts, ce qu'ils avaient échangé quelques minutes plus tôt. Des photographies. Plusieurs photographies. Je ne réussis à voir que la première : des personnes inconnues, des individus constituant un groupe compact de visages et de corps anonymes.

– Oui, je pense qu'il vaut mieux le fermer.

– Prenez-le, alors.

Je joignis les deux parties avec un clic sonore.

– C'est dommage, c'est un très beau poudrier. Presque autant que sa propriétaire.

J'acceptai le compliment avec une moue de coquetterie et le plus éblouissant de mes sourires.

– Ce n'est rien, je vous en prie, vraiment.

– Enchanté, mademoiselle, dit-il en me tendant la main.

Je remarquai qu'elle pesait à peine.

– De même, monsieur Serrano, répliquai-je avec un battement de cils. Je vous présente de nouveau toutes mes excuses pour vous avoir interrompus. Bonsoir, messieurs, ajoutai-je en balayant du regard le reste du groupe.

Tous portaient une croix gammée à la boutonnière.

– Bonsoir, reprirent les Allemands en chœur.

Je poursuivis ma route en insufflant à ma démarche toute la grâce possible. Quand je devinai qu'ils ne pouvaient plus me voir, j'attrapai un verre de vin sur le plateau d'un serveur, l'avalai d'un trait et le lançai, vide, au milieu des rosiers.

Je maudis Marcus Logan pour m'avoir embarquée dans cette stupide aventure et je me maudis moi-même pour avoir accepté. Je m'étais retrouvée beaucoup plus près de Serrano Súñer que n'importe lequel des autres invités : son visage était pratiquement collé au mien, nos doigts s'étaient frôlés, sa voix avait résonné à mon oreille avec une proximité intime. Je m'étais exposée à ses yeux, telle une frivole écervelée heureuse d'attirer un instant l'attention de son illustre personne, alors que je n'avais nulle envie de le connaître. Et tout cela en vain ; pour constater seulement que l'objet de l'intérêt apparent du groupe se réduisait à une poignée de photographies d'inconnus.

Je traînai mon irritation à travers le jardin, jusqu'à la porte du bâtiment principal du haut-commissariat. Il fallait que j'aille aux toilettes, que je me lave les mains, que je prenne du recul, ne serait-ce que quelques minutes, pour recouvrer mon calme avant de rejoindre le journaliste. Je suivis les indications qu'on m'avait données : je franchis l'entrée ornée de métopes et de portraits d'officiers en uniforme, tournai à droite, empruntai un large corridor. Troisième porte à droite. Avant de tomber sur elle, je fus alertée par des voix ; à peine quelques secondes plus tard, je vérifiai de mes propres yeux la situation : le sol était inondé, l'eau paraissait sortir à flots d'un endroit situé à l'intérieur, sans doute d'une chasse d'eau crevée. Deux dames protestaient, furieuses, à cause de leurs chaussures endommagées, et trois soldats étaient agenouillés par terre, affairés avec des torchons et des serviettes, s'efforçant de lutter contre des eaux qui ne cessaient de jaillir et noyaient les dalles du couloir. Je restai immobile devant la scène ; des renforts arrivèrent avec des brassées de torchons, il me sembla même qu'il y avait des draps. Les invitées s'éloignèrent, au milieu des plaintes et des grommellements ; quelqu'un proposa alors de m'accompagner jusqu'à d'autres toilettes.

Je suivis un soldat le long d'un corridor, en sens inverse. Nous traversâmes encore une fois le hall principal et pénétrâmes dans un nouveau couloir, silencieux celui-ci, et faiblement éclairé. Nous tournâmes d'abord à gauche, puis à droite, puis à gauche, d'après ce dont je me souviens.

– Madame désire-t-elle que je l'attende ? demanda-t-il quand nous fûmes arrivés.

– Ce n'est pas nécessaire. Je retrouverai mon chemin toute seule, merci.

Je n'en étais pas sûre, mais la perspective d'avoir une sentinelle devant ma porte me parut extrêmement gênante. Ainsi, après avoir expédié mon escorte, j'allai aux toilettes, révisai ma tenue, retouchai ma coiffure et me disposai à sortir. Mais le courage me fit défaut, je manquai de forces pour affronter la réalité. Je décidai alors de m'offrir quelques instants de solitude. J'ouvris la fenêtre, et la nuit africaine pénétra dans la pièce, embaumant le jasmin. Je m'assis sur le rebord, contemplai l'ombre des palmiers, à mes oreilles parvenait la rumeur lointaine des conversations dans le jardin de devant. Je passai un moment sans rien faire, savourant le calme et laissant mes soucis se dissiper. Dans un recoin perdu de mon cerveau, je perçus, néanmoins, un appel. Toc, toc, c'est l'heure de rentrer. Je soupirai, me levai et refermai la fenêtre. Il fallait revenir à la réalité, me mêler à ces êtres si différents de moi, retrouver l'étranger qui m'avait traînée à cette fête absurde et m'avait demandé le plus extravagant des services. J'observai une dernière fois mon visage dans la glace, éteignis la lumière et sortis.

Je parcourus le couloir plongé dans l'obscurité, un tronçon, puis un autre, crus être sur le bon chemin. Soudain, je tombai nez à nez avec une double porte que je n'avais pas vue auparavant. Je découvris derrière une salle sombre et vide. Je m'étais trompée, à coup sûr. J'essayai donc de changer de direction. Nouveau couloir, maintenant à gauche, d'après mes souvenirs. Mais je m'étais encore fourvoyée. Je pénétrai à l'intérieur d'une zone moins noble, sans plinthes en bois ciré ni généraux peints à l'huile accrochés aux murs; je me dirigeais sans doute vers une partie réservée au service. Du calme, me dis-je, sans grande conviction. La scène de la nuit des pistolets, quand, enveloppée dans un haïk, je m'étais perdue dans la médina, voleta soudain au-dessus de moi. Je m'en débarrassai, fixai mon attention sur la situation immédiate et modifiai de nouveau mon parcours. Je me retrouvai subitement au point de départ, devant les toilettes. Fausse alerte, donc, je n'étais plus égarée. Je me rappelai le moment de mon arrivée en compagnie du soldat et me situai mentalement. Tout est clair, problème résolu, pensai-je en gagnant la sortie. En effet, tout me redevenait familier: une vitrine avec des armes anciennes, des photographies encadrées, des drapeaux suspendus. J'avais tout aperçu quelques minutes plus tôt, je reconnaissais tout. Y compris les voix que j'entendis résonner derrière le coude du couloir où j'allais tourner: les mêmes que j'avais entendues dans le jardin, au cours de la scène ridicule du poudrier.

– Ici, nous serons plus à l'aise, cher ami, nous pourrons parler plus tranquillement. C'est la salle où le colonel Beigbeder a l'habitude de nous recevoir, disait quelqu'un avec un fort accent allemand.

– Parfait, se contenta de répondre Serrano Súñer.

Je restai immobile, le souffle coupé. Serrano Súñer et au moins un Allemand se trouvaient à peine à quelques mètres, approchant le long d'un couloir qui formait un angle droit avec celui où je me tenais. Nous serions face à face dès que nous tournerions, eux et moi. Mes jambes tremblaient à la seule idée de cette rencontre. En réalité, je n'avais rien à cacher, je n'avais aucune raison d'avoir peur. Sauf que je n'avais plus la force de feindre une autre fois, de passer encore pour une idiote, de me livrer à des explications pathétiques à propos de chasses d'eau cassées et de flaques pour justifier mon errance solitaire à travers les couloirs du haut-commissariat au milieu de la nuit. J'envisageai les différentes possibilités en moins d'une seconde. Je n'avais plus le temps de rebrousser chemin et je devais coûte que coûte les éviter. Je ne pouvais donc ni reculer ni avancer. L'unique issue était latérale, sous la forme d'une porte fermée. Sans y réfléchir davantage, je l'ouvris et entrai.

La pièce n'était pas éclairée mais un peu de lumière nocturne pénétrait par les fenêtres. J'appuyai mon dos contre la porte, attendant que Serrano et les autres passent devant et s'éloignent, pour que je puisse sortir et m'en aller. Le jardin avec ses lampions, le murmure des conversations et la solidité imperturbable de Marcus Logan m'apparurent soudain comme une sorte de paradis, mais je n'y étais pas encore. Je respirais avec force, comme si à chaque goulée j'essayais d'extirper de mon corps une fraction de mon angoisse. J'observai mon refuge, je distinguai parmi les ombres des chaises, des fauteuils et une bibliothèque vitrée contre le mur. Il y avait davantage de meubles, mais je n'eus pas le temps de les identifier, car une nouvelle péripétie retint mon attention. Près de moi, derrière la porte.

– Nous voici arrivés, annonça la voix germanique, accompagnée du bruit de la poignée qu'on actionnait.

Je m'éloignai aussi vite que je pus et atteignis l'une des extrémités de la salle, au moment où le battant s'ouvrait.

– Où est l'interrupteur? entendis-je demander alors que je me glissais derrière un canapé. Mon corps toucha le sol à l'instant précis où la lumière s'allumait.

– Nous y sommes. Asseyez-vous, cher ami.

Je restai étendue sur le ventre, le côté gauche du visage appuyé contre les dalles froides, retenant mon souffle et les yeux écarquillés de terreur. Sans oser respirer, avaler ma salive ou bouger un cil. Comme une statue de marbre, comme un fusillé qui n'a pas reçu le coup de grâce.

L'Allemand paraissait jouer les hôtes et s'adressait à un interlocuteur unique; je le devinai car je n'entendis que deux voix et, depuis ma cachette inattendue, entre les pieds du canapé, je ne distinguai que deux paires de chaussures.

– Le haut-commissaire sait-il que nous sommes ici? demanda Serrano.

– Il est occupé par les invités; nous parlerons plus tard avec lui, s'il le souhaite, répondit vaguement l'Allemand.

Ils s'assirent, se mirent à l'aise, les ressorts grincèrent. L'Espagnol s'installa dans un fauteuil; je vis le bas de son pantalon foncé au pli bien repassé, ses chaussettes noires moulant des chevilles minces, ses chaussures impeccablement cirées. L'Allemand était en face de lui, sur la partie droite du canapé qui me protégeait. Ses jambes étaient plus grosses et ses chaussures moins élégantes. Si j'avais étiré le bras, j'aurais presque pu le chatouiller.

Ils bavardèrent longuement; je fus dans l'impossibilité de calculer le temps avec précision, mais cela suffit pour que mon cou m'inflige une souffrance insupportable, que j'aie une envie folle de me gratter et que je me retienne difficilement de crier, de pleurer, de m'enfuir en courant. Il y eut un bruit de briquet et la pièce se remplit de fumée de cigarette. Serrano croisa et décroisa les jambes un nombre incalculable de fois ; l'Allemand, en revanche, bougea à peine. J'essayais de dompter ma peur, de trouver la posture la moins inconfortable et de prier le ciel pour qu'aucun de mes membres ne m'oblige à un geste inopiné.

Mon champ de vision était réduit et ma capacité de mouvement nulle. Je n'avais accès qu'à ce qui flottait dans l'air et m'entrait par les oreilles : leur sujet de conversation. Je me concentrai donc sur leurs propos : puisque je n'avais pas réussi à obtenir une information intéressante lors de la bousculade avec le poudrier, j'espérais satisfaire ainsi les attentes du journaliste. Ou, du moins, être occupée, ce qui éviterait à mon esprit de s'égarer vers des zones désagréables.

Ils parlèrent d'installations et de transmissions, de navires et d'aéronefs ; de quantités d'or, de marks allemands, de pesetas espagnoles, de comptes bancaires. De signatures et de délais, de fournitures, de suivis ; de contre-pouvoirs, de noms d'entreprises, de ports, de fidélités. Je découvris que l'Allemand était Johannes Bernhardt, que Serrano se retranchait derrière Franco pour exercer une pression plus forte ou refuser de se soumettre à certaines conditions. Et, bien que manquant d'éléments pour saisir complètement l'arrière-plan de la situation, je devinai que les deux hommes partageaient un même intérêt pour la réussite de leurs tractations.

Et elles aboutirent. Ils arrivèrent finalement à un accord ; ils se levèrent et scellèrent leur engagement par une énergique poignée de main que j'entendis sans la voir. En revanche, je vis les pieds bouger en direction de la sortie, l'Allemand jouant de nouveau les hôtes, cédant le passage à son invité. Avant de partir, Bernhardt lança une question :

– Allez-vous parler de tout cela avec le colonel Beigbeder, ou préférez-vous que je m'en charge?

Serrano ne répondit pas immédiatement, il alluma d'abord une énième cigarette.

– Croyez-vous que ce soit indispensable? dit-il après avoir expulsé la première bouffée.

– Les installations seront situées sur le territoire du Protectorat espagnol, je suppose qu'il devrait donc en être informé.

– Je m'en occupe. Le Caudillo le tiendra directement au courant. Quant aux termes de l'accord, mieux vaut n'en divulguer aucun détail. Que ça reste entre nous, ajouta Serrano en même temps que la lumière s'éteignait.

Je laissai passer quelques minutes. Quand j'eus estimé qu'ils avaient quitté le bâtiment, je me levai prudemment. De leur présence dans la pièce ne subsistaient qu'une puissante odeur de tabac et un cendrier rempli de mégots. Je fus néanmoins incapable de baisser la garde. Je réajustai ma jupe et ma veste, m'approchai de la porte sur la pointe des pieds. J'étendis la main vers le loquet, lentement, comme si je redoutais que son contact ne me décoche un coup de fouet. J'avais peur de sortir dans le couloir. Je ne parvins pas à toucher la poignée: alors que mes doigts étaient sur le point de la frôler, je sentis que quelqu'un l'actionnait de l'extérieur. D'un mouvement réflexe je me rejetai en arrière et m'appuyai de toutes mes forces contre le mur, comme si je voulais m'y dissoudre. La porte s'ouvrit violemment et faillit me heurter le visage, la lumière s'alluma aussitôt. Je ne vis rien, mais j'entendis une voix jurer entre les dents:

– Où il a laissé son putain d'étui à cigarettes, cet enfoiré?

Je devinai qu'il s'agissait d'un simple soldat exécutant à contrecœur l'ordre de récupérer un objet oublié par Serrano ou Bernhardt, j'ignorais lequel des deux avait bénéficié de cette épithète. L'obscurité et le silence régnèrent de nouveau, mais je manquais du courage nécessaire pour m'aventurer dans le couloir. Pour la seconde fois de ma vie, je dus mon salut à une fenêtre.

Je regagnai le jardin. À ma grande surprise, je retrouvai Marcus Logan lancé dans une conversation animée avec Beigbeder. Je voulus faire demi-tour, mais trop tard : ce dernier m'avait aperçue et réclamait ma présence à leurs côtés. Je m'approchai en cachant ma nervosité : après ce qui venait d'arriver, je n'avais guère envie de me retrouver devant le haut-commissaire.

– Voici donc la belle amie couturière de ma Rosalinda, dit-il en m'accueillant avec un sourire.

Il avait un cigare à la main, il passa l'autre bras autour de mes épaules d'un geste familier.

– Je suis très heureux de faire enfin votre connaissance, ma chère. Dommage que notre Rosalinda soit indisposée et n'ait pas pu se joindre à nous.

– Que lui arrive-t-il ?

De la main qui tenait le havane, il dessina un tourbillon sur son estomac.

– Des problèmes intestinaux. Elle en souffre quand elle est nerveuse, et ces jours-ci nous avons été tellement occupés par nos invités que la pauvre petite n'a pas joui d'un seul instant de tranquillité.

Il fit un mouvement pour que Marcus et moi rapprochions nos têtes de la sienne, et il baissa la voix, en signe de complicité.

– Grâce à Dieu, le beau-frère part demain. Je serais incapable de le supporter un jour de plus.

Il conclut sa confidence d'un sonore éclat de rire, et nous l'imitâmes consciencieusement.

– Bien, chers amis, je dois vous quitter, dit-il après avoir consulté sa montre. Je suis ravi d'être en votre compagnie, mais le devoir m'appelle : le moment est venu des hymnes, des discours et de tout le tralala. La partie la plus ennuyeuse, sans aucun doute. Rendez visite à Rosalinda dès que vous le pourrez, Sira, elle vous en sera reconnaissante. Et vous aussi, Logan, passez chez elle, elle appréciera la compagnie d'un compatriote. Espérons qu'on aura la possibilité de dîner tous les quatre ensemble un de ces soirs, quand on sera un peu au calme. *God save the King!* ajouta-t-il en guise d'adieu, la main levée en un geste un peu théâtral.

Puis, sans un mot, il tourna les talons et partit. Nous restâmes quelques secondes silencieux, le regardant s'éloigner, incapables de qualifier le comportement de cet individu singulier.

– Je vous cherche depuis une heure, où étiez-vous fourrée? s'enquit enfin le journaliste, les yeux toujours fixés sur le dos du haut-commissaire.

– Je vous facilitais la vie, c'est ce que vous m'aviez demandé, non?

– Ça signifie que vous avez réussi à voir ce qu'ils se passaient de main en main?

– Rien d'important. Des portraits de famille.

– Eh bien, pas de chance!

Nous parlions sans nous regarder, nos deux regards concentrés sur Beigbeder.

– Mais j'ai appris certaines choses susceptibles de vous intéresser.

– Par exemple?

– Des accords. Des échanges. Des affaires.

– À quel sujet?

– Des antennes. De grandes antennes. D'environ cent mètres de haut, système Consol et marque Electro-Sonner. Les Allemands souhaitent les installer pour intercepter le trafic aérien et maritime dans le Détroit et contrecarrer la présence des Britanniques à Gibraltar. Ils sont en train de négocier leur montage près des ruines de Tamuda, à quelques kilomètres d'ici. En échange de l'autorisation expresse de Franco, l'armée nationaliste recevra un crédit substantiel de l'État allemand. Tout se déroulera par le biais de l'entreprise HISMA, dont le principal actionnaire est Johannes Bernhardt, la personne avec laquelle Serrano a conclu l'accord. Pour ce qui est de Beigbeder, ils ont l'intention de le tenir à l'écart, ils veulent lui cacher l'affaire.

– *My Goodness!* murmura-t-il. Comment l'avez-vous appris?

Nous ne nous regardions toujours pas, apparemment attentifs au haut-commissaire, lequel avançait, en saluant, vers une tribune décorée sur laquelle quelqu'un posait un micro.

– Par un pur hasard, j'étais dans la pièce où se sont déroulées les négociations.

– Ils se sont mis d'accord devant vous?

– Non, ne vous inquiétez pas, ils ne m'ont pas vue. C'est une histoire un peu longue, je vous la raconterai plus tard.

– Bien. Dites-moi, ont-ils parlé de dates?

Le microphone émit un bruit strident. Essai, essai, entendit-on.

– Les pièces sont déjà prêtes dans le port de Hambourg. Dès qu'ils auront obtenu la signature du Caudillo, ils les débarqueront à Ceuta, et le chantier commencera.

À distance, nous aperçûmes le colonel qui grimpait sur la tribune d'un pas élastique et invitait Serrano à le suivre avec un geste grandiloquent. Beigbeder souriait, confiant. J'interrogeai alors Logan:

– Vous pensez que Beigbeder devrait être informé de ce qui se trame? Je devrais le dire à Rosalinda?

Il réfléchit avant de répondre, les yeux toujours fixés sur les deux hommes qui, à présent, ensemble, recevaient les fervents applaudissements de l'auditoire.

– Je suppose que oui, qu'il aurait intérêt à savoir. Mais il vaut mieux que ça ne vienne pas de vous ni de Mme Fox, cela risquerait de la compromettre. Je m'en charge, j'étudierai la meilleure façon de le prévenir. Ne dites rien à votre amie, je trouverai bien une occasion.

Quelques secondes supplémentaires de silence s'écoulèrent, comme s'il ruminait encore ce qu'il venait d'entendre.

– Vous savez, Sira? J'ignore encore comment vous y êtes arrivée, mais vous avez obtenu une information magnifique, au-delà de tous mes espoirs dans ce genre de réception. Je ne sais comment vous remercier...

– D'une façon très simple, l'interrompis-je.

– Laquelle?

L'orchestre du khalife se mit alors à jouer avec allant l'hymne de la Phalange, *Cara al sol*, et des dizaines de bras se tendirent aussitôt, comme mus par un ressort. Je me mis sur la pointe des pieds et collai ma bouche contre son oreille.

– Sortez-moi d'ici.

Plus un mot, juste sa main tendue. Je l'agrippai de toutes mes forces et nous nous glissâmes au fond du jardin. Dès que nous fûmes certains que personne ne pouvait nous voir, nous filâmes en courant au milieu des ombres.

31

Le lendemain matin, le monde adopta un rythme différent. Pour la première fois depuis plusieurs semaines, je ne me levai pas de bonne heure, je ne bus pas un café rapide, je ne m'installai pas tout de suite dans mon atelier, entourée de tâches urgentes. Loin de reprendre l'activité frénétique des journées précédentes, je commençai par le long bain interrompu la veille. Puis, en me promenant, j'allai chez Rosalinda.

J'avais déduit des paroles de Beigbeder que son malaise était léger et passager, à peine une indisposition inopportune. Je m'attendais donc à trouver mon amie dans son état habituel, disposée à écouter tous les détails de la réception qu'elle avait loupée et anxieuse de savoir quelles tenues portaient les invitées, qui était la plus élégante, qui la moins.

Une domestique me conduisit à sa chambre. Rosalinda était encore couchée, entourée d'oreillers; les persiennes étaient fermées et il régnait dans la pièce une forte odeur de tabac, de médicaments et de renfermé. La maison était vaste et belle: architecture mauresque, meubles anglais et un capharnaüm exotique où se mêlaient, sur les tapis et le capitonné des canapés, des disques en dehors de leurs étuis, des enveloppes estampillées *air mail*, des foulards de soie oubliés et des tasses en porcelaine de Staffordshire remplies de thé refroidi.

Ce matin, pourtant, Rosalinda dégageait tout sauf du glamour.

– Comment vas-tu?

Je m'efforçai de ne pas avoir l'air trop inquiète. J'avais cependant de bonnes raisons pour l'être, compte tenu de son aspect: pâle, les yeux cernés, les cheveux sales, elle était effondrée tel un poids mort sur le lit défait dont les draps traînaient par terre.

– Affreux, répondit-elle, d'une humeur de chien. Je vais très mal, mais assieds-toi ici, près de moi, ordonna-t-elle en donnant une tape sur le lit. Ce n'est pas contagieux.

– Juan Luis m'a parlé hier d'un problème intestinal, dis-je en lui obéissant.

Je dus auparavant enlever plusieurs mouchoirs froissés, un cendrier rempli de cigarettes à moitié fumées, les restes d'un paquet de petits-beurre et bon nombre de miettes.

– *That's right*, mais ce n'est pas le plus grave. Juan Luis ne sait pas tout. Je le lui dirai cet après-midi, je n'ai pas voulu l'embêter le dernier jour de la venue de Serrano.

– Qu'est-ce qui est le plus grave, alors?

– Ça.

Serrant entre ses doigts semblables à des griffes ce qui paraissait être un télégramme, elle était furieuse.

– Voilà ce qui m'a rendue malade, pas les préparatifs de la visite. C'est pire que tout.

Je la regardai, perplexe. Elle m'en résuma le contenu :

– Je l'ai reçu hier. Peter arrive dans six semaines.

– Qui est Peter ?

Je ne me rappelais personne qui ait ce prénom parmi ses amis. Rosalinda me dévisagea comme si je venais de lui poser la plus absurde des questions.

– Qui veux-tu que ce soit, Sira ? Mon mari !

Disposé à passer une longue période avec sa femme et son fils, après quelque cinq années où il n'avait presque plus eu de leurs nouvelles, Peter Fox avait prévu de débarquer à Tanger d'un navire de la P&O. Il vivait encore à Calcutta, mais il avait décidé de séjourner en Occident, peut-être dans l'hypothèse où il quitterait définitivement l'Inde impériale ; ce pays était de plus en plus agité du fait des mouvements indépendantistes locaux, selon les explications de Rosalinda. Et quelle meilleure possibilité, pour envisager un éventuel déménagement, que la réunification de la famille dans le nouveau monde de son épouse ?

– Il va rester ici, chez toi ?

Je n'en croyais pas mes oreilles. Elle alluma une cigarette et, tandis qu'elle aspirait goulûment la fumée, elle acquiesça.

– *Of course he will.* C'est mon mari : il a tous les droits.

– Mais je pensais que vous étiez séparés.

– De fait, oui. Légalement, non.

– Tu n'as jamais songé à divorcer ?

– Mille milliards de fois ! Mais lui refuse.

Elle me décrivit alors les péripéties de cette relation discordante, et je découvris une Rosalinda plus vulnérable, plus fragile. Moins irréelle et plus proche des complications terrestres des humains.

– Je me suis mariée à seize ans ; lui en avait trente-quatre. J'avais passé cinq années de suite dans un internat en Angleterre, j'avais quitté l'Inde quand j'étais encore une fillette et je revenais transformée en une jeune fille bonne à marier, résolue à ne pas louper une seule des fêtes données dans la Calcutta impériale. On m'a présenté Peter à l'occasion de la première, c'était un ami de mon père. Il m'est apparu comme le plus séduisant des hommes que j'avais connus ; *obviously*, j'en avais connu très peu, pour ne pas dire aucun. Il était amusant, capable des aventures les plus extravagantes et d'animer n'importe quelle réunion. En même temps, mûr, bon vivant, membre d'une aristocratique famille anglaise installée en Inde depuis trois générations. Je suis tombée amoureuse comme une idiote ou, du moins, je l'ai cru. Cinq mois plus tard, nous étions mariés. Nous nous sommes installés dans une maison magnifique, avec des écuries, des terrains de tennis et quatorze chambres de service ; nous avions même quatre petits Indiens en uniforme qui nous servaient de ramasseurs de balles, au cas où nous aurions eu un jour l'idée de faire une partie. Imagine ! Notre vie était remplie d'activités : j'adorais danser et monter à cheval, et j'étais aussi adroite au fusil qu'avec les clubs de golf. Nous vivions plongés dans un carrousel de fêtes et de réceptions. Et Johnny est né. Nous avions construit un monde idyllique dans un autre monde lui aussi fastueux, mais je me suis bien vite rendu compte du socle fragile sur lequel il reposait.

Elle interrompit son soliloque et son regard se perdit dans le vague ; elle sembla réfléchir un instant, puis elle éteignit sa cigarette dans le cendrier et poursuivit :

– Peu de mois après l'accouchement, j'ai senti une sorte de gêne à l'estomac. On m'a examinée et, au début, on m'a indiqué qu'il n'y avait aucune raison de s'inquiéter, que mes ennuis correspondaient simplement aux problèmes de santé habituels chez les expatriés soumis à ces climats tropicaux. Pourtant, j'allais de plus en plus mal. Les douleurs augmentaient, j'avais des accès de fièvre quotidiens. On m'a opérée et on n'a rien trouvé d'anormal, mais mon état ne s'est pas amélioré. Quatre mois plus tard, au vu de cette aggravation constante, j'ai subi des examens plus rigoureux, et on a enfin réussi à identifier ma maladie: tuberculose bovine sous sa forme la plus aiguë, contractée à cause du lait d'une vache infectée que nous avions achetée après la naissance de Johnny, pour accélérer ma convalescence. L'animal était mort depuis longtemps, mais le vétérinaire n'avait rien trouvé d'anormal chez lui quand il l'avait examiné, de même que les médecins avaient d'abord été incapables de rien découvrir en moi. La tuberculose bovine est très difficile à diagnostiquer, elle provoque la formation de tubercules, des espèces de nodules, comme des grosseurs, qui compriment peu à peu les intestins.

– Et?

– Et tu deviens un malade chronique.

– Et?

– Quand tu ouvres les yeux, chaque matin, tu remercies le ciel d'être encore en vie.

J'essayai de cacher mon trouble derrière une nouvelle question:

– Comment a réagi ton mari?

– Oh! *wonderful*! s'exclama-t-elle, sarcastique. Les médecins consultés m'ont conseillé de retourner en Angleterre; ils espéraient, sans trop y croire, qu'un hôpital anglais pourrait peut-être faire quelque chose pour moi. Peter était à cent pour cent d'accord.

– Il pensait sans doute à ton bien...

Un éclat de rire amer m'empêcha de finir la phrase.

– Peter, *darling*, pense toujours à son propre bien. M'envoyer au loin était la meilleure solution mais, plus que pour ma santé, c'était pour son bien-être. Il m'a laissée de côté, Sira. Je ne l'amusais plus, je n'étais plus un trophée précieux qu'il exhibait dans les fêtes, les clubs et les parties de chasse. La jeune épouse belle et divertissante s'était transformée en un poids mort dont il fallait se décharger au plus vite. Par conséquent, dès que j'ai été en mesure de tenir debout, il nous a pris des billets pour l'Angleterre, à Johnny et à moi. Il n'a même pas daigné nous accompagner. Sous prétexte de donner à son épouse le meilleur traitement médical possible, il a embarqué une femme gravement malade, qui n'avait pas encore vingt ans, et un enfant qui savait à peine marcher. Comme si nous étions deux colis. *Bye-bye*, à jamais, mes chéris !

Deux grosses larmes coulèrent le long de ses joues ; elle les essuya du revers de la main.

– Il s'est débarrassé de nous, Sira. Il m'a répudiée. Il m'a purement et simplement expédiée en Angleterre pour avoir la paix.

Un silence triste s'installa entre nous, puis Rosalinda eut la force de reprendre le fil de son histoire :

– Au cours du voyage, Johnny a souffert de fortes fièvres et de convulsions : une forme virulente de la malaria. Il a dû être hospitalisé ensuite pendant deux mois, jusqu'à sa guérison. Ma famille m'avait accueillie entre-temps ; mes parents avaient longtemps habité l'Inde, mais ils étaient revenus l'année précédente. Au début, j'ai passé quelques mois assez tranquilles, le changement de climat paraissait me faire du bien. Ensuite, ça s'est aggravé, à tel point que les examens ont montré que mes intestins étaient presque complètement contractés. On a écarté l'opération et on a estimé qu'un repos absolu permettrait peut-être une certaine amélioration. On espérait ainsi stopper la progression des excroissances qui envahissaient mon corps. Tu sais en quoi a consisté cette première période de repos ?

Je ne le savais pas ni ne pouvais l'imaginer.

– Six mois attachée à une planche, immobilisée par des courroies à hauteur des épaules et des cuisses. Six mois entiers, jour et nuit.

– Et ça t'a fait du bien ?

– *Just a bit*. Très peu. Mes médecins ont alors décidé de m'envoyer à Leysin, en Suisse, dans un sanatorium pour tuberculeux. Comme Hans Castorp dans *La Montagne magique*, de Thomas Mann.

J'avais compris qu'elle parlait d'un livre, je me dépêchai donc de lui réclamer la suite, avant qu'elle ne me demande si je l'avais lu.

– Et Peter, pendant ce temps?

– Il a payé les factures de l'hôpital et il nous a fait un virement mensuel de trente livres à titre de pension. Rien de plus. Absolument rien de plus. Pas une lettre, pas un câble, pas un message par le biais de connaissances, et, bien entendu, pas la moindre intention de nous rendre visite. Rien, Sira, rien. Je n'ai plus jamais eu de ses nouvelles. Jusqu'à hier.

– Et Johnny? Ça a dû être dur, pour lui.

– Il est resté avec moi au sanatorium. Mes parents insistaient pour le garder, mais je n'ai pas accepté. J'ai embauché une nurse allemande qui s'occupait de lui et l'emmenait promener, mais il mangeait et dormait dans ma chambre. Une expérience un peu triste pour un enfant de son âge, mais je ne voulais pour rien au monde me séparer de lui. D'une certaine façon, il avait déjà perdu son père; ç'aurait été trop cruel de lui infliger aussi l'absence de sa mère.

– Le traitement a donné de bons résultats?

Un petit rire lui éclaira fugacement le visage.

– On m'avait prescrit huit années d'hospitalisation, mais je n'ai tenu que huit mois. J'ai demandé à sortir. On m'a affirmé que c'était une folie, que ça allait me tuer; j'ai été obligée de signer un million de papiers déchargeant le sanatorium de toute responsabilité. Ma mère a proposé de venir me chercher à Paris pour que nous rentrions ensemble. Au cours de ce voyage de retour, j'ai pris deux décisions: la première, ne plus parler de ma maladie. De fait, ces dernières années, je n'ai mis que deux personnes au courant: Juan Luis et toi. La tuberculose était peut-être capable de brutaliser mon corps, mais pas mon esprit, je n'y penserais donc plus jamais.

– Et la seconde?

– Commencer une nouvelle vie, comme si j'étais en parfaite santé. Une vie en dehors de l'Angleterre, en marge de ma famille et des amis et connaissances qui m'associaient automatiquement à Peter et à ma condition de malade chronique. Une vie différente, n'incluant au début que mon fils et moi.

– Tu es alors partie pour le Portugal...

– Les médecins m'ont recommandé un climat tempéré: le sud de la France, l'Espagne, le Portugal, peut-être le nord du Maroc. Un endroit à mi-chemin entre la chaleur tropicale de l'Inde et l'affreux climat anglais. On m'a concocté un régime: beaucoup de poisson et peu de viande, prendre le plus souvent possible des bains de soleil, faire de l'exercice physique et éviter les perturbations émotionnelles. Quelqu'un m'a parlé de la colonie britannique à Estoril, j'ai songé: pourquoi pas là plutôt qu'ailleurs? Et je m'y suis installée.

Tout devenait plus clair dans mon esprit au sujet de Rosalinda. Les pièces s'emboîtaient parfaitement, n'étaient plus des bribes de vie indépendantes les unes des autres et difficiles à joindre. Tout prenait un sens. Je lui souhaitai de toutes mes forces que tout aille bien: puisque son existence n'avait pas été un chemin semé de roses, j'estimais qu'elle était certainement digne d'un destin heureux.

32

Le lendemain, j'accompagnai Marcus Logan chez Rosalinda. Comme le soir de la réception de Serrano, il vint me prendre à la maison et nous parcourûmes de nouveau les rues ensemble. Pourtant, quelque chose avait changé entre nous. La fuite précipitée du haut-commissariat, notre course impulsive à travers les jardins, puis la promenade, désormais paisible, dans la ville plongée dans l'ombre avaient fini par estomper, dans une certaine mesure, mes réticences à son égard. Peut-être pouvait-on lui faire confiance, peut-être pas ; je ne serais sans doute jamais fixée. Mais je m'en moquais plus ou moins ; j'étais sûre qu'il s'occupait de l'évacuation de ma mère, qu'il était prévenant et cordial avec moi, qu'il se plaisait à Tétouan. Cela me suffisait amplement. Je n'avais pas besoin d'en connaître davantage sur lui ni d'insuffler une nouvelle direction à nos relations ; en effet, le jour de son départ approchait.

Rosalinda était encore au lit, mais elle avait l'air un peu requinquée. Elle avait fait ranger sa chambre, elle avait pris un bain, les persiennes étaient ouvertes et la lumière entrait à flots depuis le jardin. Le troisième jour, elle passa du lit à un canapé. Le quatrième, elle échangea sa chemise de nuit en soie contre une robe à fleurs, alla chez le coiffeur et réempoigna les rênes de sa vie.

Malgré sa santé encore chancelante, elle décida de profiter au maximum du temps qui lui restait avant l'arrivée de son mari, comme si c'étaient les dernières semaines de son existence. Elle assuma de nouveau à merveille son rôle d'hôtesse, créant l'ambiance idéale pour que Beigbeder se consacre aux relations publiques dans une atmosphère détendue et discrète, avec une confiance aveugle dans le savoir-faire de sa maîtresse. J'ignorais toujours, cependant, la réaction de bon nombre des participants au fait que ces rencontres soient organisées par la jeune amante anglaise et que le haut-commissaire du camp pro-allemand s'y sente comme un poisson dans l'eau. Mais Rosalinda s'obstinait à vouloir rapprocher Beigbeder des Britanniques, et beaucoup de ces réceptions non protocolaires visaient à cette fin.

Tout au long du mois, ainsi qu'elle l'avait déjà fait et recommencerait par la suite, elle avait plusieurs fois invité ses compatriotes de Tanger, des membres du corps diplomatique, des attachés militaires éloignés de l'orbite germano-italienne et des représentants d'institutions internationales importantes et puissantes. Elle donna également une fête pour les autorités de Gibraltar et pour des officiers d'un navire de guerre britannique ayant accosté le Rocher, comme elle-même appelait Gibraltar, que nous autres, Espagnols, nommions le *Peñón*. Juan Luis Beigbeder et Rosalinda circulèrent parmi tous ces invités, un cocktail dans une main et une cigarette dans l'autre, à l'aise, détendus, hospitaliers et chaleureux. Comme si de rien n'était; comme si en Espagne ne se poursuivait pas cette guerre fratricide et que l'Europe n'était pas déjà en train de préparer le pire de ses cauchemars.

Je me retrouvai parfois au côté de Beigbeder et fus ainsi encore le témoin de sa façon singulière de se comporter. Il aimait porter des vêtements arabes, des babouches ou une djellaba. Il était sympathique, désinhibé, un brin excentrique et, par-dessus tout, il adorait Rosalinda, à tel point qu'il le répétait devant quiconque sans la moindre pudeur. Marcus Logan et moi, nous continuions à nous rencontrer assidûment, notre sympathie réciproque augmentait et il se produisait un rapprochement affectif que je m'efforçais de contenir. Dans le cas contraire, cette amitié naissante aurait sans doute débouché sur un sentiment beaucoup plus passionnel et profond. Mais je luttai pour l'empêcher et je fis preuve d'une volonté de fer pour ne pas aller au-delà. Les blessures infligées par Ramiro n'étaient pas encore complètement refermées; je savais que Marcus ne tarderait pas à partir et je ne voulais plus souffrir. Malgré tout, nous devînmes des participants assidus aux événements de la villa de la promenade de las Palmeras, et j'y amenai même, de temps en temps, un Félix fou de joie de s'intégrer à un monde étranger si fascinant pour lui. Il nous arriva, à l'occasion, de sortir de Tétouan en bande. Beigbeder nous invita à Tanger pour l'inauguration du quotidien *España*, créé de sa propre initiative pour révéler au monde les points de vue de son camp. En d'autres occasions, nous partîmes tous les quatre, Marcus, Félix, Rosalinda et moi, dans la Dodge de mon amie, par simple caprice : pour aller chez Saccone & Speed en quête de bœuf irlandais, de bacon et de gin ; pour danser à la Villa Harris, pour voir un film américain au Capitol et commander les coiffures les plus extravagantes chez Mariquita la chapelière.

Nous déambulions à travers la blanche médina de Tétouan, mangions du couscous, de la *harira* et des *chebbakias*, grimpions le Dersa et le Gorgues, fréquentions la plage de Río Martín et le parador de Ketama, parmi les pins et encore sans neige. Jusqu'à ce que le temps s'achève et que la situation redoutée devienne une réalité. Alors seulement nous eûmes la confirmation que celle-ci pouvait dépasser les plus sombres expectatives. Je l'appris de la bouche même de Rosalinda, une semaine à peine après l'arrivée de son mari.

– C'est bien pire que je ne l'avais imaginé, dit-elle en s'effondrant dans un fauteuil de mon atelier.

Cependant, cette fois-ci, elle ne paraissait pas démunie. Elle n'était pas furieuse comme le jour où elle avait reçu la nouvelle. Elle irradiait seulement de la tristesse, de l'épuisement, de la déception : une dense et obscure déception. À cause de Peter, des circonstances qu'ils traversaient, d'elle-même. Après une demi-douzaine d'années d'errance solitaire à travers le monde, elle se croyait préparée à tout ; elle pensait qu'elle avait accumulé assez d'expérience pour affronter toutes les adversités. Mais Peter s'était révélé beaucoup plus dur que prévu. Il jouait encore, avec elle, au mari et au père possessifs, comme s'ils n'étaient pas séparés depuis des années ; comme si rien ne s'était passé dans la vie de Rosalinda depuis leur mariage, quand elle était presque une fillette. Il lui reprochait l'éducation relâchée qu'elle donnait à Johnny : il était furieux qu'il ne fréquente pas un bon collège, qu'il sorte jouer avec les petits voisins sans une gouvernante près de lui et que, pour toute pratique sportive, il se contente de lancer des cailloux avec autant d'adresse que les gamins arabes de Tétouan. Il se plaignait également de l'absence de programmes de radio à son goût, de l'inexistence d'un club où il pourrait se réunir avec ses compatriotes, du fait que personne ne parlait anglais autour de lui et de la difficulté à se procurer la presse britannique dans ce coin perdu.

L'exigeant Peter trouvait néanmoins quelques motifs d'entière satisfaction; par exemple, le gin Tanqueray ou le Johnnie Walker Black Label qu'on payait encore à Tanger un prix dérisoire. Il buvait au moins une bouteille de whisky par jour, convenablement accompagnée de deux cocktails au gin avant chaque repas. Sa résistance à l'alcool se révélait stupéfiante, presque comparable aux mauvais traitements infligés à la domesticité. Il s'adressait à eux en anglais, de mauvaise humeur, sans prendre la peine de considérer qu'ils ignoraient totalement sa langue, et quand il se rendait compte qu'ils n'avaient rien compris, il se mettait à hurler en hindi, la langue de ses anciens domestiques à Calcutta, comme si, pour les employés de maison, il existait une langue universelle. À sa grande surprise, tous cessèrent progressivement de venir chez lui. Aussi bien les amis de sa femme que le plus humble de ses serviteurs découvrirent bien vite de quel acabit était Peter Fox: égoïste, irrationnel, capricieux, ivrogne, arrogant et despotique. Il était impossible de découvrir chez quelqu'un moins d'attributs positifs.

Bien sûr, Beigbeder ne passa plus une grande partie de son temps dans la maison de Rosalinda, mais ils se voyaient tous les jours, en d'autres lieux: au haut-commissariat, au cours d'escapades dans les alentours. Nous fûmes tous surpris, et moi la première, des égards constants du haut-commissaire pour le mari de sa maîtresse. Il lui organisa une journée de pêche dans l'embouchure du fleuve Smir et une chasse au sanglier à Jemis de Anyera. Il lui fournit un moyen de transport pour se rendre à Gibraltar, afin de boire de la bière anglaise et de parler de polo et de cricket avec ses compatriotes. Finalement, il se conduisit ainsi que l'exigeait son poste face à un invité étranger aussi spécial. Pourtant, leurs personnalités ne pouvaient être plus différentes, ce qui surprenait chez deux hommes étroitement liés à la vie de la même femme. Mais peut-être était-ce pour cette raison qu'il n'y eut jamais le moindre heurt entre eux.

– Peter tient Juan Luis pour un Espagnol arriéré et fier, une espèce d'hidalgo tombé d'un tableau du Siècle d'or, m'expliqua Rosalinda. Et Juan Luis estime que Peter est un snob, un incompréhensible et absurde snob. Ils sont comme deux lignes parallèles : ils n'entreront jamais en conflit car il n'y aura jamais de point de rencontre. Avec une seule différence : pour moi, Peter n'arrive pas au talon de Juan Luis.

– Personne n'a parlé à ton mari de Juan Luis et de toi ?

– De notre relation ? demanda-t-elle en allumant sa cigarette et en écartant une mèche de son œil. J'imagine que oui, qu'une langue de vipère lui aura craché à l'oreille son venin, mais lui s'en contrefiche.

– J'ai de la peine à le croire.

Elle haussa les épaules.

– Moi aussi, mais tant qu'il n'est pas obligé de payer la maison et qu'il trouve autour de lui des domestiques, de l'alcool en abondance, un repas chaud et des sports sanguinaires, le reste est sans importance à ses yeux. Ce ne serait pas pareil à Calcutta : là-bas, il respecterait un minimum les convenances. Mais ici, personne ne le connaît, ce n'est pas son monde, il se moque de ce qu'on peut lui raconter sur moi.

– Je ne comprends toujours pas.

– La seule certitude, *darling*, c'est que je ne compte pas du tout pour lui, dit-elle avec un mélange de sarcasme et de tristesse. N'importe quelle chose a plus de valeur que moi : une matinée de pêche, une bouteille de gin ou une partie de cartes. Ça a toujours été le cas, il n'y a aucune raison pour que ça change aujourd'hui.

Et tandis que Rosalinda bataillait contre un monstre au milieu de l'enfer, ma vie connut elle aussi un revirement. C'était un mardi, le vent soufflait. Marcus Logan vint chez moi avant midi.

Nous étions devenus des amis : de bons amis, rien de plus. Nous étions l'un et l'autre conscients qu'il devrait s'en aller tôt ou tard, que sa présence dans mon univers n'était que provisoire. Malgré mes efforts pour m'en débarrasser, les blessures infligées par Ramiro m'avaient laissé des cicatrices ; je n'étais pas prête à supporter encore le déchirement d'une absence. Nous éprouvions de l'attirance, Marcus et moi, une forte attirance, et il y avait eu de nombreuses occasions d'aller plus loin : il y avait eu de la complicité, des frôlements et des regards, des commentaires voilés, de l'estime et du désir. Il y avait eu de la proximité, de la tendresse. Pourtant je m'étais efforcée de refouler mes sentiments ; j'avais refusé de m'engager, et il l'avait accepté. J'avais eu d'énormes difficultés pour me contenir, des doutes, des incertitudes, des nuits d'insomnie. Malgré tout, plutôt que d'endurer la douleur de l'abandon, j'avais préféré conserver le souvenir des moments mémorables passés ensemble au cours de ces journées agitées et intenses. Des nuits de rires et de coupes de champagne, de pipes de kif et de bruyantes parties de cartes. Des voyages à Tanger, des sorties et des discussions ; des instants qui ne revinrent plus jamais et que j'inscrivis dans ma mémoire comme le final d'une étape, avant d'emprunter de nouveaux chemins.

Le coup de sonnette inattendu de Marcus résonna ce matin-là, dans mon appartement de Sidi Mandri, marquant la fin d'un temps et le début d'un autre. Une porte se refermait, une autre commençait à s'entrouvrir. Je me situais entre les deux, incapable de retenir ce qui s'achevait, anxieuse d'embrasser l'avenir.

– Ta mère est en route. Elle a embarqué hier soir à Alicante à bord d'un navire marchand britannique qui va à Oran. Elle arrivera à Gibraltar dans trois jours. Rosalinda se chargera de lui faire franchir le Détroit sans problème, elle t'indiquera les conditions du transfert.

Je voulus le remercier du plus profond de mon cœur, mais mes mots furent emportés par un torrent de larmes. Je parvins seulement à l'embrasser de toutes mes forces et à inonder les revers de sa veste.

– Pour moi aussi, le moment est venu de me mettre de nouveau en marche, ajouta-t-il après quelques secondes.

Je le regardai en reniflant. Il tira un mouchoir blanc de sa poche et me le tendit.

– Mon agence me réclame. Ma mission au Maroc est terminée, je dois rentrer.

– À Madrid?

Il haussa les épaules.

– Pour le moment, à Londres. Après, là où ils m'enverront.

Je l'embrassai encore, je me remis à pleurer. Et quand je fus enfin en état de maîtriser le désordre de mes émotions, de contrôler des sentiments contradictoires où la plus grande des joies se mêlait à une insondable tristesse, ma voix brisée se fraya finalement un passage.

– Ne pars pas, Marcus.

– J'aimerais bien pouvoir, Sira, mais je suis obligé, on a besoin de moi.

Je contemplai son visage désormais si chéri. On y distinguait des traces de cicatrices, mais il restait bien peu de l'homme en piteux état qui était arrivé au Nacional une nuit d'été. Ce soir-là, remplie de nervosité et de crainte, j'avais accueilli un inconnu; à présent, j'étais confrontée à la tâche douloureuse de dire adieu à quelqu'un de très proche, peut-être même davantage que je n'osais l'admettre. Je reniflai encore.

– Quand tu voudras offrir une robe à une de tes petites amies, tu sais où me trouver.

– Quand je voudrai une petite amie, je viendrai te chercher, dit-il en tendant une main vers mon visage.

Il essaya de sécher mes larmes avec ses doigts et je frémis au contact de sa caresse ; j'aurais tout donné pour que ce jour-là n'arrive jamais.

– Menteur, murmurai-je.

– Ma beauté.

Ses doigts glissèrent sur mon front jusqu'à la naissance des cheveux, puis ils s'enroulèrent en eux jusqu'à la nuque. Nos deux visages se rapprochèrent, lentement, comme s'ils redoutaient de parachever ce qui flottait en l'air depuis si longtemps.

Le claquement inattendu d'une clé nous fit nous séparer. Jamila entra, haletante ; elle apportait un message urgent dans son espagnol approximatif.

– Siñora Fox dit siñorita Sira aller vite à las Palmeras.

La machine était en marche, c'était la fin. Marcus prit son chapeau et je ne pus m'empêcher de l'étreindre une fois de plus. Il n'y eut aucun mot, il n'y avait plus rien à ajouter. Quelques secondes plus tard, il ne subsista, de sa présence solide et proche, que l'empreinte d'un léger baiser sur mes cheveux, l'image de son dos, le bruit douloureux de la porte se refermant derrière lui.

Troisième partie

33

Après le départ de Marcus et le débarquement de ma mère, ma vie connut un retournement total. Elle arriva, squelettique, par un après-midi nuageux, les mains vides et le cœur endurci, sans autres bagages que son vieux sac à main, la robe qu'elle portait et un faux passeport accroché avec une épingle de nourrice à la bretelle de son soutien-gorge. Son corps semblait avoir pris vingt ans. La maigreur creusait ses orbites et soulignait ses clavicules, et ses premiers cheveux blancs isolés, que j'avais gardés en mémoire, étaient devenus des mèches entières de cheveux gris. Elle entra chez moi tel un enfant arraché à son sommeil au milieu de la nuit: perdue, confuse, étrangère. Comme incapable de comprendre que sa fille vivait là et qu'elle-même, dès lors, en ferait autant.

Dans mon imagination, ces retrouvailles si ardemment désirées devaient être un moment de bonheur sans réserve. Il n'en fut rien. S'il me fallait choisir un mot pour décrire la scène, ce serait le terme tristesse. Ma mère ne parla presque pas et ne manifesta aucun enthousiasme. Elle se contenta de m'embrasser de toutes ses forces, puis elle s'agrippa à ma main, comme si elle redoutait que je l'abandonne. Pas un rire, pas une larme, et de rares paroles, voilà tout ce qu'il y eut. Elle goûta à peine ce que nous lui avions préparé, Candelaria, Jamila et moi: du poulet, de la tortilla, une salade de tomates, des anchois, du pain arabe; tout ce qu'on ne mangeait plus depuis très longtemps à Madrid. Elle n'émit pas le moindre commentaire au sujet de l'atelier ni sur la chambre que je lui avais installée, avec un grand lit en chêne recouvert d'une couverture en cretonne cousue de mes propres mains. Elle ne me posa aucune question sur Ramiro, ne s'inquiéta pas des raisons qui m'avaient poussée à m'installer à Tétouan. Et, bien entendu, elle conserva un silence absolu sur les conditions de son transfert en Afrique, ainsi que sur les horreurs laissées derrière elle.

Elle eut du mal à s'acclimater; je ne m'attendais pas à voir ma mère dans cet état. La Dolores volontaire, celle qui avait toujours maîtrisé les situations, lançant la phrase juste au moment opportun, avait cédé la place à une femme méconnaissable, effacée et renfermée. Je me consacrai à elle corps et âme, j'arrêtai pratiquement de travailler; en effet, aucune grande réception n'était prévue et mes clientes pouvaient attendre. Je lui apportai son petit déjeuner au lit: des brioches, des churros, du pain grillé avec de l'huile et du sucre, tout ce qui pouvait l'aider à reprendre du poids. Je l'aidai à se baigner et lui coupai les cheveux, je lui confectionnai des vêtements neufs. J'eus beaucoup de difficultés à l'entraîner à l'extérieur, mais la promenade matinale devint une formalité obligatoire. Nous parcourions, en nous tenant par le bras, la rue du Generalísimo, jusqu'à la place de l'église; parfois, si c'était la bonne heure, je l'accompagnais à la messe. Je lui fis découvrir les coins et les recoins de la ville, la forçai à choisir des tissus avec moi, à écouter des chansons à la radio et à décider les menus de nos repas. Finalement, pas à pas, elle redevint elle-même.

Je ne l'interrogeai jamais sur les idées qui lui avaient traversé l'esprit durant cette interminable attente. J'espérais qu'elle m'en parlerait un jour, mais elle se tut et je n'insistai pas. Je n'étais pas intriguée par ce comportement: je devinais que c'était une façon inconsciente d'affronter son incertitude, où le soulagement se mêlait au chagrin et à la douleur. Je la laissais donc s'adapter sans la presser; je me tenais à ses côtés, prête à la soutenir en cas de besoin, toujours avec un mouchoir à la main pour sécher des larmes qu'elle ne versa jamais.

Je constatai une amélioration quand elle commença à prendre de petites décisions: aujourd'hui, je vais aller à la messe de dix heures, qu'est-ce que tu en penses? Si j'allais au marché avec Jamila et j'achetais de quoi préparer un plat de riz? Peu à peu, elle cessa d'être effrayée par le bruit d'un objet tombant par terre ou le vrombissement d'un moteur d'avion au-dessus de la ville; la messe et le marché se transformèrent en habitudes, auxquelles s'ajoutèrent ensuite d'autres activités. Se remettre à coudre marqua une étape décisive. Malgré tous mes efforts, elle s'était complètement désintéressée de la couture depuis son arrivée, alors que son métier avait régenté son existence durant plus de trente années. Je lui montrai les magazines de mode étrangers que j'achetais désormais moi-même à Tanger, je lui parlai de mes clientes et de leurs caprices, j'essayai de l'encourager en lui rappelant tel ou tel modèle que nous avions réalisé ensemble autrefois. Rien. Je n'obtins aucun résultat; on aurait dit que je m'exprimais dans une langue incompréhensible. Puis soudain, un matin, elle vint à l'atelier et me demanda: Tu veux que je t'aide? Je sus alors que ma mère avait recommencé à vivre.

Au bout de trois ou quatre mois nos relations devinrent sereines; avec elle chez moi, le rythme de mes journées était moins endiablé. Mes affaires allaient bon train, elles me permettaient de payer Candelaria tous les mois et nous laissaient assez d'argent pour mener une vie confortable, sans avoir à nous échiner au travail. Il régnait de nouveau une bonne entente entre nous. Nous savions néanmoins que nous n'étions plus les mêmes qu'autrefois: la forte Dolores s'était transformée en un être vulnérable, la petite Sira revendiquait désormais son statut de femme indépendante. Mais nous nous acceptions, nous avions de l'estime l'une pour l'autre et, une fois nos rôles respectifs bien définis, il n'y eut plus jamais de tension.

L'agitation fiévreuse de mes débuts à Tétouan me paraissait déjà lointaine, comme si elle appartenait à une vie antérieure. Les incertitudes et les aventures étaient restées derrière moi, de même que les sorties jusqu'à l'aube ou une existence sans règles ni explications ; tout cela avait cédé la place à la quiétude et aussi, parfois, à la plus banale des quotidiennetés. Pourtant, je n'oubliais rien. L'absence de Marcus me pesait certes de moins en moins, mais son souvenir était toujours présent, comme une compagnie invisible aux contours flous. Je regrettais souvent de ne pas m'être montrée plus audacieuse avec lui, je me maudissais d'avoir conservé une attitude aussi stricte, il me manquait terriblement. Malgré tout, au fond, j'étais heureuse d'avoir résisté à mes sentiments : dans le cas contraire, son éloignement aurait sans doute été beaucoup plus douloureux.

Je gardai le contact avec Félix, mais la venue de ma mère entraîna la fin de ses visites nocturnes, donc du va-et-vient entre nos deux appartements, de ses extravagantes leçons de culture générale et de sa compagnie bouillonnante et amicale.

Mes relations changèrent également avec Rosalinda : le séjour de son mari se prolongea plus que prévu, absorbant son temps et sa santé telle une sangsue. Par chance, au bout de près de sept mois, Peter Fox retrouva ses esprits et décida de retourner en Inde. Personne ne comprit jamais comment les effluves de l'alcool lui avaient permis un éclair de lucidité ; quoi qu'il en soit, il prit seul cette décision, un beau matin, alors que sa femme était au bord de l'effondrement. Mis à part un soulagement infini, son départ n'augurait rien de bon : bien entendu, il avait refusé d'admettre que le divorce était la solution la plus raisonnable et qu'il devait en finir une bonne fois pour toutes avec la farce de leur mariage ; au contraire, il partait avec l'intention de liquider ses affaires à Calcutta et de revenir s'installer définitivement auprès de son épouse et de son fils, afin de jouir d'une retraite anticipée dans le confortable et peu onéreux Protectorat espagnol. Et pour que sa famille ne s'habitue pas trop vite à la vie de château, il leur annonça qu'après plusieurs années sans aucune modification, il n'augmenterait pas non plus cette fois-ci le montant de leur pension.

– En cas de besoin, tu n'as qu'à demander de l'aide à ton cher ami Beigbeder, suggéra-t-il en guise d'adieu.

Pour le plus grand bonheur de tous, il ne réapparut jamais au Maroc. Il fallut néanmoins quelque six mois de convalescence à Rosalinda pour se remettre de cette cohabitation si néfaste. Elle resta la plupart du temps au lit, ne sortant qu'en de très rares occasions. Le haut-commissaire transféra pratiquement son bureau dans sa chambre à coucher; ils y passaient ensemble de longues heures, elle lisant blottie contre des oreillers, lui plongé dans ses papiers sur une petite table près de la fenêtre.

Cette obligation médicale de se reposer n'interrompit pas la totalité de sa vie mondaine, mais elle la diminua dans de grandes proportions. Malgré tout, dès que son corps commença à présenter les premiers symptômes d'une amélioration, elle s'empressa de rouvrir sa maison à ses amis, donnant de petites fêtes sans quitter son lit. J'y assistai presque toujours, il n'y avait aucune faille dans notre amitié. Mais plus rien ne fut jamais pareil.

34

Le dernier communiqué de guerre fut publié le 1er avril 1939 et, dès lors, le pays ne fut plus divisé par des idéologies, des uniformes ou des classes sociales. Ou du moins était-ce ce qu'on nous racontait. Nous accueillîmes, ma mère et moi, cette nouvelle avec des sentiments confus, incapables de deviner les conséquences de la paix.

– Et qu'est-ce qui va arriver à Madrid, maintenant, maman ? Qu'est-ce qu'on fait, nous ?

Nous chuchotions presque, inquiètes, observant, du haut d'un balcon, l'effervescence de la foule qui avait envahi la rue. Nous entendions des cris, un déchaînement d'euphorie et de surexcitation.

– J'aimerais bien le savoir, répliqua-t-elle amèrement.

Les nouvelles se bousculaient. On prétendait que les passagers seraient de nouveau autorisés à franchir le Détroit, que les trains iraient bientôt jusqu'à Madrid. Le chemin vers notre passé commençait à se dégager, nous n'avions plus aucune raison de rester en Afrique.

– Tu veux rentrer, toi ? me demanda-t-elle enfin.

– Je ne sais pas.

C'était vrai. De Madrid, je conservais une malle remplie de nostalgie : des images de mon enfance et de mon adolescence, des saveurs, des odeurs, les noms des rues, les souvenirs de certaines présences. Mais, au plus profond de moi, j'ignorais si tout cela avait assez de poids pour hâter mon retour ; en effet, je n'avais pas envie d'abandonner tout ce que j'avais bâti avec tant d'efforts à Tétouan, cette ville blanche où se trouvaient ma mère, mes nouveaux amis et l'atelier qui assurait notre subsistance.

– Peut-être qu'on devrait rester, dans un premier temps, suggérai-je.

Elle ne me répondit pas, elle se contenta d'acquiescer et se remit au travail, se réfugia dans sa couture pour ne pas réfléchir aux conséquences de cette décision.

Un État nouveau naissait : une nouvelle Espagne d'ordre, disaient-ils. Pour les uns, c'était la paix et la victoire ; en revanche, sous les pieds des autres s'ouvrait le plus noir des gouffres. La plupart des gouvernements étrangers avaient ratifié le triomphe des nationalistes et reconnu sans tarder leur régime. Les structures mises en place pendant les combats furent démantelées, et les institutions du pouvoir quittèrent Burgos et préparèrent leur retour à Madrid. On commença à installer une nouvelle administration et à reconstruire tout ce qui avait été dévasté; les processus d'épuration des indésirables furent accélérés, les collaborateurs de la victoire reçurent à tour de rôle leur part du gâteau. Le gouvernement de la guerre poursuivit ses activités pendant quelques mois, prenant des décrets, des mesures et des ordonnances: il fallut attendre son remaniement jusqu'au milieu de l'été. Je fus néanmoins au courant de ce remaniement dès juillet, quand l'information parvint au Maroc. Bien avant que la rumeur n'escalade les murs du haut-commissariat et ne se répande à travers les rues de Tétouan, avant même que le nom et la photographie ne soient publiés par les journaux et que l'Espagne tout entière ne s'interroge sur l'identité de ce monsieur brun moustachu avec des lunettes rondes, j'étais déjà au courant de la personne désignée par le Caudillo pour s'asseoir à son côté lors de la première séance du Conseil des ministres en temps de paix: don Juan Luis Beigbeder y Atienza, en charge des Affaires étrangères, le seul militaire du cabinet ayant un grade inférieur à celui de général.

Rosalinda reçut cette nouvelle inattendue avec des émotions contradictoires. De la satisfaction, en raison d'une nomination aussi prestigieuse; de la tristesse, dans la perspective d'abandonner définitivement le Maroc. Des sentiments mêlés à des journées frénétiques que le haut-commissaire passa entre la Péninsule et le Protectorat: il ouvrit des dossiers là-bas, en classa d'autres ici, mit fin à la situation provisoire engendrée par les années de combats et entreprit la construction des nouvelles relations extérieures de sa patrie.

L'annonce officielle fut faite le 10 août et on apprit le 11, par la presse, la composition du cabinet destiné à remplir son destin historique sous l'égide triomphante du général Franco. Je conserve encore deux pages jaunies et presque en miettes d'un *Abc* de cette époque, avec les photos et les biographies des ministres. Au milieu, tel le soleil dans l'univers, la photo ronde de Franco, l'air glorieux. À sa gauche et à sa droite, occupant des places préférentielles dans les deux coins supérieurs, Beigbeder et Serrano Súñer: Affaires étrangères et Intérieur, les portefeuilles les plus importants. Sur la seconde page sont décrites en détail les personnalités nommées, leurs vertus y sont exaltées en une rhétorique grandiloquente propre à l'époque. Beigbeder est présenté comme un illustre africaniste et un profond connaisseur de l'islam; on souligne sa maîtrise de l'arabe, sa solide formation, son long séjour parmi les peuples musulmans et la magnifique tâche effectuée en qualité d'attaché militaire à Berlin. «La guerre a révélé au grand public le nom du colonel Beigbeder, dit *Abc*. Il a organisé le Protectorat et, au nom de Franco et toujours en accord avec le Caudillo, il a obtenu l'extraordinaire collaboration du Maroc, qui a joué un rôle si important.» Et, du coup, le premier prix: le meilleur ministère pour Son Excellence. De Serrano Súñer, on louait la prudence et l'énergie, l'énorme capacité de travail et le prestige amplement démontré. Tous ces mérites accumulés lui valaient donc le ministère de l'Intérieur, en charge de toutes les affaires internes de la patrie dans cette ère nouvelle.

Nous sûmes par la suite que la surprenante nomination de l'anonyme Beigbeder au sein de ce gouvernement était due à la recommandation de Serrano lui-même. Lors de sa visite au Maroc, celui-ci avait été impressionné par son comportement avec la population musulmane: leurs rapports chaleureux, la maîtrise de la langue, l'enthousiasme pour sa culture, les efficaces campagnes de recrutement de troupes et même, paradoxalement, la sympathie manifestée à l'égard des souhaits d'indépendance de la population. Un homme travailleur et enthousiaste, ce Beigbeder, polyglotte, adroit avec les étrangers et fidèle à la cause, avait sans doute pensé le beau-frère; certainement, il ne nous posera aucun problème.

En apprenant la nouvelle, je revis en un éclair la réception et la fin de la conversation que j'avais surprise, derrière le canapé. Je n'avais jamais demandé à Marcus s'il avait révélé au haut-commissaire le contenu de ces propos; néanmoins, pour le bonheur de Rosalinda et de l'homme qu'elle aimait tant, j'espérais que la confiance de Serrano s'était accrue au fil du temps.

Le lendemain de la diffusion de son nom dans les journaux et à la radio, Beigbeder s'apprêta à déménager à Burgos, ce qui défit à jamais ses liens formels avec son cher Maroc. Tout Tétouan vint lui dire adieu: Maures, chrétiens et juifs sans distinction. Au nom des partis politiques marocains, Sidi Abdeljalak Torres prononça un discours vibrant et remit au nouveau ministre un parchemin, dans un cadre en argent, le déclarant frère préféré des musulmans. Lui, visiblement ému, répondit par des phrases remplies d'affection et de gratitude. Rosalinda versa quelques larmes, mais celles-ci ne durèrent guère plus que le temps nécessaire au bimoteur pour décoller de l'aérodrome de Sania Ramel, survoler Tétouan en rase-mottes en guise de salut, puis s'éloigner et franchir le Détroit. Elle regrettait du fond du cœur le départ de son Juan Luis, mais la hâte d'aller le rejoindre l'obligeait à agir le plus vite possible.

Au cours des jours suivants, Beigbeder accepta à Burgos le portefeuille ministériel des mains du comte de Jordana, le titulaire précédent, s'incorpora au nouveau gouvernement et reçut une avalanche de visites protocolaires. Rosalinda, entre-temps, s'était rendue à Madrid en quête d'une maison où elle installerait son camp de base pour la future étape de sa vie. Ce fut ainsi que s'écoula la fin août de l'année de la victoire: lui, recevant les félicitations des ambassadeurs, archevêques, attachés militaires, maires et généraux, tandis qu'elle négociait un nouveau loyer, vidait la belle demeure de Tétouan et organisait le transfert de ses innombrables bagages, de ses cinq domestiques arabes, d'une douzaine de poules pondeuses et de tous les sacs de riz, de sucre, de thé et de café qu'elle avait pu entasser à Tanger.

La résidence choisie se trouvait rue Casado del Alisal, entre le parc du Retiro et le musée du Prado, à quelques pas de l'église des Jerónimos. Il s'agissait d'un grand édifice, sans doute digne de la maîtresse du plus inattendu des nouveaux ministres, un bâtiment à la portée de quiconque serait disposé à payer un peu moins de mille pesetas par mois, somme qui parut ridicule à Rosalinda mais pour laquelle la plupart des Madrilènes affamés de l'après-guerre étaient prêts à se couper trois doigts de la main.

Ils avaient prévu d'organiser leur cohabitation dans les mêmes conditions qu'à Tétouan : chacun habiterait chez soi – lui, dans un hôtel particulier délabré jouxtant le ministère et elle, dans sa nouvelle demeure –, mais ils passeraient le plus clair de leur temps ensemble. Avant de s'en aller définitivement, dans une maison déjà presque vide où les voix résonnaient, Rosalinda donna sa dernière fête : y participèrent de rares Espagnols, pas mal d'Européens et une bonne poignée d'Arabes éminents, tous réunis pour faire leurs adieux à cette femme qui, sous sa fragilité apparente, était entrée dans nos vies avec la force d'une tempête. Malgré les incertitudes de la période qui s'ouvrait devant elle et les nouvelles alarmantes en provenance d'Europe, mon amie ne voulait pas se séparer tristement de ce Maroc où elle avait été si heureuse. Elle nous fit donc promettre, entre les toasts, de lui rendre visite à Madrid dès qu'elle y serait installée et nous assura à son tour qu'elle reviendrait souvent à Tétouan.

Je fus la dernière à partir ce soir-là, je voulais absolument me retrouver seule à seule avec quelqu'un qui avait tant compté dans cette étape de ma vie africaine.

– Je veux te donner quelque chose avant que tu t'en ailles.

Je lui avais préparé une petite boîte mauresque, en argent, transformée en nécessaire à couture.

– Pour que tu te souviennes de moi quand tu auras besoin de te coudre un bouton et que je ne serai plus près de toi.

Elle l'ouvrit, très heureuse. Elle adorait les cadeaux, aussi insignifiants fussent-ils. Des petites bobines de fil de plusieurs couleurs, deux minuscules étuis à épingles et à aiguilles, des ciseaux qui semblaient presque de poupée et un petit assortiment de boutons en nacre, en os et en verre, voilà ce qu'elle y trouva.

– J'aurais préféré t'avoir à mes côtés pour que tu continues à résoudre ces problèmes, mais c'est une attention adorable, dit-elle en m'embrassant. Comme le génie de la lampe d'Aladin, tu sortiras de la boîte chaque fois que je l'utiliserai.

Nous rîmes de concert. Nous avions décidé de nous séparer dans la bonne humeur et d'occulter notre tristesse: notre amitié méritait davantage qu'un final amer. Et, pleine d'allant et le sourire aux lèvres, elle partit le lendemain avec son fils en avion, tandis que son personnel et ses biens traversaient en cahotant le sud de l'Espagne sous la bâche vert olive d'un véhicule militaire. Cet optimisme fut cependant de courte durée. Le lendemain de son départ, le 3 septembre 1939, face au refus germanique de se retirer de la Pologne envahie, la Grande-Bretagne déclara la guerre à l'Allemagne, et la patrie de Rosalinda entrait ainsi dans ce qui serait finalement la Seconde Guerre mondiale, le conflit le plus sanglant de l'histoire européenne.

Le gouvernement espagnol s'installa enfin à Madrid, et les légations diplomatiques l'imitèrent après avoir restauré leurs locaux dégradés par la guerre et l'abandon. Tandis que Beigbeder se familiarisait avec les dépendances obscures de son ministère – le vieux palais de

Santa Cruz –, Rosalinda ne perdit pas une minute et s'impliqua avec un enthousiasme équivalent dans la double tâche d'aménager sa nouvelle résidence et de se lancer, la tête la première, dans les relations mondaines du Madrid le plus élégant et cosmopolite : un petit cercle inattendu d'abondance et de sophistication, un îlot minuscule flottant au milieu du noir océan d'une capitale dévastée après sa défaite.

Une autre femme d'une nature différente, plus prudente, aurait peut-être attendu que son influent partenaire sentimental commence à nouer des relations avec les puissants dont il devrait forcément s'entourer. Mais Rosalinda n'était pas de cet acabit : elle avait beau idolâtrer Juan Luis, elle n'avait pas la moindre intention de devenir une maîtresse soumise, accrochée à son sillage. Elle se débrouillait seule à travers le monde depuis qu'elle avait moins de vingt ans et, dans ces circonstances, bien que les contacts de son amant eussent pu lui ouvrir une infinité de portes, elle avait décidé d'agir par ses propres moyens. Elle utilisa à cette fin des tactiques d'approche déjà familières : elle retrouva de vieilles connaissances croisées autrefois et sous d'autres cieux, puis, grâce à elles et à leurs amis, et aux amis de leurs amis, apparurent de nouveaux visages, de nouvelles charges et titres dotés de noms étrangers, ou à rallonge quand ils étaient espagnols. Bientôt arrivèrent dans sa boîte aux lettres les premières invitations à des réceptions et à des bals, à des déjeuners, des cocktails et des parties de chasse. Avant que Beigbeder ne soit même capable de relever la tête des tonnes de dossiers et de responsabilités accumulés entre les murs de son lugubre bureau, Rosalinda était déjà entrée dans un réseau mondain : elle ne manquerait pas d'occupations là où l'avait menée à présent le cours agité de sa vie.

Pourtant, elle ne connut pas que des succès lors des premiers mois passés à Madrid. Ironiquement, malgré ses dons remarquables pour les relations publiques, elle dut subir l'hostilité de ses propres compatriotes. Sir Maurice Peterson, l'ambassadeur anglais, fut le premier à lui refuser le pain et le sel. À son instigation, pratiquement tous les membres du corps diplomatique britannique en firent autant. En Rosalinda Fox, ils ne daignèrent pas voir une potentielle et précieuse source d'information provenant tout droit d'un membre du gouvernement espagnol, ou une simple ressortissante anglaise invitée par pure bienséance à leurs célébrations. Ils jugeaient gênante et indigne sa présence au côté d'un ministre de ce nouveau régime pro-allemand, pour lequel le gouvernement de Sa Gracieuse Majesté n'éprouvait aucune sympathie.

Tout ne fut pas non plus rose pour Beigbeder au cours de ces jours-là. Tenu à l'écart des machinations politiques pendant la guerre, il était souvent réduit à néant comme ministre au profit d'autres dignitaires ayant plus de poids dans la forme et plus de pouvoir dans le fond. Par exemple, Serrano Súñer: le déjà tout-puissant Serrano, dont tous se méfiaient et que très peu aimaient. «Il y a trois choses en Espagne qui me font perdre patience: les allocations, la Phalange et le beau-frère de Son Excellence», ironisait un dicton populaire parmi les Madrilènes. «Dans la rue, en bas, vient le Seigneur du Gran Poder [1] : avant, c'était le Nazaréen, à présent c'est Serrano Súñer», chantait-on, moqueur, à Séville, en accentuant la dernière syllabe de son second patronyme.

Serrano, qui avait pourtant gardé une si bonne image du haut-commissaire lors de son voyage au Maroc, devint donc son contempteur le plus virulent, à mesure que les relations entre l'Espagne et l'Allemagne se resserraient et que les visées expansionnistes d'Hitler se répandaient à travers l'Europe telle une traînée de poudre. Le cuñadísimo mit très peu de temps à lui

1. Señor o Jesús del Gran Poder (du grand pouvoir): l'une des confréries sévillanes qui défilent notamment à l'occasion de la Semaine sainte.

chercher noise : à peine la Grande-Bretagne eut-elle déclaré la guerre à l'Allemagne que déjà Serrano devina qu'il avait commis une erreur grossière en recommandant Beigbeder à Franco. Le ministère des Affaires étrangères aurait dû être pour lui, et non pour cet inconnu en provenance des terres africaines, malgré les dons de ce dernier pour les relations interculturelles et sa maîtrise de plusieurs langues. Selon lui, Beigbeder n'était pas fait pour ce poste. Il ne se mouillait pas assez pour la cause allemande, il défendait la neutralité de l'Espagne dans la guerre européenne et ne montrait aucune intention de se soumettre aveuglément aux pressions et exigences du ministère de l'Intérieur. Et, pour aggraver son cas, il avait une maîtresse anglaise, cette jeune blonde séduisante dont il avait lui-même fait la connaissance à Tétouan. Pour résumer : il ne lui servait à rien. Voilà pourquoi, un mois après la constitution du nouveau Conseil des ministres, le propriétaire de la tête la mieux organisée et de l'ego le plus surdimensionné du gouvernement commença à étendre ses tentacules en territoire d'autrui, accaparant tout et s'emparant à sa guise de compétences propres au ministère des Affaires étrangères sans même consulter le titulaire de ce portefeuille ; au passage, il ne ratait aucune occasion de lui reprocher ses amourettes, qui pourraient coûter cher à l'Espagne vis-à-vis des pays amis.

Dans cet écheveau d'opinions aussi diverses, nul ne paraissait savoir exactement où se situait en réalité l'ancien haut-commissaire. Convaincus par les machinations de Serrano, les Espagnols et les Allemands le considéraient comme pro-britannique, du fait de sa tiédeur à l'égard des nazis et de ses amours avec une Anglaise frivole et manipulatrice. À l'inverse, les Britanniques le tenaient pour pro-germanique en raison de son appartenance à un gouvernement accordant un soutien enthousiaste au Troisième Reich. Toujours aussi idéaliste, Rosalinda voyait en lui l'instigateur potentiel d'un changement politique, un magicien capable, s'il s'y employait, de modifier le cap de son gouvernement. Lui, de son côté, avec un humour admirable au vu des circonstances, se considérait comme un simple boutiquier, ainsi qu'il l'expliquait à sa maîtresse :

– Tu crois vraiment que j'ai assez de pouvoir, au sein de ce gouvernement, pour provoquer un rapprochement avec ton pays ? J'ai peu de pouvoir, mon amour, très peu. Je ne suis qu'un membre de plus dans un cabinet où presque tous sont en faveur de l'Allemagne et d'un éventuel engagement de l'Espagne à ses côtés. Les Allemands nous ont fourni de l'argent et de l'aide ; l'orientation de notre politique étrangère était déterminée bien avant la fin de la guerre civile, avant même qu'on m'ait choisi pour cette charge. Tu m'imagines capable d'introduire des changements ? Non, ma chère Rosalinda ; en aucune façon. Ma tâche, comme ministre de cette Espagne nouvelle, n'est pas celle d'un stratège ou d'un négociateur diplomatique ; je suis pareil à un épicier ou à un marchand du souk. Mon travail consiste à obtenir des prêts, à marchander des accords commerciaux, à offrir aux pays étrangers de l'huile, des oranges et du raisin en échange de blé et de pétrole ; et malgré tout, dans mon propre cabinet, je dois batailler contre les délires autarciques des phalangistes qui me mettent des bâtons dans les roues. Je réussirai peut-être à me débrouiller pour que le peuple ne meure pas de faim et de froid cet hiver, mais je ne peux rien faire, absolument rien, pour infléchir l'attitude du gouvernement face à cette guerre.

Beigbeder vécut ainsi des mois très durs : pris à la gorge par les responsabilités, luttant contre ses nombreux ennemis du dedans et du dehors, écarté des machinations des vrais détenteurs du pouvoir, de plus en plus seul parmi les siens. Pour ne pas céder à un profond désespoir, il se réfugiait dans la nostalgie du Maroc. Il regrettait tellement cet autre monde qu'au ministère, sur la table de son bureau, il y avait toujours un Coran ouvert dont il récitait parfois, à voix haute, les versets en arabe, à la stupéfaction de ceux qui l'entendaient. Sa résidence officielle du palais de Viana était remplie de tenues marocaines et, le soir, dès qu'il rentrait chez lui, il ôtait son banal costume gris et enfilait une djellaba en velours; il mangeait directement dans les plats, à l'aide de trois doigts, à la façon des Arabes, et il passait son temps à rabâcher, devant quiconque, que les Marocains et les Espagnols étaient tous frères. Parfois, quand il se retrouvait enfin seul après s'être échiné à démêler d'innombrables affaires tout au long de la journée, au milieu des grincements des tramways bondés parcourant les rues crasseuses, il croyait entendre jouer les chalumeaux, les douçaines et les tambourins. Les matins les plus grisâtres, il pensait sentir, mêlés aux puanteurs exhalées par les égouts, les parfums de fleur d'oranger, de jasmin et de menthe. Il s'imaginait alors longeant de nouveau les rues blanchies à la chaux de la médina de Tétouan, sous la lumière tamisée par l'ombre des plantes grimpantes, avec le bruissement de l'eau jaillissant des fontaines et celui des cannaies bercées par le vent.

Il s'agrippait à sa nostalgie tel le naufragé à un bout de bois au milieu de la tempête, mais la langue venimeuse de Serrano n'était jamais loin, menaçante, prête à l'arracher à son rêve.

– Grand Dieu, Beigbeder, arrêtez donc une bonne fois pour toutes de rabâcher que nous, les Espagnols, nous sommes tous arabes! Est-ce que j'ai une tête d'Arabe, moi? Et le Caudillo, il a une tête d'Arabe? Eh bien, ça suffit de répéter des conneries, bordel, j'en ai ras le bol, toute la sainte journée avec cette litanie!

Ces journées furent difficiles. Pour elle comme pour lui. Malgré les efforts obstinés de Rosalinda afin de se gagner les bonnes grâces de l'ambassadeur Peterson, elle ne parvint pas à redresser la situation au cours des mois suivants. Elle obtint un seul geste de la part de ses compatriotes: elle fut invitée, avec son fils et d'autres mères, à l'ambassade pour interpréter des chants de Noël. Il fallut donc attendre jusqu'à mai 1940 pour assister à un retournement de situation : Winston Churchill fut alors nommé Premier ministre et décida sur-le-champ de remplacer son représentant diplomatique en Espagne. Le changement fut radical. Pour tous.

35

Sir Samuel Hoare arriva à Madrid fin mai 1940, affublé du titre pompeux d'ambassadeur extraordinaire en mission spéciale. Il n'avait jamais foulé le sol espagnol, ne parlait pas un seul mot de notre langue, ne témoignait d'aucune sympathie à l'égard de Franco et de son régime, mais Churchill avait déposé en lui toute sa confiance et le pressa d'accepter le poste : l'Espagne était une pièce stratégique dans l'évolution de la guerre en Europe et il avait besoin d'y placer un homme fort, capable de brandir bien haut le drapeau britannique. Pour les intérêts anglais, il était fondamental que le gouvernement espagnol conserve une attitude de neutralité, de façon à éviter toute invasion de Gibraltar et que les ports de l'Atlantique ne tombent entre les mains de l'Allemagne. Dans le but d'obtenir un minimum de bonne volonté, la Grande-Bretagne avait employé le commerce extérieur comme moyen de pression sur une Espagne affamée ; elle avait réduit les approvisionnements en pétrole et utilisé la tactique de la carotte et du bâton pour l'asphyxier. Cependant, à mesure que les troupes allemandes avançaient à travers l'Europe, ce ne fut plus suffisant : il fallait s'impliquer à Madrid de manière plus active, plus efficace. Et, avec un tel objectif inscrit sur sa feuille de route, on vit atterrir dans la capitale cet homme petit, un peu usé déjà, presque insignifiant: Sir Sam, pour ses proches collaborateurs, don Samuel pour les rares amis qu'il parviendrait à se faire en Espagne.

Hoare n'assuma pas ce poste avec beaucoup d'optimisme: il n'aimait pas sa destination, était étranger au tempérament des Espagnols, ne possédait aucune connaissance parmi ce peuple bizarre, déchiré et rétrograde. Il savait qu'il y serait mal accueilli et que le gouvernement de Franco était ouvertement antibritannique; pour qu'il en soit bien convaincu dès le début, le matin de son arrivée, les phalangistes organisèrent devant les portes de son ambassade une bruyante manifestation qui le reçut aux cris de «Gibraltar espagnol»!

Après avoir présenté ses lettres de créance au Generalísimo, il entama le tortueux chemin de croix qu'allait devenir sa vie pendant les quatre années de son mandat. Il regretta d'avoir accepté le poste des centaines de fois; il se sentait excessivement mal à l'aise dans cette ambiance si hostile, plus qu'il ne l'avait jamais été dans aucune autre de ses multiples affectations. L'atmosphère était angoissante, la chaleur insupportable. Les manifestations phalangistes aux portes de son ambassade étaient son lot quotidien: on bombardait de cailloux ses fenêtres, on arrachait les fanions et les insignes des voitures officielles, on insultait le personnel britannique sans que les autorités en charge de l'ordre public bougent le petit doigt. La presse se lança dans une campagne agressive, accusant la Grande-Bretagne d'être responsable de la famine qui régnait en Espagne. Sa présence n'éveillait de la sympathie que chez quelques rares monarchistes conservateurs, une poignée de nostalgiques de la reine Victoria Eugenia, dont la marge de manœuvre était des plus réduites au sein du gouvernement et qui se raccrochaient à un passé révolu.

Il se sentait seul, avançait à l'aveuglette au milieu de l'obscurité. Madrid le dépassait, son air lui paraissait irrespirable: il était agacé par les lenteurs de l'appareil bureaucratique. Abasourdi, il contemplait les rues bourrées de policiers et de phalangistes armés jusqu'aux dents, et observait le comportement des Allemands, en terrain conquis, enhardis et menaçants. Remplissant les obligations de sa charge, il prit son courage à deux mains et noua aussitôt des relations avec le gouvernement espagnol ; en particulier avec ses trois membres principaux : le général Franco et les ministres Serrano Súñer et Beigbeder. Il les vit tous les trois, les sonda et en obtint des réponses largement différentes.

Le Generalísimo lui accorda une audience au Pardo, par une journée estivale et ensoleillée. Malgré cela, Franco le reçut dans une pièce où les rideaux avaient été tirés et la lumière électrique allumée, assis derrière un bureau sur lequel trônaient, provocantes, deux grandes photographies dédicacées d'Hitler et de Mussolini. Au cours de cette rencontre purement formelle où chacun parla à tour de rôle, par le biais d'un interprète et sans que soit possible le moindre dialogue, Hoare fut frappé par la déconcertante confiance en soi du chef de l'État, par l'autocomplaisance de celui qui se croyait élu par la Divine Providence pour sauver sa patrie et créer un monde nouveau.

Avec Serrano Súñer, cela se passa encore plus mal. Le pouvoir du cuñadísimo était alors à son apogée, le pays tout entier entre ses mains – la Phalange, la presse, la police – et il avait un accès personnel et illimité auprès du Caudillo ; beaucoup le soupçonnaient, d'ailleurs, d'éprouver un certain mépris pour les faibles capacités intellectuelles de ce dernier. Pendant que Franco, reclus au Pardo, se laissait à peine entrevoir, Serrano semblait omniprésent, irremplaçable, tellement différent de cet homme discret qui avait rendu visite au Protectorat en pleine guerre, le même qui s'était baissé pour ramasser mon poudrier et dont j'avais longuement contemplé les chevilles, cachée derrière un canapé. Comme s'il avait ressuscité en même temps que le régime, Ramón Serrano

Súñer était désormais impatient, arrogant, rapide comme l'éclair dans ses paroles et dans ses actes, ses yeux de chat toujours en alerte, tiré à quatre épingles dans son uniforme phalangiste amidonné, ses cheveux presque blancs peignés en arrière, tel un jeune premier de cinéma. Toujours tendu, d'un mépris souverain à l'égard de tout représentant de ce qu'il nommait les «ploutodémocraties». Ni lors de cette première entrevue ni lors des nombreuses suivantes, Hoare et Serrano ne parvinrent à se rapprocher l'un de l'autre.

L'ambassadeur ne réussit à s'entendre qu'avec un seul de ces trois dignitaires: Beigbeder. Dès la première visite au palais de Santa Cruz, la communication fut aisée. Le ministre écoutait, agissait, s'efforçait d'arranger des affaires et de régler des différends. Face à Hoare, il se déclara farouche partisan de la non-intervention dans la guerre, reconnut sans tergiverser les formidables besoins de la population affamée, lutta de toutes ses forces pour ouvrir des négociations et conclure des accords. L'ambassadeur le trouva un tant soit peu pittoresque, peut-être même excentrique, totalement incongru, en tout cas, du fait de sa sensibilité, de sa culture, de ses manières et de son ironie, dans la brutalité de ce Madrid du bras levé, du diktat et de l'interdiction. Aux yeux de Hoare, Beigbeder était à l'évidence déplacé au milieu de l'agressivité des Allemands, des fanfaronnades phalangistes, de l'attitude despotique de son propre gouvernement et des misères quotidiennes de la capitale. Sans doute pour cette raison, parce qu'il paraissait anormal dans ce monde de fous, Hoare considérait Beigbeder comme un type sympathique, un baume sur les blessures causées par les collègues de cet étrange ministre entiché de l'Afrique. Bien entendu, il se produisit des malentendus, des points de vue opposés, des actions diplomatiques matière à controverses, des réclamations, des plaintes et des douzaines de crises qu'ils essayèrent de surmonter ensemble. Par exemple, lorsque les troupes espagnoles entrèrent à

Tanger en juin, mettant fin à son statut de ville internationale. Ou bien quand on faillit autoriser les défilés de soldats allemands à travers les rues de Saint-Sébastien. Il y eut bien d'autres tiraillements en ces temps de désordre et de précipitation. Malgré tout, les relations entre Beigbeder et Hoare devinrent de plus en plus faciles et chaleureuses ; elles représentaient, pour l'ambassadeur, un unique refuge dans cet univers tourmenté où les nouveaux problèmes poussaient comme le chiendent.

Hoare, à mesure qu'il s'habituait au pays, se rendait compte du pouvoir considérable exercé par les Allemands dans la vie espagnole, de ses innombrables ramifications dans toutes les instances de la vie publique. Chefs d'entreprise, cadres supérieurs, agents commerciaux ou producteurs de cinéma, de nombreux individus occupés à des activités diverses et bien introduits dans l'administration et le pouvoir s'étaient mis au service des nazis. Il avait vite compris que ces derniers contrôlaient d'une main de fer les moyens de communication. Le bureau de presse de l'ambassade d'Allemagne, avec le plein accord de Serrano Súñer, décidait chaque jour quelles informations sur le Troisième Reich pouvaient être publiées en Espagne, sous quelle forme et avec quels mots. Ils inséraient ainsi à leur guise toute la propagande nazie qu'ils estimaient nécessaire dans la presse espagnole et, de façon plus insultante et agressive, dans le quotidien *Arriba*, l'organe de la Phalange, qui monopolisait la plus grande partie des quantités réduites de papier dont disposaient les journaux à cette époque de pénurie. Les campagnes contre les Britanniques étaient réitérées et d'une violence inouïe, remplies de mensonges, d'injures et de manipulations perverses. Le personnage de Churchill inspirait les caricatures les plus malveillantes et l'Empire britannique de constantes railleries. Le moindre accident dans une usine ou un train postal dans une province espagnole était attribué sans l'ombre d'une hésitation aux perfides Anglais. Lorsque l'ambassadeur protestait devant de tels outrages, les autorités espagnoles faisaient la sourde oreille.

Et tandis que sir Samuel Hoare s'accommodait tant bien que mal de sa nouvelle affectation, l'antagonisme entre les ministères de l'Intérieur et des Affaires étrangères était de plus en plus évident. Serrano, du haut de sa toute-puissance, élabora une stratégie qui lui était habituelle : il diffusa des rumeurs venimeuses contre Beigbeder, alimentant l'idée que lui seul était capable de redresser la situation. L'étoile de l'ancien haut-commissaire commença donc à décliner, alors que Franco et Serrano, ou Serrano et Franco, deux parfaits ignorants de la politique internationale, dont aucun n'avait vu le monde ne serait-ce que par le trou de la serrure, s'installaient à une table du Pardo pour y boire un chocolat en grignotant des biscuits et, de concert, dessinaient sur la nappe du goûter un nouvel ordre mondial, avec cette audace stupéfiante que seules peuvent inspirer l'ignorance et la fatuité.

Finalement, Beigbeder craqua. On allait le mettre à la porte et il le savait. On allait se débarrasser de lui, lui flanquer un coup de pied au derrière et le jeter à la rue : il n'était plus utile pour leur croisade glorieuse. On l'avait arraché au bonheur de son Maroc, on l'avait affecté à un poste hautement recherché pour ensuite lui attacher les pieds et les mains et le bâillonner. On n'avait jamais tenu compte de ses opinions, sans doute ne les lui avait-on jamais demandées. Il ne put jamais prendre la moindre initiative ou décision, il n'était qu'un nom sur un portefeuille ministériel, dont on attendait qu'il agisse comme un fonctionnaire servile, pusillanime et muet. Même ainsi, malgré les désagréments de cette situation, il respecta la hiérarchie et remplit infatigablement la tâche qu'on lui avait confiée, supportant, avec beaucoup de grandeur d'âme, les mauvais traitements infligés par Serrano pendant des mois. D'abord, il y eut des empiétements, des bourrades, des « ôte-toi de là que je m'y mette». Puis d'humiliantes tapes sur la nuque. Ces tapes se transformèrent bientôt en coups de pied aux fesses, et les coups de pied en coups de poignard dans le dos. Quand Beigbeder eut deviné qu'ensuite on lui écraserait la tête, il explosa.

Il était fatigué; il en avait assez des impertinences et de la morgue du cuñadísimo, de l'obscurantisme de Franco, de nager à contre-courant et de se sentir étranger à tout, d'être aux commandes d'un navire qui, dès le début de la traversée, s'était trompé de cap. Pour cette raison, peut-être en pensant à ses chers amis musulmans, il décida de jouer le tout pour le tout. Le moment était venu de révéler au grand jour l'amitié discrète qui le liait jusqu'alors à Samuel Hoare: de lui faire franchir les murs des cabinets privés, des bureaux et des salons où elle avait été confinée. En la brandissant tel un drapeau, il sortit en pleine rue, sans aucune protection. En plein air, sous le soleil écrasant de l'été. Ils commencèrent à déjeuner ensemble, presque tous les jours, aux tables les plus visibles des restaurants les plus connus. Ensuite, tels deux Arabes parcourant les ruelles étroites de la médina de Tétouan, ils se promenaient à pas ostensiblement lents dans Madrid. Beigbeder tenait l'ambassadeur par le bras, l'appelait «mon frère». Provocateur, Beigbeder, donquichottesque, presque. Bavardant jour après jour, intimement, avec l'envoyé des ennemis, témoignant d'un mépris hautain pour les Allemands et les germanophiles. Ils passaient ainsi devant le secrétariat général du Movimiento, le parti unique franquiste, dans la rue d'Alcalá, devant le siège du quotidien *Arriba* et l'ambassade d'Allemagne, sur la Castellana, devant le Palace ou le Ritz, véritables nids de nazis. Pour que tous voient et constatent la bonne entente qui régnait entre le ministre de Franco et l'ambassadeur des indésirables. Pendant ce temps-là, Serrano, au bord de la crise de nerfs et l'estomac rongé par un ulcère, parcourait à grands pas son bureau, s'arrachait les cheveux et se demandait en hurlant quelles étaient donc les intentions de ce fou de Beigbeder, au comportement aussi insensé.

Les efforts de Rosalinda avaient finalement réussi à éveiller en lui une certaine sympathie pour la Grande-Bretagne, mais le ministre n'était pas assez imprudent pour se jeter dans les bras d'un pays étranger par pur romantisme, ainsi qu'il le faisait chaque soir dans ceux de son aimée. Grâce à elle, il s'était pris d'une certaine affection pour cette nation, en effet. Néanmoins, s'il passa complètement du côté de Hoare, si pour lui il brûla tous ses vaisseaux, ce fut pour quelques raisons supplémentaires. Peut-être parce que c'était un idéaliste et qu'il jugeait que tout n'allait pas aussi bien que prévu dans l'Espagne nouvelle. Ou bien était-ce l'unique façon de montrer son opposition à l'entrée en guerre de l'Espagne aux côtés des puissances de l'Axe ? Ou encore une réaction de rejet du responsable de son humiliation, avec qui il aurait dû travailler coude à coude pour relever cette patrie en ruine ; une patrie qu'ils s'étaient d'ailleurs eux-mêmes acharnés à détruire ? En outre, il se sentait seul, immensément seul dans un environnement amer et hostile, ce qui avait sans doute aussi contribué à le rapprocher de Hoare.

Toutes ces péripéties, je ne les avais pas vécues directement. Rosalinda, tout au long de ces mois, m'avait tenue informée au moyen d'une série de longues lettres que je recevais à Tétouan comme pain bénit. Malgré sa vie mondaine agitée, la maladie l'obligeait à passer de nombreuses heures au lit, qu'elle consacrait à écrire des lettres et à lire celles de ses amis. Ainsi s'installèrent des habitudes qui nous relièrent, par un fil invisible, à travers le temps et l'espace. Dans ses dernières nouvelles de fin août 1940, elle m'annonçait que les journaux évoquaient déjà le départ imminent du ministre des Affaires étrangères. Mais il fallut attendre encore plusieurs semaines, six ou sept, pour en arriver là. Entre-temps, il se produisit des événements qui, une fois de plus, modifièrent à jamais le cours de ma vie.

36

La lecture avait été une de mes activités favorites depuis l'arrivée de ma mère à Tétouan. Elle avait gardé l'habitude de se coucher tôt, Félix ne traversait plus le palier, et mes nuits se révélaient trop longues. Une fois de plus, pourtant, ce fut Félix qui trouva la solution pour combattre l'ennui : un livre, intitulé *Fortunata y Jacinta*[1]. Dès lors, je consacrai mes loisirs à lire tous les romans qui se trouvaient chez mon voisin. Je réussis à les achever au fil des mois et je m'attaquai ensuite aux rayonnages de la bibliothèque du Protectorat. Lorsque l'été 1940 toucha à sa fin, j'avais déjà avalé les deux ou trois dizaines d'ouvrages de la petite bibliothèque locale et je me demandais comment je pourrais m'occuper désormais. À ma grande surprise, je reçus alors un nouveau texte. Un télégramme sur papier bleu, cette fois-ci, pas un livre. Et non pour le plaisir de la lecture, mais pour que j'en suive les indications: «Invitation personnelle. Fête privée à Tanger. Amitiés de Madrid t'attendent. Sept heures du soir. Dean's Bar.»

Je sentis un nœud au creux de l'estomac, ce qui ne m'empêcha pas de m'esclaffer. Je connaissais l'expéditeur de cette missive, pas besoin de signature. Les souvenirs se bousculèrent dans ma tête: musique, rires, cocktails, hâtes inattendues et mots étrangers, petites aventures, excursions avec la capote de la voiture baissée, envie de vivre. Je comparais ces journées du passé avec ce présent paisible où les semaines s'écoulaient, monotones, entre couture et essayages, feuilletons

1. Roman écrit en 1886-1887 par Benito Pérez Galdós (1843-1920), grand représentant du réalisme du XIXe siècle et l'un des plus importants écrivains en langue espagnole.

radiophoniques et promenades avec ma mère à la tombée du soir. Durant cette époque, mes seules émotions, modérées, avaient été un ou deux films, auxquels Félix m'avait traînée, et les malheurs et amours des personnages des romans que je dévorais, nuit après nuit, pour surmonter ma mélancolie. Savoir que Rosalinda me donnait rendez-vous à Tanger provoqua en moi un accès d'allégresse. Même si c'était pour peu de temps, j'avais de nouveau un but.

Au jour et à l'heure fixés, il n'y avait cependant aucune fête dans le bar d'El-Minzah, seuls quatre ou cinq groupes isolés d'inconnus et deux buveurs solitaires accoudés au zinc. Dean n'était pas là non plus. Peut-être était-il trop tôt pour le pianiste, l'ambiance était sinistre, différente de celle des soirées d'autrefois. Je m'assis pour attendre à une table discrète et renvoyai le serveur. Sept heures dix, sept heures et quart, sept heures vingt. Pas de fête à l'horizon. À sept heures et demie, je m'approchai du comptoir et demandai des nouvelles de Dean. Il ne travaille plus ici, me répondit-on. Il a ouvert sa propre affaire, le Dean's Bar, rue d'Amérique-du-Sud. Je m'y précipitai. J'y arrivai en deux minutes, les deux établissements n'étant séparés que par quelques centaines de mètres. Dean, maigre et sombre comme toujours, devina ma présence dès que ma silhouette se profila à la porte. Son bar était plus animé que celui de l'hôtel; il n'y avait pas beaucoup de clients, mais les conversations avaient une tonalité plus forte, plus détendue, et l'on entendait quelques rires. Le propriétaire ne me salua pas: d'un bref mouvement de ses yeux de braise il me signala un rideau au fond. J'obtempérai. Velours vert, épais. Je l'écartai et entrai.

– Tu es en retard.

Ni les murs sales, ni la lumière lugubre de l'ampoule nue, ni même les caisses de boissons et les sacs de café empilés tout autour ne parvenaient à ôter le moindre charme à mon amie. C'était peut-être elle, ou Dean, ou bien les deux qui, avant d'ouvrir le bar cet après-midi-là, avaient temporairement transformé le petit entrepôt en un salon privé. Tellement privé qu'il n'y avait que deux chaises séparées par un tonneau recouvert d'une nappe blanche. Dessus, deux coupes, un shaker, un paquet de cigarettes turques et un cendrier. Dans un coin, en équilibre sur un tas de cartons, la voix de Billie Holliday chantait *Summertime* depuis un gramophone portable.

Cela faisait une année entière que nous ne nous étions pas vues, depuis son départ à Madrid. Rosalinda était toujours aussi diaphane, avec cette vague blonde près de lui retomber sur les yeux. Mais son attitude n'était plus celle des jours insouciants de jadis, ni même des moments les plus difficiles de la cohabitation avec son mari, puis de sa convalescence. Je fus incapable de préciser la nature exacte du changement, néanmoins tout en elle s'était légèrement modifié. Elle paraissait plus âgée, plus mûre. Un peu fatiguée, peut-être. Par ses lettres, j'avais eu vent des difficultés que Beigbeder et elle-même avaient rencontrées dans la capitale. En revanche, elle ne m'avait rien révélé de ses intentions de venir au Maroc.

Il y eut des embrassades, des rires d'écolière, des compliments un peu exagérés sur nos tenues respectives, et encore des rires. Elle m'avait tellement manqué ! J'avais ma mère, certes. Et Félix. Et Candelaria. Et mon atelier et cet appétit inédit pour la lecture. Mais j'avais vraiment regretté son absence : je me rappelais ses arrivées intempestives, son approche des choses si différente de celle des autres, ses fantaisies, ses petites excentricités, sa volubilité. Je voulus tout savoir et je la submergeai de questions : comment marchait sa vie à Madrid ? Comment allait Johnny ? Et Beigbeder ? Quelles étaient les raisons de sa visite en Afrique ? Elle me répondit par des banalités et des anecdotes, évitant d'évoquer ses problèmes. Finalement, quand j'eus cessé de la martyriser avec ma curiosité et tandis qu'elle remplissait les coupes, elle révéla le but de son voyage.

– Je suis venue t'offrir un travail.

Je m'esclaffai.

– J'en ai déjà un.

– Je vais t'en proposer un autre.

Je ris à nouveau et je bus. Pink gin, comme tant d'autres fois.

– Quel genre de travail ? dis-je en décollant la coupe de mes lèvres.

– Le même que maintenant, mais à Madrid.

– Je suis contente à Tétouan. Ça va de mieux en mieux. Ma mère est, elle aussi, heureuse de vivre ici. Notre atelier fonctionne à merveille, nous envisageons même d'embaucher une apprentie. Nous n'avons pas l'intention de retourner à Madrid.

– Je ne suis pas en train de parler de ta mère, Sira, seulement de toi. Et tu ne serais pas obligée de fermer l'atelier de Tétouan ; ce ne serait que provisoire. Ou du moins, je l'espère. Quand tout sera fini, tu pourras revenir.

– Qu'est-ce qui sera fini ?

– La guerre.

– La guerre est finie depuis plus d'une année.

– La vôtre, oui, mais à présent il y en a une autre.

Elle se leva, changea le disque et augmenta le volume. Encore du jazz, cette fois-ci instrumental. Pour qu'on ne puisse pas entendre notre conversation de l'autre côté du rideau.

– Il existe une nouvelle guerre, horrible. Mon pays y est mêlé et le tien pourrait y entrer à tout moment. Juan Luis a fait tout son possible pour que l'Espagne reste à l'écart, mais, si l'on en croit les événements actuels, ça risque d'être difficile. Voilà pourquoi nous souhaitons agir, pour réduire la pression de l'Allemagne sur l'Espagne. Si l'on y parvient, si votre nation se tient en dehors du conflit, nous aurons plus de chances de l'emporter.

Je ne saisissais toujours pas le rapport entre tout cela et mon travail, mais je ne l'interrompis pas.

– Juan Luis et moi, poursuivit-elle, nous essayons de convaincre certains de nos amis afin qu'ils nous aident dans la mesure de leurs possibilités. Lui n'a pas réussi à infléchir le gouvernement depuis son ministère, mais on peut sans doute agir de l'extérieur.

– Comment? demandai-je avec un filet de voix.

Je n'avais pas la moindre idée de ce qui lui passait par la tête. Mon visage dut lui paraître amusant, car elle finit par éclater de rire.

– *Don't panic, darling*. N'aie pas peur. Il ne s'agit pas de poser des bombes à l'ambassade d'Allemagne ou de saboter des opérations militaires. Je me réfère à de discrètes campagnes de résistance. À de l'observation. S'infiltrer. Soutirer des renseignements en ouvrant de petites brèches *here and there*, çà et là. Juan Luis et moi, nous ne sommes pas seuls dans cette tâche. Nous ne sommes pas deux idéalistes en quête d'amis crédules pour les impliquer dans une machination fantaisiste.

Elle remplit les coupes et augmenta de nouveau le volume du gramophone. Nous allumâmes chacune une cigarette. Elle s'assit et plongea ses yeux clairs dans les miens. Elle avait des cernes grisâtres que je n'avais jamais remarqués avant.

– Nous aidons à monter à Madrid un réseau de collaborateurs clandestins associés aux services secrets britanniques. Des collaborateurs étrangers au monde politique, diplomatique ou militaire. Des gens peu connus qui, sous l'apparence d'une vie normale, obtiendront des informations et les transmettront ensuite au SOE.

– C'est quoi, le SOE? murmurai-je.

– Special Operations Executive. Une nouvelle organisation au sein des services secrets, créée par Churchill, et dont le but est de traiter des affaires liées à la guerre et en marge des activités traditionnelles. Ils recrutent dans toute l'Europe. Disons que c'est un service d'espionnage peu orthodoxe. Peu conventionnel.

– Je ne te comprends pas.

Ma voix était presque inaudible. C'était vrai que je ne comprenais rien. Services secrets. Collaborateurs clandestins. Opérations. Espionnage. Infiltrations. Je n'en avais jamais entendu parler.

– N'imagine pas que je sois moi-même habituée à ce genre de terminologie. Pour moi aussi, c'est pratiquement nouveau, j'ai été obligée d'apprendre à marche forcée. Juan Luis, comme je te l'ai dit dans mes lettres, a noué des relations de plus en plus étroites avec notre ambassadeur, Hoare. Et à présent que ses jours sont comptés au ministère, ils ont décidé de travailler tous les deux ensemble. Néanmoins, Hoare ne contrôle pas directement les opérations des services secrets à Madrid. Il les supervise, plutôt, c'est l'ultime responsable. Mais il ne les coordonne pas personnellement.

– Qui s'en charge, alors?

J'espérais qu'elle me répondrait: «Moi-même», et qu'elle ajouterait que ce n'était qu'une plaisanterie. Alors nous ririons ensemble et nous irions enfin dîner et danser à la Villa Harris, comme tant d'autres fois, mais il n'en fut rien.

– Alan Hillgarth, l'attaché naval de l'ambassade. C'est un type très spécial, fils d'une famille qui a une longue tradition dans la marine, marié avec une dame de la haute aristocratie également impliquée dans ses activités. Il est arrivé à Madrid en même temps que Hoare, sous la couverture de son poste officiel, pour prendre en charge la coordination des activités du SOE et du SIS, le Secret Intelligence Service.

SOE, Special Operations Executive. SIS. Secret Intelligence Service. C'était du chinois, pour moi. Je lui demandai des explications.

– Le SIS, le Secret Intelligence Service, également connu sous le nom de MI6, Directorate of Military Intelligence, Section 6: la sixième section de l'espionnage militaire, l'agence qui se consacre aux opérations des services secrets en dehors du pays. Des activités en territoire non britannique, pour être précise. Il opère à partir de la Grande-Bretagne et son personnel, qui jouit en général d'une couverture diplomatique ou militaire, participe à des opérations discrètes, normalement à travers les structures de pouvoir existantes, des personnes ou des autorités influentes là où il agit. Le SOE, en revanche, est un service récent. Plus risqué, car il ne dépend pas seulement de professionnels, mais c'est justement pour cette raison qu'il est plus souple. C'est un service opérationnel d'urgence pour les temps de guerre, en quelque sorte. Ils sont prêts à collaborer avec tous les individus susceptibles de les intéresser. L'organisation est toute nouvelle et Hillgarth, le responsable en Espagne, a besoin de recruter des agents. De toute urgence. Ils sondent donc des personnes de confiance qui les mettront en contact avec d'autres qui, à leur tour, pourront les aider directement. Disons que Juan Luis et moi, nous sommes ce genre d'intermédiaires. Hoare ne connaît presque personne. Hillgarth a passé toute la guerre civile comme vice-consul à Majorque, mais il n'était jamais venu à Madrid et il est encore en terre inconnue. On ne nous a pas demandé, à Juan Luis et à moi, lui comme ministre ouvertement anglophile et moi comme citoyenne britannique, une implication directe: ils savent que nous sommes repérés et par conséquent suspects. Mais nous devons leur fournir des contacts. Nous avons pensé à quelques amis. Parmi eux, à toi. D'où ma visite.

Je préférai ne pas l'interroger sur ce qu'elle attendait exactement de moi. Elle allait me le dire, de toute façon, et j'éprouverais la même panique ; je décidai de me concentrer sur le remplissage des coupes. Mais le shaker était vide. Je me levai et cherchai au milieu des caisses empilées contre le mur. Tout était trop fort pour le boire sec. Je sortis une bouteille qui se révéla être du whisky, ôtai le bouchon et avalai une gorgée à même le goulot. Puis je la tendis à Rosalinda. Elle m'imita et me la rendit. Elle continua à parler. Entre-temps, je bus une autre rasade.

– Nous avons pensé que tu pourrais monter un atelier à Madrid et coudre pour les épouses des hauts responsables nazis.

Je m'étranglai et recrachai la gorgée de whisky que je venais d'engloutir. Je me nettoyai le visage du revers de la main. Quand je fus enfin capable de parler, je ne réussis qu'à bafouiller :

– Vous êtes fous à lier.

Elle fit semblant de ne pas avoir entendu et poursuivit sans broncher :

– Elles s'habillaient toutes à Paris mais, depuis que l'armée allemande a envahi la France, en mai, la plupart des maisons de haute couture ont fermé. Très peu souhaitent continuer à travailler dans un Paris occupé. La maison Vionet, Chanel, rue Cambon, la boutique de Schiaparelli, place Vendôme : presque toutes les grandes sont parties.

Les allusions de Rosalinda à la haute couture parisienne, ajoutées à ma nervosité, aux cocktails et aux gorgées de whisky, déclenchèrent soudain en moi un éclat de rire rauque.

– Tu veux que moi, je remplace à Madrid tous ces créateurs ?

Elle resta de marbre, insensible à mon hilarité.

– Tu pourrais essayer à ta façon et à petite échelle. C'est le meilleur moment, car ces femmes n'ont pas le choix : Paris est *out of the question* et Berlin trop éloigné. Ou elles s'habillent à Madrid, ou elles ne porteront pas de nouvelles toilettes lors de la prochaine saison, ce qui serait une vraie tragédie pour elles ; en effet, l'essentiel de leur existence est centré sur une vie mondaine très intense. Je me suis renseignée ; plusieurs ateliers madrilènes ont repris leurs activités, préparant la saison d'automne. Il se murmurait que Balenciaga allait rouvrir cette année, mais il ne l'a pas fait. J'ai ici les noms de ceux qui ont l'intention de fonctionner, dit-elle en sortant une feuille pliée de la poche de sa veste. Flora Villareal ; Brigida, au 37, Carrera de San Jerónimo ; Natalio, au 18 de Lagasca ; Madame Raguette, au 2, Bárbara de Braganza ; Pedro Rodríguez, au 62 d'Alcalá ; Cottret, au 8 de Fernando VI.

Certains m'étaient familiers, d'autres non. Doña Manuela aurait dû figurer parmi eux ; sans doute n'avait-elle pas rouvert son atelier. Lorsqu'elle eut fini de lire sa liste, Rosalinda déchira la feuille en mille morceaux et les laissa dans le cendrier à présent rempli de mégots.

– Malgré leurs efforts pour présenter de nouvelles collections et offrir les plus beaux modèles, ces ateliers partagent tous un problème identique : ils sont limités. Ils auront donc du mal à réussir.

– Quel genre de limite ?

– Le manque de matière première ; le manque total de matière première. Ni l'Espagne ni la France ne produisent plus d'étoffes pour la haute couture ; les usines qui n'ont pas fermé se consacrent à couvrir les besoins de base de la population ou à fabriquer du matériel de guerre. Avec le coton, ils font des uniformes ; avec le fil de la gaze. Le moindre tissu a une destination prioritaire au-delà de la mode. Ce problème, toi, tu pourrais le surmonter en rapportant la matière première de Tanger. Ici, il y a encore du commerce, des importations, ce n'est pas comme dans la Péninsule. On reçoit toujours de la marchandise américaine et argentine, il reste beaucoup de stocks de drap français et de laine anglaise, de soie indienne et chinoise des années précédentes: tu peux emporter de tout. Et au cas où tu aurais besoin de davantage de fournitures, on se débrouillerait pour te satisfaire. Si tu débarques à Madrid avec du tissu et des idées, et si je parviens à te faire de la publicité grâce à mes contacts, tu peux devenir la couturière de la saison. Tu n'auras pas de concurrence, Sira. Tu seras la seule capable de leur offrir ce qu'elles veulent: ostentation, luxe, frivolité absolue, comme si le monde était une salle de bal et non le sanglant champ de bataille dans lequel ils l'ont eux-mêmes transformé. Les Allemandes viendront toutes vers toi, comme des vautours.

– Mais on va m'associer à toi, dis-je en tentant de me raccrocher à une planche de salut quelconque pour ne pas être emportée par ce plan extravagant.

– Pas du tout. Il n'y a aucune raison. La majorité des Allemandes de Madrid viennent d'arriver et elles n'ont aucun contact avec celles du Maroc. Personne n'est obligé de savoir que toi et moi, nous nous connaissons. D'un autre côté, l'expérience que tu as acquise en cousant pour leurs compatriotes à Tétouan te sera bien entendu très utile: tu es au courant de leurs goûts, tu n'ignores rien de la façon de les traiter et de te conduire avec elles.

Tandis qu'elle parlait, je fermai les yeux et me contentai de bouger la tête d'un côté à l'autre. Durant quelques secondes, je repensai aux premiers mois de mon séjour à Tétouan, à la nuit où Candelaria m'avait montré les pistolets et proposé de les vendre pour ouvrir l'atelier. La sensation de panique était la même, ainsi que la scène: deux femmes cachées dans un réduit, l'une exposant un plan dangereux et consciencieusement ourdi et l'autre terrorisée, refusant d'accepter. Il y avait pourtant des différences. De grandes différences. Le projet présenté par Rosalinda était d'une tout autre dimension.

Sa voix me ramena à la réalité: j'abandonnai la chambre misérable de la pension de la Luneta et me retrouvai dans le petit appentis, derrière le comptoir du Dean's Bar.

– Nous soignerons ta renommée, nous avons des moyens pour y parvenir. Je suis bien introduite dans les cercles qui nous intéressent à Madrid, nous utiliserons le bouche-à-oreille, on parlera de toi sans que personne te lie à moi. Toutes les dépenses initiales seraient prises en charge par le SOE : il paierait le loyer du local, l'installation de l'atelier et les investissements de départ en tissu et matériel. Juan Luis réglerait la question des formalités douanières et te fournirait les autorisations nécessaires pour transférer un maximum de marchandises de Tanger en Espagne. La quantité devra être très importante, car ce sera beaucoup plus difficile quand il aura quitté le ministère. Tous les bénéfices seraient pour toi. Tu ferais comme maintenant au Maroc, mais en prêtant une oreille plus attentive aux propos de tes clientes allemandes ou même à ceux des Espagnoles si elles sont proches du pouvoir et des nazis ; elles aussi constitueraient, le cas échéant, une précieuse source d'information. Les Allemandes sont complètement oisives et ne savent pas quoi faire de leur argent, ton atelier pourrait se transformer en un lieu de rendez-vous pour elles. Tu apprendrais où se rendent leurs maris, les gens qu'ils fréquentent, leurs projets et les visites qu'ils reçoivent d'Allemagne.

– Je parle à peine allemand.

– Tu te débrouilles assez bien pour qu'elles se sentent à l'aise avec toi. *Enough.*

– Je connais juste les chiffres, les saluts, les couleurs, les jours de la semaine et une poignée de phrases isolées, insistai-je.

– Aucune importance, nous y avons déjà réfléchi. Nous avons quelqu'un susceptible de t'aider. Tu n'aurais qu'à recueillir les informations et les faire parvenir ensuite à destination.

– Comment?

Elle haussa les épaules.

– C'est une chose que te dira Hillgarth si finalement tu dis oui. Moi, je ne sais pas comment marche ce genre d'opération. J'imagine qu'ils inventeraient quelque chose de spécifique pour toi.

Je réitérai un geste négatif de la tête, cette fois-ci plus véhément.

– Je refuse, Rosalinda.

Elle alluma une autre cigarette et aspira avec force.

– Pourquoi?

– Parce que je ne veux pas, répondis-je fermement. – J'avais mille raisons pour ne pas m'embarquer dans cette aventure insensée, mais je préférai m'en tenir à un simple refus. – Non. Je ne le ferai pas. Non et non.

Je bus une autre gorgée de whisky à la bouteille, son goût me parut infect.

– Pourquoi non, *darling*? Parce que tu as peur, *right*?

Elle parlait à présent à voix basse et assurée. La musique était finie; on n'entendait que le grattement de l'aiguille sur le disque en ardoise et quelques voix et rires en provenance de la salle.

– Nous avons tous peur, nous sommes tous morts de peur, murmura-t-elle. Mais ce n'est pas une justification suffisante. Nous devons nous impliquer, Sira. Nous devons aider. Toi, moi, tous, chacun dans la mesure de ses possibilités. Nous devons apporter notre petit grain de sable pour empêcher cette folie.

– En plus, je ne peux pas rentrer à Madrid. J'ai des affaires en suspens. Tu sais lesquelles.

La question des plaintes de l'époque de Ramiro n'était pas encore réglée. J'en avais discuté deux fois avec le commissaire Vázquez depuis la fin de la guerre civile. Ce dernier avait tenté de s'informer auprès des autorités madrilènes, en vain. Tout est sens dessus dessous; nous allons laisser passer du temps, attendre que les choses se calment, me disait-il. Je patientais, sans avoir l'intention de revenir. Rosalinda était au courant de la situation. Je la lui avais moi-même décrite.

– Nous y avons également songé. À ça et au fait que tu dois être couverte, protégée devant toute éventualité. Notre ambassade ne serait pas en mesure d'assumer sa responsabilité en cas de problème, et c'est risqué pour une citoyenne espagnole en ce moment. Mais Juan Luis a eu une idée.

Je voulus lui demander laquelle, cependant ma voix ne sortit pas de ma bouche. Ce ne fut d'ailleurs pas nécessaire, Rosalinda me l'exposa aussitôt :

– Il peut t'obtenir un passeport marocain.

– Un faux passeport ?

– Non, *sweetie*, un vrai. Il a toujours d'excellents amis au Maroc. Tu pourrais devenir citoyenne marocaine en quelques heures à peine. Sous un autre nom, *obviously*.

Je me levai ; j'avais du mal à garder mon équilibre. Dans mon cerveau, au milieu des flaques de gin et de whisky, tous ces mots si étranges barbotaient en désordre. Services secrets, agents, dispositifs, faux nom, passeport marocain. Je m'appuyai contre le mur et essayai de retrouver mon calme.

– Rosalinda, non. Arrête, je t'en supplie. Je ne peux pas accepter.

– Tu n'es pas obligée de prendre tout de suite une décision. Réfléchis.

– Il n'y a rien à réfléchir. Quelle heure est-il ?

Elle consulta sa montre ; je regardai la mienne, mais les chiffres paraissaient s'effacer devant mes yeux.

– Dix heures moins le quart.

– Il faut que je rentre à Tétouan.

– J'avais prévu qu'une voiture te prendrait à dix heures, mais il me semble que tu n'es pas en état d'aller où que ce soit. Reste dormir à Tanger. Je me charge de te trouver une chambre au Minzah et de faire prévenir ta mère.

Un lit où dormir pour oublier cette sinistre conversation me parut la plus séduisante des propositions. Un grand lit avec des draps blancs, dans une belle chambre, où je me réveillerais le lendemain en découvrant que ma rencontre avec Rosalinda n'avait été qu'un cauchemar. Un cauchemar extravagant sorti du néant. J'eus soudain un accès de lucidité.

– Impossible d'avertir ma mère. Nous n'avons pas le téléphone, tu le sais bien.

– Quelqu'un appellera Félix Aranda, qui ira le lui dire. On viendra te chercher et on te ramènera à Tétouan demain matin.

– Et toi, tu loges où?

– Chez des amis anglais, rue de Hollande. Personne ne doit connaître ma présence à Tanger. On m'a conduite directement en auto depuis leur résidence, je n'ai même pas posé le pied dans la rue.

Elle resta silencieuse quelques secondes, puis reprit la parole. Son ton était plus bas et plus tendu.

– La situation est très grave, pour Juan Luis et pour moi, Sira. On nous surveille en permanence.

– Qui?

Elle esquissa un sourire amer.

– Tout le monde. La police. La Gestapo. La Phalange.

Ma peur s'exprima sous la forme d'une question à peine chuchotée d'une voix pâteuse:

– Et moi, on va aussi me surveiller?

– Je l'ignore, *darling*.

Elle souriait de nouveau, cette fois sans réserve, mais une pointe de chagrin restait accrochée à la commissure de ses lèvres.

37

Quelqu'un frappa à la porte et entra sans attendre ma réponse. Les yeux encore mi-clos, je parvins à distinguer dans la pénombre une femme de chambre en uniforme avec un plateau dans les mains. Elle le déposa en dehors de mon champ de vision et tira les rideaux. La pièce se remplit soudain de lumière et je cachai ma tête sous l'oreiller. Les bruits étaient amortis mais mes oreilles se remplirent de petits signaux qui me permirent de suivre les tâches domestiques de la nouvelle venue. Le heurt de la tasse en porcelaine sur la soucoupe, le café chaud sortant de la cafetière, le raclement du couteau beurrant une tartine de pain grillée. Quand elle eut fini, elle s'approcha du lit.

– Bonjour, mademoiselle. Le déjeuner est prêt. Il faut que vous vous leviez, une voiture viendra vous prendre à la porte dans une heure.

Je lui répondis par un grognement. Je voulais dire merci, j'ai compris, fichez-moi la paix. La jeune fille devina mon intention de continuer à dormir et insista.

– On m'a demandé de ne pas m'en aller tant que vous ne serez pas levée.

Elle parlait espagnol avec un accent parfait. Tanger s'était rempli de républicains à la fin de la guerre, elle appartenait sans doute à l'une de ces familles. Je grognai à nouveau et me retournai.

– Mademoiselle, s'il vous plaît, levez-vous. Le café et les toasts vont refroidir.

– Qui t'envoie ? demandai-je sans sortir la tête de mon refuge.

Ma voix avait un son caverneux, peut-être à cause de la barrière de plumes et de tissu qui me séparait de l'extérieur, ou bien de la catastrophique soirée antérieure.

En tout cas, je me rendis compte du caractère ridicule de ma question dès que je l'eus posée. Comment cette jeune fille pouvait-elle savoir qui l'envoyait jusqu'à moi? Moi, en revanche, je n'avais aucun doute.

– On m'a donné cet ordre à la cuisine, mademoiselle. Je suis la femme de chambre de cet étage.

– Eh bien, tu peux t'en aller.

– Pas tant que vous vous ne serez pas levée.

Elle était têtue, la petite, avec la persévérance de la docilité. Je finis par sortir la tête et ôter les cheveux de mon visage. En écartant les draps, je me rendis compte que je portais une chemise de nuit abricot qui n'était pas à moi. La jeune fille m'attendait avec une robe de chambre assortie à la main. Je renonçai à lui en demander la provenance. Rosalinda s'était de toute évidence arrangée pour me faire parvenir ces deux vêtements. En revanche, il n'y avait pas de pantoufles, et ce fut donc pieds nus que je me dirigeai vers la petite table ronde préparée pour le déjeuner. Mon estomac émit alors un gargouillement.

– Je vous sers du lait, mademoiselle?

J'acquiesçai d'un hochement de tête, la bouche déjà pleine. J'avais une faim de loup; je me rappelai à cet instant que j'avais oublié de dîner la veille au soir.

– Si vous permettez, je vais vous faire couler un bain.

J'opinai à nouveau du chef tout en mastiquant, et j'entendis aussitôt l'eau sortir à gros bouillons des robinets. La jeune fille revint dans la chambre.

– Tu peux partir, à présent. Dis à la personne concernée que je suis levée.

– Je dois aussi emporter votre linge pour le repasser pendant que vous déjeunez.

J'avalai une autre bouchée de pain grillé et acquiesçai encore. Elle ramassa alors mes vêtements répandus en désordre sur un petit fauteuil.

– Mademoiselle désire autre chose? demanda-t-elle avant de sortir.

La bouche toujours pleine, je portai un doigt à ma tempe, comme si je me tirais une balle dans la tête, mais ce n'était pas ce que je voulais lui dire. Elle me jeta un regard effrayé, je me rendis compte que ce n'était qu'une très jeune fille.

– Quelque chose pour le mal de tête, précisai-je, quand j'eus enfin avalé le morceau de pain.

Elle fit un grand geste pour me confirmer qu'elle m'avait comprise, puis elle s'éclipsa sans un mot, sans doute heureuse d'échapper à la folle que j'avais dû lui paraître.

Je terminai les toasts, le jus d'orange, deux croissants et une brioche. Je me servis ensuite une seconde tasse de café. En soulevant le pot de lait, je frôlai du dos de la main une enveloppe posée contre un petit vase avec deux roses blanches. Je sentis une espèce de décharge électrique mais je ne la pris pas. Bien qu'il n'y eût rien d'écrit dessus, je savais qu'elle m'était destinée et je connaissais son expéditeur. Je finis mon café, gagnai la salle de bains envahie de buée. Je fermai les robinets et essayai de distinguer mon image dans la glace. On ne voyait rien, il me fallut la nettoyer avec une serviette-éponge. Affreuse, voilà la seule parole qui me vint à l'esprit quand je découvris mon reflet. Je me déshabillai et entrai dans l'eau.

Quand j'en sortis, les vestiges du déjeuner avaient disparu et le balcon de la chambre était grand ouvert. Les palmiers du jardin, la mer et l'azur intense du ciel au-dessus du Détroit semblaient vouloir pénétrer dans la pièce, mais je les remarquai à peine, j'étais pressée. Mes vêtements repassés m'attendaient, impeccables, au pied du lit : le tailleur, la combinaison et les bas de soie. Et, sur la table de nuit, sur un petit plateau en argent, une carafe remplie d'eau, un verre et un tube d'Optalidon. J'avalai deux comprimés à la fois ; puis un autre après quelques secondes de réflexion. Je retournai dans la salle de bains et ramassai mes cheveux encore humides en un chignon bas. Je me maquillai à peine, je n'avais sur moi que mon poudrier et un bâton de rouge à lèvres. Ensuite, je m'habillai. Je suis prête, murmurai-je. Je rectifiai aussitôt. Je suis presque prête. Il manquait un petit détail. Celui qui m'attendait sur la table où j'avais pris mon petit déjeuner une demi-heure avant: l'enveloppe couleur crème sans destinataire apparent. Je soupirai, l'attrapai du bout des doigts et la rangeai dans mon sac.

Je partis. J'abandonnai derrière moi une chemise de nuit étrangère et l'empreinte de mon corps entre les draps. La peur refusa de rester, elle vint avec moi.

– Votre note a été payée, une voiture vous attend, me précisa discrètement le chef de la réception.

Je ne me rappelais ni le véhicule ni le chauffeur, mais je ne posai aucune question sur le propriétaire du premier et l'employeur du second. Je m'installai simplement sur la banquette arrière et, sans prononcer le moindre mot, je me laissai ramener chez moi.

Ma mère ne me demanda pas comment s'était passée la fête ni où j'avais dormi. J'imaginai que la personne qui lui avait téléphoné la veille avait été assez convaincante pour la rassurer. Si elle remarqua que j'avais mauvaise mine, elle n'eut pas l'air intriguée. Elle se contenta de lever les yeux du vêtement qu'elle était en train de monter et me dit bonjour. Ni démonstrative ni gênée. Neutre.

– Nous n'avons plus de cordon de soie, annonça-t-elle. Mme Aracama souhaite que nous déplacions l'essayage du jeudi au vendredi, et Frau Langenheim que nous changions le tombé de sa robe en shantung.

Tandis qu'elle continuait à coudre et à commenter les dernières péripéties, je plaçai une chaise devant elle et m'assis, si près que mes genoux frôlaient les siens. Elle commença alors à me parler de la livraison de plusieurs pièces de satin que nous avions commandées la semaine précédente. Je l'interrompis.

– On veut que je retourne à Madrid et que je travaille pour les Anglais, que je leur transmette des informations sur les Allemands. On veut que j'épie leurs femmes, maman.

Sa main droite resta suspendue, tenant l'aiguille en l'air entre deux points. Immobile dans sa pose, la bouche ouverte, elle regarda par-dessus les petites lunettes qu'elle utilisait à présent pour coudre ; elle était déconcertée.

Je ne poursuivis pas immédiatement. D'abord, je respirai avec force, à grandes bouffées, comme si j'avais du mal à respirer.

– Ils disent que l'Espagne est remplie de nazis. Les Anglais ont besoin de gens pour les renseigner sur les agissements des Allemands : qui ils voient, où, quand, comment. Ils ont eu l'idée de m'installer un atelier et de me faire coudre pour leurs épouses ; comme ça, je leur raconte ce que je vois et ce que j'entends.

– Qu'as-tu répondu ?

– J'ai refusé. J'ai expliqué que je ne peux pas, que je ne veux pas. Que je suis bien, ici, avec toi. Que je n'ai aucune envie de retourner à Madrid. Mais ils me prient d'y réfléchir.

Le silence se répandit dans toute la pièce, au milieu des tissus et des mannequins, entourant les bobines de fil, se posant sur les tables de couture.

– Et ça éviterait à l'Espagne d'entrer encore en guerre ? demanda-t-elle finalement.

Je haussai les épaules.

– En principe, tout peut aider, ou du moins c'est ce qu'ils pensent. Ils organisent en ce moment un réseau d'informateurs clandestins. Les Anglais désirent que les Espagnols restent à l'écart du conflit européen, qu'il n'y ait pas d'alliance avec les Allemands. Ils affirment que ça vaudra mieux pour tout le monde.

Ma mère baissa la tête et concentra son attention sur sa tâche. Elle se tut quelques secondes ; elle était pensive, réfléchissant sans hâte tandis qu'elle caressait le tissu de la pulpe du pouce. Puis elle leva les yeux et ôta lentement ses lunettes.

– Tu veux mon conseil, ma fille?

J'acquiesçai avec une mimique catégorique. Bien sûr, que je voulais son conseil: il fallait qu'elle me confirme le caractère raisonnable de mon refus, que je l'entende dire de sa propre bouche que ce plan était une véritable folie, que j'étais incapable de jouer aux agents secrets. J'avais besoin de ma mère de toujours, la Dolores inébranlable de mon enfance: la prudente, la décidée, celle qui savait toujours distinguer le bien du mal. Celle qui m'avait mise sur le droit chemin dont j'avais eu le tort de m'écarter. Mais le monde avait changé, et pas seulement pour moi: les critères de ma mère étaient désormais différents.

– Va avec eux, ma chérie. Aide-les, collabore. Notre pauvre Espagne ne peut pas se permettre une autre guerre, elle n'a plus de force.

– Mais maman...

Elle ne me laissa pas poursuivre.

– Tu ne sais pas ce que c'est que de vivre en guerre, Sira. Tu n'as pas été réveillée jour après jour par le bruit des mitrailleuses et les tirs de mortiers. Tu n'as pas mangé des lentilles pleines de vers, tu n'as pas passé des hivers sans pain, ni charbon, ni vitres aux fenêtres. Tu n'as pas cohabité avec des familles déchirées et des enfants affamés. Tu n'as pas vu des yeux remplis de haine, de peur, ou des deux à la fois. L'Espagne entière est ravagée, plus personne ne pourrait supporter de nouveau ce même cauchemar. La seule chose qui reste au pays, à présent, c'est de pleurer ses morts et d'aller de l'avant avec le peu dont elle dispose.

– Mais..., insistai-je.

Elle m'interrompit encore. Sans hausser le ton mais tranchante.

– Si j'étais toi, j'aiderais les Anglais, je ferais ce qu'ils me demandent. Ils défendent leurs propres intérêts, bien entendu: ils agissent pour leur patrie, pas pour la nôtre. Mais si nous en profitons nous aussi, alors Dieu soit loué! Je suppose que la demande t'a été transmise par ton amie Rosalinda.

– Nous en avons discuté hier pendant des heures; ce matin, elle m'a laissé une lettre que je n'ai pas encore lue. Sans doute des instructions.

– On raconte partout que son Beigbeder n'est plus ministre pour longtemps. On va le congédier précisément pour cette raison, à cause de ses sympathies pour les Anglais. J'imagine qu'il a quelque chose à voir avec tout ça.

– L'idée vient des deux, confirmai-je.

– Eh bien, il aurait pu mettre la même ardeur à nous préserver de l'autre guerre dans laquelle ils nous ont fourrés, mais le passé est le passé, et maintenant il faut se tourner vers l'avenir. Tu décideras ce que tu voudras, ma chérie. Tu m'as demandé un conseil et je te l'ai donné: cela me fait souffrir, pourtant je considère que c'est l'attitude la plus responsable. Pour moi aussi, ce sera dur: si tu t'en vas, je resterai de nouveau seule et je vivrai dans l'incertitude, sans rien savoir de toi. Malgré tout, je suis persuadée que tu dois partir à Madrid. Pendant ce temps, je m'occuperai de l'atelier, je chercherai quelqu'un pour m'aider, ne t'inquiète pas pour ça. Et quand tout sera fini, on verra bien.

Je ne trouvai rien à redire, je n'avais plus d'excuses. Je décidai de sortir dans la rue, de prendre l'air. Il fallait que je réfléchisse.

38

J'entrai à l'hôtel Palace un après-midi de septembre, du pas assuré de celle qui aurait passé la moitié de sa vie à parcourir les halls des meilleurs établissements de la planète. Je portais un tailleur en laine couleur lie-de-vin et j'avais coupé mes cheveux au-dessus des épaules. J'étais coiffée d'un chapeau en feutre sophistiqué, orné de plumes, sorti de l'atelier de Mme Boissenet à Tanger : une vraie *pièce de résistance*, ainsi que les dames élégantes appelaient ce genre de couvre-chef, selon elle, dans la France occupée. Ma tenue était complétée par des chaussures en croco à talons vertigineux achetées dans la meilleure boutique du boulevard Pasteur. Dans les mains, un sac assorti et des gants en veau gris perle. Deux ou trois têtes se retournèrent à mon passage. Je restai de marbre.

Derrière moi, un groom transportait une trousse de toilette, deux valises de Goyard et autant de boîtes à chapeau. Les autres bagages, le matériel et le chargement de tissus arriveraient par la route le lendemain, après avoir franchi le Détroit sans aucun problème ; comment aurait-il pu en être autrement, puisque les documents douaniers avaient été timbrés et retimbrés avec les vignettes les plus officielles de tout l'univers, par la grâce du ministère espagnol des Affaires étrangères ? De mon côté, j'étais venue en avion ; c'était la première fois de ma vie que je volais. De l'aérodrome de Sania Ramel à Tablada, à Séville, puis de Tablada à Barajas. J'avais quitté Tétouan avec des papiers espagnols au nom de Sira Quiroga, mais quelqu'un s'était chargé de falsifier la liste des passagers pour que je n'y figure plus comme telle. Pendant le vol, à l'aide des petits ciseaux de mon nécessaire de couture d'urgence, j'avais découpé mon vieux passeport en mille bandelettes que j'avais cachées dans un mouchoir noué. Il datait de la République et il me serait peu utile dans l'Espagne nouvelle. J'atterris à Madrid avec un passeport marocain flambant neuf. Sous la photo, un domicile à Tanger et mon identité toute neuve : Arish Agoriuq. Bizarre ? Pas tellement. C'étaient juste mon nom et mon prénom à l'envers. Avec le *h* ajouté par mon voisin Félix et laissé à la même place. Ça n'avait rien d'arabe, mais la sonorité était étrange et ne soulèverait aucun soupçon à Madrid, où personne n'avait aucune idée de la façon dont s'appelaient les gens, là-bas, en terre maure, là-bas, en terre africaine, comme chantait le paso doble *La Banderita.*

Avant mon départ, je suivis à la lettre toutes les instructions contenues dans la longue lettre de Rosalinda. Je pris contact avec les personnes indiquées pour l'obtention de ma nouvelle identité. Je choisis les meilleures étoffes dans les magasins suggérés et je me chargeai de leur expédition, accompagnée des factures correspondantes, à une adresse locale dont je ne sus jamais à qui elle appartenait. Je me rendis de nouveau au bar de Dean et commandai un bloody mary. Si ma réponse avait été négative, je me serais contentée d'une humble limonade. Le barman me servit, impassible. L'air blasé, il débita quelques banalités: la destruction, par l'orage de la nuit précédente, d'un store; l'arrivée d'un navire, le *Jason*, battant pavillon nord-américain, le vendredi suivant à dix heures du matin, avec un chargement de marchandises anglaises. Je tirai de ces propos innocents les renseignements nécessaires. Le vendredi, à l'heure indiquée, je me dirigeai vers la légation américaine à Tanger, un magnifique palais de style mauresque situé en pleine médina. Je communiquai au soldat du poste de garde mon intention de voir M. Jason. Il décrocha alors un gros téléphone intérieur et annonça en anglais l'arrivée du visiteur. Il reçut des ordres et raccrocha. Il m'invita à accéder à un patio arabe entouré d'arcades blanchies à la chaux. J'y fus accueillie par un fonctionnaire qui, presque sans un mot et d'un pas agile, me conduisit à travers un dédale de couloirs, escaliers et galeries jusqu'à une terrasse blanche située dans la partie la plus haute de l'édifice.

– M. Jason, dit-il simplement en désignant une présence masculine au fond. Puis il disparut en dévalant l'escalier.

Il possédait des sourcils excessivement épais et il ne s'appelait pas Jason, mais Hillgarth. Alan Hillgarth, attaché naval de l'ambassade britannique à Madrid et coordinateur des activités des services secrets en Espagne. Visage large, front dégagé et cheveux foncés, avec une raie rectiligne, peignés en arrière et gominés. Il s'approcha, vêtu d'un costume en alpaga gris dont on devinait la qualité même à distance, une mallette en cuir noir dans la main gauche. Il avait une démarche assurée. Il se présenta, me serra la main et m'invita à profiter quelques instants du panorama. Impressionnant, à vrai dire. Le port, la baie, le Détroit tout entier et une frange de terre au loin.

– L'Espagne, annonça-t-il en montrant l'horizon. Si lointaine et si proche. Nous nous asseyons?

Nous nous installâmes sur un banc en fer forgé. De la poche de sa veste, il tira une petite boîte en métal de cigarettes Craven A. J'en acceptai une et nous fumâmes ensemble en contemplant la mer. On entendait à peine quelques bruits à proximité, des voix parlant arabe grimpant depuis les ruelles voisines et, de temps à autre, les cris stridents des mouettes qui survolaient la plage.

– Tout est pratiquement prêt à Madrid dans l'attente de votre arrivée, déclara-t-il enfin.

Son espagnol était excellent. Je ne répondis pas, je n'avais rien à dire: je voulais juste entendre ses instructions.

– Nous avons loué un appartement rue Núñez de Balboa, vous savez où ça se trouve?

– Oui. J'ai travaillé à côté à une certaine époque.

– Mme Fox se charge de le meubler et de l'aménager. Par le biais d'intermédiaires, bien sûr.

– Je comprends.

– Je sais qu'elle vous a déjà mise au courant, mais je crois que je dois moi-même vous le rappeler. Le colonel Beigbeder et Mme Fox connaissent en ce moment une situation extrêmement délicate. Nous attendons tous la révocation du colonel en tant que ministre; cela devrait se produire bientôt, et ce sera une grosse perte pour notre gouvernement. M. Serrano Súñer, ministre de l'Intérieur, vient de partir pour Berlin; il a prévu de rencontrer d'abord von Ribbentrop, l'homologue de Beigbeder, puis Hitler. Le fait que le ministre en exercice des Affaires étrangères ne participe pas à ce voyage et reste à Madrid est significatif de la fragilité de sa position actuelle. En attendant, aussi bien le colonel que Mme Fox collaborent avec nous et nous fournissent de précieux contacts. Clandestinement, cela va de soi. Ils sont l'un et l'autre étroitement surveillés par des agents de diverses institutions peu amicales, si vous me permettez cet euphémisme.

– La Gestapo et la Phalange, précisai-je en me rappelant les paroles de Rosalinda.

– Je vois que vous êtes au courant. En effet. Nous ne souhaitons pas qu'il vous arrive la même chose, mais nous ne pouvons pas vous le garantir. N'ayez pas peur, néanmoins. Tout le monde espionne tout le monde à Madrid: tout le monde est suspect et personne ne fait confiance à personne. Mais, heureusement pour nous, la patience n'est pas de mise. Tous paraissent très pressés; par conséquent, s'ils ne découvrent rien d'intéressant dans les premiers jours, ils oublient leur cible et passent à la suivante. En tout cas, si vous vous sentez surveillée, prévenez-nous et nous tâcherons de vérifier de qui il s'agit. Et, surtout, gardez votre calme. Agissez avec naturel, n'essayez pas de les semer et ne vous énervez pas. Compris?

– Je pense, répondis-je, pas très convaincue.

– Mme Fox, poursuivit-il en changeant de sujet, s'efforce d'accélérer votre venue, il me semble qu'elle a déjà une liste de clientes potentielles. Pour cette raison, et compte tenu du fait que l'automne est pratiquement là, il vaudrait mieux que vous vous installiez à Madrid au plus tôt. Quand croyez-vous être en mesure de le faire?

– Je suis à vos ordres.

– Je vous remercie de vos bonnes dispositions. Nous nous sommes permis de vous prendre un billet d'avion pour mardi prochain. Cela vous convient-il?

Je posai discrètement mes mains sur mes genoux. J'avais peur qu'elles ne commencent à trembler.

– Je serai prête.

– Parfait. Je crois savoir que Mme Fox vous a partiellement expliqué les objectifs de votre mission.

– Plus ou moins.

– Je vais donc moi-même les spécifier plus en détail. Nous avons besoin, en premier lieu, de rapports réguliers au sujet de certaines dames allemandes et de quelques autres, surtout espagnoles, dont nous espérons qu'elles deviendront bientôt vos clientes. Ainsi que vous l'a indiqué votre amie, Mme Fox, le manque de tissu représente un problème très grave pour les couturières madrilènes, et de nombreuses femmes résidant à Madrid sont anxieuses de trouver quelqu'un pouvant leur fournir aussi bien des modèles que des tissus. C'est là que vous entrerez en jeu. Si nos prévisions se révèlent exactes, vous nous serez de la plus grande utilité: en effet, en ce moment nous n'avons aucun contact à l'intérieur des cercles de pouvoir allemands et, pour ce qui est des Espagnols, nos relations se limitent au colonel Beigbeder. Plus pour longtemps, je le crains. Grâce à vous, nous souhaitons avant tout obtenir des informations sur les mouvements de la colonie nazie à Madrid, ainsi que sur certains Espagnols liés à eux. Suivre individuellement chacun d'entre eux est hors de notre portée; c'est pourquoi nous avons songé à utiliser les propos de leurs épouses ou amies pour en déduire leurs contacts et leurs activités. Tout est clair, jusqu'ici?

– Tout est clair, oui.

– Nous voulons surtout découvrir à l'avance l'agenda mondain de la communauté allemande à Madrid: quels événements ils organisent, avec quels Espagnols et quels compatriotes ils se réunissent, à quel endroit et à quelle fréquence. En général, la plupart de leurs activités stratégiques se déroulent dans le cadre de manifestations privées, non lors de séances de travail dans des bureaux, et nous désirons y infiltrer des gens de confiance. Dans ces cas-là, les responsables nazis viennent souvent accompagnés de leurs femmes ou maîtresses, et celles-ci, suppose-t-on, doivent être convenablement habillées. Espérons, par conséquent, que vous serez à même de prévoir les occasions où elles porteront vos créations. Cela vous paraît possible?

– Oui, les clientes évoquent normalement ce genre de sujet. Le problème, c'est que mon allemand est très limité.

– Nous y avons déjà réfléchi. Nous avons prévu de vous procurer du soutien. Vous devez savoir que le colonel Beigbeder a occupé durant un certain temps le poste d'attaché militaire à Berlin. Travaillaient alors à l'ambassade, en qualité de cuisiniers, un couple espagnol avec ses deux filles. Il semblerait que le colonel s'est très bien conduit avec eux, les a aidés à régler quelques problèmes, s'est intéressé à l'éducation des fillettes; du coup, ils ont établi des relations cordiales qui se sont interrompues quand il a été affecté au Maroc. En apprenant que l'ancien attaché avait été nommé ministre, cette famille, de retour en Espagne, a renoué avec lui. Elle avait de nouveau des difficultés: la mère est morte avant la guerre, le père souffre d'asthme chronique et bouge à peine de chez lui. Il n'a aucune sympathie politique connue, ce qui nous convient parfaitement. Le père a demandé à Beigbeder du travail pour ses filles. Nous allons donc leur en offrir, si vous en êtes d'accord. Il s'agit de deux jeunes filles de dix-sept et dix-neuf ans qui comprennent et parlent l'allemand avec une parfaite aisance. Je ne les connais pas personnellement, mais Mme Fox les a rencontrées toutes les deux il y a quelques jours et elle s'est montrée totalement satisfaite. Elle m'a prié de vous dire qu'avec elles chez vous, vous ne regretterez pas Jamila. J'ignore qui est Jamila, mais j'espère que vous comprenez le message.

Je souris pour la première fois depuis le début de notre conversation.

– Aucun problème. Si Mme Fox les juge convenables, moi aussi. Elles savent coudre ?

– Je ne crois pas, mais elles vous aideront à tenir la maison et vous pourrez peut-être leur apprendre quelques rudiments de couture. En tout cas, n'oubliez pas que ces jeunes filles ne doivent rien savoir de vos activités clandestines ; il faudra donc vous débrouiller pour qu'elles vous traduisent ce que vous ne comprenez pas, mais sans qu'elles devinent vos intentions. Une autre cigarette ?

Il sortit à nouveau son paquet de Craven, j'acceptai encore.

– J'y arriverai, ne vous faites pas de souci, dis-je en exhalant lentement la fumée.

– Poursuivons. Comme je vous l'ai expliqué, nous souhaitons avant tout être au courant de la vie mondaine des nazis à Madrid. Mais nous sommes également curieux de leurs déplacements et de leurs contacts avec l'Allemagne : retournent-ils dans leur pays et dans quel but, reçoivent-ils des visites, qui sont les visiteurs, comment pensent-ils les accueillir... Enfin, tout type d'information additionnelle susceptible de présenter un intérêt pour nous.

– Et que devrai-je faire de cette information, si je l'obtiens ?

– Pour ce qui est du mode de transmission des renseignements que vous parviendrez à capter, nous avons longuement étudié la question et nous pensons avoir trouvé une façon de commencer. Elle ne sera peut-être pas définitive, mais ça vaut la peine de l'expérimenter. Le SOE utilise plusieurs systèmes de codification, avec différents niveaux de sécurité. Malgré tout, les Allemands finissent tôt ou tard par tous les décrypter. Il est très courant d'employer des codes fondés sur des œuvres littéraires ; des poèmes, en particulier. Yeats, Milton, Byron, Tennyson. Eh bien, nous allons essayer quelque chose d'autre. Un moyen à la fois beaucoup moins complexe et plus approprié aux circonstances. Savez-vous ce qu'est le morse ?

– Ce qu'on utilise pour les télégrammes ?

– Exact. C'est un code de représentation de lettres et de chiffres par le biais de signaux intermittents ; des signaux auditifs, en général. Néanmoins, ces signaux possèdent aussi une représentation graphique très simple : un système de points et de petits traits horizontaux. Regardez.

Il tira de sa mallette une enveloppe de taille moyenne d'où sortit une espèce de tableau en carton. Les lettres de l'alphabet et les chiffres de zéro à neuf étaient répartis en deux colonnes. Devant chacun d'entre eux apparaissait la combinaison correspondante de points et de traits qui les identifiait.

– Imaginez à présent que vous voulez transcrire n'importe quel mot. Tanger, par exemple. Allez-y, à voix haute.

Je consultai le tableau et émis le nom en code.

– Trait. Point trait. Trait point. Trait trait point. Point. Point trait point.

– Parfait. Visualisez-le, maintenant. Non, notez-le plutôt sur un papier. Tenez, prenez ça, dit-il en sortant un portemine en argent de la poche intérieure de sa veste. Ici même, sur cette enveloppe.

J'écrivis les six lettres en suivant de nouveau le tableau : _. _ _. _ _. . . _.

– Très bien. Regardez attentivement. Ça ne vous rappelle rien ? Vous reconnaissez ?

J'observai le résultat. Je souris. Bien entendu, que je reconnaissais. C'était quelque chose que j'avais fait toute ma vie.

– On dirait des points de couture, notai-je à voix basse.

– Exactement, confirma-t-il. C'est précisément là où je voulais en arriver. Nous désirons que toutes vos informations soient cryptées avec ce système. Bien évidemment, vous devrez affiner votre capacité de synthèse pour vous exprimer avec le moins de mots possible, sinon chaque séquence serait interminable. Et il faut que le résultat ressemble à un patron, à une esquisse ou à quelque chose de ce genre : n'importe quoi, à condition qu'on puisse l'associer à une couturière sans éveiller le moindre soupçon. Inutile que ce soit réel, il suffit que cela en ait l'air. Vous me comprenez ?

– Je crois que oui.

– Bien, nous allons faire un essai.

Il prit dans sa mallette une chemise remplie de feuilles de papier blanc, referma la mallette et posa dessus une feuille.

– Le message est : « Dîner à la résidence de la baronne de Petrino le 5 février à huit heures. Assisteront la comtesse de Ciano accompagnée de son mari. » Je vous préciserai ensuite qui sont ces personnes. Il faut d'abord éliminer tout mot superflu : articles, prépositions, etc. Ainsi, le texte sera considérablement écourté : « Dîner résidence baronne Petrino 5 février huit heures soir. Assistent comtesse Ciano mari. » Nous sommes passés de vingt-quatre mots à treize, une réduction significative. Et maintenant, après avoir supprimé les termes en trop, nous allons procéder à l'inversion de l'ordre. Au lieu de transcrire le code de gauche à droite, comme d'habitude, nous le ferons de droite à gauche. Et vous commencerez toujours par l'angle inférieur droit de la surface avec laquelle vous travaillez, en remontant. Pensez à une montre qui marque quatre heures vingt ; imaginez ensuite que l'aiguille des minutes recule. Vous me suivez ?

– Oui. Laissez-moi essayer, s'il vous plaît.

Il me passa la chemise, je la posai sur mes cuisses. Je pris le portemine et dessinai une forme apparemment indéfinie qui recouvrait la plus grande partie du papier. Circulaire, d'un côté, droite aux extrémités. Impossible à interpréter pour un œil non averti.

– Qu'est-ce que c'est?

– Attendez, dis-je sans lever le regard.

J'achevai de tracer la figure, pointai la mine à son extrémité inférieure droite et, en suivant le contour, je transcrivis les lettres avec leurs signaux en morse, en remplaçant les points par des traits courts. Trait long, trait court, encore trait long, puis deux courts. Quand j'eus terminé, tout le périmètre intérieur de la silhouette était bordé de ce qui ressemblait à un innocent faufilage.

– Fini?

– Pas tout à fait.

Du petit nécessaire à couture que je transportais toujours avec moi, je tirai des ciseaux avec lesquels je découpai la forme, en laissant un bord d'à peine un centimètre tout autour.

– Vous vouliez quelque chose qui soit associé à une couturière, n'est-ce pas? dis-je en la lui donnant. Eh bien, voilà: le patron d'une manche bouffante. Avec le message dedans.

– Fantastique, murmura-t-il.

– Je préparerai des patrons de différentes pièces chaque fois que je communiquerai avec vous. Manches, devants, cols, poignets, côtés; cela dépendra de la longueur. Je peux concevoir autant de formes qu'il y aura de messages.

– Fantastique, fantastique, répéta-t-il sur le même ton, en tenant toujours dans ses mains le découpage.

– Et maintenant, il faut que vous me disiez comment je vous les ferai parvenir.

Il continua à observer mon œuvre avec une légère expression d'étonnement, puis il la rangea dans sa mallette.

– D'accord. Sauf s'il y a contrordre, il est prévu que vous nous transmettiez des informations deux fois par semaine. En principe, le mercredi en début d'après-midi et le samedi matin. La livraison aura lieu à deux endroits, publics l'un et l'autre. En aucun cas il n'y aura d'intermédiaire entre vous et la personne chargée de la recevoir.

– Ce ne sera pas vous ?

– Non, dans la mesure du possible. Et surtout jamais à l'endroit destiné aux livraisons du mercredi. J'aurais d'ailleurs du mal : il s'agit du salon de beauté de Rosa Zavala, à côté de l'hôtel Palace. En ce moment, c'est le meilleur établissement de ce genre à Madrid ou, du moins, le plus réputé parmi les étrangères et les Espagnoles distinguées. Vous en deviendrez une cliente assidue. En réalité, il faudrait que votre vie soit remplie d'activités routinières, pour que vos mouvements soient hautement prévisibles et paraissent complètement normaux. Dans ce salon, il y a une pièce à droite, dès qu'on entre, où les clientes déposent leur sac à main, leur chapeau et leur manteau. L'un des murs est entièrement recouvert de petites armoires individuelles où les dames peuvent laisser leurs affaires personnelles. Vous utiliserez toujours la dernière de ces armoires, au fond de la pièce. Une jeune fille pas très éveillée se tient généralement à l'entrée. Son travail consiste à aider les clientes, mais la plupart se débrouillent seules et refusent son aide ; cela aura donc l'air normal si vous agissez de même. Donnez-lui un bon pourboire et elle sera contente. Vous serez cachée par la porte de l'armoire quand vous l'ouvrirez pour y ranger vos objets ; on devinera vos gestes, mais personne ne verra ce que vous faites à l'intérieur. Ce sera donc le moment choisi pour sortir les documents enroulés. Cela ne vous prendra que quelques secondes. Vous glisserez le rouleau sur l'étagère supérieure de l'armoire. Poussez-le bien au fond pour qu'il soit impossible de le détecter de l'extérieur.

– Qui passera le prendre ?

– Quelqu'un de toute confiance, ne vous inquiétez pas. Quelqu'un qui, peu de temps après que vous serez partie, entrera dans le salon comme vous et utilisera la même armoire.

– Et si celle-ci est occupée?

– C'est peu probable, car c'est la dernière. Si ça se produisait, utilisez l'avant-dernière. Et si cette dernière l'était aussi, la suivante. Et ainsi de suite. C'est clair? Répétez, s'il vous plaît.

– Salon de coiffure les mercredis en début d'après-midi. J'utiliserai la dernière armoire, j'ouvrirai la porte et, tandis que j'y déposerai mes affaires, je sortirai un rouleau avec tous les patrons que je dois vous livrer.

– Attachez-les avec un ruban ou un élastique. Excusez-moi pour cette interruption; poursuivez.

– Je laisserai alors le rouleau sur l'étagère la plus haute et je le pousserai au fond. Ensuite, je refermerai l'armoire et j'irai me faire coiffer.

– Très bien. Passons aux samedis. Pour ces jours-là, nous avons pensé au musée du Prado. Nous avons un contact parmi les employés du vestiaire. Vous arriverez au musée avec l'un de ces cartons à dessin employés par les artistes. Vous savez de quoi je parle?

Je me rappelai celui qu'utilisait Félix à ses cours de peinture de l'école de Bertuchi.

– Oui, je m'en procurerai un sans problème.

– Parfait. Mettez-y les fournitures de dessin de base: un cahier, des crayons; les choses normales, en somme. Vous y glisserez ce que vous devez nous remettre, dans une grande enveloppe ouverte. Accrochez-y un morceau d'un tissu de couleur vive avec une épingle pour qu'on puisse l'identifier facilement. Vous vous rendrez au musée tous les samedis vers dix heures du matin, c'est une activité très répandue parmi les étrangers de la capitale. Venez avec votre carton, votre matériel et des objets liés à votre travail, au cas où il y aurait de la surveillance: des brouillons, des esquisses de vêtements, ce genre de babioles.

– Entendu. Qu'est-ce que je fais avec le carton en arrivant ?

– Vous le déposez au vestiaire, toujours avec autre chose : un pardessus, une gabardine, un achat. Il ne faut pas que le carton se retrouve tout seul, en évidence. Dirigez-vous ensuite vers l'une des salles, flânez, regardez les tableaux. Au bout d'une demi-heure, retournez au vestiaire et demandez à reprendre le carton. Allez alors dans une autre salle, asseyez-vous et dessinez pendant au moins une autre demi-heure. Fixez votre attention sur les vêtements qui apparaissent sur les toiles, comme si vous vous en inspiriez pour vos futures créations. Enfin, agissez de la façon qui vous paraît la plus convaincante, non sans avoir vérifié que l'enveloppe n'est plus là. Sinon, vous serez obligée de revenir le dimanche et de répéter l'opération. Mais j'en doute. Contrairement au salon de coiffure, nous avons déjà utilisé la couverture du musée du Prado et elle a toujours donné des résultats satisfaisants.

– Là non plus, je ne saurai pas qui emporte les patrons ?

– Une personne de confiance, également. Notre contact transférera l'enveloppe de votre carton à un objet personnel laissé par notre agent le matin même, c'est très facile. Vous avez faim ?

Je regardai ma montre. Il était plus d'une heure. J'ignorais si j'avais faim ou non : j'avais été tellement absorbée par chaque syllabe de ses instructions que je n'avais pas vu le temps passer. Je contemplai de nouveau la mer, elle semblait avoir changé de couleur. En revanche, le reste était exactement identique : la lumière contre les murs blancs, les mouettes, les cris en arabe depuis la rue. Hillgarth n'attendit pas ma réponse.

– Bien sûr que oui. Suivez-moi, je vous en prie.

39

Nous déjeunâmes seuls dans une dépendance de la légation américaine que nous atteignîmes après avoir parcouru plusieurs couloirs et volées d'escalier. En chemin, Hillgarth m'expliqua que les installations résultaient de plusieurs ajouts à un ancien bâtiment principal, d'où leur caractère hétéroclite. La pièce où nous nous trouvions n'était pas exactement une salle à manger; il s'agissait plutôt d'un petit salon à peine meublé et dont les murs étaient ornés de tableaux de batailles anciennes dans des cadres dorés. Les fenêtres, fermées malgré cette journée magnifique, donnaient sur un patio. Au milieu de la pièce avait été disposée une table pour deux. Un garçon à la coupe militaire nous servit un rôti de veau rosé accompagné de pommes de terre au four et de salade verte. Sur une desserte, à côté, il avait laissé deux assiettes avec des fruits découpés et un service à café. Dès qu'il eut fini de remplir nos verres de vin et d'eau, il disparut en refermant la porte derrière lui sans le moindre bruit. Nous reprîmes notre conversation.

– Quand vous arriverez à Madrid, vous logerez une semaine au Palace, nous avons effectué une réservation à votre nom; à votre nouveau nom, je veux dire. Une fois là, entrez et sortez sans arrêt, faites-vous voir. Fréquentez les boutiques, visitez votre future résidence pour vous y habituer. Promenez-vous, allez au cinéma; agissez à votre guise, en somme. Avec deux restrictions.

– Lesquelles?

– La première, ne franchissez pas les limites des beaux quartiers de Madrid. Ne sortez pas du périmètre des zones élégantes et abstenez-vous de contacter quiconque n'appartient pas à ce milieu.

– Ce que vous êtes en train de me dire, c'est de ne pas passer par mon ancien quartier et d'éviter de voir mes vieux amis ou connaissances, n'est-ce pas ?

– Exactement. Nul ne doit vous associer à votre passé. Vous venez d'arriver : vous ne connaissez personne et personne ne vous connaît. Si vous rencontrez quelqu'un par hasard qui se souvient de vous, niez tout. Soyez désagréable, s'il le faut, utilisez n'importe quel moyen, mais préservez absolument votre identité actuelle.

– J'en tiendrai compte, ne vous inquiétez pas. Et la seconde restriction ?

– Aucun contact avec tout individu de nationalité britannique.

– Cela signifie que je ne dois pas voir Rosalinda Fox ? dis-je sans pouvoir masquer ma déception.

Je savais, certes, que toute relation publique nous était interdite, mais j'espérais me reposer sur elle en privé, bénéficier de son expérience et de son intuition quand j'aurais des problèmes.

Hillgarth finit d'avaler une bouchée et s'essuya avec sa serviette avant d'approcher le verre d'eau de sa bouche.

– Je crains qu'il en soit ainsi, je le regrette. Ni elle ni aucun autre Anglais, sauf moi-même, et seulement en cas exceptionnel. Mme Fox est au courant. Si par hasard vous vous croisez, sachez qu'elle ne pourra pas vous approcher. Et évitez aussi, dans la mesure du possible, les citoyens nord-américains. Ce sont nos amis, vous voyez comme ils nous traitent bien, dit-il en ouvrant les mains pour embrasser la pièce. Hélas ! ils ne s'entendent pas aussi bien avec l'Espagne et avec les pays de l'Axe. Par conséquent, restez également éloignée d'eux.

– D'accord, acquiesçai-je.

L'interdiction de rencontrer Rosalinda ne me plaisait pas du tout, mais j'en comprenais la nécessité absolue.

– À propos de lieux publics, j'aimerais vous en conseiller quelques-uns que vous devriez fréquenter.

– Allez-y.

– Votre hôtel, le Palace. Il est rempli d'Allemands, continuez à vous y rendre, sous n'importe quel prétexte, même quand vous n'y logerez plus. Par exemple manger au grill, qui est très à la mode. Prendre un verre ou donner un rendez-vous à une cliente. Dans l'Espagne nouvelle, il n'est pas très bien vu que les femmes sortent seules, fument, boivent ou soient habillées de façon voyante. Néanmoins, rappelez-vous que vous n'êtes pas espagnole, mais une étrangère qui vient d'arriver en provenance d'un pays un brin exotique. Conduisez-vous selon ce modèle. Passez souvent par le Ritz, aussi, c'est un autre nid de nazis. Et, surtout, allez à l'Embassy, le salon de thé de la Castellana. Vous le connaissez?

– Bien entendu.

Je me gardai bien de lui raconter toutes les fois où, dans mon enfance, j'avais collé le nez contre ses vitrines, bavant devant la délicieuse vision des desserts. Les tartes à la crème ornées de fraises, les gâteaux russes à la chantilly et au chocolat, les biscuits au beurre. À cette époque, je n'aurais même jamais imaginé avoir un jour l'occasion ou les moyens de franchir ses portes. Ironie de la vie, des années plus tard on me demandait de m'y rendre le plus souvent possible.

– Sa propriétaire, Margaret Taylor, est irlandaise et une grande amie. En ce moment, l'Embassy est sans doute l'endroit le plus intéressant à Madrid d'un point de vue stratégique. En effet, dans un lieu qui dépasse à peine une soixantaine de mètres carrés, se réunissent, sans friction apparente, les membres de l'Axe et les Alliés. Séparément, bien entendu, chacun avec les siens. Cependant, il n'est pas rare que le baron von Stohrer, l'ambassadeur allemand, s'y retrouve en même temps que l'état-major du corps diplomatique britannique tandis qu'il prend sa tasse de thé au citron, ou que moi-même je sois accoudé au bar au côté de mon homologue allemand. L'ambassade nazie est pratiquement en face et la nôtre est elle aussi très proche, au coin de Fernando el Santo et de Monte Esquinza. Par ailleurs, outre le fait d'accueillir de nombreux étrangers, l'Embassy est le rendez-vous de beaucoup d'Espagnols huppés. On aurait du mal à découvrir un autre endroit, en Espagne, réunissant autant de titres de noblesse à l'heure de l'apéritif. Ces aristocrates sont en majorité monarchistes et anglophiles, autrement dit, ils nous sont en général favorables et donc peu utiles pour nous en matière d'information. Vous auriez néanmoins intérêt à vous faire plusieurs clientes dans ces milieux, car c'est le genre de dames que les Allemandes respectent et admirent. Les épouses des hauts dignitaires du nouveau régime sont le plus souvent d'une variété différente : elles ne connaissent presque personne, sont beaucoup plus réservées, ne portent pas des toilettes de haute couture, s'amusent assez peu et, cela va de soi, n'ont pas l'habitude de fréquenter l'Embassy pour y déguster des cocktails au champagne avant de déjeuner. Vous voyez ce que je veux dire ?

– À peu près.

– Si par malheur vous étiez confrontée à une situation très délicate, ou dans l'obligation de nous transmettre une information urgente, vous pourriez me contacter à l'Embassy à une heure de l'après-midi n'importe quel jour de la semaine. Vous n'êtes pas le seul de nos agents que je rencontre là. C'est un endroit exposé de façon tellement évidente qu'il n'éveille aucun soupçon. Nous utiliserons pour communiquer un code très simple : si vous avez besoin de me voir, entrez avec votre sac à main au bras gauche ; si tout est en ordre et que vous veniez simplement boire l'apéritif, portez-le au bras droit. Rappelez-vous bien : gauche, problème ; droite, normalité. Et si la situation était absolument impérative, faites tomber le sac en entrant, comme s'il s'agissait d'une maladresse ou d'un accident.

– Qu'est-ce que ça signifie, une « situation absolument impérative » ?

Je devinai que derrière cette phrase un brin hermétique pour moi se cachait quelque chose de très peu souhaitable.

– Menace directe. Pressions effectives. Agression physique. Violation de domicile.

– Dans ce cas, que feriez-vous de moi ? insistai-je après avoir ravalé le nœud qui s'était formé dans ma gorge.

– Ça dépend. Nous analyserions les tenants et les aboutissants, et nous agirions en fonction du risque. Si la gravité était extrême, nous mettrions fin à l'opération et nous tâcherions de vous abriter en lieu sûr et de vous évacuer dès que possible. Dans des situations intermédiaires, nous envisagerions diverses façons de vous protéger. Mais vous pourrez toujours compter sur nous, nous ne vous abandonnerons jamais.

– Je vous en remercie.

– Vous n'avez pas à le faire, c'est notre travail, dit-il en concentrant son attention sur l'un des derniers morceaux de viande qu'il coupait. Nous espérons que tout ira bien : nous avons conçu un plan très sûr et vous allez nous fournir un matériel qui ne comporte pas de grands risques. Pour le moment. Voulez-vous un dessert ?

Il n'attendit pas ma réponse cette fois-ci non plus ; il se leva, rassembla nos assiettes, les porta jusqu'à la desserte et revint avec les salades de fruits. J'observai ses mouvements rapides et précis, propres à quelqu'un pour qui l'efficacité constituait une priorité vitale ; une personne habituée à ne pas perdre une minute de son temps, ni à se laisser distraire par des broutilles ou des généralités. Il s'assit de nouveau, piqua un morceau d'ananas et reprit ses indications comme s'il ne s'était pas arrêté.

– Si c'est nous qui devons entrer en contact avec vous, nous emploierons deux canaux. Le premier sera le fleuriste Bourguignon, rue Almagro. Le patron, un Hollandais, est également un de nos grands amis. Nous vous enverrons des fleurs. Blanches ou jaunes; claires en tout cas. Les rouges seront pour vos admirateurs.

– Très gentil de votre part, rétorquai-je, ironique.

– Regardez bien le bouquet, poursuivit-il sans relever mon observation. Il y aura un message dedans. Si c'est anodin, une simple carte manuscrite suffira. Lisez-la toujours plusieurs fois, vérifiez si les mots apparemment banals qu'elle contient n'ont pas un double sens. Quand il s'agira de quelque chose de plus complexe, nous utiliserons le même code que vous, le morse à l'envers retranscrit sur le ruban entourant les fleurs. Défaites le ruban et interprétez-le comme vous rédigerez vos messages, de droite à gauche.

– Bien. Et le second canal?

– Encore l'Embassy, mais pas le salon, ses chocolats. Si vous recevez une boîte inattendue, sachez qu'elle vient de nous. Nous nous débrouillerons pour qu'elle vous soit livrée avec un message à l'intérieur, également codé. Observez attentivement la boîte et le papier d'emballage.

– Quelle galanterie! observai-je avec une pointe de malice.

Il ne parut pas non plus s'en rendre compte ou, du moins, il ne le montra pas.

– Il s'agit précisément de cela: employer des mécanismes improbables pour échanger des informations confidentielles. Du café?

Je n'avais pas fini mes fruits, mais j'acceptai. Il remplit les tasses après avoir dévissé le haut d'un récipient métallique. Le liquide sortit miraculeusement chaud. J'ignorais totalement la nature de cet engin capable de verser un café qui était resté là plus d'une heure comme s'il venait d'être fait.

– Une belle invention, la Thermos, annonça-t-il.

On aurait dit qu'il avait remarqué ma curiosité. Il tira alors de sa mallette plusieurs chemises en bristol mince et clair, qu'il plaça en tas devant lui.

– Maintenant, je vais vous présenter les personnages dont vous devez contrôler les activités. Notre intérêt à leur égard peut augmenter ou décroître au fil du temps. Voire disparaître, bien que j'en doute. Il est probable que nous soyons amenés à introduire de nouveaux noms, que nous vous demandions d'intensifier le suivi de l'une en particulier, ou de chercher certains renseignements concrets. Nous vous préviendrons au fur et à mesure de l'avancement de la situation. Pour le moment, voici les personnes dont nous souhaitons connaître immédiatement l'agenda.

Il ouvrit la première chemise et en sortit plusieurs feuilles dactylographiées, avec, dans l'angle supérieur gauche, une photo maintenue par un trombone.

– Baronne de Petrino, d'origine roumaine, née Elena Borkowska. Mariée à Hans Lazar, chef de la presse et de la propagande de l'ambassade allemande. Son époux constitue pour nous un objectif prioritaire : il s'agit d'un individu influent et doté d'un pouvoir immense. Il est très habile, il entretient des liens étroits avec les Espagnols du régime et, surtout, avec les phalangistes les plus puissants. Il est également très doué pour les relations publiques : il organise des fêtes somptueuses dans son hôtel particulier de la Castellana et il tient sous sa coupe des dizaines de journalistes et de chefs d'entreprise, qu'il a achetés en les gavant de victuailles et de liqueurs rapportées directement d'Allemagne. Il possède un train de vie scandaleux dans la pitoyable Espagne actuelle ; c'est un sybarite et un passionné d'antiquités : il réussit à se procurer les pièces les plus recherchées en profitant de la misère ambiante. Ironiquement, il semblerait qu'il soit juif et d'origine turque, bien qu'il s'en défende. Sa femme est parfaitement intégrée à sa frénétique vie mondaine et elle aime autant que lui se montrer constamment en public. Nous ne doutons donc pas qu'elle sera l'une de vos premières clientes. Espérons qu'elle deviendra l'une de celles qui vous donneront le plus de travail, tant en matière de couture que d'information sur leurs activités.

Il ne me laissa pas le temps de voir la photographie ; il referma aussitôt la chemise et la poussa sur la nappe vers moi. J'allais l'ouvrir quand il m'arrêta.

– Plus tard. Vous pourrez emporter toutes ces chemises aujourd'hui. Il vous faudra mémoriser les données et détruire les documents et les photos dès que vous serez capable de les garder en tête. Brûlez tout. Ces dossiers ne doivent en aucun cas voyager jusqu'à Madrid, et vous devez être la seule à en connaître le contenu, compris ?

Avant que j'aie pu acquiescer, il ouvrit la chemise suivante.

– Gloria von Fürstenberg. D'origine mexicaine malgré son nom, faites très attention à ce que vous direz devant elle, car elle comprendra tout. D'une beauté spectaculaire, très élégante, veuve d'un noble allemand. Elle a deux enfants en bas âge et une situation économique un tant soit peu désastreuse, d'où le fait qu'elle soit constamment en chasse d'un nouveau mari riche ou, sinon, d'un imprudent fortuné qui lui permette de continuer à mener une vie fastueuse. C'est pourquoi elle est accrochée aux basques des puissants. On lui attribue plusieurs amants ; parmi eux l'ambassadeur d'Égypte et le millionnaire Juan March. Elle occupe tout son temps en mondanités, toujours aux côtés de la communauté nazie. Elle aussi vous fera pas mal travailler, même si elle tarde à payer ses factures.

Après avoir refermé la chemise, il me la tendit et passa à la troisième.

– Elsa Bruckmann, née princesse de Cantacuceno. Millionnaire, adoratrice d'Hitler, bien qu'elle soit beaucoup plus vieille que lui. On prétend que c'est elle qui l'a introduit dans les cercles mondains berlinois. Elle a fait don d'une véritable fortune à la cause nazie. Actuellement, elle habite Madrid, dans la résidence des ambassadeurs. Nous ignorons pourquoi. Quoi qu'il en soit, elle a l'air très à l'aise et ne rate pas une soirée. Elle a la réputation d'être légèrement excentrique et plutôt bavarde, on peut lire en elle à livre ouvert. Une autre tasse de café ?

– Oui, mais je vous sers. Continuez à parler, je vous écoute.

– Merci. La dernière Allemande : la comtesse Mechthild Podewils, grande, belle, la trentaine, séparée, très amie d'Arnold, l'un des principaux espions en activité à Madrid, ainsi que d'un officier supérieur SS, Wolf, qu'elle appelle *wolfchen*, mon petit loup. Elle a noué d'excellents contacts parmi les Allemands et les Espagnols. Ces derniers appartiennent aux milieux aristocratiques et gouvernementaux. Par exemple, Miguel Primo de Rivera y Sáenz de Heredia, frère de José Antonio, le fondateur de la Phalange. C'est un agent nazi en bonne et due forme, même si elle-même ne le sait peut-être pas. Elle prétend qu'elle n'y connaît rien en politique et en espionnage, mais elle touche quinze mille pesetas par mois pour raconter tout ce qu'elle voit et entend. Cette somme, dans l'Espagne d'aujourd'hui, représente une véritable fortune.

– Je n'en doute pas.

– Les Espagnoles, à présent. Piedad Iturbe von Scholtz, Piedita pour les amis. Marquise de Belvís de las Navas et épouse du prince de Hohenlohe-Langenburg, un riche propriétaire terrien autrichien, appartenant de plein droit aux familles royales européennes, bien qu'il ait passé la moitié de sa vie en Espagne. En principe, il soutient la cause germanique, parce que c'est son pays, mais il reste en contact avec nous et avec les Américains pour ses affaires. Tous les deux sont très cosmopolites, et ils ne paraissent pas du tout apprécier les délires du Führer. Ils constituent en réalité un couple adorable et très estimé en Espagne, mais disons qu'ils nagent entre deux eaux. Nous voulons les contrôler pour savoir de quel côté ils penchent, vous me comprenez ?

– Tout à fait.

– Enfin, la dernière parmi les plus intéressantes, Sonsoles de Icaza, marquise de Llanzol. Dans ce cas, ce n'est pas le mari qui nous importe, un militaire et aristocrate qui a trente ans de plus qu'elle, mais son amant: Ramón Serrano Súñer, ministre de l'Intérieur et secrétaire général du Movimiento. Le ministre de l'Axe, comme nous l'appelons.

– Le beau-frère de Franco? demandai-je, surprise.

– En personne. Ils poursuivent une relation assez scabreuse; elle, surtout, qui se vante en public et sans la moindre pudeur de ses amours avec le deuxième homme le plus puissant d'Espagne. Il s'agit d'une femme aussi élégante que hautaine, avec un caractère très fort, faites attention. Pourtant, toute l'information que vous pourriez obtenir à travers elle au sujet des agissements et des contacts secrets de Serrano Súñer serait pour nous d'une valeur inestimable.

J'étais vraiment étonnée. Je savais que Serrano était un homme galant, il me l'avait lui-même prouvé quand il avait ramassé le poudrier que j'avais laissé tomber à ses pieds, mais il m'avait aussi paru être un individu discret et réservé. J'avais du mal à l'imaginer en acteur d'une scandaleuse aventure extraconjugale avec une dame de haute lignée aux charmes ébouriffants.

– Il ne nous reste plus qu'une ultime chemise, avec des informations sur diverses personnes, continua Hillgarth. Les épouses mentionnées ici n'éprouveront sans doute pas un besoin urgent de fréquenter une nouvelle maison de haute couture, mais on ne sait jamais; ça vaudrait la peine de mémoriser leurs noms. En particulier ceux de leurs maris, qui constituent nos objectifs réels. Peut-être seront-ils d'ailleurs mentionnés dans les conversations des autres clientes, soyez très attentive. Je commence. Je vais lire vite, vous aurez le temps de tout réviser tranquillement. Paul Winzer, l'homme fort de la Gestapo à Madrid. Très dangereux; redouté et même haï par nombre de ses compatriotes. C'est le sbire, en Espagne, d'Himmler, le chef des services secrets allemands. Il a à peine quarante ans, mais c'est un vieux renard. Regard fuyant, lunettes rondes. Des dizaines de collaborateurs disséminés dans tout Madrid, soyez extrêmement vigilante. Le suivant: Walter Junghanns, l'une de nos bêtes noires. C'est le plus grand saboteur de cargaisons de fruits espagnols à destination de la Grande-Bretagne: il y place des bombes qui ont déjà causé des victimes. Ensuite, Karl Ernst Merck, un membre éminent de la Gestapo et du parti nazi. Johannes Franz Bernhardt, chef d'entreprise...

– Je le connais.

– Pardon?

– Je le connais de Tétouan.

– Vous le connaissez jusqu'à quel point?

– Peu. Très peu. Je ne lui ai jamais parlé, mais nous nous sommes croisés dans des réceptions quand Beigbeder était haut-commissaire.

– Et lui, il vous connaît, vous? Il pourrait vous reconnaître dans un lieu public?

– J'en doute. Nous n'avons jamais échangé un mot et je ne pense pas qu'il se rappelle nos rencontres.

– Comment pouvez-vous en être certaine?

– Parce que c'est le cas. Nous, les femmes, nous distinguons parfaitement quand un homme s'intéresse à nous et quand il nous considère comme un meuble.

Il resta quelques secondes silencieux, pensif.

– De la psychologie féminine, j'imagine, dit-il d'un ton sceptique.

– Faites-moi confiance.

– Et son épouse?

– Je lui ai confectionné un tailleur, une fois. Vous avez raison, elle n'intégrerait jamais le groupe des femmes particulièrement sophistiquées. Elle n'est pas du genre à ne porter en aucun cas des toilettes de la saison précédente.

– Vous pensez qu'elle se souviendrait de vous si elle vous croisait quelque part ?

– Je l'ignore. Je crois que non, mais je ne peux pas l'assurer. De toute façon, même si ça arrivait, ce ne serait pas un problème. Ma vie à Tétouan n'est pas contradictoire avec mes futures activités.

– Je ne suis pas d'accord. Là-bas, vous étiez amie avec Mme Fox et, par extension, proche du colonel Beigbeder. Personne ne doit être au courant, à Madrid.

– Je me tenais éloignée d'eux lors des manifestations publiques, et il n'y a aucune raison que Bernhardt et sa femme aient eu connaissance de nos rendez-vous privés. Ne vous inquiétez pas, tout se passera bien.

– Je l'espère. D'ailleurs Bernhardt reste relativement en marge des questions d'espionnage : son domaine, ce sont les affaires. C'est l'homme de paille du gouvernement nazi dans une trame très complexe de sociétés allemandes opérant en Espagne : transports, banques, compagnies d'assurances...

– Ça a quelque chose à voir avec la compagnie HISMA ?

– HISMA, Hispano-Marocaine de transport. Elle est devenue trop petite pour eux quand ils se sont installés dans la Péninsule. Maintenant, ils travaillent sous la couverture d'une entreprise plus puissante, la SOFINDUS. Mais, dites-moi, comment connaissez-vous HISMA ?

– J'en ai entendu parler à Tétouan, pendant la guerre, répondis-je vaguement.

Ce n'était pas le moment de détailler la négociation entre Bernhardt et Serrano Súñer, c'était trop loin.

– Bernhardt, poursuivit-il, paie une quantité de mouchards, mais il cherche avant tout des informations commerciales. Considérons que vous ne vous rencontrerez jamais ; en réalité, il n'habite même pas Madrid, mais sur la côte du Levant. On raconte que Serrano en personne lui a offert une maison là-bas en remerciement des services rendus; est-ce exact? Nous l'ignorons. Bien, un dernier point très important à son sujet.

– Lequel?

– Le wolfram.

– Pardon?

– Le wolfram. Un minerai d'une importance vitale pour la fabrication de composants destinés aux projectiles d'artillerie. Nous estimons que Bernhardt négocie en vue d'obtenir du gouvernement espagnol des concessions minières en Galice et en Estrémadure. Le but est de s'emparer de petits gisements en les achetant directement à leurs propriétaires. Ça me surprendrait qu'on évoque ce sujet dans votre atelier, mais si vous entendiez quelque chose là-dessus, prévenez-moi aussitôt. Rappelez-vous: wolfram. Parfois on l'appelle aussi tungstène. C'est marqué ici, dans le paragraphe Bernhardt, dit-il en montrant du doigt le document.

– J'en tiendrai compte.

Nous allumâmes une autre cigarette.

– Bien, abordons à présent les choses à ne pas faire. Vous êtes fatiguée?

– Pas du tout.

– En ce qui concerne les clientes, il y a un petit groupe à éviter à tout prix: les fonctionnaires des services nazis. Elles sont faciles à identifier: elles sont extrêmement voyantes et arrogantes, elles sont en général très maquillées, parfumées et vêtues avec mauvais goût. En réalité, ce sont des femmes de basse extraction et avec des qualifications professionnelles assez modestes; mais comme leurs salaires sont astronomiques dans l'Espagne d'aujourd'hui, elles jettent l'argent par les fenêtres. Les épouses des dignitaires nazis les méprisent et elles-mêmes, malgré leur apparente suffisance, osent à peine tousser devant leurs supérieurs. Si elles débarquent dans votre atelier, débarrassez-vous d'elles sans aucun égard: elles sont indésirables, elles feraient fuir la clientèle que vous recherchez.

– J'agirai en conséquence, soyez sans inquiétude.

– Pour ce qui est des établissements publics, nous déconseillons des lieux tels que Chicote, Riscal, Casablanca ou Pasapoga. C'est rempli de nouveaux riches, de trafiquants du marché noir, de parvenus du régime et de gens du monde du spectacle: des compagnies peu recommandables dans votre situation. Limitez-vous dans la mesure du possible aux hôtels que je vous ai indiqués avant, à l'Embassy et à d'autres endroits sûrs, par exemple le club de la Puerta de Hierro ou le casino. Et, bien entendu, si on vous invite à des fêtes avec des Allemands dans des résidences privées, acceptez immédiatement.

– Je le ferai, dis-je, en lui taisant mes doutes quant à l'éventualité de ces invitations.

Il consulta sa montre et je l'imitai. La lumière avait baissé dans la pièce et le crépuscule s'annonçait déjà. Pas un bruit autour de nous; l'air était épais à cause de l'absence de ventilation. Il était plus de sept heures du soir, nous étions ensemble depuis dix heures du matin: Hillgarth dispensant des informations tel un tuyau d'arrosage au débit ininterrompu, et moi les absorbant par tous les pores de ma peau, les oreilles, le nez et la bouche prêts à aspirer le moindre détail, mastiquant des informations, les déglutissant, m'efforçant d'imprégner la moindre parcelle de mon corps des paroles qu'il prononçait. Il y avait longtemps que le café était fini et les mégots débordaient du cendrier.

– Nous en avons presque terminé, reprit-il. Juste quelques recommandations. La première est un message de Mme Fox. Voici ce qu'elle me prie de vous dire: aussi bien dans votre apparence que dans votre couture, soyez novatrice, audacieuse, ou d'une élégance absolue à force de simplicité. Elle vous encourage à vous éloigner du conventionnel et surtout des demi-mesures; sinon, vous risquez, selon elle, de voir votre atelier envahi par les grosses dames du régime en quête de chastes tailleurs pour aller à la messe le dimanche avec le mari et les enfants.

Je souris. Rosalinda était égale à elle-même, y compris quand elle m'envoyait un message par personne interposée.

– Venant d'elle, je suivrai le conseil les yeux fermés, affirmai-je.

– Et, en guise de conclusion, quelques suggestions. D'abord, lisez la presse, même si vous devez être consciente que toutes les informations seront biaisées, toujours favorables au camp allemand. Deuxièmement : ne perdez jamais votre calme. Jouez votre rôle et soyez persuadée que vous êtes ce que vous êtes, et personne d'autre. Agissez sans peur et avec assurance. Nous ne pouvons pas vous offrir l'immunité diplomatique, mais je vous garantis que vous serez toujours protégée, quoi qu'il arrive. Enfin, notre troisième et dernier avertissement : soyez excessivement prudente en ce qui concerne votre vie privée. Une femme seule, belle et étrangère sera une proie très tentante pour un quelconque don Juan. Vous ne pouvez pas imaginer la quantité d'informations confidentielles révélées de façon irresponsable par des agents négligents dans des moments de passion. Restez sur vos gardes et, s'il vous plaît, pas un mot, absolument aucun, à personne, sur ce que vous venez d'entendre.

– Je ne dirai rien, je vous le promets.

– Parfait. Nous avons confiance en vous, nous sommes sûrs que votre mission sera totalement satisfaisante.

Il commença alors à ramasser ses papiers et à ranger l'intérieur de sa mallette. Le moment que j'avais redouté durant toute la journée approchait : il se préparait à partir, et je dus me retenir pour ne pas le supplier d'attendre, de continuer à parler et de me donner des instructions, de ne pas me laisser voler si tôt de mes propres ailes. Mais il ne me regardait plus, ce qui l'empêcha sans doute de remarquer ma réaction. Il effectuait ses gestes de la même façon qu'il avait égrené ses phrases pendant toutes ces heures : rapidement, directement, méthodiquement, approfondissant chaque point sans perdre une seconde en banalités. Tandis qu'il refermait sa mallette, il ajouta :

– Rappelez-vous ce que je vous ai dit au sujet des dossiers : étudiez-les, puis détruisez-les immédiatement. Quelqu'un vous conduira jusqu'à une sortie latérale ; une voiture vous y attendra et vous ramènera chez vous. Voici le billet d'avion et de l'argent pour les premières dépenses.

Il me remit deux enveloppes. L'une, mince, contenait le billet. L'autre, épaisse, était remplie d'une grosse liasse de pesetas. Il continuait à parler en agrafant avec dextérité les boucles de la mallette.

– Cet argent couvrira vos frais initiaux. Le séjour au Palace et le loyer de votre nouvel atelier sont à notre charge, tout est déjà réglé, de même que le salaire des deux jeunes filles que vous emploierez. Tout ce que rapportera votre travail sera pour vous. Si vous aviez cependant besoin de liquidités supplémentaires, prévenez-nous immédiatement : nous avons une ligne de crédit ouverte pour ces opérations, le financement ne pose aucun problème.

Moi aussi, j'étais prête. Les chemises étaient serrées contre ma poitrine, blotties entre mes bras comme si elles étaient cet enfant que j'avais perdu autrefois, et non un ensemble d'informations relatives à des individus peu recommandables. Mon cœur, lui, était en place, obéissant à mes injonctions internes de ne pas monter jusqu'au bord de mes lèvres pour m'étouffer. Nous quittâmes enfin cette table où n'apparaissaient que les restes innocents d'une longue conversation d'après-repas : tasses vides, cendrier plein et chaises déplacées. Comme si deux amis s'étaient retrouvés là et s'étaient raconté leurs vies entre deux cigarettes. Sauf que le capitaine Hillgarth et moi-même n'étions pas des amis. Et aucun de nous deux ne s'intéressait le moins du monde au passé de l'autre, ou à son présent. Seul nous importait l'avenir.

– Un dernier détail.

Nous étions sur le point de sortir, lui avait déjà posé la main sur la poignée. Il la retira et me dévisagea fixement sous ses épais sourcils. Malgré la longueur de la séance, il avait conservé le même aspect qu'aux premières heures de la matinée : le nœud de cravate impeccable, les manches de chemise immaculées sous la veste, pas un cheveu de travers. Son visage était impassible, ni tendu ni décontracté. L'image parfaite de quelqu'un capable de se maîtriser dans toutes les situations. Il baissa la voix jusqu'à ce qu'elle se transforme en un murmure rauque.

– Vous ne me connaissez pas, je ne vous connais pas. Nous ne nous sommes jamais vus. Et dès votre affectation dans les services secrets britanniques, vous cessez d'être pour nous la citoyenne espagnole Sira Quiroga, ou la Marocaine Arish Agoriuq. Vous ne serez plus que l'agent spécial du SOE sous le nom de code Sidi et basé en Espagne. La moins conventionnelle de nos derniers engagés, mais désormais l'une des nôtres.

Il me tendit la main. Ferme, froide, assurée. La plus ferme, la plus froide, la plus assurée que j'avais serrée de toute ma vie.

– Bonne chance, agent. Nous garderons le contact.

40

À l'exception de ma mère, personne ne connut les véritables raisons de mon départ imprévu. Ni mes clientes ni même Félix et Candelaria : je trompai tout le monde, sous prétexte d'un voyage à Madrid pour y vider notre ancien appartement et régler quelques affaires. Ma mère inventerait par la suite de petits mensonges justifiant mon absence prolongée : de bonnes perspectives commerciales, un état dépressif ou peut-être un nouveau fiancé. Nous ne craignions pas d'éveiller de la curiosité ou des soupçons : bien que les moyens de transport et de transmission aient été rétablis, l'information ne circulait pas encore librement entre la capitale de l'Espagne et le nord de l'Afrique.

En revanche, je voulus prendre congé de mes amis et leur demander de me souhaiter bonne chance. J'organisai donc un repas le dernier dimanche. Candelaria vint déguisée en grande dame à sa façon, avec son chignon style « Arriba España » laqué à outrance, un collier de fausses perles et l'ensemble neuf que nous lui avions confectionné quelques semaines auparavant. Félix traversa le palier avec sa mère, dont il n'avait pas réussi à se débarrasser. Jamila se joignit également à nous. J'avais l'impression de perdre ma petite sœur. Nous portâmes des toasts avec du vin et de l'eau de Seltz, puis il y eut des baisers sonores et des « Bon voyage ». Ce ne fut qu'en refermant la porte derrière eux que je me rendis compte à quel point ils allaient me manquer.

J'employai le même stratagème avec le commissaire Vázquez, mais je compris aussitôt l'échec de mon mensonge. Comment pouvait-il en être autrement ? Il était au courant des problèmes qui m'attendaient là-bas et de ma peur panique à l'idée de devoir les affronter. Il fut le seul à deviner derrière mon innocent déplacement une raison plus complexe, dont je ne pouvais pas parler. Ni à lui ni à personne d'autre. Il préféra ne pas chercher à savoir. En réalité, il ne dit presque rien : il se contenta, comme toujours, de me regarder de ses yeux perçants et de me conseiller de faire attention à moi. Puis il me raccompagna à la sortie, pour me protéger contre ses subordonnés échauffés et baveux. Nous nous séparâmes à la porte du commissariat. Jusqu'à quand ? Mystère. Peut-être bientôt, peut-être jamais.

Outre les tissus et le matériel de couture, j'achetai bon nombre de revues et plusieurs pièces d'artisanat marocain, dans l'espoir de donner à mon atelier madrilène un parfum exotique conforme à mon nouveau nom et à mon prétendu passé de prestigieuse créatrice de mode de Tanger. Des plateaux en cuivre repoussé, des lampes aux verres multicolores, des théières en argent, quelques objets en céramique et trois grands tapis berbères. Un petit bout d'Afrique, au cœur d'une Espagne dévastée.

Lorsque je pénétrai pour la première fois dans le grand appartement rue Núñez-de-Balboa, tout était prêt. Les murs peints en blanc satiné, le plancher en chêne fraîchement poncé. La distribution des pièces, l'organisation générale et l'agencement étaient une réplique à grande échelle de l'appartement de Sidi Mandri. La première zone consistait en une enfilade de trois salons, dont la surface représentait le triple de mon ancienne pièce principale. Les plafonds étaient infiniment plus hauts, les balcons plus seigneuriaux. J'en ouvris un mais, en me penchant, je ne trouvai pas le mont Dersa, ni le massif du Gorgues, ni dans l'air des effluves de fleur d'oranger et de jasmin, ni des murs blanchis à la chaux, ni la voix du muezzin appelant à la prière depuis son minaret. Je refermai précipitamment, coupant court à la mélancolie. Je continuai donc à avancer. Dans le dernier des trois salons étaient entassés les rouleaux de tissu apportés de Tanger: un rêve de pièces de soie doupion, de guipure, de mousseline et de chiffon dans toutes les nuances imaginables, depuis le rappel du sable de la plage jusqu'aux rouge feu, roses et corail, aux bleus variés allant de l'azur d'un matin d'été à la mer en furie une nuit de tempête. Les deux cabines d'essayage voyaient leur surface doublée par les immenses miroirs à trois pans ornés de cadres en marqueterie à la feuille d'or. Comme à Tétouan, l'atelier occupait la partie centrale, mais il était lui aussi beaucoup plus vaste. Une grande table pour la coupe, des tables à repasser, des mannequins, des bobines de fil... tout le matériel de rigueur. Au fond, mon espace personnel:

immense, excessif, dix fois trop grand pour mes besoins. Je devinai aussitôt la main de Rosalinda dans toute cette disposition. Elle était la seule à savoir comment je travaillais, l'organisation de ma maison, de mes affaires, de ma vie.

Dans le silence de la nouvelle résidence vint frapper de nouveau à la porte de ma conscience cette question qui tambourinait dans ma tête depuis deux semaines : pourquoi ? Pourquoi ? Pourquoi ? Pourquoi avais-je accepté ? Pourquoi allais-je m'embarquer dans cette aventure étrangère et hasardeuse, pourquoi ? Je n'avais pas la réponse. Ou, du moins, pas de réponse précise. Peut-être était-ce par loyauté vis-à-vis de Rosalinda. Peut-être par devoir envers ma mère et mon pays. Peut-être pour personne ou seulement pour moi-même. En tout cas, j'avais dit : oui, allons-y ; en mon âme et conscience, en m'attelant à cette tâche avec détermination, sûre de moi, sans méfiance ni doute. J'étais ici, enfouie dans la personnalité de l'inexistante Arish Agoriuq, qui, vêtue avec toute la sophistication du monde et prête à devenir la plus fausse créatrice de mode de Madrid, parcourait son logis neuf et faisait claquer ses talons en dévalant l'escalier. Avais-je peur ? Oui, j'étais morte de peur, je sentais une boule dans l'estomac, mais cette peur, je la tenais à distance ; je l'avais domestiquée, elle était à mes ordres.

Le concierge de l'immeuble me transmit un premier message : les jeunes filles à mon service se présenteraient le lendemain matin. Elles arrivèrent ensemble, Dora et Martina. Elles étaient semblables et différentes à la fois, comme complémentaires. Dora avait une meilleure constitution, Martina les traits plus réguliers. Dora paraissait plus éveillée, Martina plus douce. Elles me plurent l'une et l'autre. Je n'aimai pas, en revanche, leur tenue misérable, leur visage criant famine et leur maintien d'une timidité extrême. Trois défauts auxquels, heureusement, il fut remédié rapidement. Je pris leurs mesures et confectionnai aussitôt deux élégants uniformes pour chacune: les premières bénéficiaires de mon stock d'étoffes. Je les envoyai au marché de la Paz, avec quelques billets de l'enveloppe de Hillgarth, en quête de nourriture.

– Qu'est-ce que nous achetons, mademoiselle? demandèrent-elles avec des yeux gros comme des soucoupes.

– Ce que vous trouverez, il paraît qu'on manque de tout. Débrouillez-vous; vous ne m'avez pas dit que vous saviez cuisiner? Eh bien, en route!

La timidité fut longue à disparaître, mais elle s'estompa peu à peu. Que craignaient-elles? Quelles étaient les causes d'une telle inhibition? Tout. Travailler pour l'étrangère africaine que j'étais supposée être, l'édifice somptueux abritant mon domicile actuel, la peur d'être incapables d'évoluer dans un atelier de couture sophistiqué. Jour après jour, elles s'habituèrent néanmoins à leur nouvelle vie: à la maison et aux routines quotidiennes, à moi. Dora, l'aînée, se révéla habile couturière et commença bientôt à m'aider. Martina, en revanche, ressemblait davantage à Jamila et à moi dans mes années d'adolescence: elle appréciait la rue, les courses, les allées et venues incessantes. La maison, elles la tenaient de concert, elles étaient efficaces et discrètes, de bonnes gamines, comme on disait alors. Elles parlèrent à l'occasion de Beigbeder; je me gardai bien de leur avouer que je le connaissais. Elles l'appelaient don Juan. Elles l'évoquaient avec affection: elles l'associaient à Berlin, à une époque révolue dont elles se souvenaient vaguement.

Tout se déroula plus ou moins comme l'avait prévu Hillgarth. Les premières clientes arrivèrent, dont certaines étaient inattendues. Gloria von Fürstenberg ouvrit la saison: belle, majestueuse, avec sa chevelure noire peignée en grosses tresses formant sur sa nuque une espèce de couronne de déesse aztèque. Ses yeux brillèrent quand elle aperçut mes tissus. Elle les observa, les toucha et les évalua, demanda des prix, en écarta quelques-uns rapidement et en drapa d'autres sur son corps pour en mesurer l'effet. D'une main experte elle choisit les plus seyants et d'un prix abordable. Elle parcourut ensuite les magazines, s'arrêta sur les modèles les mieux adaptés à son corps et à son style. Cette Mexicaine au patronyme allemand savait parfaitement ce qu'elle voulait, elle ne me demanda donc aucun conseil et je ne pris pas la peine de lui en donner. Elle se décida finalement pour une tunique en gazar de soie chocolat et un manteau de soirée en ottoman. Elle vint d'abord seule et nous parlâmes en espagnol. Lors de son premier essayage, elle amena une amie, Anka von Fries, qui me commanda une robe longue en crêpe Georgette et une cape en velours rubis ornée de plumes d'autruche. Dès que je les entendis parler ensemble en allemand, je fis venir Dora. Bien habillée, rassasiée et bien coiffée, la jeune fille n'avait plus rien du moineau effrayé qui avait débarqué aux côtés de sa sœur à peine quelques semaines auparavant : elle s'était transformée en une assistante svelte et silencieuse, qui prenait mentalement des notes de tout ce que ses oreilles captaient et s'éclipsait à chaque instant pour les inscrire sur un cahier.

– J'aime toujours posséder un registre exhaustif de toutes mes clientes, l'avais-je prévenue. Je veux comprendre tout ce qu'elles disent pour savoir où elles vont, avec qui et quels sont leurs projets. De cette façon, je pourrai peut-être attirer une nouvelle clientèle. Moi, je me charge de tout ce qu'elles diront en espagnol, toi, tu t'occupes de l'allemand.

Si Dora fut un peu surprise par un suivi aussi étroit des clientes, elle ne le montra pas. Elle avait sans doute pensé qu'il s'agissait d'une attitude raisonnable, quelque chose de courant dans ce genre de commerce qu'elle découvrait. Mais ça ne l'était pas ; pas du tout : marquer, à la syllabe près, tous les noms, les postes occupés, les lieux et les dates qui sortaient de la bouche des clientes ne représentait pas une tâche normale, ce qui ne nous empêchait pas de la réaliser quotidiennement, appliquées et méthodiques telles de bonnes élèves. La nuit, je relisais mes notes, les synthétisais en phrases brèves puis les transcrivais en signaux morse inversés, adaptant les traits longs et courts aux lignes droites ou ondulantes de ces patrons qui ne constitueraient jamais aucun modèle complet. Les fiches avec les annotations manuscrites étaient réduites en cendres au petit matin, il n'en restait plus la moindre trace, sauf une poignée de messages cachés dans le contour d'un revers, d'une ceinture ou d'un empiècement.

J'eus également comme cliente la baronne de Petrino, épouse du puissant attaché de presse Lazar : infiniment moins spectaculaire que la Mexicaine, mais avec des moyens financiers beaucoup plus importants. Elle choisit les tissus les plus chers et ne recula devant aucun caprice. Elle amena deux Allemandes ainsi qu'une Hongroise. Pendant de nombreuses semaines, elles transformèrent mes salons en un lieu de réunion mondain, avec un brouhaha de langues mêlées en arrière-fond. J'appris à Martina à préparer le thé à la façon arabe, avec la menthe que nous avions plantée dans des pots sur le rebord de la fenêtre de la cuisine. Je lui enseignai le maniement de la théière, à verser avec élégance le liquide bouillant dans les petits verres ornés de filigranes d'argent ; je lui montrai même comment se maquiller les yeux avec du khôl, et je confectionnai un caftan en satin rose gardénia à ses mesures pour que sa présence ait un parfum exotique. Un double de ma Jamila sur un autre continent, pour que celle-ci soit toujours à mes côtés.

Tout allait bien, presque trop bien. Je me sentais en sécurité dans ma nouvelle vie, j'entrais dans les endroits les plus réputés d'un pas ferme. Devant mes clientes, j'agissais avec aplomb et décision, protégée par l'attirail de mon faux exotisme. J'entremêlais sans vergogne mots en français et arabe : je proférais sans doute pas mal de bêtises dans ces langues, car je répétais souvent de simples expressions retenues à force de les entendre dans les rues de Tanger et de Tétouan, mais dont j'ignorais le sens et l'usage exacts. J'évitais juste que ne se glisse dans ce sabir une rafale de mots anglais appris de Rosalinda. Ma condition d'étrangère et de nouvelle arrivante me fournissait un précieux alibi pour excuser mes faiblesses et éviter les terrains marécageux. D'ailleurs, tout le monde se fichait peu ou prou de mon origine : on était davantage intéressé par mes étoffes et ce que j'étais capable d'en tirer. Les clientes bavardaient dans mon atelier, elles paraissaient à l'aise ; elles parlaient, entre elles et avec moi, de ce qu'elles avaient fait, de ce qu'elles feraient, de leurs amis communs, de leurs maris et de leurs amants. Pendant ce temps, nous travaillions, Dora et moi, sans relâche : à découvert, avec les tissus, les modèles et les mesures ; en cachette, avec nos annotations clandestines. Je ne savais pas si toutes ces données auraient une quelconque valeur aux yeux de Hillgarth et de ses collègues, mais je m'efforçais d'être minutieuse et rigoureuse. Les mercredis après-midi, avant le coiffeur, je déposai les rouleaux de patrons dans l'armoire indiquée. Les samedis, je visitais le Prado, émerveillée par cette découverte ; tellement que j'en oubliais parfois le motif de ma venue : la mission importante que je devais y remplir plutôt que de m'extasier devant les peintures. Le transfert des enveloppes contenant les patrons codés ne souleva pas lui non plus le moindre problème : tout se déroulait avec une telle fluidité qu'à aucun moment je ne fus victime d'une crise d'angoisse. C'était toujours la même personne qui prenait mon carton à dessin, un employé mince et chauve, probablement chargé aussi de transmettre mes messages, bien que nous n'ayons jamais échangé un signe de complicité.

Parfois, je sortais, sans excès. J'allais à l'Embassy de temps à autre à l'heure de l'apéritif. J'y aperçus dès le premier jour le capitaine Hillgarth, de loin, buvant un whisky avec de la glace, assis au milieu d'un groupe de compatriotes. Lui remarqua également ma présence, bien entendu. Mais je fus la seule à m'en rendre compte : il resta de marbre. Je tins fermement mon sac de la main droite et nous feignîmes de ne pas nous être vus. Je saluai deux clientes qui vantèrent mon atelier devant d'autres dames ; je pris un cocktail avec elles, reçus des regards approbateurs de quelques mâles et, du haut de mon faux cosmopolitisme, observai discrètement les gens autour de moi. De la classe, de la frivolité et de l'argent à l'état pur, disséminés entre le bar et les tables d'un petit établissement sobrement décoré et situé à un coin de rue. Il y avait des messieurs vêtus de costumes en alpaga et en tweed, des militaires portant la croix gammée au bras, d'autres avec des uniformes étrangers que je ne parvins pas à identifier, et dont les manches étaient garnies de nombreux galons et étoiles. Il y avait des dames très élégantes en tailleur, avec trois rangées de perles aussi grosses que des noisettes autour du cou, les lèvres d'un rouge impeccable et la tête parfaitement coiffée surmontée d'un chapeau sublime ou d'un turban. Il y avait des conversations dans différentes langues, des rires discrets, les tintements du cristal contre le cristal. Et, flottant dans l'air, de subtils effluves de Patou et de Guerlain, la sensation du savoir-vivre le plus exquis et la fumée d'innombrables cigarettes blondes. La guerre d'Espagne, qui venait de s'achever, et le conflit brutal ravageant l'Europe semblaient anecdotiques, d'une autre galaxie, dans cette atmosphère de pure sophistication.

À une extrémité du comptoir, droite et digne, prévenante envers les clients tout en contrôlant le mouvement incessant des garçons, se tenait une femme, sans doute Margaret Taylor, la patronne de l'établissement. Hillgarth ne m'avait pas précisé la nature exacte de leurs relations, mais j'imaginai que cela allait bien au-delà d'un simple échange de faveurs entre la propriétaire d'un lieu de distraction et l'un de ses clients habituels.

Je la contemplai tandis qu'elle remettait la note à un officier nazi en uniforme noir, brassard avec la croix gammée et grandes bottes brillantes comme des miroirs. Cette étrangère d'aspect à la fois austère et distingué, qui avait largement dépassé la quarantaine, était à l'évidence l'une des pièces du puzzle clandestin mis en place par l'attaché naval britannique en Espagne. Je ne surpris aucun regard entre eux, aucun type de message muet. Je les examinai de nouveau en catimini avant de m'en aller. Elle s'adressait à un jeune employé portant un gilet blanc, elle paraissait lui donner des instructions. Le capitaine Hillgarth, lui, était à sa table, écoutant avec intérêt les propos de l'un de ses amis. Tout le groupe autour de lui semblait également attentif aux paroles d'un homme jeune et plus décontracté que les autres. Celui-ci gesticulait, théâtral ; il imitait peut-être quelqu'un. À la fin, il y eut un éclat de rire général et l'attaché naval s'esclaffa de bon cœur. Je crus même, l'espace d'un millième de seconde, mais ce fut sans doute un effet de mon imagination, qu'il me fixait et me faisait un clin d'œil.

Madrid se vêtit aux couleurs de l'automne tandis que le nombre de mes clientes augmentait. Je n'avais encore reçu ni fleurs ni chocolats, ni de Hillgarth ni de quiconque. Je n'en avais d'ailleurs pas envie. Ni le temps. Car c'était exactement ce qui commençait à me manquer : le temps. La réputation du nouvel atelier s'était rapidement répandue, on ne parlait que des tissus magnifiques qu'on y trouvait. Les commandes se multipliaient, je n'étais plus en mesure de les assumer. Je fus obligée d'en repousser certaines et d'espacer les essayages. Je travaillais beaucoup, excessivement, plus que jamais auparavant dans ma vie. Je me couchais à des heures indues, me levais très tôt, me reposais à peine ; il y avait des jours où je n'ôtais pas mon mètre à ruban du cou avant de me mettre au lit. Un flux constant d'argent entrait dans mon petit coffre-fort, mais je m'en fichais éperdument et je ne me donnais même pas la peine de vérifier combien j'avais. Tout avait bien changé depuis l'époque de mon ancien atelier. Je me rappelais, avec une pointe de nostalgie, les premiers temps à Tétouan. Les nuits passées à compter et recompter les billets dans ma chambre de Sidi Mandri, à me demander, anxieuse, quand je pourrais enfin rembourser ma dette. Candelaria de retour en courant des bureaux de change des Israélites, avec un rouleau de livres sterling caché entre ses seins. La joie presque enfantine que nous éprouvions en partageant le montant : la moitié pour toi et la moitié pour moi, et qu'on en manque jamais, mon cœur, répétait sans cesse la Contrebandière. J'avais l'impression que plusieurs siècles me séparaient de cet autre monde, alors que seulement quatre années s'étaient écoulées. Quatre années pareilles à quatre éternités. Où était cette Sira dont une gamine arabe avait coupé les cheveux, avec des ciseaux de couturière, dans la cuisine de la pension de la Luneta ? Où étaient les poses essayées devant le miroir fendu de ma patronne ? Elles avaient dû se perdre dans les replis du temps. À présent, mes cheveux étaient coiffés dans le meilleur salon de Madrid et mes gestes désinvoltes m'appartenaient désormais davantage que mes propres dents.

Je travaillais beaucoup et je gagnais plus d'argent que je n'aurais jamais pu l'imaginer. Je demandais très cher et je recevais constamment des billets de cent pesetas, avec l'effigie de Christophe Colomb, de cinq cents avec celle de don Juan de Austria, le vainqueur de la bataille de Lépante. Je gagnais beaucoup, en effet, mais vint un moment où je n'en pouvais plus, et je fus donc obligée d'en informer Hillgarth, au moyen du patron d'une épaulette. Ce samedi-là, il pleuvait quand je me rendis au Prado. Tandis que je contemplais, en extase, les toiles de Velázquez et de Zurbarán, l'individu effacé du vestiaire reçut mon carton à dessin et, à l'intérieur de celui-ci, une enveloppe avec onze messages qui, comme toujours, parviendraient sans attendre à l'attaché naval.

Dix contenaient l'information habituelle abrégée comme convenu. « Dîner 14 résidence Walter Bastian rue Serrano, assistent les Lazar. Les Bodemueller voyagent Saint Sébastien semaine prochaine. Épouse Lazar fait commentaires négatifs sur Arthur Dietrich, assistant son mari. Gloria Fürstenberg et Anka Fries visitent consul allemand Séville fin octobre. Plusieurs hommes jeunes arrivés semaine dernière de Berlin, logés Ritz, Friedrich Knappe les accueille et forme. Mari Frau Hahn n'aime pas Kütschmann. Himmler arrive Espagne 21 octobre, gouvernement et Allemands organisent grande réception. Clara Stauffer récupère matériel pour soldats allemands chez elle rue Galileo. Dîner club Puerta de Hierro date non précisée assistent comte et comtesse Argillo. Häberlein offre déjeuner propriété Toledo, Serrano Súñer et marquise Llanzol invités ». Le dernier message, différent, était de caractère plus personnel : « Trop de travail. Impossible tout faire. Moins de clients ou chercher aide. Répondez, s'il vous plaît. »

Le lendemain matin arriva à ma porte un magnifique bouquet de glaïeuls blancs. Il me fut remis par un garçon en uniforme gris et sur sa casquette était brodé le nom du fleuriste : Bourguignon. Je lus d'abord la carte épinglée : « Toujours prêt à combler tes désirs. » Et un gribouillage en guise de signature. Je ris : je n'aurais jamais cru le froid Hillgarth capable d'écrire une phrase aussi nunuche. Je portai le bouquet à la cuisine, défis le ruban qui maintenait les fleurs attachées ; après avoir demandé à Martina de les mettre dans l'eau, je m'enfermai dans ma chambre et déchiffrai la ligne discontinue de traits brefs et longs. Le message me sauta aux yeux : « Engagez personne entière confiance sans passé rouge ni implication politique. »

Bien reçu. Et après, l'incertitude.

41

Quand elle ouvrit la porte, je ne dis rien ; je me contentai de la contempler tandis que je réprimais l'envie de me jeter dans ses bras. Elle m'observa, confuse, me parcourant du regard. Puis elle chercha mes yeux, mais la voilette de mon chapeau l'empêcha de les distinguer.

– Madame ? demanda-t-elle enfin.

Elle était plus maigre, et on notait en elle le passage des années. Toujours aussi petite, mais plus mince et plus vieille. Je souris. Elle ne m'avait pas encore reconnue.

– Je vous apporte des souvenirs de ma mère, doña Manuela. Elle est au Maroc. Elle s'est remise à la couture.

Elle me regarda, étonnée, sans comprendre. Elle était tirée à quatre épingles, comme d'habitude, mais ses cheveux auraient eu besoin d'une bonne teinture depuis au moins deux mois et son tailleur foncé montrait déjà l'usure de plusieurs hivers.

– Je suis Sira, doña Manuela. Sirita, la fille de votre première main Dolores.

Elle continua à me dévisager de haut en bas et de bas en haut. Je me penchai alors pour me mettre à son niveau, soulevai ma voilette afin qu'elle puisse mieux voir mon visage.

– C'est moi, doña Manuela, je suis Sira. Vous ne vous rappelez pas ? murmurai-je.

– Mon Dieu ! Sira, ma chérie, quelle joie ! s'exclama-t-elle enfin.

Elle m'étreignit et se mit à pleurer, tandis que j'essayais de ne pas me laisser gagner par l'émotion.

– Entre, petite, ne reste pas à la porte, dit-elle quand elle eut repris ses esprits. Que tu es élégante, ma chérie, je ne t'avais pas reconnue ! Entre, entre au salon, raconte-moi ce que tu fais à Madrid, comment ça va, comment va ta mère.

Elle me guida vers la pièce principale, et je sentis de nouveau une pointe de nostalgie. Traversèrent mon esprit toutes les fêtes des Rois mages où je venais accrochée à la main de ma mère, l'émotion ressentie en essayant de deviner le cadeau qui m'attendait chez doña Manuela. Je me remémorais son logement de la rue Santa Engracia comme un appartement vaste et opulent; pas autant que celui de Zurbano, où elle avait installé son atelier, mais infiniment moins modeste que le nôtre de la rue de la Redondilla. À présent, en revanche, je comprenais que les souvenirs de l'enfance avaient imprégné ma mémoire d'une image déformée de la réalité. Le logement occupé par doña Manuela n'était ni grand ni luxueux, mais de taille moyenne et mal distribué. Froid et obscur, il était encombré de meubles sombres et de rideaux en velours, épais et démodés, qui permettaient à peine le passage de la lumière; un appartement banal avec des taches d'humidité, où les tableaux étaient des chromos jaunies et où on trouvait partout des napperons au crochet aux couleurs fanées.

– Assieds-toi. Tu veux quelque chose? Je te prépare un petit café? Ce n'est pas du café, en réalité, mais de la chicorée grillée, tu sais à quel point c'est difficile d'obtenir de la nourriture, en ce moment, mais avec un peu de lait on ne sent plus le goût, même s'ils y mettent de plus en plus d'eau, qu'est-ce qu'on peut y faire? Je n'ai pas de sucre, j'ai donné celui de ma carte de rationnement à une voisine, pour ses enfants; à mon âge, ça m'est égal...

Je l'interrompis en lui prenant la main.

– Je n'ai besoin de rien, doña Manuela, ne vous inquiétez pas. Je suis juste venue vous demander quelque chose.

– Vas-y, alors.

– Vous continuez à coudre?

– Non, petite. Depuis que nous avons fermé l'atelier, en 1935, je n'ai pas recommencé. Une babiole par-ci par-là pour les amies ou pour rendre service, mais rien d'autre. Si je ne me trompe pas, ta robe de mariée est le dernier grand modèle que j'ai réalisé, et tu vois ce qui est finalement arrivé...

Préférant esquiver la suite, je l'interrompis.

– Seriez-vous d'accord pour reprendre la couture avec moi ?

Elle resta quelques secondes silencieuse, déconcertée.

– Retravailler, tu dis ? Mon travail de toujours, comme autrefois ?

J'acquiesçai en souriant, dans l'espoir de lui remonter un peu le moral. Mais elle ne me répondit pas tout de suite ; elle changea de sujet.

– Et ta mère ? Pourquoi moi et pas elle ?

– Je vous ai déjà dit qu'elle est au Maroc. Elle y est partie pendant la guerre, j'ignore si vous étiez au courant.

– J'étais au courant, j'étais au courant..., dit-elle à voix basse, comme de peur que les murs ne l'entendent et ne divulguent le secret. Elle est passée un après-midi, comme ça, par surprise, comme toi. Elle m'a expliqué qu'on avait organisé son départ pour l'Afrique, que tu étais là-bas et que tu avais réussi d'une façon ou d'une autre à la sortir de Madrid. Elle était hésitante, effrayée. Elle voulait mon avis.

Mon maquillage impeccable ne laissa pas entrevoir le trouble que provoquaient en moi ces paroles : je n'aurais jamais imaginé que ma mère avait pu envisager de rester.

– Je l'ai encouragée à partir, à s'en aller le plus vite possible. Madrid était un enfer. Nous avons tous beaucoup souffert, ma chérie, tous. Ceux de gauche, se battant jour et nuit pour empêcher les nationalistes d'entrer. Ceux de droite, souhaitant le contraire, cachés pour échapper à la police communiste. Et puis ceux qui, comme ta mère et moi, n'étaient ni d'un camp ni de l'autre et aspiraient à voir ces horreurs se terminer pour vivre enfin en paix. En plus, pas de gouvernement, personne pour mettre un peu d'ordre au milieu de ce chaos. Je lui ai donc conseillé de partir, de quitter ce monde de malheur et de ne pas rater l'occasion de te récupérer.

Malgré ma perplexité, je ne l'interrogeai pas davantage sur leur conversation d'alors. J'avais rendu visite à mon ancienne patronne dans un but précis, je choisis de m'y tenir.

– Vous avez bien fait de l'encourager, vous ne savez pas à quel point je vous en suis reconnaissante, doña Manuela. Elle va très bien, maintenant, elle est contente et elle retravaille. J'ai monté un atelier à Tétouan en 1936, quelques mois après le début de la guerre. La situation était calme, là-bas, et même si les Espagnoles n'avaient pas le cœur à s'amuser et à porter des toilettes, il y avait plusieurs dames étrangères qui se moquaient de la guerre. Elles sont ainsi devenues mes clientes. Quand ma mère est arrivée, nous avons continué ensemble. Et aujourd'hui je suis de retour à Madrid et j'ai lancé une autre affaire.

– Tu es revenue seule?

– Il y a bien longtemps que je suis seule, doña Manuela. Si c'est Ramiro qui vous intéresse, ça n'a pas beaucoup duré.

– Alors, Dolores est restée là-bas sans toi? Mais elle était précisément partie pour être avec toi...

– Elle aime le Maroc, le climat, l'ambiance, la vie paisible... Nous avons d'excellentes clientes et elle s'est aussi fait des amies. Elle a préféré ne pas s'en aller. Moi, en revanche, je regrettais Madrid, mentis-je. La décision a donc été prise que je viendrais ici, que je me mettrais au travail et, lorsque les deux ateliers seraient en ordre de marche, eh bien, on verrait.

Elle me dévisagea pendant plusieurs secondes qui me parurent une éternité. Ses paupières étaient tombantes, son visage sillonné de rides. Elle devait avoir plus de soixante ans, peut-être près de soixante-dix. Son dos courbé et les callosités de ses doigts portaient la trace de toutes ces années de labeur avec les aiguilles et les ciseaux. D'abord comme simple couturière, puis comme première main, et enfin comme patronne d'une affaire, avant de devenir inactive, tel un marin sans son bateau. Mais elle n'était pas finie, loin de là. Ses yeux vifs, petits et obscurs comme des olives noires, reflétaient la perspicacité de quelqu'un qui avait gardé la tête sur les épaules.

– Tu ne me racontes pas tout, n'est-ce pas, ma petite?

Elle n'est pas née de la dernière pluie, pensai-je avec admiration. J'avais oublié à quel point elle était maligne.

– Non, doña Manuela, je ne vous raconte pas tout. Je vous cache certaines choses parce que je suis obligée, mais je peux vous en révéler une partie. À Tétouan, j'ai fait la connaissance de gens importants, des gens encore influents aujourd'hui. Ce sont eux qui m'ont poussée à venir à Madrid, à y monter un atelier et à coudre pour diverses clientes de la haute. Pas des dames proches du régime, des étrangères, surtout, ou bien des Espagnoles aristocrates et monarchistes, de celles qui estiment que Franco usurpe le trône du roi.

– Pourquoi?

– Pourquoi quoi?

– Pourquoi tes amis veulent-ils que tu couses pour ces dames?

– Je n'ai pas le droit de vous le révéler. Mais j'ai besoin de l'aide de quelqu'un. J'ai rapporté des tissus magnifiques du Maroc, et ici on en manque terriblement. La nouvelle s'est répandue, j'ai acquis une bonne renommée, mais j'ai plus de clientes que prévu, je ne peux pas m'en occuper seule.

– Pourquoi, Sira? répéta-t-elle lentement. Pourquoi travailles-tu pour ces dames? Qu'est-ce que vous en attendez, toi et tes amis?

Je serrai les lèvres fermement, décidée à ne pas lâcher un mot. Je ne pouvais pas. Je ne devais pas. Mais une force étrange sembla extraire ma voix de mon estomac. Comme si doña Manuela exerçait de nouveau son autorité et que je n'étais qu'une apprentie adolescente; comme quand elle me demandait pourquoi il m'avait fallu toute une matinée pour aller acheter trois douzaines de boutons de nacre place de Pontejos. Ce furent mes entrailles et mon passé qui parlèrent, pas moi.

– Le but est d'obtenir des informations sur les activités des Allemands en Espagne. Ensuite, je les retransmets aux Anglais.

Je me mordis la lèvre inférieure dès que j'eus prononcé la dernière syllabe, consciente de mon imprudence. J'avais trahi la promesse faite à Hillgarth de ne jamais avouer à quiconque ma mission, mais c'était trop tard, je ne pouvais plus revenir en arrière. Je songeai alors à éclaircir la situation: le but était de sauvegarder la neutralité de l'Espagne, nous n'étions pas en mesure d'affronter une autre guerre; en somme, les arguments sur lesquels on avait tant insisté pour me convaincre. Ce fut inutile: avant que je puisse ajouter quoi que ce soit, j'aperçus un éclat bizarre dans les yeux de doña Manuela. Une lueur dans les yeux et l'esquisse d'un sourire au coin des lèvres.

– Avec les compatriotes de doña Victoria Eugenia, l'épouse d'Alfonso XIII? Ma fille, pas d'hésitation. Dis-moi juste quand tu veux que nous commencions.

Nous continuâmes à bavarder pendant tout l'après-midi. Nous mîmes au point le partage du travail et elle était chez moi le lendemain matin. Elle accepta de grand cœur un rôle secondaire dans l'atelier: ne pas avoir à affronter les clientes constituait presque un soulagement pour elle. Nous nous entendions à la perfection, de même que ma mère et elle des années durant, mais dans un rapport inversé. Elle accéda à son nouveau poste avec la modestie des cœurs généreux: elle se modela à ma vie et à mon rythme, sympathisa avec Dora et Martina, apporta son expérience et une énergie dont bien des femmes beaucoup plus jeunes se seraient satisfaites. C'était moi qui menais la danse, et elle s'y adapta sans le moindre inconvénient, ainsi qu'à mes idées et à mes lignes moins conventionnelles; elle remplissait mille tâches réservées autrefois à de simples petites mains sous ses ordres. L'inactivité avait représenté pour elle une souffrance, être de nouveau sur la brèche était un cadeau: elle revivait après d'interminables journées d'abattement.

Avec doña Manuela à mes côtés, le rythme de travail devint moins frénétique. Nous effectuions l'une et l'autre de longues heures de labeur, mais je parvins enfin à être plus détendue et même à jouir de quelques moments de loisir. Je sortis davantage en société: mes clientes m'encourageaient à assister à de nombreuses réceptions, fières de m'exhiber comme la grande découverte de la saison. J'acceptai les invitations: un concert donné par des fanfares militaires allemandes au Retiro, un cocktail à l'ambassade de Turquie, un dîner à celle d'Autriche et plusieurs déjeuners dans des endroits à la mode. Les crampons commencèrent à tourner autour de moi: des célibataires de passage, des hommes mariés à la panse rebondie ayant les moyens d'entretenir trois maîtresses, et de pittoresques diplomates en provenance des confins les plus exotiques. Je m'en débarrassais après deux verres et une danse: la dernière chose dont j'avais besoin en ce moment, c'était d'un homme dans ma vie.

Pourtant, tout ne fut pas seulement fêtes et distractions, bien au contraire. Doña Manuela apporta de la quiétude dans mon quotidien, mais non un soulagement définitif. Peu de temps après m'être déchargée du lourd fardeau d'un labeur solitaire, une nouvelle menace pointa à l'horizon. Le simple fait de parcourir les rues avec moins de hâte, de pouvoir m'arrêter devant une vitrine et de ralentir la cadence de mes allées et venues, me permit de remarquer ce dont je ne m'étais pas rendu compte jusqu'alors, une éventualité évoquée par Hillgarth lors de notre rencontre de Tanger: j'étais suivie, peut-être depuis longtemps; ou alors il s'agissait d'une situation inédite, coïncidant par un pur hasard avec l'arrivée de doña Manuela. En tout cas, une ombre paraissait s'être installée dans mon existence. Une ombre intermittente, absente certains jours, floue. Sans doute pour cette raison, j'eus du mal à prendre conscience de sa proximité. Je crus d'abord que c'était le fruit de mon imagination. On était en automne, Madrid regorgeait d'hommes avec chapeau et imperméable au col relevé. En réalité, c'était une image masculine courante dans ces temps d'après-guerre, et des centaines de répliques quasi identiques remplissaient les rues, les bureaux et les cafés. L'individu qui s'arrêta en même temps que moi, en détournant son visage, pour traverser la Castellana, n'était probablement pas celui qui, deux jours plus tard, revint sur ses pas pour donner l'aumône à un aveugle haillonneux tandis que je regardais des chaussures dans une boutique. Ni le propriétaire de la gabardine qui me suivit un samedi jusqu'à l'entrée du musée du Prado. Ni cette silhouette dont j'entrevis le dos caché derrière une colonne du grill du Ritz, et qui avait eu le temps de vérifier avec qui je partageais mon déjeuner: une cliente, Agatha Ratinborg, une prétendue princesse européenne aux origines hautement douteuses. Il n'existait, à coup sûr, aucune façon objective de confirmer l'appartenance de tous ces imperméables disséminés le long des rues et des journées à une seule et unique personne et, malgré tout, mon intuition me soufflait que c'était le cas.

Le rouleau de patrons destiné au salon de coiffure que je préparai cette semaine-là contenait sept messages conventionnels de longueur moyenne et un huitième me concernant, avec seulement trois mots: «On me suit.» Il était tard, la journée avait comporté de nombreux essayages et travaux de couture. Doña Manuela et les jeunes filles s'en étaient allées à huit heures passées; après leur départ, je terminai deux factures qui devaient être prêtes pour le lendemain matin, pris un bain, puis, enveloppée dans ma longue robe de chambre en velours grenat, je dînai debout, appuyée contre l'évier de la cuisine, de deux pommes et d'un verre de lait. J'étais si fatiguée que je n'avais presque pas faim; dès que j'eus fini, je m'assis pour coder les messages, brûlai consciencieusement les notes de la journée, puis éteignis les lumières avant d'aller au lit. À mi-chemin dans le couloir, je m'arrêtai brusquement. Il me sembla d'abord entendre un bruit isolé, ensuite deux, trois, quatre. Puis le silence. Et de nouveau des bruits. Pas de doute: on frappait à la porte. Du poing, sans utiliser la sonnette. Avec des coups secs et de moins en moins espacés, qui se transformèrent en un tambourinement ininterrompu. J'étais pétrifiée, tenaillée par la peur, incapable d'avancer ou de reculer.

Mais les coups ne cessaient pas, et leur insistance me fit réagir: qui que fût mon visiteur, il n'avait pas l'intention de repartir avant de m'avoir vue. Je nouai bien fort la ceinture de mon peignoir et gagnai l'entrée à pas feutrés. J'avalai ma salive, m'approchai de la porte. Très lentement, sans faire le moindre bruit et encore effrayée, je soulevai le judas.

– Entrez, mon Dieu! Entrez, entrez! réussis-je à murmurer après avoir ouvert.

Il se précipita à l'intérieur, nerveux. Décomposé.

– Ça y est, je suis démis, tout est fini.

Il ne me regardait pas; il parlait comme absent, comme pour lui-même, pour l'air ou le néant. Je me dépêchai de le guider vers le salon, en le bousculant presque, paniquée à l'idée que quelqu'un l'ait aperçu dans l'immeuble. L'appartement était plongé dans la pénombre, mais j'essayai de le faire asseoir et se calmer un peu, avant d'allumer une lumière. Il refusa. Il continua à marcher d'un bout à l'autre de la pièce, les yeux exorbités et répétant, encore et encore:

– Ça y est, ça y est, tout est fini, tout est fini, maintenant.

J'allumai une petite lampe dans un coin et lui servis un cognac généreux sans lui demander son avis.

– Tenez, dis-je en l'obligeant à prendre le verre dans sa main droite, buvez. – Il obéit en tremblant. – Et à présent asseyez-vous, détendez-vous et racontez-moi ce qui arrive.

J'ignorais complètement la raison qui l'avait poussé à venir chez moi après minuit. J'espérais qu'il avait été discret dans ses mouvements, mais j'en doutais, tant il avait l'air bouleversé et détaché de tout. Je ne l'avais pas revu depuis plus d'une année et demie, depuis la cérémonie d'adieu à Tétouan. Je préférai ne pas lui poser de questions, le laisser reprendre ses esprits. À l'évidence, il ne s'agissait pas d'une simple visite de courtoisie ; un peu de patience, et il finirait par me révéler ce qu'il attendait de moi. Il s'assit, but une autre gorgée. Il était en civil, avec un costume foncé, une chemise blanche et une cravate rayée ; sans la casquette, les galons et l'écharpe barrant la poitrine que je lui avais vus si souvent à l'occasion des manifestations officielles, et qu'il s'empressait d'ôter dès qu'elles étaient terminées. Il parut se détendre et alluma une cigarette. Il fuma, les yeux dans le vague, enveloppé d'un nuage de fumée et de ses propres pensées. Je gardai le silence, m'installai dans un fauteuil voisin, croisai les jambes et patientai. Quand la cigarette fut achevée, il se redressa pour l'éteindre dans un cendrier. Et, finalement, il leva le regard et me parla :

– J'ai été révoqué. La nouvelle sera publique demain. La note a déjà été envoyée au *Journal officiel* et à la presse, et dans sept ou huit heures tout le monde sera au courant. Savez-vous avec combien de mots je serai liquidé ? Vingt et un. Je les ai comptés. Tenez.

Il tira de la poche de sa veste une note manuscrite. Il me la montra, elle ne contenait que deux lignes qu'il me cita par cœur.

– « Est révoqué du poste de ministre des Affaires étrangères don Juan Beigbeder Atienza, en lui exprimant ma reconnaissance pour les services rendus. » Vingt et un mots, si on excepte le « don » devant mon prénom, qui sera probablement abrégé ; sinon il y en aura vingt-deux. Ensuite apparaîtra le nom du Caudillo. Il m'exprime sa gratitude pour les services rendus. C'est dur à avaler.

Il vida son verre d'un trait et je lui en versai un autre.

– Je savais bien que j'étais sur la corde raide depuis des mois, mais je ne m'attendais pas à un coup aussi brutal. Ni aussi insultant.

Il ralluma une cigarette et poursuivit, entre deux bouffées :

– Hier après-midi, j'ai eu une réunion avec Franco, au Pardo ; la rencontre a été longue et cordiale, à aucun moment il n'a critiqué mon action ni spéculé sur mon remplaçant éventuel. Pourtant, j'ai vécu des situations difficiles ces derniers temps, depuis que j'ai commencé à fréquenter ouvertement l'ambassadeur Hoare. De fait, je suis parti, à la suite du rendez-vous, satisfait, persuadé que je l'avais fait réfléchir à mes idées, qu'il avait peut-être accordé un minimum de crédit à mes choix. Comment pouvais-je imaginer que, dès que j'aurais franchi la porte, il aiguiserait son couteau pour me le planter dans le dos le lendemain ? Je lui avais demandé audience pour commenter avec lui certaines questions liées à sa future entrevue avec Hitler, à Hendaye, non sans me sentir profondément humilié de ne pas avoir été convié à l'accompagner. Malgré tout, je souhaitais lui parler, lui communiquer des informations importantes que j'avais obtenues par le biais de l'amiral Canaris, le chef de l'Abwehr, les services secrets de l'armée allemande. Vous savez qui c'est ?

– J'ai entendu ce nom, en effet.

– Bien que le poste qu'il occupe soit peu sympathique, Canaris est un homme affable et charismatique, et j'entretiens d'excellentes relations avec lui. Nous appartenons l'un et l'autre à cette étrange catégorie de militaires un tantinet sentimentaux et peu friands d'uniformes, de décorations et d'embrigadement. Il est en théorie sous les ordres d'Hitler, mais il ne partage pas ses objectifs et il agit de façon assez autonome. À tel point, dit-on, qu'il a lui aussi une épée de Damoclès suspendue au-dessus de la tête, comme moi.

Il se leva, fit quelques pas et s'approcha d'un balcon. Les rideaux étaient ouverts.

– Attention ! m'exclamai-je, on pourrait vous voir depuis la rue.

Il parcourut alors plusieurs fois le salon de long en large, sans cesser de parler.

– Je l'appelle mon ami Guillermo, en espagnol ; il parle très bien notre langue, il a vécu au Chili. Il y a quelques jours, nous avons mangé ensemble à la Casa Botín, il adore le cochon de lait. Il m'a semblé plus éloigné que jamais des idées d'Hitler, je ne serais pas étonné qu'il soit en train de conspirer avec les Anglais contre le Führer. Nous avons discuté de la nécessité absolue, pour l'Espagne, de ne pas s'allier aux puissances de l'Axe, et nous avons donc consacré le repas à établir une liste des approvisionnements que Franco devrait demander à Hitler en échange d'une participation espagnole au conflit. Je connais nos besoins stratégiques, et Canaris est au courant des insuffisances allemandes. Nous avons ainsi rédigé ensemble un mémoire des exigences de l'Espagne, que celle-ci présenterait comme des conditions indispensables à son entrée en guerre et que l'Allemagne ne serait pas disposée à accepter, même à moyen terme. La proposition comportait une longue liste de requêtes impossibles, depuis des possessions territoriales au Maroc français et dans la région d'Oran, jusqu'à des quantités extravagantes de céréales et d'armes, et la prise de Gibraltar par des soldats uniquement espagnols ; comme je viens de le dire, tout était absolument impossible à obtenir. Canaris m'a également suggéré de laisser en l'état les infrastructures détruites pendant la guerre en Espagne, par exemple les voies ferrées, les ponts et les routes; ainsi, les Allemands constateraient la situation lamentable du pays et les difficultés que rencontreraient leurs troupes pour le traverser.

Il s'assit de nouveau et but une autre gorgée de cognac. Par chance, l'alcool le détendait. J'étais toujours ébahie, ne comprenant pas la raison de sa visite, à cette heure et dans de telles dispositions, pour me parler de choses aussi incongrues que ses entrevues avec Franco et ses contacts avec des militaires allemands.

– Je suis arrivé au Pardo porteur de toutes ces informations et je les ai détaillées au Caudillo. Il a été très attentif, il a conservé le document et m'a remercié de ma démarche. Il s'est montré si chaleureux avec moi qu'il s'est même permis une allusion personnelle au temps jadis, quand nous étions ensemble en Afrique. Nous nous connaissons depuis longtemps. De fait, mis à part son ineffable beau-frère, je crois que je suis, pardon, que j'ai été, l'unique membre de son cabinet qui le tutoie. Franquito, à la tête du glorieux Mouvement nationaliste, qui l'aurait cru? Nous n'avons jamais été de grands amis, en réalité; je pense qu'il ne m'a jamais apprécié: il ne comprenait pas mon peu d'enthousiasme pour l'armée et mon souhait d'être nommé dans une ville, à des tâches administratives, et de préférence à l'étranger. D'ailleurs, il ne me fascinait pas moi non plus, je suis bien obligé de le reconnaître, toujours tellement sérieux, tellement raide et ennuyeux, visant toujours la première place, obsédé par les promotions et le tableau d'avancement; un vrai emmerdeur, je vous l'avoue en toute sincérité. Nous nous sommes retrouvés ensemble à Tétouan, lui était déjà commandant, moi encore capitaine. Vous voulez que je vous raconte une anecdote? En début de soirée, nous avions l'habitude de nous réunir, tous les officiers, dans un des petits bars de la place d'Espagne pour boire quelques verres de thé, vous vous souvenez de ces cafés?

– Je me les rappelle parfaitement, confirmai-je.

Comment effacer de ma mémoire les chaises en fer forgé sous les palmiers, l'odeur des brochettes et du thé à la menthe, la lente déambulation des djellabas et des costumes européens autour du kiosque central, avec ses tuiles et ses arcades mauresques blanchies à la chaux?

Il esquissa un bref sourire, le premier, provoqué par la nostalgie. Il ralluma une nouvelle cigarette et s'appuya sur le dossier du canapé. Nous bavardions presque dans la pénombre, avec la petite lampe dans un angle du salon pour tout éclairage. J'étais toujours en peignoir: je n'avais pas eu l'occasion d'aller me changer, je ne souhaitais pas l'abandonner une seule seconde tant qu'il n'aurait pas recouvré tout son calme.

– Un après-midi, il a cessé de venir, et nous avons alors commencé à émettre des hypothèses sur son absence. La conclusion la plus logique était qu'il avait une liaison, il restait à le vérifier; vous savez de quoi je parle, des bêtises de jeunes officiers qui s'ennuient et n'ont pas grand-chose à faire. Nous avons tiré au sort et c'est moi qui ai été chargé de l'épier. Le lendemain, j'ai éclairci le mystère. En sortant de la caserne, je l'ai suivi jusqu'à la médina, je l'ai vu entrer dans une maison, le logement arabe typique. J'étais stupéfait: il fréquentait donc une jeune musulmane! Je suis entré sous un prétexte quelconque, je ne me rappelle plus lequel. Et qu'est-ce que j'ai découvert? Notre homme prenant des leçons d'arabe, c'était ça l'explication du mystère. Car le grand général africaniste, l'insigne et invaincu Caudillo de l'Espagne, le sauveur de la patrie, ne parle pas arabe, en dépit de ses efforts. Et il ne comprend pas le peuple marocain et ne s'y intéresse pas du tout. Moi, si. Moi, les Marocains m'intéressent, ils m'intéressent beaucoup. Je les comprends parce que ce sont mes frères. En arabe classique, en rifain, dans n'importe quelle langue. Ça contrariait énormément le plus jeune commandant d'Espagne, la fierté des troupes d'Afrique. Et le fait que ce soit moi qui le surprenne en train d'essayer de combler ses lacunes l'a rendu encore plus furieux. Enfin, des sottises de jeunesse.

Il prononça quelques mots incompréhensibles en arabe, comme pour me prouver sa maîtrise de la langue. Comme si j'en doutais. Il but et je remplis son verre pour la troisième fois.

– Vous connaissez la réaction de Franco quand Serrano m'a proposé pour le poste de ministre? «Tu veux que je nomme Juanito Beigbeder aux Affaires étrangères? Mais il est fou à lier!» J'ignore pourquoi il m'a collé cette étiquette de folie; sans doute parce que son cœur est un bloc de glace, et qu'ainsi tout individu un peu plus passionné que lui représente à ses yeux le comble de l'aliénation. Fou, moi? Quelle idée!

Il avala une nouvelle gorgée. Il parlait en me regardant à peine, en un monologue rempli d'amertume. Il parlait et il buvait, il parlait et il fumait. En proie à sa rage intérieure, impossible à interrompre. Je l'écoutais en silence, toujours incapable de deviner pourquoi il me racontait tout cela. Nous ne nous étions pratiquement jamais vus seul à seul, nous n'avions échangé que quelques mots en l'absence de Rosalinda; tout ce que je savais de lui, je l'avais appris par la bouche de cette dernière. Malgré tout, en cet instant tellement particulier de sa vie et de sa carrière, qui marquait radicalement la fin d'une époque, il avait décidé de faire de moi sa confidente.

– Franco et Serrano affirment que je suis perturbé, la victime de l'influence pernicieuse d'une femme. La quantité d'idioties qu'on est obligé d'entendre en ce moment, nom d'une pipe! Me donner des leçons de morale, à moi, quand on enferme sa légitime avec ses six ou sept rejetons à la maison, et qu'on passe ses journées au lit avec une marquise qu'on emmène à la corrida dans sa décapotable! Et, comble du comble, ils envisagent d'inclure le délit d'adultère dans le Code pénal ! Bien sûr que les femmes me plaisent, c'est le contraire qui serait étonnant. Je ne vis plus avec mon épouse depuis des années et je n'ai pas à me justifier, ni sur mes sentiments ni sur la personne avec qui je me couche ou je me lève, il ne manquerait plus que ça ! J'ai eu des aventures, toutes celles que j'ai pu avoir, d'accord. Et alors ? Je suis une bête curieuse dans l'armée ou au gouvernement ? Non. Je suis comme tous les autres, mais ils ne se sont pas privés de me coller une sale réputation, celle d'un débauché ensorcelé par une Anglaise. Quelle bande de crétins ! Ils voulaient ma tête pour prouver leur loyauté aux Allemands, comme Hérode celle de saint Jean-Baptiste. Eh bien, ils l'ont, tant mieux pour eux. Mais ce n'était pas la peine de me rouler dans la boue.

– Que vous ont-ils fait ?

– Ils ont répandu toute une série de saletés à mon sujet : ils m'ont présenté comme un homme à femmes dépravé, capable de vendre sa patrie pour une partie de jambes en l'air. Ils ont fait courir le bruit que Rosalinda m'a subjugué et obligé à trahir mon pays, que Hoare m'a acheté, que je reçois de l'argent des juifs de Tétouan en échange de mon attitude antiallemande. On me surveille jour et nuit, j'en suis même arrivé à craindre pour mon intégrité physique, et ne croyez pas que ce soient des lubies. Et tout ça, pour une simple raison : parce que, en qualité de ministre, je me suis efforcé d'agir avec bon sens et d'exposer des idées en accord avec mes actes. Je leur ai dit qu'il est impossible de rompre nos relations avec les Britanniques et les Américains, car nous dépendons d'eux pour nos approvisionnements en blé et en pétrole, indispensables pour empêcher notre malheureux pays de mourir de faim ; j'ai insisté sur le fait que l'Allemagne ne doit pas s'ingérer dans nos affaires nationales, qu'il faut s'opposer à ses projets interventionnistes, que nous n'avons pas intérêt à nous embringuer dans leur guerre, même contre l'espoir d'un nouvel empire colonial. Croyez-vous qu'on se soit donné la peine d'évaluer mon point de vue? Pas du tout: on m'a pris de haut, on a déclaré que c'était une folie de ne pas se soumettre à une armée qui défile victorieuse à travers toute l'Europe. Connaissez-vous l'un des derniers traits de génie du sublime Serrano, la phrase qu'il rabâche actuellement: «La guerre, avec ou sans pain!» Qu'en pensez-vous? Et c'est moi qui suis cinglé! Ma résistance m'a coûté mon poste; peut-être qu'elle finira par me coûter la vie. Je me retrouve seul, Sira, seul. Ma charge de ministre, ma carrière militaire, mes relations personnelles, tout, absolument tout a été emporté par ce torrent de boue. Et à présent on m'expédie à Ronda, assigné à résidence, peut-être qu'ils vont me faire passer devant un conseil de guerre et me liquider un beau matin, ligoté à un poteau d'exécution.

Il ôta ses lunettes et se frotta les yeux. Il paraissait fatigué. Épuisé. Plus âgé.

– Je suis perdu, exténué, dit-il à voix basse. – Il soupira puis ajouta, avec force: – Je donnerais cher pour revenir en arrière, pour n'avoir jamais quitté mon cher Maroc, pour que ce cauchemar n'ait jamais commencé. Ma seule consolation, ce serait Rosalinda, mais elle est partie. Voilà pourquoi je suis venu vous voir, pour vous demander votre aide. Je veux entrer en contact avec elle.

– Où est-elle, en ce moment?

– À Lisbonne. Elle a été obligée de s'enfuir.

– Pourquoi? demandai-je, inquiète.

– Nous avons appris que la Gestapo était à ses trousses.

– Et vous, comme ministre, vous n'avez rien pu faire?

– Moi, avec la Gestapo? Ni moi ni personne, ma chère. Mes relations avec les représentants allemands ont été très tendues ces derniers temps; certains membres du gouvernement se sont empressés de laisser filtrer, auprès de l'ambassadeur et de ses sbires, des informations sur moi, sur mon opposition à notre entrée en guerre et à des relations trop étroites entre eux et nous.

D'ailleurs, je n'aurais sans doute rien obtenu non plus si j'avais été en bons termes avec eux : la Gestapo a un fonctionnement autonome, en marge des institutions officielles. La présence de Rosalinda sur leurs listes nous a été confirmée par une indiscrétion. Le soir même, elle a pris quelques affaires et elle s'est envolée vers le Portugal ; tout le reste, on le lui a expédié ensuite. Ben Wyatt, l'attaché naval américain, est le seul à nous avoir accompagnés à l'aéroport ; c'est un excellent ami. Personne d'autre ne sait où elle se trouve. Ou, du moins, personne d'autre ne devrait le savoir. À part vous. Je suis désolé d'avoir débarqué chez vous à cette heure avancée de la nuit et dans ces conditions, mais on m'emmène demain à Ronda et j'ignore quand je pourrai à nouveau communiquer avec elle.

– Qu'attendez-vous de moi ?

– Que vous vous débrouilliez pour transmettre ces lettres à Lisbonne grâce à la valise diplomatique de l'ambassade britannique. Faites-les parvenir à Alan Hillgarth, puisque vous êtes en contact avec lui, dit-il en sortant trois grosses enveloppes de la poche intérieure de sa veste. Je les ai écrites au cours de ces dernières semaines, mais j'ai été soumis à une telle surveillance que j'ai préféré ne courir aucun risque ; comme vous le comprendrez, je me méfie même de mon ombre. On dirait pourtant qu'ils se sont accordé une pause depuis que ma révocation est officielle ; ils ont baissé la garde et j'en ai profité pour arriver ici *incognito*.

– Vous en êtes sûr ?

– Complètement, soyez sans crainte. J'ai pris un taxi, j'ai évité d'utiliser une voiture ministérielle. Il n'y avait aucun véhicule derrière nous pendant le trajet, je l'ai vérifié. Et il aurait été impossible de nous suivre à pied. Je suis resté à l'intérieur du taxi jusqu'à ce que le concierge sorte les poubelles ; c'est seulement à ce moment-là que je suis entré dans l'immeuble ; personne ne m'a vu, ne vous inquiétez pas.

– Comment saviez-vous où j'habite ?

– Comment ? C'est Rosalinda qui a choisi cet appartement, et elle m'a tenu au courant de l'avancement de son installation. Elle était très heureuse de votre venue et de votre collaboration à la cause de son pays.

Un mince sourire se redessina à la commissure de ses lèvres.

– Je l'ai beaucoup aimée, Sira. Je l'ai aimée infiniment. J'ignore si je la reverrai un jour, mais si ce n'était pas le cas, dites-lui que j'aurais donné ma vie pour l'avoir à mes côtés en cette nuit si triste. Je peux me servir un autre verre ?

– Je vous en prie, ce n'est pas la peine de demander.

J'avais perdu le compte des verres qu'il avait bus, cinq ou six probablement. La mélancolie se dissipa avec la gorgée suivante. Il s'était détendu et ne paraissait pas disposé à s'en aller.

– Rosalinda est contente à Lisbonne, elle y fait son trou. Vous la connaissez, capable de s'adapter à tout avec une facilité déconcertante.

Rosalinda Fox – personne d'autre qu'elle – pour se réinventer et repartir de zéro aussi souvent que nécessaire. Ils formaient vraiment un couple bizarre, Beigbeder et elle ! Très différents, et pourtant très complémentaires.

– Rendez-lui visite à Lisbonne dès que vous le pourrez. Elle sera ravie de passer quelques jours avec vous. Son adresse se trouve dans les lettres que je vous ai remises ; n'oubliez pas de la recopier.

– J'essaierai, je vous le promets. Vous pensez, vous aussi, aller au Portugal ? Qu'avez-vous prévu de faire quand tout cela sera fini ?

– Quand ma détention s'achèvera ? Qu'est-ce que j'en sais ? Ça peut durer des années ; peut-être même que je n'en ressortirai pas vivant. La situation est très incertaine. Quelles seront les charges retenues contre moi ? Rébellion ? Espionnage ? Trahison ? N'importe quelle énormité. Mais imaginons que j'aie la baraka et que tout se termine rapidement, alors, oui, il me semble que je partirai à l'étranger. Dieu sait que je ne suis pas un libéral, mais je suis dégoûté par le résultat de la victoire de Franco : ce totalitarisme mégalomane qu'il a engendré et que nous avons été nombreux à alimenter. Je regrette du fond du cœur d'avoir contribué à renforcer son image au Maroc pendant la guerre. Je n'aime pas ce régime, je ne l'aime pas du tout. Je crois que je n'aime même plus l'Espagne, cet avorton qu'on prétend nous vendre comme une nation grande et libre. J'ai passé plus d'années en dehors de ce pays qu'à l'intérieur ; ici, je me sens ailleurs, il y a beaucoup de choses qui me sont étrangères.

– Vous pourriez toujours retourner au Maroc. Avec Rosalinda.

– Non, répliqua-t-il, catégorique. Le Maroc, c'est du passé, désormais. Il n'y aurait pas de nouvelle affectation pour moi ; après avoir été haut-commissaire, il me serait impossible d'y occuper un poste inférieur. Bien que mon cœur saigne à cette idée, je crains que l'Afrique ne soit plus qu'un chapitre clos dans ma vie. Professionnellement, j'entends, car je ne l'oublierai jamais. *Inch Allah*, si Dieu le veut.

– Alors ?

– Tout dépendra de ma situation militaire ; je suis à la merci du Caudillo, généralissime de toutes les armées par la grâce de Dieu. Il faut se faire une raison, comme si Dieu avait quelque chose à voir dans des affaires aussi troubles. Franco peut aussi bien lever la sanction dans un mois que décider mon exécution et lui donner toute la publicité souhaitable. Qui l'aurait dit il y a vingt ans ? Ma vie tout entière entre les mains de Franquito !

Il enleva encore ses lunettes et se frotta de nouveau les yeux. Il remplit son verre, ralluma une cigarette.

– Vous êtes très fatigué. Pourquoi ne rentrez-vous pas vous coucher ?

Il me jeta un regard éperdu d'enfant. Le visage d'un enfant qui avait plus de cinquante années d'existence sur ses épaules, le poste le plus important de l'administration coloniale espagnole, et une charge ministérielle dont il venait d'être écarté à grand fracas. Sa réponse fut d'une sincérité renversante :

– Je ne veux pas, je suis incapable de supporter l'idée de me retrouver seul dans cette maison sinistre, qui a été jusqu'à présent mon domicile officiel.

– Restez dormir ici, si vous voulez, proposai-je.

Je prenais un risque en l'invitant à passer la nuit chez moi, mais dans son état, si je le jetais dehors et l'obligeais à errer à travers les rues de Madrid, il était capable de commettre n'importe quelle folie.

– Je ne vais sans doute pas fermer l'œil, reconnut-il avec un demi-sourire lourd de tristesse, mais je vous suis reconnaissant de m'accorder un instant de repos. Je ne vous ennuierai pas, promis. Ce sera comme un refuge au milieu de la tempête : vous ne pouvez pas imaginer l'amertume que l'on ressent, à se retrouver seul et abandonné de tous.

– Vous êtes chez vous. Je vais vous apporter une couverture au cas où vous voudriez vous étendre. Enlevez votre veste et votre cravate, mettez-vous à l'aise.

Il suivit mes instructions tandis que je sortais en quête d'une couverture. Quand je revins, il était en manches de chemise, remplissant encore son verre.

– Le dernier, déclarai-je avec autorité en m'emparant de la bouteille.

Je déposai un cendrier propre sur la table et la couverture sur le dossier du canapé. Ensuite, je m'assis à côté de lui, lui saisis doucement le bras.

– Rien n'est définitif, Juan Luis, soyez patient. Tout cela finira un jour ou l'autre.

Je posai ma tête sur son épaule et il mit sa main sur la mienne.

– Dieu vous écoute, Sira, Dieu vous écoute, murmura-t-il.

Je l'abandonnai à ses démons et gagnai ma chambre à coucher. Tandis que je longeais le couloir, je l'entendis parler en arabe, sans comprendre ce qu'il disait. Je tardai à m'endormir, il était sans doute déjà plus de quatre heures du matin quand je parvins à trouver un sommeil agité et bizarre. Le bruit de la porte d'entrée au fond du couloir me réveilla. Je regardai l'heure sur mon réveil : huit heures moins vingt. Je ne le revis plus jamais.

42

Mes craintes d'être filée étaient passées au second plan, comme si soudain elles n'étaient plus d'actualité. Plutôt que d'ennuyer Hillgarth avec des suppositions peut-être sans fondement, il fallait que je le mette tout de suite au courant et que je lui donne les lettres. La situation de Beigbeder était beaucoup plus importante que mes peurs : pour lui-même, pour mon amie, pour tous. Ce matin-là, je déchirai donc en mille morceaux le patron destiné à faire état de mes soupçons de filature et je le remplaçai par le message suivant : « Beigbeder visite chez moi hier soir. Exclu ministère, très nerveux. Détention Ronda. Craint pour sa vie. Lettres pour Mme Fox Lisbonne par valise diplomatique ambassade. Attends instructions urgentes. »

Je pensai me rendre à midi à l'Embassy, pour prévenir Hillgarth. Il avait à coup sûr appris tôt le matin la révocation du ministre, mais il serait très intéressé par les détails fournis par le colonel. En outre, je devais me débarrasser le plus vite possible du courrier adressé à Rosalinda : du fait des responsabilités de son auteur, j'étais convaincue qu'il dépassait le cadre d'une simple correspondance sentimentale. Son contenu, à l'évidence politique et critique, était une bonne raison pour ne pas le conserver en ma possession. Mais nous étions un mercredi et, comme tous les mercredis, j'avais prévu d'aller au salon de coiffure ; je décidai ainsi d'utiliser les moyens de transmission conventionnels ; en effet, déclencher l'alerte en employant la procédure d'urgence ne m'aurait fait gagner que deux heures. Je me consacrai donc à mon travail tout au long de la matinée, reçus deux clientes, mangeai mal et sans appétit, et sortis à quatre heures moins le quart de chez moi, en direction du salon de beauté, avec le rouleau de patrons bien enveloppé dans un foulard en soie à l'intérieur de mon sac. La pluie menaçait mais je ne pris pas de taxi : j'avais besoin de m'aérer pour m'éclaircir les idées. Tout en marchant, je me remémorais les détails de la déconcertante visite de Beigbeder la nuit précédente, et j'essayais d'imaginer la façon dont Hillgarth et ses hommes entreraient en possession des lettres. Absorbée dans mes pensées, je ne remarquai personne en train de me suivre ; s'il y avait quelqu'un, en tout cas, je ne l'aperçus pas.

Les messages furent cachés dans l'armoire sans que la jeune fille aux cheveux frisés chargée du vestiaire exprime une once de complicité quand son regard croisa le mien. Ou bien c'était une formidable collaboratrice, ou bien elle n'avait pas la moindre idée de ce qui se passait sous ses yeux. Les coiffeuses s'occupèrent de moi avec leur dextérité habituelle et, tandis qu'elles ondulaient mes cheveux qui tombaient déjà plus bas que mes épaules, je fis mine de me concentrer sur la lecture d'un magazine du mois. Cette publication féminine remplie de remèdes pharmaceutiques, d'historiettes mièvres et moralisatrices et d'un reportage sur les cathédrales gothiques m'intéressait assez peu, mais je la lus du début à la fin, sans en décoller mes yeux, afin d'éviter tout contact avec mes voisines, dont le papotage me laissait totalement indifférente. Sauf quand je tombais sur une de mes clientes – ce qui était relativement fréquent –, je n'avais envie de bavarder avec personne.

Je quittai le salon sans les patrons, parfaitement coiffée et le moral encore en berne. Le temps était toujours désagréable, mais je décidai de me promener au lieu de rentrer directement : je préférais me changer les idées et rester éloignée des lettres de Beigbeder en attendant les instructions de Hillgarth. Je remontai au hasard la rue d'Alcalá jusqu'à la Gran Vía ; à mesure que j'avançais, je notai comment la densité humaine, faible au début, augmentait sur les trottoirs : promeneurs bien habillés mêlés à des cireurs de chaussures, des ramasseurs de mégots et des mendiants estropiés qui montraient sans pudeur leurs stigmates. Je me rendis compte alors que j'étais en train de sortir du périmètre délimité par Hillgarth : je pénétrais dans un territoire un tant soit peu dangereux, où je pourrais croiser quelqu'un qui m'avait connue. Ils ne soupçonneraient sans doute jamais que la dame enveloppée dans un élégant manteau en laine grise n'était autre que la petite main de jadis mais, au cas où, j'entrai dans un cinéma pour tuer le temps et, au passage, pour diminuer les risques.

C'était le Palacio de la Música et on y donnait *Rebecca*. La séance avait déjà commencé, mais je m'en fichais : l'histoire importait peu, je voulais juste un moment de répit avant que quelqu'un ait eu le temps de déposer chez moi les instructions. Le placeur me conduisit à l'une des dernières rangées, sur le côté, pendant que Laurence Olivier et Joan Fontaine parcouraient à toute allure une route sinueuse, à bord d'une décapotable. Dès que ma vue se fut habituée à l'obscurité, je notai que l'orchestre était pratiquement plein ; en revanche, ma rangée et les places alentour n'étaient occupées que par quelques silhouettes çà et là, sans doute à cause de l'éloignement. Il y avait quelques couples à ma gauche ; à droite, personne. Mais pour peu de temps ; deux minutes à peine après mon arrivée, un individu s'assit à l'extrémité du rang, à environ dix ou douze fauteuils de distance. Un homme. Seul. Un homme seul dont je ne pus distinguer le visage dans l'ombre. Un homme quelconque, qui n'aurait pas attiré mon attention s'il n'avait pas porté un imperméable clair avec le col relevé, comme celui qui me suivait depuis plus d'une semaine. Un homme avec un imperméable clair et le col relevé qui, à en juger par la direction de son regard, s'intéressait davantage à moi qu'à la trame cinématographique.

Cela me fit froid dans le dos. Je compris soudain que mes suppositions étaient bien réelles : il était là pour moi, il m'avait probablement filée depuis le salon de coiffure, voire depuis chez moi ; il avait été sur mes talons pendant des centaines de mètres, il m'avait observée quand je prenais mon billet, quand je traversais le vestibule, entrais dans la salle et m'installais à ma place. Mais cela ne lui avait pas suffi : une fois localisée, il s'était assis à quelques mètres, me coupant le passage vers la sortie. Et moi, imprudente et troublée par la nouvelle de la révocation de Beigbeder, je n'avais pas informé Hillgarth de mes soupçons, bien qu'ils se soient accrus au fil des jours. Je songeai d'abord à prendre la fuite, mais j'étais coincée. Je ne pouvais pas accéder à l'allée de droite sans qu'il me laisse passer ; si je choisissais l'allée de gauche, je serais obligée d'importuner plusieurs spectateurs qui seraient furieux de l'interruption, protesteraient, devraient se lever ou rentrer leurs jambes, et l'inconnu aurait largement le temps de me suivre. Je me rappelai alors les conseils de Hillgarth lors du repas à la légation américaine : face à ce genre de situation, du calme, de l'assurance, une apparence de normalité.

L'étranger à la gabardine témoignait cependant d'une insolence qui ne présageait rien de bon : ce qui, jusqu'à présent, avait été une filature discrète et subtile avait cédé la place à une attitude résolument provocante. Je suis ici pour que vous me voyiez, paraissait-il dire. Pour que vous sachiez que je vous surveille et que je connais votre destination ; que je peux me mêler de votre vie à ma guise : aujourd'hui, j'ai décidé de vous suivre au cinéma et de bloquer votre sortie; demain, j'agirai avec vous comme bon me semble.

Je détournai le regard et tentai de me concentrer sur le film; en vain. Les scènes se déroulaient sous mes yeux sans cohérence ni signification: une grande bâtisse majestueuse et lugubre, une gouvernante à l'aspect maléfique, une héroïne adoptant toujours le mauvais comportement, le fantôme d'une femme fascinante. La salle entière était subjuguée; moi, en revanche, j'avais un souci plus immédiat. Tandis que les minutes s'écoulaient et que sur l'écran se succédaient des images en noir et blanc, je laissai retomber ma mèche sur le côté droit de mon visage, afin d'examiner en cachette l'inconnu. Je ne parvins pas à distinguer ses traits, à cause de la distance et de l'obscurité. Mais une espèce de relation muette et tendue s'établit entre nous, comme si nous étions réunis par notre manque d'intérêt commun pour le film. Aucun de nous deux ne retint son souffle quand l'héroïne brisa le personnage en porcelaine, nous ne fûmes pas non plus paniqués lorsque la gouvernante la poussa à se jeter dans le vide, notre sang ne se glaça pas dans nos veines en apprenant que Max de Winter avait peut-être assassiné son épouse perverse.

Le mot «fin» apparut à la suite de l'incendie de Manderley, et les lumières commencèrent à s'allumer. Ma réaction immédiate fut d'occulter mon visage: pour une raison absurde, j'avais l'impression que l'absence d'obscurité me rendait plus vulnérable aux yeux de mon poursuivant. Je penchai la tête, me cachai de nouveau derrière ma mèche et feignis de fouiller dans mon sac. Lorsque je levai enfin le regard de quelques centimètres et regardai vers ma droite, l'homme avait disparu. Je restai assise jusqu'à ce que l'écran devienne blanc, l'estomac noué par la peur. La salle s'inonda de lumière, les derniers spectateurs sortirent, les placeurs entrèrent et se mirent à ramasser les déchets et les objets oubliés entre les rangées de fauteuils. Encore effrayée, je pris mon courage à deux mains et me levai.

Le grand vestibule était rempli d'une foule bruyante: il pleuvait dru dans la rue et ceux qui attendaient pour s'en aller se mêlaient aux spectateurs de la séance suivante. Je me réfugiai derrière une colonne, et ainsi à l'écart, entre la foule, les conversations et la fumée dense d'innombrables cigarettes, je me sentis anonyme et momentanément saine et sauve. Mais cette fragile sensation de sécurité fut de courte durée: le temps nécessaire à la masse pour se dissoudre. Les nouveaux arrivants eurent enfin accès à la salle pour se laisser captiver à leur tour par les malheurs des Winter et par leurs fantômes; les autres – les plus prévoyants, à l'abri de leurs parapluies et de leurs chapeaux, les plus imprudents, avec la veste remontée ou un journal plié sur la tête, ou les plus courageux, simplement dans un accès de hardiesse – abandonnèrent peu à peu le monde fastueux du cinéma pour gagner la rue et se confronter à la réalité quotidienne qui, en cette soirée d'automne, se présentait sous la forme d'un épais et impitoyable rideau de pluie se déversant du ciel.

Trouver un taxi était une bataille perdue d'avance; à l'instar des centaines d'individus qui m'avaient précédée, je m'armai donc de courage et me disposai à rentrer chez moi sous les intempéries, protégée seulement par un foulard de soie sur mes cheveux et le col relevé de mon manteau. Je me dépêchai; je voulais arriver le plus vite possible, aussi bien pour m'abriter de l'averse que pour échapper aux multiples soupçons qui me harcelèrent durant le trajet. Je regardais sans cesse derrière moi, je croyais soudain qu'on me suivait ou bien cette sensation s'estompait. Tout personnage porteur d'un imperméable me faisait presser le pas, même si sa silhouette ne correspondait pas à celle de l'homme que je redoutais. Quelqu'un passa à côté de moi et me frôla involontairement, je courus me réfugier devant la vitrine d'une pharmacie fermée ; un mendiant me tira par la manche et obtint en guise d'aumône un cri apeuré. J'emboîtai le pas à plusieurs couples respectables, mais ce furent eux qui s'écartèrent de moi, inquiets de mon obstination à les suivre de près. Des éclaboussures de boue souillèrent mes bas, mon talon gauche s'accrocha dans une bouche d'égout. Je traversai précipitamment les rues en proie à l'anxiété, sans prêter réellement attention à la circulation. Les feux d'une automobile m'éblouirent à un croisement ; un peu plus loin, je sursautai au coup de Klaxon d'un triporteur et je faillis être renversée par un tramway ; puis j'échappai d'un bond à une voiture obscure, dont le conducteur n'avait sans doute pas distingué ma silhouette sous la pluie. Ou peut-être que si.

J'arrivai trempée et le souffle coupé ; le concierge, le gardien de nuit, une poignée de voisins et cinq ou six curieux étaient regroupés à quelques mètres de l'entrée, évaluant les dommages causés par l'eau qui s'était infiltrée dans les caves de l'immeuble. Je montai les marches quatre à quatre sans que personne remarque ma présence, enlevai mon foulard mouillé tandis que je cherchais mes clés. Je me sentais rassurée : je n'avais pas croisé mon poursuivant et je n'avais qu'une envie, me plonger dans un bain chaud pour arracher le froid et la panique qui collaient à ma peau. Mais mon soulagement fut bref. Aussi bref que les secondes mises à atteindre la porte, l'ouvrir, entrer et me rendre compte de la situation.

La présence d'une lampe allumée dans le salon, alors que l'appartement aurait dû être dans l'obscurité, était anormale, mais cela pouvait s'expliquer, même si doña Manuela et mes jeunes assistantes avaient l'habitude de tout éteindre avant de s'en aller ; un oubli était toujours possible. Ce ne fut donc pas la lumière qui me parut incongrue, mais ce que je découvris dans le vestibule. Un imperméable. Clair, d'homme. Suspendu au portemanteau. Avec le clapotement sinistre de l'eau tombant goutte à goutte.

43

Son propriétaire m'attendait assis dans le salon. Aucun mot ne me vint à la bouche, pendant un instant qui parut durer une éternité. Mon visiteur inattendu se tut lui aussi. Nous nous regardâmes fixement l'un l'autre, en proie à un emmêlement de souvenirs et de sensations confuses.

– Tu as aimé le film? demanda-t-il enfin.

Je ne répondis pas. J'avais devant moi l'homme qui me suivait depuis des jours. Celui qui, des lustres auparavant, était sorti de ma vie enveloppé dans un imperméable similaire; le même dos qui s'était éloigné de moi dans la brume en traînant une machine à écrire, quand il avait appris que je le quittais, car j'étais tombée amoureuse d'une personne autre que lui. Ignacio Montes, mon premier fiancé, était de nouveau entré dans ma vie.

– On a fait de sacrés progrès, hein, Sirita? ajouta-t-il en se levant et en s'avançant vers moi.

– Qu'est-ce que tu fais ici, Ignacio? parvins-je à balbutier.

Je n'avais pas encore ôté mon manteau; l'eau dégoulinait par terre, formant de petites flaques. Mais je ne bougeai pas.

– Je suis venu te voir. Sèche-toi et change de vêtements. Il faut qu'on cause.

Il souriait, et son sourire disait le contraire, qu'il n'avait pas le cœur à sourire. Je constatai alors qu'à peine deux mètres me séparaient de la porte par où j'étais entrée; je pourrais peut-être m'enfuir, dévaler l'escalier, atteindre le portail, sortir dans la rue, courir. J'écartai cette idée: il valait mieux ne pas réagir de façon inconséquente, sans savoir avant à quoi m'attendre; je m'approchai donc de lui et le regardai en face.

– Que veux-tu, Ignacio ? Comment es-tu entré ? Que cherches-tu ? Pourquoi me surveilles-tu ?

– Doucement, Sira, doucement. Pose-moi les questions une à une, pas d'énervement. Mais avant, si ça ne t'embête pas, j'aimerais qu'on se mette à l'aise tous les deux. Je suis un peu fatigué, sais-tu ? Hier soir, tu m'as fait veiller très tard. Je peux me servir un verre ?

– Avant, tu ne buvais pas, dis-je en essayant de conserver mon calme.

Un éclat de rire glacial traversa le salon d'une extrémité à l'autre.

– Quelle mémoire ! Pourtant, il a dû s'en passer, des choses intéressantes dans ta vie pendant toutes ces années, incroyable que tu te souviennes de détails aussi futiles.

Incroyable, en effet, mais je m'en souvenais. De ça et de beaucoup plus. De nos longs après-midi de promenade sans but précis, des danses au milieu des lampions dans les fêtes foraines. De son optimisme et de sa tendresse d'alors ; de moi-même quand je n'étais qu'une humble couturière sans autre espoir qu'épouser cet homme, dont la présence me remplissait maintenant de crainte et d'incertitude.

– Qu'est-ce que tu veux prendre ?

J'essayais de paraître décontractée, sereine.

– Un whisky ou un cognac, ça m'est égal : ce que tu as l'habitude d'offrir à tes invités.

Je lui versai un verre en finissant la bouteille qu'avait bue Beigbeder le soir d'avant ; il restait deux doigts à peine. En me retournant vers lui j'observai ses vêtements : un costume gris courant ; le tissu et la coupe étaient meilleurs que jadis, quand nous étions ensemble, mais son tailleur ne valait pas ceux de mes relations masculines actuelles. Je déposai le verre sur la table à côté de lui et je découvris alors seulement une boîte de chocolats de l'Embassy, enveloppée dans du papier argenté et ornée d'un spectaculaire ruban rose.

– Un admirateur t'a envoyé un cadeau, dit-il en caressant la boîte du bout des doigts.

Je me tus. J'étais incapable de parler. Quelque part sur l'emballage de ce présent inattendu il y avait un message codé de Hillgarth ; un message qui m'était exclusivement destiné.

Je m'assis à distance, à une extrémité du canapé, tendue et encore trempée. Je fis semblant de me désintéresser des chocolats et contemplai Ignacio en silence, tandis que j'écartais mes cheveux mouillés de mon front. Il était aussi maigre qu'autrefois, mais son visage avait changé. Les premiers cheveux blancs commençaient à apparaître sur ses tempes, bien qu'il eût à peine plus de trente ans. Il avait des cernes, des rides au coin des lèvres et l'air fatigué, l'air de ne pas mener une vie très paisible.

– Alors, Sira, il s'en est passé, du temps.

– Cinq années, précisai-je d'un ton coupant. Et à présent, s'il te plaît, dis-moi pourquoi tu es venu.

– Pour plusieurs raisons. Mais je préfère que tu enfiles d'abord des vêtements secs. Quand tu reviendras, apporte-moi tes papiers. Te les demander à la sortie du cinéma me paraissait un peu grossier dans les circonstances actuelles.

– Pourquoi devrais-je te montrer mes papiers ?

– J'ai entendu dire que tu es maintenant citoyenne marocaine.

– Et en quoi cela te regarde-t-il ? Tu n'as aucun droit à t'immiscer dans ma vie.

– Comment le sais-tu ?

– Toi et moi, nous n'avons plus rien en commun. Je suis une personne différente, Ignacio, je n'ai plus rien à voir avec toi ni avec quiconque de l'époque où nous étions ensemble. Beaucoup de choses se sont passées dans ma vie ces dernières années, je ne suis plus celle que j'étais.

– Aucun de nous n'est ce qu'il était, Sira. Tout le monde change, après une guerre comme la nôtre.

Le silence s'installa entre nous. Mille images du passé se bousculèrent dans ma tête, mille sentiments contradictoires que j'étais incapable de maîtriser. Devant moi se tenait celui qui aurait pu être le père de mes enfants, un homme bon qui m'avait adorée et dont j'avais brisé le cœur. Mais peut-être aussi mon pire cauchemar, quelqu'un ruminant sa revanche depuis cinq années, prêt à tout pour se venger de ma trahison. Par exemple me dénoncer, m'accuser d'usurpation d'identité, faire resurgir les dettes de mon passé.

– Où as-tu passé la guerre, toi ? demandai-je, un peu apeurée.

– À Salamanque. J'étais allé voir ma mère et le soulèvement m'a surpris là-bas. J'ai rejoint les nationalistes, je n'avais pas le choix. Et toi ?

– À Tétouan, dis-je sans réfléchir.

Je n'aurais peut-être pas dû être aussi explicite, mais c'était trop tard. À mon grand étonnement, ma réponse parut lui plaire. Un léger sourire se dessina sur ses lèvres.

– Bien sûr. Tout est clair, à présent.

– Qu'est-ce qui est clair ?

– Quelque chose que j'avais besoin de savoir à ton sujet.

– Tu n'as rien à savoir à mon sujet, Ignacio. Il faut juste que tu m'oublies et que tu me laisses en paix.

– Je ne peux pas.

Je ne demandai pas pourquoi. Je redoutais d'avoir à fournir des explications, j'avais peur qu'il ne me reproche mon abandon, tout le mal que je lui avais fait. Ou, pis encore, qu'il me dise qu'il m'aimait toujours et me supplie de retourner avec lui.

– Tu dois partir, Ignacio, tu dois m'oublier.

– Je ne peux pas, ma chérie, répéta-t-il avec une pointe d'ironie amère. Je donnerais cher pour ne plus jamais me rappeler la femme qui m'a détruit, mais je ne peux pas. Je travaille à la direction générale de la Sécurité du ministère de l'Intérieur ; à ce titre, je suis chargé de la surveillance et du suivi des étrangers qui franchissent nos frontières, en particulier ceux qui s'installent à Madrid avec l'intention d'y rester. Et tu en fais partie. En bonne place.

Je ne sus si je devais en rire ou pleurer.

– Que veux-tu de moi? murmurai-je dès que je fus en mesure de parler.

– Tes papiers. Passeport et documents douaniers de tout ce qu'il y a dans cet appartement en provenance de l'étranger. Mais d'abord change-toi.

Il s'exprimait avec froideur et assurance. Professionnel, complètement différent de cet autre Ignacio, tendre et presque enfantin, que je conservais dans ma mémoire.

– Tu peux me montrer une carte? dis-je à voix basse.

Il ne mentait sans doute pas, mais je voulais gagner du temps pour assimiler la situation.

Il tira de la poche intérieure de sa veste un portefeuille. Il l'ouvrit de la main qui le tenait, avec la dextérité de quelqu'un habitué à prouver sans cesse son identité. En effet, son visage et son nom se trouvaient bien là, sous la charge et l'organisme qu'il venait de mentionner.

– Un moment.

Je gagnai ma chambre; je décrochai dans l'armoire un chemisier blanc et une jupe bleue, ouvris ensuite le tiroir contenant la lingerie pour en sortir des sous-vêtements propres. Mes doigts frôlèrent alors les lettres de Beigbeder, cachées sous les combinaisons pliées. J'eus quelques secondes de doute: devais-je les laisser là où elles étaient ou leur chercher une cachette plus sûre? Je parcourus la pièce du regard: peut-être au-dessus de l'armoire, ou sous le matelas; entre les draps, ou derrière le miroir de la coiffeuse. Ou dans une boîte à chaussures.

– Dépêche-toi, s'impatienta Ignacio au loin.

Je poussai les lettres au fond, les recouvris complètement avec une demi-douzaine de dessous et refermai le tiroir d'un coup sec. Tout autre endroit serait aussi bon ou mauvais que celui-là, mieux valait ne pas tenter le sort.

Je me séchai, me changeai, sortis mon passeport de la table de nuit et regagnai le salon.

– Arish Agoriuq, lut-il lentement quand je le lui remis. Née à Tanger et résidant à Tanger. Elle est née le même jour que toi, quelle coïncidence !

Je ne répondis pas. J'avais soudain très envie de vomir ; je me retins à grand-peine.

– Quelles sont les raisons de ce changement de nationalité ?

Mon esprit inventa un mensonge en un clin d'œil. Je n'avais jamais envisagé ce genre de situation, Hillgarth non plus.

– On m'a volé mon passeport et je n'ai pas pu demander de nouveaux papiers à Madrid car nous étions en pleine guerre. Un ami a tout arrangé pour qu'on me donne la nationalité marocaine et que je voyage ainsi sans problème. Ce n'est pas un faux passeport, tu peux le vérifier.

– C'est déjà fait. Et le nom ?

– Ils ont pensé qu'il valait mieux le changer, le rendre plus arabe.

– Arish Agoriuq ? C'est arabe ?

– C'est du rifain, le dialecte des *kabilas*, mentis-je en me souvenant des compétences linguistiques de Beigbeder.

Il resta un moment silencieux, sans cesser de me regarder. J'avais encore le ventre retourné ; j'étais obligée de me contrôler pour ne pas me précipiter aux toilettes.

– Il faut également que je sache l'objet de ton séjour à Madrid, poursuivit-il.

– Travailler. Coudre, comme toujours. Ici, c'est un atelier de couture.

– Montre-le-moi.

Je le conduisis au salon du fond et lui désignai sans un mot les rouleaux de tissu, les modèles et les magazines.

Puis nous longeâmes le couloir et j'ouvris les portes de toutes les pièces. Les cabines d'essayage impeccables. La salle de bains pour les clientes. L'atelier de couture rempli de coupons de tissu, de patrons et de mannequins avec des vêtements à moitié montés. Le cabinet de repassage avec plusieurs pièces en attente. Le magasin, enfin. Nous marchions côte à côte, comme si souvent autrefois. Je me rappelai qu'alors il me dépassait presque d'une tête; plus maintenant. Ce n'était pourtant pas ma mémoire qui me jouait des tours: lorsque je n'étais qu'une apprentie et lui un aspirant fonctionnaire, mes chaussures avaient de tout petits talons; cinq ans après, la hauteur de mes chaussures me permettait de lui arriver à mi-visage.

– Qu'est-ce qu'il y a, au fond?

– Ma chambre, deux salles de bains et quatre pièces; deux d'entre elles sont des chambres d'amis et les deux autres sont vides. En plus, salle à manger pour tous les jours, cuisine et dépendances, récitai-je d'un trait.

– Je veux les voir.

– Pourquoi?

– Je n'ai pas à te fournir d'explications.

– D'accord.

Je lui montrai les pièces une à une, l'estomac noué, feignant une indifférence que j'étais bien loin de ressentir, et m'efforçant de cacher le tremblement de mes mains quand j'actionnais les interrupteurs ou les poignées. Les lettres de Beigbeder pour Rosalinda étaient restées dans l'armoire de ma chambre, sous ma lingerie; je flageolais sur mes jambes à l'idée qu'il pourrait ouvrir ce tiroir et les trouver. Quand il entra dans la pièce, je l'observai, le cœur serré, tandis qu'il la parcourait lentement. Il feuilleta, en feignant de s'y intéresser, le roman posé sur ma table de nuit, reposa le livre, passa ensuite ses doigts sur le pied du lit, souleva une brosse de la coiffeuse et se pencha au balcon quelques secondes. J'espérais qu'il en aurait fini avec sa visite, à tort. Mes craintes étaient fondées. Il ouvrit une porte de l'armoire, la partie contenant les tenues d'hiver; il toucha la manche d'une veste et la ceinture d'une autre, referma. Il ouvrit la porte suivante et je retins ma respiration. Une série de tiroirs apparut devant ses yeux. Il tira le premier: des mouchoirs. Il souleva le coin de l'un d'eux, puis d'un autre, et d'un autre encore; il referma. Il tira le second, et j'avalai ma salive: des bas. Il le referma. Quand ses doigts touchèrent le troisième, j'eus l'impression que le sol se dérobait sous moi. Là, cachés sous les combinaisons en soie, se trouvaient des documents manuscrits exposant en détail et à la première personne les circonstances du retentissant limogeage ministériel qui courait de bouche en bouche dans l'Espagne entière.

– Je crois que tu vas trop loin, Ignacio, parvins-je à murmurer.

Il garda les doigts sur la poignée du tiroir quelques secondes de plus, comme s'il se demandait ce qu'il allait faire. J'eus froid, chaud, soif, j'étais pétrifiée d'angoisse. Je sentis que tout était fini. Puis je vis ses lèvres s'entrouvrir, prêtes à parler. Continuons, dit-il simplement. Il referma la porte de l'armoire tandis que je réprimais un soupir de soulagement et des envies énormes d'éclater en sanglots. Je cachai mes sentiments autant que je le pus et repris mon rôle de guide forcé. Il vit la salle de bains où je me lavais et la table où je mangeais, le garde-manger où je rangeais la nourriture, l'évier où mes jeunes assistantes faisaient la vaisselle. Et il s'en tint là, peut-être par respect pour moi, ou par simple pudeur, ou parce que les règles de son travail lui fixaient des limites qu'il n'osait pas outrepasser, je ne le sus jamais. Nous revînmes au salon sans un mot; je rendis grâce au ciel de cette perquisition pas trop minutieuse.

Il s'assit au même endroit et je m'installai en face de lui.

– Tout est en ordre?

– Non, déclara-t-il, catégorique. Rien n'est en ordre, rien.

Je fermai les paupières, les serrai avec force et les rouvris.

– Qu'est-ce qui ne va pas ?

– Rien ne va, rien n'est comme il faut.

Je crus soudain distinguer une petite lueur.

– Qu'est-ce que tu pensais trouver, Ignacio ? Qu'est-ce que tu voulais trouver, et que tu n'as pas trouvé ?

Il ne répondit pas.

– Tu croyais que c'était une couverture, n'est-ce pas ?

Il se tut de nouveau, mais il détourna la conversation sur son terrain, reprenant l'initiative.

– Je sais trop bien qui a monté ce décor.

– Ce décor de quoi ?

– Ce simulacre d'atelier.

– Ça n'a rien d'un simulacre. Ici, on travaille dur. C'est mon cas plus de dix heures par jour, sept jours sur sept.

– J'en doute, répliqua-t-il d'un ton aigre.

Je me levai, m'approchai de son fauteuil. Je m'assis sur l'un des bras et lui pris la main droite. Il ne résista pas, ne me regarda pas non plus. Je passai ses doigts sur mes paumes, sur mes propres doigts, pour qu'il sente sur sa peau chaque millimètre de la mienne. Je souhaitais seulement lui montrer les preuves de mon travail, les callosités et les durillons que les ciseaux, les aiguilles et les dés m'avaient laissés au fil des ans. Je le sentis frémir quand je frôlai sa peau.

– Ce sont les mains d'une femme qui travaille, Ignacio. J'imagine tes préventions à mon égard et sur mon activité supposée, mais il faut que quelque chose soit bien clair : ce ne sont pas les mains d'une femme entretenue. Je regrette du fond du cœur de t'avoir fait du mal, tu ne sais pas à quel point. Je ne me suis pas bien conduite avec toi, mais c'est du passé et on ne peut pas revenir en arrière. Tu ne vas rien arranger en te mêlant de ma vie et en y cherchant des fantômes qui n'existent pas.

Je cessai de caresser ses doigts, mais je gardai sa main dans les miennes. Elle était glacée. Peu à peu, elle se réchauffa.

– Tu veux savoir ce qui m'est arrivé après mon départ ? demandai-je à voix basse.

Il acquiesça en silence. Il ne me regardait toujours pas.

– Nous sommes allés à Tanger. Je me suis retrouvée enceinte et Ramiro m'a abandonnée. J'ai perdu mon bébé. J'étais soudain seule en terre étrangère, malade, sans argent, couverte de dettes qu'il avait contractées en mon nom, et totalement démunie. J'ai eu affaire à la police, j'étais morte de peur, j'ai été impliquée dans des histoires en marge de la loi. Ensuite, j'ai monté un atelier grâce à l'aide d'une amie et j'ai recommencé à coudre. Jour et nuit ; je me suis aussi fait des amis, des gens très différents. Je me suis habituée à eux, j'ai connu un nouvel univers, sans pour autant cesser de travailler. J'ai également rencontré un homme dont j'aurais pu tomber amoureuse, et avec lequel j'aurais peut-être pu être heureuse, un journaliste étranger, mais j'étais sûre qu'il partirait tôt ou tard, et j'ai refusé de m'impliquer dans une autre relation de peur de souffrir encore, de revivre le déchirement atroce que j'avais ressenti au départ de Ramiro. À présent je suis de retour à Madrid, seule, je continue à travailler, tu as déjà vu tout ce qu'il y a chez moi. Et pour ce qui est arrivé entre nous, j'ai expié mon péché, crois-moi. J'ignore si cela te satisfait ou non, mais je t'assure que j'ai payé très cher tout le mal que je t'ai causé. S'il existe une justice divine, j'ai la conscience tranquille : si l'on compare ce que je t'ai fait et ce que l'on m'a fait après, la balance est plus qu'équilibrée.

Je ne sus s'il était touché, apaisé ou troublé par mes propos. Nous restâmes plusieurs minutes muets, sa main entre les miennes, côte à côte, chacun conscient de la présence de l'autre. Au bout d'un moment, je me décollai de lui et retournai à ma place.

– Qu'as-tu à voir avec le ministre Beigbeder?

Il parlait sans aigreur. Sans aigreur, mais avec fermeté, à mi-chemin entre l'intimité précédente et la distance infinie qu'il avait manifestée au début. Il s'appliquait à adopter une attitude professionnelle, et malheureusement il y parvenait sans trop d'efforts.

– Juan Luis Beigbeder est un ami de l'époque de Tétouan.

– Quel genre d'ami?

– Ce n'est pas mon amant, si c'est à ça que tu pensais.

– Hier, il a passé la nuit avec toi.

– Il l'a passée chez moi, pas avec moi. Je n'ai pas à te rendre de comptes sur ma vie privée, mais je préfère te le préciser au cas où: Beigbeder et moi, nous n'avons aucune relation sentimentale. Hier soir, nous n'avons pas couché ensemble. Ni hier soir ni jamais. Je ne suis entretenue par aucun ministre.

– Pourquoi, alors?

– Pourquoi nous n'avons pas couché ensemble ou pourquoi aucun ministre ne m'entretient?

– Pourquoi est-il venu ici et est-il resté jusqu'à près de huit heures du matin?

– Parce qu'il avait appris qu'on l'avait limogé et il ne voulait pas être seul.

Il se leva et se dirigea vers l'un des balcons. Il se remit à parler tandis qu'il regardait à l'extérieur, les mains fourrées dans les poches du pantalon.

– Beigbeder est un crétin. C'est un traître vendu aux Britanniques, un fou mordu d'une salope anglaise.

Je ris sans en avoir envie. Je me levai, m'approchai derrière lui.

– Tu es loin du compte, Ignacio. Tu as beau travailler aux ordres de n'importe qui, au ministère de l'Intérieur, et être chargé de faire peur à tous les étrangers passant par Madrid, tu n'as pas la moindre idée de qui est vraiment le colonel Beigbeder et pourquoi il a agi ainsi.

– Je sais ce que je dois savoir.

– Quoi?

– Que c'est un conspirateur déloyal à sa patrie. Et un incompétent en tant que ministre. C'est ce que tout le monde répète, en commençant par la presse.

– Comme si on pouvait croire cette presse..., notai-je, ironique.

– Qui faut-il croire, alors? Tes nouveaux amis étrangers?

– Peut-être bien. Ils en savent beaucoup plus que vous.

Il se retourna et s'approcha de moi d'un pas décidé, avant de s'arrêter à quelques centimètres de mon visage.

– Qu'est-ce qu'ils savent? demanda-t-il d'une voix rauque.

Je compris que j'avais intérêt à me taire, je le laissai donc poursuivre.

– Est-ce qu'ils savent que je peux te faire déporter à l'instant même? T'arrêter, transformer ton exotique passeport marocain en un bout de papier et te virer du pays avec les yeux bandés, à l'insu de tous? Ton ami Beigbeder n'est plus au gouvernement, tu n'as plus de protecteur.

Il était si près que je distinguais avec précision les poils de sa barbe qui avaient poussé depuis le rasage du matin. Je voyais sa pomme d'Adam monter et descendre en parlant, le moindre mouvement de ces lèvres qui m'avaient tant de fois embrassée et qui à présent proféraient des menaces.

Je tentai un coup de poker. Avec des cartes aussi fausses que moi-même.

– Beigbeder n'est plus là, mais j'ai d'autres recours que tu n'imagines pas. Mes clientes ont des maris et des amants puissants, ce sont de bons amis à moi. On peut m'accorder l'asile diplomatique dans plus d'une demi-douzaine d'ambassades, en commençant par celle d'Allemagne où, soit dit en passant, on tient bien par les couilles ton propre ministre. Un simple coup de téléphone me suffit pour sauver ma peau. Pas comme toi, si tu continues à te mêler des affaires qui ne te regardent pas.

Je n'avais jamais menti à personne avec une telle insolence ; ce fut sans doute l'immensité de mon mensonge qui m'inspira ce ton arrogant. J'ignore s'il me crut. Peut-être que oui : l'histoire était aussi invraisemblable que ma propre existence, mais ma présence ici, moi, son ancienne fiancée transformée en citoyenne marocaine, prouvait à l'évidence que la situation la plus inconcevable pouvait à tout moment se révéler bien réelle.

– Ça reste à voir, cracha-t-il entre ses dents.

Il s'écarta de moi, se rassit.

– Je n'aime pas le personnage que tu es devenu, Ignacio.

– Et qui te donne le droit de me juger ? répondit-il avec un rire amer. Tu te crois supérieure parce que tu as passé la guerre en Afrique et que tu reviens maintenant avec tes grands airs ? Tu te crois meilleure que moi sous prétexte que tu reçois des ministres égarés ou qu'on t'offre des chocolats, tandis que pour nous tout est rationné, y compris le pain noir et les lentilles ?

– Je te juge parce que je m'intéresse à toi et que je veux ton bonheur, murmurai-je d'un filet de voix.

Il répliqua par un nouvel éclat de rire. Encore plus amer que le précédent. Plus sincère, aussi.

– Tu ne t'intéresses qu'à toi-même, Sira. Moi, je, avec moi. Moi, j'ai travaillé, moi, j'ai souffert, moi, j'ai expié ; moi, moi, moi. Personne d'autre ne t'intéresse, personne. Tu t'es donné la peine de connaître le sort des tiens après la guerre ? Tu es repassée par ton quartier, dans une de tes toilettes élégantes, pour demander de leurs nouvelles, pour vérifier si quelqu'un avait besoin d'un coup de main ? Tu sais ce que sont devenus tes voisins et tes amies pendant toutes ces années ?

Ses questions résonnèrent comme des coups de massue sur ma conscience, comme une pincée de sel lancée traîtreusement sur mes yeux ouverts. Je n'avais pas de réponse ; je ne savais rien car j'avais choisi de ne pas savoir. J'avais obéi aux ordres, j'avais été disciplinée. On m'avait dit de ne pas sortir d'un certain circuit et j'avais obtempéré. J'avais évité l'autre Madrid, le réel, l'authentique. J'avais restreint mes mouvements dans les limites d'une ville idyllique, refusant de contempler son autre visage : les rues défoncées, les impacts de balles sur les bâtiments, les fenêtres sans vitres et les fontaines asséchées. J'avais choisi d'ignorer les familles entières fouillant dans les poubelles en quête d'épluchures de pommes de terre ; ou bien les femmes endeuillées, avec leur bébé accroché à leur poitrine desséchée, errant sur les trottoirs ; j'avais même refusé d'apercevoir les nuées de gamins sales et pieds nus autour d'elles, les visages couverts de morve, leurs petites têtes rasées et pleines de croûtes, qui tiraient par la manche les passants en les suppliant : pitié, monsieur, une pièce, mademoiselle, s'il vous plaît, donnez-moi une pièce, Dieu vous le rendra. J'avais été une agente parfaite et obéissante des services secrets britanniques. D'une obéissance scrupuleuse. Répugnante. J'avais suivi les instructions à la lettre : je n'étais pas retournée dans mon quartier, je n'avais pas posé le pied sur les pavés de mon passé. Je n'avais pas cherché à connaître ce qu'il était advenu des miens, de mes amies d'enfance. Je n'avais pas revu la place devant chez moi, je n'avais pas foulé ma rue étroite ni grimpé mon escalier. Je n'avais pas frappé à la porte de mes voisins, j'avais refusé de savoir comment ils allaient, ce qu'étaient devenues leurs familles pendant la guerre et après, combien d'entre eux étaient morts, lesquels étaient emprisonnés, comment se débrouillaient les survivants. Je ne m'intéressais ni aux détritus pourris remplissant leur marmite, ni à leurs enfants phtisiques, sous-alimentés ou pieds nus, ni à leurs misérables vies pleines de poux et d'engelures. J'appartenais à un autre monde : celui des conspirations internationales, des grands hôtels, des salons de coiffure de luxe et des cocktails. Cet univers de traîne-misère, grisâtre, sentant l'urine et les bettes bouillies, n'avait plus rien à voir avec moi. Ou du moins était-ce ce que je croyais.

– Tu n'as aucune nouvelle d'eux, n'est-ce pas ? poursuivit Ignacio avec lenteur. Eh bien, je vais t'en donner. Ton voisin Norberto est tombé à Brunete, son fils aîné a été fusillé dès l'entrée des troupes nationalistes à Madrid, mais on raconte qu'il avait lui-même été actif en matière de répression dans l'autre camp. Celui du milieu casse des cailloux à Cuelgamuros [1], et le petit en fait autant au pénitencier d'El Dueso : il avait adhéré au parti communiste, alors il ne va pas sortir de sitôt, s'il n'est pas exécuté avant. La mère, Mme Engracia, celle qui s'occupait de toi et qui te traitait comme sa fille quand ta mère allait travailler et que tu étais toute petite, elle est seule à présent : elle est à moitié aveugle et elle déambule dans les rues ; elle a l'air folle, elle remue avec un bâton tout ce qu'elle trouve. Dans ton quartier, il n'y a plus ni chats ni pigeons, ils les ont tous mangés. Tu veux savoir au sujet de tes amies, celles avec qui tu jouais sur la place de la Paja ? Je peux aussi te le dire : Andreíta a été éventrée par un obus un après-midi en traversant la rue Fuencarral pour rejoindre son lieu de travail...

– Ça suffit, Ignacio, je me suis fait une idée, l'interrompis-je en m'efforçant de cacher mon émotion.

Il ne parut pas m'avoir entendue ; il continua à égrener des horreurs.

– Sole, celle de la laiterie, elle a eu des jumeaux ; un cadeau d'un milicien qui a disparu sans même leur laisser un nom ; comme elle n'a pas pu garder les enfants, parce

1. Vallée où fut érigée à partir de 1942 la basilique du Valle de los Caídos, monument où est enterré Franco. Ce furent des prisonniers républicains qui, souvent au prix de leur vie, l'édifièrent dans des conditions effroyables.

qu'elle n'avait pas de quoi les entretenir, ils ont été emmenés à l'hospice, et elle n'a plus jamais eu de leurs nouvelles. On raconte qu'elle se vend maintenant aux débardeurs du marché de la Cebada, elle demande une peseta par passe, sur place, contre le mur ; elle traîne dans le coin, elle ne porte pas de culotte, elle soulève sa jupe dès que les camionnettes arrivent, aux premières lueurs de l'aube.

Les larmes commencèrent à couler sur mes joues.

– Tais-toi, Ignacio, tais-toi une bonne fois pour toutes, murmurai-je.

Il ne m'écouta pas.

– Agustina et Nati, les filles du marchand de volailles, elles ont adhéré à un comité d'infirmières laïques et elles ont passé la guerre à l'hôpital de San Carlos. Quand tout a été fini, on est venu les chercher chez elles, on les a fourrées dans un camion et, depuis lors, elles sont en prison, à Las Ventas ; elles ont été jugées aux Salesas et condamnées à trente ans et un jour. Trini, la boulangère...

– Tais-toi, Ignacio, arrête..., suppliai-je.

Il céda enfin.

– Je pourrais continuer longtemps comme ça : ces histoires, je les ai presque toutes entendues. D'anciennes connaissances débarquent tous les jours avec le même refrain : je vous ai déjà rencontré, don Ignacio, quand vous étiez le fiancé de Sirita, la fille de Mme Dolores, la couturière qui vivait rue de la Redondilla.

– Pourquoi viennent-ils te voir ? réussis-je à demander au milieu des sanglots.

– C'est toujours pareil : pour que je les aide à sortir de prison un membre de leur famille, dans l'espoir d'obtenir la grâce d'un condamné à mort, pour que je leur trouve n'importe quel boulot, aussi minable soit-il... Essaie d'imaginer les journées à la direction générale : dans les antichambres, dans les couloirs et dans les escaliers, il y a toute une foule qui s'entasse en permanence ; ils ont peur, ils attendent d'être reçus, ils sont prêts à patienter le temps nécessaire pour arracher ne serait-ce qu'une miette de ce qu'ils recherchent: qu'on les écoute, qu'on les accueille, qu'on leur fournisse une piste pour retrouver un disparu, qu'on leur désigne la personne susceptible d'obtenir la liberté d'un parent... Il y a surtout des femmes, beaucoup. Elles n'ont pas de quoi vivre, elles se sont retrouvées seules avec leurs enfants et sans savoir comment les élever dignement.

– Et toi, tu peux quelque chose pour eux ? dis-je en tentant de surmonter mon angoisse.

– Les délits liés à la guerre, ce sont les tribunaux militaires qui s'en chargent. En ce qui me concerne, ils s'adressent à moi en désespoir de cause, comme ils harcèlent tous ceux qu'ils connaissent et qui travaillent dans l'administration.

– Mais toi, tu es un membre du régime...

– Je ne suis qu'un simple fonctionnaire sans le moindre pouvoir, un échelon parmi d'autres au sein d'une hiérarchie. Mes possibilités sont limitées : écouter leurs misères, leur indiquer la bonne porte le cas échéant, et leur donner dix pesetas s'ils sont au bord du gouffre. Je n'appartiens même pas à la Phalange : j'ai combattu là où la guerre m'est tombée dessus et je me suis retrouvé par hasard dans le camp des vainqueurs. Voilà pourquoi j'ai réintégré le ministère et rempli les obligations qui m'ont été confiées. Mais je ne suis pour personne : j'ai assisté à trop d'horreurs et je ne crois plus à rien. Je me contente donc d'obéir aux ordres, c'est ce qui me donne de quoi manger. Je la boucle, je courbe l'échine et je me crève la santé pour subvenir aux besoins de ma famille, c'est tout.

– J'ignorais que tu avais une famille, dis-je en m'essuyant les yeux avec un mouchoir qu'il m'avait tendu.

– Je me suis marié à Salamanque et on est revenus à Madrid à la fin de la guerre. J'ai une femme, deux enfants en bas âge et un foyer où au moins quelqu'un m'attend le soir, même quand j'ai été dur ou dégueulasse. Notre maison ne ressemble pas du tout à la tienne, mais elle a toujours un brasero allumé et des rires d'enfants dans le couloir. Mes fils s'appellent Ignacio et Miguel, ma femme, Amalia. Je ne l'ai jamais aimée autant que toi, elle ne se déhanche pas avec autant de grâce que toi quand elle marche dans la rue, je n'ai jamais éprouvé pour elle le quart du désir que tu as suscité en moi ce soir, quand tu tenais ma main entre les tiennes. Mais elle fait toujours bonne figure face aux difficultés, elle chante quand elle est dans la cuisine et qu'elle prépare le peu de nourriture que nous avons, elle me serre dans ses bras au milieu de la nuit chaque fois que je suis tourmenté par un cauchemar, et je crie et je pleure car je rêve que je suis encore au front et j'ai peur d'être tué.

– Je regrette, Ignacio, murmurai-je d'une voix faible.

Les pleurs m'empêchaient presque de parler.

– Je suis peut-être un conformiste et un médiocre, un serviteur moutonnier d'un État revanchard, ajouta-t-il en me regardant droit dans les yeux, mais toi, tu n'as pas le droit de me dire si tu aimes ou non l'homme que je suis devenu. Tu ne peux pas me donner de leçons de morale, Sira, parce que si je suis mauvais, toi, tu es encore pire. Moi, au moins, il me reste une goutte de compassion dans le cœur. Toi, je crois que tu n'as même pas ça. Tu n'es qu'une égoïste qui habite une maison immense où chaque recoin respire la solitude ; une déracinée qui renie ses origines, incapable de penser à quelqu'un d'autre qu'à elle-même.

Je voulus lui crier de se taire, de me laisser en paix et de sortir à jamais de ma vie, mais avant d'avoir prononcé la première syllabe, mes entrailles se transformèrent en une source de sanglots irrépressibles, comme si quelque chose s'était déchiré en moi. Je pleurai. Le visage caché, inconsolable, sans fin. Quand je réussis à m'arrêter et que je repris mes esprits, il était plus de minuit et Ignacio n'était plus là. Il était parti sans bruit, avec cette délicatesse avec laquelle il m'avait toujours traitée. La peur et l'inquiétude provoquées par sa présence me collèrent néanmoins à la peau. J'ignorais les conséquences éventuelles de cette visite, le sort d'Arish Agoriuq à partir de cette nuit. L'Ignacio de jadis aurait peut-être pitié de la femme qu'il avait tant aimée, et je poursuivrais mon chemin en paix ; ou bien, en bon fonctionnaire de la nouvelle Espagne, il informerait ses supérieurs de ses soupçons sur ma fausse identité ; comme lui-même m'en avait menacée, je finirais alors arrêtée. Ou serais déportée. Ou disparaîtrais.

Sur la table était restée une boîte de chocolats beaucoup moins innocente qu'elle ne le semblait. Je l'ouvris d'une main tout en séchant mes dernières larmes de l'autre. Je n'y trouvai que deux douzaines de bouchées au chocolat au lait. Je vérifiai alors l'emballage ; je découvris, sur le ruban rose nouant le paquet, un léger pointillé presque imperceptible. Je le déchiffrai en à peine trois minutes. « Réunion urgente. Cabinet médical docteur Rico. 29, Caracas. Onze heures matin. Renforcez précautions. »

Près des chocolats, il y avait le verre que j'avais servi à Ignacio quelques heures avant. Intact. Comme lui-même l'avait dit, aucun de nous n'était plus ce qu'il avait été. Mais lui continuait à ne pas boire malgré les bouleversements de la vie.

Quatrième partie

44

Plusieurs centaines d'êtres bien nourris et encore mieux habillés fêtèrent l'année 1941 dans le salon royal du casino de Madrid au son d'un orchestre cubain. J'étais là, une parmi les autres.

Mon intention première avait été de passer cette nuit seule, ou éventuellement d'inviter doña Manuela et les jeunes filles à partager avec moi un chapon et une bouteille de cidre, mais deux de mes clientes, les sœurs Álvarez-Vicuña, avaient tellement insisté que j'avais dû changer mes plans. Malgré mon manque d'enthousiasme, je m'étais préparée avec le plus grand soin pour la soirée: je m'étais fait faire un chignon bas et j'avais souligné mes yeux de khôl marocain, afin de donner à mon regard la profondeur mystérieuse du spécimen bizarre que j'étais censée être. Je m'étais fabriqué une espèce de tunique couleur argent aux manches amples et à la taille marquée par une large ceinture; un vêtement à mi-chemin entre un exotique cafetan arabe et la sophistication d'une tenue de soirée européenne. Le frère célibataire de mes clientes vint me chercher chez moi: un certain Ernesto, dont je ne parvins à connaître jamais rien d'autre que son visage d'oiseau et la déférence onctueuse qu'il me témoigna. En arrivant, je grimpai d'un pas résolu l'escalier monumental en marbre et, une fois dans le salon, je fis semblant de ne pas remarquer la magnificence des lieux et les nombreuses paires d'yeux me dévisageant sans vergogne. Je ne prêtai même pas attention aux gigantesques lustres en cristal de La Granja ni aux moulures en stuc encadrant des toiles grandioses. Assurance, maîtrise de moi-même : voilà ce que mon image dégageait. Comme si la somptuosité de cet endroit constituait mon milieu naturel. Comme si je me sentais tel un poisson dans l'eau dans cette atmosphère opulente.

Mais ce n'était pas le cas. J'avais beau vivre entourée d'étoffes aussi éblouissantes que celles que portaient les dames ce soir-là, le rythme des mois précédents n'avait pas été précisément paisible : les jours et les nuits s'étaient succédé à une allure folle, dévorés par mes deux occupations.

Mon rendez-vous avec Hillgarth deux mois auparavant, tout de suite après mes rencontres avec Beigbeder et Ignacio, avait modifié mon comportement. Je lui avais fourni une information détaillée sur le premier, sans mentionner le second. J'aurais peut-être dû, mais quelque chose m'en empêcha : la pudeur, l'incertitude, la peur, peut-être. J'étais consciente que la présence d'Ignacio avait été le fruit de mon imprudence : si j'avais mis d'emblée l'attaché naval au courant de cette filature, j'aurais sans doute évité qu'un représentant du ministère de l'Intérieur pénètre chez moi en toute facilité et m'attende assis au salon. Néanmoins, ces retrouvailles s'étaient révélées trop personnelles, émotives et douloureuses pour se mouler dans les froides procédures des services secrets. En les taisant, j'enfreignais le protocole d'action qui m'avait été fixé ; j'en avais pris à mon aise, en effet, avec les consignes les plus élémentaires. Malgré tout, je décidai de courir le risque. D'ailleurs, ce n'était pas la première fois que je cachais quelque chose à Hillgarth : je ne lui avais pas avoué non plus que doña Manuela appartenait à ce passé qu'il m'avait interdit de retrouver. Par chance, ni l'embauche de mon ancienne patronne ni la visite d'Ignacio n'avaient entraîné de conséquences immédiates : aucun ordre de déportation n'était arrivé à la porte de l'atelier, personne ne m'avait convoquée pour un interrogatoire dans un bureau sinistre, et les fantômes vêtus d'un imperméable cessèrent enfin de me harceler. Il restait à voir s'il s'agissait là d'une situation définitive ou seulement d'un répit.

Lors de ma rencontre avec Hillgarth, à la suite du limogeage de Beigbeder, sa physionomie resta aussi neutre que le jour où j'avais fait sa connaissance ; il s'intéressa néanmoins au moindre détail de la visite du colonel, et j'en déduisis que la nouvelle de la destitution avait suscité, au sein de son ambassade, beaucoup d'agitation et de confusion.

Je trouvai sans problème l'adresse du rendez-vous, un premier étage dans une noble demeure : rien de suspect en apparence. J'attendis à peine quelques secondes après avoir sonné ; la porte s'ouvrit, une infirmière d'âge mûr m'invita à entrer.

– J'ai rendez-vous avec le docteur Rico, annonçai-je en suivant les instructions inscrites sur le ruban de la boîte de chocolats.

– Suivez-moi, s'il vous plaît.

Bien entendu, quand j'accédai à la vaste pièce où elle me conduisit, je ne fus pas accueillie par un médecin, mais par un Anglais aux sourcils fournis occupé à une tâche très différente. À l'Embassy, je l'avais plusieurs fois croisé dans son uniforme bleu de la marine ; ce jour-là, il était en civil : chemise claire, cravate mouchetée et un élégant costume en flanelle grise. En dehors de sa tenue, sa présence paraissait parfaitement incongrue dans ce cabinet comportant tout l'attirail nécessaire à une profession qui n'était pas la sienne : un paravent métallique avec des rideaux en coton, des armoires vitrées remplies de bocaux et d'appareils, un lit sur un côté, des murs couverts de titres et de diplômes. Il me gratifia d'une poignée de main énergique et nous ne perdîmes pas davantage de temps en politesses et préliminaires.

Je pris aussitôt la parole. Je racontai chaque seconde de la soirée de Beigbeder, sans oublier aucun détail. Je rapportai le moindre de ses propos, je décrivis minutieusement son état, je répondis à des dizaines de questions et lui remis, intactes, les lettres de Rosalinda. Mon exposé dura plus d'une heure; lui m'écoutait assis, immobile, concentré, tandis qu'il fumait, cigarette sur cigarette, tout un paquet de Craven A.

– Nous ignorons encore la portée de ce remaniement ministériel pour nous, mais il n'y a vraiment pas de quoi être optimiste, déclara-t-il en éteignant son dernier mégot. Nous venons d'en informer Londres et, pour le moment, nous n'avons pas de réponse; nous sommes dans l'expectative. Je vous engage donc à être excessivement prudente et à ne commettre aucune erreur. Recevoir Beigbeder chez vous était une vraie folie; je comprends bien que vous ne pouviez pas lui interdire d'entrer et vous avez eu raison de le calmer, évitant ainsi une aggravation de son état qui aurait eu des conséquences encore plus graves, mais vous avez couru un très gros risque. Désormais, vous devez faire preuve d'une prudence absolue; si possible, ne plus vous trouver mêlée à ce genre de situation. Et méfiez-vous des présences suspectes autour de vous, en particulier près de chez vous: vous êtes peut-être surveillée.

– Je serai attentive, je vous le promets.

Peut-être avait-il des soupçons au sujet d'Ignacio et de sa filature; je préférai ne pas lui poser la question.

– Ça va aller de plus en plus mal, c'est la seule chose dont nous sommes certains, ajouta-t-il en me tendant la main pour signifier la fin du rendez-vous. Maintenant qu'ils se sont débarrassés du ministre gênant, les Allemands vont accroître leur pression sur le territoire espagnol; par conséquent, restez en alerte et prête à toute circonstance imprévue.

Pendant les mois suivants, je suivis ses recommandations : je minimisai les risques, m'exposai le moins possible en public et me concentrai pleinement à mes tâches. La relative tranquillité obtenue du fait de l'embauche de doña Manuela ne dura que quelques semaines : l'augmentation de la clientèle et l'approche des fêtes de Noël m'obligèrent à me dédier entièrement à la couture. Entre deux essayages, je ne négligeais pourtant pas le second volet de mes occupations : mon activité clandestine, parallèle. J'ajustais aussi bien la taille d'une robe de cocktail que j'obtenais des informations sur les invités à la réception donnée à l'ambassade d'Allemagne en l'honneur d'Himmler, le chef de la Gestapo, ou bien je prenais les mesures pour le nouveau tailleur d'une baronne et j'apprenais en même temps que le transfert imminent à Madrid du restaurant berlinois d'Otto Horcher, lieu favori des dignitaires nazis, avait provoqué l'enthousiasme de la colonie germanique. J'informais Hillgarth de tout cela et de beaucoup d'autres choses. Je m'acquittais de cette tâche avec rigueur et minutie : je choisissais les termes les plus précis, cachais soigneusement les messages et me montrais ponctuelle dans leur transmission. Tenant compte de ses avertissements, je restais en permanence concentrée et sur le qui-vive, attentive à tout ce qui se passait autour de moi. Je découvris ainsi que certaines choses avaient changé : de petits détails, peut-être provoqués par les circonstances nouvelles, ou de simples hasards. Un samedi, par exemple, je ne trouvai pas l'homme silencieux à qui je remettais d'habitude la chemise remplie de messages chiffrés, et je ne le revis plus jamais. Quelques semaines plus tard, la jeune fille du vestiaire du salon de coiffure fut remplacée par une autre femme : plus mûre, plus grosse et aussi hermétique. J'observai également plus de surveillance dans les rues et les établissements, et appris à distinguer ceux qui en étaient chargés : des Allemands grands comme des armoires à glace, muets, menaçants, avec leur manteau leur descendant jusqu'aux pieds; des Espagnols maigres, qui fumaient nerveusement devant un portail, près d'un restaurant, derrière un panneau. En principe, ils ne s'intéressaient pas à moi, mais j'essayais de les ignorer en changeant de direction ou de trottoir dès que je les devinais. Parfois, pour éviter de passer à côté d'eux ou de les croiser, je me réfugiais dans une boutique, je m'arrêtais devant une vendeuse de marrons chauds ou une vitrine. En d'autres occasions, en revanche, il m'était impossible de les esquiver, faute de temps. Je prenais alors mon courage à deux mains, formulais un muet « Allons-y », avançais d'un pas ferme et regardais droit devant moi. Sûre, l'esprit ailleurs, presque hautaine, comme si je transportais une emplette ou une trousse à cosmétiques, et non une masse de renseignements codés sur l'agenda des personnages les plus éminents du Troisième Reich en Espagne.

Je gardais également le contact avec la situation politique environnante. De même qu'avec Jamila à Tétouan, chaque matin j'expédiai Martina m'acheter la presse: *Abc*, *Arriba*, *El Alcázar*; au petit déjeuner, entre deux gorgées de café au lait, je dévorais les articles sur les événements en Espagne ou en Europe. J'appris ainsi la nomination de Serrano Súñer aux Affaires étrangères, je suivis en détail les nouvelles du voyage qu'il effectua en compagnie de Franco à Hendaye et de leur rencontre avec Hitler. Je pris aussi connaissance du pacte tripartite entre l'Allemagne, l'Italie et le Japon, de l'invasion de la Grèce et des innombrables péripéties qui marquèrent ces temps agités.

Je lisais, je cousais, j'informais, et vice versa: tel fut mon quotidien au cours de la dernière partie de l'année. Peut-être pour cette raison acceptai-je de fêter sa fin au casino; un peu de distraction me ferait du bien pour atténuer tant de stress.

Marita et Teté Álvarez-Vicuña vinrent au-devant de nous dès qu'elles nous virent entrer dans le salon.

Nous échangeâmes des compliments sur nos toilettes respectives, des banalités et des commentaires sans importance, et je laissai échapper comme toujours quelques mots en arabe et une ou deux expressions françaises. Entre-temps, j'observai le salon du coin de l'œil et j'y découvris des visages familiers, pas mal d'uniformes et un certain nombre de croix gammées. Je me demandai combien des personnages qui traînaient dans le coin l'air dégagé étaient, comme moi, des mouchards et des informateurs déguisés. Plusieurs, sans doute; je décidai donc de me méfier de tout le monde et d'être aux aguets; je pourrais peut-être soutirer une information intéressante pour Hillgarth et ses hommes. Tandis que dans mon esprit j'échafaudais ce genre de plan tout en feignant de m'intéresser à la conversation, mon hôtesse Marita s'écarta et disparut un instant. Quand elle revint, elle était accrochée au bras d'un homme et je sus aussitôt que la soirée avait basculé.

45

– Arish, ma chérie, je te présente mon futur beau-père, Gonzalo Alvarado. Il a très envie de bavarder avec toi au sujet de ses voyages à Tanger et des amis qu'il y a laissés. Tu en connais probablement certains.

Il était là, en effet, Gonzalo Alvarado, mon père. Vêtu d'un frac et tenant un verre de whisky à moitié plein. D'emblée, dès que nos regards se croisèrent, je compris qu'il ne savait que trop bien qui j'étais. Lorsqu'il prit ma main et l'approcha de sa bouche pour me saluer d'un semblant de baiser, personne dans ce salon, néanmoins, n'aurait pu même imaginer qu'il avait saisi les cinq doigts de sa propre fille. Nous ne nous étions vus que deux heures durant toute notre vie, mais on affirme que l'appel du sang est si puissant qu'il obtient parfois ce genre de résultat. En y réfléchissant bien, pourtant, sa perspicacité et son excellente mémoire avaient peut-être primé sur son instinct paternel.

Il était plus mince et avait davantage de cheveux blancs, ce qui ne l'empêchait pas d'avoir conservé beaucoup d'allure. L'orchestre attaqua *Aquellos ojos verdes*, il m'invita à danser.

– Je suis vraiment heureux de te revoir, dit-il.

Je perçus quelque chose qui ressemblait à de la sincérité dans le ton de sa voix.

– Moi aussi, mentis-je.

En réalité, j'ignorais si j'étais oui ou non contente; j'étais encore trop ébahie par cette rencontre inopinée pour être en mesure de l'apprécier.

– Alors, à présent tu as un nouveau prénom, un autre nom de famille et tu es devenue marocaine. Je suis sûr que tu ne vas pas me révéler la raison de tous ces changements.

– Non, en effet. En outre, je ne crois pas que cela vous regarde vraiment, ce sont mes affaires.

– Tutoie-moi, s'il te plaît.

– Comme tu voudras. Tu aimerais aussi que je t'appelle papa? demandai-je avec une pointe d'ironie.

– Non, merci. Gonzalo suffira.

– D'accord. Comment vas-tu, Gonzalo? Je pensais qu'on t'avait assassiné pendant la guerre.

– J'en ai réchappé, tu le vois. C'est une longue histoire, trop sinistre pour une nuit de fin d'année. Comment va ta mère?

– Bien. Elle vit au Maroc, maintenant, nous avons un atelier à Tétouan.

– Vous avez donc tenu compte de mes conseils, vous avez finalement quitté l'Espagne au bon moment.

– Plus ou moins. Pour nous aussi, ça a été une longue histoire.

– Tu voudras peut-être me la raconter un autre jour. Nous pourrions nous revoir, laisse-moi t'inviter à déjeuner, suggéra-t-il.

– Ce sera difficile. Je sors très peu, j'ai beaucoup de travail. Je suis venue aujourd'hui parce que des clientes ont vraiment insisté. Je suis naïve, j'ai cru au départ que cette insistance était désintéressée. Je découvre maintenant qu'il n'en était rien. Quelque chose se cachait derrière cette aimable et innocente invitation adressée à la couturière en vogue. L'idée est partie de toi, n'est-ce pas ?

Il ne répondit ni oui ni non; mon hypothèse resta en suspens, bercée par les accords du boléro.

– Marita, la fiancée de mon fils, est une bonne fille : affectueuse et enthousiaste comme il y en a peu, bien qu'elle ne soit pas excessivement intelligente. En tout cas, je l'aime beaucoup : c'est la seule qui ait été capable de mettre la corde au cou à Carlos, à ton fêlé de frère, et elle va le conduire à l'autel dans deux mois.

Ensemble, nous observâmes ma cliente. Elle discutait à ce moment-là avec sa sœur, Teté, sans nous quitter des yeux; leurs deux robes sortaient de *Chez Arish*. Les lèvres figées dans un sourire hypocrite, je me jurai à moi-même de me méfier dorénavant de ces clientes, dont les chants de sirène embobinaient les âmes solitaires, dans des nuits aussi tristes que celle d'une année qui s'enfuit.

Gonzalo, mon père, reprit la parole.

– Je t'ai aperçue trois fois au cours de l'automne. La première, tu sortais d'un taxi et tu entrais à l'Embassy; je promenais mon chien à peine à cinquante mètres de la porte, mais tu ne t'en es pas rendu compte.

– Non, bien sûr que non. En général, je suis assez pressée.

– J'ai eu l'impression que c'était toi, mais ça n'a duré que quelques secondes, et j'ai pensé que ce n'était peut-être qu'une illusion. La seconde fois, c'était un samedi, au musée du Prado, j'aime y passer de temps en temps. Je t'ai suivie de loin, tandis que tu parcourais plusieurs salles, mais je n'étais pas encore certain que c'était bien toi. Après, tu es allée au vestiaire, tu as récupéré une chemise et tu t'es assise pour dessiner devant le portrait d'Isabel de Portugal, du Titien. Je me suis installé dans un coin de la salle et je t'ai observée, jusqu'à ce que tu ranges tes affaires. Je suis alors parti, convaincu de ne pas m'être trompé. C'était toi, mais dans un autre genre : plus mûre, plus résolue et élégante, mais la même jeune fille que j'avais connue morte de peur, juste avant le début de la guerre.

Je refusai de sombrer dans la mélancolie, j'intervins donc immédiatement.

– Et la troisième ?

– Il y a seulement deux semaines. Tu marchais rue Velázquez, moi, j'étais en voiture avec Marita ; je la ramenais à la maison après un déjeuner dans la propriété d'un ami, Carlos était occupé. Nous t'avons vue tous les deux en même temps et alors, à ma grande surprise, elle t'a montrée et elle m'a dit que tu étais sa nouvelle couturière, que tu venais du Maroc et que tu t'appelais Arish je ne sais quoi.

– Agoriuq. En réalité, c'est mon nom à l'envers : Quiroga, Agoriuq.

– Ça sonne bien. Je vous offre un verre, mademoiselle Agoriuq ? demanda-t-il avec une mimique ironique.

Après nous être frayé un passage, et avoir pris deux coupes de champagne sur un plateau, nous gagnâmes une extrémité du salon, tandis que l'orchestre attaquait une rumba et que la piste se remplissait à nouveau de couples.

– J'imagine que tu n'as pas envie que je révèle à Marita ton vrai nom et la nature de notre relation, dit-il quand nous fûmes un peu à l'écart. C'est une brave fille, mais elle adore les cancans, et la discrétion n'est pas précisément son fort.

– Je te serais reconnaissante de ne rien dire à personne. En tout cas, je te précise que mon nouveau nom est officiel et que mon passeport marocain n'est pas un faux.

– Je suppose qu'il y a une bonne raison à ce changement.

– Bien entendu. Ainsi, je gagne en exotisme vis-à-vis de la clientèle et, en même temps, j'évite des poursuites judiciaires après la plainte déposée par ton fils contre moi.

– Carlos a porté plainte contre toi?

La main tenant la coupe était restée en suspens, sa surprise paraissait sincère.

– Non, pas Carlos, ton autre fils, Enrique. Juste avant le commencement de la guerre. Il m'accusait de t'avoir volé l'argent et les bijoux que tu m'avais donnés.

Il esquissa un sourire amer.

– Enrique a été tué trois jours après le soulèvement. Nous avions eu une dispute terrible une semaine avant. Il était très politisé, il devinait que quelque chose de très important allait bientôt arriver et il voulait absolument qu'on sorte d'Espagne tout l'argent que nous avions en liquide, ainsi que les bijoux et les objets de valeur. J'ai dû lui dire que je t'avais remis ta part d'héritage; j'aurais pu me taire, en réalité, mais j'ai préféré lui révéler la vérité. Je lui ai raconté l'histoire de Dolores et je lui ai parlé de toi.

– Et il l'a mal pris.

– Il est devenu fou furieux, il s'est mis à proférer des horreurs. Ensuite, il a appelé Servanda, la vieille domestique, je pense que tu t'en souviens. Il l'a interrogée sur vous. Elle lui a raconté que tu étais partie en courant, avec un paquet dans les mains, et il a sans doute lui-même échafaudé cette ridicule hypothèse du vol. Il a quitté la maison en claquant la porte si fort qu'il a fait trembler les murs de tout le bâtiment. Je ne l'ai revu que onze jours plus tard, à la morgue du stade Metropolitano, avec une balle dans la tête.

– Je regrette beaucoup.

Il haussa les épaules, résigné. Ses yeux exprimaient un chagrin immense.

– C'était un insensé, un exalté, mais c'était mon fils. Notre relation, au cours des derniers temps, avait été désagréable et tumultueuse; il appartenait à la Phalange et je n'aimais pas ça. Pourtant, si on compare avec la situation actuelle, la Phalange d'alors était presque une bénédiction. Au moins, ils partaient d'idéaux romantiques et de principes un peu utopiques, mais plus ou moins raisonnés. Ses membres étaient une bande de rêveurs et d'enfants gâtés, plutôt paresseux. Ils avaient peu de chose à voir avec les opportunistes de maintenant, ceux qui vocifèrent l'hymne phalangiste, le «Cara al sol», le bras tendu et la veine du cou gonflée, invoquant l'absent comme si c'était la sainte hostie, alors qu'ils n'avaient même pas entendu parler de José Antonio Primo de Rivera avant la guerre. Ce ne sont qu'une cohorte de crâneurs arrogants et grotesques...

Il revint soudain à la réalité de l'éclat des lustres en cristal, du son des maracas et des trompettes, du mouvement cadencé des corps au rythme de *El manisero*. Il revint à la réalité et à ma présence, me toucha le bras, me caressa doucement.

– Excuse-moi, parfois je m'échauffe trop. Je t'ennuie, ce n'est pas le bon moment pour parler de ça. Tu veux danser?

– Non, merci. Je préfère bavarder avec toi.

Un garçon s'approcha, nous remplaçâmes nos deux coupes vides par deux pleines.

– Tu disais qu'Enrique avait porté plainte contre toi...

Je ne le laissai pas poursuivre; je voulais d'abord éclaircir un point qui trottait dans ma tête depuis le début de notre rencontre.

– Avant que je te réponde, une question : où est ta femme ?

– Je suis veuf. Avant la guerre, peu après vous avoir vues, toi et ta mère, au printemps 1936. María Luisa se trouvait dans le sud de la France, avec ses sœurs. L'une d'elles possédait une Hispano-Suiza et un chauffeur qui aimait un peu trop sortir le soir. Un matin, il est venu les chercher pour les emmener à la messe et il n'avait sans doute pas dormi de la nuit. Il a perdu le contrôle de son automobile. Deux des sœurs sont mortes, María Luisa et Concepción. Le chauffeur a perdu une jambe, et la troisième sœur, Soledad, s'en est tirée indemne. Ironie du sort, c'était la plus vieille des trois.

– Je suis vraiment désolée.

– Quelquefois, je pense que c'était la meilleure chose qui pouvait lui arriver. Elle était très timorée, elle avait un caractère excessivement craintif ; le plus petit incident domestique la traumatisait. Elle n'aurait pas supporté la guerre, ni en Espagne ni à l'extérieur. Et, bien sûr, elle n'aurait pas surmonté la mort d'Enrique. Peut-être que la Divine Providence lui a fait un cadeau immense en l'emportant avant l'heure. Et maintenant, à toi ; tu me parlais de la plainte contre toi. Tu as d'autres informations ? Tu sais où en est cette affaire, à présent ?

– Non. En septembre, avant de venir à Madrid, le commissaire de police de Tétouan a essayé de faire des vérifications.

– Pour t'inculper ?

– Non. Pour m'aider. Le commissaire Vázquez n'est pas exactement un ami, mais il m'a toujours bien traitée. Tu as une fille qui a eu un certain nombre de problèmes.

– Tu vas m'en parler ? J'aimerais pouvoir te donner un coup de main.

– Ce n'est plus nécessaire, tout est plus ou moins réglé. En tout cas, merci de ta proposition. Mais tu as raison, on devrait peut-être se revoir un autre jour et bavarder tranquillement. Ces problèmes te concernent également en partie.

– Dis-m'en plus.

– Je n'ai plus les bijoux de ta mère.

Il ne broncha pas.

– Tu as été forcée de les vendre.

– On me les a volés.

– Et l'argent?

– Aussi.

– Tout?

– Jusqu'au dernier centime.

– Où?

– Dans un hôtel de Tanger.

– Qui?

– Une crapule.

– Tu le connaissais?

– Oui. Et maintenant, si ça ne t'ennuie pas, nous allons changer de sujet. Un autre jour, avec plus de temps, je te raconterai les détails.

Il était près de minuit et on voyait, dans le salon, s'agiter de plus en plus de fracs, d'uniformes de gala, de robes du soir et de décolletés regorgeant de bijoux. Des Espagnols, surtout, mais aussi un nombre considérable d'étrangers. Allemands, Anglais, Américains, Italiens, Japonais; tout un pot-pourri de pays en guerre immergés dans un magma de respectables et fortunés ressortissants nationaux, indifférents, pour quelques heures, à la destruction brutale de l'Europe et à la misère sordide d'un peuple dévasté, sur le point de dire adieu à l'une des années les plus effroyables de son histoire. Les éclats de rire retentissaient de tous côtés et les couples glissaient au rythme contagieux des congas et des *guarachas* jouées en permanence par un orchestre de musiciens noirs. Les laquais en livrée qui nous avaient accueillis, alignés dans l'escalier, commencèrent à distribuer des petits paniers contenant des grains de raisin et demandèrent aux invités de gagner la terrasse, afin de les avaler à chaque coup de cloche de l'horloge voisine de la Puerta del Sol. Mon père m'offrit son bras, je l'acceptai; chacun de nous était venu de son côté, mais nous convenions ainsi, tacitement, de recevoir la nouvelle année ensemble. Sur la terrasse nous retrouvâmes quelques amis, son fils et mes clientes machiavéliques. Il me présenta à Carlos, mon demi-frère, qui ressemblait à notre père mais pas du tout à moi. Comment aurait-il pu deviner que cette jeune femme, devant lui, était de son propre sang et aussi la petite couturière arriviste, dénoncée par son frère pour leur avoir chipé à tous les deux une bonne portion de leur héritage?

Personne ne semblait gêné par le froid intense régnant sur la terrasse: le nombre des invités s'était multiplié et les serveurs, débordés, circulaient parmi eux, vidant les bouteilles de champagne emmaillotées dans de grandes serviettes blanches. Les conversations animées, les rires et le tintement des coupes paraissaient flotter en l'air, frôler un ciel d'hiver sombre comme le charbon. De la rue montait une espèce de bruit rauque, le son des voix de cette multitude entassée de malheureux; ceux qu'un sort néfaste avait condamnés à rester au ras des pavés et à partager un litre de vin bon marché ou une bouteille d'eau-de-vie râpeuse.

Les cloches se mirent à sonner, d'abord les quatre coups d'avertissement, puis les douze coups définitifs. Je commençai à avaler les grains de raisin, concentrée: dong, un, dong, deux, dong, trois, dong, quatre. Au cinquième, Gonzalo avait passé le bras autour de mes épaules et m'attirait vers lui; au sixième, mes yeux se remplirent de larmes. Le septième, le huitième et le neuvième, je les avalai à l'aveuglette, en m'efforçant de retenir mes sanglots. J'y parvins au dixième, au onzième j'avais repris mes esprits et, au douzième, je me tournai vers mon père et l'embrassai pour la deuxième fois de ma vie.

46

À la mi-janvier, je le retrouvai pour lui fournir les détails du vol de son héritage. J'imagine qu'il crut à mon histoire ; sinon, il n'en laissa rien paraître. Nous déjeunâmes chez Llhardy, le célèbre restaurant madrilène fort de ses cent ans de renommée, et il me proposa de continuer à nous voir. Je refusai sans avoir une très bonne raison ; j'estimai peut-être qu'il était trop tard pour récupérer ce que nous n'avions jamais vécu. Il insista, il ne paraissait pas disposé à accepter mon rejet aussi facilement. Et il parvint en partie à ses fins : le mur de ma résistance se fissura peu à peu. Nous mangeâmes de nouveau ensemble, allâmes au théâtre et à un concert au Teatro Real ; un dimanche matin, nous effectuâmes même une promenade dans le Retiro, comme ma mère et lui trente ans auparavant. Il avait beaucoup de temps libre, il ne travaillait plus ; à la fin de la guerre, il avait pu reprendre sa fonderie mais sans la rouvrir. Ensuite, il avait vendu les terrains qu'elle occupait et il vivait désormais de ses rentes. Pourquoi n'avait-il pas poursuivi son activité ? Pourquoi n'avait-il pas relancé son entreprise à la fin des combats ? Par pure lassitude, il me semble. Il ne me raconta jamais ses tribulations durant ces années-là, mais il glissa dans nos conversations quelques commentaires qui me permirent de reconstruire plus ou moins son douloureux périple. Pourtant, il ne donnait pas l'image d'un homme plein de ressentiment : il était trop rationnel pour que sa vie fût guidée par des réactions viscérales. Il appartenait, certes, au camp des vainqueurs, mais il était extrêmement critique vis-à-vis du nouveau régime. En outre, il avait de l'humour, et nous établîmes une relation particulière : le but n'était pas de compenser son absence durant mes années d'enfance et de jeunesse, mais de commencer de zéro une amitié entre adultes. Autour de lui il y eut des commérages, des spéculations sur la nature de notre lien, et mille hypothèses extravagantes vinrent à ses oreilles ; nous les partagions, amusés, et il ne se donna pas la peine de les démentir.

Les rencontres avec mon père m'ouvrirent les yeux sur une facette inconnue de la réalité. Grâce à lui, j'appris, bien que les journaux n'en parlent jamais, que le pays traversait une crise gouvernementale permanente, où les rumeurs de révocations et de démissions, les remaniements ministériels, les rivalités et les conspirations se multipliaient tels les pains et les poissons dans le Nouveau Testament. La chute de Beigbeder quatorze mois après qu'il eut prêté serment à Burgos avait sans doute été la plus retentissante, mais en aucun cas la seule.

Tandis que l'Espagne entreprenait lentement sa reconstruction, les différentes factions qui avaient contribué à la victoire, loin de vivre en bonne harmonie, s'entredéchiraient allègrement. L'armée contre la Phalange, la Phalange à couteaux tirés contre les monarchistes, les monarchistes enragés parce que Franco ne s'engageait pas à restaurer le roi ; Serrano Súñer au-dessus de tous, et tous contre Serrano Súñer ; les uns intriguant en faveur de l'Axe, les autres pour les Alliés, chacun pariant à l'aveuglette sans savoir encore quel camp finirait à la longue, selon les termes de Candelaria, par flanquer les jetons à l'autre. Le Caudillo était enfermé au Pardo, à l'écart et insaisissable, signant des sentences d'une main de fer et sans se déclarer pour personne.

Les Allemands et les Britanniques jouaient à cette époque la politique constante de la carotte et du bâton, aussi bien sur la carte du monde que dans les rues de la capitale espagnole. Malheureusement pour la cause qui m'avait échu, les premiers disposaient d'un appareil de propagande beaucoup plus puissant et efficace. Ainsi que me l'avait précisé Hillgarth à Tanger, leur activité se développait à partir de l'ambassade elle-même, avec des moyens économiques plus que généreux et une équipe nombreuse dirigée par le célèbre Lazar, lequel bénéficiait également de la complaisance du régime. Je tenais de bonne source que ce dernier menait une vie sociale des plus riches, les Allemandes et certaines Espagnoles mentionnaient constamment ses dîners et ses réceptions dans mon atelier, et plusieurs de mes modèles défilaient chaque soir à travers les salons de sa résidence.

Des campagnes destinées à vendre le prestige allemand apparaissaient également de plus en plus souvent dans la presse. Elles utilisaient des publicités qui attiraient l'œil et qui vantaient avec un enthousiasme équivalent des moteurs à essence ou une teinture pour les vêtements. La propagande mêlait habilement les idées et les produits, persuadant le lecteur que l'idéologie germanique était capable d'obtenir des progrès inaccessibles aux autres pays du monde. Les considérations techniques ne parvenaient pas à occulter le message : l'Allemagne était prête à dominer la planète et elle souhaitait en informer ses bons amis espagnols. Et, au cas où il aurait subsisté un doute, s'y ajoutaient des dessins au fort impact visuel et aux grosses lettres, des cartes pittoresques de l'Europe où l'Allemagne et la Péninsule se trouvaient réunies par des flèches bien marquées, tandis que la Grande-Bretagne paraissait s'être évaporée de la surface du globe.

Dans les pharmacies, les cafés et les salons de coiffure, on distribuait gratuitement des revues satiriques et des cahiers de mots croisés offerts par les Allemands ; les blagues et les bandes dessinées étaient mélangées à des comptes rendus d'opérations militaires victorieuses, et la solution de tous ces jeux et distractions avait toujours un caractère politique, à la gloire de la cause nazie. Il en allait de même pour certaines brochures d'information destinées à des professionnels, les livres d'aventures pour les adolescents et les enfants, et même les bulletins paroissiaux de centaines d'églises. On disait aussi que les rues étaient remplies de collaborateurs espagnols enrôlés par les Allemands afin de diffuser de la propagande aux arrêts des tramways et dans les queues des boutiques et des cinémas. Les messages étaient parfois plus ou moins crédibles et le plus souvent extravagants. Des bobards se répandaient çà et là, toujours défavorables aux Britanniques et à leurs partisans. Par exemple, qu'ils nous volaient de l'huile d'olive et la transportaient dans des véhicules diplomatiques jusqu'à Gibraltar ; que la farine donnée par la Croix-Rouge américaine était si mauvaise qu'elle rendait malade toute la population ; qu'il n'y avait plus de poissons sur les marchés parce que nos bateaux étaient retenus par la marine de guerre anglaise. Ou que la qualité du pain était déplorable car les sujets de Sa Majesté s'amusaient à couler les bateaux argentins chargés de blé ; ou, enfin, que les Américains, en compagnie des Russes, étaient en train de mettre au point l'invasion imminente de la Péninsule.

Entre-temps, les Britanniques ne restaient pas les bras croisés. Leur réaction consistait principalement à imputer au régime, par n'importe quel moyen, tous les maux du peuple, en appuyant surtout là où ça faisait mal : sur le manque de nourriture, cette famine qui provoquait des épidémies parmi les gens obligés de manger les détritus des poubelles, qui lançait des familles désespérées aux trousses des camions du Secours social, et qui forçait les mères de famille à se débrouiller, Dieu seul savait comment, pour faire des fritures sans huile, des omelettes sans œufs, des gâteaux sans sucre et une saucisse bizarre sans le moindre soupçon de porc et avec un goût suspect de morue. Afin d'encourager la sympathie des Espagnols pour la cause alliée, les Anglais aiguisaient aussi leur esprit. Le bureau de presse de l'ambassade rédigeait sur place, à Madrid, une publication que les fonctionnaires eux-mêmes distribuaient dans le voisinage de leur légation avec, à leur tête, l'attaché de presse, le jeune Tom Burns. Peu de temps auparavant, l'Institut britannique, dirigé par un certain Walter Starkie, un catholique irlandais que d'aucuns appelaient don Gitano, avait commencé à fonctionner. Son ouverture s'était réalisée, prétendait-on, sans autre autorisation des autorités espagnoles que la parole sincère mais déjà affaiblie de Beigbeder, dans ses derniers soubresauts en tant que ministre. En apparence, il s'agissait d'un centre culturel où l'on dispensait des cours d'anglais et organisait des conférences, des causeries et des célébrations diverses, quelquefois plus mondaines que purement intellectuelles ; les Britanniques disposaient ainsi, en réalité, d'un appareil de propagande discret et beaucoup plus sophistiqué que les stratégies germaniques.

L'hiver s'écoula, laborieux et tendu, dur pour presque tout le monde, pour l'ensemble du pays, pour les citoyens. Le printemps nous tomba dessus, presque à notre insu. Et avec lui une nouvelle invitation de mon père. L'hippodrome de la Zarzuela rouvrait ses portes, pourquoi ne pas l'accompagner ?

Quand je n'étais encore qu'une jeune apprentie chez doña Manuela, nous entendions souvent nos clientes parler de cet endroit. Très peu de ces dames étaient sans doute intéressées par les courses elles-mêmes, mais elles aussi rivalisaient, à l'instar des chevaux. Pas en vitesse, mais en élégance. Le vieil hippodrome se trouvait au bout de la promenade de la Castellana ; c'était un lieu de rendez-vous pour la grande bourgeoisie, l'aristocratie et même le souverain : Alfonso XIII occupait souvent la loge royale. Peu avant la guerre, on avait entamé la construction d'installations plus modernes, qui fut brutalement interrompue par les combats. Après deux années de paix, la nouvelle enceinte hippique, encore inachevée, ouvrait ses portes à Monte d'El Pardo.

L'inauguration faisait les gros titres des journaux depuis plusieurs semaines et circulait de bouche à oreille.

Mon père passa me prendre avec sa voiture, il aimait conduire. Pendant le trajet, il m'expliqua comment avait été bâti l'hippodrome, avec son toit ondulé si original; il évoqua également l'enthousiasme de milliers de Madrilènes, heureux de retrouver les courses de jadis. De mon côté, je lui décrivis mes souvenirs de la société hippique de Tétouan, ainsi que l'image formidable du khalife traversant à cheval la place d'Espagne pour se rendre, les vendredis, de son palais à la mosquée. Nous fûmes tellement absorbés par notre conversation qu'il n'eut pas le temps de m'annoncer qu'il avait rendez-vous avec quelqu'un d'autre cet après-midi-là. Et ce ne fut qu'en arrivant à notre tribune que je me rendis compte de la situation: en assistant à ce spectacle apparemment innocent, je m'étais jetée dans la gueule du loup.

47

La foule était immense: des masses humaines agglutinées devant les guichets, des queues de dizaines de mètres pour enregistrer les paris, et les gradins et la zone à proximité de la piste remplis à craquer d'un public anxieux et vociférant. Les privilégiés qui occupaient les loges réservées, en revanche, évoluaient dans un univers différent: sans bousculades ni cris, assis sur de vraies chaises et non sur des marches en béton; et accueillis par des serveurs à la veste immaculée, prêts à les servir avec empressement.

Une fois installée à ma place, je sentis en moi une espèce de morsure. J'eus à peine besoin de deux secondes pour mesurer la portée de la folie que je commettais: il n'y avait là qu'un minuscule groupe d'Espagnols entourés par une nuée d'Anglais, hommes et femmes, qui, un verre à la main et armés d'une paire de jumelles, fumaient, buvaient et bavardaient dans leur langue dans l'attente de voir galoper les chevaux. Et pour qu'il ne subsiste aucun doute sur leur provenance et la cause qu'ils défendaient, un grand drapeau britannique ornait la balustrade.

J'eus envie d'être engloutie par la terre, mais ce n'était pas tout : ma stupeur n'avait pas encore atteint le fond. Pour m'en rendre compte, il me suffit de faire quelques pas et de regarder à gauche. Au-dessus de la loge voisine, pratiquement vide, ondoyaient trois drapeaux bercés par le vent : sur le fond rouge de chacun d'entre eux se détachait un cercle blanc avec le svastika noir au milieu. La loge des Allemands, séparée de la nôtre par une petite clôture d'à peine un mètre de hauteur, attendait l'arrivée de ses occupants. Pour le moment, seuls deux soldats en gardaient l'accès et quelques serveurs organisaient le buffet, mais, vu l'heure et la hâte des préparatifs, je ne doutai pas de l'arrivée imminente des spectateurs attendus.

Avant de retrouver assez de calme pour réagir et décider de la façon la plus rapide de dissiper ce cauchemar, Gonzalo me souffla à l'oreille qui étaient tous ces sujets de Sa Gracieuse Majesté.

– J'ai oublié de te dire que nous allions rejoindre de vieux amis que je n'ai pas vus depuis longtemps. Ce sont des ingénieurs anglais des mines de Río Tinto, ils sont venus avec quelques compatriotes de Gibraltar et, j'imagine, certaines personnes de l'ambassade. Ils sont tous enthousiasmés par la réouverture de l'hippodrome ; tu sais que ce sont de grands amateurs de chevaux.

Je l'ignorais et je m'en moquais : j'avais d'autres soucis en cet instant. Par exemple, les fuir comme la peste. La phrase de Hillgarth dans la légation américaine de Tanger résonnait toujours à mes oreilles : aucun contact avec les Anglais. Et encore moins, avait-il oublié d'ajouter, sous le nez des Allemands. Lorsque les amis de mon père s'aperçurent de notre arrivée, ils saluèrent avec de grandes démonstrations d'affection Gonzalo, *old boy*, ainsi que sa jeune et inattendue accompagnatrice. J'y répondis par bribes, essayant de cacher ma nervosité sous un sourire aussi faible que faux. Pendant que j'évaluais discrètement le risque et serrais les mains tendues par des inconnus, je balayai du regard mon environnement, en quête d'une échappatoire qui ne gênerait pas mon père. Mais ce n'était pas simple. Pas simple du tout. À gauche, il y avait la tribune des Allemands avec leurs insignes ostentatoires ; celle de droite était occupée par une poignée d'individus dotés de panses généreuses et d'énormes bagues en or, qui fumaient des cigares gros comme des torpilles en compagnie de femmes à la blondeur oxygénée et aux lèvres d'un rouge éclatant, pour lesquelles j'aurais même refusé de coudre un mouchoir dans mon atelier. Je détournai mon regard : les trafiquants au marché noir et leurs ébouriffantes maîtresses ne m'intéressaient pas le moins du monde.

Bloquée à gauche et à droite, avec en face une rambarde donnant sur le vide, il ne me restait qu'une solution : m'échapper par où nous étions venus, mais c'était courir un très gros risque. Il existait une unique voie d'accès pour accéder à ces loges, je l'avais constaté en entrant : une espèce de couloir revêtu de briques d'à peine trois mètres de large. Si je décidais de l'emprunter à nouveau, je me retrouverais à coup sûr nez à nez avec les Allemands. Et parmi eux, sans nul doute, se trouveraient celles que je redoutais le plus : mes clientes germaniques, dont les bouches imprudentes laissaient souvent tomber de savoureux fragments d'information que je recueillais avec le plus déloyal des sourires et transmettais ensuite aux services secrets du pays ennemi ; des dames que je devrais saluer et qui, à l'évidence, se demanderaient, soupçonneuses, pourquoi leur couturière marocaine s'enfuyait, comme si elle avait le diable aux trousses, d'une loge bourrée d'Anglais.

Toujours irrésolue, tandis que Gonzalo distribuait encore saluts et poignées de main, je m'assis dans le coin le plus protégé de la tribune, recroquevillée, les revers de la veste remontés et la tête à moitié penchée, tentant, en vain, de passer inaperçue dans un espace ouvert à tout vent où je ne savais que trop qu'il était impossible de se cacher.

– Tu te sens bien ? Tu es toute pâle, dit mon père en me tendant une coupe de cocktail de fruits.

– J'ai la tête qui tourne un peu, ça va passer, mentis-je.

Si, dans la gamme des couleurs, il en existait une plus obscure que le noir, les idées que j'avais alors prirent cette nuance dès que la loge allemande commença à s'agiter. Du coin de l'œil, je vis entrer d'autres soldats, puis un robuste officier supérieur aboyant des ordres, montrant du doigt, jetant des regards méprisants vers la tribune des Anglais. Ils furent suivis d'une cohorte d'officiers : bottes étincelantes, casquette plate et l'inévitable svastika autour du bras. Ils ne daignèrent même pas tourner les yeux vers nous : ils se tinrent simplement hautains et distants, leur attitude rigide marquant un évident dédain à l'égard de leurs voisins. Quelques individus en civil arrivèrent ensuite, je notai avec des sueurs froides que certains de ces visages m'étaient familiers. Ils avaient sans doute tous, militaires et civils, assisté ensemble à une réception préalable, car ils débarquèrent en même temps, en groupes constitués, et juste assez tôt pour assister à la première course. Il n'y avait que des hommes, pour l'instant, mais je m'attendais à voir arriver leurs compagnes.

À mon grand dam, l'ambiance se réchauffait rapidement : le groupe des Britanniques avait grossi, les jumelles passaient de main en main et les conversations portaient aussi bien sur le *turf*, le *paddock* et les *jockeys*, que sur l'invasion de la Yougoslavie, les effroyables bombardements sur Londres ou le dernier discours de Churchill à la radio. Ce fut juste à ce moment-là que je le découvris. Je le vis et il me vit. J'en eus le souffle coupé. Le capitaine Alan Hillgarth venait de pénétrer dans la loge au côté d'une élégante femme blonde: son épouse, sans doute. Il posa ses yeux sur moi l'espace d'un dixième de seconde puis, réprimant une lueur de surprise et d'inquiétude dans son regard, que je fus seule à distinguer, il observa furtivement la loge allemande, où se bousculaient les nouveaux arrivants.

Je me levai pour ne pas me retrouver en face de lui; j'étais convaincue que c'était la fin, qu'il n'existait aucun moyen d'échapper à cette souricière. Je n'aurais jamais pu imaginer un dénouement aussi pathétique à ma brève carrière d'espionne au service des Anglais: j'allais être percée à jour en public, devant mes clientes, mon supérieur et mon propre père. Je m'agrippai de toutes mes forces à la balustrade, j'aurais tout donné pour être ailleurs, n'avoir jamais quitté le Maroc, n'avoir pas accepté cette proposition extravagante qui m'avait transformée en une conspiratrice imprudente et maladroite. Le coup de pistolet de la première course retentit, les chevaux se lancèrent au triple galop et les cris enthousiastes du public déchirèrent les airs. Je faisais mine de regarder fixement la piste, mais les idées trottaient dans ma tête, étrangères aux sabots des concurrents. Les Allemandes devaient être là, à présent, et je devinais le désarroi de Hillgarth face à ce désastre imminent. J'eus soudain une illumination: la solution apparut à mes yeux, sous la forme de deux brancardiers de la Croix-Rouge, mollement appuyés contre un mur dans l'attente de quelque incident. Si je ne pouvais pas sortir par mes propres moyens du piège de cette tribune, quelqu'un d'autre me tirerait de là.

La cause aurait pu être l'émotion du moment, ou la fatigue accumulée durant des mois, ou bien les nerfs ou le stress. Il n'en fut rien: cette réaction inattendue me fut inspirée par le simple instinct de survie. Je choisis l'endroit approprié, le côté droit de la loge, le plus éloigné des Allemands. Et le moment exact: juste après la fin de la première course, au plus fort du brouhaha, alors que de toutes parts fusaient, mêlés, les cris de joie et les jurons de déception. Je me laissai tomber à cet instant précis. Je pris bien garde de tourner la tête, afin que mes cheveux me couvrent le visage une fois par terre, au cas où un regard curieux provenant de la tribune voisine se glisserait entre les paires de jambes qui m'entourèrent aussitôt. Je restai immobile, les yeux clos, le corps alangui; mon oreille, en revanche, était aux aguets, attentive au moindre mot prononcé autour de moi. Évanouissement, de l'air, Gonzalo, vite, pouls, de l'eau, plus d'air, vite, vite, ils arrivent, trousse de secours, et d'autres paroles en anglais que je ne compris pas. Les brancardiers tardèrent à peine deux minutes. Ils m'installèrent sur leur civière et étendirent une couverture sur moi jusqu'au cou. Un, deux, trois, oh hisse! les entendis-je dire.

– Je vous accompagne, déclara Hillgarth. Si vous estimez que c'est nécessaire, on peut faire appel au médecin de l'ambassade.

– Merci, Alan, répondit mon père. Je ne pense pas que ce soit grave, un malaise rien de plus. Allons à l'infirmerie; nous verrons après.

Les brancardiers se hâtaient le long du tunnel d'accès; derrière eux, forçant le passage, se pressaient mon père, Alan Hillgarth et deux Anglais que je n'avais pas réussi à identifier, des collègues ou des lieutenants de l'attaché naval. J'avais fait en sorte que mon visage soit encore caché par mes cheveux quand je me trouvais sur la civière, mais je reconnus la main ferme de Hillgarth me remontant la couverture jusqu'au front avant de quitter la loge. Je ne vis donc plus rien, ce qui ne m'empêcha pas d'entendre clairement la suite des événements.

Nous ne croisâmes personne au début, puis la situation changea à mi-parcours, confirmant mes plus sombres présages. Il y eut d'abord des bruits de pas, des voix masculines parlant en allemand. *Schnell, schnell, die haben bereits begonnen.* Ils venaient vers nous, presque en courant. Sans doute des militaires, et des officiers, à en juger par leur démarche martiale et leur ton assuré et catégorique. J'imaginai que la vision de l'attaché naval ennemi escortant une civière avec un corps sous une couverture avait dû engendrer chez eux une certaine inquiétude, mais ils ne s'arrêtèrent pas ; ils se contentèrent d'un salut rogue et poursuivirent leur chemin en direction de leur loge. Les claquements de talons et les voix féminines leur succédèrent quelques secondes après. Elles approchaient elles aussi d'un pas ferme, bruyantes et dominatrices. Effrayés par un tel déploiement d'énergie, les brancardiers se rangèrent d'un côté pour les laisser passer ; elles nous frôlèrent. Je retins ma respiration ; mon cœur battait la chamade. Je les entendis s'éloigner, sans reconnaître personne ni préciser leur nombre, mais j'estimai qu'il y en avait au moins une demi-douzaine. Six Allemandes, peut-être sept ; probablement quelques clientes, celles qui choisissaient les tissus les plus chers, qu'elles me payaient avec des billets de banque et des nouvelles toutes fraîches.

Je fis semblant de revenir à moi quelques minutes plus tard, lorsque tous les bruits se furent atténués et que je me sentis en terrain sûr. Je prononçai quelques mots, les rassurai. Nous atteignîmes alors l'infirmerie ; Hillgarth et mon père congédièrent les deux Anglais et les brancardiers ; les premiers, ce fut Hillgarth qui s'en chargea en leur donnant quelques ordres brefs dans sa langue ; Gonzalo renvoya les seconds avec un pourboire généreux et un paquet de cigarettes.

– Je m'en occupe moi-même, Alan, merci, dit mon père quand nous fûmes seuls.

Il me prit le pouls et confirma que j'allais à peu près bien.

– Je ne pense pas qu'il faille appeler un médecin. Je vais approcher la voiture jusqu'ici et je la reconduis chez elle.

Hillgarth eut un instant d'hésitation.

– D'accord, acquiesça-t-il finalement. Je lui tiens compagnie en attendant que vous reveniez.

Je restai donc immobile, le temps nécessaire à mon père pour s'éloigner : je ne voulais pas le surprendre par ma réaction. Quand il fut parti, je pris mon courage à deux mains, me levai et fis face à Hillgarth.

– Vous vous sentez vraiment bien ? me demanda-t-il d'un ton sévère.

J'aurais pu lui répondre que non, que j'étais encore faible et perdue ; feindre que j'étais toujours victime des effets de mon évanouissement. Mais il ne m'aurait pas crue. À juste titre.

– Parfaitement.

– Sait-il quelque chose ?

Il se référait à mon père, et à son éventuelle connaissance de ma collaboration avec les Anglais.

– Absolument rien.

– Continuez comme ça. Et ne laissez pas voir votre visage en sortant. Étendez-vous sur le siège arrière de l'automobile et restez cachée. Quand vous arriverez chez vous, assurez-vous que personne ne vous a suivie.

– Ne vous faites pas de souci. Quelque chose d'autre ?

– Venez me voir demain. Même endroit et même heure.

48

– Magistrale, votre prestation de l'hippodrome, déclara-t-il en guise de salut.

Malgré le compliment supposé, son visage ne montrait pas la moindre trace de satisfaction. Comme la première fois, il m'attendait dans le cabinet du docteur Rico, là où nous nous étions retrouvés plusieurs mois auparavant pour évoquer ma rencontre avec Beigbeder à la suite de son limogeage.

– J'étais obligée, croyez bien que je le regrette, dis-je en m'asseyant. J'ignorais complètement que nous allions assister à des courses de chevaux dans la loge des Anglais. Et que les Allemands seraient justement installés à côté.

– Je comprends. Vous avez bien agi, avec sang-froid et rapidité. Mais vous avez couru un risque immense et vous avez failli déclencher un incident vraiment mal venu. Nous ne pouvons pas nous permettre ce genre d'imprudence, étant donné les complications de la situation actuelle.

– Vous faites allusion à la situation en général ou à la mienne en particulier? demandai-je d'un ton involontairement insolent.

– Aux deux, répliqua-t-il, catégorique. Nous n'avons pas l'intention de nous immiscer dans votre vie personnelle mais, vu ce qui est arrivé, il me semble que nous devons attirer votre attention sur un point.

– Gonzalo Alvarado.

Il ne répondit pas aussitôt; il prit d'abord le temps d'allumer une cigarette et d'exhaler la fumée de la première bouffée.

– Gonzalo Alvarado, en effet. L'épisode d'hier n'a pas été un fait isolé: on vous aperçoit assez souvent ensemble dans des lieux publics.

– Au cas où cela vous intéresserait, et avant tout, laissez-moi vous préciser que je n'ai aucune relation sentimentale avec lui. J'ajoute qu'il n'est pas au courant de mes activités.

– La nature exacte de votre relation relève du privé et ne nous regarde pas.

– Alors?

– Je vous prie de ne pas le considérer comme une immixtion excessive dans votre existence, mais vous devez comprendre que nous vivons une période de tension extrême et que nous sommes dans l'obligation de vous alerter.

Il se leva, fit quelques pas, les mains dans les poches et les yeux fixés sur les dalles du sol, tout en continuant à me parler.

– La semaine dernière, nous avons appris qu'il existait un groupe très actif d'Espagnols qui coopéraient avec les Allemands; leur but est d'établir des fichiers de sympathisants locaux des nazis et des alliés. Y figurent des renseignements sur tous ceux qui ont pris parti pour l'une ou pour l'autre cause, ainsi que le degré de leur engagement.

– Et vous supposez que j'apparais sur l'un de ces documents...

– Nous ne le supposons pas: nous le savons avec une certitude absolue, dit-il en clouant son regard au mien. Nous avons des collaborateurs infiltrés parmi eux et ils nous ont informés de votre présence dans le fichier des germanophiles. Pour le moment, de façon parfaitement claire et prévisible: vous avez de nombreuses clientes liées à de hauts dignitaires nazis, vous les recevez dans votre atelier, vous leur confectionnez de superbes tenues et celles-ci, en échange, ne se contentent pas de vous payer, elles vous font également confiance; à tel point qu'elles parlent chez vous, avec une totale liberté, de beaucoup de choses sur lesquelles elles devraient se taire, et que vous nous rapportez minutieusement.

– Et Alvarado, qu'a-t-il à voir dans tout ça?

– Lui aussi est sur ces fichiers. Mais dans le camp opposé, sur la liste des citoyens favorables aux Britanniques. Nous avons pris connaissance d'une consigne allemande de surveillance étroite concernant certains Espagnols; ceux qui ont des relations avec nous et appartiennent aux secteurs suivants: banques, entreprises, professions libérales... En somme, des individus compétents et influents disposés à nous aider.

– Vous savez bien sûr qu'il n'est plus en activité, qu'il n'a pas rouvert son usine après la guerre.

– Ça ne fait rien. Il est très bien introduit et il se laisse voir souvent en compagnie de membres de l'ambassade et de la colonie britanniques à Madrid. Parfois avec moi-même, comme vous avez pu le constater hier. C'est un grand connaisseur de la situation industrielle espagnole et il nous conseille donc gracieusement pour des affaires de la plus haute importance. Mais ce n'est pas un agent occulte, à la différence de vous, simplement un bon ami du peuple anglais qui ne cache pas ses sympathies à notre égard. Voilà pourquoi votre présence constante à ses côtés devient suspecte, à présent que vos deux noms figurent sur deux fichiers opposés. D'ailleurs, il y a déjà eu des rumeurs à ce sujet.

– Au sujet de quoi?

– Au sujet de ce que peut bien faire une personne aussi proche des épouses des hauts responsables allemands en compagnie d'un fidèle collaborateur des Britanniques! s'écria-t-il en tapant du poing sur la table.

Puis il adoucit le ton, regrettant aussitôt sa réaction.

– Je suis désolé. Nous sommes tous très nerveux, ces derniers temps. En outre, nous sommes conscients que vous n'étiez pas en mesure de prévoir la situation et le risque que vous couriez. Mais croyez-moi si je vous dis que les Allemands envisagent une puissante campagne contre la propagande britannique en Espagne. Ce pays conserve une importance cruciale pour l'Europe et pourrait entrer en guerre à tout moment. En réalité, son gouvernement ne se gêne pas pour aider l'Axe: il leur permet d'utiliser à leur guise tous les ports espagnols, les autorisent à exploiter des mines là où ça leur plaît, et des prisonniers républicains sont employés dans des constructions militaires destinées à favoriser une éventuelle attaque nazie contre Gibraltar.

Il éteignit sa cigarette et se tut pendant quelques secondes, concentré sur son geste. Puis il poursuivit :

– Nous nous trouvons dans une position clairement désavantageuse, et la dernière chose que nous souhaitons, c'est qu'elle empire. La Gestapo a entrepris depuis des mois une série d'actions menaçantes qui ont déjà porté leurs fruits : votre amie Mme Fox, par exemple, a été obligée de quitter l'Espagne à cause d'elle. Malheureusement, elle n'est pas la seule. Sans aller plus loin, l'ancien médecin de l'ambassade, par ailleurs un grand ami. Les perspectives sont encore pires. Plus directes et plus agressives. Plus dangereuses.

Je n'intervins pas ; je me contentai de l'observer, attendant qu'il finisse ses explications.

– J'ignore si vous savez vraiment à quel point vous êtes compromise et exposée, ajouta-t-il en baissant la voix. Arish Agoriuq est devenue quelqu'un de très connu parmi les Allemands résidant à Madrid, mais si on commence à déceler un infléchissement dans sa position, ainsi que cela a failli se produire hier, elle pourrait se retrouver dans une situation intenable. Et cela ne nous arrange pas. Ni vous ni nous.

Je me levai et allai vers la fenêtre, mais sans oser m'en approcher. Tournant le dos à Hillgarth, je regardai au loin, à travers les carreaux. Les branches des arbres, couvertes de feuilles, atteignaient la hauteur du premier étage. Il y avait encore de la lumière, les soirées étaient longues, désormais. J'essayais de réfléchir à la portée de ses mots. Malgré le noir panorama qu'il venait de tracer, je n'avais pas peur.

– Je crois que la meilleure solution serait d'interrompre ma collaboration, dis-je enfin sans le regarder. Nous éviterions des problèmes et nous vivrions plus tranquilles. Vous, moi, tous.

– Pas question ! s'exclama-t-il derrière moi. Tout ce que je vous ai dit était à titre de prévention, et en prévision de l'avenir. Je suis persuadé que vous serez capable de vous y accommoder en temps utile. Nous ne voulons vous perdre sous aucun prétexte, d'autant moins maintenant que nous avons besoin de vous pour quelque chose d'autre.

– Pardon? demandai-je, stupéfaite, en me retournant.

– Nous avons une nouvelle mission. Elle émane de Londres, directement. Bien que nous ayons envisagé d'abord d'autres choix, nous avons décidé de vous la confier, au vu des événements de cette fin de semaine. Vous pensez que votre auxiliaire pourra se charger de l'atelier pendant une quinzaine de jours?

– Heu... je ne sais pas... peut-être, balbutiai-je.

– Je suis certain que oui. Faites courir parmi vos clientes le bruit que vous allez vous absenter plusieurs jours.

– Et que dois-je leur dire à propos de ma destination?

– Inutile de mentir, racontez-leur seulement la vérité: vous avez quelques affaires à régler à Lisbonne.

49

Le Lusitania Express me déposa à la gare de Santa Apolonia un matin de la mi-mai. Je transportais deux énormes valises avec ma plus belle garde-robe, une poignée d'instructions précises et une bonne dose invisible d'aplomb. J'espérais que cela serait suffisant pour me tirer élégamment de ce mauvais pas.

J'avais beaucoup douté avant de me convaincre moi-même de la nécessité de poursuivre cette mission. J'avais réfléchi, soupesé différentes options et envisagé une alternative. Je savais que la décision était entre mes mains; c'était à moi seule de décider si je continuais avec cette vie trouble ou si j'abandonnais tout pour revenir à la normale.

La seconde solution aurait sans doute été la plus sage. J'en avais par-dessus la tête de tromper tout le monde, de n'être claire avec personne; d'obéir à des ordres désagréables et de vivre dans une alerte permanente. J'allais avoir trente ans, je m'étais transformée en une menteuse sans scrupule et mon histoire personnelle se réduisait à une accumulation de cachotteries, d'affabulations et d'impostures. En dépit de la supposée sophistication qui entourait mon existence, à la fin de la journée – ainsi que s'était chargé de me le rappeler Ignacio, quelques mois auparavant –, je n'étais plus qu'un fantôme solitaire habitant une maison peuplée d'ombres. En sortant de mon rendez-vous avec Hillgarth, j'avais senti une bouffée d'hostilité envers lui et ses collègues. Ils m'avaient entraînée dans une aventure sinistre et étrangère, prétendument utile pour mon pays, mais on n'observait aucune amélioration, et la crainte de voir l'Espagne entrer en guerre rôdait toujours à chaque coin de rue. Malgré tout, je m'étais soumise à ses conditions sans dévier du droit chemin: on m'avait forcée à devenir égoïste et insensible, à me modeler à un Madrid irréel et à être déloyale vis-à-vis des miens et de mon passé. On m'avait fait endurer de la peur et du désarroi, des nuits blanches, d'interminables heures d'angoisse. Et à présent on exigeait que je m'éloigne aussi de mon père, l'unique présence qui apportait un peu de lumière dans l'obscur écoulement des jours.

Il était encore temps de dire non, de m'affirmer, de m'indigner. Au diable les services secrets britanniques et leurs stupides exigences! Au diable les conversations épiées dans les cabines d'essayage, la vie ridicule des femmes des nazis et les messages codés au milieu des patrons! Je me moquais de qui serait le vainqueur ou le vaincu de cette lutte lointaine; tant pis pour eux, si les Allemands envahissaient la Grande-Bretagne et mangeaient les enfants tout crus, ou si les Anglais bombardaient Berlin et laissaient la ville aussi aplanie qu'une planche à repasser. Ce n'était pas mon monde : qu'ils aillent au diable à jamais, tous sans exception !

Tout abandonner et revenir à la normalité : oui, c'était sans doute le meilleur choix. Mais j'avais un problème : je ne savais plus où se situait la normalité. Dans la rue de la Redondilla de mon enfance, parmi les jeunes filles avec lesquelles j'avais grandi, et qui se débattaient pour surnager après avoir perdu la guerre ? Avec Ignacio Montes, le jour où il s'était éloigné en traînant une machine à écrire et le cœur déchiré ? Volée par Ramiro Arribas, quand il m'avait laissée seule, enceinte et sans le sou dans la chambre du Continental ? Dans le Tétouan des premiers mois, au milieu des hôtes grisâtres de la pension de Candelaria ? Dissoute dans les sordides manigances qui nous avaient permis de nous en sortir, l'une et l'autre ? Accrochée aux étoffes de l'atelier de Sidi Mandri, dont l'installation m'avait coûté tant d'efforts ? Au côté de ma mère, dans le labeur muet des soirées africaines ? Anéantie, à la suite de la visite d'un ministre révoqué et bientôt arrêté ? Emportée, peut-être, par un journaliste que je n'avais pas osé aimer par pure lâcheté ? Où se cachait-elle ? Où l'avais-je perdue ? Qu'était-elle devenue ? Je l'avais cherchée partout : dans mes poches, dans les armoires et les tiroirs ; entre les plis et les coutures. Cette nuit-là, je m'endormis sans la trouver.

Le lendemain je me réveillai plus lucide et je l'aperçus dès que j'entrouvris les yeux : proche, avec moi, collée à ma peau. La normalité ne nichait pas dans le passé ; elle se trouvait tout simplement dans ce que le sort nous réservait chaque matin. Au Maroc, en Espagne ou au Portugal, à la tête d'un atelier de couture ou au service de l'espionnage britannique : là où je déciderais d'orienter le cours de ma vie, ou d'en jeter les fondements. Parmi les ombres, sous les palmiers d'une place exhalant un parfum de menthe, dans l'éclat des salons éclairés par des lustres ou dans les eaux tumultueuses de la guerre. La normalité n'était que le produit de ma propre volonté, de mon engagement et de ma parole, et c'était pour cette raison qu'elle se tiendrait toujours à mes côtés. La chercher ailleurs ou essayer de la récupérer dans le passé n'avait aucun sens.

Je me rendis à l'Embassy à midi avec les idées claires et l'esprit dégagé. Hillgarth était là, buvant son apéritif accoudé sur le zinc et bavardant avec deux militaires en uniforme. Je laissai donc tomber mon sac par terre comme par mégarde. Quatre heures plus tard, je reçus les premières instructions sur ma nouvelle mission: j'étais convoquée le lendemain matin pour un soin du visage dans le salon de coiffure habituel. J'arrivai à Lisbonne cinq jours plus tard.

Je descendis sur le quai vêtue d'une robe en gaze de soie imprimée, de gants blancs printaniers et d'une immense capeline: un zeste de glamour au milieu des escarbilles des locomotives et de la morne hâte des voyageurs. J'étais attendue par une voiture anonyme prête à m'emmener à destination: Estoril.

Nous parcourûmes un Lisbonne rempli de vent et de lumière, sans rationnement ni coupures d'électricité, avec des fleurs, des carreaux de céramique et des étals de légumes et de fruits frais. Sans terrains vagues couverts de décombres ni mendiants en haillons; sans marques d'obus, sans bras tendus ni jougs ni flèches, les insignes de la Phalange, peints à grands traits sur les murs. Nous traversâmes des quartiers nobles et élégants, aux larges trottoirs pavés et aux demeures aristocratiques surveillées par des statues de rois et de navigateurs; des zones populaires, aussi, aux rues tortueuses et bruyantes, remplies de géraniums et d'odeurs de sardines. Je fus surprise par la majesté du Tage, le hululement des sirènes du port et le grincement des tramways. Lisbonne me fascina, une ville ni en paix ni en guerre: nerveuse, agitée, palpitante.

Nous laissâmes derrière nous Alcântara, Belém et ses monuments. Les vagues battaient les rochers avec force tandis que nous longions l'Estrada Marginal. La route était flanquée sur sa droite de villas anciennes protégées par des grilles en fer forgé ornées de plantes grimpantes en fleurs. Tout paraissait différent et spectaculaire, mais les apparences étaient peut-être trompeuses. On m'avait prévenue: le pittoresque Lisbonne, que je venais de contempler depuis les vitres de ma voiture, et Estoril, auquel je parviendrais dans quelques minutes, regorgeaient d'espions. La moindre rumeur avait un prix et tout individu doté de deux oreilles était un indicateur en puissance; depuis les plus hauts responsables d'une ambassade quelconque jusqu'aux garçons de café, boutiquiers, femmes de chambre et chauffeurs de taxi. «Soyez d'une prudence extrême», telle avait été la consigne.

On m'avait réservé une suite à l'hôtel Do Parque, une adresse magnifique pour une clientèle en majorité internationale, où les Allemands étaient en général plus nombreux que les Anglais. Près de là, tout près, l'hôtel Palacio connaissait une situation inverse. Et ensuite, la nuit, au casino, tout ce beau monde se réunissait sous un même toit. Dans ce pays théoriquement neutre, le jeu et le hasard se moquaient de la guerre.

Dès que l'automobile freina, un groom en uniforme se précipita pour m'ouvrir la portière, tandis qu'un autre s'emparait de mes bagages. Je gagnai le hall, la démarche assurée et désinvolte, tout en ôtant les lunettes noires qui m'avaient protégée depuis ma descente du train. Je balayai alors d'un regard dédaigneux la majestueuse réception. Je ne fus impressionnée ni par l'éclat du marbre, ni par les tapis et les rideaux en velours, ni par les colonnes grimpant jusqu'à des plafonds aussi immenses que ceux d'une cathédrale. Je ne fis pas non plus attention aux hôtes élégants qui, isolés ou en groupes, lisaient la presse, bavardaient, prenaient un cocktail ou paressaient. Ma capacité de réaction face à ce débordement de sophistication était à présent plus que maîtrisée: je m'en désintéressai totalement et me dirigeai donc d'un pas décidé vers l'accueil.

Je mangeai seule dans le restaurant de l'hôtel, puis je restai deux heures étendue dans ma chambre, les yeux rivés au plafond. Le téléphone me sortit de ma méditation à six heures moins le quart. Je le laissai sonner trois fois, avalai ma salive, décrochai et répondis. Et alors tout s'enclencha.

50

Les instructions m'étaient parvenues quelques jours avant à Madrid, par le biais d'un canal très peu conventionnel. Pour la première fois, ce ne fut pas Hillgarth qui me les transmit, mais quelqu'un placé sous ses ordres. L'employée du salon de coiffure où je me rendais toutes les semaines me conduisit à l'une des cabines, dédiées aux soins de beauté. Sur les trois fauteuils inclinés prévus à cette fin, celui de droite, presque en position horizontale, était déjà occupé par une cliente dont je ne pus distinguer les traits. Une serviette-éponge lui couvrait les cheveux à la façon d'un turban, une autre enveloppait son corps du décolleté aux genoux. Un épais masque blanc s'étalait sur son visage, ne laissant à découvert que la bouche et les yeux. Fermés.

Je me changeai derrière un paravent et m'assis dans le fauteuil voisin, dans la même tenue. Après avoir baissé le dossier à l'aide d'une pédale et appliqué un masque identique, l'employée sortit silencieusement et referma la porte derrière elle. Alors seulement j'entendis la voix de ma voisine :

– Nous sommes heureux que vous ayez finalement accepté cette mission. Nous avons confiance en vous, nous pensons que vous pouvez faire un bon travail.

Elle parlait à voix basse et avec un fort accent anglais. De même que Hillgarth, elle s'exprimait au pluriel. Elle ne s'identifia pas.

– J'essaierai, répliquai-je en la regardant du coin de l'œil.

J'entendis le clic d'un briquet et une odeur familière se répandit.

– On nous a demandé des renforts directement de Londres, poursuivit-elle. On soupçonne un de nos collaborateurs portugais de pratiquer un double jeu. Ce n'est pas un agent, mais il est très bien introduit auprès de notre personnel diplomatique à Lisbonne et il est impliqué dans différentes affaires avec des entreprises britanniques. Pourtant, il semblerait qu'il commence à nouer des relations parallèles avec les Allemands.

– Quel genre de relations?

– Commerciales. Commerciales et très développées, visant sans doute à faire gagner de l'argent aux Allemands mais aussi à nous boycotter. On ne sait pas exactement sur quels produits elles portent. Nourriture, minéraux, armement peut-être: des produits clés pour la guerre. Comme je vous l'ai déjà dit, on en est encore au stade des soupçons.

– Et quel serait mon rôle?

– Nous avons besoin d'une étrangère en dehors de toute suspicion de complicité avec les Britanniques. Quelqu'un en provenance d'un milieu plus ou moins neutre, sans aucun rapport avec notre pays et se consacrant à des activités n'ayant rien à voir avec les opérations commerciales du suspect; cette personne doit avoir néanmoins de bonnes raisons d'aller à Lisbonne pour y procéder à des achats. Vous correspondez à ce profil.

– On suppose donc que je vais à Lisbonne acheter du tissu, ou quelque chose dans ce genre? lui dis-je en lui jetant un regard qu'elle ne me rendit pas.

– Exactement. Des tissus et des fournitures liées à votre métier, confirma-t-elle sans bouger d'un millimètre.

Elle conservait la même position : les yeux fermés et presque à l'horizontale.

– Vous partirez en qualité de couturière souhaitant acquérir les étoffes qu'elle ne trouve pas dans une Espagne ravagée.

– Je pourrais me les faire envoyer de Tanger...

– C'est vrai, dit-elle en exhalant une bouffée de fumée. Mais vous ne devez pas négliger d'autres possibilités. Par exemple, les soies de Macao, la colonie portugaise en Asie. L'un des secteurs où notre homme réalise des affaires très lucratives est l'import-export de produits textiles. En principe, il travaille à grande échelle, exclusivement avec des grossistes, mais nous nous sommes arrangés pour qu'il s'occupe de vous personnellement.

– Comment ?

– Grâce à une chaîne de connexions occultes et diversifiées ; c'est très courant dans ce genre de négoce, et nous ne voulons pas entrer dans les détails. Dans ces conditions, non seulement vous arriverez à Lisbonne sans l'ombre d'un soupçon d'affinité avec les Britanniques, mais en outre forte de certains contacts directement liés aux Allemands.

Tout ce réseau embrouillé de relations m'échappait complètement ; je décidai donc d'en demander le moins possible et d'attendre que l'inconnue continue à débiter renseignements et instructions.

– Le suspect s'appelle Manuel da Silva. C'est un chef d'entreprise efficace et très bien introduit, prêt, semble-t-il, à multiplier sa fortune au cours de cette guerre même si cela l'oblige à trahir ses amis actuels. Il prendra contact avec vous et vous fournira les plus beaux tissus actuellement disponibles au Portugal.

– Il parle espagnol ?

– À la perfection. Et anglais. Et peut-être allemand, aussi. Il parle toutes les langues nécessaires à ses affaires.

– Que suis-je supposée faire ?

– Introduisez-vous dans sa vie. Montrez-vous charmeuse, gagnez sa sympathie, débrouillez-vous pour qu'il vous demande de sortir avec lui et, surtout, faites-vous inviter à toutes sortes de rencontres avec des Allemands. Si vous y parvenez, vous devrez alors aiguiser votre attention et retenir toutes les informations importantes qui passeront devant vos yeux et à portée de vos oreilles. Obtenez les renseignements les plus complets possibles : noms, affaires, entreprises et produits, projets, activités et toutes les données additionnelles que vous jugerez intéressantes.

– Vous êtes en train de me dire qu'on m'envoie séduire un suspect ? demandai-je, incrédule, en me redressant sur mon fauteuil.

– Employez les moyens qui vous paraîtront les plus adaptés, répliqua-t-elle, sous-entendant que ma supposition était exacte. Da Silva est, semble-t-il, un célibataire endurci qui se plaît à combler de cadeaux des femmes ravissantes sans nouer aucune relation solide. Il aime apparaître en compagnie de dames séduisantes et sophistiquées, surtout si elles sont étrangères. Pourtant, d'après nos informations, c'est un parfait gentleman portugais de la vieille école. Par conséquent, soyez sans inquiétude : il n'ira pas plus loin que ce que vous serez vous-même disposée à lui accorder.

Je ne sus si je devais m'offenser ou éclater de rire. On m'expédiait séduire un séducteur, telle était mon exaltante mission portugaise. Cependant, pour la première fois de toute notre conversation, j'eus l'impression que ma voisine inconnue lisait dans mes pensées.

– Je vous en prie, votre tâche ne se réduit pas à quelque chose de frivole dans les cordes de n'importe quelle jolie femme en échange d'une poignée de billets. Il s'agit d'une opération délicate et on vous en a chargée en raison de vos capacités. Certes votre physique, vos origines présumées et votre qualité de femme sans aucune attache constituent des arguments de poids, mais vos responsabilités vont bien au-delà d'un simple flirt. Vous aurez à gagner la confiance de da Silva petit à petit, il vous faudra agir avec la plus grande précision. Vous-même évaluerez chaque situation, marquerez le rythme, soupèserez les risques et déciderez de vos actes en fonction du moment. Nous apprécions au plus haut point votre expérience en matière de captation systématique d'information, ainsi que vos aptitudes à improviser face à des circonstances inattendues. Vous n'avez pas été choisie au hasard pour cette mission; vous avez déjà démontré que vous possédiez les ressources nécessaires pour vous tirer d'un mauvais pas. Et pour ce qui est de la dimension personnelle, je vous ai déjà répondu: c'est vous-même qui fixez vos limites. Mais je vous en supplie, maintenez la pression tout le temps nécessaire pour obtenir les renseignements désirés. En somme, ce n'est pas tellement différent de votre travail madrilène.

– Sauf que dans ce cas je ne suis pas obligée de flirter avec n'importe qui ou de me faufiler dans des réunions qui ne me concernent pas.

– C'est juste, ma chère. Mais ce sera seulement pour quelques jours, et avec un monsieur qui a l'air très séduisant.

Je fus surprise par le ton de sa voix: elle n'essayait pas de minimiser l'affaire, elle se contentait de constater froidement un fait, pour elle, objectif.

– Encore une chose, très importante, ajouta-t-elle. Vous agirez sans aucune assistance; en effet, Londres souhaite que votre mission à Lisbonne n'éveille aucun soupçon. Nous n'avons pas de certitudes quant aux activités de da Silva avec les Allemands, et sa prétendue déloyauté vis-à-vis des Anglais reste à prouver. Il ne faut donc pas qu'il suspecte nos compatriotes installés au Portugal puisqu'il s'agit, pour le moment, de simples spéculations. Voilà pourquoi aucun agent anglais sur place ne saura qui vous êtes ni la nature de vos relations avec nous. Ce sera une mission brève et précise, dont nous informerons Londres directement depuis Madrid. Impliquez-vous, recueillez les renseignements nécessaires et rentrez chez vous. Nous étudierons alors d'ici la suite des événements. Rien de plus.

J'eus du mal à répondre ; le masque s'était solidifié sur ma peau. J'y parvins enfin sans presque décoller les lèvres.

– Et rien de moins.

La porte s'ouvrit. C'était l'employée qui se consacra au visage de l'Anglaise. Nous restâmes muettes une bonne vingtaine de minutes. Quand elle eut fini, la jeune fille quitta de nouveau la pièce et mon instructrice inconnue se glissa derrière le paravent pour se rhabiller.

– Nous savons que vous avez une excellente amie à Lisbonne, mais il vaudrait mieux vous éviter, dit-elle à distance. Mme Fox sera prévenue en temps utile pour faire semblant de ne pas vous connaître au cas où vous vous croiseriez quelque part. Vous êtes vous-même priée de l'imiter.

– D'accord, chuchotai-je.

Cet ordre ne me plaisait pas du tout, j'aurais adoré revoir Rosalinda. Mais je comprenais les dangers d'une telle rencontre et j'obtempérai : j'y étais bien obligée.

– Vous recevrez demain des détails sur le voyage, et peut-être des informations complémentaires. Nous avons prévu une durée maximum de deux semaines pour votre mission ; si vous deviez vous attarder pour une raison d'une extrême importance, envoyez un câble à Bourguignon, le fleuriste, et demandez que l'on adresse un bouquet d'anniversaire à une amie imaginaire. Inventez le nom et la destination : les fleurs ne seront jamais expédiées mais il nous préviendra de la réception d'une commande de Lisbonne. Nous prendrons alors contact avec vous d'une façon ou d'une autre ; soyez attentive.

La porte se rouvrit, l'employée entra, les bras chargés de serviettes. Elle allait à présent s'occuper de moi. Je me laissai faire avec une docilité apparente, tandis que je m'efforçais d'apercevoir l'inconnue sur le point de sortir de derrière le paravent. Quand elle apparut enfin, elle prit bien garde de ne pas tourner le visage vers moi. Ses cheveux étaient clairs et ondulés, elle portait un tailleur en tweed typiquement anglais. Elle allongea le bras pour saisir un sac en cuir posé sur un petit banc adossé au mur, un sac qui me parut vaguement familier: je l'avais vu récemment, et ce n'était pas le genre d'accessoire qu'on vendait à cette époque dans les boutiques espagnoles. Puis elle tendit la main, prit un paquet de cigarettes rouge négligemment abandonné sur un tabouret. Soudain, j'eus une illumination: cette dame qui fumait des Craven A et quittait la cabine en cet instant en murmurant un sommaire au revoir n'était autre que l'épouse du capitaine Alan Hillgarth. Celle que j'avais rencontrée pour la première fois quelques jours auparavant, agrippée au bras de son mari, lorsque ce dernier, chef inflexible des services secrets britanniques en Espagne, avait éprouvé l'une des plus grandes frousses de sa carrière en me découvrant dans la loge de l'hippodrome.

51

Manuel da Silva m'attendait au bar de l'hôtel. Il y avait beaucoup de monde: des groupes, des couples, des hommes seuls. Dès que j'eus franchi la double porte d'accès, je sus qui il était. Et lui qui j'étais, moi.

Mince et élégant, les tempes grisonnantes et vêtu d'un smoking clair. Les mains soignées, le regard sombre, beaucoup d'allure. En effet, il possédait le port et les manières d'un conquistador. Mais il y avait quelque chose de plus en lui, des particularités que je devinai après que nous eûmes échangé le premier salut et qu'il m'eut cédé le passage vers la galerie ouverte sur le jardin. Je fus aussitôt en alerte. On décelait en lui de l'intelligence, de la sagacité, de la détermination. Du vécu. Pour tromper un tel homme, il me faudrait infiniment plus que quelques sourires ensorceleurs et tout un arsenal de moues et de battements de cils.

– Vous ne pouvez pas imaginer à quel point je regrette de ne pas dîner avec vous. Comme je vous l'ai déjà indiqué au téléphone, j'ai des engagements pris depuis plusieurs semaines, me dit-il tandis qu'il tenait galamment le dossier de mon fauteuil.

– Je vous en prie, répondis-je en m'installant avec une langueur feinte.

La soie safran de ma robe frôla presque le sol ; d'un geste étudié je rejetai ma chevelure en arrière, sur mes épaules nues, croisai les jambes en laissant dépasser une cheville, le début d'un pied et la pointe effilée de la chaussure. J'observai que da Silva ne décollait pas son regard de moi une seule seconde.

– D'ailleurs, ajoutai-je, je me sens un peu fatiguée après ce voyage, je préfère me coucher tôt.

Un garçon posa un seau à champagne à côté de nous et deux coupes sur la table. La terrasse donnait sur un jardin luxuriant rempli d'arbres et de plantes ; le jour tombait, on distinguait néanmoins les dernières lueurs du soleil. Une brise légère rappelait la mer toute proche. Il y avait des odeurs de fleurs, de parfums français, de sel et de verdure. On entendait à l'intérieur les notes d'un piano et des tables voisines provenaient des conversations détendues en plusieurs langues. Le Madrid desséché et poussiéreux que j'avais laissé derrière moi depuis moins de vingt-quatre heures m'apparut soudain comme le sombre cauchemar d'un autre temps.

– Je dois vous confesser quelque chose, dit mon amphitryon une fois les coupes pleines.

– Je vous écoute, répliquai-je en portant la mienne à mes lèvres.

– Vous êtes la première femme marocaine que je rencontre de ma vie. Cette région regorge à présent d'étrangers de mille nationalités différentes, mais tous viennent d'Europe.

– Vous n'êtes jamais allé au Maroc?

– Non. Et je le déplore; surtout si toutes les Marocaines sont comme vous.

– C'est un pays fascinant peuplé de gens merveilleux, mais je crains que vous n'ayez du mal à y trouver beaucoup de femmes telles que moi. Je suis une Marocaine atypique car ma mère est espagnole; je ne suis pas musulmane et ma langue maternelle n'est pas l'arabe mais l'espagnol. J'adore le Maroc, pourtant: ma famille y vit, j'y ai ma maison et mes amis. Bien que je réside en ce moment à Madrid.

Je bus de nouveau, satisfaite d'avoir réduit mes mensonges au strict nécessaire. Mentir était devenu une constante de ma vie, mais je me sentais plus sûre de moi quand je n'étais pas obligée d'exagérer.

– Vous parlez vous aussi un espagnol excellent, notai-je.

– J'ai beaucoup travaillé avec des Espagnols; de fait, mon père a eu pendant des années un associé madrilène. Avant la guerre, la guerre d'Espagne je veux dire, il se rendait assez souvent à Madrid pour ses activités professionnelles. Ces derniers temps, je suis occupé à d'autres affaires et j'y vais moins.

– Ce n'est sans doute pas le bon moment.

– Ça dépend, déclara-t-il avec une pointe d'ironie. Pour vous, on dirait que ça marche plutôt bien.

Je souris de nouveau, en m'interrogeant sur ce qu'on lui avait raconté de moi.

– Je vois que vous êtes bien informé.

– J'essaie, du moins.

– Eh bien oui, je dois le reconnaître : mon petit commerce ne fonctionne pas mal. C'est d'ailleurs la raison de ma présence ici, vous le savez.

– Prête à rapporter en Espagne les plus beaux tissus pour la nouvelle saison.

– C'est mon intention, en effet. On m'a affirmé que vous avez de merveilleuses soies chinoises.

– Vous voulez la vérité ? demanda-t-il avec un clin d'œil de fausse complicité.

– Oui, s'il vous plaît, dis-je en baissant le ton et en entrant dans son jeu.

– La vérité, c'est que je l'ignore, admit-il dans un éclat de rire. Je n'ai pas la moindre idée de la qualité des étoffes que nous importons de Macao ; ce n'est pas de mon ressort. Le secteur textile...

Un homme jeune et mince avec une fine moustache, son secrétaire peut-être, s'approcha silencieusement, s'excusa en portugais, se pencha à son oreille gauche et lui souffla quelques mots que je ne réussis pas à entendre. Je fis mine de fixer mon regard sur la nuit tombante au fond du jardin. Les globes blancs des lanternes venaient de s'allumer, les conversations animées et les accords du piano flottaient encore en l'air. Mon esprit, bien loin cependant de se détendre devant ce paradis, restait aux aguets. J'avais deviné que cette interruption inattendue était en réalité préméditée : si ma présence ne lui était pas agréable, da Silva pourrait s'en aller immédiatement, sous prétexte d'une obligation imprévue. Si, au contraire, il estimait que cela valait la peine de me consacrer du temps, il jouerait les personnes au courant et congédierait l'importun.

Par chance, il opta pour la seconde solution.

– Comme je vous le disais, poursuivit-il après le départ de son secrétaire, je ne m'occupe pas directement des importations textiles. Je connais les conditions et les chiffres, mais non les aspects esthétiques qui vous intéressent sans doute.

– Un de vos employés pourrait peut-être m'aider, suggérai-je.

– Bien entendu ; j'ai un personnel très efficace. Mais j'aimerais m'en charger moi-même.

– Je ne voudrais pas vous causer..., l'interrompis-je.

Il ne me laissa pas terminer.

– Ce sera un plaisir de vous être utile, dit-il en appelant le garçon pour qu'il remplisse à nouveau les coupes. Combien de temps pensez-vous rester parmi nous ?

– Deux semaines environ. En plus des tissus, je souhaite profiter de ce voyage pour rencontrer divers fournisseurs, visiter des ateliers et des boutiques. Magasins de chaussures et de lingerie, chapelleries, merceries... En Espagne, comme vous le savez probablement, on ne trouve rien d'à peu près convenable à l'heure actuelle.

– Vous aurez tous les contacts nécessaires, ne vous inquiétez pas. Attendez un peu : demain matin, je pars en voyage, pas plus de deux jours, j'espère. Seriez-vous d'accord pour nous revoir jeudi matin ?

– Bien sûr, mais j'insiste, je ne veux pas vous déranger...

Il décolla son dos du fauteuil et cloua ses yeux dans les miens.

– Vous ne me dérangerez jamais.

Tu parles ! pensai-je en un éclair. En revanche, ma bouche n'esquissa qu'un sourire de plus.

Nous continuâmes à échanger des banalités pendant dix minutes, ou quinze. Quand j'estimai que le moment était venu de mettre fin à cette rencontre, je fis mine de bâiller, puis murmurai aussitôt une excuse gênée.

– Pardonnez-moi. La nuit dans le train a été épuisante.

– Je vous laisse vous reposer, dit-il en se levant.

– En outre, vous avez un dîner.

– Ah oui, le dîner !

Il ne se donna même pas la peine de regarder sa montre.

– J'imagine qu'on m'attend, ajouta-t-il sans enthousiasme.

À tort ou à raison, j'eus l'impression qu'il mentait.

Nous allâmes jusqu'au hall d'entrée tandis qu'il saluait à droite et à gauche en changeant de langue avec une stupéfiante facilité. Une main serrée par-ci, une tape sur l'épaule par-là; un baiser affectueux sur la joue d'une fragile vieille dame ressemblant à une momie, et un clin d'œil coquin à deux femmes à la toilette tapageuse, couvertes de bijoux des pieds à la tête.

– Estoril est rempli de rombières qui ont été riches un jour, me chuchota-t-il à l'oreille, mais qui s'agrippent au passé bec et ongles et préfèrent manger du pain et des sardines plutôt que de brader les vestiges de leur gloire fanée. Elles croulent sous les perles et les diamants, s'enveloppent de visons et d'hermines, mais elles tiennent à la main un sac plein de toiles d'araignées où plus un escudo n'est entré ou sorti depuis des mois.

La sobre élégance de ma robe ne détonnait pas dans ce cadre, et il fit en sorte que tout le monde s'en aperçoive autour de nous. Il ne me présenta à personne, ne me précisa pas qui était qui; il se contenta de marcher à côté de moi, à mon pas, comme s'il m'escortait; toujours prévenant, fier de me montrer.

Pendant que nous nous dirigions vers la sortie, je fis un rapide bilan de notre entrevue. Manuel da Silva était venu me saluer, pour m'offrir une coupe de champagne et, surtout, pour m'évaluer; pour vérifier de ses propres yeux s'il devait lui-même se donner du mal pour cette commande envoyée depuis Madrid. Quelqu'un, par le biais d'un autre et le truchement d'un troisième, lui avait demandé, à titre de faveur, de bien me traiter, mais cette situation pouvait être abordée de deux façons différentes. En déléguant: il me laissait entre les mains d'un employé compétent, ce qui le débarrasserait de toute obligation. Ou en s'impliquant. Son temps valait de l'or et ses engagements étaient sans doute innombrables. Le fait qu'il ait proposé de s'occuper lui-même de mes insignifiantes requêtes prouvait que ma mission était en bonne voie.

– Je prendrai contact avec vous dès que possible.

Il me tendit la main.

– Mille mercis, monsieur da Silva, dis-je en lui offrant les miennes.

Pas une, les deux.

– Appelez-moi Manuel, je vous en prie.

J'observai qu'il les gardait un peu plus longtemps que nécessaire.

– Alors, pour moi, ce sera Arish.

– Bonne nuit, Arish. J'ai été très heureux de faire votre connaissance. Nous nous reverrons bientôt; en attendant, reposez-vous bien et profitez de notre pays.

J'entrai dans l'ascenseur et soutins son regard jusqu'à ce que les deux battants dorés commencent à se refermer, rétrécissant progressivement la vision du hall. Manuel da Silva se tenait devant, immobile, puis sa silhouette – d'abord les épaules, ensuite les oreilles et le cou, et enfin le nez – disparut aussi.

Quand je fus hors de portée de ses yeux et que nous commençâmes à monter, je soupirai si fort que le jeune liftier faillit me demander si je me sentais bien. J'avais rempli la première étape de ma mission: examen réussi.

52

Je descendis tôt prendre mon petit déjeuner. Jus d'orange, chant d'oiseaux, pain blanc avec du beurre, l'ombre fraîche d'un store, petits gâteaux et un café délicieux. Je restai le plus longtemps possible dans le jardin : comparé avec l'agitation des débuts de journée à Madrid, j'avais l'impression d'être au paradis. Quand je regagnai ma chambre, j'y découvris un bouquet de fleurs exotiques sur le bureau. Sans réfléchir, je commençai par dénouer rapidement le ruban qui l'ornait en quête d'un message codé. Je ne trouvai aucune instruction sous forme de points et de traits ; en revanche, il y avait une carte manuscrite.

Chère Arish,

Disposez à votre guise de mon chauffeur Joao pour rendre votre séjour plus confortable.

À jeudi,

Manuel da Silva

Il avait une écriture élégante et vigoureuse ; malgré la bonne impression que j'étais censée lui avoir faite la veille, le message n'était pas flatteur, pas même obséquieux. Courtois, sobre et ferme. Ça valait mieux ainsi. Pour le moment.

Joao se révéla être un homme aux cheveux et à l'uniforme gris, avec une épaisse moustache et la soixantaine bien sonnée. Il m'attendait à la porte de l'hôtel, bavardant avec d'autres collègues beaucoup plus jeunes, tandis qu'il fumait compulsivement dans l'attente d'une tâche. M. da Silva l'avait chargé d'emmener la demoiselle partout où elle voudrait, annonça-t-il en me regardant de haut en bas sans le moindre scrupule. Je supposai que ce n'était pas la première fois qu'il recevait ce genre de consigne.

– Je vais faire des courses à Lisbonne, s'il vous plaît.

En réalité, je souhaitais davantage tuer le temps, jusqu'au retour de Manuel da Silva, que parcourir les rues et courir les boutiques.

Je compris aussitôt que Joao n'était pas du tout le classique chauffeur discret et concentré sur son activité. Dès le démarrage de la Bentley noire, il fit un commentaire sur le temps; deux minutes après, il se plaignit de l'état de la route; un peu plus tard, il rouspétait contre les prix. Face à des envies de parler si évidentes, j'aurais pu adopter deux rôles bien différents: celui de la dame hautaine, qui considère les employés comme des êtres inférieurs qu'elle ne daigne même pas regarder, ou celui de l'étrangère sympathique, qui garde ses distances mais est capable de déployer ses charmes même pour le personnel. La première personnalité aurait été plus facile à assumer: j'aurais passé la journée isolée dans mon propre monde, sans les interférences de ce bavard, mais je découvris au bout de deux kilomètres que ce n'était pas le bon choix. En effet, Joao révéla qu'il travaillait chez les da Silva depuis cinquante et un ans. J'avais donc intérêt à encourager son bavardage, aussi lassant fût-il: s'il était au courant du passé de son patron, peut-être connaissait-il aussi certains aspects de son présent.

Nous avancions le long de l'Estrada Marginal, avec la mer rugissant à droite, et j'avais déjà une idée globale de l'empire industriel du clan quand nous aperçûmes les docks de Lisbonne. Manuel da Silva était le fils de Manuel da Silva et le petit-fils de Manuel da Silva: trois hommes appartenant à trois générations successives dont la fortune avait débuté avec une simple taverne sur le port. Après avoir servi du vin derrière un comptoir, le grand-père l'avait vendu en vrac, en barriques; le commerce s'était alors déplacé jusqu'à un entrepôt délabré et à présent abandonné, que Joao me montra en passant. Le fils prit le relais et développa l'entreprise: au vin, il ajouta la vente en gros d'autres marchandises, puis ce furent bientôt les premières tentatives de négoce colonial. Lorsque le troisième de la dynastie s'empara des rênes de la société, celle-ci était déjà devenue prospère, mais ce fut lui, l'ultime Manuel, celui dont j'avais fait la connaissance, qui en assura la consolidation définitive. Coton du Cap-Vert, bois du Mozambique, soies chinoises de Macao. Ces derniers temps, il s'était orienté de nouveau vers des productions nationales : il voyageait donc de temps à autre à l'intérieur du pays. Joao fut néanmoins incapable de me préciser avec qui il était en affaires.

Le vieux Joao était pratiquement à la retraite : un neveu l'avait remplacé quelques années auparavant en qualité de chauffeur personnel du troisième da Silva. Il conservait cependant une certaine activité, effectuant quelques tâches mineures que lui confiait parfois son patron : de courts voyages, des courses, des missions peu importantes. Par exemple, promener à travers Lisbonne une couturière oisive un matin de mai.

Dans une boutique du Chiado, j'achetai plusieurs paires de gants si difficiles à trouver à Madrid. Dans une autre, une douzaine de bas de soie, le rêve inaccessible des Espagnoles de ce cruel après-guerre. Un peu plus loin, un chapeau de printemps, des savons parfumés et deux paires de sandales ; ensuite, des cosmétiques américains : du mascara pour les cils, du rouge à lèvres et des crèmes de nuit dont le parfum était une pure merveille. Quel pays de cocagne, en comparaison de la pénurie de ma pauvre Espagne ! Tout était à portée de main, attrayant et varié, il suffisait de sortir son porte-monnaie de son sac. Joao m'emmena rapidement d'un endroit à l'autre, transporta mes paquets, ouvrit et ferma un million de fois la portière arrière pour que je puisse monter et descendre de la voiture avec aisance, me conseilla un charmant restaurant pour le déjeuner, me montra rues, places et monuments. Au passage, il me gratifia de ce que je désirais le plus ardemment : une série incessante d'anecdotes au sujet de da Silva et de sa famille. Certaines étaient totalement dépourvues d'intérêt : la grand-mère avait été le véritable moteur du développement de l'affaire originale, la mère était morte jeune, la sœur aînée était mariée avec un oculiste, la benjamine était entrée dans un couvent de nonnes déchaussées. D'autres remarques me semblèrent en revanche plus encourageantes. Le vieux chauffeur les énonça en toute innocence, j'eus à peine besoin de le relancer en lui posant une petite question par-ci par-là: don Manuel avait de nombreux amis, portugais et étrangers, des Anglais, oui, bien sûr, quelques Allemands, aussi, dernièrement; oui, il recevait beaucoup chez lui. En fait, il aimait que tout soit toujours prêt au cas où il débarquerait avec des invités pour le déjeuner ou le dîner; parfois dans sa résidence lisboète de Lapa, parfois à la Quinta da Fonte, sa maison de campagne.

Durant la journée, j'eus aussi le loisir de contempler la faune humaine habitant la ville: Lisboètes de tout type et de toute condition, hommes vêtus de costumes foncés et dames élégantes, nouveaux riches arrivés de la campagne pour acheter des montres en or et porter des fausses dents, femmes endeuillées pareilles à des corbeaux, Allemands à l'aspect intimidant, réfugiés juifs marchant tête basse ou faisant la queue dans l'espoir d'obtenir un billet salvateur, de nombreux autres étrangers, enfin, avec des milliers d'accents, fuyant la guerre et ses effets dévastateurs. J'imaginai que Rosalinda devait se trouver parmi eux. À ma demande, comme s'il s'agissait d'un simple caprice de ma part, Joao me montra la magnifique avenue de la Libertade, avec son revêtement en pierres blanches et noires et des arbres dépassant les édifices qui la flanquaient. Elle vivait ici, au 114; c'était l'adresse qui figurait sur les lettres apportées chez moi par Beigbeder au cours de la nuit sans doute la plus amère de son existence. Je cherchai le numéro et le découvris sur un grand portail en bois clouté, au milieu d'une imposante façade couverte de carreaux de céramique. Je ne m'attendais pas à moins, pensai-je avec un brin de mélancolie.

La promenade se poursuivit l'après-midi, mais vers cinq heures je me sentis défaillir. La journée avait été chaude et éreintante, et le bavardage ininterrompu de Joao m'avait laissé la tête sur le point d'éclater.

– Une dernière étape, ici même, proposa-t-il quand je lui suggérai que c'était l'heure de rentrer.

Il arrêta son automobile dans la rue Garrett, en face d'un café art nouveau, A Brasileira.

– Impossible de quitter Lisbonne sans avoir bu un bon café, ajouta-t-il.

– Mais il est très tard, Joao, protestai-je d'une voix plaintive.

– Cinq minutes, pas plus. Entrez et demandez un *bico*, vous ne le regretterez pas.

J'acceptai à contrecœur. Je ne voulais pas déplaire à ce confident inattendu qui pourrait s'avérer de nouveau utile à un moment ou à un autre. Malgré le décor chargé et la nombreuse clientèle, l'établissement était frais et agréable. Le comptoir à droite, les tables à gauche, une horloge en face, des moulures au plafond et de grands tableaux aux murs. On me servit une tasse en porcelaine blanche et j'avalai prudemment une gorgée. Du café noir, fort, magnifique. Joao avait raison : un véritable remontant. Tandis que j'attendais qu'il refroidisse, je dressai le bilan de ma journée. Je me remémorai des détails sur da Silva, les évaluai et les classai mentalement. Quand il ne resta plus que le marc au fond de la tasse, je posai un billet à côté et me levai.

La collision fut si imprévue, soudaine et brutale que je n'eus pas le temps de réagir. Trois hommes entraient en bavardant à l'instant même où je me préparais à sortir : trois chapeaux, trois cravates, trois visages qui parlaient en anglais. Deux d'entre eux inconnus, mais pas le troisième. Plus de trois, également, étaient les années écoulées depuis nos adieux. Une période pendant laquelle Marcus Logan n'avait presque pas changé.

Je le vis avant qu'il ne me voie : quand il s'aperçut de ma présence, j'avais déjà détourné le regard vers la porte, l'estomac noué.

– Sira..., murmura-t-il.

Personne ne m'avait appelée ainsi depuis longtemps. J'eus un haut-le-cœur et je faillis vomir le café sur le marbre du sol. Devant moi, à un peu plus de deux mètres de distance, avec la dernière lettre de mon prénom encore suspendue à ses lèvres et la surprise imprimée sur son visage, se tenait l'homme avec qui j'avais partagé mes peurs et mes allégresses; l'homme avec qui j'avais ri, conversé, marché, dansé et pleuré, celui qui avait réussi à me rendre ma mère, celui dont j'avais refusé de tomber complètement amoureuse malgré ces semaines intenses où nous avions été réunis par un sentiment beaucoup plus fort qu'une simple amitié. Le passé fit irruption entre nous, brouillant ma vue: Tétouan, Rosalinda, Beigbeder, l'hôtel Nacional, mon vieil atelier, les journées d'agitation et les nuits sans fin; ce qui aurait pu arriver et n'arriva pas, en un temps qui ne reviendrait plus jamais. Je voulus l'embrasser, lui dire oui, Marcus, c'est moi. Lui demander encore: sors-moi de là. Courir agrippée à son bras comme jadis, au milieu des ombres d'un jardin africain. Retourner au Maroc, oublier qu'il existait des services secrets, ignorer ma mission et le Madrid triste et gris qui m'attendait. Cependant, je ne fis rien de tout cela, car la lucidité, avec un cri d'alarme plus puissant que ma propre volonté, me dicta ma conduite; je n'avais qu'une solution: feindre de ne pas le connaître. Et j'obéis.

Je ne réagis pas à mon prénom et ne lui accordai pas même l'aumône d'un regard. Comme si j'étais sourde et aveugle, comme si cet homme n'avait jamais rien représenté dans ma vie, comme si je n'avais pas inondé le revers de sa veste de mes larmes en le suppliant de ne pas s'en aller. Comme si la profonde tendresse que nous avions bâtie entre nous s'était effacée de ma mémoire. Je l'ignorai, fixai la sortie et me dirigeai vers elle avec une froide détermination.

Joao m'attendait, la portière arrière ouverte. Par chance, son attention était attirée par un petit incident sur le trottoir opposé, une dispute où étaient impliqués un vélo, un chien et plusieurs passants furibonds. Il ne s'aperçut de mon arrivée que quand je me manifestai.

– Partons vite, Joao, je suis épuisée, dis-je en m'asseyant.

Il referma la portière, s'installa au volant et démarra en me demandant mon avis sur son ultime recommandation. Je ne répondis pas: je m'employai de toutes mes forces à regarder devant moi et à ne pas tourner la tête. J'y parvins presque. Mais lorsque la Bentley se mit à glisser sur les pavés, quelque chose d'irrationnel en moi l'emporta sur ma résistance et m'ordonna de désobéir à mon devoir: mes yeux se fixèrent sur la porte.

Marcus était sorti; il se tenait immobile, très droit, le chapeau sur la tête, contemplant mon départ l'air concentré et les mains dans les poches de son pantalon. Sans doute s'interrogeait-il sur ce qu'il venait de voir: la femme qu'il aurait pu un jour commencer à aimer, ou un simple fantôme.

53

En arrivant à l'hôtel, je demandai au chauffeur de ne pas m'attendre le lendemain. Malgré la taille relativement importante de Lisbonne, je ne devais pas courir le risque de croiser de nouveau Marcus Logan. Je prétextai de la fatigue et une imminente migraine: je ne doutais pas que mon intention de ne pas ressortir parviendrait aussitôt aux oreilles de da Silva et je ne voulais pas le vexer en refusant son amabilité sans une bonne raison. Je passai le reste de l'après-midi plongée dans la baignoire et une grande partie de la soirée sur la terrasse, absorbée dans la contemplation des lumières sur la mer. Pendant ces longues heures, je ne pus cesser une seule minute de penser à Marcus : à lui, en tant qu'homme, à tout ce qu'avait représenté pour moi notre rencontre, aux conséquences éventuelles de nouvelles retrouvailles à un moment inopportun. Le jour se levait quand je me couchai. J'avais l'estomac vide, la bouche sèche et le cœur serré.

Le jardin et le petit déjeuner n'avaient pas changé depuis la veille, mais ils ne me procurèrent pas autant de plaisir, malgré tous mes efforts pour me comporter avec le même naturel. Je n'avais pas faim, pourtant je me forçai à manger, je m'attardai le plus longtemps possible à feuilleter plusieurs journaux écrits dans des langues incompréhensibles, et je me levai seulement quand il ne restait plus qu'une poignée de clients retardataires, disséminés parmi les tables. Il n'était pas encore onze heures du matin : j'avais une journée entière devant moi, et rien d'autre pour la remplir que mes propres pensées.

Je retournai à ma chambre, elle avait déjà été rangée. Je m'étendis sur le lit et fermai les yeux. Dix minutes. Vingt. Trente. Je n'arrivai pas à quarante. J'en avais assez de ruminer les mêmes idées. Je changeai de vêtements : j'enfilai une jupe légère, un chemisier blanc en coton et une paire de sandales basses. Je recouvris mes cheveux d'un foulard en soie imprimée, me cachai derrière de grandes lunettes de soleil et sortis de la chambre en évitant d'apercevoir mon reflet dans un miroir : je ne souhaitais pas observer ma mine sinistre.

Il n'y avait pas grand monde sur la plage. Les vagues, larges et lisses, se succédaient, monotones. À proximité, une espèce de château et un promontoire surmonté de villas majestueuses ; en face, un océan presque aussi vaste que mon chagrin. Je m'assis sur le sable pour le contempler et, les yeux fixés sur le va-et-vient de l'écume, je perdis la notion du temps et me laissai entraîner. Chaque vague rapportait un souvenir, une image du passé : la gamine de jadis, mes réussites et mes peurs, les amis abandonnés derrière moi quelque part dans le temps ; des scènes d'autres terres, d'autres voix. Et, surtout, la mer m'apporta ce matin-là des sensations oubliées dans les replis de ma mémoire : la caresse d'une main chérie, la fermeté d'un bras amical, la joie du partage et le frémissement du désir.

Il était près de trois heures de l'après-midi quand je secouai le sable sur ma jupe. L'heure de rentrer, aussi bonne que n'importe quelle autre. Je traversai la route en direction de l'hôtel. La circulation était quasi inexistante. Une automobile s'éloignait, une deuxième s'approchait lentement. Elle me parut familière, vaguement familière. Je ralentis le pas jusqu'à ce que l'automobile me dépasse. Et je sus alors de quelle voiture il s'agissait et qui était son conducteur. La Bentley de da Silva avec Joao au volant. Quel hasard ! Quelle rencontre fortuite ! Ou bien non, songeai-je soudain en frissonnant. Le vieux chauffeur pouvait sans doute parcourir lentement les rues d'Estoril pour un tas de raisons, mais mon instinct me soufflait une seule explication : il me cherchait. Réveille-toi, petite, réveille-toi ! se seraient écriées Candelaria et ma mère. Puisqu'elles n'étaient pas là, ce fut à moi de me l'enjoindre. Il fallait que je réagisse, en effet : j'étais en train de baisser la garde. La rencontre avec Marcus avait provoqué un choc brutal ainsi que d'innombrables souvenirs et sensations, néanmoins ce n'était pas le moment de me laisser envahir par la nostalgie. J'avais une mission, un engagement, un rôle à assumer, une image à donner et une tâche à accomplir. À m'asseoir et contempler les vagues, je perdais mon temps et sombrais dans la mélancolie. Je devais à présent revenir à la réalité.

J'accélérai le pas, m'efforçai d'adopter une démarche agile et dynamique. Joao avait disparu, mais d'autres yeux m'observaient peut-être à la demande de da Silva. Il était absolument impossible qu'il ait le moindre doute à mon égard ; pourtant, du fait de sa personnalité d'individu puissant et voulant tout contrôler, il avait besoin de savoir ce que faisait exactement sa visiteuse marocaine, au lieu de profiter de son auto. Et c'était à moi de le lui montrer.

Je regagnai ma chambre par un escalier latéral; je me préparai et réapparus. La jupe légère et le chemisier avaient été remplacés par un élégant tailleur couleur mandarine et, à la place des sandales plates, je chaussais une paire d'escarpins en peau de serpent. Les lunettes avaient disparu et je m'étais maquillée avec les cosmétiques achetés la veille. Mes cheveux retombaient librement sur mes épaules. Je descendis par l'escalier central d'un pas rythmé et parcourus sans hâte la galerie de l'étage supérieur ouverte sur le vaste vestibule. J'arrivai ensuite à l'étage principal sans oublier de sourire à tous ceux que je croisais. Je saluai les dames avec d'élégantes inclinaisons de la tête: je me fichais de leur âge, de leur langue, et même de leur impolitesse si elles ne daignaient pas me rendre mon salut. Les messieurs, quelques-uns nationaux, la plupart étrangers, je les gratifiai d'un battement de cils accéléré; l'un d'entre eux, particulièrement décrépit, eut droit à un compliment flatteur. Je demandai à la réception un formulaire de câble et priai l'employée de l'envoyer à doña Manuela, à ma propre adresse. «Portugal merveilleux, achats excellents. Aujourd'hui, migraine et repos. Demain, rendez-vous avec un fournisseur très prévenant. Cordiales salutations, Arish Agoriuq.» Je m'installai ensuite dans l'un des fauteuils qui, par groupes de quatre, se partageaient l'immense hall, j'en choisis un à un endroit de passage et bien en vue. Je croisai les jambes, commandai deux aspirines et une tasse de thé, et consacrai le reste de l'après-midi à me laisser voir.

Je demeurai là en cachant mon ennui pendant près de trois heures, jusqu'à ce que mon ventre commence à crier famine. Fin du spectacle: j'avais gagné le droit de retourner dans ma chambre et de demander quelque chose à dîner au service en chambre. J'étais sur le point de me lever quand un groom s'approcha, un petit plateau en argent à la main. Dessus une enveloppe. Et dedans, une carte.

Chère Arish,
J'espère que la mer aura dissipé votre malaise. Joao vous prendra demain matin à dix heures pour vous amener dans mes bureaux.
Reposez-vous bien,
Manuel da Silva

Les nouvelles allaient bon train, en effet. Je fus tentée de me tourner, en quête du chauffeur ou de da Silva lui-même, mais je me retins. Malgré la présence probable de l'un des deux dans le voisinage, je fis mine de m'en désintéresser complètement et de me plonger dans l'une des revues américaines qui m'avaient distraite une partie de l'après-midi. Au bout d'une demi-heure, alors que le vestibule était déjà à moitié vide et que la plupart des clients s'étaient répartis entre le bar, la terrasse et la salle à manger, je revins dans ma chambre, prête à ne plus penser du tout à Marcus et à me concentrer sur la journée difficile qui m'attendait le lendemain.

54

Joao jeta le mégot par terre, proféra son *Bom día* tandis qu'il l'écrasait de la semelle de sa chaussure, et me tint la porte. Il m'examina de nouveau des pieds à la tête. Cette fois-ci, pourtant, il n'aurait pas l'occasion d'informer son patron à mon sujet: j'avais rendez-vous avec ce dernier dans une demi-heure.

Les bureaux de da Silva étaient situés en plein centre, rue de l'Ouro, la rue de l'Or, entre la place de

Rossio et celle du Comercio, dans la Baixa. L'édifice était élégant, sans tape-à-l'œil, malgré l'intense parfum d'argent, de transactions et d'affaires rentables dégagé par son environnement immédiat. Des banques, des monts-de-piété, des bureaux, des messieurs en costume, des employés pressés et des coursiers au triple galop constituaient en effet le spectacle s'offrant à mes yeux.

À ma descente de la Bentley, je fus accueillie par le même individu mince qui avait interrompu notre conversation lors de ma première rencontre avec da Silva. Prévenant et silencieux, il me serra la main et se présenta brièvement : Joaquim Gamboa. Aussitôt il me conduisit respectueusement à l'ascenseur. Je crus au début que les bureaux de l'entreprise se trouvaient à un étage, mais je compris bientôt que la totalité de l'immeuble était occupée par le siège de la société. Gamboa m'emmena néanmoins directement au premier.

– Don Manuel va vous recevoir tout de suite, annonça-t-il avant de disparaître.

Les murs de l'antichambre où il m'avait installée étaient recouverts d'un bois brillant à l'aspect ciré. Six fauteuils en cuir étaient placés dans la salle d'attente ; un peu plus à l'intérieur, non loin de la double porte donnant sur le bureau de da Silva, deux tables : l'une occupée, l'autre vide. Une secrétaire proche du demi-siècle travaillait à la première ; à en juger par le salut protocolaire qu'elle m'adressa, et le soin minutieux avec lequel elle nota quelque chose sur un gros cahier, ce devait être une professionnelle efficace et discrète, le rêve de tout chef. Sa collègue, nettement plus jeune, tarda à peine deux minutes avant d'apparaître : elle ouvrit l'une des portes du bureau de da Silva et en sortit en compagnie d'un homme banal. Un client, probablement un contact commercial.

– M. da Silva vous attend, mademoiselle, dit-elle alors d'un ton brusque.

Je fis semblant de ne pas trop lui prêter attention, mais un simple regard me suffit pour la jauger : de mon âge, à peu de chose près. Avec des lunettes de myope, claire de peau et de cheveux, tirée à quatre épingles malgré la qualité plutôt modeste de ses vêtements. Je ne pus poursuivre mes observations car Manuel da Silva en personne vint au-devant de moi.

– Je suis très heureux de vous voir ici, Arish, déclara-t-il dans son excellent espagnol.

Je répondis à sa bienvenue en lui tendant la main avec une lenteur calculée ; je voulais lui donner le temps de me contempler et d'estimer si j'étais encore digne de ses attentions. C'était le cas, d'après sa réaction. J'avais d'ailleurs fait le nécessaire : pour ce rendez-vous de travail, j'avais prévu un deux-pièces couleur mercure avec une jupe fourreau, une veste cintrée et une fleur blanche à la boutonnière éclairant l'ensemble. J'obtins en contrepartie un regard d'approbation dissimulé et un sourire galant.

– Entrez, je vous prie. On m'a déjà apporté ce matin tout ce que je souhaitais vous montrer.

Plusieurs rouleaux de tissu reposaient dans un coin de la vaste pièce, sous une grande mappemonde ; des soies naturelles, brillantes et lisses ; des soies magnifiques dans des couleurs chatoyantes. Rien qu'à les toucher, je devinai le tombé superbe de mes futures créations.

– Elles sont à la hauteur de vos espérances ?

La voix de Manuel da Silva avait retenti derrière mon dos. L'espace de quelques secondes, ou peut-être de minutes, je l'avais oublié, ainsi que son monde. Le plaisir de vérifier la beauté des étoffes, de palper leur douceur et d'imaginer les vêtements finis m'avait momentanément éloignée de la réalité. Par chance, je ne fus pas obligée de me forcer pour vanter les marchandises mises à ma disposition.

– Elles les dépassent. Ces soies sont merveilleuses.

– Eh bien, je vous conseille d'en prendre le plus possible. En effet, je crains qu'elles ne restent pas très longtemps entre nos mains.

– Vous avez une demande si importante ?

– C'est ce que nous prévoyons. Mais pas précisément pour le secteur de la mode.

– Pour quel autre secteur, alors ?

– Pour d'autres besoins plus pressants à l'heure actuelle : pour la guerre.

– Pour la guerre ? répétai-je en feignant l'incrédulité.

Je savais qu'il en était ainsi dans d'autres pays, Hillgarth m'avait mise au courant à Tanger.

– On utilise la soie pour fabriquer des parachutes, pour protéger la poudre et même pour les pneus des bicyclettes.

Je laissai échapper un petit rire.

– Quel gaspillage ridicule ! Avec la soie nécessaire à un parachute, on peut réaliser au moins dix robes du soir.

– Oui, mais on vit une époque difficile. Et les pays belligérants seront bientôt prêts à payer n'importe quoi pour mener la guerre.

– Et vous, Manuel, à qui allez-vous vendre ces splendeurs, aux Allemands ou aux Anglais ? demandai-je sur un ton moqueur, comme si je ne parvenais pas à le prendre au sérieux.

J'étais moi-même surprise de ma désinvolture, mais il entra dans le jeu.

– Les Portugais entretiennent de vieilles alliances commerciales avec les Anglais. Cela dit, par les temps qui courent, on ne sait jamais...

Il conclut son inquiétante réponse par un éclat de rire. Je n'eus cependant pas le loisir de l'interpréter, car il dévia la conversation vers des sujets plus pratiques et plus immédiats.

– Voici une chemise avec des données détaillées sur les tissus : références, qualités, prix, dit-il en s'approchant de sa table de travail. Emportez-la à l'hôtel, prenez votre temps et, quand vous aurez décidé, remplissez un bon de commande. Je me chargerai de tout vous faire envoyer directement à Madrid ; vous serez livrée en moins d'une semaine. Vous pourrez effectuer votre paiement à la réception des marchandises, ne vous inquiétez pas pour ça. Et n'oubliez pas d'appliquer une ristourne de vingt pour cent, offerte par la maison.

– Mais...

– Ici, ajouta-t-il sans me laisser poursuivre, voici une autre chemise avec des renseignements sur des fournisseurs locaux de diverses marchandises susceptibles de vous intéresser. Filatures, fabriques de passementerie et de boutons, tanneries... J'ai pris la liberté d'organiser des rendez-vous avec tous ces gens-là et voici le programme, dans ce tableau. Voyez : cet après-midi, vous êtes attendue par les frères Soares, ils produisent les meilleurs fils de tout le Portugal ; demain matin, vendredi, par la maison Barbosa, où l'on réalise des boutons en ivoire africain. Samedi matin, avec la pelleterie Almeida, et il n'y a plus rien de prévu avant lundi prochain. Mais préparez-vous, la semaine recommencera avec un tas de rendez-vous.

J'examinai la feuille remplie de cases et cachai mon admiration pour l'excellence de son organisation.

– Outre le dimanche, j'observe que vous m'accordez aussi le vendredi après-midi de repos, dis-je sans lever mes yeux du document.

– Je crains que vous ne vous trompiez.

– Il me semble que non, regardez, la case est vide.

– Elle est vide, en effet, parce que j'ai demandé à mon secrétaire qu'elle le soit, mais j'ai prévu quelque chose pour la remplir. Vous êtes libre pour dîner avec moi demain soir ?

Je pris la seconde chemise qu'il tenait encore entre les mains et ne répondis pas. J'en révisai d'abord le contenu : plusieurs pages avec des noms, des données et des chiffres que je feignis d'étudier soigneusement, alors qu'en réalité je les parcourus sans en retenir aucun.

– J'accepte, mais si vous me promettez quelque chose.

– Bien entendu, si c'est dans mes possibilités.

– Voici ma condition : je dînerai avec vous si vous m'assurez qu'aucun soldat ne sautera dans les airs avec l'un de ces merveilleux tissus accrochés à son dos.

Il rit de bon cœur, et je constatai une fois de plus qu'il avait un très beau rire. Masculin, puissant, élégant, aussi. Je me rappelai les paroles de l'épouse de Hillgarth : Manuel da Silva était en effet un homme séduisant. Et alors, fugace comme une comète, l'ombre de Marcus Logan passa de nouveau devant moi.

– J'essaierai, dans la mesure du possible, mais vous savez comment sont les affaires..., déclara-t-il en haussant les épaules, une pointe d'ironie au coin des lèvres.

Une sonnerie intempestive l'empêcha de terminer sa phrase. Le son venait de sa table, d'un appareil gris où clignotait une lumière verte intermittente.

– Un instant, s'il vous plaît.

Il paraissait avoir retrouvé tout son sérieux. Il appuya sur un bouton et la voix de la jeune secrétaire sortit déformée de l'appareil.

– Herr Weiss est là. Il dit que c'est urgent.

– Qu'il attende dans la salle du conseil, répondit-il d'une voix âpre.

Son attitude avait complètement changé : l'entrepreneur glacial avait dévoré l'homme charmeur. Ou bien c'était le contraire. Je ne le connaissais pas assez pour savoir lequel des deux était le vrai Manuel da Silva.

Il se retourna vers moi en s'efforçant de récupérer son affabilité, sans y parvenir totalement.

– Excusez-moi, parfois le travail s'accumule.

– Je vous en prie, c'est moi qui vous fais perdre votre temps...

Il m'interrompit: malgré ses efforts pour le dissimuler, on le sentait impatient. Il me tendit la main.

– Demain, huit heures. Cela vous convient?

– Parfait.

Je pris rapidement congé, ce n'était pas le moment de flirter. L'ironie et les frivolités seraient pour plus tard. Il me raccompagna à la porte. Dès que j'arrivai dans l'antichambre, je cherchai du regard le dénommé Weiss, mais je n'y trouvai que les deux secrétaires: l'une tapait consciencieusement à la machine, l'autre introduisait une pile de lettres dans leurs enveloppes. Je remarquai à peine qu'elles me saluèrent avec une amabilité inégale: j'avais d'autres soucis en tête.

55

J'avais apporté avec moi de Madrid un cahier de dessin, avec l'intention d'y inscrire tout ce qui me paraîtrait intéressant, et je commençai donc ce soir-là à recopier, sur le papier, les choses vues et entendues depuis mon arrivée. J'y notai toutes les informations de la façon la plus ordonnée possible, puis je les résumai au maximum. «Da Silva plaisante sur éventuelles relations commerciales avec Allemands, impossible savoir degré de véracité. Caractère changeant selon circonstances. Prévoit demande de soie à des fins militaires. Relation confirmée avec Allemand Weiss. Allemand apparaît par surprise et exige réunion immédiate. Da Silva tendu, évite que Weiss soit vu.»

J'esquissai ensuite quelques modèles qui ne seraient jamais réalisés et feignis de les border de points au crayon. Je me débrouillai pour que la différence entre les traits longs et les traits courts soit minime, de sorte que je sois la seule à pouvoir la remarquer; j'y parvins sans difficulté, j'étais déjà plus qu'entraînée. Une fois la transcription achevée, je brûlai les papiers dans la salle de bains, jetai les cendres dans la cuvette des W.-C. et tirai la chasse d'eau. Je laissai le cahier dans l'armoire : ni particulièrement caché ni bien en vue. Si quelqu'un décidait de fouiller dans mes affaires, il ne se douterait jamais que j'avais l'intention de le dissimuler.

Le temps passait à tire-d'aile à présent que j'avais des occupations. Je parcourus de nouveau l'Estrada Marginal entre Estoril et Lisbonne avec Joao au volant, choisis des douzaines de bobines des meilleurs fils et des boutons superbes aux formes et tailles variées, et je me sentis traitée comme la plus privilégiée des clientes. Grâce aux recommandations de da Silva, tout ne fut que prévenances, facilités de paiement, ristournes et cadeaux. Et le moment de dîner avec lui arriva presque à mon insu.

La rencontre ressembla aux précédentes : regards prolongés, sourires troublants et flirt obligatoire. Malgré ma maîtrise de la situation, et le fait que j'étais devenue une actrice consommée, je dois, à la vérité, dire que Manuel da Silva me facilitait lui-même les choses. J'eus à nouveau l'impression d'être à ses yeux l'unique femme ici-bas capable d'attirer son attention ; de mon côté, je me conduisais comme si être désirée par un homme riche et séduisant était mon lot quotidien. Mais ce n'était pas le cas et il me fallait donc redoubler de prudence. Pas question de me laisser submerger par mes émotions : c'était un travail, une pure obligation. J'aurais pu aisément me détendre, profiter de l'homme et du moment, mais j'avais une priorité : conserver les idées claires et garder mes distances.

– J'ai réservé une table au Wonderbar, le club du casino : ils ont un orchestre fabuleux et la salle de jeu est juste à côté.

Nous y allâmes en marchant au milieu des palmiers ; la nuit n'était pas encore complètement tombée et les lumières des réverbères brillaient comme des points couleur argent sur un ciel violacé. Da Silva était redevenu celui des bons moments : aimable et charmant, sans aucune trace de la tension engendrée par la présence de l'Allemand dans ses bureaux.

Tout le monde paraissait le connaître, là aussi : depuis les garçons et les voituriers jusqu'aux clients les plus honorables. Comme la première nuit, il distribua les salutations : tapes cordiales sur les épaules, mains serrées et demi-accolades pour les messieurs ; semblant de baisemain, sourires et compliments exagérés pour les dames. Il me présenta à certains d'entre eux et je notai mentalement les noms pour les transcrire ensuite sur mes modèles.

L'ambiance du Wonderbar était la même que celle de l'hôtel Do Parque : cosmopolite à quatre-vingt-dix pour cent. J'observai une seule différence, à ma grande inquiétude : les Allemands ne représentaient plus la majorité, on entendait également parler anglais de tous côtés. Je m'efforçai de chasser mes soucis et de me concentrer sur mon rôle. L'esprit dégagé et les yeux et les oreilles bien ouverts, je ne devais penser qu'à cela. Et à déployer tous mes charmes, bien sûr.

Le maître d'hôtel nous conduisit à une petite table située au meilleur endroit de la salle : un point stratégique pour voir et être vu. L'orchestre jouait *In the mood* et de nombreux couples remplissaient déjà la piste de danse tandis que d'autres dînaient ; on entendait des conversations, des saluts et des éclats de rire, tout n'était qu'insouciance et sophistication. Manuel refusa la carte et commanda pour nous deux sans aucune hésitation. Ensuite, comme s'il avait passé la journée entière à attendre ce moment, il se mit à l'aise, prêt à m'accorder toute son attention.

– Bien, Arish, racontez-moi, mes amis vous ont-ils bien traitée ?

Je lui décrivis mes démarches en y ajoutant un peu de piment. J'exagérai les situations, les commentai avec humour, imitai des voix en portugais, le fis rire aux éclats; à l'évidence, je marquai de nouveau un point.

– Et vous, comment avez-vous fini votre semaine? demandai-je alors.

C'était enfin mon tour d'écouter et d'enregistrer. Et, si la chance était avec moi, de lui tirer les vers du nez.

– Tu ne le sauras que si tu me tutoies.

– D'accord, Manuel. Dis-moi, tout s'est bien passé, pour toi, depuis hier matin?

Sa réponse dut attendre. Encore des saluts, encore de la cordialité. Si celle-ci était feinte, cela ne se voyait pas.

– Le baron von Kempel, un homme extraordinaire, précisa-t-il, tandis que l'aristocrate d'un âge avancé et à la crinière léonine s'éloignait en titubant. Bien, nous en étions restés à ces derniers jours pour moi; je n'ai que deux mots pour les définir: épouvantablement ennuyeux.

Je savais qu'il mentait, bien entendu, mais je pris un ton compatissant.

– Tu as au moins des bureaux agréables pour supporter l'ennui, et des secrétaires compétentes pour t'aider.

– Je ne peux pas me plaindre, tu as raison. Ce serait plus dur de travailler comme docker au port ou de n'avoir personne pour me donner un coup de main.

– Elles sont avec toi depuis longtemps?

– Tu veux parler des secrétaires? Elisa Somoza, la plus vieille, depuis une trentaine d'années: elle est entrée dans l'entreprise à l'époque de mon père, avant même mon arrivée. Beatriz Oliveira, la plus jeune, je l'ai embauchée il n'y a que trois ans, quand j'ai vu que l'affaire se développait et qu'Elisa était incapable de faire face à tout. La sympathie n'est pas son fort, mais elle est organisée, responsable, et elle se débrouille bien dans les langues étrangères. Je suppose que la nouvelle classe laborieuse n'aime pas être affectueuse avec le patron, dit-il en levant sa coupe comme pour porter un toast.

Je n'appréciai guère la plaisanterie, mais je l'imitai et bus une gorgée de vin blanc. Un couple s'approcha alors de la table : une dame mûre à l'élégance tapageuse, couverte de shantung mauve jusqu'aux pieds, accompagnée d'un individu qui lui arrivait à peine à l'épaule. Nous interrompîmes de nouveau notre conversation, ils passèrent au français ; Manuel me présenta, je les saluai d'un geste gracieux et d'un bref *Enchantée.*

– Les Mannheim, Hongrois, expliqua-t-il quand ils se furent retirés.

– Ils sont juifs ? demandai-je.

– Des juifs riches, dans l'attente que la guerre s'achève ou d'un visa pour partir en Amérique. Une danse ?

Da Silva se révéla être un danseur extraordinaire. Rumbas, habaneras, jazz et paso doble, rien ne lui résistait. Je me laissai entraîner : la journée avait été longue et les deux coupes de vin du Douro dont j'avais accompagné la langouste m'étaient sans doute montées à la tête. Les couples, sur la piste, se reflétaient, multipliés par les miroirs ornant les colonnes et les murs ; il faisait chaud. Je fermai les yeux, quelques instants, deux secondes, trois au quatre peut-être. Quand je les rouvris, mes pires craintes avaient revêtu une forme humaine.

Vêtu d'un smoking impeccable et peigné en arrière, les jambes légèrement écartées, les mains de nouveau enfoncées dans les poches et une cigarette tout juste allumée aux lèvres, Marcus Logan me regardait.

M'éloigner, il fallait que je m'éloigne de lui : telle fut la première pensée qui me vint à l'esprit.

– Nous nous asseyons ? Je suis un peu fatiguée.

Tous mes efforts pour abandonner la piste du côté opposé à Marcus furent vains : du coin de l'œil, je le vis bouger dans notre direction. Nous évitions des couples en train de danser et lui des tables de dîneurs, mais nous avancions en parallèle vers le même endroit. Mes jambes tremblaient, la chaleur de ce mois de mai devint soudain insupportable. Alors qu'il se trouvait à peine à quelques mètres, il s'immobilisa pour saluer quelqu'un et je pensai qu'il allait peut-être s'en tenir là, mais il prit congé et continua à s'approcher, d'un pas décidé. Nous atteignîmes notre table tous les trois ensemble, Manuel et moi par la droite, et lui par la gauche. Je me crus perdue.

– Logan, vieux renard, où te caches-tu? Ça fait un siècle qu'on ne se voit plus! s'exclama da Silva dès qu'il l'aperçut.

À ma grande stupeur, ils se tapèrent chaleureusement dans le dos.

– Je t'ai appelé mille fois, mais je ne tombe jamais sur toi, répondit Marcus.

– Laisse-moi te présenter Arish Agoriuq, une amie marocaine qui est arrivée il y a quelques jours de Madrid.

Je tendis la main en m'efforçant de ne pas trembler, sans oser lever les yeux. Il me la serra avec force, comme s'il disait: c'est moi, je suis ici, réagis!

– Enchantée.

Ma voix émit un son rauque et sec, presque brisé.

– Assieds-toi, prends un verre avec nous, proposa Manuel.

– Non, merci. Je suis avec des amis, je suis juste venu te saluer et te rappeler que nous devons nous voir.

– Quand tu voudras, promis.

– N'oublie pas, nous avons certaines questions à régler.

Il se tourna alors vers moi.

– Enchanté d'avoir fait votre connaissance, mademoiselle..., ajouta-t-il en se penchant.

Cette fois-ci, je fus obligée de le regarder en face. Son visage ne portait plus la moindre trace des blessures d'autrefois, mais il avait conservé un aspect identique; ses traits aiguisés et ses yeux complices me demandaient: qu'est-ce que tu fiches là, avec cet homme?

– Agoriuq, réussis-je à balbutier.

– Mademoiselle Agoriuq, ah oui! Excusez-moi. J'ai été très heureux de vous rencontrer. J'espère que nous nous reverrons.

– Un brave type, ce Marcus Logan.

Je bus une grande gorgée d'eau. J'avais besoin de me rafraîchir la gorge, elle était aussi rêche que du papier de verre.

– Anglais?

– Anglais, en effet; nous avons eu des contacts commerciaux.

Je bus encore pour cacher ma surprise. Ainsi, il ne se consacrait plus au journalisme. Les paroles de Manuel me tirèrent de mes pensées.

– Il fait trop chaud, ici. On tente notre chance à la roulette?

J'affectai une attitude naturelle face à l'opulence de la salle. Les magnifiques lustres étaient suspendus par des chaînes dorées au-dessus des tables, autour desquelles se pressaient des centaines de joueurs parlant toutes les langues de la vieille Europe. Le sol recouvert de moquette amortissait les bruits provoqués par leurs déplacements et augmentait ceux propres à ce paradis du hasard: claquement des jetons, vrombissement des roulettes, pétarade des boules en ivoire dans leur course folle et cris des croupiers s'exclamant *Rien ne va plus!* à la fin de chaque partie. Il y avait de nombreux clients assis aux tables tapissées de vert, et beaucoup plus autour, debout, attentifs au jeu. Des aristocrates habitués jadis à perdre et à gagner dans les casinos de Baden-Baden, Monte-Carlo et Deauville, m'expliqua da Silva. Des bourgeois appauvris, des miséreux enrichis, des êtres respectables transformés en canailles et d'authentiques canailles déguisées en gentilshommes. Certains portaient des tenues de gala, triomphants et sûrs d'eux-mêmes, les hommes un col dur et un plastron amidonné, les femmes arborant, hautaines, l'éclat de leurs joyaux. Il y avait aussi des individus à l'allure décadente, apeurés ou furtifs, en quête d'une connaissance à taper, sans doute dans l'espoir d'une nuit de gloire plus qu'improbable ; des êtres disposés à jouer sur une table de baccara le dernier bijou de famille ou le petit déjeuner du lendemain. Les premiers étaient mus par la pure émotion du jeu, la soif de s'amuser, le vertige ou la cupidité ; pour les seconds, ce n'était que la manifestation du désespoir le plus cru.

Nous déambulâmes quelques minutes en observant les différentes tables. Manuel continuait à distribuer des saluts et à échanger des phrases cordiales ; moi, je parlais à peine : je voulais sortir d'ici, m'enfermer dans ma chambre et tout oublier. Je n'aspirais qu'à la fin de cette maudite journée.

– J'ai l'impression que tu n'as pas envie de devenir millionnaire, ce soir.

J'esquissai un faible sourire.

– Je suis épuisée.

J'essayai de donner à ma voix une note de douceur ; j'avais peur qu'il ne s'aperçoive de mon inquiétude.

– Tu veux que je te raccompagne à l'hôtel ?

– Je t'en serais reconnaissante.

– Accorde-moi juste deux secondes.

Aussitôt il s'écarta de quelques pas, pour tendre la main à quelqu'un qu'il venait d'apercevoir.

Je restai immobile, absente, sans même me donner la peine de contempler la fascinante agitation de la salle. Alors je sentis qu'il s'approchait, telle une ombre. Il passa derrière moi, silencieux, faillit me frôler. En cachette, sans même s'arrêter, il m'attrapa la main droite, ouvrit habilement mes doigts et glissa quelque chose entre eux. Je le laissai faire. Ensuite, sans un mot, il s'éloigna. Tandis que je feignais de fixer mon regard sur l'une des tables, je palpai l'objet : un bout de papier plié. Je le cachai sous la large ceinture de ma robe juste à l'instant où Manuel revenait vers moi après s'être séparé de ses connaissances.

– Nous partons?

– Il faut que j'aille d'abord aux toilettes.

J'essayai de retrouver sa trace en chemin, mais il n'était plus nulle part. Aux toilettes il n'y avait personne, juste une vieille femme noire somnolente gardant la porte. Je sortis le papier de sa cachette et le dépliai prestement.

Qu'est devenue la S. que j'ai quittée à T.*?*

S. pour Sira et T. pour Tétouan. Où était resté mon ancien moi des temps africains? demandait Marcus. J'ouvris mon sac pour y chercher un mouchoir et une réponse, pendant que mes yeux se remplissaient de larmes. J'y trouvai le premier, pas la seconde.

56

Le lundi, je repris mes sorties, en quête de marchandises pour mon atelier. J'avais rendez-vous avec un chapelier dans la rue de la Prata, à deux pas des bureaux de da Silva: l'excuse parfaite pour y passer sous prétexte de lui dire bonjour. Et d'en profiter pour jeter un coup d'œil sur les personnes présentes.

Il n'y avait que la secrétaire jeune et antipathique; je me rappelai son nom: Beatriz Oliveira.

– M. da Silva est en voyage. Professionnel, se contenta-t-elle de préciser.

De même que lors de ma visite précédente, elle ne daigna pas se montrer aimable avec moi. Je pensai néanmoins que c'était peut-être la seule occasion de me retrouver seule avec elle et je ne voulus pas la négliger. À en juger par son attitude sombre et son mutisme, j'avais très peu de chances de lui arracher ne serait-ce qu'une miette d'information utile, mais je n'avais rien de mieux à faire, et je m'y attelai donc.

– Ça alors, quel dommage ! Je souhaitais le consulter à propos des tissus qu'il m'a montrés l'autre jour. Ils sont encore dans son bureau ? demandai-je.

Mon cœur commença à battre la chamade à l'idée de réussir à m'y glisser sans avoir Manuel sur le dos, mais elle mit bien vite fin à cet espoir.

– Non, ils les ont déjà remportés au magasin.

Échec de la première tentative ; bien, il fallait que j'essaie autre chose.

– Ça vous ennuie si je m'assois une minute ? J'ai passé toute la matinée debout à voir des toques, des turbans et des capelines ; je crois que j'ai besoin d'un peu de repos.

Elle n'eut pas le temps de répondre : avant qu'elle ait ouvert la bouche, je m'effondrai dans l'un des fauteuils en cuir en simulant une fatigue excessive. Nous gardâmes un silence prolongé ; pendant ce temps, elle corrigeait au crayon un document de plusieurs pages, sur lequel elle inscrivait parfois une petite marque ou une note.

– Une cigarette ? proposai-je au bout de deux ou trois minutes.

Je n'étais pas une grande fumeuse, mais j'avais toujours un étui à cigarettes dans mon sac, par exemple pour ce genre d'occasion.

– Non, merci, dit-elle sans me regarder.

Elle poursuivit son travail tandis que j'en allumais une. Je la laissai continuer deux minutes de plus.

– C'est vous qui vous êtes chargée de localiser les fournisseurs, de fixer les rendez-vous et de préparer le dossier avec tous les renseignements, n'est-ce pas ?

Elle leva enfin les yeux l'espace d'une seconde.

– Oui, c'est moi.

– Un travail excellent ; vous ne pouvez pas imaginer à quel point vous m'êtes utile.

Elle murmura un bref remerciement et se concentra de nouveau sur sa tâche.

– Ce ne sont certes pas les contacts qui font défaut à M. da Silva, repris-je. Ça doit être génial d'avoir noué autant de relations commerciales avec tellement d'entreprises différentes. Surtout avec tous ces étrangers. En Espagne, c'est beaucoup plus ennuyeux.

– Ça ne m'étonne pas.

– Pardon?

– Je dis que ça ne m'étonne pas que tout soit ennuyeux, vu ceux qui sont au pouvoir, mâchonna-t-elle entre ses dents, l'attention apparemment toujours fixée sur son travail.

Une rapide sensation de jouissance me parcourut le dos: la consciencieuse secrétaire s'intéressait à la politique. Bien, je l'attaquerais par ce flanc-là.

– Oui, sans aucun doute, répliquai-je en éteignant lentement ma cigarette. Que peut-on attendre de quelqu'un qui prétend que les femmes doivent rester à la maison à préparer les repas et à mettre des enfants au monde?

– Dont les prisons sont pleines et qui refuse la moindre compassion à l'égard des vaincus, ajouta-t-elle, catégorique.

– Il semblerait que ça se passe comme ça, en effet.

Notre conversation prenait un tour inattendu; il faudrait néanmoins que j'agisse avec une prudence extrême pour gagner sa confiance et l'amener sur mon terrain.

– Vous êtes allée en Espagne, Beatriz?

Elle fut surprise que je connaisse son nom. Elle consentit enfin à poser son crayon et me regarda.

– Non, jamais, mais je sais ce qui y arrive. J'ai des amis qui me le racontent. Mais vous-même ignorez ce dont je parle, vous appartenez à un autre monde.

Je me levai, m'approchai de sa table et m'assis au bord sans me gêner. Je la fixai de près, pour vérifier ce qui se cachait sous cette tenue en tissu bon marché, sans doute cousue des années avant par une voisine pour quelques escudos. Derrière les lunettes, je découvris des yeux intelligents et, sous le zèle rageur avec lequel elle abordait son travail, je devinai un esprit combatif et vaguement familier. Beatriz et moi n'étions pas tellement différentes. Deux jeunes filles laborieuses d'origine semblable : humble et courageuse. Deux trajectoires qui étaient parties d'un point identique pour ensuite bifurquer. Le temps l'avait transformée en une employée méticuleuse ; de moi il avait fait une fausse réalité. Ce qui nous réunissait était cependant beaucoup plus important que nos divergences. Je logeais dans un hôtel de luxe et elle devait habiter une humble maison dans un quartier populaire, mais nous savions l'une et l'autre ce qu'était lutter pour éviter que notre vie entière ne soit tenaillée par le mauvais sort.

– Je connais beaucoup de gens, Beatriz, des gens très variés, dis-je à voix basse. En ce moment, je suis liée aux puissants, parce que mon travail l'exige et que certaines circonstances imprévues m'ont mise dans cette situation, mais je sais ce qu'est souffrir du froid en hiver, manger des haricots tous les jours et sortir avant l'aube pour gagner un salaire misérable. Et au cas où cela vous intéresserait, moi non plus je n'aime pas l'Espagne qu'on est en train de nous bâtir. Vous acceptez à présent une de mes cigarettes ?

Elle tendit la main en silence et en saisit une. J'approchai mon briquet, en pris une moi aussi et l'allumai.

– Comment ça va, au Portugal ?

– Mal, répondit-elle après avoir expulsé la fumée. L'Estado Novo, l'État nouveau, de Salazar n'est peut-être pas aussi répressif que l'Espagne de Franco, mais il lui ressemble par son autoritarisme et le manque de liberté.

– Au moins, vous allez rester neutre dans la guerre européenne. En Espagne, ça n'est pas aussi clair.

– Salazar a noué des accords avec les Anglais et les Allemands, un équilibre plutôt bizarre. Les Britanniques ont toujours été des amis du peuple portugais, c'est pourquoi il est tellement surprenant qu'il se montre généreux avec les Allemands en leur accordant des licences d'exportation et d'autres prébendes.

– Ce n'est pas si étrange de nos jours, non? Il s'agit d'affaires délicates dans cette époque agitée. Je ne m'y connais pas beaucoup en politique internationale, à vrai dire, mais j'imagine que c'est avant tout une question d'intérêt.

Je m'efforçai de parler d'un ton détaché, comme si tout cela me préoccupait à peine. Le moment était venu de passer du général au particulier; il me fallait néanmoins être prudente.

– Je suppose que c'est pareil dans le monde des affaires. L'autre jour, sans aller plus loin, quand j'étais dans le bureau avec M. da Silva, vous-même avez annoncé la visite d'un Allemand.

– D'accord, mais c'est complètement différent.

Elle esquissa une grimace de mécontentement, elle ne semblait pas disposée à me suivre sur ce terrain.

– L'autre soir, M. da Silva m'a invitée à dîner au casino d'Estoril et j'ai été stupéfaite de voir la quantité de personnes qu'il connaissait. Il saluait aussi bien des Anglais que des Américains, des Allemands ou bon nombre d'Européens d'autres pays. Je n'ai jamais rencontré quelqu'un avec une telle facilité pour s'entendre avec tout le monde.

Elle montra de nouveau sa contrariété en faisant la moue. Comme elle se taisait encore, je fus obligée de continuer, afin d'éviter que la conversation ne retombe.

– J'ai eu pitié des juifs, ceux qui ont été forcés d'abandonner leurs maisons et leurs affaires à cause de la guerre.

– Les juifs du casino d'Estoril! s'exclama-t-elle avec un sourire cynique. Moi, je m'en moque: ils vivent comme s'ils passaient des vacances éternelles et luxueuses. Ceux qui me font pitié, ce sont les malheureux qui sont arrivés avec une misérable valise en carton, et qui attendent des journées entières devant les consulats et les bureaux des compagnies de navigation, dans l'espoir d'un visa ou d'un billet pour l'Amérique qu'ils n'obtiendront peut-être jamais ; ou bien les familles qui dorment entassées dans des pensions immondes et mangent dans les soupes populaires, les pauvres gamines qui se vendent au coin des rues pour une poignée d'escudos, les vieux qui tuent le temps à la terrasse des cafés, devant des tasses vides depuis des heures, jusqu'à ce qu'un garçon les jette dehors pour libérer la place : voilà ceux dont j'ai pitié. Ceux qui chaque nuit jouent un bout de leur fortune au casino ne m'inspirent aucune compassion.

J'étais émue par son discours, mais je ne pouvais pas me laisser distraire : nous étions dans la bonne direction et je devais à tout prix garder le cap, même en rudoyant sa conscience.

– Vous avez raison ; la situation est beaucoup plus dramatique pour ces pauvres gens. En plus, ça doit être très douloureux pour eux de voir tous ces Allemands se conduire partout comme s'ils étaient chez eux.

– J'imagine que oui...

– Et, surtout, de constater que le gouvernement du pays où ils se sont réfugiés est si complaisant avec le Troisième Reich.

– En effet...

– Et qu'il existe même certains chefs d'entreprise portugais qui développent leurs affaires grâce à de juteux contrats avec les nazis...

Je prononçai cette dernière phrase sur un ton intense et sombre, en m'approchant d'elle et en baissant la voix. Nous nous regardâmes fixement, incapables l'une et l'autre de détourner les yeux.

– Qui êtes-vous ? demanda-t-elle enfin d'une voix à peine audible.

Elle s'était rejetée en arrière, le corps écarté de la table et le dos appuyé contre le dossier de la chaise, comme si elle voulait s'éloigner de moi. Sa voix hésitante respirait la peur; en revanche, son regard ne se détacha à aucun moment du mien.

– Je ne suis qu'une couturière, murmurai-je. Une simple femme qui travaille comme vous, et qui n'aime pas non plus ce qui arrive autour de nous.

J'observai la tension de son cou tandis qu'elle ravalait sa salive, et je formulai alors deux questions. Lentement. Très lentement.

– Qu'est-ce que da Silva a à voir avec les Allemands, Beatriz? Dans quoi est-il fourré?

Elle déglutit de nouveau et sa pomme d'Adam bougea comme si elle essayait d'ingurgiter un éléphant.

– Je ne sais rien, parvint-elle à balbutier.

Une voix furibonde retentit à cet instant derrière la porte:

– Rappelez-moi de ne jamais remettre les pieds à la brasserie de la rue de São Juliao. Ils ont tardé plus d'une heure à nous servir! Avec la tonne de choses que je suis obligée de préparer avant le retour de don Manuel! Ah! Excusez-moi, mademoiselle Agoriuq, je ne savais pas que vous étiez là...

– Je m'en allais, dis-je, faussement désinvolte. J'étais passée voir par surprise M. da Silva, mais Mlle Oliveira m'a annoncé qu'il était en voyage. Je reviendrai un de ces jours.

– Vous oubliez vos cigarettes, entendis-je derrière moi.

Le ton de Beatriz Oliveira restait impénétrable. Quand elle tendit la main pour me remettre l'étui, je l'agrippai et la serrai bien fort.

– Réfléchissez-y.

J'évitai l'ascenseur et redescendis par l'escalier, en reconstituant la scène dans ma tête. Je m'étais peut-être exposée d'une façon trop précipitée et imprudente, mais l'attitude de la secrétaire prouvait qu'elle était au courant de quelque chose: quelque chose qu'elle ne m'avait pas avoué, davantage parce qu'elle n'était pas sûre de moi que par loyauté envers son employeur. Ça ne collait pas entre da Silva et sa secrétaire, et j'étais persuadée qu'elle ne lui révélerait jamais le contenu de cette étrange visite. Tandis que lui ménageait la chèvre et le chou, non seulement une fausse Marocaine s'était glissée chez lui pour fouiner dans ses affaires, mais encore son personnel comptait une gauchiste subversive. Il faudrait que je me débrouille pour la rencontrer seule à seule. Comment, où et quand? Je n'en avais pas la moindre idée.

57

Le mardi matin il pleuvait et je répétai mon manège des jours précédents: je jouai les acheteuses et laissai Joao me conduire à destination, cette fois une usine textile en banlieue. Le chauffeur vint me rechercher trois heures plus tard.

– À la Baixa, Joao, s'il vous plaît.

– Si vous espérez voir don Manuel, il n'est pas encore revenu.

Parfait, pensai-je. Mon intention n'était pas de rencontrer da Silva, mais de trouver la manière d'aborder de nouveau Beatriz Oliveira.

– Ça n'a pas d'importance; les secrétaires feront l'affaire. J'ai juste besoin d'un renseignement sur ma commande.

J'escomptais que l'assistante mûre serait partie manger et que sa frugale collègue serait à pied d'œuvre mais, comme si quelqu'un s'obstinait à me mettre des bâtons dans les roues, ce fut exactement le contraire. La plus vieille était là, vérifiant des documents avec les lunettes sur le bout du nez. De la jeune, pas la moindre trace.

– *Boa tarde*, madame Somoza. Eh bien, on vous a abandonnée.

– Don Manuel est toujours en voyage et Mlle Oliveira n'est pas venue travailler aujourd'hui. En quoi puis-je vous être utile, mademoiselle Agoriuq ?

Je sentis dans ma bouche l'amertume de la contrariété mêlée à une pointe d'inquiétude, mais je m'efforçai de surmonter ma déception.

– J'espère qu'elle va bien, dis-je sans répondre à sa question.

– Oui, sûr que ce n'est rien de très grave. Son frère est passé pour m'avertir qu'elle était souffrante et qu'elle avait un peu de fièvre. Elle reviendra sans doute demain.

J'hésitai quelques secondes. Vite, Sira, trouve une idée : agis, demande où elle habite, essaie de la localiser.

– Si vous me donniez son adresse, je pourrais peut-être lui faire envoyer un bouquet de fleurs. Elle a été si aimable avec moi en prenant tous ces rendez-vous avec les fournisseurs.

Malgré sa discrétion naturelle, la secrétaire ne parvint pas à réprimer un sourire condescendant.

– Soyez sans inquiétude, mademoiselle. Je ne pense pas que ce soit nécessaire, vraiment. Ici, nous n'avons pas l'habitude de recevoir des fleurs quand nous nous absentons un jour du bureau. Elle doit avoir un rhume, ou n'importe quelle indisposition sans importance. Si je peux moi-même vous aider...

– J'ai perdu une paire de gants, improvisai-je. Je croyais les avoir oubliés ici hier.

– Je ne les ai aperçus nulle part, mais il est possible que les femmes qui font le ménage très tôt les aient ramassés. Je leur poserai la question.

L'absence de Beatriz Oliveira m'avait mis le moral en berne, à l'unisson de la mi-journée lisboète nuageuse, venteuse et agitée que je découvris en regagnant la rue de l'Ouro. J'avais l'appétit coupé et je me contentai d'une tasse de thé et d'un gâteau au café Nicola, à côté, avant de poursuivre mes activités. L'efficace secrétaire avait prévu, cet après-midi-là, une entrevue avec des importateurs de produits exotiques du Brésil : elle avait pensé que les plumes de certains oiseaux tropicaux serviraient à mes créations. Elle était tombée juste. Si elle pouvait m'être aussi précieuse pour d'autres tâches !

Le temps ne s'améliora pas au fil des heures, pas plus que mon humeur. Sur le chemin du retour vers Estoril, je dressai le bilan des résultats obtenus depuis mon arrivée, et il m'apparut désastreux. Les commentaires initiaux de Joao s'étaient révélés à la longue d'une utilité réduite, de simples généralités rabâchées par un petit vieux ennuyeux, qui vivait depuis trop longtemps en marge du véritable quotidien de son patron. Ainsi, il n'avait pas prononcé un seul mot au sujet des rendez-vous privés avec des Allemands évoqués par la femme de Hillgarth. Et mon unique confidente possible m'avait glissé des doigts sous prétexte d'une fausse maladie. Si on ajoutait à tout cela mes douloureuses retrouvailles avec Marcus, je me dirigeais tout droit vers un échec cuisant sur tous les fronts. Sauf pour mes clientes, bien sûr, qui se retrouveraient à mon retour avec une véritable profusion de merveilles difficiles à imaginer dans l'Espagne sordide des tickets de rationnement. Face à des perspectives aussi noires, je pris un dîner léger au restaurant de l'hôtel et décidai de me retirer tôt.

Comme tous les soirs, la femme de chambre avait tout soigneusement préparé : les rideaux étaient tirés, la lumière ténue de la table de nuit allumée, le dessus-de-lit ôté et le coin du drap replié avec une précision millimétrique. Ces draps de batiste suisse seraient peut-être l'unique point positif de ma journée : ils m'aideraient à sombrer dans le sommeil et me feraient au moins oublier l'espace de quelques heures mon sentiment de frustration. Fin de la journée. Bilan : zéro.

J'étais sur le point de me coucher quand je sentis un courant d'air froid. Je m'approchai pieds nus du balcon, écartai le rideau : la fenêtre était ouverte. Un oubli de l'employée, pensai-je en refermant. Je m'assis sur le lit et éteignis la lumière : je n'avais pas envie de lire la moindre ligne. Alors, tandis que j'étendais les jambes, mon pied gauche se retrouva emmêlé dans quelque chose de bizarre et de léger. Je poussai un cri étouffé, essayai d'atteindre l'interrupteur de la lampe, mais mon geste réflexe expédia celle-ci par terre ; je la ramassai d'une main maladroite, parvins enfin à la rallumer ; l'abat-jour était tordu. J'écartai la literie d'un coup. Que faisait là ce chiffon noir que j'avais touché du bout du pied ? Je ne me risquai même pas à le frôler avant de l'avoir bien regardé. On aurait dit une mantille : une mantille noire, une mantille pour la messe. Je l'attrapai de deux doigts et la soulevai : le tissu se défit et il en tomba quelque chose qui ressemblait à une image. Je la pris par une extrémité, comme si j'avais peur qu'elle ne se défasse si je la tenais plus fort. Je la rapprochai de la lumière et y distinguai la façade d'un temple. Et la représentation d'une vierge. Et deux lignes imprimées. *Igreja de São Domingos. Novena em louvor a Nossa Senhora do Fátima.* Au dos, une inscription au crayon, d'une écriture inconnue. « Mercredi, six heures du soir. Gauche, dixième rang à partir de la fin. » Aucune signature, ce n'était pas nécessaire.

Le lendemain, j'évitai les bureaux de da Silva malgré la localisation dans le centre de tous mes contacts prévus pour la journée.

– Passez me prendre en fin d'après-midi, Joao. À sept heures et demie, en face de la gare de Rossio. Je me rendrai auparavant dans une église, c'est l'anniversaire de la mort de mon père.

Le chauffeur baissa les yeux avec une mimique exprimant ses plus profondes condoléances, et je me sentis un peu honteuse de liquider Gonzalo Alvarado avec une telle désinvolture. Mais il n'était plus temps d'éprouver des remords, pensai-je, tandis que je me couvrais la tête d'un voile noir: il était six heures moins le quart et la neuvaine allait bientôt commencer. L'église de São Domingos était située près de la place de Rossio, en plein centre. En arrivant, outre la large façade blanchie à la chaux, je retrouvai le souvenir de ma mère voletant devant la porte. Les dernières fois que j'avais assisté à des offices religieux, c'était avec elle, à Tétouan, quand je l'accompagnais à la petite église de la place voisine. São Domingos était immense, en comparaison, avec ses énormes colonnes en pierre grise s'élevant jusqu'à un plafond peint couleur sépia. Et du monde, beaucoup de monde, quelques hommes et une multitude de femmes, de fidèles paroissiens venus rendre hommage à la Vierge et réciter le saint rosaire.

J'avançai le long de l'allée latérale gauche, les mains jointes, la tête baissée et le pas lent, feignant le recueillement, tandis que je comptais les rangées du coin de l'œil. À la dixième, à travers la dentelle noire qui me cachait les yeux, je distinguai une silhouette endeuillée assise à une extrémité. Vêtue d'une jupe, d'un châle noirs et de grossiers bas en laine: la tenue de tant de femmes modestes à Lisbonne. Elle ne portait pas de voile mais un grand foulard attaché sous le menton et qui retombait tellement sur le front qu'il était presque impossible de voir son visage. Il y avait une place libre près d'elle, mais j'hésitai quelques secondes. Jusqu'à ce qu'une main blanche et soignée émerge d'entre les vêtements. Une main qui se posa sur l'endroit inoccupé à côté de sa propriétaire. Asseyez-vous ici, semblait-elle dire. J'obéis sur-le-champ.

Nous restâmes silencieuses pendant que les fidèles s'installaient, que les enfants de chœur vaquaient autour de l'autel et qu'on entendait ronronner, en bruit de fond, d'innombrables chuchotements. Je lui jetai plusieurs regards furtifs, mais le foulard m'empêcha d'apercevoir les traits de la femme en noir. C'était inutile : je savais qui c'était sans l'ombre d'un doute. Je décidai donc de briser la glace.

– Merci de m'avoir fait venir, Beatriz. N'ayez pas peur : personne, à Lisbonne, ne saura jamais rien de cette conversation.

Elle se tut encore un moment. Quand elle parla, ce fut avec le regard fixé sur son giron et d'une voix à peine audible.

– Vous travaillez pour les Anglais, n'est-ce pas ?

J'acquiesçai d'un léger hochement de tête.

– Je ne suis pas très sûre que ça vous servira à quelque chose, c'est juste un détail. Je sais seulement que da Silva est en affaires avec les Allemands pour les mines de Beira, une zone de l'intérieur du pays. Il ne s'était jamais rendu là-bas pour son travail. Tout est récent, depuis quelques mois à peine ; à présent il y va toutes les semaines.

– De quoi s'agit-il ?

– Quelque chose qu'ils appellent « bave de loup ». Les Allemands exigent de lui l'exclusivité, qu'il rompe radicalement avec les Britanniques. En plus, il doit obtenir, de la part des propriétaires des mines voisines, qu'ils s'associent avec lui et cessent également de vendre aux Anglais.

Le prêtre pénétra dans le chœur par une porte latérale, à une distance éloignée. L'asssistance se leva, nous aussi.

– Qui sont ces Allemands ? murmurai-je sous mon voile.

– Le seul qui est venu au bureau, c'est Weiss : trois fois. Il ne parle jamais au téléphone avec eux, il a peur d'être sur écoute. Je sais qu'il en a rencontré un autre en dehors de l'entreprise, Wolters, et qu'il attend une autre visite en provenance d'Espagne cette semaine. Ils dîneront tous dans sa maison de campagne demain, jeudi : don Manuel, les Allemands et les Portugais de la Beira propriétaires de mines. Ils ont prévu d'y conclure les négociations : il discute avec eux depuis des semaines pour qu'ils ne livrent que les commandes passées par les Allemands. Tous seront là avec leurs épouses, et il a intérêt à les gâter : je suis au courant parce qu'il m'a fait commander des fleurs et des chocolats pour les recevoir.

Le prêtre acheva la salutation et tous les fidèles se rassirent au milieu d'un brouhaha de frottements de tissu, de soupirs et de craquements de vieux bois.

– Il nous a averties, poursuivit-elle, tête baissée, de ne plus lui passer les communications de plusieurs Anglais avec lesquels il avait avant de bonnes relations. Ce matin, il a eu un rendez-vous au sous-sol avec deux individus, deux ex-taulards qu'il emploie parfois comme gardes du corps ; il a été autrefois mêlé à des histoires plus ou moins troubles. Je n'ai réussi à entendre que la fin de la conversation. Il leur a ordonné de contrôler ces Anglais, et de les neutraliser le cas échéant.

– Qu'a-t-il voulu dire par « neutraliser » ?

– S'en débarrasser, je suppose.

– Comment ?

– C'est facile à imaginer.

Les fidèles se levèrent de nouveau et nous les imitâmes. Ils entonnèrent d'une voix fervente un cantique. Je sentis mon sang battre à mes tempes.

– Vous connaissez le nom de ces Anglais ?

– Je les ai écrits sur un bout de papier.

Elle me le glissa entre les doigts et je le serrai de toutes mes forces.

– Je ne sais rien d'autre, juré.

– Envoyez quelqu'un d'autre si vous apprenez du nouveau, dis-je en me rappelant le balcon ouvert.

– Je le ferai, et vous, je vous en prie, ne me nommez pas. Et ne repassez plus par le bureau.

Je n'eus pas le temps de répondre car elle se leva et s'enfuit, tel un corbeau noir. Je restai là un long moment, réfugiée entre les colonnes en pierre, les chants discordants et le ronron des prières. Quand je réussis enfin à surmonter l'impression causée par ses propos, je dépliai le papier. Mes pires craintes se trouvèrent fondées. Beatriz m'avait fourni une liste de cinq noms. Le quatrième était celui de Marcus Logan.

58

Comme tous les après-midi à cette heure-là, le hall de l'hôtel était animé et plein à craquer. Rempli d'étrangers, de dames ornées de perles et de messieurs en costume de lin ou en uniforme ; de conversations, d'odeurs de tabac de qualité et de grooms affairés. Sans doute aussi rempli d'indésirables. L'un d'entre eux m'attendait. Je feignis de trouver la surprise agréable, mais ma peau se hérissa en l'apercevant. En apparence, c'était le même Manuel da Silva que les jours précédents : sûr de lui avec son costume à la coupe parfaite et ses cheveux poivre et sel, signe avant-coureur de sa maturité ; il était prévenant et souriant, en effet, pourtant sa simple vision provoqua en moi une telle réaction de rejet que je dus me retenir pour ne pas tourner les talons et m'enfuir en courant. Dans la rue, vers la plage, au bout du monde. N'importe où loin de lui. Avant, je n'avais que des soupçons, je pouvais encore nourrir l'espoir de trouver sous cette apparence séduisante un être respectable, mais plus maintenant, hélas ! Les hypothèses des Hillgarth avaient été vérifiées sur le banc d'une église : l'intégrité et la loyauté ne faisaient pas bon ménage avec les affaires en temps de guerre, et da Silva s'était vendu aux Allemands. Et, comme si ça ne suffisait pas, il avait ajouté au contrat une clause sinistre : si les anciens amis devenaient gênants, il faudrait les éliminer. En me souvenant de la présence de Marcus parmi eux, je sentis de nouveau des coups de poignard dans mes entrailles.

Mon corps me poussait à fuir, mais j'en fus incapable : pas seulement à cause d'un chariot plein de malles et de valises bloquant momentanément la grande porte à tambour de l'hôtel, mais pour d'autres raisons beaucoup plus péremptoires. Je venais de prendre connaissance du dîner que da Silva donnerait dans vingt-quatre heures en l'honneur de ses contacts allemands. Il s'agissait probablement de la réunion annoncée par l'épouse de Hillgarth, et il ne faisait aucun doute qu'on y évoquerait toutes les questions qui intéressaient les Anglais. Mon objectif suivant était donc de réussir par n'importe quel moyen à être invitée, mais c'était une course contre la montre. Je devais jouer mon va-tout.

– Je suis de tout cœur avec toi, ma chère Arish.

Un instant, je ne sus pas de quoi il parlait. Il interpréta à l'évidence mon silence comme une marque d'émotion.

– Merci, chuchotai-je dès que j'eus saisi. Mon père n'était pas chrétien, mais j'aime honorer sa mémoire avec quelques minutes de recueillement.

– Tu te sens en état de boire un verre ? Ce n'est peut-être pas le bon moment, mais on m'a dit que tu étais passée au bureau deux fois et je suis venu seulement te rendre la pareille. Pardonne-moi mon absence répétée ; dernièrement, je suis obligé de voyager davantage que je ne le souhaiterais.

– Ça me fera du bien de prendre quelque chose, merci, la journée a été longue. En effet, je suis passée par ton bureau, mais seulement pour te saluer ; tout le reste s'est parfaitement déroulé.

Prenant mon courage à deux mains, je réussis à parachever la phrase par un sourire.

Nous nous dirigeâmes vers la terrasse du premier soir et tout redevint semblable. Ou presque. Les accessoires n'avaient pas changé : les palmiers bercés par la brise, l'océan au fond, la lune d'argent et le champagne à température idéale. Néanmoins, quelque chose détonnait dans la scène : quelque chose qui n'était ni en moi ni dans le décor. J'observai Manuel tandis qu'il saluait les clients autour de lui : c'était lui qui brisait l'harmonie. Il ne se comportait pas d'une façon naturelle. Il s'efforçait de paraître charmant et déployait, comme toujours, tout un catalogue de phrases amicales et de gestes cordiaux mais, dès que son interlocuteur tournait les talons, sa bouche se tordait en un rictus soucieux et figé, qui disparaissait mécaniquement quand il s'adressait de nouveau à moi.

– Donc tu as acheté d'autres tissus...

– Et aussi du fil, du matériel, des garnitures et un million d'articles de mercerie.

– Tes clientes vont être folles de joie.

– Surtout les Allemandes.

J'avais lancé mon hameçon. Il fallait le faire réagir : c'était ma dernière chance d'être invitée chez lui ; fin de la mission en cas d'échec. Il haussa un sourcil interrogateur.

– Les clientes allemandes sont les plus exigeantes, celles qui apprécient davantage la qualité. Les Espagnoles s'inquiètent beaucoup de l'apparence de la pièce, mais les Allemandes se fixent sur la perfection de chaque petit détail, elles sont plus pointilleuses. Par chance, je suis parvenue à m'adapter à elles et nous nous entendons très bien. Je crois même que je possède un talent spécial pour les satisfaire, dis-je avec un clin d'œil malicieux.

J'approchai la coupe de mes lèvres et dus me retenir pour ne pas la boire d'un trait. Allez, Manuel, allez, pensai-je. Réagis, invite-moi : je peux t'être utile, je peux m'occuper des compagnes tandis que tu négocies avec tes invités au sujet de la « bave de loup » ou de la façon de se débarrasser des Anglais.

– Il y a aussi beaucoup d'Allemands à Madrid, n'est-ce pas ? demanda-t-il alors.

Ce n'était pas une question innocente sur l'atmosphère du pays voisin: il voulait vraiment tester mes connaissances et les relations que j'entretenais avec elles. J'avançais. Je savais ce que je devais répondre et quels mots utiliser: des noms clés, des postes à haute responsabilité et un faux air détaché.

– Il y en a vraiment beaucoup, confirmai-je sur un ton indifférent.

Je me rejetai en arrière dans mon fauteuil, laissai retomber ma main avec un geste négligent, croisai mes jambes, avalai une autre gorgée.

– Justement, la baronne Stohrer, la femme de l'ambassadeur, commentait lors de sa dernière visite à mon atelier que Madrid s'était transformé en une villégiature idéale pour les Allemands. Certaines d'entre elles, à vrai dire, nous donnent un travail énorme. Elsa Bruckmann, par exemple, dont on prétend que c'est une amie personnelle d'Hitler, vient nous voir deux ou trois fois par semaine. À l'occasion de la dernière fête, dans la résidence de Hans Lazar, le responsable de la presse et de la propagande...

Je mentionnai une ou deux anecdotes piquantes et citai quelques noms supplémentaires. Comme si de rien n'était, négligemment. Et à mesure que je parlais, feignant l'indifférence, je m'aperçus que da Silva était si concentré sur mes paroles que le monde paraissait s'être arrêté de tourner autour de lui. Il prêtait à peine attention à ceux qui le saluaient, ne soulevait jamais sa coupe et sa cigarette se consumait entre ses doigts, tandis que la cendre formait une espèce de ver à soie. Je décidai finalement de cesser de tirer sur la corde.

– Excuse-moi, Manuel, tu dois trouver tout ça terriblement ennuyeux: des fêtes, des robes et des frivolités de femmes oisives. Parle-moi de toi. Comment s'est passé ton voyage?

La conversation se poursuivit une demi-heure pendant laquelle personne n'évoqua les Allemands. Pourtant, leur parfum restait présent.

– Je crois qu'il est l'heure de dîner, dit-il en regardant sa montre. Est-ce que...?

– Je suis épuisée. Si nous le remettions à demain?

– Demain, ça va être impossible... – Il hésita quelques secondes, je retins mon souffle. – J'ai un engagement.

Allons, allons, il ne manquait qu'un petit coup de pouce.

– Quel dommage, ç'aurait été notre dernière soirée!

Ma déception parut authentique, presque autant que mon désir de l'entendre enfin m'inviter.

– J'ai prévu de rentrer à Madrid vendredi, une quantité énorme de travail m'attend la semaine prochaine. La baronne de Petrino, l'épouse de Lazar, donne une réception jeudi prochain et j'ai précisément une demi-douzaine de clientes allemandes souhaitant...

– Tu aimerais peut-être y assister.

Je crus que mon cœur s'arrêtait.

– Ce ne sera qu'une petite réunion entre amis, ajouta-t-il. Allemands et portugais. Chez moi.

59

– Combien vous me prenez, pour aller à Lisbonne?

L'homme regarda à droite et à gauche pour s'assurer que personne ne nous observait. Ensuite il ôta sa casquette et se gratta furieusement la tête.

– Vingt escudos, dit-il, avec son mégot au coin des lèvres.

Je lui tendis un billet de vingt.

– En route.

J'avais essayé de dormir sans y parvenir: mes sentiments et mes sensations s'entremêlaient dans mon esprit et rebondissaient sur les parois de mon cerveau. De la satisfaction, car ma mission semblait enfin en bonne voie, de l'anxiété devant ce qui m'attendait encore, du chagrin pour la triste certitude qui s'était imposée à moi. Et, par-dessus tout, la peur d'avoir découvert que Marcus Logan appartenait à une liste sinistre, l'intuition qu'il l'ignorait sans doute, et la frustration devant l'impossibilité de le prévenir. Je n'avais pas idée de l'endroit où le trouver, je l'avais en effet croisé dans deux lieux aussi différents qu'éloignés. Peut-être qu'au bureau de da Silva on aurait pu me fournir quelque renseignement, mais je ne devais en aucun cas aborder Beatriz Oliveira, encore moins à présent que son chef était de retour.

Une heure du matin, une heure et demie, deux heures moins le quart. J'avais tantôt chaud, tantôt froid. Deux heures, deux heures dix. Je me levai plusieurs fois, ouvris et refermai le balcon, bus un verre d'eau, allumai la lumière, l'éteignis. Trois heures moins vingt, trois heures, trois heures et quart. Alors, soudain, je crus avoir la solution. Ou, du moins, quelque chose qui s'en rapprochait.

J'enfilai les vêtements les plus foncés de mon armoire : un ensemble de mohair noir, une veste gris plomb et un chapeau à large bord enfoncé jusqu'aux sourcils. La clé de la chambre et une poignée de billets furent les dernières choses que je pris. Je n'avais besoin de rien d'autre, à part un peu de chance.

Je descendis sur la pointe des pieds par l'escalier de service, tout était calme et pratiquement plongé dans l'obscurité. J'avançai sans savoir exactement où j'étais, en me laissant mener par mon instinct. Les cuisines, les garde-manger, la plonge, la salle des chaudières. J'atteignis la rue par une porte arrière du sous-sol. Ce n'était sans doute pas le meilleur choix : en effet, c'était la sortie des poubelles. Il s'agissait en tout cas de poubelles de riches.

La nuit était obscure, les lumières du casino brillaient à quelques centaines de mètres et on entendait de temps à autre un noctambule attardé : un adieu, un rire étouffé, le moteur d'une automobile. Et ensuite, le silence. J'attendis, les revers de la veste remontés et les mains dans les poches, assise sur le bord d'un trottoir et protégée par une pile de caisses d'eau de Seltz. J'avais vécu dans un quartier de travailleurs, je savais que l'activité allait bientôt reprendre : beaucoup de gens se levaient à l'aube pour améliorer l'existence de ceux qui se permettaient le luxe d'une grasse matinée. Avant quatre heures s'allumèrent les premières lampes au rez-de-chaussée de l'hôtel, peu après sortirent deux employés. Ils fumèrent une cigarette devant la porte, en la cachant dans le creux de leurs mains, puis ils s'éloignèrent sans hâte. Le premier véhicule fut une espèce de camionnette ; il déversa sans s'approcher une bonne douzaine de jeunes femmes et repartit. Elles pénétrèrent à l'intérieur, les yeux bouffis de sommeil ; probablement la nouvelle équipe de serveuses. Ensuite apparut un triporteur. Il en descendit un individu maigre et mal rasé. Je le vis entrer dans les cuisines en traînant un grand panier en osier qui contenait quelque chose de lourd, que je ne réussis pas à distinguer à cause de la nuit et de la distance. Quand il eut fini, il se dirigea de nouveau vers son petit véhicule. Je l'abordai.

Je m'efforçai de nettoyer à l'aide d'un mouchoir la paille recouvrant le siège, en vain. Il régnait une odeur de fiente et partout il y avait des plumes, des coquilles d'œufs brisées et des restes d'excréments. Les œufs du petit déjeuner étaient servis aux clients soigneusement frits ou brouillés sur une assiette en porcelaine ornée d'un fil d'or. Leur mode de transport, depuis les poules pondeuses jusqu'aux cuisines, n'était pas aussi élégant. Je tentai d'oublier le cuir soyeux de la Bentley de Joao tandis que nous avancions bringuebalés par les cahotements du triporteur. J'étais assise à la droite du livreur d'œufs ; nous étions recroquevillés l'un et l'autre sur l'étroitesse d'un siège avant qui mesurait à peine cinquante centimètres. Malgré le contact physique, nous n'échangeâmes pas le moindre mot durant tout le trajet, sauf l'adresse que je fus obligée de lui indiquer.

– C'est ici, dit-il.

Je reconnus la façade.

– Cinquante escudos de plus si vous revenez me chercher dans deux heures.

Il n'eut pas besoin de parler pour confirmer son accord : il se contenta de toucher la visière de sa casquette.

Le portail était fermé, je m'assis sur un banc en pierre pour attendre le veilleur de nuit. Le chapeau enfoncé sur la tête et les revers de la veste encore remontés, je tuai le temps en enlevant une à une les pailles et les plumes accrochées à mes vêtements. Heureusement, je ne dus pas attendre trop longtemps : l'homme que j'attendais tarda moins d'un quart d'heure à arriver, brandissant un grand anneau rempli de clés. Il avala mon histoire biscornue de sac oublié et me laissa entrer. Je cherchai le nom sur la boîte aux lettres, grimpai l'escalier quatre à quatre et frappai à la porte à l'aide d'un heurtoir en bronze plus grand que ma propre main.

Ils se réveillèrent vite. J'entendis d'abord le pas lent de quelqu'un traînant une paire de vieilles pantoufles. Le judas s'ouvrit, je découvris de l'autre côté un œil noir, chassieux et surpris. Ensuite me parvinrent des bruits de pas plus dynamiques. Et des voix, des voix basses et précipitées. Bien qu'elles fussent amorties par la solide porte en bois, j'en reconnus une. Celle que je cherchais. J'en eus la confirmation quand un nouvel œil, bleu et vif, apparut derrière le judas.

– Rosalinda, c'est moi, Sira. Ouvre-moi, je t'en prie !

Le claquement d'un verrou. Un autre.

Les retrouvailles furent désordonnées, remplies d'une joie contenue et de mille chuchotements.

– *What a marvellous surprise !* Mais qu'est-ce que tu fais là, au milieu de la *noite*, *my dear* ? On m'avait prévenue que tu viendrais à Lisbonne et que je ne pourrais pas te voir. Comment ça se passe à Madrid? Comment tu vas?

Mon bonheur était lui aussi immense, mais la peur reprit ses droits.

– Chuuuuuuut! dis-je en essayant de la calmer.

Elle ne m'écouta pas et poursuivit sur le même mode enthousiaste. Tirée du lit en pleine nuit, elle restait aussi séduisante: l'ossature délicate et la peau transparente recouvertes d'un déshabillé en soie ivoire jusqu'aux pieds, la chevelure ondulante peut-être un peu plus courte, la bouche où se bousculaient des mots mêlant comme autrefois l'anglais, l'espagnol et le portugais.

La sentir aussi près de moi libérait d'innombrables questions en suspens. Qu'était-elle devenue durant ces longs mois depuis sa fuite précipitée d'Espagne, comment avait-elle réussi à s'en tirer, comment avait-elle surmonté la chute de Beigbeder? Son appartement respirait le luxe et le bien-être, mais je savais que la précarité de ses ressources financières l'empêchait de se payer ce genre de résidence. Je préférai ne pas demander. Pour durs qu'aient été les coups et obscures les circonstances, Rosalinda Fox irradiait de sa vitalité positive de toujours, de cet optimisme capable de renverser des montagnes, d'éviter tous les pièges et de ressusciter un mort si sa volonté le lui dictait.

Nous parcourûmes le long couloir en nous tenant par le bras, entre les chuchotements et les ombres. Nous atteignîmes sa chambre, elle referma la porte derrière elle, et le souvenir de Tétouan m'envahit alors telle une bouffée d'air africain. Le tapis berbère, une lanterne maure, les tableaux. Je reconnus une aquarelle de Bertuchi: les murs blanchis à la chaux de la médina, les paysannes du Rif vendant des oranges, un mulet chargé, des haïks et des djellabas et, au fond, le minaret d'une mosquée découpé sur le ciel marocain. Je détournai les yeux; ce n'était pas le bon moment pour la nostalgie.

– Il faut que je trouve Marcus Logan.

– Ça alors, quelle coïncidence ! Il est venu il y a quelques jours ; il voulait de tes nouvelles.

– Que lui as-tu dit ? demandai-je, alarmée.

– Juste la vérité, répondit-elle en levant la main, comme si elle prêtait serment. Que je t'avais aperçue pour la dernière fois l'année dernière à Tanger.

– Tu sais comment le retrouver ?

– Non. Il m'a promis qu'il repasserait par El Galgo, rien de plus.

– Qu'est-ce que c'est, El Galgo ?

– Mon club.

Elle me fit un clin d'œil en s'étendant sur son lit.

– Une affaire fantastique, que j'ai montée avec un ami, nous avons chacun cinquante pour cent. On s'en met plein les poches, conclut-elle dans un éclat de rire. Mais je te raconterai tout plus tard, nous allons nous occuper à présent de questions plus urgentes. J'ignore où est Marcus Logan, *darling*. Je ne connais ni son adresse ni son numéro de téléphone. Viens quand même t'asseoir à côté de moi et donne-moi les détails. Nous aurons peut-être une idée.

C'était la Rosalinda de toujours et je mesurai ma chance. Extravagante et imprévisible, mais également efficace, rapide et décidée, même en pleine nuit. Une fois surmontée la surprise initiale et après avoir compris l'objet précis de ma visite, elle ne perdit pas de temps à me poser des questions inutiles, à m'interroger sur ma vie à Madrid ou sur mes tâches au sein de ces services secrets auxquels j'appartenais grâce à elle.

Je résumai l'histoire de da Silva et ce que Marcus avait à voir avec elle. Installées toutes les deux sur son grand lit, nous n'étions éclairées que par la faible lumière diffusée par un abat-jour en soie plissée. Je n'ignorais pas que je contrevenais aux ordres formels de Hillgarth, qui m'interdisaient de contacter Rosalinda pour quelque motif que ce soit ; pourtant, je n'hésitai pas à lui révéler les tenants et les aboutissants de ma mission: j'avais en elle une confiance aveugle, et elle était mon seul recours. En outre, et d'une certaine façon, eux-mêmes avaient provoqué cette situation: ils m'avaient envoyée au Portugal, si vulnérable, tellement dépourvue de soutien, que je n'avais pas d'autre choix.

– J'aperçois très rarement Marcus: il débarque parfois au club, on s'est croisés par hasard au restaurant de l'hôtel Aviz et deux soirs, comme toi, au casino d'Estoril. Toujours charmant, mais un peu évasif au sujet de ses occupations. Il ne m'a jamais précisé à quoi il se consacre à l'heure actuelle, mais je doute fort qu'il s'agisse de journalisme. On se parle deux minutes quand on se rencontre, on se quitte tendrement en promettant de se voir plus souvent, mais on ne le fait jamais. Je n'ai pas la moindre idée de ce qu'il peut bien fricoter, *darling*. Ses affaires sont-elles propres ou doit-il les passer au lavage? Je ne sais même pas s'il habite en permanence Lisbonne, ou s'il fait des va-et-vient avec Londres ou ailleurs. Mais laisse-moi deux jours, que j'aie le temps de vérifier.

– On n'a plus le temps. Da Silva a déjà donné des instructions pour l'éliminer afin de laisser la voie libre aux Allemands. Il faut que je le prévienne le plus tôt possible.

– Fais attention, Sira. Peut-être qu'il s'est fourré dans un sale truc que tu ignores. Personne ne t'a parlé du genre de commerce qui le liait à da Silva. De nombreuses années se sont écoulées depuis le Maroc, nous ne connaissons plus rien de sa vie depuis lors et, à l'époque, on n'en connaissait pas non plus grand-chose.

– Mais il a réussi à ramener ma mère...

– Ça n'a été qu'un simple intermédiaire, et en plus il a exigé une contrepartie. Ce n'était pas désintéressé, rappelle-toi.

– Nous savions qu'il était journaliste...

– Nous le supposions. En réalité, nous n'avons jamais vu publiée la fameuse interview de Juan Luis, qui était censée être le motif de son voyage à Tétouan.

– Peut-être que...

– Ni le reportage sur le Maroc espagnol, qui avait justifié le prolongement de son séjour durant des semaines.

Il existait mille explications éventuelles, et il était sans doute facile de les trouver; mais je ne pouvais pas me permettre de perdre mon temps avec ça. L'Afrique, c'était le passé, le Portugal, le présent. Ce qui pressait se trouvait ici et maintenant.

– Il faut que tu m'aides, insistai-je en chassant les soupçons. Da Silva a déjà mis ses hommes en alerte, on doit au moins prévenir Marcus; il décidera lui-même de la suite des événements.

– Bien sûr, que je vais essayer de le localiser, *my dear*, ne t'inquiète pas. Je te demande seulement d'agir avec prudence et de prendre en compte le fait que nous avons tous beaucoup changé, qu'aucun de nous n'est plus ce qu'il a été un jour. Dans le Tétouan d'il y a quelques années, tu étais une jeune couturière, et moi la maîtresse heureuse d'un homme puissant; regarde ce que nous sommes devenues, regarde où nous en sommes et dans quelles conditions nous nous sommes revues. Il en est probablement de même pour Marcus, il a forcément changé, c'est la loi de la vie, et plus encore par les temps qui courent. Si on en savait peu à son sujet alors, on en sait encore moins à présent.

– Il se consacre aux affaires, d'après da Silva.

Elle reçut mon explication avec un rire ironique.

– Ne sois pas innocente, Sira. Le mot «affaires», de nos jours, ressemble à un grand parapluie noir sous lequel on cache n'importe quoi.

– Je ne dois pas lui venir en aide, par conséquent?

– Je ne veux pas dire ça. Je veux juste te conseiller la plus grande prudence; pas de risques excessifs: tu n'es même pas sûre de la personnalité exacte ni des activités de l'homme que tu essaies de protéger. La vie nous joue des tours bizarres, non? continua-t-elle avec un demi-sourire, en écartant de son visage sa sempiternelle mèche blonde. Il était fou de toi à Tétouan, et tu as refusé de t'engager avec lui, malgré votre attirance mutuelle. Et maintenant, après tout ce temps, tu es prête à être démasquée pour le protéger, à saboter ta mission, à autre chose, qui sait? Et tout ça dans un pays où tu es seule, sans presque aucune connaissance. Je ne comprends toujours pas une telle réticence de ta part à nouer une relation sérieuse avec Marcus. En tout cas, à voir tous les risques que tu prends pour lui, il a dû imprimer en toi une marque très profonde.

– Je te l'ai raconté cent fois. Je ne souhaitais pas une nouvelle relation, car mon histoire avec Ramiro était encore récente, mes blessures étaient toujours ouvertes.

– Mais le temps avait passé...

– Pas assez. J'étais paniquée à l'idée de souffrir de nouveau, Rosalinda, j'avais tellement peur. L'épisode Ramiro avait été si douloureux, si sanglant, si, si terrible... Marcus finirait par repartir tôt ou tard, je ne voulais pas revivre ça une seconde fois.

– Mais lui ne t'aurait jamais abandonnée comme ça. Il serait revenu à un moment ou à un autre, ou bien tu l'aurais peut-être accompagné...

– Non, Tétouan, ce n'était pas chez lui, en revanche, c'était chez moi, avec ma mère sur le point d'arriver, deux plaintes sur le dos et l'Espagne encore en guerre. J'étais en pleine confusion, meurtrie et toujours bouleversée par mes déboires précédents, anxieuse d'obtenir des nouvelles de ma mère et me construisant une fausse personnalité pour me bâtir une clientèle en terre étrangère. J'ai dressé un mur pour ne pas tomber éperdument amoureuse de Marcus, c'est vrai. Et il a quand même réussi à le franchir. Il s'est glissé à travers les failles et il m'a atteinte. Je n'ai plus aimé personne depuis lors, je ne me suis même pas sentie attirée par un autre homme. Son souvenir a servi à me rendre forte et à affronter la solitude, et je t'assure, Rosalinda, que j'ai été très seule durant tout ce temps-là. Et alors que je pensais ne plus jamais le revoir, la vie l'a replacé sur mon chemin au pire moment. Je ne prétends pas le récupérer ou tendre un pont entre le passé et le présent, je sais que c'est impossible dans ce monde de fous où nous vivons, mais si je peux au moins empêcher qu'on l'assassine à n'importe quel coin de rue, je dois essayer.

Elle remarqua sans doute le tremblement de ma voix, car elle me prit la main et la serra bien fort.

– Alors, occupons-nous du présent, dit-elle d'un ton ferme. Je commencerai à remuer mes contacts dès le début de la matinée. S'il est encore à Lisbonne, je le retrouverai.

– Je ne peux pas le voir, moi, et je ne souhaite pas non plus que tu lui parles. Utilise un intermédiaire, quelqu'un qui lui transmettra l'information sans citer ses sources. Il doit seulement savoir que da Silva, non content de l'éviter, a donné l'ordre de l'éliminer s'il se montre gênant. J'informerai Hillgarth sur les autres noms dès mon arrivée à Madrid. Ou, non, rectifiai-je, mieux vaut fournir tous les noms à Marcus. Inscris-les, je les connais par cœur. Qu'il se charge de faire courir le bruit, il les connaît sans doute tous.

Je me sentis alors envahie par une lassitude immense, presque aussi immense que l'angoisse qui me rongeait depuis mon rendez-vous avec Beatriz Oliveira, dans l'église de São Domingos. La journée avait été atroce : la neuvaine et ses suites, la rencontre postérieure avec da Silva et les efforts épuisants pour me faire inviter chez lui ; les longues heures d'insomnie, l'attente dans l'obscurité, à côté des poubelles de l'hôtel ; le voyage chaotique jusqu'à Lisbonne, collée au corps de ce marchand d'œufs malodorant. Je regardai ma montre. Plus qu'une demi-heure avant qu'il revienne me chercher dans son triporteur. Fermer les yeux et me pelotonner dans le lit défait de Rosalinda me parurent la plus appétissante des tentations, mais le moment était mal choisi pour dormir. Il fallait d'abord que mon amie me raconte sa vie; même si le récit était bref. Et si c'était notre ultime conversation?

– À toi, maintenant, vite; je ne veux pas repartir sans savoir quelque chose sur toi. Comment t'es-tu débrouillée pour quitter l'Espagne? Qu'est-ce qui s'est passé ensuite?

– Les premiers temps ont été durs, seule, sans argent, tenaillée par l'incertitude de la situation de Juan Luis à Madrid. Mais pas question de m'asseoir et de pleurer tout ce que j'avais perdu: j'étais obligée de gagner ma vie. C'était même amusant, parfois, j'ai vécu certaines scènes dignes des meilleurs films comiques: deux millionnaires décrépits m'ont demandée en mariage, et j'ai ébloui un officier supérieur nazi qui m'a juré qu'il était résolu à déserter si je m'enfuyais avec lui à Rio de Janeiro. C'était drôle de temps en temps; pas tellement le plus souvent, à vrai dire. J'ai croisé d'anciens admirateurs feignant de ne pas me reconnaître, de vieux amis qui me tournaient le dos; des personnes que j'avais aidées à l'occasion paraissaient soudain frappées d'amnésie, et des menteurs jouaient les pauvres de peur que je leur emprunte de l'argent. Mais ça n'a pas été le pire, malgré tout: le plus dur, ça a été l'absence de tout contact avec Juan Luis. D'abord, nous avons renoncé aux appels téléphoniques, quand il a découvert que nous étions sur écoute. Puis aux lettres. Ensuite il a été limogé et arrêté. Les dernières lettres ont été celles qu'il t'a remises et que tu as données à Hillgarth.

– Comment va-t-il, à présent?

Elle soupira avec force avant de répondre et écarta de nouveau les cheveux de son visage.

– Moyennement bien. On l'a expédié à Ronda. Ça a presque été un soulagement car il pensait qu'on l'accuserait de haute trahison envers la patrie. Finalement, il n'a pas été traduit devant un conseil de guerre, plus par intérêt que par pitié ; liquider de cette façon un ministre nommé un an auparavant aurait eu un impact très négatif sur la population espagnole et l'opinion internationale.

– Il est toujours à Ronda ?

– Oui, mais maintenant seulement assigné à domicile. Il habite à l'hôtel et il commence à jouir d'une certaine liberté de mouvement. Il envisage de nouveaux projets, tu sais qu'il ne tient pas en place, il a besoin d'être actif en permanence, de s'impliquer dans quelque chose d'intéressant, de concevoir et d'organiser. J'espère qu'il pourra bientôt venir à Lisbonne et ensuite, *we'll see*. Nous verrons bien, conclut-elle en esquissant un sourire mélancolique.

Je n'osai pas lui demander la nature de ces nouveaux projets après avoir été précipité dans le gouffre des dépossédés de la gloire. L'ex-ministre ami des Anglais comptait désormais bien peu dans cette nouvelle Espagne si tendre avec l'Axe ; il faudrait de grands changements pour que le pouvoir revienne frapper à sa porte.

Je consultai ma montre, il ne me restait que dix minutes.

– Parle-moi encore de toi, de la façon dont tu t'en es sortie.

– J'ai connu Dimitri, un Russe blanc réfugié à Paris après la révolution bolchevique. Nous sommes devenus amis et je l'ai convaincu de me prendre comme associée dans le club qu'il avait prévu d'ouvrir. Lui apporterait l'argent et moi la décoration et les contacts. El Galgo a été un succès dès le début, j'ai donc aussitôt commencé à chercher une maison pour pouvoir quitter la petite chambre où m'hébergeaient des amis polonais. Et j'ai trouvé cet appartement, si on peut appeler ainsi un logement de vingt-quatre chambres.

– Vingt-quatre chambres, c'est énorme !

– Je ne suis pas folle, j'avais l'intention d'en tirer profit, *obviously*. Lisbonne est plein d'expatriés avec peu de liquide qui ne peuvent pas se permettre un long séjour dans un hôtel.

– Ne me dis pas que tu as installé ici des chambres d'hôtes !

– Plus ou moins. Des hôtes élégants, des gens du monde que leur sophistication n'empêche pas d'être au bord de l'abîme. Je partage mon foyer avec eux, et eux leurs capitaux avec moi, dans la mesure du possible. Il n'y a pas de prix fixé : certains ont profité d'une chambre pendant deux semaines sans me payer le moindre escudo, et d'autres, pour une semaine d'hébergement, m'ont offert une rivière en diamants, un bracelet ou une broche de Lalique. Je ne présente de facture à personne : chacun contribue selon ses moyens. Les temps sont durs, *darling*, il faut survivre.

Il fallait survivre, en effet. Et pour moi la survie la plus immédiate consistait à regrimper dans un triporteur aux odeurs de poulailler et à rejoindre ma chambre de l'hôtel Do Parque avant le matin. J'aurais adoré poursuivre ma conversation avec Rosalinda jusqu'à la nuit des temps, étendue dans son grand lit, sans autre souci que sonner pour qu'on nous apporte le petit déjeuner. Mais l'heure de revenir à la réalité, aussi noire fût-elle, était arrivée. Rosalinda me raccompagna à la porte : avant de l'ouvrir, elle me serra dans ses bras, de toute la force de son corps gracile, et me souffla un conseil au creux de l'oreille :

– Je connais à peine Manuel da Silva, mais tout le monde à Lisbonne est au courant de sa réputation : un grand chef d'entreprise, séducteur et charmeur, mais d'une dureté glaciale, impitoyable avec ses adversaires et capable de vendre son âme pour une bonne affaire. Fais très attention, tu joues avec le feu sous le nez de quelqu'un de dangereux.

60

– Les serviettes propres, annonça la voix de l'autre côté de la porte de la salle de bains.

– Posez-les sur le lit, merci, criai-je.

Je n'avais pas demandé de serviettes et il était étonnant qu'on vienne les changer à cette heure de l'après-midi, mais j'imaginai un simple dysfonctionnement du service.

J'appliquai le mascara devant le miroir, achevant mon maquillage: il ne me restait plus qu'à m'habiller, Joao passerait me prendre dans une heure. J'étais en peignoir. J'avais commencé à me préparer tôt pour occuper les minutes et arrêter d'envisager un dénouement fatal à ma brève carrière, mais j'avais encore du temps devant moi. Je sortis de la salle de bains et nouai ma ceinture, hésitante: peut-être que j'attendrais un peu pour m'habiller; ou bien non. Je pouvais déjà enfiler mes bas, ou... Je le découvris alors, et tous les bas du monde cessèrent d'exister.

– Que fais-tu ici, Marcus? balbutiai-je sans en croire mes yeux.

On l'avait sans doute laissé entrer en apportant les serviettes. Je balayai la chambre du regard: il n'y avait aucune serviette nulle part. Il ne répondit pas à ma question. Il ne me salua pas non plus, ni ne se donna la peine de justifier l'audace de son irruption chez moi.

– Ne vois plus Manuel da Silva, Sira. Éloigne-toi de lui, je suis juste venu te prévenir.

Il parlait sur un ton catégorique. Il se tenait debout, le bras gauche appuyé sur le dossier d'un fauteuil. Vêtu d'un costume gris et d'une chemise blanche. Ni crispé ni détendu. Sobre, simplement. Comme s'il avait une obligation et la ferme volonté de ne pas s'y dérober.

Je fus incapable de lui répliquer : aucun mot ne parvint à ma bouche.

– J'ignore quel type de relation tu as noué avec lui, poursuivit-il, mais tu peux encore abandonner la partie. Va-t'en, retourne au Maroc...

– Maintenant je vis à Madrid, réussis-je enfin à articuler.

J'étais immobile sur le tapis, pieds nus, sans savoir que faire. Je me rappelai les dernières paroles de Rosalinda : sois prudente avec Marcus, tu ignores le monde qu'il fréquente et la nature de ses affaires. Je frissonnai. Peut-être que ça avait toujours été le cas. J'attendis qu'il continue de parler pour déterminer mon degré de sincérité à son égard : jusqu'à quel point je devais laisser ressortir la Sira qu'il connaissait, ou jouer le rôle de la distante Arish Agoriuq.

Il s'écarta du fauteuil et se rapprocha. Son visage était le même, ses yeux aussi. Le corps souple, la naissance des cheveux, la couleur de la peau, la forme de la mâchoire. Les épaules, les bras auxquels je m'étais accrochée si souvent, les mains qui avaient enserré mes doigts, la voix. Tout si proche, soudain ; et tellement étranger.

– Pars le plus vite possible, ne le revois pas, insista-t-il. Tu ne mérites pas ce genre de type. Je n'ai pas la moindre idée de la raison de ton changement de nom, ni de ta venue à Lisbonne, ni des motifs qui t'ont poussée à t'approcher de lui. Je ne sais pas non plus si tout s'est passé normalement dans votre relation, ou si quelqu'un t'a fourrée dans cette histoire, mais je t'assure...

– Il n'y a rien de sérieux entre nous. Je suis à Lisbonne dans le but d'effectuer des achats pour mon atelier. Quelqu'un de Madrid m'a mise en contact avec lui et nous nous sommes parfois rencontrés. Ce n'est qu'un ami.

– Non, Sira, ne te raconte pas d'histoires, me coupa-t-il sèchement. Manuel da Silva n'a pas d'amis. Il a des conquêtes, des connaissances et des adulateurs, et puis des relations professionnelles intéressées. Ces derniers temps, ces relations ne sont pas des plus convenables. Il est mêlé à des affaires troubles; on apprend du nouveau tous les jours, et tu ferais mieux de rester en marge de tout ça. Ce n'est pas un homme pour toi.

– Pour toi non plus, alors. Mais vous paraissiez être de bons amis, au casino...

– Nous sommes liés par des intérêts purement commerciaux. Ou plutôt nous l'étions. D'après les dernières nouvelles, il ne veut plus entendre parler de moi. Ni de moi ni d'aucun autre Anglais.

Je me sentis soulagée: ses paroles impliquaient que Rosalinda l'avait retrouvé et qu'elle lui avait fait passer mon message. Nous restions debout, face à face, mais la distance nous séparant s'était réduite à notre insu. Au début de notre conversation, nous nous tenions à deux extrémités de la pièce, tels deux lutteurs méfiants, en garde, redoutant la réaction de l'adversaire. Au fil des minutes nous nous étions rapprochés, jusqu'au milieu de la chambre, entre le lit et le bureau. À portée l'un de l'autre au moindre pas en avant supplémentaire.

– Je ferai attention à moi, ne t'inquiète pas. Dans le mot que tu m'as donné au casino, tu demandais ce qu'était devenue la Sira de Tétouan. Eh bien, tu vois: elle est plus forte. Et aussi plus sceptique et plus désenchantée. C'est à moi, maintenant, de te poser la même question, Marcus Logan: qu'est-il advenu du journaliste qui était arrivé brisé en Afrique, pour réaliser une interview du haut-commissaire qui n'a jamais...

Je ne pus achever ma phrase, je fus interrompue par des coups à la porte. Quelqu'un appelait de l'extérieur, à cette heure tardive et sans hésitation. Je m'accrochai instinctivement à son bras.

– Demande qui c'est, chuchota-t-il.

– Je suis Gamboa, l'assistant de M. da Silva. J'apporte quelque chose de sa part, répondit la voix depuis le couloir.

Marcus disparut à l'intérieur de la salle de bains en trois foulées silencieuses. Je m'approchai lentement de la porte, saisis la poignée et respirai un bon coup. J'ouvris, l'air naturel. Gamboa se tenait devant moi ; il transportait un objet léger et volumineux enveloppé dans du papier de soie. Je tendis les mains pour le prendre, mais il refusa de me le donner.

– Il vaut mieux que je les pose moi-même sur une surface plane, elles sont très délicates. Des orchidées, précisa-t-il.

J'hésitai deux secondes. Marcus était certes caché dans la salle de bains ; malgré tout, permettre à cet homme d'entrer présentait un risque ; à l'inverse, si je lui disais non, je paraîtrais suspecte. Et je ne désirais surtout pas éveiller des soupçons en ce moment.

– Allez-y, acquiesçai-je finalement. Déposez-les sur la table, s'il vous plaît.

Ce fut alors que je pris conscience du problème. J'aurais voulu que le sol s'ouvre sous mes pieds et m'avale tout entière. Absorbée d'un coup, disparue à jamais. Ainsi, je n'aurais pas eu à affronter les conséquences de ma découverte : au milieu de l'étroit secrétaire, entre le téléphone et une lampe dorée, trônait quelque chose d'incongru, d'immensément incongru, que nul n'aurait dû voir ici. Et encore moins l'homme de confiance de da Silva.

Je rectifiai aussi vite que je pus.

– Ou plutôt non, mettez-les là, sur le banc, au pied du lit.

Il m'obéit sans effectuer aucun commentaire, mais je sus que lui aussi l'avait remarqué. Bien sûr. Ce qu'il y avait sur le bois poli du secrétaire m'était si étranger, détonnait tellement dans une chambre occupée par une femme seule, qu'il avait forcément attiré son attention : le chapeau de Marcus.

Celui-ci sortit de sa cachette dès qu'il entendit la porte se refermer.

– Va-t'en, Marcus, va-t'en d'ici, répétai-je en essayant de deviner combien de temps il faudrait à Gamboa pour raconter à son chef ce qu'il venait de découvrir.

Si Marcus comprit le désastre que son chapeau serait susceptible de provoquer, il n'en montra rien.

– Cesse de t'inquiéter pour moi : je rentre à Madrid demain soir. C'est ma dernière journée ici.

– Tu pars vraiment demain ?

Il m'attrapa par les épaules. Malgré mon anxiété et ma peur, j'éprouvai une sensation oubliée depuis longtemps.

– Demain soir, oui, par le Lusitania Express.

– Et tu ne reviendras plus au Portugal ?

– Non, je n'en ai pas l'intention pour l'instant.

– Et au Maroc ?

– Non plus. Je resterai à Madrid. J'y ai mon atelier et ma vie.

Nous gardâmes le silence pendant quelques secondes. Nous pensions sans doute la même chose : quelle malchance que nos destins se soient de nouveau croisés dans une période aussi tumultueuse, quelle tristesse d'être obligés de se mentir ainsi !

– Fais très attention à toi.

J'acquiesçai sans un mot. Il tendit alors la main et parcourut lentement ma joue du bout du doigt.

– Quel malheur d'avoir été aussi timides à Tétouan, n'est-ce pas ?

Je me dressai sur la pointe des pieds et collai ma bouche sur son visage pour lui donner un baiser d'adieu. Quand ma peau frôla la sienne et que mon souffle pénétra dans son oreille, je lui murmurai la réponse :

– Un malheur total et absolu.

Il sortit sans un bruit et je restai là, en compagnie des orchidées les plus belles que j'avais jamais vues ; réprimant à grand-peine mon envie de courir après lui pour le serrer dans mes bras, tout en essayant d'évaluer les conséquences d'une telle folie.

61

En approchant, je constatai la présence de plusieurs voitures déjà garées en bon ordre sur un côté. Grandes, brillantes, sombres. Impressionnantes.

La propriété de da Silva était située à la campagne, pas très loin d'Estoril, mais à une distance suffisante pour que je ne puisse pas revenir par mes propres moyens. Je notai quelques indications : Guincho, Malveira, Colares, Sintra. Malgré tout, je n'avais pas la moindre idée de l'endroit où nous nous trouvions.

Joao freina en douceur et les pneus crissèrent sur le gravier. J'attendis qu'il m'ouvre la portière. Je sortis d'abord un pied, prudemment, puis le second. J'aperçus alors sa main tendue vers moi.

– Bienvenue à la Quinta da Fonte, Arish.

Je m'extirpai lentement du véhicule. Le lamé doré moulait ma silhouette, je portais dans les cheveux l'une des trois orchidées qu'il m'avait envoyées par l'intermédiaire de Gamboa. Où était ce dernier ? Je ne le vis pas en posant pied à terre.

La nuit exhalait un parfum d'orangers et de cyprès, la lumière dégagée par les lanternes de la façade nimbait les pierres de la grande bâtisse. En grimpant l'escalier du porche accrochée à son bras, je découvris de monumentales armoiries au-dessus de la porte d'entrée.

– L'emblème de la famille da Silva, je suppose.

Je savais que le grand-père tavernier ne pouvait guère avoir rêvé d'un blason, mais je crois qu'il fut insensible à mon ironie.

Les invités attendaient dans un vaste salon rempli de meubles massifs, avec une grande cheminée éteinte à une extrémité. L'atmosphère de la pièce était froide en dépit des bouquets de fleurs disséminés, froideur à laquelle contribuait le silence gêné des présents. Je les comptai rapidement. Deux, quatre, six, huit, dix. Dix personnes, cinq couples. Et da Silva. Et moi. Douze au total. Comme s'il lisait dans mes pensées, Manuel annonça :

– Il en manque encore un, un autre invité allemand qui ne tardera pas à arriver. Viens, Arish, je vais te présenter.

Pour le moment, la proportion était presque équilibrée : trois paires de Portugais et deux d'Allemands, plus celui qu'on attendait. La symétrie s'arrêtait là ; en effet, tout le reste était bizarrement hétéroclite. Les Allemands portaient des tenues foncées : sobres, discrètes, en harmonie avec le lieu et l'événement. Leurs épouses, sans faire preuve d'une élégance éblouissante, possédaient de la classe et de l'aisance. À l'inverse, les Portugais étaient d'une tout autre espèce. Les costumes masculins étaient, certes, de bonne qualité, mais celle-ci était gâchée par le manque de prestance de leurs propriétaires : des corps d'hommes de la campagne, aux jambes courtes, au cou épais et aux larges mains calleuses aux ongles cassés. Ils exhibaient tous les trois une paire de superbes stylos dans la poche supérieure de leur veste et, au moindre sourire, on distinguait dans leurs bouches l'éclat de plusieurs dents en or. Leurs femmes, vulgaires d'aspect elles aussi, s'efforçaient de garder l'équilibre sur de luisantes chaussures à talons hauts où tenaient à peine leurs pieds enflés ; l'une d'entre elles avait un chapeau cloche posé de guingois sur la tête ; de l'épaule de la seconde pendait une énorme étole en fourrure qui glissait sans arrêt ; la troisième s'essuyait la bouche du revers de la main chaque fois qu'elle mangeait un canapé.

Avant d'arriver, j'avais pensé, à tort, que Manuel m'avait invitée à sa fête pour me montrer à ses invités : un objet décoratif exotique, qui renforcerait son rôle de mâle puissant et occuperait les dames en parlant de mode ou en évoquant des anecdotes sur les hauts responsables allemands en Espagne. Je compris néanmoins que je m'étais trompée dès que je me rendis compte de l'atmosphère. Bien qu'il m'eût accueillie comme une invitée supplémentaire, da Silva m'avait amenée ici en qualité non de comparse mais de maîtresse de cérémonie, pour l'aider à manipuler cette faune particulière. Je devrais servir de point de jonction entre les Allemandes et les Portugaises ; tendre un pont sans lequel les membres des deux groupes auraient été incapables d'échanger autre chose que des regards durant toute la soirée. S'il avait des questions importantes à régler, ce dont il avait le moins envie autour de lui, c'était d'une bande de femmes s'ennuyant et de mauvaise humeur, souhaitant que leurs maris les sortent de là. Voilà pourquoi il me voulait, pour que je lui donne un coup de main. Je lui avais jeté le gant la veille et il l'avait ramassé : c'était du gagnant-gagnant.

Bien, Manuel, tu auras ce que tu voudras, pensai-je. J'espère que tu me le rendras. Et, pour que tout se déroule selon ses prévisions, je ravalai mes peurs en une boule compacte et arborai le visage le plus fascinant de ma fausse personnalité. Je fis feu de tous mes charmes supposés et répandis de la sympathie à profusion, en la distribuant de façon équitable entre les deux nationalités. Je complimentai le chapeau cloche et l'étole des femmes de la Beira, me risquai à une ou deux plaisanteries que tout le monde apprécia, me laissai frôler le postérieur par l'un des Portugais et exaltai les mérites du peuple allemand. Sans pudeur.

Jusqu'à ce qu'un nuage noir apparaisse à la porte.

– Excusez-moi, chers amis, déclara da Silva. Je veux vous présenter Johannes Bernhardt.

Il avait vieilli, grossi et perdu ses cheveux, mais c'était sans l'ombre d'un doute le Bernhardt de Tétouan. Celui qui parcourait souvent la rue du Generalísimo au bras d'une dame qui n'était pas là en ce moment. Celui qui avait négocié avec Serrano Súñer l'installation d'antennes allemandes sur le territoire marocain et décidé, en accord avec lui, de laisser Beigbeder en dehors de cette affaire. Celui qui n'avait jamais su que je les écoutais, couchée par terre, cachée derrière un sofa.

– Je suis désolé de ce retard. Notre automobile est tombée en panne et nous avons dû nous arrêter longuement à Elvas.

J'acceptai la coupe que me tendit un serveur en essayant de cacher mon désarroi. Je fouillai rapidement dans mes souvenirs : quand étais-je tombée sur lui la dernière fois ? Combien de fois nous étions-nous croisés dans la rue ? Pendant combien de temps l'avais-je vu ce soir-là, au haut-commissariat ? Lorsque Hillgarth m'avait annoncé l'installation de Bernhardt en Espagne, pour y diriger le grand consortium à la tête des intérêts nazis dans la Péninsule, je lui avais répondu qu'il ne me reconnaîtrait sans doute pas en cas de rencontre. À présent, néanmoins, je n'en étais plus aussi sûre.

Les présentations commencèrent et je tournai le dos tandis que les hommes conversaient, sous prétexte d'être charmeuse avec les dames. Le nouveau sujet était l'orchidée dans mes cheveux et, tandis que je pliais les jambes et bougeais la tête pour que toutes puissent l'admirer, je prêtai l'oreille dans l'espoir de capter une bribe d'information. J'enregistrai encore une fois les noms, de façon à être certaine de m'en souvenir : Weiss et Wolters étaient les Allemands que Bernhardt, tout juste arrivé d'Espagne, ne connaissait pas. Almeida, Rodrigues et Ribeiro, les Portugais. Des Portugais de la Beira, des hommes de la montagne. Propriétaires de mines ; non, plutôt de petits propriétaires de mauvaises terres où la Divine Providence avait placé des minerais. Des mines de quoi ? Je l'ignorais encore : je ne savais toujours pas à l'heure actuelle ce qu'était la fichue « bave de loup » mentionnée par Beatriz Oliveira dans l'église.

Ce fut alors que j'entendis enfin le mot que j'attendais: wolfram.

Du plus profond de ma mémoire, je ressortis précipitamment les données que Hillgarth m'avait fournies à Tanger: il s'agissait d'un minerai essentiel pour la fabrication de projectiles. Et, accrochée à ce souvenir, j'en rattrapai un autre: Bernhardt était impliqué dans son commerce à grande échelle. Il existait cependant une différence: Hillgarth n'avait évoqué que son intérêt pour des gisements en Galice et en Estrémadure; sans doute ne pouvait-il pas prévoir alors que ses tentacules franchiraient la frontière, parviendraient au Portugal et entameraient des négociations avec un chef d'entreprise félon, décidé à ne plus fournir les Anglais pour satisfaire la demande de leurs ennemis. Je sentis mes jambes trembler et je bus une gorgée de champagne. Manuel da Silva n'était pas mêlé à des affaires d'achat et de vente de soie, de bois ou de quelque autre produit colonial aussi inoffensif; son secteur était beaucoup plus dangereux et sinistre, il concernait un minerai qui servirait à renforcer l'armement des Allemands et à multiplier leur capacité de tuer.

Les invitées me tirèrent de ma méditation en réclamant mon attention. Elles souhaitaient s'informer de la provenance de la merveilleuse fleur fichée derrière mon oreille gauche, s'assurer qu'elle n'était pas artificielle, savoir comment on la cultivait: mille questions qui me laissaient totalement indifférente, mais auxquelles j'étais forcée de répondre. C'était une fleur tropicale, oui; vraiment naturelle, bien entendu; non, j'étais incapable de dire si la Beira serait un bon endroit pour les cultiver.

– Mesdames, permettez-moi de vous présenter le nouvel arrivant, interrompit de nouveau Manuel.

Je retins mon souffle; ce fut ensuite mon tour. La dernière.

– Et voici ma chère amie, Mlle Arish Agoriuq.

Il me regarda sans ciller. Une seconde, deux, trois.

– Nous nous connaissons?

Souris, Sira, souris.

– Je ne pense pas, dis-je en lui tendant la main droite avec langueur.

– À moins que vous ne vous soyez croisés quelque part à Madrid, intervint Manuel.

Par chance, il ne paraissait pas assez intime avec Bernhardt pour être au courant de son passé marocain.

– À l'Embassy, peut-être? suggérai-je.

– Non, non; j'habite très peu Madrid, dernièrement. Je voyage beaucoup et ma femme aime la mer; nous sommes donc installés à Denia, près de Valence. Votre visage m'est familier d'un autre endroit, mais...

Je fus sauvée par le maître d'hôtel. «Mesdames, messieurs, le dîner est servi.»

En l'absence de conjointe attitrée, da Silva se moqua du protocole et me plaça à un bout de table tandis que lui-même s'installait à l'autre. J'essayai de cacher mon inquiétude en comblant d'attention les invités, mais j'étais si angoissée que je mangeai à peine. À la frayeur provoquée par l'irruption de Gamboa dans ma chambre s'étaient ajoutées la venue imprévue de Bernhardt et la confirmation des sales affaires où était empêtré da Silva. Et, comme si cela ne suffisait pas, il fallait que je fasse bonne figure et joue à la maîtresse de maison.

Le potage arriva dans une soupière en argent, le vin dans des carafes en cristal, et les fruits de mer sur d'énormes plateaux pleins à ras bord. Je réalisai des prouesses pour être prévenante avec tout le monde à la fois. J'indiquai en cachette aux Portugaises les couverts à utiliser selon le moment du repas et j'échangeai des phrases avec les Allemandes: oui, bien sûr, je connaissais la baronne Stohrer; oui, et aussi Gloria von Fürstenberg; je savais évidemment que Horcher était sur le point d'ouvrir à Madrid. Le dîner se déroula donc sans incident et Bernhardt, par chance, m'avait oubliée.

– Mesdames, si cela ne vous ennuie pas, nous, les hommes, allons nous retirer pour discuter, déclara Manuel une fois les desserts servis.

Je me retenais en tordant la nappe entre mes doigts. C'était impossible, il ne pouvait pas me faire ça. J'avais rempli ma part du contrat, c'était maintenant à lui. J'avais fait plaisir à tous, je m'étais conduite comme l'hôtesse exemplaire que je n'étais pas et je méritais une compensation. À l'instant où on allait en venir au sujet qui m'intéressait, pas question de les laisser s'échapper. Heureusement que le vin avait arrosé les plats sans aucune modération : les esprits s'étaient détendus, surtout ceux des Portugais.

– Mais non, da Silva, Dieu du ciel ! s'écria l'un d'eux en lui donnant une tape sonore dans le dos. Ne soyez pas si vieux jeu, l'ami ! Dans le monde moderne de la capitale, les hommes et les femmes vont partout ensemble !

Manuel hésita quelques secondes : à l'évidence, il aurait préféré poursuivre la conversation en privé, mais ceux de la Beira ne lui laissèrent pas le choix : ils se levèrent bruyamment de table et se dirigèrent de nouveau vers le salon, égayés. L'un d'eux passa un bras autour des épaules de da Silva, un autre m'offrit le sien. Ils paraissaient euphoriques, une fois surmontée la timidité initiale d'être reçus dans la grande demeure d'un homme fortuné. Ce soir-là, ils allaient conclure une affaire qui claquerait la porte à la misère pour eux, pour leurs enfants et les enfants de leurs enfants ; ils n'avaient aucune raison d'agir dans le dos de leurs épouses.

On servit du café, des liqueurs, du tabac et des chocolats ; je me rappelai que c'était Beatriz Oliveira qui s'était chargée de leur achat. Comme de celui des bouquets de fleurs, raffinés, sans ostentation. Elle avait peut-être choisi aussi mes orchidées, et j'eus un nouveau frisson en me rappelant la visite inattendue de Marcus. Un double frisson. De tendresse et de gratitude à son égard, pour s'inquiéter autant pour moi ; de peur, encore une fois, à cause de l'incident du chapeau. Gamboa brillait toujours par son absence; avec un peu de chance il dînait chez lui, écoutant les plaintes de son épouse au sujet du prix de la viande et oubliant qu'il avait détecté la présence d'un intrus dans la chambre de l'étrangère courtisée par son patron.

Si Manuel n'avait pas réussi à nous répartir dans des pièces différentes, il parvint au moins à nous faire asseoir dans des endroits séparés: les hommes à une extrémité de la vaste salle, dans des fauteuils en cuir face à la cheminée; les femmes près d'une grande baie donnant sur le jardin.

Ils commencèrent à parler tandis que nous vantions la qualité des chocolats. Les Allemands engagèrent la discussion sur un ton modéré, et je m'efforçai d'aiguiser mon ouïe et de noter mentalement tout ce que je pouvais entendre de loin. Puits, concessions, licences, tonnes. Les Portugais soulevaient des difficultés et des objections, haussaient la voix, parlaient de plus en plus vite. Les premiers essayaient sans doute d'en tirer un maximum, et les natifs de la Beira, rudes montagnards habitués à se méfier de tout le monde, y compris de leur propre père, n'étaient pas disposés à se laisser acheter à n'importe quel prix. Par chance pour moi, l'ambiance s'échauffa. Les voix étaient à présent parfaitement audibles, parfois même tonitruantes. Et mon cerveau, telle une machine, enregistrait tous leurs propos. Sans avoir une idée complète de l'ensemble de la négociation, j'absorbais une grande quantité de données éparses. Galeries, paniers et camions, perforations, wagonnets. Wolfram libre et wolfram contrôlé. Wolfram de qualité, sans quartz ni pyrites. Impôts sur les exportations. Six cent mille escudos la tonne, trois mille tonnes par an. Billets à ordre, lingots d'or et compte à Zurich. J'obtins quelques séquences bien juteuses, des tranches complètes d'information. Par exemple, que da Silva tirait habilement les ficelles, depuis des semaines, pour réunir les principaux propriétaires de gisements afin qu'ils donnent tous l'exclusivité aux Allemands ; ou bien que, si tout marchait selon les prévisions, en moins de deux semaines ils bloqueraient d'un coup et tous ensemble les ventes aux Anglais.

Les sommes d'argent évoquées me permirent de comprendre l'allure de nouveaux riches des Portugais et de leurs épouses. Cette exploitation du wolfram transformait d'humbles paysans en de prospères et oisifs propriétaires : les stylos, les dents en or et les étoles de fourrure n'étaient qu'un modeste échantillon de tout ce qu'ils obtiendraient, à condition de laisser les Allemands libres de perforer leurs terres.

La nuit avançait, et mes craintes augmentaient à mesure que je prenais conscience de la portée réelle de toute l'affaire. Ce que j'entendais était si secret, si atroce et si compromettant que je n'osais imaginer les conséquences, pour moi, au cas où Manuel da Silva apprendrait qui j'étais et qui m'employait. La discussion entre les hommes se prolongea pendant près de deux heures ; celle des femmes, à l'inverse, s'étiola rapidement. Chaque fois que la négociation se bloquait sur un point sans apporter rien de nouveau, je me concentrais sur les épouses, mais il y avait longtemps que les Portugaises ne faisaient plus attention à moi et à mes efforts pour les occuper : elles dodelinaient de la tête, incapables de lutter contre le sommeil. Habituées à la dure vie campagnarde, elles se couchaient sans doute au crépuscule et se levaient à l'aube pour donner à manger aux animaux et travailler dans les champs et dans la cuisine : cette longue veillée accompagnée de vin, de chocolats et d'opulence dépassait largement ce qu'elles pouvaient supporter. Je me tournai donc vers les Allemandes, mais elles n'étaient guère communicatives, elles non plus : une fois épuisée la liste des lieux communs, nous manquions d'affinités et de capacités linguistiques pour entretenir une conversation animée.

Je me retrouvai sans auditoire ni ressource : mon rôle d'hôtesse auxiliaire s'estompait, néanmoins je devais le maintenir encore un peu en vie, tout en restant aux aguets et en absorbant de l'information. Soudain, au fond, du côté masculin du salon, retentit un grand éclat de rire collectif. Puis vinrent des tapements de mains, des accolades et des félicitations. L'affaire était conclue.

62

– Wagon de première classe, compartiment numéro 8.

– Tu es sûre ?

Je lui montrai le billet.

– Parfait. Je t'accompagne.

– Ce n'est pas la peine, vraiment.

Il ne m'écouta pas.

Aux valises, avec lesquelles j'étais arrivée à Lisbonne, s'étaient ajoutés plusieurs cartons à chapeau et deux grands sacs de voyage remplis de babioles. Tout avait été expédié à l'avance, depuis l'hôtel. Le restant des achats destinés à l'atelier suivrait au cours des jours suivants, envoyé directement par les fournisseurs. J'avais juste une mallette en guise de bagage à main, contenant tout le nécessaire pour la nuit. Et quelque chose d'autre : le cahier à dessin rempli d'informations.

Manuel insista pour porter la mallette dès qu'il fut descendu de voiture.

– Elle ne pèse presque rien, merci beaucoup, dis-je en essayant de ne pas m'en séparer.

Je perdis la bataille avant même de la commencer, je savais que c'était inutile. Nous entrâmes dans le hall comme le couple le plus élégant de la soirée : moi enveloppée dans toute ma sophistication et lui transportant, à son insu, les preuves de sa trahison. La gare de Santa

Apolonia, avec ses allures de grande demeure patrimoniale, accueillait les voyageurs nocturnes à destination de Madrid. Des couples, des familles, des amis, des hommes seuls. Certains semblaient partir avec la froideur ou le détachement de celui qui quitte un lieu indifférent ; d'autres, au contraire, se répandaient en larmes, étreintes, soupirs et promesses d'avenir peut-être vaines. Je n'appartenais à aucune de ces deux catégories : ni les insensibles ni les sentimentaux. Ma nature était tout autre : j'étais de ceux qui fuyaient, de ceux qui aspiraient à mettre de la distance, à secouer la poussière de leurs semelles et à oublier à jamais ce qu'ils laissaient derrière eux.

J'avais passé la plus grande partie de la journée dans ma chambre, préparant mon voyage. En principe. J'avais décroché mes vêtements des cintres, vidé les tiroirs et tout rangé dans les valises, en effet. Mais tout cela ne m'avait pas pris tellement de temps ; la plupart de ces heures d'enfermement, je les avais consacrées à une activité plus importante : transférer en milliers de points tracés au crayon toute l'information recueillie dans la propriété de da Silva. Ce fut une tâche interminable. Je commençai dès mon retour à l'hôtel, au petit matin, quand je conservais encore frais dans mon esprit tout ce que j'avais entendu ; il y avait tant de détails qu'une bonne part risquait de se diluer dans l'oubli si je ne les notais pas tout de suite. Je dormis trois ou quatre heures à peine. Je me réveillai et me remis aussitôt au travail. Pendant toute la matinée et le début de l'après-midi, donnée après donnée, note après note, je vidai ma tête sur les pages du cahier en rédigeant une quantité impressionnante de messages brefs et rigoureux. Le résultat se composait de plus d'une quarantaine de prétendus patrons remplis de noms, de chiffres, de dates de lieux et d'opérations, rassemblés dans l'innocent cahier à dessin. Des modèles de manches, de poignets et de dos, de gros-grains, de ceintures et de devants, des parties de vêtements qui ne seraient jamais cousus, renfermaient les secrets d'une macabre transaction commerciale, visant à favoriser l'offensive triomphale des troupes allemandes.

Le téléphone sonna au milieu de la matinée. Je sursautai, si fort que l'un des traits télégraphiques que j'inscrivais à cet instant précis se transforma en un griffonnage qu'il me fallut ensuite effacer.

– Arish ? Bonjour, c'est moi, Manuel. J'espère que je ne t'ai pas tirée du lit.

J'étais bien réveillée : douchée, occupée et vigilante ; je travaillais depuis plusieurs heures mais je déformai ma voix pour avoir l'air somnolente. En aucun cas je ne devais lui laisser deviner que les choses vues et entendues la veille au soir avaient déclenché une activité frénétique chez moi.

– Ne t'inquiète pas, j'imagine qu'il est très tard, mentis-je.

– Presque midi. Je t'appelais juste pour te remercier d'avoir assisté à ma réunion d'hier soir et de t'être conduite comme tu l'as fait avec les épouses de mes amis.

– Je t'en prie. Ça a été une soirée très agréable pour moi aussi.

– Bien vrai ? Tu ne t'es pas ennuyée ? Je regrette maintenant de ne pas m'être davantage occupé de toi.

Prudence, Sira, prudence. Il est en train de te tester, me dis-je. Gamboa, Marcus, le chapeau oublié, Bernhardt, le wolfram, la Beira, tout s'accumulait dans ma tête avec la froideur d'un cristal de glace, tandis que je m'efforçais d'adopter une voix désinvolte et encore ensommeillée.

– Manuel, sois sans crainte, vraiment. Je me suis bien amusée en bavardant avec les épouses de tes amis.

– Entendu, et qu'as-tu prévu pour ton dernier jour au Portugal ?

– Rien de particulier. Prendre un bon bain, d'abord, et ensuite préparer mes bagages. Je ne pense pas sortir de l'hôtel de toute la journée.

J'espérais qu'il serait satisfait de cette réponse. Si Gamboa l'avait informé, et s'il supposait que je fréquentais un homme derrière son dos, ma présence prolongée entre les murs de l'hôtel dissiperait peut-être ses soupçons. Bien entendu, il ne se contenterait pas de mes paroles : il ferait surveiller ma chambre et sans doute contrôler mes appels téléphoniques, mais, à l'exception de lui-même, je n'avais l'intention de parler à personne d'autre. Je me conduirais comme une fille sage : je ne bougerais pas de l'hôtel, je n'utiliserais pas le téléphone et je ne recevrais aucune visite. Je me laisserais voir seule et morose au restaurant, à la réception et dans les salons et, à l'heure du départ, je m'en irais sous les yeux des clients et du personnel, seulement accompagnée de mes bagages. Ou du moins était-ce ce que j'avais envisagé, jusqu'à ce qu'il me fasse une autre proposition.

– Tu mérites de te reposer, bien sûr que oui. Mais je ne veux pas que tu partes sans t'avoir dit adieu. Je vais te conduire à la gare. À quelle heure part ton train ?

– À dix heures, répondis-je, en maudissant la perspective de le revoir.

– Je passerai donc à ton hôtel vers neuf heures, d'accord ? J'aurais voulu avant, mais je vais être très occupé pendant toute la journée...

– C'est parfait, Manuel, ne t'inquiète pas, moi aussi j'aurai besoin de temps pour ranger mes affaires. J'expédierai mes bagages à la gare au milieu de l'après-midi, ensuite je t'attendrai.

– À neuf heures, alors.

– Je serai prête.

Au lieu de la Bentley de Joao, je découvris une Aston Martin décapotable flambant neuf. Je sentis un nœud d'angoisse en constatant l'absence du vieux chauffeur : j'éprouvais un sentiment d'insécurité et de rejet à l'idée de me retrouver seule avec Manuel. Ce n'était apparemment pas son cas.

Je n'observai aucun changement dans son attitude à mon égard, ni la moindre trace de soupçon; il se comporta comme toujours, prévenant, sympathique et séducteur, comme si la totalité de son monde tournait autour de ces magnifiques rouleaux de soie de Macao, et qu'il n'avait rien à voir avec la sinistre noirceur des mines de wolfram. Nous parcourûmes une dernière fois la Estrada Marginal, traversâmes rapidement les rues de Lisbonne en faisant se retourner les têtes des passants. Nous gagnâmes le quai vingt minutes avant le départ, il insista pour grimper avec moi dans le train et m'accompagner jusqu'au compartiment, le long du couloir, moi devant et lui derrière, à un pas à peine de mon dos, transportant ma petite mallette dans laquelle les preuves de sa sordide déloyauté étaient mêlées à d'innocents produits de soins, des cosmétiques et de la lingerie.

– Numéro 8, je crois que c'est ici, déclarai-je.

À travers la porte ouverte, on découvrait un compartiment élégant et d'une netteté impeccable. Des murs recouverts de bois, des rideaux ouverts, le siège à sa place et le lit non encore préparé.

– Ma chère Arish, le moment est arrivé de nous dire adieu, dit-il en posant la mallette par terre. Ça a été un véritable plaisir de te connaître, j'aurai du mal à m'habituer à ton absence.

Son affection paraissait sincère; peut-être m'étais-je trompée au sujet de Gamboa, peut-être mes inquiétudes étaient-elles excessives. S'il n'avait rien révélé à son patron, ce dernier me conservait toute son amitié.

– J'ai vécu un séjour inoubliable, Manuel, grâce à toi. Je ne pouvais pas rêver meilleure visite, mes clientes seront impressionnées. Tu as tout rendu tellement facile et agréable que je ne sais comment te remercier.

Je lui tendis mes mains; il les prit et les conserva entre les siennes. En échange il reçut le plus éblouissant de mes sourires, un sourire derrière lequel se cachait une envie immense de voir se baisser le rideau de cette farce.

Le chef de gare allait bientôt siffler et donner le signal du départ, et le Lusitania Express commencerait à rouler sur les rails, s'éloignant de l'Atlantique en direction du centre de la Péninsule. Manuel da Silva et ses macabres affaires resteraient à jamais derrière moi, de même que le tumultueux Lisbonne et son univers cosmopolite.

Les derniers voyageurs se hâtant de monter dans le train, nous étions sans arrêt obligés de leur céder le passage en nous appuyant contre les murs du couloir.

– Il vaut mieux que tu t'en ailles, Manuel.

– Je crois que tu as raison, je dois partir.

Le moment était venu d'en finir avec cette comédie du départ, d'entrer dans mon compartiment et de récupérer mon intimité. Il fallait juste qu'il disparaisse, tout le reste était d'ores et déjà en ordre. Alors, à ma grande surprise, je sentis sa main gauche sur ma nuque, son bras droit enroulé autour de mes épaules, la saveur chaude et étrangère de sa bouche sur la mienne, et un frisson me parcourant le corps de la tête aux pieds. Ce fut un baiser intense ; un baiser puissant et long qui me laissa confuse, désarmée et sans capacité de réaction.

– Bon voyage, Arish.

Je fus incapable de répondre, il ne m'en donna pas le temps. Avant que j'aie trouvé les mots, il s'était enfui.

63

Je me laissai choir sur mon siège tandis que les événements des derniers jours repassaient dans ma tête comme sur un écran de cinéma. Je me rappelai les séquences et les décors, et me demandai combien de personnages de ce film bizarre recroiseraient ma vie, quels étaient ceux que je ne reverrais jamais. Je récapitulai les dénouements des divers épisodes : quelques-uns heureux, la majorité inaboutis. Et alors que la pellicule était sur le point de s'achever, la dernière scène : le baiser de Manuel da Silva. Je conservais encore son goût dans la bouche, mais je me sentais incapable d'y accoler un adjectif. Spontané, passionné, cynique, sensuel. Tous convenaient peut-être ; ou bien aucun.

Je me redressai sur mon siège et regardai à travers la vitre, désormais bercée par le doux balancement du train. Les dernières lumières de Lisbonne s'estompèrent sous mes yeux, de moins en moins denses, s'espaçant, diffuses, jusqu'à ce que le paysage devienne totalement obscur. Je me levai, j'avais besoin de m'aérer. C'était l'heure de dîner.

Le wagon-restaurant était presque plein. Rempli de gens, d'odeurs de nourriture, de bruits de couverts et de conversations. Il ne leur fallut que quelques secondes pour m'installer ; je choisis le menu et commandai du vin pour fêter ma liberté. Dans l'attente d'être servie, je tuai le temps en imaginant la réaction de Hillgarth quand il apprendrait les résultats de ma mission. Il n'avait sans doute pas prévu un tel succès.

Le vin et le repas arrivèrent à la table, mais j'avais déjà compris que ce dîner ne serait pas agréable. Le sort voulut qu'on place à côté de moi deux individus grossiers, qui ne cessèrent de me jeter des regards graveleux dès que je fus assise. Deux lourdauds qui juraient avec l'ambiance sereine de notre environnement. Sur leur table, ils avaient deux bouteilles de vin et une multitude de plats qu'ils dévoraient comme si c'était leur dernier repas. J'appréciai à peine la *bacalhau à brás* ; la nappe en fil, le verre en cristal et la cérémonieuse diligence des serveurs passèrent rapidement au second plan. Je souhaitais avant tout finir d'avaler mon dîner au plus vite pour me réfugier dans mon compartiment et me débarrasser de cette repoussante compagnie.

Les rideaux avaient été tirés et le lit préparé ; tout était disposé pour la nuit. Le train allait bientôt devenir calme et silencieux ; sans presque nous en rendre compte, nous quitterions le Portugal et franchirions la frontière. Je pris conscience alors du retard de sommeil accumulé : la veille, j'avais presque passé une nuit blanche à recopier des messages et l'avant-veille j'avais rendu visite à Rosalinda. Mon pauvre corps avait besoin d'un peu de repos, je décidai donc de me coucher tout de suite.

J'ouvris mon bagage à main, mais je n'eus pas le temps d'en sortir quoi que ce soit car on frappa à la porte.

– Billets, entendis-je.

C'était le contrôleur. Je découvris cependant qu'il n'était pas seul dans le couloir. Derrière le consciencieux employé des chemins de fer, à quelques mètres de distance, je distinguai deux ombres bringuebalant au rythme des mouvements du train. Deux ombres uniques : mes deux importuns du dîner.

Je poussai le verrou dès que le contrôleur eut fini sa formalité, avec la ferme intention de ne plus rouvrir avant d'arriver à Madrid. Après la difficile expérience de Lisbonne, ce que je souhaitais le moins au monde, c'était d'avoir à endurer les impertinences de deux voyageurs durant la nuit. Je me préparai donc à dormir, je me sentais épuisée mentalement et physiquement, j'avais besoin de tout oublier, ne serait-ce que quelques heures.

Je commençai à tirer du nécessaire la brosse à dents, l'étui à savon, la crème de nuit. Peu après je remarquai que le train ralentissait ; nous approchions d'une gare, la première du voyage. J'écartai le rideau. « Entroncamento », lus-je.

À peine quelques secondes de plus et l'on frappait de nouveau. Avec force, avec insistance. Ce n'était pas la façon d'appeler du contrôleur. Je restai immobile, le dos collé à la porte, bien décidée à ne pas répondre. C'étaient sans doute les individus du wagon-restaurant et je n'avais pas la moindre intention de leur ouvrir.

Mais on frappa encore ; de plus en plus fort. J'entendis alors mon nom. Et je reconnus la voix. Je tirai le verrou.

– Il faut que tu descendes du train. Da Silva a deux hommes à lui à l'intérieur. Ils sont après toi.

– Le chapeau?

– Le chapeau.

64

La panique se mêla à une irrépressible envie de rire. Un rire amer et sinistre. Les sensations sont étranges, et trompeuses. Un simple baiser de Manuel da Silva avait fait chanceler mes certitudes sur sa noirceur morale et, à peine une heure plus tard, je découvrais qu'il avait donné l'ordre de me supprimer et de balancer mon corps dans la nuit par la fenêtre d'un train. Le baiser de Judas.

– Ne prends rien, juste tes papiers, s'exclama Marcus. Tu récupéreras tout à Madrid.

– Il y a quelque chose que je ne peux pas laisser.

– Non, Sira, tu n'as pas le temps, le train va repartir. Si on ne se dépêche pas, on va être obligés de sauter en marche.

– Une seconde...

Je m'approchai de la mallette, l'ouvris, en tirai le contenu à pleines mains. La chemise de nuit en soie, une pantoufle, la brosse à cheveux, une bouteille d'eau de Cologne: tout fut violemment répandu sur la couchette et par terre, jusqu'à ce que je trouve ce que j'y cherchais, au fond: le cahier avec les faux patrons, la preuve millimétriquement pointillée de la trahison de Manuel da Silva envers les Britanniques. Je le serrai de toutes mes forces contre ma poitrine.

– Allons-y, dis-je en saisissant mon sac de l'autre main. Impossible de l'abandonner, il contenait mon passeport.

Nous sortîmes dans le couloir au moment où le sifflet retentissait ; quand nous atteignîmes la porte, la locomotive avait déjà répondu au signal et le train commençait à se mettre en mouvement. Marcus descendit le premier, je lançai sur le quai le cahier, le sac et mes chaussures ; je me serais cassé une cheville en touchant le sol si je les avais gardées aux pieds. Puis il me tendit la main, je l'attrapai et sautai.

Les cris furibonds du chef de gare ne tardèrent pas à se faire entendre : nous le vîmes courir vers nous tout en effectuant de grands moulinets des bras. Deux cheminots apparurent, alertés par ses vociférations ; pendant ce temps le train, indifférent à ce qui se passait derrière lui, prenait de la vitesse.

– Allez, Sira, il faut partir d'ici, me pressa Marcus.

Il ramassa une de mes chaussures et me la donna, puis la seconde. Je les gardai en main sans les enfiler ; mon attention était attirée par les employés qui nous avaient rejoints et commentaient l'incident, tandis que le chef de gare, très en colère, nous reprochait notre comportement en hurlant et gesticulant. Deux mendiants s'approchèrent, curieux et, quelques secondes plus tard, la patronne du buffet et un serveur demandant ce qui était arrivé.

Au milieu de ce charivari, nous entendîmes les roues du train freiner dans un grincement strident.

Tout le quai se retrouva soudain muet et immobile, comme recouvert d'un manteau de silence, tandis que les roues crissaient sur les rails avec un son aigu et prolongé.

Marcus fut le premier à réagir, d'une voix plus grave, plus impérieuse :

– Ils ont tiré sur la sonnette d'alarme. Ils ont compris que nous avions sauté. Sira, on n'a plus une minute à perdre.

Le groupe entier se remit en mouvement, automatiquement. Il y eut de nouveau des braillements, des ordres, des pas désordonnés et des gestes furieux.

– Nous ne pouvons pas nous en aller, répliquai-je en me retournant, en même temps que je balayais le sol du regard. Je ne retrouve pas mon cahier.

– Oublie ton maudit cahier, Sira! Ils te pourchassent, ils ont reçu l'ordre de te tuer!

Il m'avait agrippée par le bras et il tirait dessus, décidé à m'entraîner au loin, même par la force.

– Tu ne comprends pas, Marcus, on ne peut pas le laisser là, insistai-je. – Soudain, je distinguai une forme. – Il est ici, ici! m'écriai-je en essayant de me dégager tout en montrant quelque chose au milieu de l'obscurité. Ici, sur la voie!

Le couinement des freins diminua et le train finit par s'arrêter, avec une multitude de têtes penchées aux fenêtres. Les voix et les cris des passagers s'ajoutèrent à la cacophonie des cheminots. Soudain, nous les aperçûmes. Deux ombres se détachant d'un wagon et courant vers nous.

Je calculai la distance et le temps. Je pourrais encore descendre et ramasser le cahier, mais j'aurais du mal à regrimper sur le quai: la hauteur était considérable et mes jambes n'y parviendraient pas. Quoi qu'il en soit, je n'avais pas le choix: je devais récupérer les patrons à tout prix, j'étais obligée de rapporter à Madrid tout ce que j'avais retranscrit. Je sentis alors les bras de Marcus m'attraper par-derrière avec force. Il m'écarta du bord du quai et sauta sur la voie.

Dès que j'eus récupéré le cahier, nous nous lançâmes dans une course effrénée. Le long du quai, sur les dalles sonores du vestibule vide, à travers l'esplanade devant la gare. Jusqu'à l'automobile qui nous attendait. Fendant la nuit, la main dans la main, comme au bon vieux temps.

– Qu'as-tu donc de si important, dans ce fichu cahier, pour qu'on risque notre vie à cause de lui? demanda-t-il en essayant de reprendre son souffle tandis qu'il démarrait en trombe.

La respiration coupée, je m'agenouillai sur le siège et regardai derrière nous. Je distinguai les individus du train au milieu de la poussière soulevée par les roues de la voiture ; ils couraient à toute vitesse. Au début, nous n'étions séparés que par quelques mètres, mais la distance augmenta rapidement. Finalement, je les vis renoncer. L'un, d'abord, ralentissant ses mouvements jusqu'à rester arrêté, frappé de stupeur, jambes écartées et les mains sur la tête, comme ébahi par ce qui venait d'arriver. Le second résista quelques mètres supplémentaires mais il fut bientôt obligé d'imiter son collègue. Ma dernière vision fut celle de l'homme penché en avant et se tenant le ventre, vomissant tout ce qu'il avait ingurgité goulûment un moment avant.

Quand je fus certaine de leur avoir échappé, je m'assis de nouveau ; encore essoufflée, je répondis alors à la question de Marcus :

– Les plus beaux patrons que j'aie réalisés de toute ma vie.

65

– Gamboa s'est en effet douté de quelque chose quand il t'a apporté les orchidées ; il s'est caché dans un coin et il a attendu pour découvrir le propriétaire du chapeau posé sur le secrétaire. Il m'a vu sortir de la chambre. Il me connaît trop bien, je me suis rendu plusieurs fois dans les bureaux de l'entreprise. Il a ensuite essayé de transmettre l'information à da Silva, mais son chef a refusé de le recevoir ; il lui a dit qu'il était occupé par une affaire très importante et qu'ils se verraient dans la matinée. C'est ce qu'ils ont fait. Lorsque da Silva a su de quoi il s'agissait, il est devenu fou furieux, il l'a congédié et il s'est mis à l'œuvre.

– Comment as-tu appris tout ça?

– Gamboa lui-même est venu me voir cet après-midi. Il est perdu, il a une peur atroce et il cherche désespérément quelqu'un susceptible de le protéger. Il a sans doute estimé que les Anglais, avec lesquels il entretenait auparavant d'excellentes relations, pourraient l'aider. Il ignore dans quoi s'est fourré da Silva, car ce dernier le cache à tout le monde, y compris à ses hommes de confiance. J'ai tout de suite pensé à toi, je me suis dit que tu étais en danger. Aussitôt après avoir parlé avec Gamboa, je suis allé à ton hôtel, mais tu étais déjà partie. Je suis arrivé à la gare à l'instant où le train démarrait. Quand j'ai aperçu da Silva seul sur le quai, j'ai cru que tout était en ordre. Puis, à la dernière seconde, j'ai observé qu'il faisait un signe à deux hommes penchés à une fenêtre.

– Quel signe?

– Un huit. Avec cinq doigts d'une main et trois de l'autre.

– Le numéro de mon compartiment.

– L'unique détail qui leur manquait. Tout le reste était déjà décidé.

Je fus envahie par une sensation bizarre. De l'épouvante mêlée à du soulagement, de la faiblesse et de la colère. Peut-être le goût de la trahison. Mais je n'avais aucune raison de me sentir trahie. J'avais trompé Manuel par mon attitude à la fois naturelle et séductrice, et il m'avait rendu la pareille sans se salir les mains ni perdre une once d'élégance. Déloyauté pour déloyauté, rien de choquant à cela.

Nous parcourions des routes poussiéreuses et défoncées, truffées de nids-de-poule, nous traversions des villages endormis, des bourgades désolées et des terrains en friche. La nuit était sombre, il n'y avait même pas de lune; la seule lumière que nous distinguions était celle des phares de notre propre voiture se frayant un passage dans l'obscurité. Marcus pensait que les hommes de da Silva n'étaient pas restés dans la gare, qu'ils avaient peut-être trouvé un moyen de transport pour nous suivre. Il conduisait donc vite, sans jamais ralentir, comme si ces deux individus indésirables étaient encore collés à nos basques.

– Je suis presque sûr qu'ils ne se risqueront pas à pénétrer en Espagne. Ils se retrouveraient en territoire inconnu, un territoire où ils ne maîtrisent pas les règles de leur jeu un peu particulier. Mais pas question de baisser la garde avant d'avoir franchi la frontière.

Marcus aurait dû logiquement m'interroger sur les motifs de da Silva pour m'éliminer de façon aussi sordide, après m'avoir traitée avec tant d'égards. Il nous avait lui-même vus dîner et danser au casino, il savait que j'avais disposé de son automobile pour mes déplacements quotidiens et que j'avais reçu des cadeaux de lui à mon hôtel. Il attendait peut-être des éclaircissements sur la nature de mes relations avec lui, sur ce qui s'était passé entre nous, sur la raison qui avait poussé ce dernier à me supprimer alors que j'étais sur le point de quitter son pays et sa vie. Mais pas un seul mot ne sortit de ma bouche.

En revanche, Marcus continua à parler, sans cesser de se concentrer sur la route, lançant des remarques et des interprétations dans l'espoir que je daignerais enfin ajouter quelque chose.

– Da Silva t'a ouvert en grand les portes de chez lui et il t'a laissée assister à tout ce qui s'y est déroulé hier soir, et que j'ignore.

Je ne répondis pas.

– Et que tu ne sembles pas avoir l'intention de révéler.

C'était vrai, en effet.

– À présent, il est convaincu que tu agis pour le compte de quelqu'un; il soupçonne que tu n'es pas une simple couturière étrangère et que tu n'es pas apparue dans sa vie par hasard. Il croit que tu t'es rapprochée de lui pour fouiller dans ses affaires, mais il se trompe sur l'identité de ton employeur: depuis le mouchardage de Gamboa, il pense à tort que c'est moi. En tout cas, il préfère que tu la boucles. Et, si possible, à jamais.

Je restai muette; je préférai cacher mes pensées sous une attitude de feinte inconscience. Finalement, mon mutisme nous fut insupportable à l'un et à l'autre.

– Merci de m'avoir protégée, Marcus, murmurai-je alors.

Il ne fut pas dupe; je ne parvins pas plus à le tromper qu'à l'attendrir. Il ne fut pas ému par ma fausse candeur.

– Dans cette affaire, de quel côté es-tu, Sira? demanda-t-il lentement, sans quitter la route des yeux.

Je me tournai et contemplai son profil dans la pénombre. Le nez fin, le menton volontaire; la même détermination, la même assurance. Il ressemblait à l'homme de Tétouan. Mais était-il toujours cet homme?

– Et toi, Marcus, avec qui es-tu?

Sur le siège arrière, invisible mais proche, s'installa une passagère supplémentaire: la suspicion.

La frontière fut franchie après minuit. Marcus montra son passeport britannique et moi mon passeport marocain. Je vis qu'il l'avait remarqué, mais il ne posa aucune question. Pas la moindre trace des hommes de da Silva, seulement deux policiers somnolents et peu enclins à perdre leur temps avec nous.

– Nous devrions peut-être trouver un endroit où dormir maintenant que nous sommes en Espagne. On sait qu'ils ne nous ont pas suivis ou devancés. Je peux prendre un train demain et toi retourner à Lisbonne, proposai-je.

– Je préfère continuer jusqu'à Madrid, répondit-il entre ses dents.

Nous avancions sans croiser le moindre véhicule, absorbés dans nos pensées. La suspicion avait entraîné de la méfiance, et la méfiance, du silence: un silence tendu et douloureux. Un silence injuste. Marcus venait de me tirer du plus mauvais pas de ma vie et il conduirait toute la nuit pour me mener à bon port ; et moi, en guise de remerciement, je lui cachais mon visage, je le laissais en plein désarroi. Pourtant, je ne pouvais pas parler. Je ne devais encore rien lui dire, j'étais dans le doute depuis que Rosalinda m'avait ouvert les yeux lors de notre conversation nocturne. Ou peut-être que si. Peut-être pourrais-je lui confier quelques éléments. Un fragment de la nuit précédente, une bribe, une clé. Un détail qui nous serait utile à tous les deux : à lui, pour assouvir sa curiosité, du moins partiellement, et à moi en attendant de me faire une opinion.

Nous avions dépassé Badajoz et Mérida. Nous nous taisions depuis le poste-frontière, minés par une défiance réciproque, à travers un paysage de routes défoncées et de ponts romains.

– Tu te souviens de Bernhardt, Marcus ?

J'eus l'impression que les muscles de ses bras se tendaient et que ses doigts s'agrippaient plus fort au volant.

– Bien sûr que oui.

L'intérieur de l'automobile se remplit soudain d'images et d'odeurs de cette journée où tout avait changé entre nous. Un après-midi d'été marocain, mon appartement de Sidi Mandri, un prétendu journaliste m'attendant près du balcon. Le grouillement de la foule dans les rues de Tétouan, les jardins du haut-commissariat, la fanfare du khalife jouant des airs entraînants, des jasmins et des orangers, des galons et des uniformes. Rosalinda absente et un Beigbeder enthousiaste, grand seigneur, aveugle à ce qui tramait contre lui : cet homme reçu avec les honneurs, à qui on allait bientôt couper la tête et la faire rouler sur le sol. L'invité aux yeux de chat était entouré d'un groupe massif d'Allemands et je devais leur soutirer des informations à la demande de mon cavalier. Un autre temps, un autre pays et tout presque pareil, au fond. Presque.

– J'ai dîné hier soir avec lui, dans la propriété de da Silva. Ensuite ils ont discuté jusqu'au petit matin.

Il se retenait, il voulait en savoir plus, il lui fallait davantage de renseignements et de détails, mais il n'osait pas m'interroger, car il doutait encore de moi. La douce Sira n'était plus celle d'avant. Finalement, il n'y tint plus.

– Tu as entendu quelque chose ?

– Non, rien du tout. Tu as une idée, toi, de ce qu'ils peuvent avoir en commun ?

– Pas la moindre.

Je mentais, et il le savait. Il mentait, et je le savais. Néanmoins, aucun de nous deux n'était encore disposé à jouer cartes sur table ; pourtant, ce petit rappel du passé détendit l'atmosphère. Peut-être parce qu'il se référait à une époque où nous n'avions pas encore perdu toute notre innocence ; ou bien parce qu'il réintroduisit un peu de complicité entre nous, qu'il nous remémora le lien nous unissant par-dessus les mensonges et le remords.

Je m'efforçais d'être attentive à la route et lucide, mais la tension des derniers jours, le manque de sommeil et l'usure nerveuse provoquée par les péripéties de cette nuit m'avaient affaiblie à un tel point que je sentis une immense lassitude m'envahir. J'avais été trop longtemps sur la corde raide.

– Tu as sommeil ? me demanda-t-il. Viens, appuie-toi sur mon épaule.

J'entourai de mes bras son bras droit et me pelotonnai contre lui, pour me réchauffer.

– Dors. On n'en a plus pour très longtemps, chuchota-t-il.

Je tombai dans un puits obscur et agité dans lequel je revécus des scènes récentes et déformées. Des hommes qui me poursuivaient en brandissant un couteau, le baiser long et humide d'un serpent, les femmes des propriétaires miniers dansant sur une table, da Silva qui comptait sur ses doigts, Gamboa en pleurs, Marcus et moi lancés dans une course éperdue à travers les ruelles sombres de la médina de Tétouan.

J'ignore combien de temps dura mon somme.

– Réveille-toi, Sira. Nous arrivons à Madrid. Il faut que tu me dises où tu habites.

Sa voix toute proche me fit sortir de mon assoupissement. Je me rendis compte alors que j'étais encore collée à lui, accrochée à son bras. Je devrais produire un effort énorme pour redresser mon corps endormi et m'écarter. J'y allai tout doucement: mon cou était bloqué et mes articulations engourdies. Son épaule était sans doute endolorie, elle aussi, mais il ne s'en plaignit pas. Je jetai un coup d'œil à travers la vitre tout en essayant de me peigner avec les doigts. Le jour se levait sur Madrid. Quelques lumières restaient allumées. Rares, tristes. Je me rappelai Lisbonne et ses éclairages nocturnes flamboyants. Dans l'Espagne des restrictions et de la misère, on vivait pratiquement dans l'obscurité.

– Quelle heure est-il? demandai-je enfin.

– Presque sept heures. Tu as dormi un long moment.

– Tu dois être éreinté.

Je lui donnai mon adresse et le priai de se garer sur le trottoir d'en face, à quelques mètres. Il faisait jour et on apercevait les premiers passants. Les livreurs, deux domestiques, un employé, un garçon de café.

– Qu'est-ce que tu as prévu?

Tout en lui posant cette question, j'observai l'agitation naissante dans la rue.

– Prendre une chambre au Palace, pour le moment. Et dès que je me lèverai, expédier mon costume chez le teinturier et m'acheter une chemise. Je suis dégoûtant à cause des escarbilles.

– Mais tu as sauvé mon cahier...

– Est-ce que ça en valait la peine? Tu ne m'as pas encore dit ce qu'il contenait.

Je feignis de ne pas l'avoir entendu.

– Et après avoir enfilé des vêtements propres?

Je parlais sans le regarder, les yeux toujours fixés à l'extérieur de la voiture, attendant le bon moment pour continuer.

– J'irai au siège de ma société. Nous avons des bureaux ici, à Madrid.

– Et tu espères t'échapper aussi vite qu'à ton départ du Maroc?

Il répondit avec un demi-sourire.

– Je ne sais pas encore.

Ce fut alors que je vis sortir mon concierge en direction de la laiterie. La voie était libre.

– Au cas où tu songerais à t'esquiver, je t'invite chez moi pour le petit déjeuner, dis-je en ouvrant rapidement la portière.

Il essaya de me retenir par le bras.

– À condition de me révéler tes activités.

– Seulement quand j'aurai appris qui tu es.

Nous grimpâmes l'escalier la main dans la main, décidés à accepter une trêve. Sales et épuisés, mais vivants.

66

Sans ouvrir les yeux, je sus que Marcus n'était plus à côté de moi. De sa présence chez moi et dans mon lit, il ne restait pas la moindre trace visible. Ni un vêtement oublié ni un mot d'adieu: juste l'empreinte de son corps sur le mien. Mais j'étais sûre qu'il reviendrait. Tôt ou tard, au moment le plus imprévu, il réapparaîtrait.

J'aurais aimé repousser l'instant de me lever. D'une heure, pas plus, peut-être même qu'une demi-heure aurait suffi: le temps nécessaire pour me repasser tranquillement le film des derniers événements et, surtout, de la nuit précédente; ce que j'avais vécu, perçu, ressenti. Je voulais rester entre les draps et recréer chaque seconde des heures antérieures, mais ce fut impossible. Je devais reprendre ma marche en avant: mille obligations m'attendaient. Je pris donc une douche et sortis. On était samedi et malgré l'absence, ce jour-là, des jeunes filles et de doña Manuela, tout était prêt et bien en vue pour que je puisse me mettre au courant des tâches effectuées pendant mon absence. Tout paraissait avoir fonctionné à un bon rythme: des modèles étaient drapés sur les mannequins, des mesures étaient notées sur les cahiers, avec des étoffes et des découpes nouvelles, ainsi que des indications, tracées d'une écriture pointue, sur les personnes qui étaient venues, qui avaient appelé, et sur les problèmes à résoudre. Je n'eus cependant pas le temps de m'occuper de tout: lorsque midi sonna, j'avais encore bon nombre de questions à traiter, mais je fus obligée de les remettre à plus tard.

L'Embassy était plein à craquer, mais j'espérai que Hillgarth me verrait lâcher mon sac en entrant. Mon geste fut discret, presque désinvolte. Trois dos chevaleresques se plièrent aussitôt pour le ramasser. Un seul y parvint, un officier supérieur allemand en uniforme, sur le point de pousser la porte pour sortir. Je le gratifiai de mon plus beau sourire, tout en guettant du coin de l'œil si Hillgarth m'avait remarquée. Il était à une table du fond, comme d'habitude en compagnie d'autres personnes. Je tins pour acquis qu'il m'avait aperçue et qu'il avait enregistré le message: « Je dois vous rencontrer de toute urgence. » Je consultai ma montre et feignis d'être surprise, comme si je me souvenais soudain d'un rendez-vous très important ailleurs. J'étais de retour chez moi avant deux heures. Les chocolats arrivèrent à trois heures et quart. Hillgarth avait capté mon avertissement, il m'attendait à quatre heures et demie, de nouveau dans le cabinet du docteur Rico.

Le protocole fut identique. J'arrivai seule et je ne croisai personne dans l'escalier. La même infirmière ouvrit la porte et me conduisit à son bureau.

– Bonjour, Arish. Heureux de vous revoir. Vous avez fait bon voyage? On dit le plus grand bien du Lusitania Express.

Il se tenait debout devant la fenêtre, vêtu de l'un de ses costumes impeccables. Il s'approcha pour me serrer la main.

– Bonjour, capitaine. Un voyage excellent, merci; les compartiments de première classe sont vraiment parfaits. Je souhaitais vous rencontrer le plus vite possible pour vous rendre compte de mon séjour.

– Je vous en remercie. Asseyez-vous, je vous en prie. Une cigarette?

Il était détendu et paraissait peu pressé de connaître les conclusions de mon travail. L'urgence précédente s'était dissipée comme par un tour de magie.

– Tout s'est bien passé et je pense avoir obtenu des renseignements très importants. Vos suppositions étaient exactes: da Silva a négocié avec les Allemands pour leur fournir du wolfram. L'affaire a été conclue jeudi soir, chez lui, en présence de Johannes Bernhardt.

– C'est du beau travail, Arish. Cette information nous sera de la plus grande utilité.

Il ne semblait pas surpris. Ni impressionné. Ni reconnaissant. Neutre et impassible. Comme s'il le savait déjà.

– Vous n'avez pas l'air surpris de cette nouvelle, dis-je. Vous étiez déjà au courant?

Il alluma une Craven A et sa réponse arriva avec la première bouffée.

– Ce matin même, on nous a informés du rendez-vous entre da Silva et Bernhardt. S'agissant de ce dernier, s'il fait des affaires en ce moment, c'est forcément lié à la fourniture de wolfram, ce qui confirme nos doutes: la déloyauté de da Silva à notre égard. Nous avons d'ores et déjà envoyé un mémorandum à Londres pour les prévenir.

Malgré un petit frisson, j'essayai d'adopter un ton naturel. Mes hypothèses se vérifiaient, mais je devais encore m'en assurer.

– Ça alors, quelle coïncidence que vous en ayez été avisé aujourd'hui même ! Je croyais être la seule personne chargée de cette mission.

– Nous avons reçu dans la matinée un agent affecté au Portugal. C'était totalement inattendu ; il est parti hier soir de Lisbonne en automobile.

– Et cet agent a vu Bernhardt et da Silva ensemble ?

– Lui personnellement, non, mais quelqu'un en qui il a entière confiance, oui.

Je faillis éclater de rire. Son agent avait donc été informé par quelqu'un en qui il avait toute confiance. Après tout, c'était plutôt flatteur.

– Bernhardt nous intéresse infiniment, poursuivit Hillgarth, étranger à mes pensées. Comme je vous l'avais indiqué à Tanger, c'est le cerveau de la SOFINDUS, la société à travers laquelle le Troisième Reich réalise ses transactions commerciales en Espagne. Savoir qu'il traite avec da Silva au Portugal va être de la plus haute importance pour nous car...

– Excusez-moi, capitaine, l'interrompis-je. Permettez-moi de vous poser une autre question. Cet agent qui vous a renseigné au sujet de Bernhardt et de da Silva, appartient-il également au SOE ? Venez-vous de l'engager, comme moi ?

Il éteignit consciencieusement sa cigarette avant de répondre. Puis il leva les yeux.

– Pourquoi cette question ?

J'esquissai un sourire faussement candide.

– Rien de particulier, répondis-je en haussant les épaules. Je trouve juste vraiment extraordinaire, voire amusant, que nous soyons apparus tous les deux le même jour avec la même information.

– Eh bien, je regrette de vous décevoir, mais non, ce n'est pas un agent du SOE. Tout cela nous a été communiqué par un de nos hommes du SIS, nos services secrets, disons, conventionnels. Nous sommes convaincus de la véracité de ces renseignements : il s'agit d'un agent extrêmement solide avec pas mal d'années d'expérience. Le dessus du panier, en somme.

Un frémissement me parcourut le dos. Toutes les pièces étaient désormais assemblées. Je m'y attendais, certes, mais j'eus l'impression d'un souffle glacé sur mon cœur en constatant l'évidence. Pourtant, ce n'était pas le moment de me perdre dans mes sensations ; je voulais prouver à Hillgarth que ses nouveaux agents étaient eux aussi capables de risquer leur peau dans les missions dont ils étaient chargés.

– Et votre homme du SIS, vous a-t-il appris quelque chose d'autre ? demandai-je en le regardant bien droit dans les yeux.

– Non, malheureusement, il ne nous a fourni aucun détail précis, mais...

Je ne le laissai pas continuer.

– Il n'a pas évoqué les conditions ni le lieu de la négociation ? Il n'a pas donné les noms et les prénoms des présents ? Il n'a pas précisé les termes du contrat ni les quantités de wolfram qu'ils ont prévu d'extraire, le prix à la tonne, les moyens de paiement et la façon d'éluder les impôts à l'export ? Il ne vous a pas dit que les livraisons aux Anglais seront brutalement coupées dans moins de deux semaines ? Il ne vous a pas raconté que da Silva ne s'est pas contenté de vous trahir, qu'il est aussi parvenu à entraîner avec lui les principaux propriétaires de mines de la Beira, et qu'ainsi il a pu négocier en bloc des conditions plus avantageuses avec les Allemands ?

Sous ses sourcils fournis, le regard de l'attaché naval était devenu acéré. Sa voix était rauque.

– Comment êtes-vous au courant, Arish ?

Je le fixai, remplie de fierté. On m'avait obligée à marcher au bord d'un précipice pendant plus de dix jours et j'avais atteint mon but sans m'y jeter : à présent, le moment était venu de lui révéler ce que j'avais trouvé.

– Simplement parce que, quand une couturière fait bien son travail, elle l'assume jusqu'au bout.

Pendant toute cette conversation, mon cahier de patrons était discrètement placé sur mes genoux. La couverture était à moitié arrachée, quelques pages étaient chiffonnées et tachées, témoignage des multiples avatars subis depuis qu'il avait quitté l'armoire de mon hôtel à Estoril. Je le mis alors sur la table et posai dessus mes mains ouvertes.

– Toutes les précisions sont ici : jusqu'à la dernière syllabe des accords conclus ce soir-là. Votre agent du SIS ne vous a pas non plus parlé d'un cahier ?

L'homme qui était de nouveau entré dans ma vie avec autant de force était sans doute un espion chevronné au service de Sa Majesté, mais dans cette trouble affaire du wolfram, je l'avais emporté haut la main.

67

Quelque chose de différent était collé à ma peau lorsque j'abandonnai l'immeuble de notre rendez-vous clandestin ; quelque chose qui n'avait pas de nom, quelque chose de neuf. Je marchai d'un pas lent en essayant d'identifier cette sensation, sans me soucier d'une éventuelle filature, indifférente à la possibilité de me heurter à une présence indésirable à n'importe quel coin de rue. Aucun signe extérieur ne me rendait distincte, en apparence, de la femme qui avait parcouru ces mêmes trottoirs en sens inverse deux heures auparavant, portant une tenue et des chaussures identiques. Personne qui m'aurait aperçue à l'aller et au retour n'aurait été capable de distinguer le moindre changement, sauf que je ne transportais plus de cahier. Mais moi, j'étais consciente de ce qui était arrivé. Et Hillgarth aussi. Nous savions l'un et l'autre que la situation s'était irrémédiablement modifiée en cet après-midi de fin mai.

Bien qu'il fût peu loquace, son attitude démontra que les renseignements que je venais de lui fournir représentaient un ensemble copieux d'informations des plus précieuses, que ses équipes de Londres analyseraient minutieusement, sans perdre une seconde. Des signaux d'alarme se déclencheraient, des alliances seraient rompues, des centaines d'opérations s'en trouveraient infléchies. Je devinai, en outre, un changement radical dans le comportement de l'attaché naval. J'avais vu se forger dans ses yeux une autre image de moi : son recrutement le plus risqué, la couturière inexperte, au potentiel prometteur mais hasardeux, s'était transformée du soir au matin en quelqu'un capable de résoudre des problèmes ardus avec la détermination et l'efficacité d'un professionnel averti. Peut-être manquais-je de méthode et de connaissances techniques ; je n'étais même pas l'un des leurs à cause de mon monde, de ma patrie et de ma langue. Mais j'avais répondu présent avec beaucoup plus de savoir-faire qu'il ne l'escomptait, et cela me donnait une nouvelle position sur son échelle des valeurs.

Je ne ressentais pas non plus exactement de la joie tandis que les derniers rayons de soleil accompagnaient mes pas sur le trajet du retour chez moi. Ni de l'enthousiasme ni de l'émotion. C'était peut-être le mot fierté qui convenait le mieux pour définir ce que j'éprouvais. Pour la première fois depuis longtemps, sans doute depuis toujours, j'étais fière de moi. De mes capacités et de ma résistance, d'avoir amplement justifié les espoirs placés en moi. Fière d'avoir apporté mon grain de sel pour rendre meilleur ce monde de fous. Fière de la femme que j'étais devenue.

Il était vrai que je le devais en partie à Hillgarth, qui m'avait mise au bord d'un gouffre vertigineux. De même que Marcus m'avait sauvé la vie en me faisant sauter d'un train en marche, que sans son aide opportune je n'aurais peut-être pas vécu assez longtemps pour m'en souvenir. Tout cela était exact, en effet. Pourtant, j'avais moi aussi contribué au succès de ma mission grâce à mon courage et à ma ténacité. Toutes mes peurs, toutes mes insomnies et mes sauts sans filet s'étaient finalement révélés utiles : non seulement pour recueillir des informations indispensables à l'art abject de la guerre, mais également, et surtout, pour me démontrer à moi-même et à ceux qui m'entouraient ce dont j'étais capable.

Je compris alors, quand j'eus pris conscience de mes possibilités, que c'en était fini de suivre aveuglément les routes tracées par les uns ou par les autres. Hillgarth avait conçu l'idée de m'expédier à Lisbonne, Manuel da Silva, celle de m'éliminer, et Marcus avait opté pour venir à mon secours. J'étais passée de main en main comme une simple marionnette : pour mon bien ou pour mon mal, pour m'envoyer au ciel ou me projeter en enfer, ils avaient tous décidé à ma place, joué avec moi comme on pousse un pion sur un échiquier. Nul n'avait été clair, nul n'avait dévoilé ses intentions : il était temps de connaître la vérité, de saisir moi-même les rênes de mon existence, de choisir ma propre voie, comment et avec qui je voulais la parcourir. Je me heurterais à des obstacles et à des mésaventures, il y aurait du verre brisé, des erreurs et de la boue. Mon avenir ne serait pas un chemin semé de roses, j'en étais sûre. Mais j'étais résolue désormais à savoir où je mettais les pieds chaque matin en me levant, en pleine connaissance des risques que j'affrontais. À être maîtresse, en fin de compte, du cours de ma vie.

Ces trois hommes, Marcus Logan, Manuel da Silva et Alan Hillgarth, chacun à sa manière et probablement à leur insu, m'avaient fait grandir en quelques jours à peine. Ou bien je grandissais déjà lentement sans m'en rendre compte. Je ne reverrais sans doute plus jamais da Silva ; en revanche, j'étais certaine de fréquenter encore longtemps Hillgarth et Marcus. Et l'un des deux, en particulier, je souhaitais le conserver aussi près de moi que ce matin-là : une proximité de sentiments et de corps dont le souvenir me faisait encore frissonner. Néanmoins, je devrais avant marquer mon territoire. De façon claire, visible. Comme on pose des bornes ou on trace sur le sol un trait à la craie.

En rentrant chez moi, je découvris une enveloppe glissée sous ma porte. Elle portait l'en-tête de l'hôtel Palace ; à l'intérieur, une carte manuscrite.

Je retourne à Lisbonne. Je reviens après-demain. Attends-moi.

Bien sûr que j'allais l'attendre. Je n'eus besoin que de deux heures pour prévoir comment et où.

Ce soir-là, j'outrepassai encore la consigne sans une once de remords. Quand, au bout de plus de trois heures, j'eus terminé de détailler devant Hillgarth tous les éléments de la réunion dans la propriété de da Silva, je l'interrogeai sur les listes dont il m'avait parlé le lendemain de l'hippodrome.

– Tout est pareil, pour le moment, il n'y a rien de nouveau.

Cela signifiait que mon père était toujours du côté des Anglais et moi de celui des Allemands. C'était dommage, car le moment était venu de nous revoir.

Je débarquai sans le prévenir. Les fantômes d'autrefois resurgirent furieusement quand je franchis le portail, me rappelant le jour où ma mère et moi avions grimpé ce même escalier remplies d'inquiétude. Ils s'enfuirent vite, par chance, et avec eux quelques souvenirs déglingués et amers que je préférais ne pas affronter.

Une domestique qui ne ressemblait pas du tout à la vieille Servanda m'ouvrit.

– Il faut que je voie immédiatement M. Alvarado. C'est très urgent. Est-il ici ?

Elle acquiesça, surprise par ma fougue.

– Dans la bibliothèque ?

– Oui, mais...

J'étais déjà entrée avant qu'elle n'eût achevé sa phrase.

– Ce n'est pas la peine de le prévenir, merci.

Il fut heureux de me voir, beaucoup plus que je ne l'aurais imaginé. Je lui avais envoyé un mot pour l'avertir de mon voyage au Portugal, mais quelque chose lui avait paru bizarre. Tout était trop précipité ; trop proche de la scène intrigante de mon évanouissement à l'hippodrome. Savoir que j'étais de retour le rassura.

La bibliothèque était telle que je me la rappelais. Peut-être davantage de papiers et de livres entassés : des journaux, des lettres, des piles de magazines. Tout le reste était comme lors de notre réunion précédente. La première fois que nous avions été réunis, ma mère, lui et moi ; la dernière, aussi. Cet après-midi d'automne, j'étais arrivée innocente, en proie à la nervosité, intimidée et confuse face à l'inconnu. Presque six ans plus tard, j'étais sûre de moi. J'avais acquis cette assurance à force de coups, de travail, d'obstacles franchis et de désirs, mais elle adhérait à présent à ma peau telle une cicatrice, et rien ne pourrait m'en débarrasser. Pour violents que fussent les vents, et durs les temps à venir, je savais que j'aurais l'énergie suffisante pour les braver et leur résister.

– Il faut que je te demande un service, Gonzalo.

– Ce que tu voudras.

– Une rencontre de cinq personnes. Une petite fête privée. Ici, chez toi, mardi soir. Toi et moi avec trois autres invités. Tu devras en convier deux, directement, sans leur préciser que l'idée vient de moi. Il n'y aura aucun problème car vous vous connaissez.

– Et le troisième?

– Le troisième, je m'en occupe.

Il accepta sans question ni réticence. Malgré mon comportement étrange, mes disparitions imprévues et ma fausse identité, il paraissait avoir une confiance aveugle en moi.

– À quelle heure? demanda-t-il simplement.

– Je viendrai dans l'après-midi. L'invité que tu ne connais pas encore arrivera à six heures; je dois lui parler avant l'apparition des autres. Je pourrai le retrouver ici, dans la bibliothèque?

– Tu es chez toi.

– Parfait. Invite l'autre couple pour huit heures, s'il te plaît. Et encore un point. Ça t'embête s'ils apprennent que je suis ta fille? Ça restera entre nous cinq, personne d'autre.

Il tarda quelques secondes à répondre, et je crus apercevoir un éclat nouveau dans ses yeux.

– Ce sera un honneur et un motif de fierté.

Nous bavardâmes quelques instants: à propos de Lisbonne et de Madrid; au sujet de n'importe quoi, toujours en terrain sûr. Alors que j'étais sur le point de m'en aller, son habituelle discrétion lui joua cependant un mauvais tour.

– Je sais que, dans ma situation, je n'ai pas le droit de me mêler de ta vie, Sira, mais...

Je me retournai et l'embrassai.

– Merci pour tout. Tu comprendras mardi.

68

Marcus apparut à l'heure convenue. Je lui avais laissé un message à son hôtel et cela ne lui posa aucun problème, comme je l'avais supposé. Il n'avait pas la moindre idée de la personne à laquelle correspondait cette adresse : il savait seulement que je l'attendrais ici. Et j'y étais, vêtue d'une robe longue en crêpe de soie d'un rouge éclatant. Maquillée à la perfection, le cou nu et mes cheveux bruns ramassés en un chignon haut. En attente.

Il arriva, impeccable dans son smoking, le plastron de sa chemise amidonné et le corps tanné par mille aventures plus inavouables les unes que les autres. Ou, du moins, jusqu'à présent. J'allai lui ouvrir moi-même dès que j'entendis la sonnette. Nous nous saluâmes en cachant à grand-peine notre tendresse, proches l'un de l'autre, presque intimes, enfin, après son dernier départ précipité.

– Je veux te présenter quelqu'un.

Accrochée à son bras, je l'entraînai au salon.

– Marcus, voici Gonzalo Alvarado. Je t'ai fait venir chez lui pour que tu saches qui il est. Et je veux aussi que lui sache qui tu es, toi. Que tout soit clair à ses yeux pour ce qui nous concerne.

Ils échangèrent un salut cordial, Gonzalo nous servit un verre et nous bavardâmes plusieurs minutes, jusqu'à ce que la domestique appelle opportunément notre hôte depuis la porte, pour qu'il réponde au téléphone.

Nous étions seuls ; un couple idéal à première vue. Pour ternir cette image, il aurait suffi, néanmoins, de prêter l'oreille aux quelques paroles que Marcus me souffla à l'oreille sans presque desserrer les lèvres.

– On peut parler en privé un moment ?

– Bien sûr. Suis-moi.

Je le conduisis jusqu'à la bibliothèque. Le portrait majestueux de doña Carlota trônait toujours sur le mur derrière le bureau, avec sa tiare en diamants qui m'avait appartenu avant de s'envoler.

– Qui est cet homme que tu viens de me présenter, pourquoi veux-tu qu'il connaisse mon existence ? Qu'est-ce que c'est que ce guet-apens, Sira ? demanda-t-il avec aigreur dès que nous fûmes isolés.

– Un piège que j'ai préparé spécialement à ton intention, répliquai-je en m'asseyant sur l'un des fauteuils.

Je croisai les jambes, étendis le bras droit sur le dossier. Confortable et maîtresse de la situation, comme si j'étais une vieille habituée de ce genre d'embuscade.

– J'ai besoin de savoir si tu dois rester dans ma vie ou s'il vaut mieux ne plus jamais se revoir.

Mes paroles ne l'amusèrent pas du tout.

– Tout ça n'a aucun sens, je m'en vais...

– Tu renonces aussi vite? Il y a trois jours, tu semblais prêt à te battre pour moi. Tu m'as promis de le faire à n'importe quel prix; tu m'as affirmé que tu m'avais perdue une fois et que tu ne recommencerais pas. Tes sentiments se sont déjà refroidis? Ou alors tu mentais?

Il me regarda, muet, debout, tendu et glacial, distancié.

– Que veux-tu de moi, Sira? dit-il enfin.

– Que tu me donnes des précisions au sujet de ton passé. En échange, tu sauras tout ce que tu dois savoir sur mon présent. Et, en plus, tu recevras une récompense.

– Qu'est-ce qui t'intéresse dans mon passé?

– Je veux que tu m'expliques pourquoi tu es venu au Maroc. Et toi, tu souhaites connaître ta récompense?

Il ne répondit pas.

– La récompense, c'est moi. Si ta réponse me satisfait, tu restes avec moi. Si elle ne me convainc pas, tu me perds à jamais. Choisis.

Il se tut à nouveau, puis s'approcha lentement.

– En quoi ça te regarde, à présent, ce que je suis allé faire au Maroc?

– Une fois, il y a des années, j'ai ouvert mon cœur à un homme qui m'a dissimulé son véritable visage, et j'ai eu un mal fou à refermer les blessures qu'il m'a infligées. Je ne veux pas renouveler cette expérience. Je ne veux plus ni mensonges ni ombres. Je ne veux plus d'hommes disposant de moi à leur guise, partant puis revenant à l'improviste, même si c'est pour me sauver la vie. Voilà pourquoi j'ai besoin de connaître toutes tes cartes, Marcus. J'en ai déjà retourné quelques-unes par mes propres moyens : je sais pour qui tu travailles et que tu ne te consacres pas exactement aux affaires, ni au journalisme, d'ailleurs. Mais il faut que je comble encore quelques vides dans ton histoire.

Il s'installa finalement sur le bras d'un canapé. Une jambe appuyée par terre et l'autre croisée dessus. Le dos bien droit, le verre à la main, le visage tendu.

– D'accord, concéda-t-il. Je suis prêt à parler. Mais à condition que toi aussi, tu sois sincère avec moi. Complètement.

– Après, je te le promets.

– Dis-moi ce que tu sais déjà de moi.

– Que tu es un membre des services secrets militaires britanniques. Le SIS, le MI6, ou comme tu préféreras les appeler.

Il ne manifesta aucune surprise : sans doute l'avait-on entraîné à masquer ses émotions et à cacher ses sentiments. Pas comme moi. Moi, je n'avais été ni formée, ni préparée, ni protégée : on s'était contenté de m'expédier nue au milieu d'une horde de loups affamés. Mais j'apprenais. Seule et difficilement, en trébuchant, en mordant la poussière et en me relevant ; reprenant ma marche en avant, d'abord un pied, puis l'autre. D'un pas de plus en plus ferme. La tête haute et le regard tourné vers l'avenir.

– J'ignore comment tu l'as appris, répliqua-t-il. Quoi qu'il en soit, je m'en moque : je suppose que tes sources sont fiables et que ça ne servirait à rien de nier l'évidence.

– Néanmoins, il me manque certains renseignements.

– Je commence par où ?

– Par le moment où nous nous sommes rencontrés, par exemple. Quelles sont les véritables raisons qui t'ont conduit au Maroc ?

– D'accord. La raison fondamentale était qu'on en savait très peu, à Londres, au sujet du Protectorat; plusieurs sources indiquaient que les Allemands s'y sentaient de plus en plus à leur aise, avec le consentement des autorités espagnoles. Nos services secrets ne possédaient presque aucune information sur le haut-commissaire Beigbeder: ce n'était pas un des militaires les plus connus, on ignorait ses sympathies politiques, ses projets ou ses perspectives et, surtout, sa position vis-à-vis des Allemands, qui faisaient la loi dans un territoire placé sous sa responsabilité.

– Et qu'as-tu découvert?

– Que, comme prévu, les Allemands agissaient en toute liberté, parfois avec son accord, parfois sans. C'est d'ailleurs en partie grâce à toi que je l'ai vérifié.

Je fis mine de ne pas avoir entendu la dernière observation.

– Et sur Beigbeder?

– J'ai constaté ce que tu sais, toi aussi. Que c'était, et c'est toujours, je suppose, un type intelligent, différent et plutôt bizarre.

– Pourquoi est-ce toi qu'on a envoyé au Maroc, dans l'état lamentable où tu te trouvais?

– Nous étions au courant de l'existence de Rosalinda Fox, une compatriote liée sentimentalement au haut-commissaire: une perle, pour nous, la meilleure chance. Mais c'était trop dangereux de l'aborder directement: elle était si précieuse, pour nous, que nous n'avions pas le droit de risquer de la perdre par la faute d'une opération mal menée. Il fallait attendre le bon moment. Toute la machinerie s'est donc mise en marche dès que nous avons appris qu'elle cherchait de l'aide pour évacuer la mère d'une amie. On m'a choisi pour cette mission, parce que j'avais eu des contacts, à Madrid, avec Christopher Lance, la personne chargée de ces transferts vers la Méditerranée. À l'occasion, j'avais d'ailleurs informé Londres de toutes les démarches effectuées par Lance. On a ainsi estimé que c'était l'alibi parfait pour débarquer à Tétouan et me rapprocher de Beigbeder, sous prétexte de rendre service à sa maîtresse. Il y avait tout de même un petit problème : je me trouvais alors en piteux état au Royal London Hospital, prostré dans mon lit, le corps meurtri, à moitié inconscient et bourré de morphine.

– Ce qui ne t'a pas empêché de courir ta chance, de tromper tout le monde et de tenir tes objectifs...

– Au-delà de mes espoirs, dit-il.

J'aperçus l'amorce d'un sourire sur ses lèvres, le premier depuis que nous étions enfermés dans la bibliothèque. Je sentis alors un pincement d'émotions mélangées : je retrouvai enfin le Marcus qui m'avait tellement manqué, celui que je voulais garder auprès de moi.

– Ce furent des journées très spéciales, poursuivit-il. Après plus d'une année passée dans la tourmente d'une Espagne en guerre, mon séjour au Maroc était ce que je pouvais rêver de mieux. Je me suis remis, j'ai exécuté ma mission à la perfection. Et j'ai fait ta connaissance. Impossible d'en demander davantage.

– Comment procédais-tu ?

– J'émettais presque tous les soirs depuis ma chambre de l'hôtel Nacional. J'avais une petite radio cachée dans le fond de ma valise. En plus, j'écrivais tous les jours un rapport chiffré sur tout ce que je voyais, entendais et faisais. Ensuite, quand je pouvais, je le transmettais à un contact à Tanger, un employé de Saccone & Speed.

– Personne ne t'a soupçonné ?

– Bien sûr que si. Beigbeder est loin d'être un imbécile, tu le sais mieux que moi. On a fouillé ma chambre plusieurs fois, mais ça n'a pas été du travail d'expert : on n'a jamais rien découvert. Les Allemands se méfiaient eux aussi, avec le même résultat. De mon côté, j'ai évité les faux pas. Je me suis tenu à l'écart des circuits non officiels et des terrains scabreux. Au contraire, je me suis conduit de façon parfaite, me suis toujours montré avec des gens fréquentables et en plein jour. Rien de louche, en apparence. Une autre question?

À présent, il paraissait moins tendu, plus proche. Le Marcus habituel, de nouveau.

– Pourquoi es-tu parti si soudainement? Tu ne m'as pas prévenue: tu es passé un matin chez moi, tu m'as dit que ma mère était en chemin et je ne t'ai plus revu.

– J'avais reçu l'ordre de quitter immédiatement le Protectorat. De plus en plus d'Allemands arrivaient, j'étais devenu suspect. Malgré tout, j'ai retardé mon départ de quelques jours, au risque d'être découvert.

– Pourquoi?

– Je voulais être sûr que l'évacuation de ta mère se déroulait normalement. Je te l'avais promis. J'aurais aimé rester avec toi, mais c'était impossible: mon monde était différent et je devais le rejoindre. Par ailleurs, ce n'était pas non plus le meilleur moment pour toi. Tu te relevais à peine d'une trahison et tu n'étais pas prête à faire complètement confiance à un autre homme. Encore moins à un individu appelé à te cacher des choses et à disparaître. Voilà, ma chère Sira, c'est tout. C'est l'histoire à laquelle tu t'attendais? Cette version te convient-elle?

– Elle me convient, dis-je en me levant et en avançant vers lui.

– Alors, j'ai gagné ma récompense?

Je me tus. Je m'approchai, m'assis sur ses genoux. Je le sentis se contracter. Ma peau veloutée frôla la sienne rasée de frais, mes lèvres d'un rouge éclatant effleurèrent le lobe de son oreille.

– Tu l'as gagnée, oui. Mais je suis peut-être un cadeau empoisonné.

– C'est possible. Pour le vérifier, c'est à mon tour de te poser des questions. Je t'ai laissée à Tétouan alors que tu étais une jeune couturière pleine de tendresse et d'innocence, et je t'ai retrouvée à Lisbonne, transformée en femme avec de mauvaises fréquentations. Qu'est-il arrivé entre-temps?

– Tu vas tout de suite le savoir. Et pour qu'il ne te reste aucun doute, tu vas l'apprendre de la bouche de quelqu'un d'autre, quelqu'un que tu connais, je pense. Suis-moi.

Nous parcourûmes, enlacés, le couloir jusqu'au salon. J'entendis la voix forte de mon père, à distance, et une fois de plus je me rappelai le jour de notre première rencontre. Ma vie avait connu bien des déboires, depuis lors, mais j'avais toujours réussi à relever la tête. En tout cas, c'était le passé; désormais, seuls comptaient le présent et l'avenir.

Les deux autres invités étaient sans doute déjà là et tout se déroulait comme prévu. En entrant dans la pièce, nous nous séparâmes tout en gardant nos doigts entrelacés. On nous attendait. Je souris alors. Pas Marcus.

– Bonsoir, madame Hillgarth; bonsoir, capitaine. Je suis heureuse de vous voir, dis-je en interrompant leur conversation.

Le salon se remplit d'un silence dense. Dense et tendu, électrique.

– Bonsoir, mademoiselle, répliqua Hillgarth après quelques secondes qui nous parurent à tous interminables.

Le son de sa voix parut s'échapper d'une caverne. Une caverne obscure et froide où le chef des services secrets britanniques en Espagne, l'homme qui savait tout ou aurait dû tout savoir, donnait l'impression de se mouvoir à l'aveuglette.

– Bonsoir, Logan, ajouta-t-il.

Sa femme, cette fois-ci sans le masque du salon de beauté, fut tellement ébahie de nous voir ensemble qu'elle fut incapable de répondre à mon salut.

– Je croyais que vous étiez reparti à Lisbonne, continua l'attaché naval en s'adressant à Marcus.

Il y eut une nouvelle pause, puis :

– J'ignorais que vous vous connaissiez.

Marcus était sur le point de parler, mais je ne le laissai pas faire. Je serrai bien fort sa main encore agrippée à la mienne, et il me comprit. Je ne le regardai pas : partageait-il la perplexité des Hillgarth ? Était-il surpris de les découvrir assis dans ce salon étranger ? Nous nous expliquerions plus tard, quand les esprits se seraient apaisés. J'espérais que nous en aurions largement le temps.

Dans les grands yeux clairs de l'épouse, j'observai la plus grande confusion. C'était elle qui m'avait fixé les règles de ma mission portugaise, elle était complètement impliquée dans les activités de son mari. Comme moi-même lors de ma dernière entrevue avec le capitaine, sans doute se hâtaient-ils l'un et l'autre de renouer les fils de l'histoire : da Silva et Lisbonne, l'arrivée intempestive de Marcus à Madrid, des informations identiques rapportées par nous deux à quelques heures d'intervalle. À l'évidence, rien qui fût le fruit du hasard. Comment cela avait-il pu leur échapper ?

– L'agent Logan et moi-même, capitaine, nous nous connaissons depuis des années, mais nous ne nous étions pas revus depuis un certain temps, et nous n'avons pas encore fini de nous préciser nos activités respectives. Je suis au courant de ses aventures et responsabilités ; vous-même, vous m'y avez aidée énormément, il y a très peu de temps. C'est pourquoi j'ai pensé que vous auriez peut-être l'amabilité de l'informer à mon sujet. Et, au passage, mon père l'apprendra également. Ah, pardon, j'oubliais ! Gonzalo Alvarado est mon père. Ne vous inquiétez pas : nous apparaîtrons ensemble en public le moins souvent possible, mais vous comprendrez qu'il m'est impossible de rompre ma relation avec lui.

Hillgarth ne répondit pas : il nous observa d'abord en fronçant les sourcils.

J'imaginai le trouble de Gonzalo ; probablement aussi intense que celui de Marcus, mais ils ne pipèrent mot ni l'un ni l'autre. Comme moi, ils se contentèrent de patienter jusqu'à ce que Hillgarth eût digéré mon audace. La femme de celui-ci dissimula son désarroi en prenant nerveusement une cigarette dans son étui. Quelques secondes gênantes s'écoulèrent, seulement perturbées par le craquement répété de son briquet. Enfin, l'attaché naval prit la parole.

– Si ce n'est pas moi, je devine que ce sera vous, de toute façon...

– Je crains de ne pas avoir d'autre solution, rétorquai-je avec mon plus beau sourire.

Un sourire nouveau : épanoui, assuré et légèrement provocateur. On entendit tinter les glaçons de son verre de whisky quand il le porta à sa bouche. Sa femme tira longuement sur sa Craven A.

– J'imagine que c'est le prix à payer pour vos renseignements de Lisbonne, concéda-t-il.

– Pour cela, et pour toutes les missions à venir où je risquerai ma peau, je vous donne ma parole. Ma parole de couturière et ma parole d'espionne.

69

Cette fois-ci, je ne reçus pas le sobre et traditionnel bouquet de roses attaché par un ruban avec des inscriptions codées, celui que m'envoyait Hillgarth quand il souhaitait me transmettre un message. Ni des fleurs exotiques pareilles à celles de Manuel da Silva, quand il n'avait pas encore décidé de m'assassiner. Marcus se contenta de m'apporter, ce soir-là, une branche menue et presque insignifiante, à peine un bourgeon arraché à un rosier quelconque, poussé, comme par miracle, sur un mur, au cours du printemps qui suivit cet hiver atroce. Une fleur petite, famélique. Digne dans sa simplicité, sans subterfuge.

Je ne l'attendais pas, mais je l'attendais quand même. Il était parti de chez mon père avec les Hillgarth quelques heures plus tôt, l'attaché naval l'ayant prié de les accompagner; il voulait sans doute lui parler en dehors de ma présence. J'étais rentrée seule, sans savoir quand il réapparaîtrait, s'il réapparaissait un jour.

– Pour toi, dit-il en guise de salut.

Je pris la petite rose et le fis entrer. Son nœud de cravate était desserré, il donnait l'impression d'être détendu. Il s'avança d'un pas lent jusqu'au milieu du salon; à chaque enjambée, il paraissait rassembler ses idées et calculer le nombre de mots nécessaires. Il finit par se retourner; je m'approchai de lui.

– Tu sais à quoi on s'expose, n'est-ce pas?

Je le savais. Bien sûr, que je le savais. Nous nagions en eaux troubles, dans une jungle de mensonges, au risque d'être pris dans un engrenage fatal. Un amour caché au temps des haines, des carences et des trahisons, voilà ce que nous avions devant nous.

– Je sais à quoi on s'expose, oui.

– Ça ne sera pas facile.

– Rien n'est facile, à présent.

– Ça peut être dur.

– Peut-être.

– Et dangereux.

– Aussi.

Esquivant les pièges, bravant les périls. Sans projets, à contretemps, au milieu des ombres: il nous faudrait vivre ainsi. En conjuguant nos désirs et nos audaces. Avec la fermeté, le courage et la force de servir ensemble une cause commune.

Nous nous regardâmes droit dans les yeux; le souvenir me revint de la terre africaine où tout avait commencé. Son monde et mon monde – si éloignés avant, si proches désormais – s'étaient enfin emboîtés. Alors il me serra dans ses bras et, dans la chaleur et la tendresse de notre proximité, j'eus la certitude absolue que, dans cette mission, nous n'échouerions pas non plus.

Épilogue

Voilà mon histoire, ou du moins telle que je me la rappelle, peut-être enjolivée par la patine des décennies et de la nostalgie. C'est mon histoire, en effet. J'ai travaillé aux ordres des services secrets britanniques et, pendant quatre ans, j'ai recueilli et transmis des informations sur les Allemands dans la péninsule Ibérique avec rigueur et ponctualité. Personne ne m'a jamais formée sur la tactique militaire, la topographie des zones de combat ou le maniement des explosifs, mais mes robes tombaient comme aucune et la renommée de ma maison de couture m'a protégée contre le moindre soupçon. L'atelier est resté en fonctionnement jusqu'en 1945, et je suis devenue une virtuose du double jeu.

Les événements qui se sont produits en Espagne à la suite de la guerre européenne et les traces de nombre des personnages qui ont traversé ce récit se trouvent dans les livres d'histoire, les archives des périodiques. Je vais cependant les résumer, au cas où quelqu'un voudrait en savoir davantage. Je vais essayer de m'appliquer; en fin de compte, mon travail a toujours consisté en ceci: assembler des éléments et monter des pièces harmonieusement.

Je commencerai par Beigbeder, peut-être le plus malchanceux de tous. Après la fin de sa détention à Ronda, il séjourna plusieurs fois à Madrid, s'y installa même pendant quelques mois. Au cours de cette période, il resta en contact permanent avec les ambassades anglaise et américaine, et il leur proposa mille projets, parfois lucides, parfois extravagants. Il dénonça lui-même deux tentatives d'assassinat contre lui, ce qui ne l'empêcha pas d'affirmer, paradoxalement, qu'il conservait d'excellentes relations avec le pouvoir. Ses vieux amis l'écoutaient avec courtoisie, certains avec une véritable affection. Il y en eut d'autres aussi qui s'en débarrassèrent sans même l'écouter; à quoi pouvait leur servir cet ange déchu?

Dans le microcosme qu'était l'Espagne d'alors, où les nouvelles se transmettaient de bouche à oreille, le bruit courut peu après que son parcours chaotique avait enfin trouvé une destination. Tout le monde estimait que sa carrière était morte et enterrée mais, en 1943, alors qu'on commençait à douter de la victoire allemande, Franco – contre tout pronostic et en grand secret – fit de nouveau appel à ses services. Sans lui donner aucun poste officiel, il le promut général du soir au matin et, avec des pouvoirs de ministre plénipotentiaire, il lui confia une mission un peu vague à Washington. Plusieurs mois s'écoulèrent entre le moment où le Caudillo le chargea de cette tâche et son départ d'Espagne. On me raconta que lui-même, curieusement, supplia des membres de l'ambassade nord-américaine de retarder le plus possible la délivrance du visa: il soupçonnait Franco de vouloir l'expédier définitivement hors d'Espagne.

Les activités de Beigbeder en Amérique n'ont jamais été complètement éclaircies, et on a raconté quantité de bêtises à leur sujet. Selon certains, le Generalísimo l'avait envoyé rétablir des relations, tendre des ponts et convaincre les États-Unis de la neutralité absolue de l'Espagne dans la guerre, comme s'il n'avait jamais possédé lui-même une photographie dédicacée du Führer sur son bureau. D'autres sources fiables affirmèrent, en revanche, que son rôle fut beaucoup plus militaire que simplement diplomatique: il visait à prévoir l'avenir de l'Afrique du Nord en sa qualité d'ancien haut-commissaire et grand connaisseur de la réalité marocaine. On prétendit même que l'ex-ministre s'était rendu dans la capitale américaine pour jeter les bases d'une «Espagne libre», parallèle à la «France libre», en prévision d'une éventuelle entrée des Allemands dans la Péninsule. Ou bien que, à peine après avoir atterri, il répéta à qui voulait l'entendre qu'il avait rompu avec l'Espagne de Franco et se mit à chercher des sympathies pour la cause monarchique. Certains médisants réduisirent enfin les objectifs de ce voyage à une volonté personnelle de se plonger dans une vie de débauche. En tout cas, quelle qu'ait été la nature de sa mission, le Caudillo ne parut pas satisfait des résultats: des années plus tard, il accusa publiquement Beigbeder de n'être qu'un crève-la-faim dégénéré, tout juste bon à taper les gens autour de lui.

On ne sut donc jamais ce qu'il effectua exactement à Washington; la seule certitude, c'est qu'il y resta jusqu'à la fin de la guerre. En chemin, il fit une escale à Lisbonne et retrouva enfin Rosalinda. Ils ne s'étaient pas revus depuis deux ans et demi. Ils passèrent une semaine ensemble, pendant laquelle Juan Luis essaya de la convaincre de l'accompagner en Amérique; en vain. Pour quelle raison? Je l'ignore. Elle justifia sa décision en prétextant qu'ils n'étaient pas mariés, une situation dommageable pour le prestige social de Beigbeder parmi l'élite diplomatique américaine. Je ne la crus pas et j'imagine que ce fut aussi le cas de ce dernier: si elle avait été capable de se moquer éperdument d'une Espagne victorieuse et pudibonde au Maroc et sur place, pourquoi pas également outre-Atlantique? Malgré tout, Rosalinda n'expliqua jamais son comportement inattendu.

Beigbeder retourna en Espagne en 1945; dès lors, il devint un membre actif du groupe de généraux qui passèrent des années à comploter contre Franco: Aranda, Kindelán, Dávila, Orgaz, Varela. Il noua des contacts avec don Juan de Borbón, le père de l'actuel roi d'Espagne, et participa à d'innombrables conspirations, toutes infructueuses et parfois même pathétiques : par exemple, lorsque le général Aranda se réfugia dans l'ambassade des États-Unis et y créa un gouvernement monarchique en exil. Certains de ses camarades l'accusèrent de trahison, de s'être rendu au Pardo avec tous les détails de la conjuration. Tous ces projets de renverser le régime échouèrent et la plupart des participants payèrent le prix de leur insoumission : ils furent arrêtés, exilés ou destitués. Plus tard, j'appris qu'ils avaient reçu des millions de pesetas du gouvernement anglais par le biais du financier Juan March et de Hillgarth, dans le but d'influencer le Caudillo et d'empêcher l'entrée en guerre de l'Espagne aux côtés de l'Axe. Était-ce vrai ? Il est possible que certains aient accepté de se partager l'argent, mais à coup sûr pas Beigbeder : il acheva sa vie « exemplairement pauvre », comme dit de lui Dioniso Ridruejo[1].

J'entendis également des rumeurs au sujet de ses aventures amoureuses, de ses idylles supposées avec une journaliste française, une phalangiste, une espionne américaine, une écrivaine madrilène et la fille d'un général. Il adorait les femmes, ce n'est pas un secret : il succombait aux charmes féminins avec une facilité stupéfiante et tombait follement amoureux avec la ferveur d'un adolescent ; je l'avais observé de mes propres yeux dans le cas de Rosalinda, cette situation se reproduisit forcément tout au long de sa vie. Mais le présenter comme un dépravé, dont la carrière aurait été brisée par ses appétits sexuels, me paraît être une affirmation hautement fantaisiste et injuste.

Dès qu'il remit les pieds en Espagne, son existence alla à vau-l'eau. Après avoir loué un appartement rue

1. Poète et homme politique, membre de la Phalange, qui s'opposa au régime après y avoir occupé des postes importants.

Claudio Coello, avant son départ pour Washington, il s'installa, à son retour, à l'hôtel París, dans la rue d'Alcalá; puis il fut hébergé par une de ses sœurs et finit ses jours dans une pension. Il entra et sortit du gouvernement sans un sou en poche et, à sa mort, ses biens se réduisaient à deux costumes usés, trois vieux uniformes de l'époque africaine et une djellaba. Et à quelques centaines de feuillets sur lesquels il avait commencé à rédiger, d'une écriture très petite, ses mémoires. Il en était resté plus ou moins à la période du Barranco del Lobo, ce désastre militaire espagnol de l'année 1909; il n'arriva même pas au commencement de la guerre civile.

Pendant des années, il attendit que la baraka, la chance, lui sourie. Il rêvait à un nouveau poste, qu'on lui confierait une mission qui remplirait de nouveau ses jours d'activité et de mouvement. Mais rien ne vint jamais, et dans son état de service ne figura plus que la phrase: «Aux ordres de Son Excellence le ministre des Armées», ce qui, dans le jargon militaire, équivaut à rester les bras croisés. Personne ne voulut plus de lui et ses forces l'abandonnèrent: il n'eut pas l'énergie de redresser sa situation, et son esprit, autrefois si brillant, s'embruma. Il passa à la réserve en avril 1950; un ancien ami marocain, Bulaix Baeza, lui procura un travail qui l'occupa un peu pendant ses dernières années, un humble poste administratif dans son entreprise immobilière madrilène. Il mourut en juin 1957; sous la pierre du cimetière de San Justo reposèrent soixante-neuf années d'une vie turbulente. Ses papiers furent oubliés dans la pension de la Tomasa; une vieille connaissance de Tétouan les récupéra quelques mois plus tard, contre le paiement d'une facture en suspens de quelques milliers de pesetas. Ses archives personnelles sont toujours là-bas aujourd'hui, sous la garde jalouse de quelqu'un qui l'avait connu et apprécié dans son Maroc heureux.

Pour décrire ce qu'il advint de Rosalinda, je vais réutiliser des fragments du sort de Beigbeder, qui permettront peut-être de compléter la vision des derniers temps de l'ex-ministre. À la fin de la guerre, mon amie quitta le Portugal et s'installa en Angleterre. Elle souhaitait que son fils soit élevé là et, en accord avec Dimitri, son associé, elle céda son club, El Galgo. Le Jewish Joint Committee leur décerna conjointement une décoration ornée de la croix de Lorraine de la Résistance française pour services rendus aux réfugiés juifs. La revue américaine *Time* publia un article dans lequel Martha Gellhorn, l'épouse d'Ernest Hemingway, évoquait El Galgo et Mme Fox comme deux des meilleures attractions de Lisbonne. Malgré tout, cela ne l'empêcha pas de partir.

L'argent de la vente du club facilita les premiers temps en Grande-Bretagne. Elle était guérie, son compte en banque était bien fourni, elle avait retrouvé de vieux amis, et même les meubles de Lisbonne étaient arrivés sains et saufs, dont dix-sept canapés et trois pianos à queue. Et, quand tout était paisible et que la vie lui souriait, Peter Fox, depuis Calcutta, lui rappela qu'elle avait encore un mari. Il lui demanda de reprendre la vie commune. À la surprise générale, elle accepta.

Elle chercha une maison de campagne dans le Surrey et se prépara à assumer son rôle d'épouse pour la troisième fois de sa vie. Et elle résuma l'aventure en un mot : impossible. Peter n'avait pas changé : il se comportait comme si Rosalinda était encore la gamine de seize ans avec laquelle il s'était marié un jour, traitait les domestiques à coups de pied, se montrait méprisant, égoïste et antipathique. Trois mois après leurs retrouvailles, Rosalinda fut hospitalisée. Elle subit une opération, passa plusieurs semaines de convalescence et en retira une seule certitude : elle devait à tout prix quitter son mari. Elle revint donc à Londres, loua une maison à Chelsea et ouvrit brièvement un club, sous le nom pittoresque de The Patio. Peter, lui, était resté dans le Surrey, refusant de lui rendre ses meubles lisboètes et de lui accorder une bonne fois pour toutes le divorce. Dès qu'elle se remit, elle commença à se battre pour obtenir sa liberté définitive.

Elle n'avait jamais rompu le contact avec Beigbeder. Fin 1946, avant le retour de Peter, ils avaient séjourné quelques semaines ensemble au Maroc. En 1950, elle revint pour une autre période. Je n'étais pas là, mais elle me raconta dans une lettre le chagrin immense qu'elle avait éprouvé en retrouvant un Juan Luis à jamais brisé. Elle me cacha la situation avec son habituelle bonne humeur, me parla des puissantes sociétés qu'il dirigeait, du grand personnage qu'il était devenu dans le monde de l'entreprise. Je devinai entre les lignes qu'elle mentait.

Une nouvelle Rosalinda sembla surgir à partir de cette année, avec deux idées fixes: divorcer de Peter et tenir compagnie à Juan Luis à la fin de sa vie en effectuant de fréquents séjours à Madrid. Selon elle, celui-ci vieillissait à vue d'œil, de plus en plus découragé, esquinté. Son énergie, son agilité mentale, son entrain et ce dynamisme du bon vieux temps du haut-commissariat s'estompaient jour après jour. Il aimait qu'elle l'emmène en voiture, qu'ils déjeunent dans un quelconque village de montagne, dans une vulgaire auberge au bord de la route. Sinon, ils se promenaient dans les rues. Parfois, ils croisaient de vieux dinosaures avec lesquels il avait partagé la vie de caserne ou un bureau. Il la présentait: ma Rosalinda, la chose la plus sacrée dans le monde après la Sainte Vierge. Elle répondait par un éclat de rire.

Elle avait du mal à admettre son accablement, alors qu'il n'était pas si vieux. Il devait avoir un peu plus de la soixantaine, mais c'était désormais un vieillard à bout de forces. Il était épuisé, attristé, déçu. De tout le monde et avec tout le monde. Ce fut alors qu'il eut son ultime trait de génie: passer ses derniers jours à contempler le Maroc. Non à l'intérieur du pays, mais à distance. Il préférait ne pas y retourner: il ne restait presque plus personne de ceux avec lesquels il avait partagé ses temps de gloire. Le Protectorat avait pris fin l'année précédente et le Maroc recouvré son indépendance. Les Espagnols étaient partis, et bien peu de ses vieux amis marocains devaient être encore vivants. Il refusa de revenir à Tétouan, mais voulut finir sa vie avec cette terre à l'horizon. Et ce fut ce qu'il lui demanda. Va au sud, Rosalinda, trouve-nous un endroit tourné vers la mer.

Et elle le chercha. Guadarranque. Au sud du Sud. Dans la baie d'Algésiras, face au Détroit, avec des perspectives sur l'Afrique et Gibraltar. Elle acheta une maison et un terrain, rentra en Angleterre pour y régler des affaires, voir son fils et changer de voiture. Son intention était de retourner en Espagne dans les deux semaines, de passer prendre Juan Luis et de commencer une nouvelle vie. Elle était depuis dix jours à Londres quand un câble en provenance d'Espagne lui annonça sa mort. Elle sentit son cœur se déchirer, si fort qu'elle décida de s'installer seule dans la demeure qu'ils avaient souhaité partager, afin de faire revivre sa mémoire. Elle vécut là jusqu'à l'âge de quatre-vingt-treize ans, toujours capable de se relever après être tombée, de secouer la poussière de ses vêtements et de repartir d'un pas résolu, comme si de rien n'était. Les temps étaient durs, mais elle ne perdit jamais son optimisme : elle encaissa tous les coups en ne retenant que le bon côté des choses.

Et Serrano Súñer? Les Allemands envahirent la Russie en juin 1942. En fervent admirateur de ses bons amis du Troisième Reich, il apparut au balcon du secrétariat général du Movimiento, dans la rue d'Alcalá, et, vêtu de son impeccable saharienne blanche, avec sa dégaine de bourreau des cœurs, il poussa son cri féroce : « La Russie est coupable ! » Puis il organisa sa misérable cohorte de volontaires, la division Azul, orna la gare du Norte de Madrid de drapeaux nazis et expédia des milliers d'Espagnols, entassés dans des trains, mourir de froid ou risquer leur vie aux côtés de l'Axe, dans une guerre qui n'était pas la leur et pour laquelle personne ne leur avait réclamé de l'aide.

Sa survie politique ne dura pas assez longtemps pour qu'il assiste à la défaite de l'Allemagne. Le 3 septembre 1942, vingt-deux mois et dix-sept jours après Beigbeder, et dans les mêmes termes, le *Journal officiel* annonça sa révocation de tous les postes qu'il occupait. La raison officielle de la chute du cuñadísimo fut un violent incident opposant carlistes, armée et membres de la Phalange. Il y eut un attentat à la bombe, des dizaines de blessés et deux victimes principales : le phalangiste qui avait lancé la bombe – qui fut exécuté – et Serrano, limogé du fait qu'il était le président de la junte politique de la Phalange. D'autres histoires circulèrent néanmoins sous le manteau.

Le soutien de Serrano commençait à coûter trop cher à Franco. Il était exact que son brillant frère en politique avait pris en charge la mise en œuvre des structures civiles du régime ; exact aussi qu'il avait lui-même assuré une grande partie du sale boulot. Il organisa l'administration du nouvel État et coupa court aux insubordinations et aux insolences des phalangistes contre Franco, pour lequel ces derniers éprouvaient une piètre considération. Il élucubra, établit, disposa et agit dans tous les domaines de la politique intérieure et étrangère. Il travailla tellement, il s'impliqua à un tel point et avec un tel acharnement qu'il finit par importuner tout le monde, son ombre y compris. Les militaires le haïssaient, l'opinion publique le trouvait antipathique, le peuple allait même jusqu'à lui imputer tous les maux dont souffrait l'Espagne, depuis la hausse des prix des cinémas et des spectacles jusqu'à la sécheresse qui avait ravagé les champs ces années-là. Serrano avait été très utile à Franco, en effet, mais il avait fini par accumuler trop de pouvoir et par susciter trop de haine. Sa présence était devenue insupportable à tous ; en outre, son pronostic d'une victoire de l'Allemagne, qu'il avait justifié avec tant d'enthousiasme, avait de moins en moins de chances de se vérifier. On prétendit donc que le Caudillo avait profité de l'incident provoqué par les extrémistes phalangistes pour se débarrasser de lui et, au passage, lui faire porter le chapeau en qualité d'unique responsable de toutes les sympathies espagnoles à l'égard de l'Axe.

Ce fut, de façon non formelle, la version des faits présentée comme crédible. Elle s'imposa plus ou moins. Néanmoins, j'appris qu'il existait un motif supplémentaire, un motif peut-être plus déterminant que les tensions politiques internes, la lassitude de Franco et la guerre européenne. Je fus mise au courant sans bouger de mon atelier, grâce à mes propres clientes, les Espagnoles de la haute qui se pressaient, de plus en plus nombreuses, dans mes cabines d'essayage. Selon elles, le véritable protagoniste de la déconfiture de Serrano fut Carmen Polo, autrement dit, madame. On racontait qu'elle avait été indignée de savoir que, le 29 août, la belle et insolente marquise de Llanzol avait donné naissance à sa quatrième fille. À la différence des rejetons précédents, le père de cette fillette aux yeux de chat n'était pas le mari mais Ramón Serrano Súñer, l'amant. L'humiliation qu'un aussi grand scandale représentait, non seulement pour l'épouse de Serrano – la sœur de doña Carmen, Zita Polo –, mais pour toute la famille Franco Polo, dépassa tout ce que l'épouse du Caudillo était disposée à supporter. Elle exerça une énorme pression sur son mari, là où ça faisait mal, jusqu'à ce qu'il se sépare de son beau-frère. La révocation vengeresse devint imminente. Franco eut besoin de trois jours pour la lui communiquer en privé, et d'un jour de plus pour la rendre publique. Dès lors, comme aurait dit Rosalinda, Serrano se retrouva *totally out*. Candelaria la Contrebandière l'aurait formulé dans des termes plus directs: viré avec un coup de pied au cul.

On parla d'une représentation diplomatique à Rome à bref délai, d'un éventuel rapprochement du pouvoir après un certain laps de temps. Mais il n'en fut rien. Serrano fut complètement et définitivement dédaigné par son beau-frère. À sa décharge, il convient d'ajouter qu'il mena sa longue vie avec dignité et discrétion, exerçant son métier d'avocat, participant à des entreprises privées, écrivant des articles de journaux et des livres de mémoires un peu enjolivés. Comme dissident, et depuis des tribunes politiques, il se permit même de suggérer de temps à autre à son parent la nécessité d'entreprendre de profondes réformes. Il conserva en permanence son complexe de supériorité, mais il ne céda pas à la tentation, comme tant d'autres, de se présenter comme un démocrate de toujours lorsque le vent avait tourné. Au fil des ans, son personnage suscita un respect relatif dans l'opinion publique espagnole, jusqu'à sa mort, alors qu'il allait fêter sa cent deuxième année.

Plus de trois décennies après lui avoir arraché son poste avec une telle férocité, Serrano ferait preuve d'une certaine estime à l'égard de Beigbeder dans ses mémoires. «C'était une personne étrange et singulière, avec une culture au-dessus de la moyenne, capable de mille folies», écrirait-il textuellement. Un homme d'honneur, fut son verdict. Trop tard.

L'Allemagne déposa les armes le 8 mai 1945. Quelques heures plus tard, son ambassade à Madrid et le reste de ses dépendances furent officiellement fermées et remises entre les mains des ministères de l'Intérieur et des Affaires étrangères. Les Alliés n'eurent pas accès à ces immeubles avant la capitulation, le 5 juin. Lorsque les fonctionnaires britanniques et nord-américains pénétrèrent enfin à l'intérieur des édifices abandonnés par les nazis, ils n'y découvrirent que les vestiges d'une consciencieuse mise à sac: les murs nus, les bureaux sans meubles, les archives brûlées et les coffres vides. Dans leur hâte à faire disparaître la moindre trace, les Allemands avaient même emporté les lampes. Et tout cela sous les yeux bienveillants des agents du ministère espagnol de l'Intérieur, censés surveiller les lieux. Avec le temps, certains biens furent localisés et mis sous séquestre : des tapis, des tableaux, des sculptures anciennes, de la porcelaine et de l'argenterie. La plupart avaient cependant disparu à jamais. Et des documents compromettants, qui prouvaient l'intime complicité entre l'Espagne et l'Allemagne, il ne subsista que des cendres. En revanche, il semble que les Alliés aient réussi à récupérer le butin le plus précieux des nazis dans la Péninsule : deux tonnes d'or fondues en des centaines de lingots, sans poinçon ni inventaire, qui furent cachées pendant un certain temps sous des couvertures, dans le bureau du responsable de la politique économique du gouvernement. Quant aux Allemands influents, si actifs pendant la guerre et dont les femmes portèrent mes créations lors de brillantes fêtes et réceptions, quelques-uns furent arrêtés, d'autres évitèrent le rapatriement en collaborant, et bon nombre parvinrent à se cacher, à se camoufler, à s'enfuir, à prendre la nationalité espagnole, à se faufiler comme des anguilles ou à se reconvertir mystérieusement en d'honnêtes citoyens au passé propre comme un sou neuf. Malgré l'insistance des Alliés et la pression pour que l'Espagne se soumette aux résolutions internationales, le régime se montra peu enclin à participer activement à la traque des nazis et protégea beaucoup de ceux figurant sur les listes noires.

Pour ce qui est de l'Espagne, certains avaient pensé que le Caudillo tomberait à la suite de la défaite de l'Allemagne. De nombreux utopistes rêvèrent à la restauration de la monarchie ou à l'arrivée d'un régime plus ouvert. Il n'en fut rien. Franco procéda à un ravalement de façade du gouvernement, changea quelques ministres, coupa plusieurs têtes au sein de la Phalange, scella son alliance avec le Vatican et continua à avancer tant bien que mal. Et les nouveaux maîtres du monde, les irréprochables démocraties qui avec tant d'héroïsme et d'efforts avaient vaincu le nazisme et le fascisme, lui laissèrent les mains libres. À ce moment de l'histoire, avec une Europe occupée à sa propre reconstruction, tous se moquaient désormais de ce pays bruyant et délabré. Qui pouvait s'intéresser à ses famines, à ses richesses minières, aux ports de l'Atlantique et à ce petit général qui les gouvernait d'une main de fer? On nous refusa d'entrer aux Nations unies, on rappela les ambassadeurs et nous ne reçûmes pas un dollar du plan Marshall, c'est exact. Mais on nous ficha une paix royale. Qu'ils se débrouillent tout seuls! *Hands off*, dirent les Alliés dès la victoire. On se tire, les gars! Aussitôt dit, aussitôt fait. Le personnel diplomatique et les services secrets remballèrent leurs affaires, secouèrent la crasse accumulée et rentrèrent chez eux. Quelques années plus tard, certains eurent envie de revenir et de se faire bien voir. Mais c'est une autre histoire.

Alan Hillgarth n'eut pas non plus la possibilité de vivre personnellement ces journées-là. Il fut muté comme chef des services secrets de la marine à la Far East Fleet en 1944. Il se sépara de sa femme, Mary, à la fin de la guerre, et se remaria avec une jeunesse que je n'ai pas rencontrée. Dès lors il vécut en Irlande, éloigné des activités clandestines auxquelles il s'était consacré avec tant de compétence pendant de nombreuses années.

Du grandiose rêve impérial sur lequel s'était édifiée la nouvelle Espagne, il ne subsista que le simple Protectorat d'autrefois. Lorsque la paix mondiale fut signée, les troupes espagnoles furent obligées d'abandonner Tanger, qu'elles avaient occupé par un coup de force cinq ans auparavant, comme tête de pont d'un futur et fastueux paradis colonial qui n'arriva jamais. Les hauts-commissaires se succédèrent, Tétouan se développa, les Marocains et les Espagnols cohabitèrent, à leur rythme et en harmonie, sous la paternelle tutelle de l'Espagne. Au début des années 1950, pourtant, les mouvements anticolonialistes de la zone française commencèrent à s'agiter. Les actions armées atteignirent un tel degré de violence que la France dut ouvrir des négociations en vue d'un transfert de souveraineté. Le 2 mars 1956, la France accorda l'indépendance au Maroc. L'Espagne, elle, ne se sentit pas concernée : la zone espagnole n'avait connu aucune tension, elle avait soutenu Mohamed V, s'était opposée aux Français et avait abrité les nationalistes. Quelle naïveté ! Une fois débarrassés de la France, les Marocains s'empressèrent d'en exiger autant pour la partie espagnole. Le 7 avril 1956, en toute hâte au vu des tensions croissantes, le Protectorat prit fin. Et, alors que les Marocains reprenaient possession de leur territoire, commença le drame du rapatriement pour des dizaines de milliers d'Espagnols. Des familles entières de fonctionnaires et de militaires, de professions libérales, d'employés et de commerçants vidèrent leurs maisons et prirent la route d'une Espagne que la plupart connaissaient à peine. Derrière eux ils abandonnaient leurs rues et leurs odeurs, des montagnes de souvenirs et leurs morts enterrés. Ils franchirent le Détroit, avec leurs meubles emballés et le cœur en lambeaux. Tenaillés par l'incertitude de leur avenir, ils se répandirent à travers la Péninsule avec la nostalgie de l'Afrique toujours présente.

Tel fut le destin des personnages et des lieux liés à l'histoire de cette époque mouvementée. Leur quotidien, leurs gloires et leurs misères constituèrent des faits objectifs qui, en leur temps, remplirent les journaux, les conversations et les commérages ; on peut les consulter aujourd'hui dans les bibliothèques ou en interrogeant la mémoire des plus vieux. Ce qui est un peu plus mystérieux, c'est le sort de nous autres, qui fûmes présents au cours de ces années.

On pourrait écrire divers dénouements au sujet de mes parents. Dans l'un d'entre eux, Gonzalo Alvarado irait chercher Dolores à Tétouan et lui proposerait de rentrer avec lui à Madrid, où ils couleraient des jours heureux. Ou bien mon père ne quitterait jamais la capitale ; ma mère rencontrerait à Tétouan un militaire aisé et veuf qui tomberait amoureux d'elle comme un collégien, lui enverrait des lettres enflammées et l'emmènerait manger des millefeuilles à la Campana et se promener dans le parc à la tombée du soir. Patient et obstiné, il finirait par la convaincre de l'épouser, et ils se marieraient un matin de juin au cours d'une sobre cérémonie, en présence de tous leurs enfants.

Il pourrait aussi se passer quelque chose dans la vie de mes vieux amis de Tétouan. Candelaria s'installerait dans le grand appartement de Sidi Mandri après la fermeture de l'atelier; peut-être pour y ouvrir la meilleure pension de tout le Protectorat; les affaires marcheraient si bien qu'elle prendrait même possession du logement voisin, celui qu'aurait abandonné Félix Aranda. Un soir d'orage, en effet, ses nerfs le lâchèrent: il tua sa mère en lui administrant trois boîtes d'Optalidon diluées dans une demi-bouteille d'anis del Mono. Et depuis lors, il vécut sans doute enfin libre, à Casablanca, propriétaire d'un magasin d'antiquités, avec mille amants de toutes les couleurs et le même enthousiasme pour les indiscrétions et les cancans.

Quant à Marcus et à moi, il est possible que nos chemins se soient séparés à la fin de la guerre. Après avoir vécu des amours agitées pendant les quatre années suivantes, il rentra chez lui et moi je restai à Madrid, transformée en une hautaine créatrice de mode à la tête d'une maison mythique, accessible seulement à une clientèle choisie par moi-même au gré de mes humeurs. Ou bien j'en eus assez de travailler et j'acceptai la demande en mariage d'un chirurgien, prêt à m'entretenir le restant de mes jours. Malgré tout, il existe une autre éventualité: Marcus et moi, nous décidons de poursuivre ensemble notre route, nous retournons au Maroc, nous achetons une belle maison au Monte Viejo, le quartier chic de Tanger, nous fondons une famille et nous montons une vraie affaire, puis, après l'indépendance, nous gagnons Londres, ou un endroit quelconque de la côte méditerranéenne, ou le sud du Portugal. Ou encore, si vous préférez, nous ne parvenons jamais à nous fixer, et nous continuons pendant des décennies à sauter d'un pays à l'autre, aux ordres des services secrets britanniques, camouflés sous l'apparence d'un fringant attaché commercial et de son élégante femme espagnole.

Tous les cas sont envisageables pour ce qui est de nos destins, car il n'en existe aucune trace. À moins que nous n'ayons même jamais existé. Ou bien si, mais personne ne s'est rendu compte de notre présence. En fin de compte, nous sommes toujours restés au revers de l'histoire, activement invisibles dans ce temps que nous avons vécu de fil en aiguille.

Note de l'auteure

Les conventions de la vie académique auxquelles je souscris depuis plus de vingt ans exigent, de la part des auteurs, qu'ils citent leurs sources de façon ordonnée et rigoureuse; j'ai ainsi décidé d'ajouter une liste avec les principales références bibliographiques consultées pour écrire ce roman[1]. Néanmoins, une grande partie des ressources sur lesquelles je me suis appuyée pour recréer les décors, esquisser divers personnages et rendre la trame cohérente se situent en marge des documents imprimés, d'où ma volonté de les mentionner dans cette note.

Afin de reconstituer les recoins du Tétouan colonial, je me suis servie des nombreux témoignages recueillis dans les bulletins de l'association La Medina des anciens résidents du Protectorat espagnol au Maroc; je remercie ainsi de leurs collaborations leurs membres nostalgiques et de leur amabilité les dirigeants Francisco Trujillo et Adolfo de Pablos. Tout aussi utiles et émouvants ont été les souvenirs marocains de ma mère et de mes tantes Estrella Vinuesa et Paquita Moreno, de même que les multiples contributions documentaires fournies par Luis Álvarez, presque autant enthousiasmé par ce projet que moi-même. Des plus précieuses, également, les

1. Les titres cités par l'auteure n'étant pas disponibles en français, nous n'avons pas joint la bibliographie à la présente édition.

références bibliographiques apportées par le traducteur Miguel Sáenz, au sujet d'une œuvre singulière, en partie localisée à Tétouan, qui m'a inspiré deux des personnages secondaires de cette histoire.

Dans la reconstitution de l'insaisissable trajectoire de Juan Luis Beigbeder, l'historien marocain Mohamed Ibn Azzuz, administrateur jaloux de son héritage, s'est révélé d'un intérêt inestimable. Pour avoir facilité cette rencontre et m'avoir accueillie au siège de l'association Tetuán-Asmir – l'ancienne et superbe Délégation des Affaires indigènes –, j'exprime ma reconnaissance à Ahmed Mgara, Abdeslam Chaachoo et Ricardo Barceló, une reconnaissance qui s'adresse aussi à José Carlos Canalda, pour les détails biographiques sur Beigbeder, à José-María Martínez-Val, pour avoir répondu à mes questions sur son roman *Llegará tarde a Hendaya*, où l'un des personnages est l'ex-ministre, à Domingo del Pino, pour m'avoir ouvert les portes des mémoires de Rosalinda Powell Fox – décisives pour l'intrigue du roman – grâce à un article, et à Michael Brufal de Melgarejo, qui m'a aidée à suivre sa piste à demi effacée à Gibraltar.

Je dois à Patricia Martínez de Vicente, auteure de *Embassy o la inteligencia de Mambrú* et fille d'un membre actif de ces activités clandestines l'obtention de renseignements de première main sur Alan Hillgarth, les Services secrets britanniques en Espagne et la couverture de l'Embassy; je l'en remercie, de même que le professeur David A. Messenger, de l'université du Wyoming, pour son article sur les activités du SOE en Espagne.

Enfin, je veux manifester ma gratitude à tous ceux qui, d'une façon ou d'une autre, ont été proches de moi dans le processus d'élaboration de cette histoire, lisant la totalité ou des parties, encourageant, corrigeant, critiquant ou applaudissant, ou, tout simplement, en m'accompagnant au fil des jours. À mes parents, pour leur soutien inconditionnel ; à Manolo Castellanos, mon mari, et à mes enfants Bárbara et Jaime, qui m'ont rappelé sans cesse où résident les choses les plus importantes. À mes frères et sœurs et à leurs nombreuses attentions, à ma famille périphérique, à mes amis de *in vino amicitia* et à mes chers collègues qui constituent la crème des anglophiles.

À Lola Gustias, de la Agencia Literaria Antonia Kerrigan, qui a été la première à parier sur mon écriture.

Et, tout spécialement, à mon éditrice, Raquel Gisbert, pour son formidable professionnalisme, son enthousiasme et son énergie, et pour avoir supporté mes exigences avec un humour et une ténacité inébranlables.

Table

Les Éditions Points s'engagent pour la protection de l'environnement et une production française responsable

Ce livre a été imprimé en France, sur un papier certifié issu de forêts gérées durablement, chez un imprimeur labellisé Imprim'Vert, marque créée en partenariat avec l'Agence de l'Eau, l'ADEME (Agence de l'Environnement et de la Maîtrise de l'Énergie) et l'UNIC (Union Nationale de l'Imprimerie et de la Communication).

La marque Imprim'Vert apporte trois garanties essentielles :

- La suppression totale de l'utilisation de produits toxiques
- La sécurisation des stockages de produits et de déchets dangereux
- La collecte et le traitement de produits dangereux

RÉALISATION : NORD COMPO À VILLENEUVE-D'ASCQ
IMPRESSION : CPI FRANCE
DÉPÔT LÉGAL : JUIN 2022. N° 151388-3 (2073011)
IMPRIMÉ EN FRANCE